U0460446

北京影视出版创作基金资助项目
中国文学艺术基金中国文学艺术发展专项基金资助项目

一个人类改造自然的传奇

最美的青春

郭靖宇　杨　勇◎著

花山文艺出版社

河北·石家庄

图书在版编目（CIP）数据

最美的青春 / 郭靖宇, 杨勇著 .—石家庄:花山文艺
出版社 ,2018.10 （2023.8 重印）
ISBN 978-7-5511-4310-3

I.①最… II.①郭…②杨… III.①长篇小说—中
国—当代 IV.① I247.5

中国版本图书馆 CIP 数据核字 (2018) 第 223505 号

书　名：*最美的青春*
著　者：郭靖宇 杨 勇

策　划：李 爽
责任编辑：梁 瑛　刘燕军
责任校对：李 鸥
装帧设计：王 舜　卜小平
美术编辑：王爱芹
出版发行：花山文艺出版社（邮政编码：050061）
　　　　　（河北省石家庄市友谊北大街 330 号）
销售热线：0311-88643299/96/17
印　刷：北京一鑫印务有限责任公司
经　销：新华书店
开　本：700 毫米 ×1000 毫米　1/16
印　张：28.75
字　数：430 千字
版　次：2018 年 10 月第 1 版
　　　　2023 年 8 月第 2 次印刷
书　号：ISBN 978-7-5511-4310-3
定　价：98.00 元

（版权所有　翻印必究·印装有误　负责调换）

目 录
CONTENTS

第 一 章

①

1960 年的春天，北方林业大学青年教师冯程，懵懵懂懂地下了大巴车，背着行囊和手风琴攀上高坡，他要去一个陌生的叫"塞罕坝"的地方。要说是故乡吧，却从没回来过。冯程有些茫然地看向远方无垠的荒漠。

塞罕坝是蒙汉合璧语，意即美丽的高岭。可这是一片荒漠啊，冯程有些疑惑。正巧，远处，一位放羊的老乡赶着羊经过。冯程忙问："哎，大爷，我坐了一宿的汽车，一睁眼睛，他们把我拉到这来了，这是哪啊？"老乡说："这是塞罕坝。"冯程说："不可能吧？大爷，那美丽的高岭？"老乡说："你说啥我听不懂，反正这儿老辈子就叫塞罕坝。"

老乡赶着羊走了。冯程再次眺望着一望无际的荒漠，远处似乎升起了炊烟，莫非那边有人家？他向炊烟之处走去。果然是个村落，突然有鞭炮声传来，走来一位大娘。大娘告诉他，放炮的是李铁匠家，今天要娶媳妇。进村逢喜，吉利！冯程就向那家走去。

这家的主人李铁牛，其实就是冯程的舅舅，现在正忙迎亲更衣。听到院中鞭炮响了，他从屋里冲出来，忙去踩灭，可已经来不及了，鞭炮崩得他直蹦高。他气急败坏地喊着："谁啊？这谁啊？手欠呀？"轿夫说："办喜事嘛，不得先放几个，热闹下？"李铁牛说："你你！就这一挂鞭，待会儿新娘子来了放什么？""李铁匠你也太抠了吧，娶媳妇就买一挂鞭？"

没等李铁牛说话，谢媒婆从屋里追了出来说："到底行不行啊？人家娘家妈，可等着回话呢。"李铁牛说："没这样的！娶媳妇，要上轿了现加彩礼，我哪弄这一百块钱去？""谁让你住坝上呢？这我还费了半天口舌呢，别怪人家姑娘不嫁了！""这……"李铁牛急得蹲在地上。

这时，冯程的声音从院外传来："这是李铁牛家吗？"李铁牛一抬头，来人已站在了门口，打扮跟村里人截然不同，李铁牛一眼认出他来，"你你？冯程？哎哟，这不是我外甥哎，你小子怎么来了？"

冯程说："老舅今天娶媳妇？外甥来得多巧，赶上喝喜酒了！"李铁牛说："喜酒哇？你怕是喝不上了！"李铁牛看了一眼谢媒婆。谢媒婆说："你瞪我干吗？又不是我要加彩礼！噢，这位亲戚城里来的吧？"谢媒婆转动眼珠，暗示着铁匠。

李铁牛顿时开悟，上前拉住冯程说："外甥，老舅有急事求你！"说着把冯程拉进了屋。

冯程看着递过的结婚证说："这都领了结婚证了，要加彩礼？老舅，这不是好女人啊！"李铁牛说："你小子怎么说话呢！女人？那是你舅妈！闲话少说，一百块钱你有吗？"冯程说："不是钱的事儿，她真不是什么好女人，你听我给你分析，从理论上说……"

李铁牛说："来不及了！冯程我跟你说，你爸打游击的时候我才十几岁，那回为了给他送情报，日本人的枪子，从我脑瓜皮上飞过去的！你妈就我一个亲兄弟，她要是活着，不可能不借我这一百块钱！"说着，还哭了。"老舅，别哭哇，有！"冯程连忙在包裹中数出一百块钱，递给李铁牛。

李铁牛接过钱，眼里充满了泪水说："外甥，老舅给你磕一个吧！"说着，就要下跪。这可把冯程吓坏了，说："别别别！老舅！钱你先用着，不过，将来可得还，亲兄弟还明算账呢……"这让李铁牛有些尴尬地说："还？……还！"他把钱递给媒婆。

媒婆数完钱一咧嘴说："花轿准备了吧？"李铁牛说："准备了。""响动班子呢？"李铁牛愣住了："啥？啥叫响动班子？""吹拉弹唱的！""这我哪找去啊？早先你也没说……"

谢媒婆说："这可是姑娘自己提的，她本来就不愿意嫁到坝上来，说要是没响动班子，人家不上哑巴花轿！"李铁牛说："胡加佐料？这……

要逼死人呐！"

冯程说："停！老舅，不就是乐队吗？咱有！还是高级的！你没见我背着手风琴吗？"

李铁牛说："你背的那玩意，能出响动？"冯程说："放心吧！你外甥一个，就能赶上一个乐队！我这琴'哪有热闹往哪凑，舅舅有难救舅舅'！""外甥！准是你爹在天有灵，把你派回来救老舅的！"

好日子万里无云。一支迎亲队伍从丘岗子后面，露出了头，骑在高头大马上的是新郎官李铁牛。身后有人牵着一头驴，冯程骑在驴上，拉着手风琴，围绕着花轿走，那叫一个别开生面。

新娘子吴改花透过轿帘，看着李铁牛伟岸的背影。听着乡下人从没听过的手风琴，心里美得很。天色大变，突然狂风漫卷。轿夫们停住了脚步。风琴乐曲戛然而止，如墙倒地一样的沙尘暴袭来，新娘子吴改花也随着花轿翻下山坡。

沙尘暴后，李铁牛从沙土间爬起，喊着吴改花的名字，众人都冲下沙丘去找新娘子……

冯程找到了新娘子家，大门不开，冯程脚踹。吴改花从屋里冲了出来，说这一路上全是沙子，这主儿，我不嫁了！

冯程好言相劝，要么跟我上坝，要么，还钱！不然，我可就在你们家门口拉哀乐了，对方不理。冯程使坏地拉起了手风琴。哀乐一出，吴家慌了，吴改花将一把钱摔在冯程的脸上，说这婚就算离了。

话分两头，上坝的土路上，李铁牛等人急匆匆地赶来，远远地看见冯程，他高喉咙大嗓儿喊上了："冯程？你也迷路了？看见你舅妈了没有啊？"

冯程一说原委，李铁牛怒道："你混蛋！我李铁牛三十好几了，好不容易才说上一门媳妇，你个小兔崽子，凭啥给我退婚？"这事闹的，冯程还真是被问傻了。

李铁牛生气地说："我的外甥哎，你可知道在咱塞罕坝，娶个媳妇有多难，大家都说啊'塞罕坝真荒凉，又有兔子又有狼，就是没有大姑娘'。

为啥？咱这个地方的大姑娘都嫁到外乡啦。所以，这吴改花好不容易答应嫁给我，我得找她去！"冯程无奈，也就由着舅舅，又去找吴改花。

李铁牛来到吴家，攥着一把钱站着作揖赔礼，只听到一句实话，吴改花离家出走了。李铁牛去找吴改花，可是找人，那不是容易事。三天后，李铁牛捧着棒子面粥发愣。冯程说："这都三天了，老舅，你就别找了。"李铁牛却扔出一句："哎，你还有钱吗？"冯程说："干吗？又要借啊？"李铁牛说："我打听了，内蒙古煤矿来招过工，你舅妈肯定是跟着招工的走了。我去内蒙古找你舅妈，总得有点盘缠吧？外甥，你就再帮帮老舅吧？"

冯程说："不可救药……钱我可以给你，我估计三年两年你也还不上。把这间房给我住吧！"李铁牛说："住吧！等我把你舅妈找回来，你再腾出来就行了。"

冯程说："那不行，你把吴改花找回来，这间正房也得给我住！要不然，你甭想再借，还得把那一百块还我"！李铁牛说："不是……外甥，你看你就一个人，我和你舅妈回来，我们毕竟是新婚，你让你舅妈住偏厦子去，合适吗？"冯程说："谁说我一个人了？我女朋友过几天就到，她从小生活条件优越，这正房还算凑合，得给她住。"

李铁牛说："你女朋友？领结婚证了吗？"冯程说："还没，来了就领。"李铁牛说："生活条件优越，来坝上干啥啊？""这个您就别打听了，总之，这个屋你答应腾给我，我就给你盘缠。"

李铁牛挠了挠脑袋说："不是，冯程，这几天我忙得都忘了问了，你不是在大学当老师吗？你这来了，就没要走的意思，女朋友还来？咋着，要到坝上安家？"

冯程说："对啊，这是我爸打过游击的地方，我妈临死之前跟我说，要是在外面受了委屈就让我回来。"李铁牛说："那你受委屈了？"冯程："我倒是没有，我女朋友唐琦，蒙受了不白之冤，我得带她离开北京。"

李铁牛说："那你们咋过日子啊？公社可没粮食给你们这号的。"冯程说："放心吧舅，我是调工作来的，要不是因为你被吴改花骗了，我早就去林业局报到了！"

李铁牛说："得，是这样啊，那舅舅也不能总耽误你呀，你舅妈这事急不得，你快去报到吧！"

2

转天冯程去林业局报到，他走在土路上，一条狗不远不近地跟着他。冯程回身吓了一跳，走着走着停住，一回头，狗也停住了脚步。冯程跺脚吓狗，狗往后退。冯程走，它又跟。

冯程笑了说："干吗？想跟我做伴？我这走了二十多里了，一个人影都没见着，却碰到你这条狗？行，狗也是缘分哪。"他从包里掏出一块干粮向狗扔去。狗一跃而起将干粮叼住。

冯程惊讶："呀！身手不凡啊！"狗狼吞虎咽将干粮吞下。再次扔出一块干粮，狗再次叼住。冯程笑了，继续往前走。狗得到好处，跟得更紧了。

冯程进了围场县林业局大院，于正来从办公室出来，远远地打量着背着手风琴的冯程说："是冯程同志吗？"冯程说："是我。"于正来上前握住冯程的手说："太好了！终于把你盼来了！档案都到了两天了，你怎么才来啊！走走走，进屋！"

于正来拉着冯程往屋里走。几十个工作人员从各个办公室里出来，食堂大师傅老刘头还系着围裙。披着外套的政工科长曲和，端着茶缸出门。

于正来说："跟大家介绍一下，这位就是冯程同志，北方林业大学毕业的专家！放弃了在学校当老师，放弃了首都的优越生活条件，自愿回到老家，分配到咱们林业局了！同志们，热烈欢迎！"大家都鼓起了掌。

冯程对于正来的热情有些不适应，笑得很僵硬。

于正来说："冯程同志，我就不一个个给你介绍了，大家慢慢了解，快，进屋吧！"

于正来像对待贵宾一样拉着冯程进了门。大伙议论说："林业专家？怎么还背着手风琴啊？""就是，看着像文工团的……"

曲和回头嘘了一下说："不许背后议论新来的同志！"

局长办公室，还是挺简陋的，办公桌对面是分放文件的蓝布格公文袋，桌后是张围场地图，于正来亲手为冯程端上一杯茶说："小冯啊，你的档案我看了，你父亲叫……"

冯程说："冯立仁，我是遗腹子，没见过父亲。"于正来说："档案

— 5 —

上说他 1935 五年就牺牲了，你可知道他是怎么死的？"

冯程说："打仗死的。老人们说他身中五枪，鬼子还砍下了他的头颅……"

于正来"腾"地站了起来说："真是冯大队长？"冯程说："您认识我父亲？"

于正来说："天呐！这两天我就犯嘀咕，在首都工作的大学生要来围场。咋回事呢？原来你是冯大队长的儿子！我告诉你冯程，不光我认识你爹，围场的老革命，没有一个不认识他的！"

冯程说："我母亲跟我说过，我爸爸是抗日义勇军……""对啊！在围场他是第一个拉起抗日队伍的，我就是他的兵！他是为了掩护我们撤退才牺牲的！身中五枪，冯程啊，你是英雄的后人，如今子承父业，支援家乡建设，了不起！这里都是你的亲人！工作上生活上，有啥要求，尽管提！"

冯程见局长如此态度，有些受宠若惊。

3

七八个林业局中层领导，坐在办公室里。于正来说："大伙凑一凑，咱们商量一下冯程的工作安排！北方林业大学毕业的，咱们林业局捡着大宝贝了！"这样当面夸耀，让冯程有些不好意思。

于正来拉着冯程坐下说："小冯，我给你介绍一下，咱们围场的林业资源非常丰富，坝下几个林场的立地条件都不错，可就是坝上地区最差，那儿原本也是郁郁葱葱，可现在……"

于正来一声叹息。

冯程说："知道，我已经去过了。"于正来说："是吗？你们看看冯程这工作态度，还没到局里报到呢，就现场考察过了！毛主席号召我们绿化祖国，局里正准备成立坝上种树的攻坚小组，春季植树的最佳时间马上就要到了！你是林业专家，你当技术负责人，咋样？"

冯程冷漠地说："种树？我不会种树……"众人惊诧地看着冯程。曲和的目光中甚至有些愤怒。

冯程说："局长，你是不是没有看清我的专业？我是学木材加工的，砍伐下来的木材该怎么用才能最有效地支援国家建设，这才是我的专业。"

曲和听得有几分不悦，说："冯程同志，你学什么专业，跟领导分配你什么工作没有直接关系！组织需要你干什么，你就应该干什么！"

冯程说："不能发挥专业所长，我白上了四年大学了？让我去种树，那是浪费人才！"

曲和说："你，你还跟领导顶嘴？"冯程不屑道："原来您也是领导啊？怎么称呼？"曲和气得直瞪眼睛。

于正来打着圆场说："曲和同志是政工科长……这怪我，我确实没看清楚你的专业。"

生产科长陈广济说："本来以为是个种树的专家，结果来个砍树的，对不起了冯程，好木材都被清朝的皇帝老儿和小日本鬼子砍光了。你来这没用武之地，回去吧！"

于正来生气地指着陈广济说："开什么玩笑！什么样的专家我们都需要！对不起啊，冯程，根据你的专业，我们再研究一下你的工作安排……这几天你先熟悉熟悉咱这的环境，不着急！"

冯程点点头，却发现曲和正怒目而视地瞪着自己。

林业局食堂，吃完中午饭，冯程端着空饭盒又来到老刘头面前说："刘师傅，再给来一份……"

老刘头瞟了一眼冯程说："挺能吃啊……""我从小就饭量大。"老刘头不太情愿地加了一勺菜。冯程顺手从大筐箩里抓起两个馒头。他没回到座位上，却端着饭盒走了。老刘头看着冯程的背影哼了一声。

拐弯墙根处，院墙之外，趴着那条狗。冯程快步而来说："你还挺听话，真在这等着我呢！"冯程四顾无人，将打来的饭菜放下，狗疯狂吃着，老刘头身影一闪而过。

这天，冯程端着空饭盒来到收发室门房说："师傅，有我的信吗？"收发室老头说："天天问，要是有，早给你送去了。"

冯程自语道："该来了呀。"他回到宿舍，拉着琴。凄美的音乐，把他带向了远方，回忆起心上人……

那是在北京景山公园。唐琦说："定下来了，遣送兴凯湖，劳动教养。"冯程说："哪天走？"唐琦说："你以为我真的会去吗？死我也不去！"冯程说："那……"

唐琦说："今天约你来这，就是告别的，永别了，我的爱人……"唐琦泪如泉涌，扑到了冯程怀里。冯程紧紧地抱着唐琦说："唐琦，你到底有什么想法？"唐琦说："与其没有尊严地活着，我宁愿……"

冯程说："别说了！一切困难都是暂时的，你又没做错什么，你的问题组织早晚会查清楚的！"

唐琦摇了摇头说："我已经对他们彻底失望了，既然祖国抛弃了我，我只能……"唐琦咬紧了牙关，她把"叛逃"两个字吞了回去说，"也许会死在路上，但我认命了。"

冯程思索半天说："我想……可能还没到那一步！唐琦，我们一起想办法，你放心，有我在，会保护你的！我们走！"冯程拉起唐琦就走，空留下了眼前那五百年的中轴线。

在大学教师宿舍，冯程摊开一幅画，画上是壮美的山河，原始森林、牛羊成群。冯程说："你看，这是我的老家，河北围场坝上。我母亲去世的时候跟我说，不管什么时候回去，家乡的人都会善待我的！唐琦，跟我回去吧，在那儿，没有人能找到你，也没有人知道你的过去！"

唐琦说："你想让我隐姓埋名一辈子？"冯程说："总比叛逃强吧？到了国外，你难道不需要隐姓埋名？"唐琦仿佛被说动了："这个地方看上去很美……""当然美了！塞罕坝是蒙语，美丽的高岭，浩瀚的森林，遍地的野花，风吹草低见牛羊！我知道你怕羊肉膻，可我们老冯家有祖传的秘方，做出来的羊肉特别好吃！"

唐琦说："真的？那你怎么没给我做过？""那是因为在北京没有那么好的羊肉！跟我回塞罕坝吧！那是当年皇帝木兰秋狝的地方，你坐在家门口，梅花鹿就会跑到你面前来！鸟儿会给你唱歌，冯程会给你拉琴！"

唐琦被感动了，又说："可是，你愿意为我放弃现在的工作？"冯程说："为了爱情，我明天就去找学校谈，在围场找个对口单位，调过去！"

冯程幸福地憧憬着。突然，宿舍前的狗叫声，打断了他的思绪，狗好像受到了攻击，叫声凄惨。

4

冯程放下琴起身出去。他来到院子里，被眼前的情景惊住了。

老刘头的套马杆在野狗的脑袋上绕着，七八个小伙子将狗围住，冯程大喊，不许杀狗。

老刘头被冯程推倒，冯程夺过鞭子挥舞，却不小心正抽在老刘头的脸上。老刘头急眼了，几个小伙子像扭送罪犯一样将冯程捆绑起来。

老刘头冲进局长办公室，指着自己脸上的伤说："局长，你说怎么办吧！"于正来一见老刘头的伤，吓了一跳，又看了眼上捆的冯程，"怎么，你打的？"冯程说："是他们先动的手！"

于正来说："冯程，早就有人反映你用食堂的粮食养狗，看来是确有其事。"

冯程说："是又怎么样？我花钱买的饭票，它是我兄弟！"于正来说："乱弹琴！你爹生了俩儿子吗？别给你爹丢人！"

老刘头说："哪那么多废话！你把我打伤了，我参加革命二十多年了，让这么个小伢子欺负？于局长，这小子大学毕业了，林业专家，你说的！开除他！不然我到行署告状去！"说完，老刘头就往外走。

于正来拉住老刘头说："老刘你等等！冯程，到外边站着去！"冯程见于正来的眼睛里瞪出了血丝，也有几分怕了，只好出去。于正来说："其他同志也都出去！"

年轻人们跟着出去。于正来说："我替冯程给你道歉，鞠个躬不行吗？"

老刘头说："滚犊子！你凭什么替他？不开除这小兔崽子，我绝不答应！"于正来说："开除？你知道他是谁的儿子？"老刘头说："谁养出这种混账儿子呀？有娘生没爹教的东西！"

于正来沉默不语，慢腾腾地说："你说对了，确实没爹教，他爹是冯立仁。"

老刘头说："谁？"于正来说："冯立仁，冯大队长。"老刘头问："什么？你唬我呢吧？冯大队长哪有儿子？"

于正来说："咱们搭伙半辈子了，我于正来说过谎吗？冯大队长牺牲

—— 9 ——

的时候，李大姐怀着孩子，你忘了？大姐她带着这个孩子离开了围场，辗转兴隆、承德继续参加革命工作，1949年后被调去了北京工作，两年前也病逝了。冯程是冯大队长和李大姐唯一的孩子，现在已经成了孤儿，回老家投奔咱们来了，你要说开除，听你的！"

老刘头鼻子一酸说："真的？"于正来已经淌下了热泪……

林业局的院子里，冯程站在院中央。很多职工都来看热闹，指指点点。局长办公室的门打开了，老刘头走了出来。

冯程盯着老刘头，看他一步步逼近。冯程不自觉地向后退了两步，可是众目睽睽之下，他也不好意思跑。

老刘头来到冯程面前，盯着冯程的脸说："像，还真有几分像……"老刘头颤颤巍巍地伸出双手，要摸他的脸，冯程躲着。

老刘头用双手捧住冯程的脸，低声道："孩子，明天不许拿好粮食喂狗，食堂剩下的，饿不死它……"

这让冯程有些意外。狗适时地叫了两声。司机小庞竖着耳朵，也没听清他说的是啥："哎，我说老刘，咋回事啊？局长跟你说了啥啊？这就白打了？"

老刘头说："不就是一鞭子吗？打就打了！我乐意！我们俩论爷们儿，怎么着？"

冯程不知道该说什么，一脸的懵懂。另外一个办公室门前，曲和用费解的目光看着这一切，他不知发生了什么。

高原荒漠中，站着一棵孤零零的大松树。由于正处于风口之上，大树四周的大地被吹得相对平坦。两匹马飞驰而来。离大树不远处，老刘头和冯程勒住了缰绳。

冯程说："刘师傅，你带我来这儿干什么？"老刘头说："看见那棵树了吗？你爹就埋在那……"

冯程惊讶地看着老刘头，他冲向大树，围着树走了一圈。冯程说：

"这儿……没有坟啊？"

老刘头仰头看着太阳，根据树影子的方向指着一个地方说："应该就是这儿……小子，磕头吧！"

冯程懵懂地跪下，磕了三个响头。老刘头从马背上拿出一瓶酒来，倒了三碗。一碗供在地上，一碗递给冯程，自己举起手中的酒碗，一饮而尽。

酒烈风疾，老刘头揉着眼睛，老泪纵横地说："冯程啊，想当年我给你爹背过锅，你爹替我挡过子弹，为了掩护大伙撤退，他……"老刘头说不下去了，"日本人把你爹的人头挂在围场县城，后半夜被战友们抢了回来，大伙就商量，埋在哪儿呢？埋在哪儿也不能立碑啊，日本人看见墓碑还不再把尸骨刨出来？就埋在了这棵树下，原本是有坟包的，一场风就刮平了，只剩下我压的十几块石头……"

冯程说："我倒是听母亲说过，我爸爸被埋在了一棵大树下，那时候我还想，塞罕坝应该四处都是大树，我怎么能找到是哪一棵呢？没想到这美丽的高岭之上，竟然真只有这么一棵树……"

老刘头长叹一声说："一百年前这儿是皇家猎场，那自然是水草丰美，古树参天，可是同治二年，皇帝下令，开围放垦，当兵的垦荒烧山肆意砍伐，那个时候也没人管呐，山火不断，毁得就差不多了。最可恨的是小日本鬼子，一车一车的原木，往他们的小岛子上拉！听说他们根本用不完，封存好了，留给他们的后人。当年的千里松林，现在就剩下这么一棵……当地老百姓叫它'镇风神树'，斧子碰它就出人血，没人敢砍它。"

冯程上前用手摸着树说："这是棵落叶松，少说也有二百年了吧……要在坝上种树，为什么没有见到树苗呢？"

老刘头说："连着三年了，春秋两季都上来种，'一年青，二年黄，三年成柴进灶膛'，能种的全都试遍了，种什么死什么，你能种什么？快把你的酒干了吧，坝上风大，别着凉！"

说着，老刘头将供在地上的那碗酒端起来，醑酒入沙。冯程举碗，一饮而尽，酒烈风凉，顿时呛出了泪水……

第 二 章

①

　　祭拜了爹和古树，冯程回到了林业局，司机小庞说政工科曲科长找他。到办公室，冯程推门而进，见曲和正在陪两位客人。

　　曲科长回过头说："冯程，这两位同志是你原单位的保卫干事，应该认识吧？"这让冯程不免有些紧张，说："见过，侯科长对吧？大老远的您到这儿来有事？"坐着的两个人根本不站起来。

　　侯科长很严肃地说："别说客套话，唐琦失踪了，她去了哪儿？请你配合我们找人。"这意外消息让冯程大吃一惊："唐琦失踪了？怎么回事？"

　　侯科长站起来说："冯程，你少装糊涂！放着好好的工作不干了，突然提出要来这鸟都不拉屎的地方。你的目的就是协助唐琦外逃！说吧，你把她藏哪儿了？"冯程说："侯科长，请你注意用词，我祖籍围场，在我心中，家乡最美！响应国家号召，支援家乡建设，不合常理吗？"侯科长哑了火。

　　曲和用敬佩的目光看着冯程说："侯科长，冯程同志说得对，我们现在是条件艰苦，可是越艰苦的地方，越需要人才嘛！你那是好，可大学生都留在北京，我们什么时候才能发展起来？"这叫侯科长更加尴尬。与他同来的徐干事站了起来，不阴不阳地说："我们为了抓逃犯昼夜奔袭，好几天都没睡觉了，侯科长着急上火，话说得重了些，请你理解！"

冯程说："关于唐琦的事我一无所知，我们真的分手了，也请你们不要因为唐琦，影响我的新工作，我要去业务学习了，少陪！"说完转身出门。他在门口稍作停留，会议室里传出侯科长拍桌子声音。他淡然一笑，走了。

侯科长站了起来喊："这是什么态度？"曲和脸上却有些得意，说："我们围场人就是这脾气，有一说一，有二说二，没事不废话。二位还有什么需要我们配合的吗？"

侯科长说："曲科长，请立刻带我们去火车站，唐琦很可能跟冯程来了围场，我们必须查个水落石出！"说罢撞门出来。曲和出门喊着说："小庞，出车！配合北京来的同志，去火车站！"司机小庞过来开车，曲和陪同，四人上车。

冯程愣了，刚要追出去，收发室有人喊有他的信。冯程收到唐琦写的信，要他马上到火车站接她。想到保卫科侯科长的话，她很可能来了围场，他拽住了老刘头的马，飞奔火车站。

吉普车颠簸在山路上。司机小庞慢悠悠地开着车。曲和坐在副驾驶，侯科长和徐干事坐在后座。

冯程骑着一匹快马斜插而来，在吉普车之前穿越山路。司机小庞吓了一跳，方向盘没抓稳，险些扎沟里，骂道："怎么骑马的？"

徐干事眼尖说："是冯程！他一定是去报信儿的，追上他！"曲和也看到了冯程，他职业性地提高了警惕。冯程的马只在土道上跑了不远的距离，便又冲上高坡抄近道，立即无影无踪了。

火车站，唐琦提着手提包，站立在月台上，艳红的纱巾迎风飘舞，风仪清丽与众不同。

冯程冲进站台，唐琦一眼看见喊着说："冯程——"冯程发现唐琦，跑了过去。二人刚刚抱在一起，冯程轻声道："快跟我走！别耽误时间！"

唐琦立刻紧张起来说："怎么了，是不是保卫科追来了？"

冯程不想让唐琦紧张说："不是，我锅里炖着肉呢，没封火，怕煳锅！"唐琦高兴地笑了起来说："你真逗！"冯程拉起唐琦迅速离开。

曲和带着侯科长、徐干事冲进火车站，四下寻找没人。徐干事说：

"曲科长，赶紧联系站长！"

2

大漠孤烟，长河落日，山间土路上，一马双人，纵横驰骋，好有诗韵，唐琦搂着冯程的腰，艳红的纱巾迎风飘舞，油画一般的美。他们要赶去冯程老舅李铁牛家。

到家看着屋里的环境，唐琦有些失望。

冯程嬉皮笑脸地说："这是我舅舅家，房子多新啊，在村里数一数二！我舅舅答应把这间正房给你住，你看这炕上的被褥都是新的！"唐琦说："梅花鹿呢？会唱歌的鸟呢？你给我炖的肉呢？"冯程被问得一脸尴尬。

唐琦说："你骗我，在火车站你那么着急，是不是他们追来了？你说实话！"冯程说："是……"

唐琦紧张起来："那你为什么不让我坐火车逃走？带我来这鬼地方干什么？"冯程说："坐火车你是逃不走的。这里很安全，你放心，没有人能找到你！"

唐琦说："可这不是你给我描绘的世外桃源！一路上，我连一棵树都没看见！"说着，从包里把画掏出来扔在炕上说，"骗局！"

冯程展开那幅画说："唐琦，你听我解释，画上画的是真的，不过，是一百年前……美好的环境虽然被破坏了，梅花鹿和会唱歌的鸟都没有了，可会拉琴的冯程还在，他会在你身边保护你。"唐琦略有所动。

冯程说："保卫科的人被我糊弄过去了，这种地方他们待不了几天，以后也不会再来！对了，林业局的领导是我爸的老部下，对我特别关照！我想，过一阵子，我去求求他，你也能到林业局来工作！"

唐琦说："你说的是真的？"冯程说："当然是真的！饿了吧？你等着，我这就给你炖肉去！"冯程出门。唐琦忐忑的目光，很明显，对于冯程的话，并不是十分相信。

回到林业局，冯程将马拴到林业局马厩里，神情有些不安。曲和、侯

— 14 —

科长、徐干事，还有两名穿铁路制服的工作人员站在院子里。

侯科长说："站长你看，是不是他？"

火车站站长说："没错！就是他，就是他接走了你们说的那个女的！那个女的在站台上等了很久，我们都看到了！"冯程说："这是诬陷，我根本没有去过火车站！"

站长急了说："你……你胡说！"冯程说："急了？就对了！长得像的人多了，你怎么能确定你说的那个人就是我？"

侯科长说："那你骑着马，火急火燎地超过我们的汽车，干什么去了？说清楚！"于正来说："对啊，你哪来的马？"这事一涉他人，冯程有些慌乱。

果然，老刘头被请了进来，他察言观色看着冯程。冯程对老刘头使了个眼色。老刘头立刻明白，瞟了一眼于正来，便对冯程说："见着你大娘了吗？"

老刘头也使了个眼色。冯程说："见倒是……见着了。"这一引，他顿时明白老刘头的思路，老刘跟上又说："告诉她了？"冯程含糊地说："啊，告诉她了……"

老刘头转过头来说："局长，食堂等着开饭，我走不开。突然想起有个急事，老伴服的药引子，忘说给她了，得跟她说一声啊，我想冯程刚来，他还没分配具体工作，又刚学骑马上瘾，就抓他跑了趟腿儿……你别责备他了，要说呢，这事怪我！"

于正来已经看明白了，说："乱弹琴！你是老革命了，上班时间能让别的同志帮你跑腿干私事？觉悟哪儿去了？"老刘头说："这事我错了，我写检查……"于正来厉声道："行了！你们俩都出去吧！"侯科长一看不对："哎……"

老刘头和冯程迅速出门，正赶上曲和进来。侯科长说："哎，于局长，你这是护犊子，包庇冯程！"

于正来正色说："侯科长，你们要找唐琦这个人，跟我们林业局有什么关系？冯程是我们林业局的干部，跟这件事情也没直接关系！曲科长已经配合你们一天了，我们局里的生产任务也很重，虽说咱全是林家大院的事，但学院跟林场，也是各司其职，对不起啦！"说完，于正来坐回办公桌，不再

— 15 —

理会。侯科长和徐干事异常尴尬。曲和察言观色，却也不再说话。

食堂中午开饭了，曲和打了饭，坐在于正来身旁，轻声道："北京来的侯科长很生气，说要到上面告咱们状去。"

于正来说："随他，敢说就不怕他告！"曲和说："哎，今天冯程夸咱们围场，我心里边还挺暖和……"

于正来说："就是嘛，这是个好孩子！"曲和说："不过去火车站的人，恐怕还真是他……"于正来说："有这可能？"曲和说："我亲眼看见他骑着马超过了汽车！老刘头他们家根本不是那条道！"

于正来嗯了一声："那，咱得问问。"

下午，冯程听司机小庞喊他，说局长找他有事。他进屋一看，曲和也在那儿。于正来说："冯程，到底咋回事？"

冯程说："他们诬陷好人。"曲和说："冯程，给你个机会，跟组织说实话，我们不能眼睁睁看着你捅娄子！"冯程说："曲科长什么意思？好像我欺骗组织似的，我说的就是实话！"

曲和有点急了："小冯同志，关上门咱是一家子！你这样不知个远近，不好吧？"

冯程说："脚正不怕鞋歪，我没做错事，有什么不好的？"曲和急了说："于局长，你看他……不识好歹！"于正来说："你真没去过火车站？"

冯程斩钉截铁地说："没有！"曲和无奈地说："好吧，你这态度很明确啊，于局长可以证明，作为政工干部，我这也得有个留存。"冯程："放心，这里没有你的责任。"

③

清晨，冯程穿着运动衣，和另外几个年轻同志在院子里做体操。曲和推着自行车进院。也在锻炼身体的陈广济说："老曲，大清早干吗去了？"曲和说："可算把北京那两位大人送走了。"一旁的冯程听得清楚，露出了轻松的笑容，哼起了小曲。

冯程总算可以回舅舅家了，他冲进屋，只见唐琦蹲在灶台前添柴火，呛得直咳嗽。连忙拉起她说："唐琦，你没事吧？"

唐琦哭了说："冯程，你怎么才回来啊？我以为你不要我了呢，都三天了，连口热水都没喝上！"冯程却突然憋不住笑了出来。

唐琦用小拳头砸着冯程胸口说："你还笑！"冯程止住笑说："我不笑了，我不笑了。"他伸出手去为唐琦擦着脸上的黑。唐琦委屈地哭着。冯程说着对不起，唐琦眼泪滚落："我不想听'对不起'，你答应过每天都回来看我的！"

冯程说："我没敢回来是怕被跟踪，不过现在好了，他们走了，我们安全了！"唐琦先惊后喜，说不出话来。冯程说："你快进屋歇着，我马上烧水做饭。"

明亮的油灯下，冯程将饭菜盘碗在炕桌上摆得整整齐齐。唐琦有点惊讶说："你还真厉害……可是我什么都做不好！"

冯程说："这不正说明我对你的重要性吗？缘分让我们走到一起，就是让我照顾你的！来……"冯程拉唐琦坐下。她坐在炕桌前觉得有些别扭。冯程说："我知道你不习惯上炕，慢慢会适应的，冬天这炕烧热火，可暖和了！不怕你笑话，我们家在北京都砌炕，就是因为我妈忘不了这火炕的感觉！"

唐琦尽量适应着盘腿坐好。冯程说："唐琦，敌人已经走了，我们的未来将无比美好！今天就是我们新生活的开始！"冯程说得很高兴。没想到泪水从唐琦的眼里爬了出来。冯程说："你怎么哭了？"

唐琦咬着嘴唇，半晌说："新生活……这个词，对我来说太奢侈了！冯程，谢谢你！"

唐琦端起粥碗说："没有酒，我们也要碰杯！"冯程说："好！"也端起了粥碗。两只粥碗碰到了一起。唐琦眼中的冯程是那么可靠。冯程眼中的唐琦是那么美。

浩瀚星空中的那轮明月，白白亮亮的。照到这塞罕坝上的农家院里，更显安谧祥和。

屋内炕上，唐琦认真地铺着被褥，她嫌两个枕头远，又往一起拽了搋，让两个枕头紧挨着。冯程干完活进屋，唐琦连忙坐在了炕上，守着那两个紧贴在一起的枕头，有些羞涩。冯程向炕上看去一愣，他又看看唐琦。唐琦羞赧地笑了。

冯程尴尬地说："唐琦，舅舅家还有个偏厦呢，我今晚睡那屋吧……"说着伸手去搋自己的枕头，被唐琦一把按住。

唐琦侧过头去，不看冯程，轻声道："你是怕我连累你？"冯程说："哪儿的话？"

唐琦说："你就是怕我连累你！既然这样，你为什么让我来围场？这三天三夜，我连门都不敢出，村外，狼的叫声一夜不断。恐惧一直围绕着我，我甚至每时每刻都可以看到死亡！"她泪水肆意地流淌。

冯程连忙松开枕头，唐琦将脸转到一旁说："你别看，我不想让你看到我懦弱！冯程，我需要你……"

冯程蹲身握住唐琦的手，爱抚着说："唐琦……"唐琦说："你爱我吗？"冯程说："爱。"

唐琦说："那我们今天晚上就结婚吧。"冯程说："这……这不好吧。"唐琦说："你残忍！"冯程说："你说什么？"

唐琦说："我的父母都已经去世了，拿你当我最亲的亲人！在我绝望到极点的时候，你不该温暖我吗？如果你爱我，今天我们就……""不，唐琦你听我说！爱是件幸福的事，我不想在你绝望的时候……这会有乘人之危嫌疑，而且，我们的未来没有你想象的那么悲观。从明天起我努力工作，让局长更加信任我，最多一个月，我就可以去求他，让他给你安排工作。那个时候，你可以重新续上户口和粮食关系，我们就可以堂堂正正地去领结婚证了！"

唐琦有些失望，但她一直咬着嘴唇没有说话，半晌说："一个月……""对啊。"唐琦说："我们已经恋爱三年了……"

冯程说："是，再多一个月不算什么，我能等！"唐琦不再说话。冯程说："你好好休息吧，明天一早我带你去一个好地方，塞罕坝最美的地方！"说着，起身搋起了自己的枕头出门。

唐琦一阵无声的悲怆。她慢慢地将被子掀开一角，一个手剪的红双喜字在被子里。一滴泪水落在喜字上。她不忍再看，抬眼，烛光映射在她的双眸中……

次日，冯程拉着唐琦走在沙丘上。瘦弱的唐琦每走一步都很艰难。终于，他们爬上了沙丘。一阵狂风险些将唐琦吹倒，她下意识地降低了重心，人是没有摔出去，可那条红纱巾被风吹走。唐琦说："我的纱巾！"冯程说："唐琦，待在这儿，我去追！"

冯程连滚带爬地从沙丘高处追下。可纱巾被吹得越来越远。冯程一路狂奔，几次摔倒，终于抓住了纱巾，累得气喘吁吁。

他挥舞着纱巾，笑着说："我抓到它了！"冯程回到唐琦身边说："来，我帮你系上。"唐琦说："好，这是你给我买的，我要走了……""开什么玩笑！你往哪儿走啊？""你是知道我走投无路了，才故意设下了这个骗局？这是你的老家，你不可能不知道这里什么样子！居然把这里描绘成世外桃源，还拿一幅画来骗我！冯程，你好阴险！"

冯程说："我没骗你，这虽然是我的老家，可是我从来没回来过！"唐琦说："你母亲去世的时候，你舅舅去过北京，难道他没告诉你吗？这已经没有人类生存的条件了！"

冯程说："你说的也太严重了吧。村里不是有那么多人吗。"唐琦说："可我不是农民！"冯程无言以对。

唐琦说："请问现在是什么季节？"冯程说："春天呀！"唐琦说："春天在哪里？你指给我看！一个把春天都丢了的地方，你让我怎么生活？"

冯程说："我带你去的那个地方就能找到春天！那是一棵参天大树！我亲眼看到了上面嫩绿的树芽！"

唐琦说："我走不动了！也不想去看那棵树！我知道，你父亲埋在那棵树下，你带我去就是想让地下的他看看你拐骗回来的女人！对吧？"冯程说："唐琦，你误解我了！你听我解释！"

唐琦说："我已经决定了，离开这里。如果你还爱我的话，就跟我走。"冯程说："那你想好去哪儿了吗？""我姑妈在香港，早在一年前她就邀请我去了。"

冯程说："什么？香港？你真的要叛国？"唐琦说："不是我要背叛，是他们不要我了！"

冯程说："你不能走这一步！那是犯罪！为了你，我放弃了北京的生活，这条件艰苦，可这里还是我们的土地！自从踏上这片土地那天起，我的心踏实下来，让我想起了艾青的诗，'为什么我的眼里常含泪水，因为我对这土地爱得深沉！'这是故乡的力量。相信我唐琦，条件一定会一天天好起来的！未来一定会有梅花鹿，会唱歌的小鸟……"

唐琦说："我不想走进你的乌托邦！你到底爱这片土地，还是爱我？这很现实，请回答我。"冯程挤出笑容说："唐琦，你是最善解人意的，不会为难我，对吧？"唐琦仍然死死地盯着冯程。冯程被唐琦的目光灼烧着。

突然一阵狂风呼啸而来。冯程回头，发现是如墙倒般的沙尘暴。冯程连忙将唐琦抱在怀里说："快趴下！"冯程将唐琦搂得很紧，他们的身影被沙尘暴吞噬。

沙尘暴过后，冯程和唐琦已经被埋在沙土里。

冯程起身，连忙帮唐琦打扫着头上的沙子说："对不起唐琦，为了让你看风景，我才带你走高坡，要是在下面，风没这么大……"

唐琦看着冯程，嘴角挤出凄美的笑容说："你的怀抱真温暖，再大的风都无所谓了……冯程，再抱我一下。"

冯程再次将唐琦拥抱，他很开心，仰脸迎着风。在冯程怀里，唐琦的泪水无声地流淌着……她似乎下了什么决心。

唐琦终于还是对这恶劣的环境失望了，下了独自逃港的决心，留下了一封信，自己悄悄走了。保卫干事们终于找到了李铁牛家，并没能抓获唐琦，只得到她给冯程留的信，说这片土地是你的故乡，既然你不肯跟我走，那就永别了。他们据此提出要带走冯程。

于正来局长不同意，说："唐琦信上说得很清楚，冯程不肯跟她叛逃，说明他立场没问题，他爹冯立仁是抗日英雄，把自己的生命献给了这片土地，我担保他没问题。"此时有人又来电话，说承德火车站发现唐琦踪影，侯科长徐干事马上追去。

曲和让冯程在林业局仓库反省，老刘头端着一碗饭和一壶水，劝他赶紧找局长认错去。冯程闭上了眼睛不说话。

日出日落依旧，林业局照常运转，冯程蹲他的"班房"，于正来开他的会："各位，动员工作做得咋样了？今年有几位同志能上坝种树啊？"

曲和说："我这边没什么成果，同志们都反映连去了三年，一棵苗没活，没啥信心呐。"于正来将目光投向一位中年女同志。她却摇了摇头说："我也找了好几个同志谈话，都不愿意去了。"

于正来将目光瞅向陈广济。陈广济说："按说吧，我是负责技术的，又是领导，带头上坝责无旁贷！可是坝下几个分场，都面临防治病虫害的关键时刻，我分身无术啊！"

于正来叹了口气。那女同志说："于局长，要不今年就别上去了，同志们不是怕吃苦，没有金刚钻，谁也不敢揽瓷器活，在坝上种树实在是太难了！"

突然，一个洪亮的声音传来："报告——"众人一愣。曲和说："好像是冯程……"

于正来说："进来！"门推开，冯程进门。

曲和说："冯程，你绝食闹完了，来承认错误？领导们正在开会，外边等着！"冯程说："我没有犯错误。"曲和说："你说什么？"

冯程说："我想留住我的爱人，有错吗？可他们却说我包庇……我深爱着家乡的这片土地，有错吗？可是我的爱人却离开了我……"曲和说："没人听你在这写诗，出去！"

冯程用最大的声音说："我请求上坝种树！这也有错吗……"所有人都愣住了。

于正来说："你说什么？再说一遍！"冯程坚定地说："我请求上坝种树！"曲和说："你的问题还没有处理，上坝种树是技术攻坚，这么重要的任务，不能交给你！"

冯程说："毛主席号召我们绿化祖国，我是林业大学毕业的，你们可以给我任何处分，但没有权力阻止我申请工作！"女同志说："就你？你不是学木材加工专业的吗？你种得活树吗？"冯程说："种树很难吗？我离开北方林大的时候，买过几本造林学的书。"

陈广济说："呀呵？局里已经连续三年派了攻坚小组，都没在坝上种活树！靠几本书你……你以为是小孩过家家啊？"冯程说："三年没种活树，那说明派上去的都是笨蛋！"

陈广济说："你骂谁呢？"冯程说："局长，请分配给我树苗，送我上坝！我一定要把塞罕坝变回美丽的高岭！让这荒漠重现松涛林海！让梅花鹿回来，让会唱歌的鸟回来，让春天回来！"冯程热泪盈眶。

曲和说："口气不小，那你要种不活树呢？"冯程说："我就一辈子不下坝。"于正来说："好！这可是你小子说的！到时你得认账！"

冯程扬声说道："一言既出，驷马难追！种不活树，我就死在塞罕坝上！"他不去又怎样？唐琦的离去，对他的打击太大了。

⑤

高原荒漠上，两驾马车。前车上坐着于正来、曲和、陈广济。后车上装满了树苗和补给，冯程坐在车上，手里捧着一本《造林学》讲义。狗儿跟在冯程的车后。风很大，冯程强按着书，认真地看着。

前车的陈广济看了一眼冯程说："哼，现上轿现扎耳朵眼儿……我真心疼这树苗啊，还给他一千棵？"于正来说："整个林业局就他一个自愿报名的，就应该鼓励！老陈，你是老林业了，待会儿你可得多给他一些技术指导！"

陈广济说："人家用我？他不是有书吗？"曲和不咸不淡地说："但愿他是真心来种树的……"于正来说："你什么意思？"曲和说："他的女朋友唐琦叛国了，到了这，没有组织看着他，他要是找机会越境，局里担的责任可就大了！"

于正来说："要相信自己的同志，冯程要是真做出这样的事情来，我于正来一个人承担责任！"冯程在颠簸中低头看着书，对前面的议论充耳不闻。

坝上老营地，在两个被压塌的旧地窖子前，马车停住，冯程抬起头。

营地随地势就坡，地窨子已然完全被压倒，根本不能住人。于正来看着地窨子纳闷地说："怎么都倒了？"陈广济说："这么多年，咱们在坝上也没种活树，这个地窨子还是五年前修的呢，没人住，坝上风沙大可不就压倒了。"

于正来跳下车说："老曲，老陈，帮帮忙，天黑之前争取把地窨子给冯程搭起来！"陈广济说："我们还得伺候少爷？"嘴上说着，却跳下马车准备干活。

冯程说不用，他开始卸东西。半个汽油桶，树苗，行李，手风琴，帆布帐篷，铁锨，镐。于正来说："冯程，陈工是技术专家，这次我专门把他请上来，就是要教你怎么种树！你好好学！"冯程还是两字——不用。

正挽着袖子想帮忙的陈广济气坏了。于正来怒道："冯程……"冯程说："于局长，我知道你一直在保护我，你的好意我心领了，其他人的帮助我根本不需要，你们请回吧。刚才我已经查了树苗的生长期，两个月后请来检查我的植树成果！"

冯程一句话噎死人，让于正来、曲和、陈广济都无话可接。于正来叹了口气，带大伙走了。

满天星斗，一顶帆布帐篷支开了。马灯下，冯程正在看书，狗趴在他的身旁。远处的地窨子，冯程并没有着急修复，他翻看着书上对树苗的保养方法。

冯程将所有树苗移进帐篷，将根部插进汽油桶，并将携带来的水向苗上喷洒着。突然，远处传来一阵狼嚎。狗警觉地站了起来，浑身在颤抖。冯程连忙将帐篷四面完全封紧，用事先准备好的大石头将帆布使劲压着。冯程紧紧地抱住狗，等待着。

有狼挠帐篷的声音传来，冯程甚至看到了狼的影子。他目光惊恐，突然意识到危险，万般无奈之际，他看到了手风琴。快速将手风琴背在身上，拉出尖厉的声音。撕扯帆布的声音停止了，惊魂未定的冯程仍在颤抖。

第二天的宜林坡地上，冯程抡起镐向山坡刨去，半个山坡已被冯程刨满了坑。夕阳中，冯程仍在刨着坑。冯程拿起一棵树苗，对着书，种下了他在坝上的第一棵树。

一个人的奋斗，冯程硬是在半个山坡种下了五百棵树苗，他摘下手套，双手满是血泡，一屁股坐在地上，喘着粗气。

突然他听到了雷声，回身向天边望去，乌云滚滚而来，闪电从天际劈向大地。

冯程欣喜若狂，他扔掉生产工具向宜林山坡的方向奔跑着。大雨倾盆，树苗下的干土被雨水滋润着。

雨砸在他的头上，他不但不躲，反而仰天长啸："天助我也！"雨肆意地下着，冯程在这一个人的天地间欢呼雀跃，他的表情里分明有一丝痛楚。

第 三 章

1

　　坝上也并不全是荒漠，在一些阴坡面上有些宜林地，一只野鸡在荆棘丛跳跃。冯程举着拉满的弹弓，瞄了又瞄，石子飞出，野鸡被打了下来，他兴奋地站了起来。狗儿冲出，叼着野鸡回来。

　　回到了老营地，冯程用搭在野外的灶火炖着野鸡，边添火边对狗说："终于有肉吃了，待会儿给你也解解馋！"

　　这时，一阵急促喊声传来："冯程——"于正来、曲和、陈广济翻身下马。冯程连忙迎上去："于局长，你们可来了！"于正来说："一个月了，我拽着他们俩上来检查你的树苗！"

　　曲和直奔铁锅而去："哟，伙食不错呀！野鸡炖得挺香！哪来的？"冯程没好气地说："自己打的。"

　　曲和说："你有枪？"冯程说："没有，用弹弓可以不？"曲和说："哟！一个月就学会用弹弓打野鸡了？没少练哪，你种树了吗？"冯程有点急："嘿！还有不怀疑的事不？那你说呢？当然种了！跟我看看去！"

　　冯程带上陈广济和曲和，站在山坡上查看着树苗。他得意地对于正来憧憬着。正说着，冯程忽然看见山坡上陈广济将一棵树苗拽了出来，隔了两株又拽下一棵。

　　冯程大喊："哎哎！你干什么？这两棵苗都活了，你凭什么把它拔下来？"陈广济说："活不了！"冯程说："你胡说！你这一下子它才真活不了啦！忘了吃哪碗饭的？"

陈广济说："哎哎，年轻人信书不信我，不过林家大院这碗饭，我倒也端过几年！"说着就往山坡下走。

于正来迎了上去喊："怎么样陈工？"陈广济说："这小子交了狗屎运，赶上今年雨大，放叶率还行。"于正来很激动地说："那能活多少？"

陈广济说："这很难说，能活个三棵五棵的？也许吧。"

山坡上的冯程听到了这话急了，说："你说什么？我种了一千棵，放叶率这么高，怎么可能只活三棵五棵？"陈广济不屑地说："按前三年的经验，没准一棵都活不成……"冯程说："不可能！"陈广济讥讽道："出水才见两腿泥呀！俩月之后见真章！"

冯程没想到，陈工还真是乌鸦嘴，两个月后，树苗基本都死了，只有少数十几棵，还支棱着，也许有活的可能。

这天，于正来又带人来和冯程一起找活着的树苗，直嘬牙花子。陈广济连山坡都不上了，在下边仰脖子喊话："怎么样，服不服？"

冯程说："不服！没全死！"陈广济说："我刚才都转了，一千棵，挨棵看的，有几棵带死不拉活儿的，我看熬不过明年！"

冯程又急了，大喊："你胡说！我从现在开始，天天浇水，天天施肥！"陈广济说："好啊，折腾，越折腾死得越快……"冯程喘着粗气。

于正来说："行了老陈，你少说两句行不行？"他拍了拍冯程的肩膀说，"没事，三年来一直没种活，你呢，也别太逞强。"冯程说："不对，有人算计我！"于正来说："你说什么？""错不了！你们给我的苗有问题！"陈广济说："新鲜！种不活树赖苗子？这一棵苗好几分钱呢，要我说，应该扣你工资！"于正来说："行了行了，别胡说了！"

冯程说："局长，我要求下坝！"于正来说："怎么，你反悔了？"冯程说："不，我自己去选苗！再给我一千棵！"陈广济说："我赞成！一棵一棵地选，书上怎么写的你怎么选！"这风凉话让冯程气得咬牙切齿。于正来说："好，这条件我答应你了！"

于正来虽说应下苗子由冯程自选，但还是不放心，他给陈工做了不少工作让他配合冯程选苗，老陈还是应下了。

苗圃工人也配合冯程，冯程却不放心，每一棵都要经自己的手，按书本上说的蘸浆打包。陈广济向冯程看了一眼说："这浆，蘸了也白蘸。"

冯程不服："安好心眼子了吗，怎么就白蘸呢？""那你说为什么要蘸浆？""防止苗木根部伤口失水。"冯程得意地回话。

陈广济说："好，那你对浆的土壤成分有要求吗？""这个，书上没说。""那我说给你，必须是沙壤土才行，过黏的土一风干，开裂脱根。过沙的土，风干自然落下，也就不起护根作用了，必须是沙壤土，而你这土过黏了，坝上风大，苗子在车一颠簸，黏土脱离，等于没蘸。"

冯程一想对呀，但还不服气："我怎么没想到……"陈广济说："你要是谦虚点，我就教你了。"

陈广济突然肋下一阵疼痛，剧烈地咳了起来。冯程有些担心地说："陈工，你怎么了？"陈广济说："没事没事，老毛病……再有啊，植苗口诀知道吧？"冯程一皱眉头。

陈广济说："深送浅提，埋没红皮……我怎么看着你把苗种得深浅不一啊？还有的明显窝根！这些俗词，书本上有吗？"

冯程点了点头说："多谢陈工提醒，我明白了，这回一定把树种活！"陈广济笑着说："别太要强！实不相瞒，我连着上去过四年，说到底，我也是个失败者。"

冯程突然觉得陈广济有些可爱了。只见陈广济捂着胸口说："哎，接着选苗，接着选！多拿二百棵也不要紧！"

冯程瞅着陈广济，不好意思地笑了笑。

②

在坝上宜林山坡，冯程寻找着树坑，快速地刨着，小心翼翼地将树苗种下。深送浅提，仔细地去看红皮的位置。一千棵树苗种满了整个山坡。夕阳中，冯程挑水浇树苗，和如影随形的狗在一起，像一幅油画。他实在太累了，坐在地上，四肢伸开，仰望山坡，喘息着。

秋风袭来。帐篷里很是寒冷，冯程拉着琴，回忆起他的大学生活……

风华正茂的冯程和唐琦跳舞，音乐声中，郎才女貌，那么的和谐……音乐停住，冯程想不下去了，泪水滴落。

狗突然叫了起来，冯程拭泪，你是有话要跟我说吗？狗仰起头，发出长长的悲悯吟声，冯程感觉到了它好像也在悲伤，是对孤独的感同身受？狗向前一步，蹭着冯程的腿。冯程用手抚摸着狗的头说："幸好有你……天凉了，帐篷里太冷，明天咱们修地窖子，把家弄舒服点，要是等下了雪，可就来不及了。"

在老营地，冯程修好了一个地窖子，在做着最后的加工，天阴下来，有雪花飞下来了，他用镐使劲地砸着木桩。被雪埋没的一根木杆子向外推着，原来它是地窖子的门。冯程望着白茫茫的世界，感慨多多……

于正来、陈广济、曲和加上冯程四个人，又来查看着去年秋天种的树苗。一棵棵检查，一次次失望。冯程叹了口气说："我承认，我又失败了。"

于正来咳嗽了一下说："什么叫失败？你承认失败，才是真失败！还有没有信心？下坝挑苗子去？"冯程想了想，笑了说："算了，我相信陈工，请局里分配树苗吧，我再努力一季！"于正来说："不急，我们研究了，你在坝上一整年，太辛苦了！下去歇几个月，秋天再上来！"冯程说："不，我发过誓，树还没种活，我不能下坝。"

曲和在不远处喊着说："那可不行，你得回局里一趟。北京来电话了，你原单位保卫科要来找你了解情况，你必须配合！"

冯程一愣，他有了不祥之感。

冯程回到林业局，还是那保卫干部找他。

冯程声音低沉地说："又来干什么？我在坝上种了一年树，跟你们没什么好说的了！"

侯科长说："一年没见，脾气更长了……我们是来请你辨认几样东西的，给他看。"

徐干事拉开包，拿出两个文件袋，从里面小心地拽出了两样东西。一条红纱巾和一幅画。冯程瞟了一眼，愣住了。

徐干事说："请问这是不是唐琦的东西？"冯程说："是。"徐干事说："那就好，没事了，签个字，你回去吧。"

冯程突然意识到什么，拦住侯科长说："侯科长，请告诉我唐琦到底怎么了？"侯科长没理他，绕过他往外走。

冯程又拦住徐干事说："徐干事，请你告诉我，唐琦怎么样了？"徐干事说："哎呀，你就别打听了，安心工作吧，我们再也不来了……"

冯程再次追赶，又一次拦住了侯科长说："侯科长！看在我们曾是同事的分儿上，求求你了……"冯程眼眶湿润了。

侯科长咳了一声说："我们也调查清楚了，你还是很爱祖国的，从表现上看，也应该算跟唐琦划清了界限……告诉你吧，她死了！从保安县偷越国境，被我人民解放军当场击毙，刚才那两样东西是证据。"

冯程眼前一黑，栽倒在院子里。

塞罕坝上，喝醉了酒的冯程拄着一把铁锹摇晃而来，他看着那棵参天大树，树在他的眼前仿佛倾倒了，那是他醉酒后的视力错觉。冯程用铁锹铲着土，地很硬，铲起来很艰难。

这正是老刘头所指的冯立仁被埋的那个地方旁边。很快，冯程挖了一个浅浅的坑。

他将铁锹扔到一旁，躺了进去说："父亲，我知道你就睡在旁边，我来陪你了……别怪我没出息，我种的树一棵也没活，爱我的妈妈走了，我爱的唐琦也走了，我……实在太累了！从此以后，这棵树就是咱爷儿俩的墓碑了。"

泪水流淌在冯程所枕的黄土里。冯程闭上了眼睛。

一阵风吹过，冯程的身上就是一层沙土。眼前再次闪回与唐琦的那些美好时光……

远处，一阵阵狼嚎，令人胆战心惊。

清晨的太阳如约而至，树下的冯程一阵颤抖，是被刺骨的寒风吹的。冯程的嘴唇开始干裂，但他仍紧闭着双眼，呼吸变得微弱。"咣""咣"声震耳欲聋，一个人的声音说："砍不动！这树还挺硬！拿锯！拿锯来！"另一个声音说："来了！"

锯树的声音传来，冯程慢慢地睁开眼睛。他猛地从黄土堆里站了起来，带起了一团黄土。啊？四个村民正在锯大松树。

冯程大喝一声："住手！"众人惊愕。冯程冲了过去，将拿着锯和斧子的村民逼退。锯条已经镶嵌在树中。冯程一脚将锯踹下说："不许你们砍树！"为首的郑三儿，是附近村落郑营子郑老骥的儿子。

郑三儿喝道："你是谁啊？"冯程说："我是林业局来坝上种树的！这棵树属于我们林业局，不许你们砍！"郑三儿笑了说："你就是他们说的那个疯子吧？种了好几千棵苗，一棵没活的那个？还没滚蛋呢？对了，你有蛋吗？"几个人哈哈大笑起来。冯程喘着粗气克制着。

郑三儿说："这就是塞罕坝的一棵野树，谁说属于林业局了？我还说是我们家的呢！我二十五了，得盖新房子娶媳妇！用这棵树当过梁，正合适！你让开！"冯程说："你们是当地村民吗？"郑三儿说："废话！"

冯程说："难道你们没听说过，这是一棵'镇风神树'！"

郑三儿哈哈大笑说："神树，它什么时候镇住风了？三天两头刮黄土，伸手一抓二两沙，弄得我们坝上的老爷们儿都娶不上媳妇！没准把它砍了就风水大转呢！"

冯程说："只有多种树稳定水土，才能减少风沙，这是科学！这棵树是老祖宗留下的，几百年了，我们要靠它搞造林的研究！我是林业局的职工，我警告你们，砍树犯法。"

郑三儿说："砍棵野树犯个屁法！滚开，不然揍你！信不？"冯程抄起自己的铁锹说："有我冯程在，谁也别想砍这棵树！"

高江东有点怕说："这是个横主儿……郑三儿，怎么办？"郑三儿说："不让我砍树，就是不让我娶媳妇！打！咱们哥四个还打不过他一个？"

四名村民冲向冯程。冯程用铁锹挥舞着，但他只是吓唬，不想打到人，再加上两天没吃饭，浑身无力，很快就露出了破绽。高江东用镐把扛开了冯程的铁锹，郑三儿趁机抱住了冯程的腰。另外两人动手抢下冯程的铁锹，扔得远远的。

郑三儿身体强壮，冯程只稍作反抗便已经招架不住。郑三儿在冯程的肚子连凿三拳，冯程被打倒了，嘴角淌着血，他瞅着那棵树。郑三儿和高江东又开始锯树。

冯程站起身再次向神树冲去。负责拦着冯程的村民跳起，踹在冯程胸口，冯程再次倒地。他向神树的方向爬着，爬着。离树还剩三米远，冯程突然用尽浑身力气一跃而起喊："不许砍树！"抓住郑三儿的胳膊，用力一口咬了上去。

郑三儿被咬得嗷嗷直叫。对面的村民高江东吓得站了起来。冯程将锯条再一次从树上拽了出来，抓住锯条两端一脚将锯条踹断。高江东说："我的锯！我的饭碗啊！"冯程面目狰狞，大喊："不许你们砍树！"

郑三儿说："这小子真是找死！往死里打！"高江东和郑三儿双双冲向冯程，连拳带肘，连膝带脚，一阵痛捶。遍体鳞伤满脸是血的冯程栽倒在地上。郑三儿也打累了，说："砍棵树碰到你这么个主儿，真是倒霉！我可不想杀人，你快点滚！"

冯程目光呆滞，用尽全身力气将上半身撑起，一把抱住神树，他要以死护树。郑三儿从地上抄起了镐把说："让开！""啊"的一声大喊，抡圆了镐把。

"住——手！"郑老骥套着马车赶来。郑老骥冲到郑三儿身旁，将郑三儿推开说："你干什么？"郑三儿说："打死他！"郑老骥凑上去看。冯程已经非常衰弱。

郑老骥说："你们打的？"郑三儿说："不让我们砍树，还咬人！活该！"郑老骥说："不能打死啊！那得偿命！"郑三儿说："爹，你快带他们几个挖坑去，挖深点，好汉做事好汉当，我下的手！"郑老骥说："不行！走吧走吧，快走吧！"

郑三儿说："不能走啊，万一他告状，公安抓我怎么办？"郑老骥说："都这样了还活得了吗？快走！天一黑，狼就把他叼走了！"

众人收拾东西，装在马车上，很快消失在荒漠之中。

冯程的力气终于消耗殆尽，一松手，倒在了树下。他的视线中，参天大树渐渐变得模糊。他累了，又一次闭上了眼睛。

被拴在地窖子旁边的狗儿预感到不祥，挣扎着试图挣脱束缚。终于，狗儿冲了出去。带着拴狗的链子冲向大松树。狗叼着冯程的衣服，使劲地拽着。

冯程没有反应。狗伸出舌头舔着冯程的脸。冯程慢慢地睁开了眼睛，看见狗儿，知道自己还活着，欣慰地笑了。

狗儿警觉地守护着昏迷的冯程，为了求援，狗突然大叫起来。仿佛天地间只有这一人一狗。冯程的呼吸声和狗的狂吠声，让星月都褪色了。

天亮了，于正来、老刘头、陈广济，还有四五个林场职工从不同的方向汇集到老营地。大家都说没找到冯程，有人说他兴许碰到了狼群……

于正来吼道："不可能！他是这片土地的英雄之后！塞罕坝的狼不可能吃他！找！接着找！找不着冯程，对不起冯大队长！"

老刘头听到冯大队长四个字突然一激灵，腾地站了起来说："等会儿！我知道他在哪了！跟我走！"

八匹马扬起滚滚黄烟，来到古树之下。于正来和老刘头勒住了马，惊讶地看到大松树下挂着铁锹的冯程，佝偻着身子，向他们走来。众人翻身下马冲向冯程。

于正来心疼地问："冯程，到底发生了什么事？"冯程喘着粗气终于说出声来："不重要了……局长，我虽然没能种活树，可我却保住了这棵大树……噢，不，不对，是这棵神树……救了我的命。"

众人有些疑惑，并没有听懂冯程的话。

陈广济突然喊道："局长，是有人要砍这棵树，冯程一定是保护树才被打伤的！"众人一窝蜂地冲向神树。

树被砍锯的地方已经被冯程用衣服系住。陈广济小心翼翼地拨开衣服一角，已经用草根草叶等将树的伤口完全封住，活干得细致漂亮。

陈广济说："冯程，你给树治了伤？干得漂亮。"冯程说："陈工，它是不是在向我们证明，塞罕坝完全有种树的条件，可以种活参天大树？"

"对，你说得太对了！你用生命，走进了这棵大树！"两个人激动地抱在一起……于正来、曲和、老刘头，一个个老林业都热泪盈眶。冯程瘦弱的身躯，显得和树一样伟岸。

时光荏苒，坝上已是秋天，荒漠上的次生林变得发黄变红。仍在挑水的冯程，头发更长了，脸上长满了络腮胡。

狗儿慢腾腾地跟在冯程身后。他们已经习惯了这里的日常生活……

这天，一人骑着一匹牵着一匹马飞奔而来。看出来了，是林场职工大周，大周让冯程赶紧和他下坝。二人打马，一路烟尘。

原来是老林业工程师陈广济查出得了癌症，生命垂危之际要单独与冯程说几句话。陈光济嘱咐冯程，植树要从苗子开始抓，塞罕坝造林靠你了！冯程郑重领受了陈工的生死相托。

老营地的天边一抹红。冯程又一次拉起了手风琴，那声音悠扬，传得很远很远，这是冯程为陈广济送行的琴声。

他知道，陈工需要的是进行曲。冯程停止拉琴，看着狗儿说："供给准备得差不多了，柴火充足，今年冬天，比去年好过，这是咱哥儿俩在这过的第三个冬天了。我们在这建立了家园，你也长大了……"

他端起粗瓷大碗，见碗中水面如镜，冯程向狗凑去说："哎，你看看我，像不像鲁宾孙啊？"

狗"汪"地叫了一声，好像不懂。冯程笑了说："鲁宾孙也有一个伙伴叫星期五，今天星期几啊？星期三……星期四……不对，应该是星期六！"

狗儿汪汪地叫了两声。"怎么，你喜欢小六？要说咱们哥儿俩在一起三年了，我也该给你起个学名了，叫小六好不好？"

狗儿肯定地叫了一声。冯程笑了说："就小六了！小名，六儿，怎么样？"狗儿汪汪连叫了好几声。残阳如血，冯程紧紧地将狗搂在怀里。

坝上，零星粉红的野花迎风开了，又是一个春天。可是远处，正有黄沙卷来。这风沙肆虐，掩盖了那些充满生机的野花。

此时，中国的首都北京城，正是 20 世纪 60 年代初期的街景。一辆吉普车迎着沙尘暴艰难地经过天安门，驶进中国林业部大门。车内，林业部副部长覃秋丰一脸愁绪，似乎要吹去车前的风沙。

林业部部长紧急召见，一定有大事。覃秋丰健步走进会议室，被同时召见的还有十几位相关处级干部，与会者认真听着，做着记录，俱是满脸肃穆。看来，这个会已经开上好长时间了。

林业部长说："秋丰同志，话不多讲，我把大家紧急叫来，是传达国务院上午的会议。我国持续三年自然灾害，又赶上经济建设用材林紧张！这个局面我们林业部是责无旁贷的。加之近年来，京津上游的浑善达克沙地的北侵，咱们首都的生态环境很不乐观哪！毛主席和总理对这个现状十分关注。林业部决定在上游风口防风治沙，开展一个大规模的造林工程，打一场造林战役！打好这一仗至关重要，会鼓舞起全国人民的发愤之志啊！"

覃秋丰暗忖，随即问道："部长，组织交给我的任务是什么？"

林业部长走近地图，点指着说道："河北围场县北部的坝上地区就是风口，对，就是这里，我们要在高原荒漠塞罕坝大造林，涵养水源，把风沙治住，解除国家急需，解除人民痛苦……"

与会人员低头书写记录着，覃秋丰神情凝重地聆听。

于正来调到承德地区林业局已经半年了，可心里还放不下塞罕坝，这天他借地区"春季造林大会"讨论时间，叫上了曲和到局长办公室。

于正来说："哎呀，老伙计！半年没见，可想死你了！"曲和说："我也想您啊！到了地区林业局当局长，守着避暑山庄皇家园林，没把围场的老伙计忘了吧？"于正来说："那怎么能！"

曲和说："说吧，叫我来有什么任务？"于正来说："冯程要在坝上育苗，需要人手，这事儿落实得咋样了？"曲和说："他行吗？"

于正来说："你不让他试，咋知道他行不行？"曲和说："好，有于局长这句话，我回去就落实。"于正来说："多给他几个人！"曲和说："又不是打狼，育个苗，哪用那么多人？"

于正来说："还有个大好事我要告诉你呢！"曲和说："什么好事？"于正来说："我刚接到林业部的通知，国家要求咱们在塞罕坝建林场，大林场！"

曲和不以为然地说："说说倒是简单，那地方，怎么可能？"

于正来将一张火车票拍在曲和面前说："看见没有？火车票，我的！下午就去哈尔滨，到东北林业大学，一个月之内，林业部的领导们会带着我，跑遍全国所有的林业学院，为塞罕坝招兵买马！"

曲和的眼睛都亮了，说："太好了！哎，不过说好了，于局长，要招人咱可得招造林专业的！学木材加工的咱可一个不要！你看看冯程这些年浪费了多少苗子！"于正来笑了，说："放心吧，对于即将建成的塞罕坝林场，需要什么样的人才，我心里有数！"

东北林业大学礼堂，座无虚席。林业部国有林场管理局领导栗坤介绍说："下面有请林业部副部长覃秋丰同志讲话！"栗坤把麦克风推给了覃秋丰。

覃秋丰说："同学们，新中国成立以来，经济建设日新月异有目共睹，祖国的林业事业也迎来了大好局面，但同时我们也看到了两个危机。首先，原木供应紧张，直接影响到了工业发展。开矿藏用木头，建铁路用木头，造纸、建筑更不用说……咱们学林的，能让木材供应不足卡住祖国经济建设的喉咙吗？不能！所以，要加快森林工业发展的步伐，为祖国提供更多的木材！"

观众席上，坐在学生覃雪梅身旁的孟月低声道："雪梅，看见部长面前摆着的名牌了吗？他跟你姓一个'覃'。"

覃雪梅低声道："看见了……"她皱了皱眉头，想起家中往事……一张发黄的照片从一双苍老的手递到覃雪梅的手里。照片上是年轻的覃秋丰与覃雪梅的母亲，坐在两个人中间的是一个五岁大的小女孩，那正是小时候的覃雪梅……覃雪梅的神情困惑，一滴眼泪掉了下来。孟月说："雪梅，你怎么哭了？"覃雪梅难以置信，摇了摇头说："没事……"

覃秋丰仍然在讲话："第二个危机更加严峻，那就是环境问题！就拿北京为例，每到春天风沙弥漫，气候恶劣，沙尘暴一来，满城刮得天昏地暗！为什么会有这样的天气？是内蒙古高原的风沙南侵。有专家预测，如果不加以治理，六十年后，风沙可直逼北京城！我们林业人，应该担负起植树造林，稳固水土，保卫首都的重任！今天，和我一起来的还有来自全国十几个林业局的负责人，其中就有承德的于正来同志！待会儿他们会分别介绍情况，也希望即将毕业的各位大学生，响应国家号召，到最需要你们的基层林场去！"会场响起雷鸣般的掌声。

覃雪梅身后英俊的武延生，看到在侧幕等待上台做报告的于正来，他前面还排着四五个其他林场的同志，有斗志昂扬的女同志，也有精明利落的中年领导，于正来在队伍中显得很土气。

覃秋丰在几位校领导的陪同下从侧厅走了出来。他说："同志们继续开会，好不容易来到东北，我得在天黑之前赶到牡丹江林场去！"

正在领导们寒暄之时，覃雪梅已走得很近，她希望覃秋丰看见自己。一位校领导发现了她，转过身来说："哎，这位同学，你有事吗？"

覃雪梅的目光中只有覃秋丰，她的心跳得很快，脸涨得通红。覃秋丰看了一眼，对覃雪梅笑了笑，对校领导道："我发现这两年学林的女大学生越来越多了……巾帼不让须眉，这位同学，希望你响应国家号召，到最艰苦的地方去，建功立业！"

覃雪梅强忍着泪水，使劲地点头，覃秋丰走出了礼堂。有校领导挡着，覃雪梅没有办法与父亲相认。覃雪梅坐回到原位，同学们正在鼓掌。

孟月看着覃雪梅红红的眼睛说："你又哭了？"覃雪梅说："到最艰苦的地方去，建功立业……我是激动的。"主持会议的栗坤说："下面就请承德地区林业局局长于正来同志，给大家介绍一下他们那里的情况！"

于正来走向主席台，来到做报告的话筒旁，心情有些沉重地说："同学们，我是承德地区林业局局长于正来。我们正筹备在围场的塞罕坝地区建立一个大林场，需要人才，越多越好，在座的所有大学生全跟我走，我都欢迎啊！刚才听了全国各地林业同行的介绍，他们的条件真的都不错，可我们那的条件更好！围场坝上，那是封建社会皇上打猎的地方，能不好吗？有句老话，'棒打狍子瓢舀鱼，野鸡飞到汤锅里'，大树参天，野花遍地，一不留神，梅花鹿就撞开你们家的栅栏门！蒙古族姑娘美丽，满族小伙结实，不管是男同学还是女同学，去了那儿都不会想走！"

于正来一口气讲到这，同学们已经爆发了雷鸣般的掌声。

听到掌声，于正来编不下去了，哽咽了半晌说："啊，这个，我说的是二百年前的坝上啊……由于近一百年来的环境破坏，浑善达克和科尔沁沙地的南侵，围场坝上成了高原荒漠。地表沙化严重，缺吃少房，偏远闭塞……一年就刮一场风，从正月初一刮到腊月三十。"同学们哄堂大笑。

栗坤低声说："老于，你是来招人的，可不是来诉苦的啊！回头没有人报名可别怪部里没帮你组织！"于正来说："我是来招人的。可是我们为什么要在那里建林场？全国大造林，塞罕坝先行！因为进北京的沙尘暴就是从我们那里长驱直入！北京，那可是首都，国家的眼珠子啊！只有建成林场，恢复植被，稳固水土，才能拦住大风狂沙，保卫首都，保卫毛主席！"更热烈的掌声响起，感动得于正来热泪盈眶。

在东北林业大学的小桌前，每个林场来招人的负责人身边都被学校配了一个工作人员登记。十几张小桌摆满了学校院落。有的地方排起了长队，可于正来面前一个人没有。

覃雪梅绕过排长队的同学们，来到于正来面前说："于局长您好，我叫覃雪梅，我来报名。"说着，递上自己的报名表。

沮丧情结中的于正来眼睛亮了起来，一把握住覃雪梅的手说："好！覃—雪—梅同志，你带了个好头，欢迎欢迎！"

这天，北京城林业部长覃秋丰家来了位不速之客，就是那个覃雪梅，她坐在沙发上忐忑不安。女主人金佩云干净利落，一副军人做派，从二楼下来。

覃雪梅问："您好，这是覃部长家吧？"

金佩云说："是啊，我刚才听见小王喊我，说来客人了，是你啊？"覃雪梅说："啊……您是？"金佩云说："我是覃部长的爱人，你叫我金大姐就好了。"覃雪梅一愣，辈分不对，实在叫不出口。覃雪梅说："金……阿姨……"金佩云听着别扭说："让你叫大姐，套什么近乎！你是干什么的？"

覃雪梅说："我是一名大学生……"金佩云说："老覃带着人跑了一回林业院校，可好！昨天一天来了四拨人！套各种关系，让老覃帮着给找好地方工作……我就纳了闷了，你们这代年轻人怎么就不知道吃苦？我们打下来的天下，就是让你们干享福的吗？没有人建设祖国，去哪享福？"

覃雪梅很委屈地说："我……我跟他们不一样！"金佩云说："有什么不一样的呀？"覃雪梅说："我……我是广西人。"

金佩云说："噢，要跟老覃套老乡？还是自己来的？家长呢？你人不大，主意不小啊？"

覃雪梅急了说："我姓覃！我要见覃部长！"金佩云说："姓覃？还想套亲戚啊？覃部长出差没回来，就算他回来了也不会帮你！甭说老覃了，我这关就过不了！我这就联系学校，哪苦把你分配到哪儿去！"

覃雪梅仿佛根本没有听见，默默地嘀咕着："十几年了……"无限酸楚涌上覃雪梅的心头。泪水淌了下来，她嘴里挤出四个字："无情无义……"

金佩云说："你嘟囔什么呢？别在我家哭鼻子！"覃雪梅突然正视金佩云，目光很犀利。金佩云说："你还敢瞪我？给我出去！出去！"

覃雪梅的情感憋到了极点，她把手伸进随身携带的小包里拽出一张照片，狠狠地拍在了桌子上，"啪"的一声，吓了金佩云一跳。覃雪梅瞪了一眼金佩云起身出门。

金佩云说："这，这，这……"金佩云纳闷，拿起照片来，一愣，"老覃？"照片上是一家三口，男的正是覃秋丰……

第 四 章

1

覃雪梅走在东北林业大学校园里，一个声音喊她："覃雪梅——"她驻足。帅气的武延生跑了过来说："一星期没见着你的人，林业部的接收函却已经到了！对！这么好的事，不去北京活动能行？"覃雪梅说："林业部？武延生，你净瞎猜！我已经报名要去承德塞罕坝了。"

武延生一本正经地说："林业部已经要走了你的档案，好像是让你去给覃部长当秘书。"

这不可能的事真的来了。在学生处，覃雪梅看着一个表格说："怎么可能这样？我志愿报名是去承德！"学生处处长说："覃雪梅同学，林业部需要品学兼优的毕业生，让学校推荐，鉴于你的毕业成绩和表现，学校决定推荐你，这可是好事，别的同学求之不得的！"

覃雪梅说："是去给覃秋丰部长当秘书吗？"处长说："这不是你已经知道了？到了部长身边，以后多关怀母校。"

覃雪梅惊奇地说："我想知道的是，这样的安排是否走了后门？"处长急了："这怎么可能？你想到哪去了？"覃雪梅愣了一下，她明白了，这事纯属偶然，与覃秋丰无关，便说："既然没有，我请求到最艰苦的地方去！毛主席号召我们绿化祖国，承德塞罕坝要建立林场，我是学造林专业的，那里才最需要我！"

处长站起身说："覃雪梅同学，这可是你的真实心愿？"覃雪梅斩钉截铁地说："是！"

覃雪梅和孟月坐在大学院落的长椅上谈心。孟月有点委屈地说："雪梅，就要分别了，不知何时才能再见到。"覃雪梅说："分配到哪儿了？这么悲观？"孟月说："唉，最苦的塞罕坝呗……"覃雪梅笑了说："真的？那你说什么分别啊？咱俩是一个地方，以后更得天天在一起了！"

孟月说："不可能吧？我听武延生说，你们两个一起回北京，他还说，回去就让你尽快见他的父母，要和你结婚呢！"覃雪梅说："那是他的事！与我无关。"说话间，武延生气喘吁吁地跑来，孟月见他来了，使了个眼色，起身走了。

武延生走过来要坐，覃雪梅却站了起来，武延生也只好站着，两个人四目相对。武延生气呼呼地说："好好的林业部你不去，偏要去塞罕坝，怎么想的？"

覃雪梅说："这事我已经决定了。""那……那你有没有想过我啊？""武延生，请你自重，我跟你从来没有过恋爱关系，请你不要制造舆论。"武延生说："覃雪梅，我可追了你三年了……"覃雪梅说："我早就拒绝过你！国家培养我们不容易，我想先工作，后成家。"

武延生说："那我陪你一起工作！"

覃雪梅说："你说什么？"武延生说："不就是'一年一场风，正月到年终'吗？你都不怕，我也不怕！"覃雪梅说："如果为了我，武延生，你没有这个必要。"

武延生坚定地说："有这个必要！追你三年不行，我就再追三年，三十年！"无奈，她只能接受这位俊秀男生的善意，却在内心扎实了藩篱。

2

塞罕坝造林先遣队的到来，对于冯程来讲，现在可不是一人一狗的世界了。但是此刻，冯程在帐篷里睡得真香，尽管传来一声接一声的哨子响。

从原先冯程住的地窖子里钻出东北人张福林，河南人魏富贵和民工二勇、小黄。众人都被赵天山喊起来，不知如何是好，看向他。张福林见赵天山肩上背着枪，顿时紧张，甚至向后退了两步。

赵天山说："看什么看？列队！"赵天山瞅着冯程的帐篷，脸上出现不悦。帐篷里的冯程被近距离哨声再次惊醒，他发现赵天山掀着帐篷帘对着自己吹，就说："你干什么？"

赵天山一字一顿说："起床！出操！"说罢，转身就走。冯程气坏了，但是想了想也开始穿衣服。

冯程来到了营地外，发现赵天山正面对着四个民工，站得哩啦歪斜地等着他。冯程看着想笑，来到赵天山身旁说："老赵，你看一个个的，别难为他们了！"

赵天山转过脸来，严肃地说："入列。"冯程说："我？哎，我说赵天山同志，你没弄错吧？林业局让你们上来是配合我育苗的，不是让你来给我搞军训的！"

赵天山说："昨天领导送我们上坝的时候，对我的任命是，塞罕坝林场先遣队队长，你必须服从命令！入列！"冯程说："当过几天兵就不知道姓什么了，还命令，官儿迷啊？"赵天山朗声说道："我当了十一年兵，官迷不懂，命令懂！我现在是你的队长，队员必须服从命令，入列！"

冯程见赵天山眼睛瞪得溜圆，害怕挨打，无奈走进了队伍。赵天山喊："稍息……立正！向右转！跑步走！"冯程和几个民工跑得乱七八糟，只有赵天山显示出军人的素质。

朝阳中，五个兵跑上沙坡。赵天山喊着口号："提高警惕！保卫祖国！"冯程等五人跟着喊："提高警惕！保卫祖国……"

吃早饭了，魏富贵给大家盛着粥，每人手里一个窝头，老咸菜，几人凑在一起吃着。冯程离得稍远，细嚼慢咽着。赵天山放下饭碗说要分配任务，冯程听不下去了，说："你还想怎么好啊？"赵天山说："既然我们是先遣队，就得为即将上坝的大部队，做好准备工作，一切得服从这个！"

冯程说："别扯远了，你们几个是我跟局里申请上来帮我育苗的，不是来享福的，愿意干留下，不愿意干走人！"

赵天山也有几分服气地说："昨天听你说了，今天不就是做畦嘛！你需要几个人？"冯程没好气："一个人就够。"赵天山说："那你先挑。"冯程说："我就挑你！"

赵天山听了有点发愣，"我……"民工二勇、小黄开始偷笑，弄得赵天山很没面子，他硬撑着说："我就我……"张福林凑了过来说："哎，别别别！我吧……我在老家种过园子，做畦下种漫小葱，我都会，我跟冯技术员去吧！"

冯程瞪了赵天山一眼，带着成功者的骄傲，瞟向张福林说："你叫张福林是吧？"张福林说："对，开张的张，福气的福，树林的林……"冯程说："好，开张有福种小树，吉利！就你了。"

小苗圃开在山坡下，冯程和张福林在地上挖着，四周有些绿色，一亩地不大，被开垦出来。

张福林干活很精巧，苗畦做得平整，畦背踩得又硬又亮。冯程说："行啊老张，是把好手！"张福林被夸，笑得有些得意，"技术员，您是大学来的，那个赵天山算个啥啊？您跟局里说说，赶紧让他下坝，咱这不要官秧子、花架子！"

冯程说："你也烦他是不是？"张福林说："是！吆五喝六跟真事是的，还背着枪……"

说到枪，张福林收住了嘴，很明显，他怕的就是枪。

冯程说："当了十一年的兵，居然没提干，不定在部队犯了多少回错呢！抓到他的把柄，让他滚蛋！"张福林点着头附和，小眼睛中带着一丝狡猾。

3

老营地垒起的土灶旁，一些打好的筛子放在一边，张福林边干活边瞄着魏富贵，魏富贵露天做着饭。

张福林趁人不注意溜进地窨子，在自己的包裹里翻出个油布包，巴掌大小。这包有很明显的重量感。听到人声，张福林神色紧张，快步出了地窨子。

他到了一块白天看好的灌木丛里，用小镐使劲地刨着，将油布包塞进土中，又用刨出来的土将油布包掩埋，用脚踩着，又用干草伪装，这才放心。

张福林回了营地，小狗"小六"冲向张福林叫着，张福林色变，冯程说小六从来不咬好人，张福林很害怕，以为自己已经暴露，生了杀人灭口之心。

夜里，赵天山拿着手电筒逐一检查着地窖子，来到帐篷前发现微弱的灯光下，冯程还在看书。他咳嗽一声："几点了，还不熄灯？"冯程说："明天就要开始育种了，这是育苗成功的关键一步，做到万无一失，只能依靠知识……"

冯程话很硬气，没想到赵天山却露出了笑容，坐在冯程身边，冯程有些不自在。

赵天山讨好地说："其实啊，上坝之前，我已经了解你的情况了，心里是敬佩的……"冯程讪讪地说："了解情况？不会是曲和派你上来监视我的？"

赵天山愣了："哎，冯程，当兵的不能怀疑指挥官！"冯程说："兵，我看你当兵没当够啊？"赵天山说："对了，真没当够。"

冯程说："那天去打水，你冲澡，我看你一身的伤，都是打仗留下的吧？"赵天山点了点头。

冯程说："那立过不少军功吧？"赵天山说："军功章都留在家里了，老娘稀罕，每天都得擦上几遍。"

冯程又问，"咋没提干呢？"赵天山说："我不是官儿迷！要想当官，我早就当上了！我老班长跟我说，队伍里最重要的就是兵！我就一直当兵。抗美援朝，一江山岛，我都打过！"冯程说："要这么说，你这个队长，我心服口服了！"

赵天山说："冯程同志，你是知识分子，我尊重你，为了在坝上种活树，有任何需要我赵天山配合的，尽管说！"

冯程站了起来，向赵天山伸出手。

赵天山紧紧地握住了冯程的手说："刚才我没开玩笑，明天早上技术员不用出操，我到他们地窖子里吹哨去，不吵你睡觉……"

冯程说："别！今天起了一回早，我身上还挺舒服，出操必须带上我！"

4

赵天山、冯程、魏富贵、张福林、民工二勇、小黄六人都在小苗圃忙碌。这是坝上第一次用种子育苗，在冯程的指导下，众人格外认真。落叶松的种子被均匀地洒在浇灌好水的苗畦上。三人一组筛土覆盖种子。

这时，小六叼着张福林藏匿东西的那块油布冲向冯程。冯程并不理会它说："哎呀，我忙着呢，一边去！"小六用头使劲地蹭着冯程。

冯程瞅了眼小六，发现它嘴里叼着油布。他将油布拿了下来说："这是什么呀？"正在准备木滚子的张福林，手一软，木滚子被他扔在地上。冯程瞅着张福林，小六冲张福林叫着，张福林掩不住恐惧的目光。

夜里，张福林辗转反侧。同睡在一个炕上的魏富贵和民工二勇早已打起了鼾声。张福林经过白天的惊吓，怎么也睡不着，他回想着问他油布的神情。

鲜血溅在了像防空洞一样的墙壁上，一名保安倒地惨死，他的面前，两块马蹄金掉在地上。这一幕幕让他无法入睡。他的嘴唇在颤抖："漏了，跑也跑不了啦……"他脸上肌肉在抽搐，好像下定了决心，他要除掉小六。

帐篷里的冯程睡得正香。月光逐渐照亮冯程的脸，那张福林拉开了帐篷。

张福林举起小镐正要动手，小六的狂吠声响起。张福林吓得扭头就跑。小六扑向张福林，撕咬着不肯放过。

赵天山端着枪冲了出来说："谁！"张福林举起手说："我！快救命啊赵队长，我闹肚子，刚出门它就咬我！把我拉到这来了。"

冯程拉开帐篷帘，看着被狗撕咬的挥舞着小镐的张福林，皱了皱眉头，"六儿，回来！"

老营地的清晨炊烟缥缈。张福林盛了一碗粥，捻了两个热气腾腾的黑莜面窝头蹲到一旁。

小六一直盯着张福林，叫了一声，让他有些不安。冯程喊："小六儿！"挥手示意小六不要乱叫，并瞟了一眼张福林。张福林正在偷看冯程，目光相遇更加狼狈，他尴尬地笑着起身，换到了离小六更远的地方。

魏富贵端着咸菜出来说："咸菜来了啊！我点了香油，可香了！"众人立刻起身抢咸菜，张福林怕狗，没敢上前。赵天山拿着饭说："哎，昨晚剩了个窝头哪去了？"

魏富贵一愣，脸上微露尴尬。赵天山说："老魏，不会你给扔了吧？"魏富贵说："没有，我哪能糟蹋粮食啊，八成是被狗叼去了吧？"

冯程说："魏富贵！你别冤枉好狗！小六可没有偷东西的习惯。"冯程瞟了一眼张福林。张福林又在偷看冯程，被冯程的目光吓了一跳。

白天，冯程小心翼翼地揭开盖在畦上的莜麦秸，观察着种下去的种子有没有发芽。在张福林视线中，冯程蹲着，后脑勺对着他，正适合下手。张福林将手插在腰间拽出了小镐。

张福林举起小镐刚要下手，冯程忽然道："张福林，上坝这些天高兴不高兴？"

张福林吓了一跳，将小镐藏在身后，含糊地说："还行吧……"

冯程说："你肯定想说我不高兴，因为我成天嘟拉着脸，跟谁欠我账似的，对吧？"张福林又点了点头。

冯程说："怪我，一个人在坝上好几年了，待独了。这三年来除了我兄弟小六，没人陪我聊天，可它毕竟不会说人话呀！我呢，话也越来越少，觉得自己的舌头都不会打弯了。可自从你们来了以后，吵架也好，骂娘也好，那也是说人话啊，是你们救了我，要不然我早晚得变成哑巴。从明天起，我多笑，多说话，不板着脸了！""对，对对！"

冯程笑了起来说："你知道吗？上大学的时候我是文体骨干，打篮球、拉手风琴都拿手，同学们都爱跟我聊天！我还常组织活动，诗歌朗诵，篝火晚会，唱歌，跳舞……"冯程竟然有些伤感。

张福林看着眼睛发红的冯程，半晌才明白，冯程没发现自己要加害他，就挤出笑容点头说："哦，那是，那是！"冯程说："哎，你觉得老赵这人怎么样啊，天不亮就吹哨，拿咱们当大头兵管？你烦他吗？"张福林摇了摇头。

冯程接着说: "我开始挺烦他的。可这几天早操下来,浑身上下挺舒服!你呢,张福林,有没有觉得胳膊腿特灵活?"说着,就去扒拉张福林的胳膊。

张福林的手里拿着小镐,活动僵硬。冯程说: "你手里拿的什么?给我看看!"张福林开始躲,冯程硬去拉他的胳膊。张福林无奈,将小镐亮了出来。与此同时,张福林左手攥紧了拳头随时准备进攻。

没想到冯程却哈哈大笑起来: "你没事手里老攥着个镐头干吗?"

张福林说: "不是来帮你干活的吗?空着手咋干啊?这镐头,刨个坑埋个桩啥的……"冯程说: "畦都做好了,刨什么坑啊……不对,张福林,你拎着镐头肯定有别的用意,说,想干什么?"张福林觉得自己暴露了。

冯程说: "藏东西?那块油布就是你藏东西用的……老实交代,你藏了什么?"张福林吓得往后退了一步,小镐攥得更紧了,脸上开始显出狰狞。冯程说: "不说……其实我知道你藏的什么。"

张福林更吓了一跳说: "我,藏什么啊……""粮食呗!说,昨天晚上剩那窝头被你拿了!藏在哪儿了?夜里饿了出来偷吃,被小六发现了才咬你的,对不对?"

张福林长吁了一口气,要不是冯程一口气把自己的怀疑说清楚,张福林就要动手了,此时他尴尬地挤出难看的笑容,默认冯程这一说法。

冯程说: "你把我的包给我拎过来。"冯程指着远处自己带的挎包。张福林过去帮着拎包。

冯程从包里拿出一袋压缩饼干说: "这个给你……""这啥?""压缩饼干,这可是军需品,难得!部队慰问林业局时送的。这可是好东西,最顶事了,一块顶十块!拿着!"

张福林不好意思地说: "这……这么好的东西,我可不敢要!"冯程说: "客气啥!你看,筛土的筛子、滚筒、刮板都是你做的,样样用着顺手。我本来就该谢你的!拿着!"说着把一盒压缩饼干塞在了张福林的手里,又去查看苗圃了。

张福林很感动,又看了一眼手里的小镐,改了主意。

　　晨曦，在赵天山的带领下，六人的队伍从天际跑来，小六跟在后面，仿佛是第七个战士。赵天山喊着："提高警惕！保卫祖国！"众人跟着喊："提高警惕！保卫祖国！"冯程来了兴致，高声喊道："锻炼身体！绿化祖国！"

　　众人都瞅着赵天山，不知如何是好，只有小六跟着叫了两声。赵天山点了点头说："这个也不错！锻炼身体！绿化祖国！"众人又跟着喊："锻炼身体！绿化祖国！"

　　口号声罢，跑在第一的赵天山伸出了大拇指。跑在最后的冯程明白赵天山是在对自己，笑了。

　　这天清早，曲和带着好消息从林业局来看望大家，冯程懒洋洋地看着站在坡上讲话的曲和。

　　曲和说："天没亮我就从林业局出发了，一路上快马加鞭，你们要问我为什么心情如此激动？我是感谢林业部啊！在林业部领导的特别关怀下，十几名大学生已经在承德集结，即将上坝！那可都是国家的优秀人才，林业部的眼珠子！我们可得接待好！"冯程不以为然地看他讲。

　　曲和接着说："这下子体现到你们先遣队的重要性了，把手里的活都停下来，全力以赴搞好基础设施建设！这两个地窖子，远远不够！要多挖！要挖得大！让大学生住得宽敞！人家还特意提出要实验室，你听听，多专业！我的意思，再建一个高规格的马架子，当会议室兼食堂，我准备了最好的木材，还求物资局特批了上好的玻璃！"

　　冯程说："玻璃？做马架子还用玻璃吗？"曲和说："高规格的嘛！要让他们在宽敞明亮的环境下生产、生活！赵天山同志，马架子地势要高一点，可得搭结实了！别狂风暴雪一下给埋了。"赵天山说："明白！我会另选一块营地，挖六个地窖子，修高规格的马架子。"

　　冯程嘟囔着说："多此一举……"曲和说："冯程，你嘀咕什么呢？有话大声说嘛。"冯程说："建实验室的主意不错，我也需要一个实验室研究土壤和种子。至于其他的，没必要。大学生，还十几个？我不信，就算真来了，能留下几个？人家就是来玩的，玩完也得滚蛋！"

曲和变了口气说："你说这样的话，有什么根据？"冯程说："我是从大学出来的，一到毕业分配，都想找山清水秀的地方，我还不知道他们？""你胡说！大学生都是自愿报名来坝上建林场的，个个觉悟比你强！"

冯程说："你把话说清楚，哎！我觉悟怎么了？"曲和说："给你用'觉悟'是浪费词藻，自己是怎么上坝的你忘了？"

冯程急了说："我当然是自愿上坝的了，我是第一个！这里有我就够了，再要大学生没用！他们不可能像我一样，爱这片土地！"曲和说："牛吹大啦，你这是严重的个人英雄主义。""你少给我扣帽子！"

曲和说："你还有很多问题没交代清楚！当年的事不算完！跑到坝上来种树，不就是躲避处分，怕被开除吗？上来三年了，浪费了那么多树苗，一棵树都没种活，组织早就不相信你了！"这话让冯程火了，"曲和，你说什么？"

魏富贵和张福林一听冯程直呼姓名，在两边抓着冯程。冯程欲往曲和面前冲。曲和说："怎么着，你还想打人？"

冯程说："苗圃正在萌芽破土的关键时期，一会儿也不能耽误！之前几年植树失败，就是树苗的问题，陈工临终前对我的嘱托和我两年的思考不谋而合。我相信，在我的苗圃育出的苗，一定能种得活！这才是对林场最重要的！而不是盖什么高规格马架子！这么简单道理，你一个政工科长，应当懂！"曲和愣住了。

赵天山说："冯程同志！你怎么能这么跟领导说话？"魏富贵说："谁是政工科长？"张福林说："我们招工的时候，他可是局长啊，曲局长……"

冯程愣了愣，看着曲和。曲和笑了笑说："这事怪我，县林业局有了人事变动，没及时向冯程同志'汇报'，噢，是这样，于正来同志已经调到地区工作了，上级任命我接替他局长的职务。"一听这话，冯程多少有点心虚。

曲和缓缓地说："党和国家交给我们的任务是在塞罕坝建大型林场，我恨不得今天就看见大片的森林！可是在哪儿呢？冯程你种活了一棵树苗没有？宝贵的时间都被耽误了，还有脸着急？你们都认真听着，即将上坝的大学生，才是未来林场的技术骨干。赵天山同志，你是先遣队队长，刚才布置的任务，完不成找你算账！"说完，转身上马。马蹄扬起尘土纷纷。

会散了，赵天山看了眼冯程说："不是我批评你，曲局长可是对你不错，当着大伙，你咋这么跟领导说话呢？""哼，鬼才信呢！""哎，我说的是真的！上坝之前，他专门把我叫到办公室，夸了你半天呢！"冯程说："夸我？"

赵天山说："夸你是大知识分子，当过大学老师，夸你能吃得了苦，在坝上一干就是三年！"

冯程说："哼，就算夸我，也不是真心，我不领他的情！赵天山，我可没工夫给大学生修营地，苗圃一会儿也不能离人！"

赵天山说："那些苗是你眼珠子，谁敢让你离开。你需要几个人手配合？我派给你！我觉得你和曲局长说的都有道理，你抓育苗，我抓营地建设，两头都别耽误！"

太阳如常地笑对人间，冯程打理着他的苗圃。树苗破土出生，绽放着鲜嫩的绿色。

冯程激动不已，用手去接着苗子芽尖尖顶着的露珠，热泪盈眶。那绿色象征着生命，冯程用汗水和泪水浇灌着新生的希望。

第 五 章

①

在承德避暑山庄楠木殿里，地委书记黎卫民在为新来的大学生代表们作欢迎致辞，代表承德地委欢迎各位林业大学生到承德来，更欢迎大家在这里建功立业。

站在黎书记身后的于正来，带头鼓掌。院子里站着大学生，外圈是十几个林业局的工作人员，大家也都鼓起掌来。黎书记说："老于啊，我还要赶场去开个会，你就代表我，招待好咱的客人。"于正来说："好，放心吧，书记。"

黎书记因忙于公务走了，于正来冲大学生说："要不这样吧，大伙都来个自我介绍如何？就从覃雪梅同志开始吧。"于正来对覃雪梅印象深刻。她微笑着说："我叫覃雪梅，西早覃，广西人，东北林业大学毕业的，分科时主修的苗木培育，育苗专业，完了。"一边的武延生欣赏地看着覃雪梅。

武延生说："我叫武延生，也是东北林大的，造林专业，北京人。大家都知道，林业系统的很多科研机构都在首都，我呢……在覃雪梅同学的感染下，就来了这儿。"

覃雪梅明白武延生的话外之意，她没接话茬儿。于正来说："好！欢迎武延生同志。"众人鼓掌。武延生毫不客气地微笑着，轻轻招手，让人感到有种当官的范儿，他又冲着身边的孟月说："孟月，该你了。"

孟月说："我叫孟月，也是东北林业大学毕业的，和覃雪梅是同班同学，一个专业。不过，我可不是受同学感染，简单说，就是服从分配。"很明显，孟月说得坦然。

于正来说："欢迎孟月同志。"众人鼓掌。于正来瞅着站在中间的那大奎。那大奎说："我呀，我叫那大奎，她叫季秀荣，我们都是承德街里的……"说着，指着身边的季秀荣。

季秀荣气得瞪起了眼睛。那大奎说："她家住牛圈子沟，我们家住石洞子沟，我们两家之间啊，就隔了个翠桥……"

季秀荣急了说："那大奎，让你自我介绍，你介绍我干啥？"那大奎看了一眼季秀荣说："对，季秀荣同学一直批评我大男子主义。好，自我介绍，我那大奎，承德农专毕业，介绍完毕。"孟月说："你学的什么专业呀？"那大奎一愣说："林业专业啊。"

孟月和上海姑娘沈梦茵都笑了起来。武延生不屑地说："本来就是个农业学校，又是中专生，学林学，也就是学习基础知识，不分专业，对吧？"

那大奎听了不顺耳说："中专怎么了？承德农专，可是我们承德最好的学校！"孟月和沈梦茵笑得更厉害了。

于正来说："这位女同志是季秀荣吧？"那大奎说："没错，她就是季秀荣。我们承德农专的尖子生！入学成绩全校第一，毕业成绩还是全校第一名。"说完，瞪了武延生一眼，回头看季秀荣，却发现季秀荣也正瞪着他。

季秀荣说："我叫季秀荣，承德人，承德农专毕业，以后向各位大学生学习。"说着，轻快地鞠躬。武延生说："于局长，您在全国的林业大学做报告，也没招够人哪，还弄了两个中专生凑数……对了，你姓那吧？好记。"听这话，于正来脸色不好看，尴尬地笑了两声。

那大奎上前一步说："姓武的北京人，不值一提的中专生，想跟你讨教两招，怎么样？"武延生说："讨教什么？林业知识啊，有的是时间，我可以收徒弟……"那大奎说："摔跤。"武延生一愣。那大奎说："我让你一只手，摔不倒你，我改姓！"看到那大奎恶狠狠的目光，武延生有些心虚。

于正来说："哎！体育锻炼好啊！不过可不能破坏友谊。你们一起上

— 51 —

坝，未来是一辈子的朋友。这一点我感触特别深，直到现在，当年一起在坝上打过鬼子的战友，都是最亲的兄弟。"于正来一改之前的随和，拿出了军人的作风。武延生和那大奎瞅着于正来，都收敛了。

于正来露出笑脸说："接着自我介绍……我记着有个上海来的……"沈梦茵说："是我，我叫沈梦茵，南京林业大学，是学病虫害专业的……"

隋志超一张嘴是天津口音，说："我是天津林业大学毕业的，你说巧不巧，我也是病虫害专业的，好嘛，我们学校也说好几个同学一起来，最后也变成我一个了。咱俩这叫同命相怜、惺惺相惜，共同学习、一块儿努力……"

沈梦茵瞟了一眼隋志超，她不喜欢说话这么贫的。于正来说："天津的这位同志，你还没说你叫什么呢？"

隋志超说："隋志超，隋唐演义的隋，有志气的志，赶英超美的超！好听吧，姐姐，我爸给我起这名绝了！"沈梦茵说："谁是你姐姐？我有那么老吗？"隋志超说："噢，我们天津人管女同志都叫姐姐，这是尊重，不论岁数大小，您老可别生气。"

于正来说："好了，还有最后一位。"众人将目光瞅着一直安静站在一旁、长相英俊的闫祥利。闫祥利说："我叫闫祥利，四川人，西南林业大学，气象专业。我第一次离开家，生活能力可能有点弱……我不会洗衣服。以后还请女同学们帮忙……"

季秀荣说："我愿意帮忙！有脏衣服都拿给我吧！"那大奎一愣。闫祥利瞅着季秀荣欣喜地点头。季秀荣报以微笑。

快乐的承德生活很快过去了，小鸟般的大学生们来到这鸟不拉屎的坝上高原。曲和带着赵天山、张福林、魏富贵和民工二勇、小黄鼓掌欢迎。大学生们眼前是拉起的横幅"塞罕坝欢迎大学生"。新营地由六个地窨子和一个大马架子组成。六个地窨子门口分别挂着：男宿舍1、男宿舍2、女宿舍1、女宿舍2、先遣队宿舍、实验室的牌子。大马架子门口，挂着"食堂"字样的牌子。

送大学生上坝的承德林业局长于正来有些激动地说："嚯！这营地修得虎虎有生啊！"曲和、赵天山等人脸上都洋溢着笑容。于正来转过头，冲大学生们说："同志们，感觉怎么样？"众人的脸上都有些凝重，毕竟他们没想到是这样的生活环境。武延生说："不怎么样……"于正来有些讨好地说："小武，你……"

覃雪梅说："武延生，这里条件艰苦，我们是有思想准备的。你既然报名来了，就不要说怪话！"

武延生说："覃雪梅，你想哪儿去了？我的意思是，原本以为一上坝就能遇上于局长说的那种大风，黄沙遮日，伸手一抓二两沙，眼睛睁不开，站也站不住，你们女同学瘦弱，随时会被大风刮跑，这样，才能显示出我们男人的气概。我和那大奎可以保护你们啊，结果上来一看，这蓝蓝的天上白云飘，比我想象的，条件好太多了！我这才说，不怎么样啊。"

为了在覃雪梅面前表现，武延生说的是反话，于正来听出来了，也只好借坡下驴说："好！武延生同志，革命乐观主义精神，值得我们学习呀！"说完他转过身说，"快快快，帮忙给大学生们卸行李，汽车还得赶紧返回去拉树苗子、实验器具。"众人迎上，帮着卸东西。

武延生嘴上这么说，脸上却非常不悦，硬着头皮往地窖子门口走。闫祥利一脸的绝望。隋志超看着地窖子说："这是住人的地方吗？这是住白菜土豆的地方，地窖！"武延生说："有两个男宿舍，那大奎，咱俩一屋吧。"

那大奎说："好啊。"闫祥利不情愿地走向隋志超说："老隋，你晚上睡觉不打呼噜吧？"隋志超说："打，打得响着呢！要不你仨住一屋去，让我一人睡？"

闫祥利看了一眼那大奎，对隋志超说："没事，幸好我二姐给我带了好多医用棉球，你打呼噜，我可以把耳朵堵上。"隋志超说："瞧把你给娇气的，告诉你吧，我长这大从来没打过呼噜！"闫祥利高兴地说："那太好了！"

女宿舍也是一锅炒豆般闹，孟月说我还真没住过这样的房子。覃雪梅说："这叫地窖子，挺好的。你看，还有窗户呢。"覃雪梅指着地窖子后边的小窗口说："我没去过延安，但我估计毛主席住的窑洞，比这也好不了多少吧。"孟月笑了说："看你说的，我们哪敢跟毛主席比啊！"

另间女宿舍里，季秀荣和沈梦茵安顿着行李。沈梦茵鼻子一酸，坐在炕头上哭了。季秀荣说："哎，我说沈梦茵，你咋了？"沈梦茵说："我想家了……"

季秀荣说："咋才来就想家了？不是你自愿报名来的吗？"沈梦茵说："要是有别的办法，谁来这鬼地方，我出身不好，别的地方没人要。"季秀荣说："我说的嘛，这么漂亮的上海大学生，怎么会过北方来支援坝上呢？"沈梦茵说："我漂亮吗？"季秀荣："漂亮！看你皮肤多白、多细！我们北方女人可比不上你。"沈梦茵有些娇羞地笑着。

汽车开走了，于正来问道："哎，怎么没见到冯程来迎接大学生？"曲和说："这个冯程思想有问题，如果没猜错的话，建营房他也没出工吧？"赵天山说："出工了！你看，这些字，都是冯技术员写的。我们几个大老粗可写不出这么漂亮的字……"

曲和没理赵天山。于正来说："那他人呢？"赵天山说："在苗圃，苗圃正破土出苗子，关键时期，离不开人了，冯技术员伺候那苗子可精心了。"正赶上出来打热水的覃雪梅和孟月听到。覃雪梅说："坝上还有苗圃？"

曲和说："有一个，瞎胡闹的，不正规……"覃雪梅说："那太好了！有苗圃就有育苗的基础，我想去看看，可以吗？"

于正来说："好啊！你们看看覃雪梅同志，这工作热情，值得表扬啊！"孟月说："那把大伙儿都叫上吧，一起去苗圃参观学习。"覃雪梅说："好哇。"

2

冯程挑着两桶水向苗圃的方向走去，他的胡子更长了，完全像个野人。于正来、曲和、赵天山、张福林陪着大学生走来，看着苗圃。武延生说："这也叫苗圃？能育出几棵苗来啊！"覃雪梅说："先别说风凉话，看得出来，人家是蛮用心的。"

落叶松苗已经长出香烟高了，覃雪梅把手插入土壤，抓起一把土来，闻了闻，用手搓了搓说："孟月，带些土样回去，等实验室设备齐全了，化验化验土壤。"

孟月说："好。"说着，从随身携带的书包里掏出信封，写上时间地点，用小铲取土样，放进信封。覃雪梅对于正来说："局长，您看，这个苗圃出苗率很高，但苗子的质量不好，是多种原因造成的，将来移到荒山上，能种活的恐怕连三分之一都没有。像这样的……"

覃雪梅伸手去拽一棵苗子，苗子被拽出，果然苗子的根部发育不好。覃雪梅说："可以定为次等苗，占空间，夺营养，没有继续生长的必要。"孟月，武延生，帮忙把次等苗都拔了。

于正来看着覃雪梅、武延生和孟月这么快进入状态，脸上露出了笑容，对曲和说："好啊！你看，搞专业的人，就是专业！"

苗子被一棵棵拔出，扔在一旁。张福林看着有些心疼，毕竟他一直在帮助冯程育苗。

冯程挑着水回来，见苗圃来了一大堆人，有些诧异。突然发现地上被拔除的苗子，他大声地喊道："谁拔了我的苗子！"众人回身，看到披头散发，须发蓬松的冯程。

于正来说："我给大家介绍一下，这就是最早上坝的冯程同志。"众人瞅着冯程，没等有人说话，冯程又喊道："我问，你们是谁拔了我的苗子！"覃雪梅说："是我，我帮你清除了次等苗。"冯程说："哪有次等苗？谁告诉你，这些是次等苗！"

冯程从地上捡起苗子说："这都是最好的苗子，是我亲手在坝上培育出来的！能长出参天大树的苗子！你个小丫头片子居然毁了我的苗子，是何用心？请离开我的苗圃，现在！"

覃雪梅说："哎，这位同志，你怎么这个态度？"大学生们立刻汇集，集体面对冯程。冯程说："我在坝上育苗，是围场林业局技术科长陈工的临终嘱托；种子，每一颗种子全是生命！我领它们来到这个世界，可你就这么轻易地把它们拔了出来，还要我有什么态度？赶紧走，不然……"

冯程四下寻找着，抄起了刨地的镐说："不然它一动，就会让你们滚出去！"赵天山上前拉冯程，被冯程甩开。武延生和那大奎全急了，两个人双双上前拦在了覃雪梅的身前。

于正来说："冯程，你太不像话了！"曲和说："于局长，你都看到了吧！这就是冯程，三年没种出树来，他已经疯了！就在一个星期之前，还专门针对我干了一架！"

覃雪梅拉住武延生示意他后退，又对那大奎说："那大奎，你也让一让。于局长和曲局长都在这里，我不相信这位同志，真的敢打人。"她走上前来，拿起树苗说，"你说你爱惜这些种子像生命一样，我想请问，去年冬天你是否在当地对种子进行了雪藏？"

冯程咬着牙说："当然。"覃雪梅说："那播种前，有没有对种子进行消毒？"冯程吼道："消毒了！这种简单的道理，我用得着你教吗？"覃雪梅说："消毒液浓度是多少？"冯程一愣说："什么？"

覃雪梅说："我想您一定是采用高锰酸钾进行的消毒，消毒液浓度是多少？"冯程说："这个，我没具体算过。"覃雪梅说："好，从出苗的情况上看，您用的消毒液浓度可能过高，影响了种子发育。"

冯程说："不可能！影响了发育，它们怎么可能长得这么好？"覃雪梅说："那是因为你没见过长得好的苗圃。请问，你选择的这片苗圃，土壤的 PH 值是多少？"

冯程说："这是微酸性土壤，最适合落叶松生长。"覃雪梅说："我要具体的数值，PH 值的准确数据，这对苗木的生长影响很大。"冯程说："我又没有实验室，PH 值试纸也没有，怎么告诉你准确数据。"

武延生、沈梦茵、隋志超等人，露出了轻蔑的笑容，而这一切，在冯程看来，都是侮辱。

曲和说："傻了吧！人家是正经八百的大学生，专家！让你搞好接待，你还不服！逞强在这里育苗，全都错了吧？这三年你浪费了多少苗子？现在又在浪费种子，简直是糟蹋东西！"

冯程转过头去瞪着曲和说："说什么？我并没服你！"曲和说："怎么，你又想打我？"冯程的目光投向于正来，于正来对他怒目而视。

冯程情绪一下反弹了，说："我也是大学毕业，还教过大学生呢！我读林学院的时候，他们还戴红领巾呢！跑到这里来装神弄鬼，丫头，你以为你说出一些专业术语来就能糊弄我吗？我知道你什么用心，你自己是学育苗的，来到坝上，见这里已经有了苗圃，你没机会立功了！所以你才拔我的苗子！你这种卑鄙的人，根本就不配到塞罕坝来，你弄脏了这里的土地！滚！""你……"覃雪梅瞪着冯程，没想到他的情绪反转，眼泪淌了下来。

冯程看到了覃雪梅的泪水，心头一激灵，慢慢地放下了指着覃雪梅的手。覃雪梅哭着跑了。

武延生说："冯程，你等着！我，我们饶不了你！"连忙去追覃雪梅。沈梦茵、孟月也追去。

3

那大奎往外走，故意用肩膀撞了冯程一下。冯程自知言重，没敢理那大奎。季秀荣、隋志超、闫祥利也跟着那大奎走了，闫祥利当然是溜边的。于正来说："老曲，你去，安抚一下大学生的情绪。"曲和说："是疯了吧？这不就是条疯狗嘛！见到谁咬谁！要我说，立刻让他下去，别在塞罕坝捣乱了。"说罢一甩袖子走了。

张福林看着仍在生气的冯程说："冯技术员……"于正来说："赵天山，你们俩也走吧。"赵天山说："是！"他军人一样地说，"张福林，跟我向右转，跑步走！"赵天山带着张福林离开，苗圃里只剩下于正来和冯程。

半晌沉默，于正来摇了摇脑袋说："冯程，你怎么了？"冯程说："我很好。"于正来说："好？当着我的面，对新上坝的女同志这样的态度，这能叫好？"冯程说："那是因为她拔了我的苗子。"于正来说："是我让她拔的。"

冯程没好气地说："你也没早说啊……"于正来说："你允许我说话了吗？你把我这个局长放在眼里了吗？把同志们放在眼里了吗？大学生刚上坝，工作热情很高，饭都没吃，就来你的苗圃参观学习哪。发现苗圃有些问题，帮你清除次等苗，你却这么对待人家？那些是革命同志，不是敌人！"

冯程说："哼，我不相信他们会留在坝上，走着瞧！"

于正来说："你已经听不进去别人的意见了，包括我的！""我有我自己的判断，我的判断是正确的，错不了！""你错了！就说刚才那个覃雪梅，她是东北林业大学的高材生，在我最绝望的时候，第一个主动报名要求上坝！这中间还有个插曲，要不要我讲给你听听？"冯程说："……

那你说吧。"

于正来说："虽说覃雪梅报了名，可因为品学兼优，被林业部看上了，部里直接跟学校要人，让她去给部长当秘书，当时我的心里凉了半截。可是两个月后，覃雪梅还是到承德报到了，她放弃了首都最好的工作，坚决要到最艰苦的地方植树造林、绿化祖国，这是什么样的精神境界？一上坝，你作为一个林场老职工却羞辱人家，你丢的不是你冯程的脸，丢的是塞罕坝的脸，丢的是承德人民的脸！"冯程愣住了。

于正来接着说："造林事业不是你冯程一个人的，是国家建设的大事！塞罕坝也不是你冯程要个人英雄主义的地方，那苗圃是你个人的吗？那是国家的！别人动了苗子你就要打人？这要是在战争年代，我早就掏枪毙了你了！冯程啊冯程，你太让我失望了！收拾东西，跟我下坝！"

冯程说："为什么？为什么让我走？"于正来说："坝上的条件太艰苦了，你一个人在这里硬撑了三年，我怀疑你的身体、你的脑子，不对，是你的精神出了问题。跟我回承德，找精神科的专业医生给你看病。"

冯程说："你真的相信曲和的话？我没疯！"于正来说："等你真疯了，我就更对不起冯大队长了！废话少说，下坝，治病！"说完，扭头大踏步地走了……

小小的苗圃，只剩下孤独的冯程。

冯程知道，就在这高原荒漠塞罕坝上，这里有自己的汗血，这里有长眠的父亲，这里更有陈工对他造林育苗的殷殷遗嘱，他怎么舍得离开呢。冯程腿一软跪在了地上，手里抓起被拔掉的苗子，泪水奔涌……

第 六 章

①

　　冯程必须下坝，领导的决定是不可改变的。风沙中的荒漠塞罕坝，天地浑然一色，冯程坐在车厢里，随着卡车的震颤，身体被迫摇晃着。卡车行驶在土路上，小六一直陪伴着汽车奔跑。冯程眼前闪回他上坝时下过的决心，闪回他在坝上百折不挠的三年，嘴里突然嘟囔说："不，我不能走……"一跃而起。

　　吉普车里，坐在副驾驶的于正来正在生气。后排的曲和眼尖，突然大喊："老于，你看！"于正来冲曲和指的方向望去，只见冯程从高速行驶的卡车上一跃而下，掉进路旁的黄土中。

　　卡车司机从后视镜里发现冯程跳车，连忙刹车。连同坐在副驾驶的同事一起惊呼，卡车也停住了。于正来说："坏了！"他跳下吉普车。只见小六扑向狼烟之处，慢慢地，黄土地里，冯程爬了起来，掸着头上的黄土。小六围在冯程身边叫着。

　　于正来快走两步说："冯程，你要寻死啊？你小子精神真的出了问题？"冯程说："不，我的精神好得很。"曲和也非常担忧，一见冯程没事，又开始训他："精神好得很，你跳车？别说领导没照顾你，刚才让你坐吉普车了，你不坐！咋？成心坐卡车，就为了用这手来吓唬领导？"

　　冯程说："不敢，我知道错了，请二位领导再给我一次机会，让我留在坝上种树。"曲和说："不行！于局长让你下坝是经过慎重考虑的，你以为你跳个车，就能让领导改变主意啊？"冯程回避曲和，向于正来说：
"于局长，我真的不能走。我曾经立过誓言，种不活树不下坝！三年了，
是这信念支撑着我，若信念没了，我活在这个世界上，也就真的没有什么
意义了……"曲和说："你这是在拿寻死吓唬领导！"

　　于正来示意曲和不要说下去了，他慈爱地看着冯程："冯程啊，你的
意思我明白，你呀，还是先跟我下坝吧。检查身体，歇上一两年，等大学
生们把在塞罕坝上种树的难题攻克，你愿意参加劳动，再上来。"

　　冯程说："那不行，这里条件这么艰苦，那些大学生留不下，指不
上！没有人比我更爱这片土地！每个夜晚睡觉前，我都对自己说，我，冯
程，要把最美的青春献给塞罕坝！这是我的故乡，我父亲打过游击的地
方，父亲和母亲恋爱的地方，也是爸爸存骨灰的地方，这里曾经是美丽的
高岭！我要让它恢复美丽……"冯程一激动，眼里淌下了泪水。

　　于正来听得鼻子一酸说："老曲啊，你看……"曲和说："来不及了，
他骂了覃雪梅，又要打人，大学生们反应很强烈！不能因为他一个人，让
全体大学生对组织失去信任，对吧？"冯程说："曲局长，我要怎么样才
能留下呀？"

　　曲和说："除非覃雪梅原谅你。"

　　冯程转身就向来的方向跑去。曲和说："哎哎……"于正来看着冯程
的背影思忖着。

　　冯程在黄沙中奔跑，小六也追了上去，留下一串黄烟。

　　冯程跑去找覃雪梅，武延生拦住，问他想干什么？冯程说找她道歉。
武延生说你不配，她是我女朋友。两人发生了肢体冲突。小狗小六却冲了
上去，叼住了武延生的裤腿，武延生吓得直叫，冯程要魏富贵牵走小狗。

　　冯程说："武延生，今天上午在苗圃，是我错了，让覃雪梅受了委
屈，我请求她原谅，你是她男朋友，麻烦你请她出来，接受我向她道歉。"

　　武延生说："她要是不愿意见你呢？"冯程说："你刚才不已经动手
了吗？接着打，打到覃雪梅解气了为止，我绝不还手，只求她原谅。"武
延生说："好啊，你还手也没事，我还怕你不成？"说完，武延生一拳砸
向冯程，冯程忍住了。武延生上前，脚下一绊手上一推，冯程栽倒在地，

又站了起来。

那大奎擦着湿漉漉的头发从屋里走了出来说："哎哎哎，我这洗个头的工夫，怎么出了这么大热闹？"武延生说："那大奎，这个印第安人回来找打了，你要不要来两下？"

冯程说："只要覃雪梅能原谅我，谁来都行。"那大奎说："呵！厉害呀！哎，武延生，右手抄腿，拿肩膀把他顶起来甩出去！"武延生说："得，我试试。"武延生一哈腰，一抄腿，拿肩一顶，一甩身，真的把冯程甩了个跟头。

小六向打架的方向狂吠着，魏富贵牵不走了，回过头来看着冯程挨打，直皱眉头。冯程再次被摔倒在地，他强撑着起身，喊道："覃雪梅，你解气了没有！解气了就请你原谅我！"武延生喊说："没解气！"武延生冲上来用胳膊肘撞向冯程。冯程被摔倒之前，耳畔仿佛听到有人在叫喊，但他还是重重地倒在了地上，冯程喘息着。

这时覃雪梅出现了，大声喝道："住手！武延生，你在干什么？"覃雪梅拦住了要接着动手的武延生。与她一起回来的还有孟月、赵天山和张福林，原来覃雪梅根本不在宿舍里。

赵天山和张福林扶起冯程。赵天山说："冯程，怎么回事？"冯程说："覃雪梅，刚才我已经道过歉了，你男朋友武延生也替你出过气了，请你原谅我。"覃雪梅一愣，她瞅了瞅武延生。武延生活动着手腕，回避覃雪梅的目光。

冯程的嘴角流下血来。张福林怒说："武延生，冯程是来道歉的，你还真动手打啊？你以为打架，我们这些老干葱怕你？兄弟们，抄家伙！"民工二勇、小黄和张福林立刻抄起家伙。赵天山说："住手！"

冯程轻轻地说："你们把东西都放下吧！是我自愿来挨打的，跟武延生没有关系！"赵天山看了一眼覃雪梅，好像猜出原因说："冯程，领导让你下坝也是好意，你这是何苦啊？"隋志超说："就是，这鸟都不拉屎的地方，有机会下坝还不下？你这脑子真是出事儿了，下去看看病吧。"冯程吼说："你闭嘴！我没病！"隋志超说："哎呀妈呀，这凶……"

冯程说："我必须留在坝上，我要看着我育出的那些苗，种在山坡上，长成参天大树！我已经经历过无数次失败，这一次，我肯定能成功！"

武延生嘴一撇说："就你？学木材加工专业的，你要是会种树，还用

— 61 —

得着三年，浪费国家那么多树苗种子？哈哈……覃雪梅，别理他，我看他就是个妄想狂！"说着，就要拉覃雪梅进宿舍。

冯程怒吼："覃雪梅，你给我站住！"武延生回过头来说："怎么，你还想挨打？你已经滚蛋了，曲局长当着所有大学生的面儿宣布的！覃雪梅不会原谅你的，她和我们所有大学生，都不愿意再看到你这个讨厌的东西！"覃雪梅说："武延生，你太过分了！"武延生说："对这种人，你可不能心慈手软。"

覃雪梅转向冯程说："冯程同志，今天我也有错，让我没想到的是，那片苗圃对你那么重要。后来听说你的专业不对口，靠着自学，能做出那么好的苗圃，真的很不容易了！刚才赵天山队长带着我和孟月去为新苗圃选地址了，等我们把苗圃规划做出来，也请你多参加提意见！"

冯程说："哦，这么说，你……你原谅我了？"覃雪梅笑了说："我刚才说了我也有错，同志间发生争执，是很正常的，握个手吧！"说着把手伸向冯程，武延生瞠目结舌。孟月了解覃雪梅，对她很理解。

冯程在身上蹭了蹭手，拍手掌说："谢谢覃雪梅同志！"两只手握在了一起，这一握，就是把他留在了塞罕坝。魏富贵、张福林如释重负，赵天山欣慰地笑了。只有武延生很不高兴，更增生了对冯程的不满。

冯程回到小苗圃，将那些被拽出的苗子一一栽了回去，他满手是泥，一点点精心地护理着。张福林和赵天山在一旁帮忙。

张福林说："冯技术员，你中午就没吃饭，渴不渴啊？喝口水吧！"冯程说："不渴。这些苗子才渴呢，我得赶紧给他们挑水去！"赵天山说："走！一块儿去。"冯程说："老赵，你就……"赵天山说："多一个人不就能多一份力啊！走！"

挑着水的冯程跟赵天山说，把在坝上过夜的规章条例跟大学生说清楚，千万不能出了危险。张福林不明白，怎么坝上过夜还要啥规章条例？冯程说："你不了解大学生，他们都有个性，爱干净！还非得有规章条例不可！"

赵天山吹着哨，八个大学生都从各自的地窖子里出来。赵天山说："我的意见是，男的一个宿舍，女的一个宿舍，集中起来，好管理！"武延生说："为什么？我们是来工作的，又不是当兵的，有什么需要管理的？"

隋志超也说："就是，我们都是大学毕业，国家干部，谁管谁啊？"赵天山说："我是大队长，当然是我管你们了！"见赵天山一瞪眼，众人安静了下来。

隋志超杵了一下那大奎说："这赵大队长咋突然变了脸了？"那大奎说："是啊，上午不这样……"那大奎又看武延生。武延生说："还用问吗？回来的那个，给他出坏主意了呗？覃雪梅，我说什么来着，对冻僵的蛇，你就不能心慈手软！"

赵天山生气了："有点组织纪律性没有？我让你们讨论了吗？"赵天山的眼睛瞪得很大，女生们都害怕了起来，男生们也有所收敛。反倒是覃雪梅稳稳当当地问："为什么我们需要四个人挤一个宿舍？"

赵天山想了想，清了清嗓子说："首先，现在是塞罕坝最暖和的时候，但是到夜里，起了风，仍然很冷。多几个人，住在一个炕上，挤着暖和。到了冬天，点柴火烧炕，屋里住的人多，能互相照应，也能防止火灾。"

赵天山咳嗽一声说："你们女同志宿舍的规章条例还得加上一条，那就是……上茅厕问题！"四个女同学不禁笑了起来。赵天山说，"笑什么？"

孟月说："大队长，我正想问呢，营地为什么没有厕所？"赵天山说："原本要挖厕所的，可冯程同志有经验，建议女宿舍要规定，起夜不许出宿舍，必须严格遵守！"

沈梦茵说："不出宿舍……怎么办呀？"赵天山说："没看见给你们准备好的马桶吗？"四个女生面面相觑。

赵天山脸涨得通红，一个单身汉子面对面的，确实比较难说出这样的话："记住！这条必须遵守，散会！"

油灯前，孟月写着情书，写着写着笑了起来。覃雪梅翻身，说："行了孟月，该熄灯了，别影响别人休息。"孟月说："写完了，这就熄灯。"

沈梦茵睡得迷迷糊糊说："写完了又能怎么样？你男朋友也看不见，一个月才能寄一回信，着什么急啊？"孟月说能不能寄出去不重要，想对他说的话必须要写出来，不然可是睡不着的。

季秀荣说："哎呀孟月，你可真幸福！覃雪梅更幸福，你男朋友对你更好！为了你，打架动真格的！"

覃雪梅澄清，武延生不是她男朋友。季秀荣说："谁信啊？他亲口对冯程说的，我听见了！对吧，沈梦茵。"沈梦茵说："是，我也听见了。"

孟月却说，她作证，覃雪梅尽管没答应，不能算男朋友，只能算追求者。三年了，还追到塞罕坝来，早晚是要成功的！

覃雪梅说："孟月！别瞎说，我们才走上工作岗位，应该以事业为重，恋爱的事情，几年之内我不想考虑。"季秀荣说："几年？覃雪梅，武延生能等你几年啊？到时候成了别人男朋友，你可别后悔！"覃雪梅说："我才不后悔呢。"

沈梦茵听到了这句话，眼里放出了希望的光芒。季秀荣认为自己是中专生，得主动出击！便说："覃雪梅，武延生不是你男朋友，这可是你说的啊！我要发起进攻了！"

覃雪梅笑了说，"祝你成功！"

季秀荣哈哈大笑说："我逗你呢！武延生一看就是个高干子弟，又是北京人，肯定看不上我，我也不做这个奢望。你们说，是隋志超好呢，还是闫祥利好呢？隋志超，话太多了，闫祥利呢，话又太少了……"

众人觉得她这议题好玩，全都坐了起来，围着被子聊天。

孟月说，"你干吗非要嫁给大学生啊，大学生有什么好的？"季秀荣说："我有三个姐姐，都嫁给大学生了！我大姐二姐都是小学毕业，我好歹也是中专毕业，要是不能找个大学生，哪有脸回娘家啊？哎，你们快给我出出主意，我到底选谁好？"

覃雪梅觉得好笑，把头侧到一旁，不愿意出这个主意。沈梦茵说："闫祥利吧，长得帅一点，隋志超太讨厌了……"孟月说："我不喜欢闫祥利，自我介绍的时候还让女生给他洗衣服，太娇气了吧！哪像个男子汉！"

季秀荣说，"洗衣服做饭算啥？只要是大学生，我伺候他，家务事，一个手指头都不用他碰！"沈梦茵说："没见过你这样的女孩，也不脸红……"季秀荣说："这有啥脸红的？勇敢地追求爱情和幸福是每个人的权利！"

孟月俏皮地说："好是好，我就是担心那大奎把闫祥利摔死……"季秀荣说："他敢！我都说了，他不是我男朋友。"孟月说："可是我们都看得出来，他拿你当他的女朋友，这是你必须面对的问题，就像雪梅必须要面对武延生！"

覃雪梅说："怎么又说上我了？熄灯睡觉了！"她说完够着马灯关掉，屋里一片黑暗。

站在营地的赵天山，看见女生宿舍熄了灯，这才放心地走回自己的地窖子。

冯程翻了一个身，睡不着，回想起在苗圃他与覃雪梅的争执。"腾"地坐了起来，拿起书来快速地翻着。小六见冯程醒了，竖起耳朵看着冯程。

冯程懊恼地将书扔在一旁想，为什么覃雪梅懂的那些知识，书上都没有呢？难道我又错了？又浪费了种子和时间？他一头倒在炕上，瞪着眼睛难以入眠。

月光透过小窗和门缝照映进女宿舍。炕上，女生们似乎都已经睡着了。沈梦茵细弱的声音传出来说："我想出去一下……"

覃雪梅听见了，小声问："沈梦茵？你是在说梦话吗？"沈梦茵说："不是梦话……我快憋死了。"季秀荣说："我也醒半天了，这要憋到天亮，可受不了。"

其实几个女大学生早就被尿憋醒了，就是不敢出去。覃雪梅说："那好吧，我拿手电筒。"

女生们轻手轻脚地从地窖子里出来，向地窖子后的野地走去。覃雪梅拿着手电筒，女生们一个拉一个走出来。覃雪梅说："就这吧，别走太远了，我总觉得大队长不会无缘无故地吓唬咱们。这样，我先给你们放哨，你们快点儿。"

众人点头。覃雪梅扭头看营地，走远了几步看着。女生们正准备蹲下，沈梦茵突然"妈呀"一声。

众人全看沈梦茵，问怎么了？沈梦茵说："你们快看，那有人！"众人都向沈梦茵看的方向望去。

夜色中，两只绿豆大的光亮，正是一双眼睛。覃雪梅说："别怕！"覃雪梅用手电筒照了过去，光线一亮，眼睛看不见了。覃雪梅纳闷，怎么不见了？她移开手电筒，惊恐立刻出现在她的脸上。那已经不是一双眼睛，而是四五双眼睛，就在不远处瞪着他们。四个女孩迅速凑到了一起。

季秀荣说："这不是人，绿眼睛……是狼！"眼睛们突然开始移动，几只狼向四个女孩冲来。覃雪梅大叫说："快跑！"尖叫声中，四个女孩转身就跑。沈梦茵才跑两步就摔倒了，大喊着说："救命啊！"覃雪梅回身去拉沈梦茵，她看见狼已经很近了，惊恐地瞪大了眼睛。

"砰"的一声枪响，所有人都惊呆了，一动不动。

枪声传来，冯程猛地坐了起来，惊恐的情绪很快镇定了。地窖子外的小六叫得挺欢，他马上走出来，见赵天山端着枪喊："别怕！全到我身后来！"四个女孩连忙跑向赵天山。

赵天山又开了一枪，那些绿色的眼睛调头远去，消失在夜幕中。赵天山又给枪压上膛子弹，警觉敏锐如在战场。

女孩们在赵天山身后瑟瑟发抖。冯程没出声，眼神中对赵天山充满敬佩。

赵天山护送着女孩子们回到新营地。男大学生和魏富贵、张福林等人都从地窖子里迎了出来。冯程举着火把从老营地方向跑来，赵天山说："违反宿舍规章条例，到野地里方便去了。"

冯程将火把插在地上，用手点指着女大学生们说："大队长给你们开会，你们怎么就是不听话呢？"

赵天山说："要不是冯技术员想得周到，特意叮嘱我，你们上坝的第一宿就都被狼吃了！"

冯程说："老赵，你现在明白我为什么不相信这些大学生了吧？"赵天山在气头上，没好脸地瞪着四个女孩。武延生挤进来说："呵，你们俩一唱一和的，怎么了？"季秀荣说："出去这主意是我出的，我是中专生，别对人家大学生数落了好不好？"武延生凑到覃雪梅面前说："到底怎么回事？"

那大奎说："就是，为什么不修厕所？起码应该给女生修个吧？你安的什么心？"

冯程看着虎视眈眈的大学生们说："马桶的图是我画的，张福林学过木匠，你们上坝之前我们俩配合，新给你们做的马桶。我也是当过大学老师的人，连马桶都给你们准备了，你们说，我安的什么心？"一甩袖子扭头要走。

　　武延生说："站住！少跟受了委屈似的，你先给我讲清楚，为什么不给女生修厕所？不然没完！"赵天山气愤道："有完没有？是，我们考虑不周到，魏富贵，明天早上和我一起修厕所！"

　　冯程猛地转身说："不能修！"他快步回到了众人聚拢的地方说，"养成了外出上厕所的习惯，冬天怎么办？零下四十度，四处都是冰溜子！呼啸的寒风可以掩盖一切声音，人一旦滑倒了，喊救命都没人能听到！等发现的时候，就是一具冰冷的尸体，甚至是一堆骨头！"

　　这惨境众人没有想到，覃雪梅看冯程的目光发生了变化。冯程说："当然，也许我的顾虑是多余的，因为你们，可能等不到冬天就走光了。"话一出他扭头就要走。

　　覃雪梅说："冯程！你凭什么这么说我们？""我说错了吗？要是连这点委屈都受不了，还想留在塞罕坝种树？快走吧！趁冬天还没来，到时候想走，可就走不了啦！"

　　覃雪梅好像听出了善意说："今天是我们错了，但你也别小瞧人！我们既然报名上坝，再苦再难，我们也一定会坚持！你能待三年，我就能待三十年！"

　　冯程回头看着覃雪梅说："了不起，走着——瞧！"拿着火把走了。

　　武延生说："不指望他们！那大奎、隋志超、闫祥利，明天一早，咱们给女同学修厕所！"

　　覃雪梅说："不，冯程说得有道理，我们必须要'适应'，这两字太重了。"

　　赵天山说："我是个大老粗，想不了那么细，幸好冯程没下坝，要不然……好家伙，上坝第一天，四个女同志就让狼吃了，我这个大队长，得蹲监狱！当然，厕所还要有，必须建好。晚上不能去，这规章制度必须遵守。"

　　四个女孩，心有余悸。不服气的武延生身后，是闫祥利，他想着心事，那是一张永远猜不透脸……

第　七　章

坝上的生活开始呢是个新鲜，可是时间长了，大家受不了了。这不，早餐时间又到了，隋志超盛了一碗粥，发现笸箩里装的还是窝头，心想这都吃了一礼拜了，就说："魏师傅，你不能换换样吗？"

魏富贵有些为难地啊了一声。沈梦茵也说："是该吃细粮了，我这嗓子都受不了啦！"隋志超听了心疼，说道："这要在我们天津就好了，我请你吃大麻花！嘎嘣那么一口，脆！香！甜！那叫一个好吃，准保你吃一回忘不了！"

沈梦茵没好气说道："天天说大麻花，嘎嘣嘎嘣的，还没吃着呢，我都牙疼了。以后我们就管你叫大麻花吧！"

隋志超说："沈梦茵，你愿意管我叫大麻花好说，随便叫，我们天津人就这点好，厚道！叫吗我都应着，只要你乐和，玩——嘛！"沈梦茵被逗笑了。

闫祥利吃不下，只吃了一口的窝头扔在桌上。季秀荣发现并关注着闫祥利。

冯程进门就端了一碗粥，一口气喝净了，拿了个窝头就往外走，正遇武延生进门。二人在门口相遇，门口很窄，武延生不肯让路。冯程想了想，退后一步。武延生大摇大摆地走进食堂，冯程才走了出去。

覃雪梅和孟月从实验室出来，覃雪梅回身锁着门。

孟月说："总算是把实验室都安顿好了，这以后就算是咱们的根据地了！"覃雪梅说："对呀，对土壤的研究、种子的培育，未来林区立地因子分析、设计，都靠咱这实验室了。"

覃雪梅刚要说什么，突然愣住了，冯程站在了她们的面前。覃雪梅吓了一跳说："你有事吗？"

冯程嘴里还嚼着半口窝头说："没，没事。"往旁边退了一步。孟月和覃雪梅向食堂走去。他看着实验室和门上的锁，叹了口气。

冯程去找赵天山，说想参观参观他们的实验室。赵天山说你去吧。冯程哪敢直接去啊，之前自己和覃雪梅闹过误会，和武延生、那大奎又打过架，他不敢去怕大学生们反感。

于是，他跟赵天山借钥匙想夜里去参观。赵天山拒绝了他，说："哎，冯程同志，我得忙去了。武延生布置了任务，让我带着他们整地。你还别说，武延生看着像个公子哥似的，肚子里有墨水，说得头头是道！对树坑的要求也特别严。有这样的技术员，造林肯定能成功！"

这话听起来挺别扭的，说完赵天山大大咧咧地走了，他没想到，他的话会刺痛冯程。

冯程无奈，他决定硬着头皮去试试。

大学生们在新营地实验室里研究。覃雪梅手里拿着一沓资料说："孟月，这个怎么办？这是林业部专门帮我们搜集的，在高寒荒漠地区植树造林的资料，可是，是英文的……"孟月说："我学的是俄文。"覃雪梅说："同学里好像只有武延生学过英文吧？"

武延生说："这个翻译嘛，倒也不是很难，我的英文程度高，你是知道的，不过有些专业术语，记得没那么清楚了，毕竟放下了几年嘛……"

覃雪梅说："不要紧，我有一本英语词典，买来就是为了学英语的，先给你用。"说着就向门口走去。

她推开门，门外的冯程有些意外，连忙往后退。覃雪梅吓了一跳说："你？你来干什么？"冯程说："啊，我……"没等冯程说出话，武延生和孟月跟了出来。武延生说："你要干什么？"

冯程不悦地说:"武延生同志,你这么凶干什么?我是想来实验室参观参观,学习学习。"武延生说:"你记住……我们不欢迎!"覃雪梅说:"哎,武延生……"

武延生一瞪眼说道:"怎么着?就是不欢迎嘛!礼尚往来,他欢迎过我们吗?他觉得我们来坝上就是抢他功劳的。你想想,你去苗圃给他提点意见,他什么态度?现在想来参观实验室啦,没门儿!"

在实验室内,冯程吊儿郎当地参观,假装不介意的样子。他瞟见了英文问:"这是什么呀……"孟月说:"英文,你懂吗?"冯程抬眼,看孟月没什么好态度。覃雪梅和气地说:"你是北方林大的,学的应该也是俄文吧?"冯程说:"啊,对,学的是俄文。英文字母跟俄文字母不太一样啊……"

覃雪梅失望了。冯程看了一圈说:"这实验室也没啥嘛,要我说,白瞎了这么大个地窖子了。"覃雪梅有点生气,孟月上前两步要与冯程理论。覃雪梅拉住孟月,示意不要这样。冯程溜达了出去。孟月说:"还当过大学老师呢,没素质。"

武延生走进实验室说:"雪梅,把你的英文词典借我,半个月内,我保证把这份资料给你翻译出来!"覃雪梅说:"好,你跟我去拿!"二人出门。

❷

食堂里,季秀荣来找魏富贵,要借点面,说她发现闫祥利这几天都没怎么吃东西,听说是请了病假,她想给他做碗烩面。魏富贵多看了她一眼,默默地找出面。

季秀荣为闫祥利做病号饭时,论起老家,季秀荣说姥姥家是河南的,这才会做烩面。魏富贵和季秀荣说算半个老乡。季秀荣最爱吃家乡小吃"妈糊",魏富贵留心记住了这句话。

小板凳,大铝盆,季秀荣就在地窖子里给闫祥利洗上了衣服。季秀荣向闫祥利表白,一定要嫁给大学生,闫祥利提到那大奎,季秀荣说:"他可不是我男朋友!他倒是想,可我一定要嫁给大学生,他呀,不在考虑范

— 70 —

围之内。"

闫祥利开始谨慎地说："啊，是吧……对了，到时间了，我得去气象站观测了。"

季秀荣关切地劝阻他，病了就要歇歇。闫祥利坚持要去气象站，她借口说要学观测气象，也就跟他一起去了气象站。

这是个用桦木板皮做成的栅栏，将气象站与外界隔离，以防止野兽破坏。闫祥利打开百叶窗，取出蒸发皿、干湿计、银盘日射计、全天日射计、最低温度计……闫祥利边看边向季秀荣讲解。

季秀荣边听边帮闫祥利记录。时而，闫祥利会提醒季秀荣记录格式方法。

季秀荣崇拜地点着头，不时瞅着闫祥利，她觉得他认真起来的样子，确实蛮可爱的。

隋志超和沈梦茵行走在荒漠灌木丛里。突然，隋志超大声喊道："哎，我说姐姐，快来哎，你瞧瞧，这是吗？"沈梦茵说："谁是你姐姐？"她也是走累了，找了一块大石头坐下。

隋志超说："咱俩专业是病虫害，那得小树长成了才有病虫害呢，你瞧瞧这塞罕坝，除了这种不成材的灌木棵子，哪有像样的树啊？咱俩这是英雄无用武之地啊！"

隋志超说着，就坐在了沈梦茵的身旁。沈梦茵往边上挪了挪说："别老咱俩咱俩的！听着硌硬人，没话找话……"隋志超说："哎，你生气了姐姐？"他好像有点沮丧。

沈梦茵急了说："我说了，别叫我姐姐！听见你这俩字我就恶心！"隋志超说："我这打小习惯改不过来啊，对不住了姐姐……"他突然意识到什么，懊恼地"嘿"了一声，抬手给了自己一个嘴巴说，"瞧我这张臭嘴！打明儿起，我要是再管你叫姐姐，你就抽我！"

沈梦茵说："哎哟，这一路，弄得我鞋里都是沙子，硌得我脚疼……""鞋里进沙子了？来，我帮你拾掇拾掇。"说着，隋志超抓起了沈梦茵的脚，将鞋脱了下来。他麻利地磕打鞋说："好了……哎哟，这袜子上也有。"

隋志超又用手将沈梦茵脚上袜子上的沙子胡噜掉说："来，那只。"沈梦茵说："我用不着你！"自己把另一只鞋脱掉，抖搂着沙子。隋志超

— 71 —

说："脚疼吧？我帮你揉揉？"

沈梦茵脸红了说："大麻花，我说你好像古代的一种冷兵器……"隋志超没听明白，他抬头问："哎，姐姐，又错了，你说我是什么，冷兵器？"沈梦茵生气地："又喊我姐姐，你你，你就是古代的冷兵器，你怎么这么贱呢？净说那硌耳朵的！"

隋志超仿佛没听到后半句，又说："你叫我吗？大麻花？嘿，真亲切！硌耳朵？耳朵眼炸糕也出来了。真哏儿！"

沈梦茵哭笑不得："你……你可真是没皮没脸，我告诉你，明天我要跟武延生他们一起出工，一起劳动，你可别再编什么理由，骗我跟你一起出来了啊？要不然，我报告大队长，让林业局处分你！"隋志超说："别啊，姐……"他一巴掌拍在了自己的嘴上，及时封住了要"溜达"出来的"姐姐"。

隋志超说："沈梦茵，梦茵妹妹，你看啊，咱一起上坝的这些大学生，咱俩那真是天造地设的一对儿啊！"沈梦茵说："你胡说！"隋志超说："哎，你是南京林业大学的，我是天津林业大学的，学的居然还是一个专业，般配吧？你是上海人，我是天津人，俩城市都是直辖市，旧社会还都是殖民地，般配吧？你长得这么美，我长得这么帅，般配吧？"

沈梦茵说："我呸！你也算大学生？占人家便宜，你是个小阿飞！"她腾地站了起来，快步走了。隋志超愣了："阿飞？吗意思？"

③

那大奎、武延生、赵天山、张福林等人扛着生产工具回到营地。正赶上沈梦茵和隋志超也回来，沈梦茵一脸的不高兴。隋志超说："哎，都回来了啊？"

武延生说："你的病虫害研究得怎么样？"隋志超说："挺好！收获颇丰！我那篇《塞罕坝林区害虫天敌初探》论文有了素材。没带标本夹子，标本给飞了。"沈梦茵哭笑不得地看了隋志超一眼，向宿舍走去。

隋志超往自己的宿舍门口一看，这闫祥利的衣服袜子都洗了？这是谁洗的？那大奎、武延生觉得有意思，都凑了过来，闻着那衣服，"哎哟嘿，怎么这么香哎……"

隋志超说："季秀荣好像说过，她要给闫祥利洗衣服的。"那大奎不满地说："这丫头片子，我这老乡，傻呀。"隋志超说："哎，你瞧，来了！"

季秀荣和闫祥利说说笑笑地从气象站的方向走来。那大奎皱了皱眉头，武延生瞟了眼那大奎，故意挑事说："老那，瞧见没有，双出双入啊。"那大奎的火气就上来了。闫祥利一见大伙都在，立刻收敛了笑容。

那大奎拿季秀荣没办法，转眼瞪向闫祥利说："好你个小四川，你敢抢我女朋友？"

季秀荣看了看众人，咬着牙说："大伙都来了，正好，有几句话我得说明白！是，我跟那大奎从小就认识，上小学的时候，被坏孩子欺负，他也帮过我。后来我们俩又一起上了农专，在我心里，我一直拿他当哥哥。可我从来就不是他的女朋友！"

那大奎气坏了说："季秀荣，你……"

季秀荣说："那大奎，我不止一次跟你说过，可你总当我开玩笑！我来之前也跟我妈说了，不找个大学生女婿，我就不回家！你是中专生。今天，我当着大伙的面儿说出来，总不是开玩笑了吧？！希望你以后不要再纠缠我！"

那大奎说："那，你不也是中专生，咱俩还是不是同学了？好啊，那你是看上闫祥利了！"季秀荣说："是又怎么样？我喜欢有知识有文化的大学生，能嫁给大学生是我这辈子的梦想！闫祥利，我们处朋友，行吗？"

闫祥利说："这……这……"季秀荣说："你别这这的，你要是觉得我配不上你，你就摇头！""我……我……""你没摇头，那就是答应了！"季秀荣来到闫祥利身边，一把拉住他的手说，"那我们就算是当着大伙的面儿确定关系了，以后我就是你女朋友。"闫祥利吓了一跳。

那大奎说："闫祥利，你小子过来，看我摔不死你！"说着，就冲向闫祥利。隋志超和武延生连推带抱，拦住那大奎。

赵天山劝那大奎，说："谈朋友是自愿的，你得尊重季秀荣，现在是新社会，哪有强买强卖的，再说你这是剃头挑子一头热啊。那大奎，有本事你揍我。"那大奎这会儿就顾不上闫祥利了，反倒与赵天山较上了劲，要比试比试。

— 73 —

那大奎冲向赵天山，二人拉开架势就要开战。冯程大喊一声说："等一等！你们俩又没仇，还真打架啊？"众人愣了。冯程给赵天山使了个眼色，低声说："你是大队长，这样摔跤不丢份吗？"说完，冯程又冲那大奎喊，"不就是谁也不服谁吗？比试比试不就完了！先比掰腕子。"隋志超击掌叫好，说："这个主意好！既决出胜负，又不伤和气！高明！"

食堂里，在众人围观下，赵天山与那大奎对坐，两个人的手握在了一起。掰腕子，那大奎输了，心中不服，喊了声"再来！"说着，又要去抓赵天山的腕子。

冯程不远不近地说着风凉话说："掰腕子，第一局输了，再掰十局也还得输。换个别的比吧。做俯卧撑咋样？那大奎，你不是练摔跤吗？胳膊上肯定有劲儿吧？"那大奎说："好，俯卧撑！"那大奎说："怎么个比法？"

赵天山说："俯卧撑还能有什么比法？看谁先做不动呗。"说着，便将手支在了地上，开始做，他是当兵出身，这技巧活，擅长。那大奎可就不一样了，他靠的是一身蛮力气，可是赵天山已经做上俯卧撑了，自己也只好开始。

渐渐地，那大奎已累得满头大汗。大家也停止了呐喊助威。隋志超看着那大奎有点心疼说："我说老那，算了吧，你输了……"那大奎咬着牙说："我不服……季秀荣，你为什么不愿意给我当女朋友？"季秀荣说："你大男子主义！从来没真正地关心过别人！"那大奎说："就算我不好，我可以改！总比那个好吃懒做，等着人伺候的闫祥利强。"

季秀荣说："你怎么知道闫祥利好吃懒做？他的专业非常优秀，我跟他学到了不少知识！他还预测到下个星期会有连续几天降雨！植树造林的机会，就在眼前了！我觉得他配得上科学家的称号！"

那大奎哭了："你只看到他的好，我对你那么好，你一点也看不到！"季秀荣说："你对我好我知道，在我心里你是哥哥，永远都是！那大奎，你别逞强了，我跟你真的从来没有过恋爱的感觉，为了我你这样做不值得！"泪水从季秀荣的眼眶流下。

那大奎抬头看见了那泪水，心一凉，胳膊一软趴在了地上。一旁的赵天山仍在做着，根本没有要停下来的意思。冯程打着圆场，说："行了老赵，他输了。武延生，你跟那大奎一个宿舍对吧，他心里难过，你多陪他聊聊。"说完，转身走了。

武延生不屑冯程的叮嘱，瞅着地上累得跟一摊泥一样的那大奎。赵天山起身，拍着手上的土说："老魏，晚半小时开饭，让那大奎歇会儿，晚上加个菜。"

魏富贵点头。季秀荣含着热泪看身后满脸茫然的闫祥利，他却冷眼旁观，仿佛根本就是事外之人。

4

冯程坐在山坡上，风吹着他蓬乱的头发。赵天山快跑两步上来。赵天山感谢冯程出了掰腕子、做俯卧撑的主意，说要是真与那大奎比画起来，胜负难料。冯程借机还是要借用实验室的钥匙。

赵天山担心他和大学生闹过矛盾，去实验室搞破坏。冯程坦言，自己就是想仔细学习学习。赵天山暗示他钥匙在他宿舍的军用挎包里。冯程终于进了实验室，用手电筒照着，熟悉一下环境，然后开始逐一看瓶子罐子，上面有很多标签。

冯程拿出笔记本一一记录下标签的内容。他发现很多瓶罐里已经有了发芽的种子。他仔细地观察着。他用显微镜观察孟月之前做好的样本。又发现覃雪梅的笔记本，连忙打开看，看着看着就来了兴趣，一页页地翻着。他怀里还抱着几页英文资料，边看边翻译，天不知不觉亮了。

清晨，赵天山喊冯程，没有听到回应，拿出哨来吹，没有回应，干脆推门进了地窖子。屋里没人，赵天山疑惑，又去苗圃了，走这么早？赵天山跑去，发现也没有人。哪去了呢？

众人正在吃早饭，那大奎架着武延生走来，武延生满脸通红。众人都疑惑地瞅着一身酒气的二人。娇气的沈梦茵立刻捂住鼻子，转过头去。

那大奎傻笑着说："我没事！昨夜大醉一场，今朝那爷已脱胎换骨，横行天下，大丈夫何患无妻！"说着，瞪了一眼季秀荣。季秀荣回避他的目光，那大奎拍了一下胸脯，对赵天山说："大队长，我那大奎没事啊，好人一个！昨天安排的工作，今天我照样完成任务，绝不掉链子！"

赵天山很是欣赏说："好样的！快吃早饭！吃完早饭就出发，寻找宜林地，先行目测踏察，雷厉风行！"那大奎说："是！"

那大奎拉着武延生坐下。隋志超盛了两碗粥，递到两人面前说："二位英雄，喝点粥吧，压压酒劲。"那大奎端起碗就喝。武延生凑近粥碗，就忍不住一阵恶心，起身冲出食堂。赵天山愣了说："不是，那大奎，武延生怎么了？"那大奎说："他开导了我一晚上，我喝一碗，他喝半碗，结果我没事，他醉了。"

武延生哇哇地换着地方吐着，最后人扶着木栏杆起不来了。覃雪梅、孟月和隋志超都追了出来。覃雪梅上前帮武延生拍着后背说："你没有酒量，喝这么多干什么？"武延生说："我跟那大奎是哥们儿，我……"他说话舌头都大了，又一阵呕吐。

赵天山说："行了，武延生，别逞强了，我知道，你是为了开导那大奎喝多了，开导得不错！不算你旷工！隋志超，扶他回去睡觉吧，怎么也得睡上一整天……"

隋志超点头，将武延生扶起，覃雪梅担忧地看着二人走开。

第 八 章

1

实验室的门一直被锁着,被困了一夜的冯程醒来,向外张望,看见赵天山正在集结人马去勘测。冯程出不去,想喊人又害怕被覃雪梅发现,就在门缝偷偷地看着。

营地里,人马集结,站成一排。赵天山说:"野外勘测,风沙大的时候得戴上风镜。"他给大家发着风镜,每人一个,又说,"这是局里专门给大学生配备的,请爱护好!路途遥远,还得打上绑腿!"民工过来给大家发蓝布绑腿,赵天山做示范,打起鱼鳞花,众人跟着学。

看着众人已走,冯程也出不去屋,看见资料又兴奋起来,拿起资料看着,又开始翻译。

路上,赵天山、沈梦茵、季秀荣、闫祥利、魏富贵和二勇一起跋涉。风很大,偶尔还卷着黄沙。

季秀荣说:"闫祥利,把风镜戴上吧!"闫祥利连忙戴上风镜。季秀荣说:"沈梦茵,咱们也戴上。"三个大学生戴上了风镜,却发现其他人并没有。

季秀荣说:"魏师傅,你们咋不戴上镜子?"魏富贵说:"大队长不都说了吗,数量有限,给大学生配的。我人糙皮厚眼睛又小,沙子吹不进来。"季秀荣听了有些不好意思。

另一条沙路上，张福林、覃雪梅、孟月、隋志超、那大奎和小黄走在另一条路上。风很大，张福林喊着："过了这段儿我们就走沟里，风能小点！"戴着风镜的隋志超说："哎呀妈，大实话，真不差，'伸手抓，二两沙'！这哪是刮风啊，这是刮刀子！"

孟月脚下一滑险些摔倒，"啊"的一声惨叫，"这有死人！"原来脚下竟是一堆白骨。

隋志超说："怎么了姐姐？"那大奎踢了一脚骨头说："这应该是只狍子，不是人的骷髅。"张福林说："准是让狼吃了……别怕，我跟冯技术员挑水的时候，还遇到过一堆骆驼的骨头呢！放心吧，白天没狼！"

覃雪梅见孟月步履维艰，说："老张大哥，我们手拉着手走吧，这样不会被风刮倒。"张福林有些受宠若惊，在身上擦了擦手，小心翼翼地伸向覃雪梅。

覃雪梅毫不嫌弃，一把抓住了张福林的手。六人在风中手拉手走着。男人们还都背着行囊，如红军过草地般在沙地里跋涉。

赵天山带队，沈梦茵、季秀荣、闫祥利、魏富贵和二勇登在高处。赵天山说："咱们今天不是来选植树的地吗？种哪儿合适啊？刚才看了那么多地方，你们都没表态。"

沈梦茵和闫祥利面面相觑。沈梦茵说："本来武延生在这组嘛，他才是造林专业的。"

季秀荣见大学生们没主导意见就说："哎呀，选个地方有什么难的？既然你们大学生都不做主，那就听我的！大队长，有没有离水源近的地方，咱不怕离营地远。"

赵天山说："有啊！"季秀荣说："好，带我们去。"见季秀荣说得干净利落，另外两名大学生立刻表示同意。

魏富贵说："到点了，咱先把午饭吃了吧？"赵天山同意，众人坐下。这干粮被包了一层又一层，魏富贵说是怕凉了。看这走了一上午还剩点热乎气呢！老魏开始分干粮。

季秀荣给闫祥利拿了，递到他面前——是棒子面的菜团子，她说："你要是嫌外面的棒面粗，刺嗓子，你就光吃馅儿，把棒面给我，我吃得惯！"

闫祥利感激地点头。魏富贵拿着个皮囊过来，凑到沈梦茵面前说：

"小沈，我背了点热水。"沈梦茵接过皮囊说："哎呀魏师傅，你人可真好！"魏富贵说："嗨，你们女孩就不能喝太凉的……"提高了声音又说，"给季秀荣也留点啊！"季秀荣说："没事，你多喝，我不怕凉。"

魏富贵见季秀荣搭了话，向她招着手说："半个老乡。"他悄悄地伸出大拇指，小声地说，"这一道上我就观察，你这中专生可比大学生强。种树跟干农活一样，娇气的就干不成！"

季秀荣说："谢谢魏师傅表扬！大学生术业有专攻，我们中专，知识面狭窄。"魏富贵有些尴尬。

马蹄坑地区，从高处向下看形似马蹄印。在一片相对平坦的绿色宜林地上，覃雪梅放慢脚步说："孟月，地图。"孟月就地展开地图。覃雪梅在上面标记着，用定位仪，在寻找着坐标。她问："老张大哥，这个地方到营地的直线距离有多远？"

张福林说："光凭两条腿，一个半钟点吧。"覃雪梅说："要说也不算太远，这个地方的土壤、水分和风力都比较合适，适合机械造林。"

孟月说："机械造林？咱们这几个人怎么完成？"覃雪梅说："既然是考察，不能光想眼前的事，于局长不是说，未来有可能在塞罕坝建大林场吗？那时候，这片地可就用得上了！孟月，你再把大地图拿来看看。"孟月展开一张更大的地图。

覃雪梅说："从大的环境上讲，这个地方如果实现机械造林，可以有效地阻挡浑善达克沙地的南移，对防治首都的沙尘暴有战略意义！"孟月兴奋地点着头说："你说得对，绝对是战略意义！"一直躺在草地上的那大奎猛地坐了起来说："跟谁打？什么战略意义？"孟月笑了出来。

隋志超说："我说那爷，你做梦还跟人打架呢？打得过谁啊？赵天山赵大队长，你打得过吗？"那大奎急了说："我打你！"隋志超连忙跑了。覃雪梅说："好了！你们俩别闹了，那大奎，酒醒了没有？"

那大奎说："醒了……我压根就没醉过！"孟月又笑着说："没醉过，大白天的就躺在草地上打呼噜？"那大奎装傻充愣的样子再一次让孟月笑了起来。

覃雪梅说："行了，既然醒了就来参加讨论，咱们再仔细研究研究，这个地方建林场，立地条件中诸多因子……"

　　冯程在新营地实验室里，尽心翻译着资料。用非常小的字在英文下面直接翻译，越翻译越兴奋。那密密麻麻的译文，在冯程手中飞快地变成整洁的字体。他不时地揉着肚子，忍着饥饿的困扰，在精神食粮中找到了满足。

　　踏查队伍归来，赵天山又来到冯程地窖子门口喊冯程，他突然想到什么，自言自语道："啊？实验室？……哎哟喂！"

　　赵天山突然想起了什么，正看见孟月掏着钥匙走向实验室。赵天山唬她说实验室有耗子，吓得孟月求他去实验室帮拿资料。赵天山打开锁，进了实验室。

　　赵天山一进门，一把被冯程拉住。冯程说："行啊，老赵！"赵天山说："这也就是孟月好糊弄，要是换成覃雪梅，你就惨了！"

　　赵天山上前拿资料。冯程将那把钥匙塞到赵天山手里，让孟月走以后再给开门。

　　在门口，赵天山把资料递给孟月。孟月没接，先锁了门。赵天山在孟月身后说："放心吧，就算是耗子成了精，我也会把它弄死，保证你们明天再来实验室的时候，干干净净！"

　　孟月说："谢谢大队长！"高高兴兴地走了。

　　见孟月进了地窖子，赵天山打开实验室的门，冯程从实验室里挤了出来，大口喘着气。

②

　　男生宿舍，武延生、那大奎、覃雪梅、沈梦茵和隋志超都在。孟月进门说："给！"覃雪梅接过钥匙说："武延生，你睡了一整天，也该养足精神了吧？立刻翻译资料！喝个酒都耽误工作，真丢人！"武延生不好意思地接过资料，无意识地翻着。

　　孟月眼睛尖，发现资料上的字说："哎，这上面谁写的字？"从武延生手里抢过资料。

　　覃雪梅等人都凑过去看，她迅速地翻着说："天呐，都翻译好了？"

武延生一愣，也凑了过去。隋志超瞟了一眼说："哎？沈梦茵，你瞧，还有关于病虫害的内容呐！"

覃雪梅拿过资料，一页一页地翻着说："不光有病虫害的，育苗、造林、气象……所有内容一应俱全。翻译得真好……这，这是……"

覃雪梅瞅着武延生，看着武延生傻愣愣的神情。

沈梦茵说："哎呀武延生，你是装喝醉？故意留在营地，就为了翻译资料的。大英雄！"

武延生瞅着沈梦茵那满脸桃花，崇拜的神情，心动了一下。武延生说："我……我……也就是将就吧。"隋志超说："这可得呱唧呱唧，这得好好呱唧呱唧！"说着，带头鼓掌，所有人都鼓起掌来。

武延生说："别别别！功劳也有雪梅的一半，要是没有她的英文词典，我也翻译不了这么快……"假装憨厚地笑着。

覃雪梅说："武延生，太好了！这份资料对我们帮助太大了，尤其是即将开始的造林工作，我建议大家连夜学习！这些知识马上就能用到实践中去！"

晚上，在女生宿舍，沈梦茵翻个身说："怎么还不熄灯啊？太亮，我睡不着……"油灯下，认真翻看着资料的孟月小声嘀咕说："武延生什么时候练的字？好像比以前写得好看了……"

这句话猛地提醒了覃雪梅，她一激灵，突然意识到，自己可能犯了个错误。仔细地看着翻译字迹，联想到那天冯程用实验室牌子写的那行字……覃雪梅慢慢地确定了下来，再次辨认着字迹，半晌，自语说："我们错了……"

孟月说："什么错了？"覃雪梅看了一眼孟月，她没说出来，"你先看资料吧，我学习学习英语词典。"孟月说："怎么，武延生的翻译有问题吗？"覃雪梅愣了半晌说："还不确定……应该没问题吧。"

早晨，冯程伸着懒腰从地窖子出来，活动着脖子和胳膊，刚要做伸展运动，就看见覃雪梅向他走来。

冯程连忙收回伸出去的肢体说："覃雪梅……"

覃雪梅说："You what time go laboratory? Why without permission translate important documents？"（"你什么时候去的实验室？为什么未经许可翻译重要的资料？"）

冯程一愣，笑了说："你的英文在哪学的？单词正确，语法错误，而且发音……怎么说呢？基本不标准。"覃雪梅说："你懂英文，真的是你……"

冯程说："什么是我？"覃雪梅说："是你翻译了那些文件！"冯程说："没有啊，我听说是武延生翻译的嘛。"

覃雪梅说："我开始也以为是他翻译的，后来我突然察觉到，那并不是他的字体，我们当中再没有别人学过英文。"

冯程笑着说："我是学过，可我没去过你的实验室，更没翻译文件。"说完，就往前方走去。

覃雪梅喊住他，问："你站住！做了好事为什么不留名？我会向局里反映，让领导表扬你！"

冯程吓了一跳说："别！我不需要表扬！你不能给我惹祸！"覃雪梅说："怎么叫惹祸？"冯程说："你们大学生都知道是武延生翻译的，你现在说不是，武延生会更恨我！"

覃雪梅说："武延生没那么小气吧？"

冯程笑了说："呵呵，我以小人之心度君子之腹了。总之，功劳已经记在武延生身上，挺好，就别改了。伤害他的自尊心，不好。"

覃雪梅说："那不行！任何事情必须实事求是！"冯程说："实事求是？那你告诉我，你为什么要上坝？"覃雪梅说："到祖国最需要我们的地方工作，到最艰苦的地方建设家园！"

冯程说："虽然我不了解你，但我可以肯定，你在说谎！你，还有你们所有大学生，都不属于这里！该立功的立功，该表现的表现，回去让林业局好好地给你们写鉴定、填档案。之后就赶紧去你们该去的地方！"

覃雪梅生气地说："你为什么怀疑我们？"

冯程平静地说："我是过来人。当年我要求上坝，思想就不单纯。第一年，我的心里一直在煎熬，无数次想做逃兵；第二年，我几乎每天都有寻死的念头；第三年，绝望就是我的一日三餐……这些，你们受不了！要走赶紧走，别到把摊子铺开了，浪费了树苗、浪费了时间、浪费了大家对你们的信任和希望，那个时候再滚蛋，会伤人的！"

覃雪梅瞪大了眼睛说："我，覃雪梅，实事求是地说，作为一名林业大学生，我是自愿来塞罕坝的。我也相信，除了我们这批大学生，未来还会有更多怀揣着梦想的年轻人自愿来到这里，响应号召，建设林场！冯程，我不知道你经历了什么，你可以对你的人生绝望，但你没有理由怀疑我的信仰！通过这一段时间的工作和实验室里的研究，我已经树立了信心，我要在塞罕坝，育苗种树，让这里的荒漠变成绿洲。在这一理想实现之前，我绝不会做逃兵！"

冯程思忖着，暗暗点头，但还是说："嘴真硬……好吧，还是那句话，走着瞧！"冯程走了，覃雪梅气得咬紧牙关。

正在刷牙的男生们看见覃雪梅急匆匆走过来，覃雪梅说："武延生，到实验室来。"说完，转身走向实验室。一进门，覃雪梅转过头来，面带微笑说："难为你了延生，实验室锁着门，你是怎么进来翻译资料的？"

武延生说："啊……我醒了酒，出来一看，锁头就挂在门上，根本没锁好，我一想反正一天也没事……"覃雪梅说："你说过你英文水平一般，还跟我借词典呢，一天就翻译完了？"

武延生说："嗨，人有时候要谦虚嘛。其实我的英文水平……"覃雪梅说："You what time go laboratory? Why without permission translate important documents?"（"你什么时候去的实验室？为什么未经许可翻译重要的资料？"）

武延生说："你也会英文，你说得很好啊！"覃雪梅说："武延生，你直到现在还说谎！老实交代，资料是你翻译的吗？"武延生说："是……啊——"覃雪梅说："再说一遍！"

武延生说："不是我……还能有谁？你们都是学俄文的，只有我学过英语啊！"覃雪梅说："前天晚上，我亲眼看见孟月锁的门，你没有钥匙根本进不了实验室。刚才，我说的那几句英语，单词都对，语法全错，而且发音一点都不标准。你还说好，以你的英文能力，你一天能翻译出那么厚的资料？"

武延生傻眼了说："你语法问题我是听出来了。"覃雪梅说："我最后再问你一遍，资料是你翻译的吗？"武延生说："嗯……不是。"

覃雪梅说："那为什么要把功劳揽在自己身上？"

武延生说："我也没有哇！不是你们说是我翻译的嘛，我就……你好好想想，不是我主动抢功，是他们都说是我翻译的。我就想先揽下来，然后观察观察到底是谁做的好事不留名，结果，也没观察出来。我也就只好将计就计了。"覃雪梅没好气说："武延生，你让我很失望。我希望，你以后能实事求是。"

武延生说："是，我接受批评。我也想知道，到底是谁翻译的？不会是闫祥利吧？昨天晚上就他不在。"覃雪梅说："是冯程。"武延生说："冯程？他什么时候又混进实验室了？他搞了什么破坏？"

覃雪梅说："武延生！冯程做了好事都没留名，你怎么还怀疑他搞破坏呢？"武延生说："他故意的！他就等着看我难堪呢！你等着我找他算账去！"覃雪梅说："你站住，你不会难堪的。冯程根本不希望别人知道是他翻译的文件。"

武延生说："阴谋，这一定是他的阴谋，他一定在放长线钓大鱼！不信，走着瞧！"覃雪梅说："你也说走着瞧？"武延生说："啊，还谁说了？"

覃雪梅不语，在她的心中已开始拿武延生和冯程做比较了。

3

冯程正在小苗圃浇水。赵天山走来说："冯程，今天局里运苗子上来，一万棵！精挑细选的最好的苗子！"冯程说："好啊，让他们好好种……"赵天山说："那你呢，你要多少棵？"

冯程说："我已经试了三年了，不想再浪费，就指望着自己的苗圃了。"

冯程突然想到什么问："一万棵苗子？谁要来这么多树苗？"赵天山说："武延生。"冯程难以置信说："真是大手笔。"

食堂开饭了，赵天山和冯程进门。冯程去盛粥，赵天山说："大伙边吃，我们边开个会！今天树苗到了，一万棵！为了确保树苗不失水分，其他所有工作都停下来，集中精力把苗子种下去！我的意见，分成三个小组……"

武延生打断赵天山说："用不着！就我一个是造林专业的大学生，分那么多组干什么？"赵天山愣了，瞅着冯程，冯程没说话。赵天山说："武延生，听曲局长介绍，林业局想在坝上种树，到今年也试了七八年了，可是都失败了……我的意思是，多分几个组，多分几个地方种，谁知道哪片云彩有雨啊？这样不是……"

武延生再次打断说："七八年没种活，不是树的问题，是人的问题。"张福林和魏富贵都瞅着冯程，冯程喝着粥，仍没抬头。武延生说："还有，之前你们出去考察的那几块宜林地，我也听那大奎和沈梦茵分别介绍了，瞎耽误工夫。"

孟月说："武延生！"武延生说："覃雪梅和孟月对马蹄坑地区的判断我是同意的，但那块地方适合机械造林，目前用不上。这一万棵苗子在哪种？我已经想好了，苗子到了叫我，统一听我指挥！散会吧。"

赵天山有点生气，可出于对大学生的尊重又无奈，他再次瞅着冯程。冯程突然出声说："我要一千棵苗子。"已经吃完饭要出门的武延生停住脚步说："你要？有用吗？"冯程说："我找到了一个离驻地较远、靠近水源的地方，想在那个地方试试。"

武延生说："试试？试试你就要一千棵苗子？你这些年浪费国家的苗子浪费不少了吧？靠近水源种树又有什么用？你干脆种在河沟里算了！国家让我们来植树造林，其重要任务是防风护沙，该在哪种树才有意义，你懂吗？你当然不懂，木材加工专业的嘛……"

听到这，冯程"啪"地一拍桌子站了起来。武延生说："我说错了吗？你浪费了很多树苗是曲局长说的，领导早有定论的事，你还不服？这一万棵苗子都种在哪，我都想好了，一棵都不会给你。你也不用来参加生产，有你一个不多，少你一个不少。"

覃雪梅说："武延生，要种一万棵苗子，我们的人手本来就不够，而且冯程是最有经验的！"

武延生说："他只有失败的经验，这一万棵苗子是我跟曲局长要的，我要是分给了失败者，怎么能对得起领导对我的信任啊？"冯程的脸上怒不可遏，赵天山看着有些心疼。

覃雪梅说："失败是成功之母，冯程认真钻研了林业部给我们的资料，也许他已经找到了新的方法！"冯程听了一愣。隋志超说："林业部的资料？我还没看全呢，他啥时候钻研的？"

覃雪梅瞅着冯程，冯程说："就是，我啥时候看见过资料？"他瞪了覃雪梅一眼，然后洒脱地说，"之前陈工就批评过我，照着书本种树没用，我现在什么资料都不信了。首先我承认我是个失败者，可你们来了，塞罕坝植树造林就有希望了！我毕竟是这最老的职工，在你们即将获得巨大成功之际，也让我沾点光嘛！要不这么着，少分我点苗子，咋样？"

武延生笑了说："你要是这个态度，我倒是可以考虑考虑。"冯程讨好地说："五百棵？"武延生说："五十棵。"

冯程脸色直接掉了下来，武延生说嫌少别要！冯程又强挤出笑容说："要！干吗不要啊！能分五十棵苗子给我这失败者，武延生有心胸啊！谢了！"

武延生坏坏地看着冯程，嘴角露出胜利者的微笑。对峙的两人中间，是站着的内心五味杂陈的覃雪梅。

在宜林山坡上，原来冯程种过树的所有坑都重新被刨好。武延生骑在高头大马上指挥着说："挖坑可不能惜力，坑挖得深，苗子在里边住得才舒服！注意苗木原本的阴阳面，粗糙为阳，细腻为阴，尽量保持原生态。埋土以后抓住苗子，轻轻地往上提，注意树苗上红皮的位置，那就是他们在苗圃里接触土壤原深度的位置，要刚好埋没它。也就是说，苗子在苗圃里是怎么生活的，让它在大自然里同样生活！之前这里冯程种过树，一棵没活，主要的原因是，他根本没有掌握基本技巧。很多树苗有窝根的问题，所谓窝根，就是根部在土里不够舒展。如果根上的须太长，我们宁愿剪掉它，也不要让它在土里窝着！那大奎，这一片由你负责监督，三天之内完成三千棵！"

山坡上，是由那大奎带领的种树队伍，有塞罕坝周边乡村的十来个农民工配合。那大奎回过身来，看着农民工说："上边说的你们都听懂了吗？"几位农民工参差不齐地说："听懂了！"

武延生说："光嘴上说明白可不行，标准化最重要！无论种下去多少棵，都得保证种得标准。特别是你们民工啊，下午我会回来检查，不合格的，我不签字，你们就领不到工钱！"武延生用马鞭子一抽马，走了。

农民工开始议论："你们这领导挺年轻啊？他是多大官儿啊？"那大奎含糊地说："呃……场长吧。"那农民工又问："什么场啊？你们真要在坝上建林场啊？到时候招工不？我愿意来当长期工！"那大奎说："你先把这三天干好，看表现。表现好了，我跟领导说！"大伙高兴地干活去了。

武延生纵马到另一片宜林平地，覃雪梅和孟月，季秀荣和闫祥利，隋志超和沈梦茵，都在这里，大学生两人一组在种着树，也有六七个农民工。

武延生勒住马，"你们这是怎么分工的？"隋志超说："俩人一组啊？"武延生说："都是大学生，自己刨坑？闫祥利，你也真废物，还让季秀荣抢镐头！"闫祥利有些不好意思。季秀荣说："没事，上农专的时候这种活我常干，我还挑过大粪呢！"武延生说："你愿意我不管！雪梅，你把镐头放下。"

覃雪梅说："两个人一组，总要有人刨坑嘛。"武延生说："分工的时候，我给你们配了六个人，什么意思不懂？你们只负责栽苗，抢镐头刨坑的任务，交给他们六个农民工！"

隋志超说对啊，这么分工对。有个农民工来到覃雪梅身旁。覃雪梅说："老乡，我不用，正好有机会，我要从实践中掌握一下植树的技巧，这对我未来的育苗工作也有帮助。"

覃雪梅说着又抢起镐头。武延生说："你就把镐头放下吧，还有更重要的工作需要你，来，上马！"覃雪梅说："干吗？"

武延生从马上跳了下来，小声说："雪梅，这镐头要抢一天，手上非起泡不可！我让你去那边啊，就是不想让你干重活。"覃雪梅说："谢谢你的好意，重活总要有人干，再说，这一片，大队长他们都整过地了，干起活来容易多了。"

武延生说："哎呀，不管怎么说，赵天山他们那边也需要个技术员嘛。"他又压低声音，"我就是想带你骑马兜兜风！"

覃雪梅，说："哎呀，武延生，这是什么时候，大家多忙啊。你看，这个坑的深度够了吧？哎，孟月，拿苗子来，看看会不会窝根？"孟月拿来苗子比着说："刚好埋没红皮。"

覃雪梅不理武延生。武延生有些没趣，翻身上马，一回身，正遇上沈梦茵殷切的目光。

武延生又瞟了一眼正在认真干活的覃雪梅，然后对沈梦茵说："沈梦茵，你愿意去当技术指导吗？"沈梦茵连忙把手里的苗子扔在地上说："愿意啊！"隋志超说："我也愿意！"武延生说："没你事！梦茵，来，上马。"向沈梦茵伸出了手说，"来，使劲儿！"沈梦茵拉住武延生的手，跳上马去。

武延生大声说："马跑得可快，抱紧我的腰。"沈梦茵说："好嘞！"抱紧了武延生的腰。武延生又瞟了一眼覃雪梅，一挥鞭说："驾——"沈梦茵吓得叫了一声，将整个身体紧紧地贴在了武延生后背上。

隋志超看着这一幕，生气地说："都是大学生，他骑着高头大马，还带着姑娘，我们在这刨土坑、吃沙子……啧啧啧，差哪儿呢？覃雪梅，我没记着林业局领导给武延生任命啊？他现在啥级别干部了？咋好像坝上都归他管了似的？"

没人看得出覃雪梅此时的表情，她身后稍远处，马背上的武延生感到少女身躯的温柔，他很得意，纵马飞驰。

覃雪梅将一棵幼苗递向正看着她的孟月。孟月戴手套的手将苗子又往上提了一点。隋志超不满地嗔怪覃雪梅不接他的话茬。覃雪梅却说："我们大学生种起树来比老乡慢多了，三天之内要种完三千棵，不然苗子失水就活不了了，快抓紧干活吧。"

孟月给隋志超使了个眼色，暗示他别再哪壶不开提哪壶了。远处，武延生骑马驮着沈梦茵正渐渐远去。

那马蹄声，听得覃雪梅有些心乱。

第 九 章

①

　　荒原上，武延生一路纵马飞驰，害怕颠簸的沈梦茵紧紧地搂着他的腰，快到地了他才缓缓勒住马。宜林地里，赵天山、张福林、魏富贵和民工二勇、小黄等正在干着活。

　　武延生喊："老赵，我给你们送个技术员来！"这时，沈梦茵还搂着他的腰，仿佛不愿下马，她叹了口气，说："唉，这就到了，我还没坐够呢……"武延生小声说："没事，用不了多长时间我就来接你，再带你去那大奎那边当技术指导去。"沈梦茵说："延生，你真好！"

　　武延生说："日久见人心，跟我相处时间长了，你会觉得我更好！"沈梦茵说："那有什么用？你不是都有覃雪梅了吗？"武延生轻声说："没有什么是一成不变的，要用发展的眼光看待情感问题。"沈梦茵有些激动地说："那你是说，我跟你，有机会？"

　　武延生说："都是革命同志，机会均等嘛！没看出来，沈梦茵，你这么有眼光啊？"沈梦茵有点不好意思，低头一笑。

　　在一边干活的张福林说："这技术员咋骑在马上不下来啊？两人说什么悄悄话呢？"赵天山说："别说怪话！"

　　沈梦茵从马上跳下来说："大队长好，你们这边人手最少，活干得这么快啊？"赵天山说："我听冯程讲过，这片山坡连续四五年都有人种过树，都是老坑，干起活来容易。我们想加紧干，干完了好去支援其

— 89 —

他同志。"

武延生说："冯程？哼，光快不行，技术上得过关！沈梦茵，你可要严格检查！"沈梦茵说："放心吧领导。"高兴地爬上山坡。

魏富贵说："大队长，武延生现在是什么领导？"赵天山被问愣了说："领导？就他一个人懂造林嘛，技术领导吧……"魏富贵撇着嘴，颇有些不屑。

赵天山说："老魏，于局长不是说过吗，想在坝上植树，光靠蛮干不行，要靠科学！人家武延生同志技术上确实过硬，再说这树苗子是人家从县里要来的。你可得服气啊！"

魏富贵说："服服服，我啥时候说不服了。"魏富贵本来就是个小心谨慎的人，连忙去抢镐。

武延生扬鞭，刚跑两步却勒住了马，沈梦茵说："延生，你还有啥事？"武延生看着山窝里，仿佛想起了什么，不由皱起了眉头，他跳下马，向山窝走去，根本不理沈梦茵。沈梦茵屁颠屁颠地跟上武延生。

山窝里有十几棵小树苗，歪歪扭扭，半死不活。武延生看了看，掰掉一棵树枝，是死的，又掰掉一棵，其实是有明显生命迹象的。武延生大声问："赵天山，这怎么回事？"

赵天山放下手里的活。张福林说："咋这么横呢？这是在跟大队长说话吗？"魏富贵和张福林对视了一下，也跟了过去。赵天山赶过来，问："怎么了？"

武延生说："这几棵是怎么回事？安排工作的时候我怎么说的？让你们把以前种过的所有死树都拔出来扔了！"赵天山说："是，所有死了的都扔了，可山窝里这几棵活了，我正打算回去跟冯技术员说呢，让他高兴高兴！"

武延生说："谁告诉你这几棵树活了？"赵天山说："就是活了，不信你掐掐枝儿试试？"武延生说："是，死得还不够彻底，但是留着根本没用！"魏富贵诌媚地笑着说："武技术员，这几棵树我好像听冯技术员说过，他也说活了。"

武延生说："上次曲局长在会上批评冯程，你们都在场啊，局长都说

— 90 —

了，他浪费了几千棵苗子，一棵都没种活，也包括这几棵！"说着，武延生就去拔苗。一棵，两棵，拔到第三棵时，苗子已经长得很结实，武延生竟一时拔不出来。

赵天山说："武延生，别拔了！你看，这棵苗子的根长得多结实，肯定活了！"武延生坚持要拔。赵天山懵了。

武延生却拿出一副教训人的派头，说："我们的目的，是为了种出高耸入云的参天大树！像这几棵即便是死不了，也只能长成歪七扭八的劣质树，更成不了材！成不了材就没法支援社会主义建设，留着不如砍了！"说着，他大声喊，"给我拿镐来！"

张福林怒着脸，攥着拳头，就要冲着武延生奔过去，魏富贵一把拉住了他。武延生指着身后看热闹的二勇让他把镐拿来！二勇无奈，只得把镐递了过去。武延生接过镐头就要刨。

赵天山拦阻他说："这几棵树虽然长得不好，可是却是冯程的心血。"武延生心想这要不是冯程的心血，我还不砍呢。他说："我们要抛弃个人英雄主义，他的心血算什么，要服从大局！要种就种最好的树，这种歪七扭八的苗木，是给集体抹黑的！必须清除！"

说完，武延生抡起镐头，硬是将那树刨了出来，先遣队的人都不忍心看……

此时，冯程哪里知道，武延生正在破坏自己过去用心血栽植出来的树苗。这会儿，在距离那棵古松百米之遥，冯程栽下了五十棵树苗，株行间距整整齐齐，在周围还修了"水盆"。小狗小六跑来跑去，用爪子帮他一起填土。冯程有自己的快乐，他边干活边哼着歌曲《我们的田野》——

"风吹着森林，雷一样的轰响 / 伐木的工人，请出一棵棵大树 / 去建造楼房，去建造矿山和工厂 / 森林的背后，有浅蓝色的群山 / 在那些山里，有野鹿和山羊 / 人们在勘测，那里埋藏着多少宝藏 / 高高的天空，雄鹰在飞翔 / 好像在守卫辽阔美丽的土地 / 一会儿在草原 / 一会儿又向森林飞去……"

眼看着红日西下，冯程收拾好东西，踏着夕阳返回营地。他路过那个山窝，欣慰地看向自己曾经栽活树的山窝。

突然，他发疯般地奔了过去，"小六"箭射一般跟在他身后……

新营地，已是掌灯时分。荒漠高原上的一点灯火，看上去那么温暖。食堂里，造林的众人狼吞虎咽，吃得很香。

武延生端着碗，站起来说通过他的检查造林基本上是合格的，他很满意。隋志超听不下他这假官口气，挖苦他，带个姑娘骑一天马，也挺辛苦的，这技术大家都掌握了，就跟我们一起种树吧。沈梦茵说没有指挥不行，火车跑得快，全靠车头带！

隋志超不满，说敢情我们一天干到晚，咣咣当当，就是个车厢？赵天山、魏富贵也都在吃着饭，听着大学生们的调侃，并没有插话。

冯程突然冲进食堂，怒喝："谁拔了我的树？"张福林跟在冯程身后。武延生瞟了一眼张福林说："哟呵？有人告密啊？我以为跟在冯程身后的只有他那条狗呢……"

张福林问："你骂谁？"武延生说："骂你呢，怎么着？张福林，你才被林业局招工没几天，就挑拨同志之间的关系，当心我让你丢了工作！你信不？"张福林想反驳他，又想想就心虚了。

冯程说这跟张福林没关系，是他自己去看植树现场了。他手里举着一把被拔掉的树苗，有的根部已经长得很粗大了。冯程大声地问："我再问一遍，谁拔了我的树苗？"张福林狡黠地说："武延生，我，我，我可没说！"

众人都瞅着武延生。覃雪梅起身，走近冯程，拿过树苗子来看，说："这几棵树活了，为什么要拔掉？"武延生说："我是造林专业的，什么苗子该留什么苗子该拔，只有我有发言权。"覃雪梅问："武延生，真是你拔的？"

张福林摸着树根的伤口说："他还用镐头刨呢！"武延生说："覃雪梅，你是不是忘了冯程怎么对你了？最先可是你在苗圃先拔了冯程育的苗，好的留下，坏的淘汰，不能以次苗去争水肥，这种简单的道理你难道不懂吗？"

覃雪梅摇了摇头，说："我那是在苗圃，可……这几棵已经长成幼树了啊！"武延生不屑地说："这也叫幼树？要是这种玩意都能叫幼树，那我真是白学造林了！伟大的祖国，需要的是参天大树，笔直的树干！才能为社会主义建设提供木材！这种薪炭材，长大了也顶多当柴火。国家培养我们是来种柴火的吗？"

冯程嚷起来："这不是你们种的，是我种的！陈工亲口说过，这几棵能活，活着，对塞罕坝来说就有意义，薪炭材也是材！我每个星期都要给它们浇三回水，你知道吗？"

武延生说："什么叫你的树？你这是个人英雄主义！从我们一上坝，你就想撵我们走，你把塞罕坝都当成你自己的了！今天我拔了它们，就是让你清醒清醒，不依靠集体的力量，不向我这种造林专业的专家请教，就你冯程，这辈子也别想在塞罕坝种出树来！"

冯程气得直哆嗦，他"啪"地把树苗扔在地上说："武延生，你出来！"武延生大摇大摆地走向冯程，见冯程攥紧拳头，武延生说："想动手啊？我奉陪！"

武延生来回捏着拳头，一副要打架的样子。冯程看着不可一世的武延生，拳头攥得更紧了。就在即将发作之际，赵天山从食堂里跑出来说："冯程！一万棵树苗，今天完成了三千五，这可是造林最关键的时刻！"

大学生们都从食堂里走了出来，关注着二人。冯程想了想，强压住怒火，约定三天后一对一要打一场。

三天之后，冯程就在原地，等来了武延生。只见他傲慢地走向冯程，挑衅地说："冯程，你挨打了，可别报告林业局。""你以为我是和你一样的小人？""哼，懂几句英文，翻译了资料，先假装不留名，成心等着看我的笑话，你才是小得出花的小人。"

冯程坦言自己并没对任何人说翻译资料的事，那是覃雪梅的猜测。武延生却一直坚持是冯程制造了他和雪梅的矛盾。

冯程质问他拔掉树苗是不是就是报复，还想用耗子药毒死"小六"。武延生说什么也不承认。冯程告诫他，别撒谎了，他是亲眼所见。武延生一愣，问他在哪看见的。冯程说当时自己就被锁在实验室里，看得清清楚楚！

武延生问："你想去实验室里搞破坏，险些被发现，所以才被锁在了里面？你不会跟覃雪梅说，你翻译了资料也是闲着没事，不想虚度光阴吧？真卑鄙，你是不是在打覃雪梅的主意啊？你个老流氓！"

冯程一愣，他没想到武延生会这么想。真是人心隔肚皮，相度两不知，却听武延生又说："那条狗你怎么没带来啊？下回我不下药了，勒死炖肉，下酒！""你敢！"武延生说："别在嘴上逞强了，来吧，老子等了你三天！"说着，武延生叫嚷着冲向冯程，挥拳就打。

冯程一闪身，脚下一勾，双手握拳，在武延生后背猛地一捶。武延生结结实实地摔在了沙地上，他爬起来。又是一番缠斗，冯程骑上武延生，挥拳猛打。

大学生们闻声而至，山坡上，沈梦茵、隋志超、那大奎、季秀荣、闫祥利、孟月和覃雪梅都来了。此时，冯程和武延生一上一下对掐着，武延生很明显地处于劣势。那大奎第一个冲了下来，一把揪住冯程，把冯程从武延生身上拉开。冯程看了一眼那大奎，甩开那大奎拽着自己胳膊的手，大踏步走了。

跑在后面的覃雪梅看着冯程，冯程没理会。沈梦茵说："武延生，看他把你给打的……疼吗？"说着，就要上手去摸武延生的眼眶。隋志超说："哎呀，这是要破相啊！"

沈梦茵说："闭嘴！胡说！"隋志超说："那天我以为你们说说玩呢，动真格的啊？早知道打不过，别拔人苗子啊！"他这一火上浇油，武延生吼道："谁说我打不过啊？他偷袭！趁我不注意背后下手！"

那大奎说："有这事？等着，我追他去！"转身要追。覃雪梅说："行了那大奎，发展成打群架，对谁有好处？武延生，快回宿舍去吧，我带了外伤药……"沈梦茵说："那给我吧，我应该帮武延生治伤！"

覃雪梅听了很别扭，顿了顿说："那好吧。"

③

女生宿舍里，孟月看了下表有点担心地说："这么晚沈梦茵怎么还没回来呢？"季秀荣说："刚才我看见她给武延生打热水呢，哎，我也得去给闫祥利打热水了。"

孟月说："他自己没长手脚啊？"季秀荣说："哎，他从小没干过活嘛。那天灌热水就把手烫了，都起水泡了！"说着，高兴地走了。

孟月对沈梦茵去照顾武延生有看法，对覃雪梅说："武延生是你男朋友，他也是为了追求你才来的坝上。"这话触动了覃雪梅，她来到男宿舍。

在男宿舍门前，覃雪梅敲门说："我能进来吗？"一听到覃雪梅的声音，武延生"腾"地从床上坐了起来。

一旁的沈梦茵说："快躺下，你不是头疼吗？"武延生说："没事了……覃雪梅，进来吧！"她走进门，见沈梦茵正端着刚刚给武延生倒的热水。覃雪梅说："噢，我来看看武延生。你怎么样，好些了吗？"武延生说："好多了！沈梦茵，你先回去吧，我跟覃雪梅说会儿话。"

沈梦茵脸上出现不悦，可也没办法，说："多喝热水啊。"放下杯子走了。武延生说："雪梅，坐。"覃雪梅说："真的是冯程偷袭了你？"武延生说："可不，我去是跟他讲和的。哪承想，他趁我不注意，突然下手，而且是在背后！等着，明天，明天我好好收拾收拾他！"

覃雪梅说："你还要打？武延生，咱们到塞罕坝是种树的，不是打架的！难道只有拳头能解决问题吗？"武延生把正攥着的拳头分开说："你批评得对，我不是要打架，可是我不能丢了咱这批大学生的面子！"

武延生抓住了覃雪梅的手说："雪梅，我是为了你，才来到这么艰苦的地方，今天我受伤了，你来看我，我觉得一切都是值得的！"说着，就要拥抱覃雪梅。覃雪梅也没躲，轻轻地让武延生抱了一下。

隋志超推门而进，正见这一幕，连忙捂眼扭转身体说："哎呀妈呀！我可吗也没看见啊！"覃雪梅不好意思地说："你们聊着，我先走了……"武延生想拦，可是覃雪梅已经出门了。他瞪了一眼隋志超说："你来得可真不是时候！"隋志超说："我知道。"武延生说："知道你还不走？"

隋志超看着武延生说："刚才看这架势，你跟覃雪梅这算是……"武延生说："这奇怪吗，她一直就是我女朋友。"

这天，承德地区林业局领导来到"马蹄坑"宜林地，坝上造林的所有人都在。于正来带着林业部的专家李中和一些技术人员在检查树苗，汇总着情况。

曲和得意地说："怎么样，于局长，这可是大学生上坝以后第一次植树，三个月过去了，我的心情都跟进京赶考一样激动！"于正来说："可能不理想啊，李中同志是林业部的大专家，您最有发言权。"

五十来岁的李中说："看得出来，同志们都很努力。但是，我很遗憾啊，成活率应该超不过百分之二。"覃雪梅说："不能吧？两个月前，看放叶率是很高的！"

李中说："高原荒漠地区嘛，种树要是容易，哪会荒这么多年？你们也别灰心，不是还有一定的成活率吗？"冯程说："这成活率不准确，我还种过五十棵苗子，我已经检查过了，活了一半以上！请跟我去现场看！"

曲和说："冯程同志，你可是林业局老职工了，上来一万棵苗子，你就种五十棵？你这劳动态度也太不积极了吧？"

冯程看了一眼武延生，忍住了说："是啊，可我种活了，准确地说，活了二十八棵。不信就请林业部的李工亲自去检查！"李中说："好啊，在什么地方？"冯程说："就是有点远，来回可能需要六个小时。"

曲和说："笑话！为了你五十棵苗子，让李工浪费一天时间？"转身对李中说，"对不起啊李工，这位同志上坝最早，经历了太多次失败，情绪上不太稳定，他说的话如有不妥，你可以忽略……"

冯程听到无奈叹息，于正来笑了笑说："同志们，千万别灰心啊！不管怎么样，这次有了成活率，比以前强多了！"赵天山说："对不起于局长，作为先遣队队长……"

武延生突然上前一步说："哎！大队长，你先等等！各位领导、专家，这次植树失败，主要责任在我。赵天山同志虽然是先遣队队长，但他文化水平低，更没有学过专业，所以一直在听我指挥。"众人都将目光瞅着武延生。

武延生又说："我过于相信了之前同志的专业水平，选择了很多老坑，希望利用根瘤菌提高成活率，前期的整地工作是赵天山同志负责的，我也没亲自监督。说一千道一万，错都在我，请领导批评。"

曲和说："你看看，看看武延生同志这觉悟！这才是新一代知识分子应该有的精神面貌！不像某些人，种不活树就赖这赖那，还发脾气骂人！"

曲和这人就是小心眼儿，显然还是记着上次的仇。冯程再一次忍住了。于正来说："老曲，你也别抓住过去的事不放啊！"曲和说："不是我抓住过去不放，是有了比较，才能够看出什么样的同志是真正的人才！你看，虽然植树不是很成功，可是大学生有一个抱怨的吗？"

覃雪梅、孟月、沈梦茵等人的脸上，并没有失败者的沮丧，个个信心满满。

武延生说："请领导放心，我们会尽快组织勘测土地，为明年植树做准备。还有，就是我解释一下，其实不是冯程同志逃避劳动，是我只分配给了他五十棵苗子。但是我认为，不能为了成活率就拣最容易的地方种树，敢于挑战困难，克服困难，攻克难关，才是我们应该做的！"

冯程看了眼武延生，欲言又止，武延生说得好像很坦然。

于正来满眼热泪说："武延生同志，我很感动。虽然林业局没给你正式任命，可你专业对口，敢于担起重担，也敢于承担责任！了不起！"

曲和立刻鼓起掌来，赵天山感动地鼓掌，沈梦茵、那大奎等人也都跟着鼓掌。武延生以胜利者神态，回头看了一眼冯程。

冯程咬着牙点了点头，也跟着鼓掌。

为了这验收，大家跑一天全累了，回到男生宿舍休息。张福林不满地说："这武延生可真会说啊，种树的地方是冯技术员他们之前没选好，整地是我们没整好，合着他没责任啊？还口口声声说承担责任？净往脸上贴金！"

赵天山说："我不这么认为，武延生同志说的都是事实，我现在越来越深刻地体会到，想在坝上造林，不能光靠力气，最重要的就是知识。我想，到冬天，活儿不太多的时候，应该组织学习班，让他好好给我们上上课！"

小黄说："大队长，我们还是愿意听你指挥，那武技术员阴阳怪气的，让人心里不舒服……"赵天山说："我们干的是革命工作，谁能完成党和国家交给的任务，就应该听谁指挥！未来，肯定得给有文化懂专业的大学生让位啊！只要能种活树，我老赵心服口服！"

魏富贵说："我看着冯技术员有点心疼啊，咱们上坝的时候，说的可是配合他工作，现在这样，他心情肯定不好……"赵天山说："也是啊。"魏富贵说："我是瞎说啊，我做饭去了。"

晚霞将天都染红了。荒坡上，冯程拉起了他的手风琴。映像是幅绝美的剪影画。他很投入，对赵天山的到来浑然不知。赵天山坐在了冯程身边，冯程停止了拉琴说："来了……"赵天山说："闹情绪了？"

冯程说："没有。以前我一个人的时候，只能跟小六说话，现在不是好多了！再说，成活率有了百分比，这是多大的成绩，我心里高兴！"

赵天山说："这就好，你心里豁亮，我就放心了。"

冯程突然笑了说："老赵，我真的种活了二十八棵，还有几棵不确定活，但也还有希望，你信吗？"赵天山说："我当然信！但是功劳都成武延生的了，这不真实！张福林、魏富贵他们，都替你打抱不平呢！"

冯程说："谢谢大家的好意吧，可我已经被定性为一个失败者，我认命……"

赵天山说："认命？抗日战争那么艰苦，中国人要是认命，泱泱大国，还不都成了殖民地了？解放战争那么艰难，毛主席要是认命，我们能打败蒋家王朝吗？冯程，你应该热情起来！积极起来！这么着，明天要去勘测土地，你带一个队！"

冯程未置可否地苦笑着，他觉得赵天山说得有理，意识到自己这种消沉情绪是不对头的。

新营地食堂，人都到齐了，正在吃饭。孟月说："哎，这次领导们上来怎么没带信啊？"闫祥利说："对啊，这都超过一个月了，家里不可能不给我写信！"

隋志超突然站了起来说："丢不了！这回的信呐，特别多！"说着，把斜背在身上的军挎摘了下来，放到食堂居中的位置说："都别急啊，我叫到谁，谁来领信，沈梦茵——"

沈梦茵"啊"地跳起来说："有我的！"隋志超翻看着说："两封。"沈梦茵很开心地说："都是妈妈写给我的！"说着，就要撕信。

隋志超说："哎，别着急看，你们女同学看了信，就是哭鼻子。哭着吃饭对肠胃不好！今儿说好啊，谁都不许拆，高高兴兴吃完饭，回去，慢慢哭，尽情笑！"武延生说："同意！沈梦茵，不急着看，夜长着呢，正好拿家书消磨时间。"沈梦茵最听武延生的，点头应是。

隋志超说："闫祥利——四封。"季秀荣说："哇！闫祥利，这么多人给你写信啊？"闫祥利也很高兴，接过信来说："我妈，大姐，二姐，三姐，一人一封。"大家都向闫祥利投去羡慕的目光。隋志超说："魏富贵——"魏富贵有些诧异地说："还有我的呢？"他连忙擦手，上前接过信说："家里来的，老娘还没把我给忘了呢。"一抹眼泪，把信揣在了怀里。

隋志超说："张福林——"张福林说："我也有啊？"连忙上前接过信，看到信，脸色一沉。二勇说："张哥，谁给你写的？"张福林挤出笑脸说："哥们儿，哥们儿……"隋志超说："二勇、小黄，你们哥儿俩一人一封。"二勇、小黄高兴地接过自己的信。

隋志超说："那大奎——一封！"那大奎上前接过信说："家里来的，估计是催我娶媳妇的……哎，让他们等着！"说完，瞟了一眼季秀荣。隋志超说："季秀荣——四封。"季秀荣说："我也这么多？"

季秀荣接过信，笑了说："我妈，我大姐、二姐、三姐，每人给我写了一封！"隋志超说："等会儿，季秀荣，闫祥利，你们俩这是有暗号吧？都是四封啊。"季秀荣说："我们这是有缘分，你管呢？"季秀荣看了一眼闫祥利，闫祥利腼腆地笑着，那大奎气得直咬牙。

隋志超说："武延生——三封。"武延生接过信说："我们在这么艰苦的地方，家里能不惦记吗？家书抵万金啊……"武延生瞟了一眼覃雪梅，有几分得意。

覃雪梅低下头，她没有家人，故而也不惦记信。隋志超说："接下来是我的啊，隋志超——两封！都是我爸爸给我写的，我妈不认字。"隋志超继续翻着说："接下来，可就是孟月的了……孟月——二十一封！"哄的一声，整个食堂炸了起来。季秀荣说："孟月，你男朋友也太爱你了吧！"

孟月说："季秀荣！你说什么呢？人家都不好意思了……快给我，隋志超！"一把抢过隋志超手里的一大捧信。隋志超说："等会儿等会儿！

这还有一封不是你的呢！"隋志超把单独的一封拿了出来，剩下的都推给孟月。

屋里只剩下覃雪梅和冯程没拿到信。沈梦茵说："那封是谁的？"隋志超说："猜猜。"覃雪梅说："反正不是我的，我跟大家介绍过，我母亲已经去世了，现在没有家人。是冯程同志的吧？"

冯程抬起头说："我在坝上从来没收到过信，不可能是我的。"隋志超说："我可要公布谜底了啊……"

武延生说："等会儿！让我来公布。"上前从隋志超手里接过信，看了一眼，脸上露出自信的笑容。武延生说："覃雪梅。"

覃雪梅有些诧异地说："真是我的信啊？我好像也没给别的同学地址……"

武延生把信递给覃雪梅，眼里含情脉脉。覃雪梅把信放进兜里说："大家先吃饭吧。隋志超说得对，高高兴兴地把饭吃完，再去看信。"

众人开始吃饭。冯程默默地吃着，覃雪梅瞟了一眼冯程，疑惑怎么他脸上竟然看不出悲伤……

⑤

夜，覃雪梅看着资料，孟月面前堆着一堆信，趴在床上一封一封地看着，一会儿哭一会儿笑。沈梦茵看着家里的信，抽泣着，哭累了，抹掉了眼泪，瞅着孟月。

沈梦茵从炕上慢慢地爬到孟月身后，坐下轻声说："我愿把我们的爱情，融进伟大的革命理想，在五彩斑斓的岁月中，奏响激昂的青春旋律……"

孟月开始觉得好奇，一回头才发现沈梦茵在念自己的信。孟月说："沈梦茵！偷看别人信件犯法！"沈梦茵说："好好好，我犯法，枪毙我吧，总比我天天嫉妒你，生不如死强。唉，我什么时候能遇到一个月给我写二十一封信的男朋友啊？"

正在地上洗衣服的季秀荣说："一个月写二十一封信的，除了孟月，谁也没那么好的命了！沈梦茵，你就别做梦了，不过，你要是想找一个一天给你说二十一段天津快板的，倒是有现成的。"沈梦茵说："隋志超啊？饶了我吧，我烦都烦死他了！就算是一辈子没男朋友，我也不找他！"

季秀荣笑了，起身端着洗衣盆出门。

沈梦茵搂着孟月说："孟月，你跟你男朋友一直都是用诗对话的吗？"孟月说："不好吗？我们说定了，将来把信凑到一起，合出一本诗集，让读者和我们一起分享爱情！"覃雪梅也笑了说："嗯！这个主意真不错！"沈梦茵说："喔！太浪漫了！"孟月说："雪梅，谁给你来的信啊，你怎么不看？"覃雪梅说："不着急，学校来的，我也不知道是谁。"

男宿舍，大家也在看信，那大奎看着信说："还真是催我娶媳妇的，季秀荣可把我害惨了！你说早我怎么没看出来她是这么个……"那大奎想骂，又说不出脏话。

武延生说："你不都说了吗？男子汉大丈夫何患无妻？将来等咱们一起回了首都，我给你介绍个北京大妞。"

那大奎："你说什么？回首都？"武延生说："是啊，咱俩从避暑山庄就交了朋友，上了坝也一直是最好的哥们儿。有朝一日我武延生能调回北京，一定带着你。"那大奎说："我是中专生，能进首都工作？"

武延生说："调动工作的事，不看你什么学历，关键得看有没有门子！我爸爸来信说正在打听，看看他的老战友老同志，有谁在林业部工作。"

那大奎说："你想走啊？那你还一直这么积极表现干啥啊？"武延生说："这你还不懂，到这么苦的地方来一回，不能回去的时候还是个白丁啊！按说，这次于正来他们上来，就应该任命我一个坝上林场的技术场长什么的，这样我回到北京，不就好安排职位了吗？"那大奎说："咱们是先遣队，林场不还没建呢吗？"武延生说："是啊，也不知道我还能不能熬到建场，哎……"

那大奎说："等会儿，我突然想起个事来，你要回北京，那覃雪梅咋办？她思想那么进步，能跟你回去吗？"武延生笑了说："功夫不负有心人，我还是有把握的。"

覃雪梅自己一个人从女宿舍走向实验室，武延生靠在黑暗中观察，脸上露出微笑。在实验室，覃雪梅调亮了油灯，小心翼翼地从兜里掏出那封信，看着信封笑了笑，这到底是谁呢？她用尺子按住信封，用小刀将信封整齐地割开。从这一动作可以看出，覃雪梅非常珍视这封信。

她发现信封里套着另外一个信封，而这个信封上只有"覃雪梅亲启"几个字。更加诧异了，她又一次用小刀割开信封。覃雪梅将信倒出，打开，信里面有一张照片，正是覃雪梅和武延生在避暑山庄里的合影。

覃雪梅愣了，她看着信，心跳开始加速。武延生轻轻地推开了门，覃雪梅竟没有发现。

覃雪梅翻到第二页以及落款，武延生的声音在回响说："雪梅，你是我命中注定的爱人，这一点，早在三年前我就坚信不疑。接受我吧！你若愿意，我便爱你一生，你若不愿意，我会相思一世，孤独终老。武延生。"覃雪梅感动地掉下了眼泪。

武延生的声音传来说："雪梅……"覃雪梅吓了一跳，"腾"地站了起来说："你！什么时候来的？"武延生说："对不起，我没敢敲门，是怕打扰你看信。"覃雪梅说："讨厌，咱们就在一起工作，你怎么还给我写信啊？恶作剧是吧？"

武延生说："不，每次有信来，别人都欣喜若狂，我看到你失落，我心疼。所以就……"

覃雪梅说："这样多麻烦哪。"武延生说："不过就是先把信寄回学校，让同学按我写好的地址再寄给你而已。"覃雪梅说："谢谢你好心。"武延生说："接受我吧，我真的很爱你。"情到深处，覃雪梅也很难拒绝。

武延生上前拥抱覃雪梅，覃雪梅没有反抗。武延生试图去吻覃雪梅，覃雪梅却温柔地拒绝了说："别，这样不好……明天还有工作，你早点回去休息吧，实验室是要锁门的。"武延生说："你就这么拒绝我？"

覃雪梅说："我拒绝你了吗？"武延生说："那你？"覃雪梅说："我怎么好意思，看着你孤独终老。"武延生惊喜说："你接受了？雪梅我爱你！"抱起覃雪梅，转了一圈。

覃雪梅说："好了好了，小点声，让别的同学听见多不好意思。武延生，咱们说好了，以后这，可不能影响工作。"

武延生说："放心吧，我们恋爱只会让我更热爱工作，因为这是我们共同的事业！"覃雪梅听了非常感动。

6

季秀荣在男宿舍地窨子里把衣服都晾好了。闫祥利靠在床上看着信。季秀荣擦干了手说："写的啥？给我也看看呗。"闫祥利将信扣住说："这可不行，这是我的隐私。"季秀荣笑了说："好好好，尊重你的隐私！我的信不算隐私，我给你看！"

季秀荣把信拿出来说："上次写信回去，我跟家里说了，我交了男朋友，是个大学生，她们都特同意！你看你看，二姐和三姐都催着我们赶紧结婚呢！"季秀荣笑得很甜蜜，闫祥利有些牵强地应付着。

在新营地食堂，沈梦茵拎着暖瓶来打水，正发现隋志超坐在角落里哭泣，一把鼻涕一把眼泪。沈梦茵说："大麻花，你这么大个人了，哭啥？"

隋志超说："我妈说想我了，还说大麻花邮局不给寄，怕寄到了压成油炒面。妈呀，我也想你啊！"

沈梦茵说："真没出息！好了好了，别哭了！你看我，姆妈也说想我了，我就没哭！"隋志超说："是，不哭，向沈梦茵同志学习，坚强地面对工作与生活。"

沈梦茵说："别贫嘴了……哎，我问你个事，我要是让你一天给我说二十一段快板，你干吗？"隋志超一下精神了说："干！你要是给我当女朋友，别说是二十一段了，就是让我从凌晨一点说到夜里十二点，我都绝不含糊！"沈梦茵说："美得你！一天说二十一个小时啊？听你说二十一分钟我都想吐。"

隋志超说："你不爱听快板，我可以给你唱歌！做我女朋友吧沈梦茵，两人在一起互相关怀，就不孤独了。""你呀，就别癞蛤蟆想吃天鹅肉了，我心里早就有白马王子了。"隋志超说："武延生？这可就是你的不对了，人家武延生跟覃雪梅，压根就是男女朋友，你没看出来吗？"

沈梦茵说："我只能看出来武延生对我好，我就等着他向我表白了！"隋志超说："你……"突然，哇的一声哭喊传来，吓得沈梦茵和隋志超都傻了。是魏富贵的声音，从灶台间传来，他在哭着说："娘啊——娘哎——"

沈梦茵和隋志超愣了半晌。沈梦茵说："好像是魏师傅……"　两个人向后厨摸去，发现魏富贵坐在灶台间的地上嚎啕大哭。

魏富贵哭道："娘哎！我对不起你！娘——"沈梦茵和隋志超相互对视。魏富贵突然起身冲出食堂。隋志超和沈梦茵追了出来。沈梦茵说："老魏，你要干什么？"

魏富贵冲到外面，四下张望，哭着喊："哪边？哪边是我老家方向啊？"隋志超说："河南？南面啊！这边是正南！"魏富贵立刻顺着隋志超指的方向跪下，用浓厚的河南腔说："娘哎——我的娘亲！儿子给您磕头了！"哭着磕了三个头，泪流满面。

赵天山、冯程、张福林和民工二勇、小黄围着魏富贵。冯程说："老魏，你别哭了。"魏富贵说："我的老娘，就这么走了。可惜了我给她攒的干粮，她吃不上了！"

冯程叹了口气。二勇说："攒干粮？老魏大哥，你咋攒啊，教教我们呗？"魏富贵一愣，立刻擦干眼泪说："我……我……我一急，胡说八道了。"说着，似乎假装睡着了，赵天山示意别打扰他了，大家散去。

夜渐渐深了，魏富贵含着眼泪睡着了。月光透过地窖子的小窗，照在张福林的脸上，此刻他手里紧紧地攥着那封信。

张福林这会儿睡不着。他好像听见一个可怕的声音传来——

"张三儿啊，那个人死了事大了，大难临头各自飞，我可管不了你了。你手上有货，到哪都能过上好日子，下辈子咱们再做哥们儿吧……"

张福林的脸变得扭曲起来，轻声自语道："死了死了……"

第 十 章

1

新营地的早晨，一轮红日刚刚跃出山峦，大伙就已经吃完早饭，忙着打绑腿了。魏富贵背着干粮袋走来，把一袋交给冯程，冯程立刻背到身上。魏富贵又把第二袋送到武延生面前。武延生却不接，派头十足地示意给那大奎。

那大奎不情愿地接过干粮袋子，打趣地说："敢情武延生你把我当沙和尚，行李僧啊。"武延生捶了他一下，告诫他少发牢骚多干活。那大奎背上了干粮。魏富贵又问："水都带够了吧？"

武延生不悦地说："够了，都多大人了，这个事儿不用你操心。"魏富贵憨厚地点了下头，转身往回走。

季秀荣快走两步拦住了魏富贵，跟他说，他家里的事都听说了，别太难过，心里不好受的时候就找她唠嗑儿去。魏富贵鼻子一酸，眼泪差点没下来，连声说谢谢谢谢。

季秀荣嗔怪地说："谢啥，我是你半个老乡，你忘了？""记着呢，带好热乎水了吧？"季秀荣说带着呢。魏富贵又说，"风大，吃东西时背着点风，噢！""记住了，你咋跟我妈一样啊！"两人开心地笑了。

武延生领导似的一挥手，两支队伍分头出发了。冯程带领着隋志超、沈梦茵、季秀荣、闫祥利，背着些行囊去勘测土地。

一阵风袭过，伴着沙尘，隋志超立刻将沈梦茵搂在了怀里。沈梦茵推开他说："你讨厌。"隋志超说："人家这不是好意嘛，怕你让风刮跑了，你说你这么瘦。"沈梦茵说："我宁愿让风刮跑了，也不用你抱。""那你风镜戴上呗，别迷了眼睛，你这眼睛面积大，容易进沙子。"

沈梦茵一愣说："风镜？哎呀，我忘带了。"隋志超说："你看，粗心大意，戴我的吧。"把自己的风镜拿出，交给沈梦茵。沈梦茵接过风镜说："哎，我可不领你的情，你本来就是近视眼，有镜子挡着呢，吹不进沙子去。"隋志超笑着说："不用你领情，你好，我就高兴。"

才离开营地不久，闫祥利就说走不动了，他一屁股坐下来，嚷嚷着要回去。冯程劝他再坚持坚持。

闫祥利反倒嘲讽他，说："大家都快走半天了，难道还要到更远的地方去找宜林地吗？"冯程提议可以就近搭建临时营地。

闫祥利反问："临时的帐篷能防狼？"冯程被问住了，说了句困难总会想到办法克服的。

闫祥利不屑地哈哈笑起来，然后他站起来，冲大伙说："到底什么地方适合种树，关键要看生产生活的条件方便不方便。"

大家都一致赞成闫祥利的意见，冯程无奈只好同意往回走，在刚才经过的那片丘陵，再好好找找符合条件的地方。

另外一支勘测队伍，武延生、孟月、覃雪梅、那大奎等人，也是走了小半天了，这会儿，他们站在高原荒漠的一个荒坡上向远处眺望。武延生说："雪梅，你看，那片相对比较绿，中间的深绿应该是个水泡子。"

"没错，这片宜林区面积真大，之前一直没找到。多亏这张局部地图。"覃雪梅对照着手里的一张小地图。

武延生瞟了一眼说："哎，这是哪来的地图。怎么以前没见过呀？"

覃雪梅说："哦，这是大队长给的，好像是冯程手绘的。"武延生瞅了一眼说："扔了吧。"覃雪梅说："你说什么呢，今天我们走得这么顺利，多亏了这张图。武延生，你也太小心眼儿了吧。"

武延生撇着嘴说："你看看这地图上，有地表参照物吗？这些符号是什么意思？等高线呢？所有数据全是目测的，对这么一大片宜林区，它的地势，在图上根本就没有标注，可见他冯程上坝三年都干了些什么。"

覃雪梅说："这毕竟是一张目测手绘的原始草图，有的符号咱不懂，可能只是为他自己用的。虽然不专业，能帮我们找到这儿了，正说明它有实用价值，就去实地考察一下吧。"她指了指远方，又指了指地图上的路线说："得从这绕过去。"

四人走上相对陡峭的石路。覃雪梅脚下不稳，武延生拉住了覃雪梅的手。孟月小心翼翼地走着，那大奎依然是大大咧咧地一走三晃。孟月脚下不稳，她想叫那大奎拉住自己，又没好意思张嘴。四人走到了半山腰，孟月脚下突然一滑，"啊"的一声。

那大奎猛回身，一把拉住了要滑下山的孟月，覃雪梅和武延生凑了过来。孟月捂着脚，疼得大汗直流。武延生说："那大奎，你，你怎么不扶着点她啊？"

那大奎说："孟月又不是我女朋友，我拉她的手不是占人家便宜？"覃雪梅去碰孟月的脚，孟月疼得叫唤。覃雪梅说："这可坏了，孟月可能是崴脚了。"

那大奎看了看说没骨折，最多就是骨节错了位。武延生疑问他怎么这么专业。那大奎说自己打小摔跤打出来的经验，这要是个男的我咔咔两下正一下骨，管保没事。

武延生说："女的你也得管啊。"那大奎说："老祖宗说，'男女授受不亲'。我得把她袜子脱下来，摸人姑娘脚，那多不好啊。"覃雪梅急了，责怪他："这都什么时候了，还男女授受不亲，封建。你到底会不会治？快帮孟月治治。"

那大奎皱了皱眉头，看着孟月说："孟月，你信得过我老那吗？"孟月疼着点点头。

覃雪梅利落地脱掉了孟月的鞋和袜子。那大奎突然喊说："哎，孟月，你欠我的钱什么时候还啊？"孟月愣了："什么？那大奎，你哎呀——"

说着话，那大奎早将孟月的脚捧在手里，摸准关节，手法娴熟，一推两搡，只听孟月一声惨叫，骨节快速复位了。覃雪梅关切地问她行不行，孟月说："好多了，哎？还真不疼了……来，把袜子给我，别耽误时间了，我们接着出发吧。"

那大奎说："接着出发？你个姑娘家，你以为你是铁打的罗汉啊？我这是帮你复位了，你得养着！至少三天才能着地儿。"孟月说："不能着地？那我怎么回去啊？哎，那大奎，我怎么欠你钱了？"那大奎哈哈大笑，"这是要分散你的注意力，要不你更疼。"武延生暗暗佩服。

覃雪梅说："孟月脚崴了，这可怎么办？"武延生说："这样啊，那大奎，你是中专生，业务上我比你更有发言权。你背孟月回去，我跟覃雪梅继续勘测，既照顾了孟月，又不耽误工作。"

那大奎说："那啥……这么老远，我一个人背他回去，你拿我当骡子啊？"孟月已经穿好鞋和袜子站了起来说："我不用别人背，能走回去！"

那大奎说："哎，别……"快走两步，拦住孟月，"再往前走两步，你这脚得肿半个月！谁让我是承德人呢，我得尽地主之谊。来，上肩。"

孟月的脚确实疼得厉害，她只能趴在那大奎背上。那大奎说："看着挺瘦，背着还挺沉。"听他一边做好事一边抱怨。孟月更是没好气，努着嘴挣扎着要下去。

那大奎说："哎哟喂，姑奶奶，你别乱晃，晃得我心慌。对了，武延生，别忘了五点前赶回营地！"

武延生说："放心吧，我和雪梅两人四条腿，你和孟月两人两条腿，我们工作完了追你们，正合适。"说完，一把抓住覃雪梅的手，"走，咱们继续前进。"

覃雪梅说："孟月都崴脚了，你怎么还这么高兴？"

武延生却说这是天意，他笑着瞅着远方说："你看，现在广阔天地间，只有你我，多好，走——"

覃雪梅无奈地笑了。

2

留在家的人们，在女宿舍修火炕，赵天山用泥瓦工用的抹子把炕与墙之间的缝隙磨得更严实。

赵天山说:"老张,点火试试,看看缝隙还有烟吗?"张福林应声而动,就点火引着了事先准备在灶膛里的干草。火苗肆起,抹的缝隙没有冒烟。张福林连夸大队长这手艺不赖。赵天山说:"在队伍里,没少砌炕。等着啊,我洗洗手去,这是女同志的宿舍,得给人收拾干净了。"

张福林说这剩下的活就交给他,让赵天山接着去给男大学生抹炕。赵天山说他得先去挖土再和点泥,拿着工具出屋就走了。

赵天山一走,张福林立刻瞅着四周,很多书和文件整整齐齐地摆放在屋里,他连忙去翻,找了半天也没找到他要的东西。

墙上,每个女生睡觉的地方都挂着书包,张福林脱鞋上炕去翻书包。终于,在孟月的书包里找到了那幅到中蒙边境的地图。张福林如获至宝收了起来。

张福林偷偷地溜进男生宿舍,宿舍里空无一人。他连鞋都顾不得脱,跳上炕,抱起自己的枕头下炕,刚要开门,又想到了什么。来到炕头,这个铺被子叠得像豆腐块,很明显是赵天山的。张福林掀开褥子,那把猎枪赫然在目。

他索性把枪抓了起来,背在身上。他来到新营地食堂后的马厩,两匹马拴在那里,张福林贼眉鼠眼解下一匹,牵着就走,翻身上马。他把枕头牢牢地卡在自己身前,挥着马鞭一抽。马儿扬蹄,飞奔而出。

赵天山来到了伙房,问魏富贵:"哎,怎么这么半天没见张福林啊?"魏富贵说:"是不是又闹肚子了?他不是爱闹肚子嘛。"

赵天山说:"倒是有阵子没闹了,看他最近的表现,应该不是逃避劳动吧?""不会不会。老张干起活来不惜力,又心灵手巧。"赵天山说:"对啊,他心灵手巧,今天怎么让我抹炕,技术活以前不是都他干吗?这小子……"

赵天山看了看手表说:"马上就五点了,该回来了。"他向远方望去……

冯程带着隋志超、沈梦茵、季秀荣、闫祥利回到营地。赵天山迎上前说:"怎么样啊?"冯程有些无奈地说:"基本完成任务吧。"

闫祥利累得气喘吁吁说:"我的嗓子眼儿里跟冒火一样,想喝水。"

季秀荣说："你先回宿舍，我这就给你打水去。"沈梦茵说："大队长，武延生回来了吗？"

赵天山说："还没呢，应该也差不多了吧。"隋志超往远处望去说："嘿，那大奎！哎，他背着的是谁啊？"大家看清了，只听孟月在说："好了，到了，快把我放下来吧。"

那大奎说："别，七十二拜都拜了，还差这一哆嗦。我直接给你背炕上去得了。"孟月有些不好意思。

沈梦茵上前说："孟月，你怎么了？"孟月说："下陡坡，崴脚了。"季秀荣提着水壶从宿舍里出来说："哟，孟月，这是怎么了？"没等孟月说话，那大奎说："她崴脚了。"

季秀荣说："那大奎，你没给她治治？"那大奎说："还用你说，我不给她治，她不得疼得嗷嗷叫唤啊。"一脸没好气的样子。季秀荣不理那大奎，说："没事吧，孟月？"

孟月说："好多了，多亏了那大奎，他背了我一路，一直没歇脚。"季秀荣说："没事，他有的是力气，让他使使吧，省得他老想跟人摔跤。"一听这话，那大奎瞪了一眼季秀荣，背着孟月向女生宿舍走去。

那大奎将孟月放到炕上，沈梦茵连忙上前扶着。那大奎的腰不舒服，但是他强撑着。孟月说："那大奎，谢谢你！"那大奎说："多大点事啊，谢啥呀！"说完他咬着牙走了。

赵天山和冯程在男生宿舍前，满脸关怀地迎上那大奎。那大奎腰一软，一手扶住赵天山，一手扶住冯程说："哎呀——我这腰哇，从疼到麻。从麻到木，已经不姓那啦！"

冯程说："从哪儿背回来的。"那大奎说："我看你在地图上标的是17号地。"冯程："啊？那么远哪！那你背着孟月不得走了五个小时啊？"

那大奎说："差不多吧，反正背到最后，我这腰和腿都不是自个儿的了。"赵天山说："这毅力！那大奎，你要是入伍，是个好兵啊。武延生和覃雪梅呢？"

那大奎说："他俩还没回来吗？武延生说干完活就追我们的，我还以为走岔道了，他们早到家了呢。"

看着天要黑下来了，冯程心中突然有几分不安。

3

武延生和覃雪梅爬上沙丘，两人的半条腿和鞋都是湿的。武延生觉得不对，刚才好像走过这，覃雪梅说坏了，我们迷路了。武延生指出是冯程这地图有问题，刚才那片是沼泽，冯程故意不标注，就是想害死人。

覃雪梅责怪他瞎怀疑。武延生说："这可怎么办哪？天黑之前怕是回不去了。"覃雪梅笑着说："你不是说广阔的天空下只有你和我吗。怎么，害怕了？"武延生立刻显示出男子气概说："我是担心你怕黑，我怕什么啊，走！"

赵天山和冯程站在高处向远处眺望，忧心忡忡。那大奎捂着腰疑惑地说："怎么还没看见他们的人影呀？"赵天山摇了摇头。

冯程快步来到那大奎身边，问他是不是在17号地向南看到了大片的绿草地……好像是有水源的？那大奎说是的。冯程说："这可坏了！那是片沼泽，这个时间了，若走不出来怕是……"一听这话，赵天山急了，问冯程："会不会有生命危险？"

冯程说："沼泽地，两个人一起走，应该不会陷进去。怕的就是耽误了时间，天黑之前赶不回来，可别遇上狼。这样，你我骑马去接应，我走北线，你走南线。"

赵天山说："好。我带上枪。"冯程说："好，我也带着小六。"转身就向身后喊着，"小六。"小六立刻冲了过来。冯程向马厩跑去。那大奎说："我跟你们一起去。"赵天山说："算了，只有两匹马，而且你的腰……好好养着吧。"

宿舍里，二勇正在洗脸。小黄两脚着地，上半身躺在炕上伸着懒腰。赵天山冲了进来，掀开床铺说："我的枪呢？"小黄吓得连忙站了起来。二勇满脸是肥皂沫说："啊？您说啥，大队长。"赵天山说："我的枪呢？"

民工二勇、小黄面面相觑。二勇说："没没没，没见着。"小黄说："谁敢动它啊。虽说是把猎枪，那可也是带火的，我们连碰都不敢碰啊。"赵天山说："张福林呢？"二勇说："您不是说他闹肚子……对了，一直没见他人啊。"赵天山一愣说："怎么回事？"他向营地马厩跑去。

马厩里除了马粪空无一物，赵天山急了喊：“魏富贵！”魏富贵从食堂里探出头来说：“大队长，什么事？”赵天山说：“马呢？”魏富贵说：“刚才冯技术员骑走一匹呀。”赵天山说：“那匹呢？”魏富贵说：“不知道啊。”赵天山一下蒙了头……

冯程快马加鞭，小六在身后追着马奔跑。冯程焦急的目光，看了眼奔跑中的小六。在三岔路口，冯程勒住马。小六向一个方向大叫两声，奔出。冯程快速跟上。

4

夕阳已经落山，天空骤然清冷。风吹打在身上，覃雪梅瑟瑟发抖。武延生搂住覃雪梅说：“冷吧？”覃雪梅说：“是啊，太阳一下山可真冷。”

武延生说：“这就是老天爷的安排，也许今天晚上回不去了，咱俩得在野外宿营。幸好，我背了帐篷，不过只有一个。”覃雪梅说：“如果真的需要那样的话，谁住在帐篷里？”武延生说：“当然是你了。我坐在帐篷外面点篝火保护你。”覃雪梅笑了，那笑容中似有一丝幸福流露出来。

武延生说：“要不然我们别走了，现在就支帐篷吧。”覃雪梅说：“别，如果能回去，尽量往回赶，不然同志们会着急的。”武延生说：“也是，咱俩这么重要的人才，他们当然要来找了。可惜了，咱们的浪漫之夜……”

覃雪梅说：“你不觉这话讨厌？”突然传来一声狼嚎。覃雪梅和武延生不寒而栗。覃雪梅说：“有狼。”武延生向狼嚎的方向望去，空无一物，就说：“快走。”

冯程夜路马上寻人，小六突然停住了脚步，它的毛乊起来，不寒而栗。冯程勒住马说：“小六，你怎么不走了？”小六一阵怯懦的叫。冯程听出来了，跳下马，将小六抱在怀里说：“是有狼吗？是不是？”

小六冲着一个方向叫了两声。冯程说：“刚才你一直带路，是闻到了覃雪梅和武延生的气味，对不对？”小六又叫了两声。冯程说：“我的好兄弟，带我找到他们，我会保护你的。”他翻身上马，从布袋子里拽出两个小铁锹，敲了敲说："你看，狼怕动静，我们一来，它就跑了。"小六看着冯程，好像不知所措。

冯程焦急地说："快！带我找到他们，求你了兄弟。"小六突然向一个方向快速奔跑。冯程看到希望，迅速跟上。

一头孤独的狼出现在高坡之上。它张开嘴，露出锋利的獠牙。狼的身躯，刚好挡住了覃雪梅和武延生的去路。

覃雪梅低声急切地说："快，快点火。"武延生连忙从兜里掏出一只打火机，"啪"的打着，打火机发出微弱的光芒。武延生说："没来得及捡柴火，我们身上又没带煤油，打火机时间长了会烫手的，怎么办？"

覃雪梅喊："快跑！"武延生拉着覃雪梅开始奔跑。狼嚎叫一声，追向二人。武延生跑得过快，超过了覃雪梅，拉着覃雪梅的手也松开了。

覃雪梅的脚绊在一块尖石头上，扑了出去，头正撞在另一块石头上，一瞬间，头部被重力撞击，晕了过去。武延生回身喊："雪梅！"可是他只停顿了两秒，调头就跑，因为狼已经在咫尺。

可是狼没理覃雪梅，却扑向奔跑中的武延生。武延生边跑边回头，他惊恐地狂叫，随着惊恐的叫声，他摔倒了。狼已经扑向武延生，武延生挥舞着双拳乱打，狼嗷嗷地嚎叫并撕咬着。

覃雪梅半昏迷状态，睁开了眼睛，朦朦胧胧听到了小六的叫声。模糊的视线中冯程赶到，飞身下马，覃雪梅彻底晕倒了……

冯程看到正在撕咬的狼，挥舞着手中的铁锹向狼砸去。狼受了惊吓，退后。小六来到冯程身旁，狂吠。狼凶恶地发出低沉的声音，眼睛死死地盯着冯程。冯程用两只铁锹使劲地敲着，那声音震耳欲聋，让狼不敢往前。

武延生连忙爬起，胳膊向下淌着血，调头就要跑。冯程大声喝道："别跑！你越跑，狼越会扑你！"武延生吓得停住了脚步直哆嗦。

冯程敲了两下铁锹，利用间隙对武延生说："你看着狼后退，慢慢地退到覃雪梅身边去。"冯程使劲地敲击着铁锹，并把武延生挡在自己身后。武延生借助冯程的保护，退到了覃雪梅身边。他向覃雪梅望去，覃雪梅的额头淌下了血，仍在昏迷之中。

冯程说："你慢慢地把覃雪梅抱起来，放在马上，别让狼看出慌张！"

武延生照做，他浑身颤抖，险些抱不动覃雪梅。冯程始终盯着狼，使劲地敲着铁锨，并不停调整身体的方向，以挡住狼看武延生的视线。

武延生将覃雪梅搭在马上，覃雪梅仍浑然不知。冯程说："武延生，上马！老马识途，一定能带你们回去！"武延生连忙跳上了马，挥舞着马鞭就跑了……

冯程瞅着武延生，把心放了下来，小心翼翼地敲着铁锨，谨慎地与狼对峙。狼始终注视着冯程，冯程不敢有半点松懈。夜幕越来越黑。冯程敲着铁锨，他不敢主动进攻，他的脸上划过一丝绝望。冯程大声说："小六，快走！"小六汪汪地叫了两声，表示不走。冯程说："走啊！帮我找救兵去。如果你不走，我就不认你这个兄弟了。"小六又叫了两声。

冯程转过头去瞅着小六。小六在冯程的眼中看到了怒火，扭身跑了。冯程放下心来，冲着狼说："这下好了，就剩咱们俩了。伙计，既然我声音吓不走你，你是不可能轻易饶过我的，对吗？"狼扬了扬脸，好像是同意了。

冯程又说："草原上的独狼，我大概能猜到你的身世。你以前是狼王，年纪大了，被新狼王取代，所以你变成了孤家寡狼。其实我们人类对你不错，在兽类中给你个良字，当名号，你就叫狼。我和你一样，在这坝上孤身一人三年，你我可谓同命相怜。这个季节你不缺食物，放过我，寻找你新的目标去吧，不然，咱俩只能活一个，也许被打败的是你。"

冯程突然"啊"的一声大喊，使劲地敲打着铁锨，可距他几米之外的狼一动不动，它已经适应了，这声音不过如此。冯程"砰砰"敲了两下铁锨说："算了，我不吓唬你了，你已经不怕了，我也敲不动了。来吧，我是不会轻易给你当晚餐的，我这一百多斤要留着种树呢！这对你可有好处！你是做有良心的朋友，还是当没良心的野兽，就在你了！"

狼不是"小六"知人性，它的忍耐也到了极限，狂吼一声扑向冯程。冯程抢起铁锨一阵乱打。好一番人狼大战。很快，狼咬住了冯程的大腿，冯程被扑倒，铁锨也掉在了地上。

冯程抢起另外一只铁锨，照自己的大腿处一阵狂拍，这已经是最后的挣扎了，他忍耐着腿部被撕咬的痛苦，狂抢铁锨。突然一声枪响，狼停止了撕咬，后退几步。跟着又一声枪响，他模糊看到狼跑了。星空突然变得暗淡无光……

话分两头，赵天山、那大奎、魏富贵、民工二勇、小黄举着火把而来，正遇武延生骑马带着昏迷的覃雪梅。赵天山说："武延生，覃雪梅怎么了？"武延生跳下马来说："遇见狼了。"赵天山说："啊？她被狼咬了？"武延生说："没有，头撞在石头上，撞晕了。"

赵天山说："哪来的马？你们碰见冯程了吧？"武延生说："对，碰见了。我跟狼周旋的时候，他来了。"

赵天山问他人呢？武延生说："死了吧，那狼很大，特别凶，他一个人怎么能对付得了狼呢。"赵天山大喊道："那你呢。你扔下他逃跑了？你个废物！"赵天山冲上去，一把抓住武延生的脖子要打。

武延生一愣，眼珠一转说："不不不……是他逃跑了。"赵天山难以置信。

武延生开始编故事说："是这样，开始，我一个人对付狼，后来他来了，我们俩一起，可是怎么吓唬，那狼都不走。我就说，要么我们俩一起冲上去跟狼拼命，要么让他救覃雪梅回去，没想到他害怕，自己转身跑了，结果他一跑，狼就追他。"

赵天山说："那然后呢？"武延生说："我就不知道了，冯程跑得太远了，我也没法救他，我想我得先救雪梅回来。"

那大奎说："行啊老武，你是武松的后人吧？祖宗打虎你碰狼，要让我碰到，都不一定像你这么镇定。"

魏富贵说："冯技术员毕竟是知识分子，城里长大的。再说，见到狼谁不害怕啊！换我，我也得跑。"

赵天山用难以理解的目光，瞅瞅他俩……

覃雪梅醒来，发现是在女宿舍，她头发沉，用手一摸，头上缠着纱布。孟月大声喊着："醒了，醒了！雪梅，你醒了！"孟月坐在炕上握着覃雪梅的一只手，脸上泪水到腮。

覃雪梅看到了孟月，又听到季秀荣和沈梦茵的声音，向另外一面转过头去。季秀荣说："哎呀，覃雪梅你可算是醒了。"

沈梦茵说："就是，吓死我们了。"覃雪梅看见坐在炕旁边凳子上，袒露上身，胳膊被包扎的武延生。覃雪梅说："武延生，你怎么了？"

季秀荣说："雪梅啊，武延生可真了不起。你知道吗？是他救了你！"覃雪梅点了点头，看了看武延生，突然想起什么说："我记得，我还看见冯程来了，他没事吧？"武延生沉默了。

经此难后，武延生再次求婚。他热情地拥抱住覃雪梅要吻，覃雪梅推开说："我求你别那么着急！我是自愿报名来塞罕坝绿化祖国的，这么早结婚，多让人笑话啊！"武延生说："那你让我等到什么时候？"

覃雪梅说："现在这样好不好，等我们取得了植树的成功那天……"武延生打断说："不行！这里根本种不活树。"

覃雪梅惊异地说："你说什么呢？"武延生看了一眼覃雪梅说："哦对，我这消极思想又来了，可是要想看到植树造林的成果，那可真不是一年两年的事，我真等不了。"

覃雪梅笑了说："看把你急的，那这样好了，只要我们一起上坝的大学生中有人结婚，我们俩也就……"武延生说："好！一言为定！"

沈梦茵并没走，她在偷听，泪水从她绝望的眼里流了下来。她又听到武延生说："哦对了，沈梦茵追过我，当然，我拒绝了，估计我们的恋爱关系公开以后，她可能会嫉妒你。"

覃雪梅说："不会的，梦茵人挺好的，再说，我们最好别着急公开，我还是那句，这种时刻……"武延生说："好，都听你的。"

听到这儿，沈梦茵失魂落魄，她万万没想到武延生是这样的，她默默地离开了。

荒漠上的第一缕阳光，让即将燃尽的篝火显得更加惨淡。马儿在远处啃着草，小六卧在冯程身边。寒风吹在冯程的脸上，冯程醒来，一丝凉意让他更加清醒。

冯程摸向自己的大腿，那是昨天被狼撕咬的地方，伤口已被简单处理，用布勒着。冯程摸自己的脸，一阵疼痛，脸上伤口的血已凝固，留下一道血印。冯程坐了起来，他不知身在何处，更不知道是谁救了自己。

张福林抱着柴火回来说："醒了。"冯程说："老张？"见张福林背着枪，更有些诧异，"张福林，是你救了我。你怎么找到我的？"

张福林并没回答，边添柴火边说，"是小六把我引来的，它这是救主啊……"

昨晚，出逃迷路的张福林把马拴在大石头上，点着了准备好的一堆枯草烤着手，寻思着怎么逃。突然，狗叫声传来。小六从高坡上冲了下来，很快扑到面前，咬着张福林的裤腿。

小六向一个方向叫着，叫声中充满乞求。张福林觉得准是出事了，他拉动枪栓，上马追着小六而去。

来到现场，马上的张福林正看到了冯程被狼扑倒在地的过程，张福林想都没想，举枪就开，"砰"的一枪。狼听到枪声，停止了撕咬。张福林从马上跳了下来，冲向冯程和狼的战场。张福林单腿跪地，"砰"的又是一枪。枪声在荒原上传得很远。狼一声哀号，逃跑了……

张福林从回忆中醒来，面对冯程的问询，摇了摇头说："别问了，反正咱俩有缘分。"

冯程起身，说："老张，救命之恩，请受冯程一拜。"张福林说："哎呀，拜什么啊。没有见死不救的道理！快坐下。"

冯程被张福林扶着坐下。冯程问："是老赵派你来接应我的吧。"张福林有些慌张地应承着说："啊……啊。"冯程说："怎么没带我回营地？是天黑，找不到路？"

张福林再次应承着说："啊，对呀……"

除了张福林与冯程，大家都坐在营地食堂里，安静地吃着早餐。赵天山放下碗筷，站起身来说："今天，大学生继续工作。先遣队跟我去找冯程，活要见人，死要见尸。"

魏富贵说："那张福林呢？"赵天山说："我的枪和马同时丢失，准是偷了马当逃兵了，不找也罢，回头报告组织，让公安部门协助抓人。先遣队的，五分钟内吃完饭，马上出发，雷厉风行！"武延生低头吃着饭，

— 117 —

他只希望这件事情早点过去。

荒漠中，赵天山和魏富贵、民工二勇、小黄奔跑而来，站在高处向四面张望。

赵天山突然大声地喊道："冯程——"声音在天际回荡，他又是一声呐喊，"冯——你还没种活树呢，你不许死！你在哪？冯程——"赵天山泪水涌了出来。

魏富贵和民工二勇、小黄都被这感情渲染，默默地淌着眼泪。

篝火燃尽，天已大亮。冯程说："咱们赶紧回吧，别让大伙着急。"

张福林嘟嚷着说："我……我不能跟你回去。"冯程说："为什么？"张福林怒吼说："你没瞧赵天山的枪在我身上吗！"

冯程愣住，疑问："枪不是他给你的？"张福林说："废话，他拿枪当命根子似的，能给我？"冯程说："那你也不是来接应我的！你想下坝，走错了路，正碰上了我？"张福林说："差不多吧。"冯程说："下了坝能找到更好的工作？"

张福林说："哪找工作去啊，我……"冯程说："没有工作你靠什么生活。难道靠这条枪啊？"

张福林急了说："你咋那么多废话啊！"

冯程说："你要没有更好的选择，跟我回去吧，于局长上次跟我透露过，未来，塞罕坝一定会建大林场。到那个时候，你老张就是建场元老，正经八百的林场工人，待遇差不了！"张福林说："我？我回不去了！"

冯程说："老张，我早就猜到你有难言之隐，你一上坝，小六就对你叫个不停，开始我以为你偷粮食，后来我发现，把剩干粮藏起来的是魏富贵。你到底有什么秘密，告诉我吧。"

张福林紧张地说："我没有秘密。"冯程说："其实你不说，我也早猜到了。"张福林眼睛瞪得溜圆，从马上卸下猎枪对准冯程："你猜到什么了？"小六嗷嗷地冲他叫了起来。

张福林说："我先打死这条狗。"说完就用枪对准了小六。冯程说："你不会的，你是个好人，不然根本不会救我。"张福林再次愣住，瞅着冯程说："冯程，我不是好人。"

冯程说："反正从上坝以后的表现看，你，张福林，就是个好人。"张福林说："那你刚才说知道我的秘密，你知道什么？"冯程笑了说："你一定是改名换姓上的塞罕坝，你的真名恐怕不叫张福林！"

张福林瞪大了眼睛，将枪对准了冯程。小六叫得更厉害了。冯程说："小六。"冯程这一示意，小六停止了叫声。

冯程说："看来我又猜对了。没关系，每个人都有秘密，我的心里也有，但这不耽误我们做好人。哪怕你以前犯过错，只要改了就好！你说你的名字改得多好，福林。咱们的苗圃长得不错，明年开春，那些苗子就能种在山上了，你不想看着它们长大、成林？我跟你说，要真种树成功了，就跟你的名字有关，将来那些大树会成为功勋树、幸福树！福林嘛，塞罕坝会成为让人们享受幸福的大森林。"

张福林被感化了，慢慢地放下了枪，不好意思地笑了。

迎着朝阳，张福林牵着马。冯程将受伤的腿横在马背上，偏骑着马。小六跟在马后。张福林说："你让他走，他就走啊？嘿，武延生这小子真不地道！"

冯程说："害怕是人的本能，可以理解。但愿覃雪梅伤得不重。这批大学生，我最看好的就是这个丫头，专业强，有韧性，难得呀！"

远处的朝阳挣脱出山峦，二人向营地赶去。

第十一章

①

张福林牵着马来到营地，见四处没人，大声地喊着："人呢？快来帮忙啊！"季秀荣先跑了出来。她大吃一惊喊着："妈呀，冯程和张福林回来了！你们快来看啊！"

听说冯程回来了，男宿舍的武延生猛地坐了起来，感到很不安。此时，闫祥利、覃雪梅、瘸着脚的孟月以及沈梦茵全都出来了，众人将冯程扶下马。

覃雪梅扶着冯程，两人近距离对视着，他看到了她关切的目光。

那大奎扶着腰出来说："狼咬的呗！命挺大啊，没咬死你！"张福林和冯程都听出来话里有话，有些意外。沈梦茵说："就是，逃跑让狼追，挨了咬，也没啥好同情的吧！"听到这，张福林怒了："你们说什么呢？"

正在这时，武延生赶了出来，他怕冯程一开口就揭穿自己的谎言，一阵紧张后，马上镇定了，大声喊："我有最好的消炎药，北京带来的。"就这样，冯程被武延生硬拉着走向了男宿舍。

到了男宿舍，武延生支走了要给冯程包扎的覃雪梅等人，坚持要给冯程包扎。孟月和季秀荣觉得武延生跟平时不一样。沈梦茵则有些不理解武延生为什么会对冯程改变态度。

姑娘们都走了，武延生又瞟了眼那大奎，并向那大奎使了个眼色。那大奎不明白武延生什么意思，稀里糊涂地离开了宿舍。

武延生拿着消炎药递给冯程，说："你看，这可是好消炎药。你多吃两片，我喂你。"冯程不用，自己倒了两片药在手里，喝水吃下。武延生突然别上了门，回身"噗通"一声跪在冯程面前。

冯程一愣说："武延生，你这是干什么？当时是大队长派我去接应你们的，咱们是革命同志，不兴这一套。"

武延生说："冯程，救我！"冯程说："怎么了？起来说。"武延生声泪俱下说："不，冯程，你不答应救我，我就不起来了。""到底怎么了？"

武延生说："我说了谎，昨天看那头狼的架势，我以为你肯定牺牲了呢，就跟他们说你被狼咬死了。"

冯程说："这算什么谎啊，你的猜测也是很正常的啊。要不是老张带着枪来救我，我还真就被狼吃了。"武延生说："关键是我跟覃雪梅说是我救的她。"

冯程仿佛明白了什么，说："哦，这呀，也算是你救的她啊。"武延生说："我还说，你见死不救，跑了。"冯程一愣说："你为什么这么说？"武延生说："我……我一时糊涂嘛！"

武延生在自己的脸上抽了一巴掌说："我想，反正你也牺牲了。你不知道，雪梅她一直拿你跟我比，她说，你敢一个人在塞罕坝待三年，你就是她心中最勇敢的人。冯程，实不相瞒，我向覃雪梅求婚，她已经答应了，如果她知道了真相，一定不会原谅我，那我可就毁了！我的一生都毁了！冯程，我求你了，你帮我保守这个秘密吧。以后植树造林的功劳，我都让给你。将来成立林场，你要想当官儿，我领大伙拥护你。"

冯程愣了一会儿，想了想，说："武延生，你也别哭了，也别说了。为了爱一个人，编织了一个伤害我这样的谎言……嗯，得，能理解。起来吧，我答应帮你保守这个秘密。"

武延生起身握住冯程的手，声泪俱下地说："冯程，冯老师，从此以后，你就是我的恩人。"

冯程也是累了，闭上了眼睛。武延生看他睡了，长出了一口气，脸上的表情立刻露出了那本色的阴冷。

夜里，冯程醒来，执意要回自己的地窖子住，张福林把他背了回去。回到老营地地窖子，冯程说了刚才的事儿。

张福林急了，说："啥？他一哭你就心软了？他是英雄，你成狗熊了！以后怎么在坝上混啊！我一枪崩了他去。"冯程说："福林！每个人都有遇到难处的时候，算了算了。"

屋外传来赵天山的声音："冯程——"门被推开了，赵天山、魏富贵和二勇、小黄都冲了进来。张福林立刻起身，哆哆嗦嗦地站到了一旁。

赵天山扑向冯程，抓住他的双手说："冯程，你没死啊？伤在哪儿了？"赵天山一激动，按在了冯程的腿上。冯程"嗷"的一声叫了起来。赵天山赶紧抬手，"让我看看你的伤。"

冯程说："不用看了，张福林都帮我处理过伤口了。"赵天山转过头看着张福林。张福林紧张地说："大队长，那枪……"赵天山走向张福林说："张福林，你！"

冯程忙说："老赵，老张爱玩，也觉得咱们伙食太差了，前几天就跟我说，想借你的枪去打个野兔子什么的，我说啊，你就甭借了，借大队长也不会给你。你就偷偷摸摸地拿了，打个兔子、獾子什么的回来，给大伙解个馋，就算立功，大队长不会怪罪的！我说的对吧，老赵。"

张福林偷眼感激地看了一眼冯程，又紧张地看着赵天山，吓得直哆嗦。

赵天山回头瞅着冯程。冯程说："幸好，我出了这个馊主意，结果张福林把我给救了，再晚到一分钟，狼就咬断我的喉咙了。"赵天山说："这么说是张福林救了你？"冯程说："对啊。"

赵天山又瞅着张福林，张福林有些紧张。赵天山大喝道："张福林同志，救了冯技术员，你立了大功，值得表扬。"

张福林终于松了一口气说："谢谢大队长。"赵天山说："想吃兔子，你跟我说啊。幸好这是猎枪，要不然你错误犯大了！还把马骑走了，我还以为你要潜逃出境呢！吓死我了。"

张福林刚松的一口气又提了上来说："哪儿的话……哪儿的话。"到这儿，这场风波算是暂时平息了。

3

原本热闹的食堂，随着冯程的走进，所有人都安静下来。同志们的风言风语，确实让冯程受不了，就连闫祥利也以他的思维说，所有强者都是表面的，懦弱是人性，慢条斯理地解释冯程的"逃跑"行为。

那大奎说："幸好冯程跑得快，要不能把狼引走吗？这得记功。"这话太刺激人，张福林拍桌子要急。冯程说："老张，他们都年轻，在坝上过这么枯燥的生活，能找到点乐子挺好！"说完，使了个眼色，张福林生气地摔筷子。冯程却不紧不慢地对赵天山说，他有个建议。

赵天山问："什么事啊？"冯程说："刚才我碰到闫祥利了，聊了会儿，今年冬天可能很冷，我担心大学生们受不了，我建议让他们下坝躲冬，如果大家都同意我的意见，就由大学生出一两个代表，和大队长一起向局里反映一下情况。"

覃雪梅有些不悦，说："我们不走，想征服这里，就必须适应这里！于局长去我们学校作报告的时候，已经把困难说得足够清楚了，我们也做好了充分的准备。"

冯程说："困难，那不是报告能说清楚的，我打赌你们受不了。我也看出来了，你们这些年轻人要比我想的能干、坚强。可坝上的冬天……唉，我就不吓唬你们了，总之，下坝吧，避过冬天再回来，还是好样的，更不会有人笑话你们！"

覃雪梅说："遇见狼就跑，才会被人笑话。"听这话冯程愣了。覃雪梅又说，"一个逃跑者，有什么权利对我们指手画脚。"

武延生忙说："雪梅，你别这么说话。冯老师也是人嘛！哪有人不怕狼的？"覃雪梅说："你就没怕，还救了我。武延生同志，就是我们这批大学生的表率，连狼我们都不怕，我们还怕寒冷吗？冯程，请你以后不要再动摇军心。"

冯程看了看覃雪梅，又看了看武延生，心里也有些不是滋味。覃雪梅的目光很敌对，武延生满脸的歉意。赵天山瞅着冯程，他好像很替冯程下不来台。冯程远没想到遇狼事件给自己带来这么大的打击，起身默默地走出了食堂。

山坡上，冯程忍着伤痛，拉起了手风琴。赵天山来到冯程身旁，半晌不语。少顷，问："冯程，你真的跑了？"

冯程平静地说："跑了。"

赵天山说："唉，让武延生那小子，把你给比下去了。"冯程说："比下去了。"赵天山说："啧……哎，老冯，你也别往心里去，我头一回上战场，冲锋的时候我也哆嗦呀！我觉得你不是不坚强，就是心理素质不够好。"

冯程说："呃，老赵，刚才覃雪梅态度很坚决，但我个人觉得留这些大学生在坝上过冬，是不是残忍了点……"

赵天山说："你就别说了！人家大学生自己都没打退堂鼓呢，你瞎操什么心啊？建设祖国还能不吃点苦？咱们国家，不是家底穷嘛。"冯程无可奈何地摇了摇头，继续拉琴。

赵天山看冯程的眼神中，多少有些责怪，有点恨铁不成钢。

朝阳升起，冯程推开了门，拄着拐杖走了出来，他想伸伸胳膊活动一下，却发现赵天山来了，说有事找他。

赵天山告诉他大学生情绪很不稳定，说是前两天老魏听见他们开会，商量集体下坝的事，想给他们做做思想工作，可嘴笨，不知道该咋做，来请冯程给出出主意。冯程连说不管。

冯程说："他们下坝是对的。坝上条件艰苦，冬天他们受不了。为这事，我已经反复说了好几遍了。"赵天山说："你就是想把别人轰下去，显得你一个人是英雄。"

冯程说："行，你也这么看我？"

赵天山说："我们这个集体，要是不能克服坝上冬天的艰苦环境，就没办法在这种活树！这个道理可是你告诉我的！"

冯程说："你先告诉我，大学生开会的结果是什么？"

赵天山说："多数人还是很有觉悟的，最后投票五比二，一人弃权，决定留在坝上。"冯程说："这可就出乎意料了。"赵天山说："主要是覃雪梅起到了模范带头作用。"

冯程说："我不明白，既然都决定留下了，还做什么思想工作。"赵天山说："那不是还有俩人反对，一人弃权嘛。我们得拉落后分子一把，谁也不能掉队啊！一支队伍必须拧成一股绳，要不然，打不赢胜仗。"

冯程笑了说："嗯——让我想想。"然后，他出了个主意，赵天山听了连连点头，转身离去。

食堂里，等大家吃完饭，赵天山说："明天的早操取消，大家睡个懒觉，明天也不安排工作任务，然后我带大家去看风景。"

沈梦茵说："这坝上有什么风景？大队长，你开玩笑吧？"

赵天山说："有，塞罕坝有一处最美的风景，你们这些学林业的，到了那，心灵就会被震撼。那处风景将一直住在你们的心里，让你们更加坚定，更加无畏，更加勇敢。"话音未落，孟月鼓起掌来。众人都跟着鼓掌，赵天山有些不好意思。

孟月说："虽然美景我还没有看到，但大队长诗一样的语言，已经让我感动了，我支持大队长的计划。"

这帮年轻人在这里太闷了，也就同意去看看赵天山说的风景。

高原荒漠上，四匹马冲上高坡。马上是林业部国有林场管理局领导栗坤、于正来和两位年轻人。

栗坤说："哎，好久没骑马了，痛快。"一年轻人说："领导，咱们是痛快了，可专家的车追不上啊。"顺着他的手势，一辆吉普车艰难地跟着。

吉普车上，林业部专家李中，陪同着外国专家佩科维奇，坐在后座上。坐在副驾驶的曲和回头看佩科维奇。佩科维奇睡着了，还打起了鼾声。曲和看了一眼李中。李中打着哈哈说："专家辛苦，又一路颠簸，睡了，睡得还挺香啊。"

突然，车停住了。司机再次发动汽车，车轱辘在沙地上打转，可就是出不来。佩科维奇醒了说："这什么鬼地方，又陷车了。"李中说："没事，你接着睡，我们推！老曲！"佩科维奇瞟了一眼，一歪身，找了个更舒服的姿势睡去。

高处，于正来和栗坤发现李中和曲和下车。栗坤说："又陷车了，你们俩，年轻的，快回去支援。"两名年轻人说："是。"两匹马飞快地冲下高坡。于正来说："这老佩同志还挺有个性，给他马不骑，非得坐车，这道，跑不起来啊。"

栗坤说："老于，佩科维奇是全世界著名的林业专家，请人家来一趟塞罕坝不容易，你可不许发牢骚啊。"

于正来说："塞罕坝能不能建林场，要听老佩的意见，国际专家嘛，这我懂。"

此时，高原荒漠上，赵天山带着大家边走边唱。女大学生们正在合唱《浏阳河》：……浏阳河，湾又长/两岸的歌声向四方/幸福歌儿唱不尽啊/歌唱敬爱的毛主席/我们心中的红太阳/啊依呀依子哟……

男大学生们鼓掌打着点。唱罢，武延生说："该你们了！"魏富贵说："大队长，咱唱啥啊？"赵天山说："不要慌张，听我的啊。咱们唱《团结就是力量》。"季秀荣说："唱过了。"所有的女生一起喊着："唱过了，唱过了。"

覃雪梅说："没错，唱两遍了。大队长，你们认输吧。"赵天山说："我认输，我认输。开始叫阵的时候我就知道，我们必败无疑，为的就是活跃一下气氛。你看，这不知不觉的，走了一个多钟头了吧。"

隋志超看着表说："还一个多钟头。大队长，还差半个点，就仨钟头了。你这是要带我们去哪儿啊？我看你还一直看地图，不会是迷了路吧？"赵天山展开地图认真看着，告诉大家，快了，过了这个坡应该就是了。

沈梦茵说："我快走不动了，不歇会儿吗？"赵天山说："过了这山头再歇吧。隋志超，你不能像那大奎似的，背一下沈梦茵吗？"隋志超说："来来来。"沈梦茵说："去！才不用你背呢！"

赵天山大喊："同志们，冲上这个山头，胜利属于我们！"他像电影里的男主演一样，一挥手，所有人都来了情绪，加快了步伐，大家连男带女一字排开，冲上了山坡。

冲到半山腰，赵天山已经停住了脚步，大声喊："到了！冯程的地图画得真准，到了。"众人听到赵天山的话，都停住了。隋志超说："到哪儿了？"赵天山说："你们没看见吗？"

赵天山向一个方向指去。一棵树的树冠出现在沙丘的后面。大家惊呆了。覃雪梅说："啊？是树！"武延生说："好大一棵树哇！"孟月说："塞罕坝有树，有这么大一棵树！"沈梦茵说："就是啊，以前怎么没有听说过。"

覃雪梅说："有树就有希望，有希望就有未来。"季秀荣说："雪梅，你也写上诗了。"隋志超说："哎呀，我不是做梦吧？"那大奎说："大队长，这咋回事？"

赵天山严肃起来说："同志们，今天我要带大家来看的，塞罕坝最美的风景，就要到了。冯程告诉我，这里有一棵大树，参天大树！这棵树见证了一百年前，塞罕坝四处是林海。他还跟我说，你们都是学林业的专家，只要看到这棵树就会明白，塞罕坝能种活树，能建设大林场。"

哈哈，在这兔子都不拉屎的地方终于要见到大树了！隋志超说："那还等什么？大队长！"赵天山说："冲——"

一声令下，所有人都艰难跋涉着奔向坡顶，他们要翻过山坡，膜拜那棵大松树……

第 十 二 章

①

茫茫荒原上，这棵大松树见证了那个"棒打狍子瓢舀鱼，野鸡飞到饭锅里"的塞罕坝皇家木兰围场兴衰。

边往坡上走，赵天山大声讲起，这里自古以来就是一处千里松林、水草丰美、禽兽繁衍的天然名苑。"千里松林"曾是辽帝狩猎之地，公元1681年，清帝康熙为锻炼军队，在这里开辟了一万多平方千米的狩猎场，就叫"木兰围场"，又是清代皇帝举行"木兰秋狝"之所……这些呢，其实都是冯程讲给赵天山的。

这时大家已经来到坡顶，看见了那棵大松树的全貌，一起欢呼雀跃、赞叹不已！

沈梦茵问："可是千里松林，莽莽林海，现在荡然无存？"赵天山说："这就要说到这了。后来由于清王朝的衰败，对塞罕坝进行开围放垦，再后来，又遭受日本侵略者的掠夺性采伐和连年山火，这里的原始森林便荡然无存。中华人民共和国成立初期，塞罕坝已经退化为飞鸟无栖树、黄沙遮天日，成了今天这个样子。"听了这些，大家又唏嘘不止。

覃雪梅说："是啊，于正来局长去我们林业院做动员报告的时候，也是这么讲的。原来这里，竟然真的有一棵大树。她经历了这么多沧桑！"

大家就向那棵大松树飞奔而去，有的人摔倒了，连滚带爬。来到大松树下，大家手拉手围着大树，兴高采烈地转了起来，然而笑容却迅速在他们脸上凝固了。

这时，就见十多个村民汉子跳下驴车，来到大松树下，冲撞开他们就要砍树！这太突然了！为首的郑三儿抢起斧子，连砍几斧说："真他奶奶的硬，来来来，上锯！"四个人拿着比上一回更大的锯条来到树旁，开始锯树。

覃雪梅说："他们在干什么？"武延生说："像是要伐树？"那大奎说："下锯了，还挺专业！"孟月、覃雪梅和沈梦茵几乎同时喊："大队长——"赵天山冲上前，说："不许砍树！"说着，开始捡起砍树的工具往外扔。

郑三儿拎着斧子说："爹，你看这……"郑老骥示意郑三儿不要出声，冲着赵天山问："这位同志，你是干什么的？"赵天山说："我是林业局塞罕坝先遣队大队长赵天山！"

郑老骥说："林业局的？那他们也都是林业局的？"武延生说："是啊，我们都是林业局的国家干部！"郑老骥说："好啊，来了这么多人，看来林业局是下定决心要在塞罕坝上种树了？欢迎！我是你们邻居，沙泉村的郑老骥，有空到村里去，我一定好好招待你们！"

赵天山说："招待用不着，你们为啥砍树？"郑老骥说："唉，说来是份孝心！我娘身体一年不如一年了，上次去围场请了个大夫上来，说过不了今年冬天了，她老人家可是我们村里最长寿的人，今年八十四了。在村里她人缘还好，你看，听说给她选寿材，来了这么多人帮忙。就请同志们让让，我们一会儿就好！"

武延生说："什么叫一会儿就好？这棵树，你们不能砍！"郑老骥说："小白脸子同志，说话还挺横啊！怎么就不能砍啦？"

武延生说："作为林业局干部，我宣布，这棵树是局里的，你们快走吧！"郑老骥说："哦，你还宣上布了？胡说八道！这是棵野树，我们乡野村民！跟你们林业局有什么关系？"

覃雪梅上前说："大叔，这棵树最少有两百年历史了，对我们搞科学研究有极其重要的意义！"

郑三儿说："对我们家还有重要意义呢？寿人用寿材，后人才发财！你啥烟酒还能比这重要啊？"

覃雪梅说："大叔，各位乡亲，我听明白了，村里有一位老人快去世了，你们需要木材，对吧？这样，我们这些大学生每人凑点钱，给老人家买木材，做棺材，行不行？"郑三儿说："我奶奶的棺材，凭啥花你的钱？你是我媳妇啊？"

武延生急了说："你个流氓，你说什么呢！"郑三儿说："她不是我媳妇，就出钱给我奶奶买棺材？骂人呐？让村里人笑我和我爹！"村民高江东说："这可不是一般的骂人，这是要绝你们老郑家八辈儿祖宗啊！"

覃雪梅涨红了脸，她没想到好心的结果，会是这样……郑老骥说："姑娘，你刚才，话说得太难听了！看在你是外地人，不懂规矩罢了，要不然，我大嘴巴子就呼过去了！"

那大奎拨开众人，拦住覃雪梅身前，一抱拳说："大叔，我是承德人，街里的，跟您唠唠呗？"

郑老骥说："有啥好唠的呀？"那大奎说："这位女同志确实是外地人，不懂咱们这边的讲究，我替她跟您赔个不是！"郑老骥说："用不着！赶紧起开，别耽误工夫！"那大奎说："大叔，你们这当儿孙的给老人尽孝，那某人佩服！可是这棵树不能砍啊，砍了事儿就大了！"郑老骥说："怎么就事儿大了？"

那大奎说："国家已经有了规划，这片要建林场，这棵树不光是林业局的，那是国家的，到时候算你盗伐国家物资，不得让你蹲监狱啊？"

郑老骥急了，说："我跟你们说这么多，就是给你们脸了！实话告诉你们吧，用这棵树做寿材，是我老娘点的！她说她就稀罕这个树，睡在这棵树做的棺材里，能闭上眼！"那大奎说："这，这是封建迷信！"

郑老骥说："承德人胳膊肘往外拐？滚开！"

那大奎说："你？你骂人！"郑老骥说："骂你怎么了？我还要打你呢！不让开，可别怪老子动手！"那大奎也急了说："你动个手试试？"两个人顶在一起。

赵天山说："那大奎，不要跟老乡发生冲突！"覃雪梅突然大声说："大家手拉手，把这棵树围起来！"众人手拉手把树围了起来，这可不是刚才围着树跳舞的神情了，他们就好像铁血战士一般紧紧围住了大松树！

村民们看着郑老骥，村民高江东说："老骥叔，这咋办？"郑老骥

"噗通"跪倒在地哭了起来，嘶喊着："娘啊——"

郑三儿说："爹，你别哭！不能让这帮人看笑话！哥儿几个，咱们可都是一个头磕在地上的兄弟！"高江东说："三儿，放心，明白！"

高江东其实就是村里的一个二混子，平时就是好赖话听不懂，转个屁股就发昏的人儿，他在大松树的一旁绕过了武延生、那大奎等男生，奔着沈梦茵而来。高江东说："嘿，姑娘，你这细皮嫩肉的也跟着他们起哄啊？"说着，上手就去摸沈梦茵的脸。

沈梦茵"啊"的一声尖叫，她旁边的隋志超急了，跳起一脚，踹向高江东。高江东嚷嚷说："哎！他们动手了……"

还没等隋志超反应过来，另一村民李二柱子已经一木棒抢了过来，正中隋志超额头，隋志超一晕，倒在了地上。沈梦茵连忙上前喊："隋志超！"那大奎急了，"大队长，他们可动手了！"

看着隋志超被打倒了，赵天山也急了眼，说："人不犯我我不犯人！"说着，人已经冲了出去。村民们专找弱的打，而且欺负女生。双方这就混战了起来。

赵天山以一抵三，还是被郑三儿从后面袭击，一棍子砸在了头上。赵天山有点晕，强撑住身体，这回他真的急了，从防守改为进攻！抢过一根棍子，一棍子就把高江东打倒在地，然后又连踢带抡，迅速打倒几人。郑三儿倒地，赵天山冲过去抢起棒子要打。

郑三儿说："饶命饶命！"赵天山的棍子停在了空中，并没有打下去。武延生护着覃雪梅，闪在相对安全的地方，很少挨打，时而也动手跟村民推搡两下。魏富贵、张福林各抄了家伙抵挡一方。那大奎和赵天山英勇，很快，已有七八个村民被放倒在地上。

村民们向郑老骥靠拢说："老骥叔，打不过啊！"郑老骥向前三步，喘着粗气说："你们不是林业局的！"

赵天山说："那你说我们是哪儿的？"郑老骥说："你们是土匪！"赵天山一愣，那大奎笑了说："什么？"郑老骥说："林业局的职工，是吃供应粮的，能像你们这样打人有门道吗？你们肯定是土匪！来坝上抢地盘的吧？"

赵天山说："那两年我倒是剿过土匪，我不光是林业局的职工，还是退伍军人，共产党员！我们保护的是国家的树，是你们先动手，我们才还击的！"郑老骥说："爷们儿，有本事你等在这儿！"

武延生说："我们当然会等在这，继续保护这棵树！我们是林业局的干部，还怕你们这群无知的农民？"郑老骥说："一言为定啊！谁走谁孙子！三儿，快跑，叫人去！"说完，一伙村民，赶着驴车跑了，跑在最前面的是郑三儿。

张福林凑向小黄说："小黄，跟着他们！"小黄说了声明白，也跟了下去。魏富贵上前说："各位同志，依我看，咱们也回去吧，来之前曲局长不是说过吗，这坝上民风彪悍，真要是来一堆人咋办？"武延生说："魏富贵同志，你怕了？那你走吧！我们是为了正义，来多少人我们都不怕！"

覃雪梅说："武延生说得对，我们不能走，继续保护这棵树！今天来得太有意义了，孟月、武延生，待会我们立刻实测研究一下这棵树，这个数据会对我们未来的工作，有很大的帮助！"孟月应了声好，就取出皮尺和仪器向大树走去。

赵天山环视众人说："有没有受伤的？"沈梦茵说："隋志超受伤了，流了很多血！"隋志超捂着脑袋说："这点伤算嘛！保护了沈梦茵、保住了这棵树，咱们是大获全胜啊！"

众人相互拥抱，欢呼跳跃。覃雪梅、沈梦茵、季秀荣都是热泪盈眶……"

②

高原荒漠上，于正来等人骑着马跑在前面引领，渐渐停下来，汽车也慢慢停下来。于正来拉开车门，热情地说："老佩同志，您下来活动活动吧。"佩科维奇睁开眼睛说："我真的没什么心情下去，这个地方不适合建林场，不适合！"

于正来说："这里以前有过树，不，是整片的森林！塞罕坝的意思就是美丽的高岭嘛！"佩科维奇说："你们中国人喜欢夸张，这里以前怎么可能是森林？这样的地理环境，就不适合树木生长嘛！"

李中说："佩科维奇同志，老于说得没错，《史书》和《县志》都有记载，这里以前真的是成片的森林！"

佩科维奇说："我是林业专家，注重树木生长各种必需因子，而不是美丽传说！那些记载，我没有兴趣！"

栗坤听得不高兴了，说："佩科维奇同志，老于和李中都是老革命，中华人民共和国成立初期就来到了林业系统，他们对事业很忠诚，不会骗你的！"

佩科维奇说："好吧，那证明给我看！"于正来说："我们上来过一个先遣队，已经种下去了一万棵苗子，成活率超过了百分之二呢！"佩科维奇摊开双臂说："那就是浪费了百分之九十八！不是吗？科学就是这么冷酷！"

李中脸色很不好看。于正来说："我们还建了苗圃呢。"佩科维奇说："多长时间了？"于正来说："有几个月了吧。"佩科维奇说："几个月的苗圃？让我去看，就是浪费时间！"

栗坤瞅着于正来说："老于，你不是说坝上有一棵树吗？你跟我讲过的那棵大树，带佩科维奇去看，找到那棵树，最有说服力！"于正来说："对，这里有一棵大树，参天大树！"

佩科维奇说："不可能，这种环境，参天大树只能出现在海市蜃楼里！"

栗坤说："老于，带他去。事实胜于雄辩！"说完，翻身上马，气愤地说，"说是来考察的，一路都在睡觉！他才是把梦境当成现实的人。"

翻身上马的于正来说："哎哎，领导，不是不让发牢骚吗？刚才可是你说的，人家是全世界的大专家，来一趟不容易！"

栗坤说："我说了吗？我还就较这个劲了，非得找到那棵树不可！"于正来说："好！我带路！"他打马侧转掉头就往前跑，栗坤紧紧跟上去。汽车艰难地转轮子，也跟了上去。

大家在高原荒漠上继续前行。车上的佩科维奇满脸不高兴，还是不屑地说："神话，你们中国人就爱讲神话！"他后来才知道，就是在这大高原荒漠上，中国人民创造了举世奇迹，这是后话，暂且不提。眼下，还没走多远，汽车又陷在沙土里。

佩科维奇下车说："真是无聊，被你们带到这么一个毫无意义的地方来，浪费了我好几天的时间。你们看看这沙子！"佩科维奇用脚踢着沙子，"这是典型的高原荒漠，别说一百年前，恐怕一千年前也没有过成材的树！"

于正来强忍着，栗坤给他使眼色，说："老于，你到底有没有把握找到那棵树？"于正来说："让我到高处辨认辨认方向……"栗坤说："好，我陪你！"

说完，于正来一夹马肚子，马蹿了出去，栗坤的马也迅速跟上。

小黄跑回老营地，如此这般地把护树的事一说，冯程大惊，忙取出赵天山的枪上路了。

再说郑老骥带着五六十村民，各扛家伙，铁锨、镐把、斧子、铡刀，怒气冲冲地要回去报仇。郑三儿和高江东被打出了血，额头都用白布缠着，吆五喝六地奔在前面。

这时候，在大松树旁，孟月和覃雪梅发现了冯程种的那五十棵树了，孟月说："雪梅，你看，这成活率很高啊！"覃雪梅说："没错，我刚才已经数过了，活了三十一棵！"孟月说："怎么会有这么一片树，谁种的呀？"

覃雪梅说："如果我没猜错的话，这就是冯程那五十棵苗？我记得当时他说确定活了的有二十八棵，这个人还是蛮严谨的，稍有怀疑的都没算！"孟月说："真是冯程种的？这个印第安人，越来越难以捉摸了，种树还真有点锲而不舍的精神！"

孟月突然喊了起来："雪梅你看——"覃雪梅回头，向孟月指的方向看去，啊？五六十村民，气势汹汹踏着黄尘而来！

赵天山和那大奎、武延生等也发现了，都站了起来。覃雪梅和孟月迅速跑回。覃雪梅说："大队长，怎么办？"赵天山说："我们占理，不怕他们！武延生，你和隋志超保护所有女同志，立刻撤离！"

覃雪梅说："不行！我们不能当逃兵！"季秀荣也说："女的怎么了？我还就不信，他们敢打我？"隋志超说："沈梦茵，别怕啊，有我呢！刀枪剑戟，斧钺钩叉，来啥我都替你挡着！"沈梦茵有些感动，但她真的很怕，缩到了隋志超身后。

赵天山向前走了两步，其他人站成了一排，拦在了大松树之前面。众人肩并肩地站着，彼此间握紧了手，季秀荣刚好挨着魏富贵，沈梦茵挨着隋志超，那大奎挨着孟月。一阵风吹来，伴着黄沙，为了防止迷眼，大家只能歪头闭眼。

风沙过后，村民们已到眼前了。武延生低声在覃雪梅耳畔说："待会儿要是真打起来，我掩护你跑……"覃雪梅看了一眼武延生，没表态。

郑三儿说："行啊，有种！一个没跑啊！"

赵天山诈他，说："你没好好数数？少了一个，骑了匹快马，去报告派出所了，公安的人员已经在路上，你们还得耐心等会儿！"郑老骥说："吹吧，派出所你们家开的？我告诉你，今儿个老子把你打死，明个儿警察都到不了！"

赵天山说："哟，你敢杀人？难怪在你眼里看我们是土匪！"隋志超说："老乡你可照亮着点，我们大队长是正牌解放军战斗英雄，你再敢碰他一下，没你好果子吃！"

郑老骥说："闭嘴吧，你个卫嘴子！我郑老骥不是吓唬老的！咱是老实巴交的农民，我没想杀人！但必须得砍这棵树，不砍对不起我老娘！"赵天山说："老乡，我也说过，这棵树是国家的，你们不能砍！"

覃雪梅说："对！我们都是学林业的大学生，刚才已经研究了。它的存在，为国家在塞罕坝建林场提供了理论依据，我们会用生命捍卫这棵树！"

郑老骥撸着袖子说："三儿，你愿意陪爹蹲大牢吗？"郑三儿说："那是！就是把他们全打死，也不能连累全村的爷们儿，咱们爷俩蹲大牢去！"

群殴已近在咫尺！突然，"砰！"的一声枪响，石破天惊，冲到大学生面前的村民们，都吓得停住了。

冯程骑着马，一手拉着缰绳，一手端枪，从高坡后冲了过来。

4

传来枪声，正站在高坡上栗坤的马一惊，幸好他有经验，勒住了马，问："什么声音！"同时在坡下，侦察兵出身的曲和反应非常敏捷地说：

— 135 —

"把马给我!"说着,翻身上马并对年轻人低声说,"保护好专家!"

栗坤瞅着于正来说:"老于,你干吗呢?"他发现于正来的手已经揣在了腰间。于正来说:"奶奶的,十几年没背枪,忘了!"栗坤说:"这是枪声!"于正来说:"没错,怎么会有人开枪呢?"

这时曲和的马已经赶到,说:"于局长,我先去看看!"于正来说:"领导,你和专家一起等,我配合老曲!"栗坤说:"谁是领导?我跟你一起去!"于正来和栗坤策马追向曲和。

大松树下,冯程跳下马,端枪对着郑老骥和郑三儿!郑三儿说:"是你?你没死!"

冯程说:"上回就是你小子要砍树,把我打成那样,我都没让公安局抓你!这次还敢带着这么多人来行凶!你这贼胆儿也太肥啦!"赵天山说:"冯程,你来得正好!"说完,此前受过伤的赵天山突然一头栽倒,魏富贵上前一把抱住了他。

女生们都扑向赵天山,呼喊着,大队长!冯程转过头,瞅着村民说:"是谁袭击了赵天山同志!"说着,大踏步上前,用枪指着横扫过村民,被冯程用枪口对准的村民们连连后退。

冯程眼睛发红说:"是谁干的,把凶手交出来!"高江东到这个时候还在发昏,他鼓动着说:"老骥叔,别怕,他就一杆枪,咱们这么多人,跟他拼了!"冯程说:"我看哪个敢上!"

"住手!冯程,把枪放下!"曲和一马当先,于正来和栗坤紧随其后。村民们一见又来了人,而且又是骑马的干部,人都向一起聚拢。有人议论着说:"公安真来了!"

曲和说:"冯程!你怎么可以把枪口对准老百姓!你是侵略者吗?你是土匪吗?谁允许你这样做的!你简直无法无天了!"说着,上前一把握住了冯程的枪杆子。

冯程一用力,甩开了曲和说:"他们要砍树,还打伤了赵天山!你让开!"曲和愣住了,不知如何是好。

于正来下马,走向郑老骥等村民,问:"谁要砍树啊!"郑老骥说:"于正来!"另外两位年长的村民说:"于局长,您来了!"郑三儿说:"爹,他谁啊,用不着怕他!"

郑老骥抬腿踢了郑三儿一脚，说："你有眼不识泰山啊！他是于正来，当年抗日游击队打过日本鬼子，千里追过土匪，是大人物！"

郑三儿立刻收嘴，回手"啪"地给了高江东一个大嘴巴，呵斥他："江东啊你你狗眼看人低。"高江东捂着脸，下巴扭曲着，也不敢应声，知道郑三儿这是害怕于正来。

于正来问："我们的同志是你们打伤的？"郑老骥说："不是！我们还没动手呢，他自己晕倒了！"冯程说："局长，不能听他们的，上次打伤我的就是他们！"于正来说："你是叫郑老骥吧？两年前就是你带人打伤了我们的同志！"

郑老骥说："不，不是！两年都过去了，他不没事吗？你们林业局是官家，仗着有枪，人多势众，欺负我们老百姓！我们惹不起，躲得起！乡亲们，走！"郑老骥一发话，村民作鸟兽散。

看着村民们远去了，曲和对冯程说："你还不把枪放下！这成什么了！嗯？冯程，你这次犯的是原则性错误，性质极其恶劣！还想不想建林场了！建林场必须跟附近村民搞好关系，水乳交融！没有老百姓的支持，什么事干得成！"

冯程无缘无故被数落一顿，正不知如何是好，赵天山"啊"了一声醒了过来，强撑着身体站起来说："人呢？要打架冲我来！"曲和和于正来都吓了一跳，瞅着赵天山。

曲和说："赵天山，我这正要处分冯程呢，还有你的事儿，你也跟老百姓打架！"赵天山说："他们人呢？"那大奎说："跑了，都让于局长吓跑了！"赵天山这才松了一口气，抹了一把头上的虚汗。

覃雪梅上前几步说："为什么要处分冯程？是那些村民要砍树，而且他们先挑衅动手，打伤了隋志超！"孟月说："对！他们还调戏女同志！"

覃雪梅说："赵大队长的头部也挨了一棍子，他刚才晕倒，很可能是因为脑震荡造成的！要不是冯程及时赶到，后果不堪设想！冯程立功，应该表扬！"

曲和说："表扬？用枪对着老百姓，我表扬他？我……"冯程说："枪里根本没有子弹，不信你检查！"曲和一愣，问："枪声是哪来的？"

于正来上前接过枪，拆开检查了一遍，他当然知道刚才的枪声就是这支枪打出去的，略一思忖，看了眼冯程，说："就算是吓唬，那也要注意方法！老曲啊，起因是因为同志们要保护树，就别处分不处分的了！回头我们一起去沙泉村，做做老百姓的思想工作，他们也不至于跟咱过不去！"曲和说："好吧！"

另一匹马和汽车驶来了。曲和说："部里请的大专家到了，赵天山，你还不快把枪收起来！"赵天山从于正来手里接过枪，背在肩上。于正来说："哎，栗坤同志呢？"众人瞅着大松树，栗坤正紧紧地抱着树干。栗坤异常激动，他又蹲下身抚摸着苍老的根皮，眼里流下了泪水。

汽车停住，佩科维奇和李中下车。佩科维奇看到了那棵树，有些惊诧地说："噢！还真的有这么棵树！"

大学生们看出是来了个大人物，都自觉地集中，站到了一旁。

大松树下，佩科维奇说："我承认这是棵大树，它应该有二百岁，但它的存在应该是个特例！特例！特例！我早已下了结论，塞罕坝不适合建林场，你们放弃吧！反正，我是不会在同意书上签字的！"

于正来说："老佩同志！"佩科维奇说："请不要这么称呼我！我叫佩科维奇！不叫老佩！"于正来说："对不起，佩科维奇同志，这棵树的存在不刚好证明这里曾经是一片森林吗？"

佩科维奇说："你这是推断而已，我并不这么认为！"李中说："这是事实，我们的历史学家、考古学者都是非常严谨的！"佩科维奇说："好吧！即便这里以前是森林，但是，那个森林的生态环境不存在了，你又能怎么样！喜马拉雅山曾经是海呢，是不是也想在那建渔场？"

李中愣住了，佩科维奇说："我已经有了结论，不想再跟你们争辩了！"栗坤说："不，佩科维奇同志，在塞罕坝地区建林场与在喜马拉雅山建渔场，不能同日而语。塞罕坝对我们的国家非常重要！不光是木材供应，还有防风固沙、改善生态环境的重任！"

于正来说："对啊！你别看从首都到这里千里迢迢，其实直线距离很近！这里地势又高，一到春天，这里一刮风，首都就有沙尘暴，就像站在房顶向院子里倒沙子一样！所以，必须建林场！"

佩科维奇说："必须？建林场要符合必要的立地条件！这是科学！"

于正来说："那首都咋办啊！"佩科维奇说："容易的很！受不了沙尘暴，迁都好啦！"于正来瞪大了眼睛！李中和栗坤交换着眼色，大学生们惊讶不已。

大学生身后的冯程看着佩科维奇，脸上出现怒气，突然大声说："专家同志，你的话太不负责任了吧！"大学生们将目光瞅着冯程。冯程从人群中挤了出来。佩科维奇说："你是谁？"

于正来连忙介绍说："噢，他是我们林场的技术员，已经在塞罕坝工作第四个年头了！"佩科维奇说："技术员？公职人员，为什么像个野人一样？"

冯程说："对，就是一名野外工作者！我的形象与工作无关！我请问，你是怎么判断塞罕坝不能建林场的？"佩科维奇说："你先回答我，你到这里四年，种活了多少树！"冯程说："前三年，一棵也没有！"

佩科维奇说："这就很说明问题，这种海拔，沙化这么严重的土壤，还有这种气候，没有可能种活树的！"冯程说："是吗？可否请专家同志跟我走上二百步？"佩科维奇说："什么意思？"

冯程说："就在几个月前，我在这棵树二百米外种下了五十棵树苗，活了二十八棵！"佩科维奇说："这不可能！"覃雪梅说："不是二十八棵，是三十一棵！"冯程惊奇地瞅着覃雪梅。

覃雪梅说："冯程同志，刚才我和孟月看了你的那些树苗，我确认，已成活三十一棵！佩科维奇先生，请跟我们一起过去看看吧，那些活了的小树苗就是塞罕坝可以建设林场的实例！"

佩科维奇说："二百米？太远了！我被带到这个毫无意义的地方来，光坐车就是两天，我的腰都快颠散了！那里不就是有三十一棵树苗是吗？这没什么好看的，现在它们还活着，可一场雪之后呢！明年春天你再看，应该就全死了！还有这棵树，你们看，它被雷劈过，也许就在今年，或者是明年，一个极端天气，它也会死的，不必难过，因为它活着，就是个例外！"

冯程气得瞪大了眼睛。佩科维奇还在说："我不明白，中国那么大，你们为什么非要在这个地方做徒劳无功的事？这与你们中国那个要凭一家人的力量，去搬大山的古人，有什么不同？"

冯程突然大声说："因为我们爱这片土地！这里是美丽的高岭，曾经水草丰美，森林茂密，鸟兽繁多！只不过是近一百年来，森林被砍伐，木材被掠夺，生态被破坏，才变成了今天这个样子！亡羊补牢，为时不晚，若不尽快地建立林场，拦住浑善达克和科尔沁沙地南侵，未来将更加不堪设想！"

佩科维奇笑了说："野人，你刚才说得很好，这里的生态环境被破坏了，不是我破坏的吧？是你们的祖先破坏的，破坏了环境就要接受大自然的惩罚！谁又能挽救得了呢！"冯程说："有人！就是我们，新中国的年轻人！"佩科维奇说："就你这模样，也能代表新中国？太可笑了吧！"

冯程说："我不一定能代表，但是他们——赵天山、覃雪梅、孟月、沈梦茵、季秀荣、武延生、隋志超、那大奎、魏富贵、张福林，他们都是林场的职工！多数是大学生，他们和我一样，愿意把这片荒漠建设成绿色的家园！"

被冯程点过名的所有人都热泪盈眶，突然感受到了历史使命感！佩科维奇说："你像个诗人，你不应该站在这里跟我对话，你应该去找普希金、莎士比亚！"

冯程有些被激怒了："佩科维奇同志，塞罕坝需要一个林场，不是为了我们中的哪个人，是为了国家！我们的首都是北京，若是因为沙尘暴的影响而迁都，那将是我们这些林业人的耻辱！我们有责任在这里植树造林，恢复生态环境，造福子孙后代！"

佩科维奇理穷，摊开双臂说："反正我的意见已经表达完了，我没有必要跟这么一个普通人辩论问题，我要回去了！"

一直没有说话的栗坤突然大声说："好，曲局长，立刻派司机送专家下坝！"佩科维奇觉得很奇怪："嗯？"栗坤转向佩科维奇说："佩科维奇同志，我还有工作，就不送了！"说完，转过头去看着那棵树去了。

于正来小声说："哎，老栗！老栗！"栗坤没理于正来。佩科维奇很没面子，上了车。于正来连忙冲了过来说："佩科维奇同志，慢走、慢走啊！"又对司机说，"注意安全啊！"汽车开走了，只载着佩科维奇一个人。

于正来走向冯程说："冯程，你对人家国际专家也太不礼貌了！"栗坤突然转过身来说："他说得很好！你叫冯程，对吧？"于正来和冯程都愣住了！于正来说："对，他叫冯程！"

栗坤说："你刚才的话，字字句句都说到了我心里！老于，我们是要尊重专家的意见，可是塞罕坝建不建林场，不是外国专家说了算，是党和国家说了算！我提前告诉大家，党中央国务院已经给林业部下达了任务，要尽快在这里建林场！"于正来愣了，半晌，他突然鼓起掌来！众人都跟着鼓掌！

覃雪梅等大学生们都热泪盈眶。栗坤回过头来看着大松树说："真的有这么一棵树！这是谁砍的！还砍了两次！"于正来说："是附近的村民，不过两次都被保护住了。第一回，冯程险些丢了命！"栗坤说："又是冯程？你过来！"冯程本不愿意接近领导，可他无奈地走向栗坤。

栗坤拍着冯程的肩膀说："小伙子，你应该很英俊，为什么却这么邋遢！"冯程说："我……"曲和说："他一个人在坝上三年，估计是没照过镜子吧！"女同学们都笑了出来，是带着眼泪的笑，武延生有些嫉妒。

栗坤说："我希望下次见面，能看到朝气蓬勃的你！"冯程点了点头。栗坤说："能用生命去守卫这棵树，你，是个合格的林业人！"栗坤转向众人，"同志们！这棵树告诉我们，塞罕坝能种树，能种出大树！我们要在它的周围建起一大片树林、森林、大林海！"

大松树下，响起一阵热烈的掌声……

5

这天，卡车到营地来送补给，大家卸着东西，季秀荣的包裹最多。沈梦茵说："季秀荣，你怎么这么多东西，都是你们家寄来的，你不会是要在坝上结婚吧？"季秀荣说："让你猜对了！"沈梦茵和孟月帮季秀荣把大包小包全都卸了下来。

季秀荣说："你们先帮我把东西送屋去，我还有事。"她看着正在和先遣队谈话的曲和、于正来。

曲和从赵天山手里拿过猎枪说："不管怎么样，拿枪对着老百姓是不对的，作为惩罚，我要把这条枪收回去，你们服不服气！"这话是对着赵天山、冯程、张福林、魏富贵和二勇、小黄说的。赵天山说："服气！"

于正来说："赵天山，你晕倒了是怎么回事？"赵天山说："没事，就是之前挨了一棒子，突然就一晕，真不争气，还让自己的领导看见了！"

于正来说："让我心疼，你在部队多次受过重伤，不会是旧伤复发吧？"赵天山说："没有，你看我壮得跟牛一样，下次保证不晕了！"于正来不放心地点了点头说："革命工作要干，身体也得注意啊！"

季秀荣跑了过来说："二位领导，我……我有个私事，能不能……"于正来说："什么事，说吧！"季秀荣说："我和闫祥利想登记结婚，请领导批准！"于正来一愣，瞅着曲和。

曲和说："谁？闫祥利？小季啊，你不知道吗？"季秀荣说："知道什么？"曲和说："闫祥利已经调走了，今天走的！"

季秀荣说："什么？不可能吧！"曲和说："那小子也不知道托了什么关系，调令是上级机关发来的，我们只能放人！"

季秀荣听了，一踉跄险些摔倒。孟月从屋里跑了出来说："季秀荣，宿舍里有你一封信，好像是闫祥利给你写的！"季秀荣慌张地跑向孟月。于正来、曲和、赵天山、冯程都关注地望着……

在新营地食堂，季秀荣的脸表情麻木。覃雪梅念着闫祥利的信："同学们，我走了！今年冬天很冷，你们保重！季秀荣，对不起了——闫祥利！"

覃雪梅"啪"地把信摔在桌子上说："什么东西！就写这么几个字就走了，他也算是个人！"孟月说："雪梅你别骂了，季秀荣已经够伤心的了！"

张福林和二勇、小黄坐在角落，心疼地看着季秀荣。冯程轻声说："这就是人生，有些遭遇会让人更快地成长，变得更坚强！"听到冯程的话，季秀荣点了下头。

那大奎"啪"地一拍桌子说："行了！大伙听着啊，季秀荣跟闫祥利这事就算过去了！就当闫祥利这个兔崽子从没来过坝上！以后谁也不许再提他！"又向前走了两步，来到季秀荣身旁说，"季秀荣，我不嫌弃你，就当什么都没发生过，跟以前一样！"

季秀荣一听，生气了，她抬眼看着那大奎。那大奎说："你这么看着我干吗！"季秀荣说："那大奎，你对闫祥利做什么了？"那大奎说："我？我什么也没做啊！"季秀荣说："你肯定是吓唬他了，闫祥利胆小，怕你下黑手整死他，所以才走的！"那大奎说："我，我……是那种人吗！季秀荣！你被他甩了，还替他说话，你脑袋是不是让驴踢了？"

季秀荣说："真没有？"那大奎说："真没有！"季秀荣突然和气了下来说："我就是诈你一下！"

那大奎很意外，季秀荣不再理那大奎，眼睛失去了光芒，叹息说："唉，看来他真的是早就想好了要走，却一直骗我，昨天，我还跟他商量怎么布置新房，我可真是个傻子！"她突然笑了起来，笑着笑着就笑出了眼泪。

季秀荣用手抹了一把泪说："为了个骗子，我怎么还掉眼泪了，真没出息！那大奎，来！在我脸上抽两巴掌，让我醒醒！"那大奎顿时心疼起来，季秀荣说，"下手啊！狠着点！"

那大奎脸上充满怜惜，恳求着说："季秀荣，你！你别——"季秀荣说："废物！"说着，她"啪啪"给了自己两个大嘴巴。

一直心疼地看着季秀荣的魏富贵连忙端起一大盆菜走来，打岔说："开饭了！小季，你多吃点啊！"季秀荣也不客气，点着头，用碗盛菜。魏富贵又端着一大笸箩馒头放在桌上。

季秀荣用筷子一下穿了两个，咬着，她看了看众人说："吃啊，别光看着我！"那大奎突然心里一酸，扭过头去，抹上了眼泪。覃雪梅、孟月坐在了季秀荣身边。

覃雪梅说："大家吃饭吧，待会儿该凉了！"众人纷纷坐下吃饭。赵天山、冯程等都坐下吃饭。魏富贵一直站在远处看着季秀荣。沈梦茵低头吃着，也流了泪。

季秀荣大口大口地吃着馒头，一个下去又开始咬第二个。她吃得很快，狼吞虎咽，脸上强装笑容可止不住泪水滑落……

第十三章

气象站立在山坳间，迎着漫天飞舞的雪花。今年坝上的雪来得早，不知何时，雪已经将整个坝上覆盖，视野中再也看不到一片绿色。雪花飘着，有两个人从营地的两端用笤帚扫着路，为的是将石板露出来，不至于把人摔倒，这两个人的身影显得很渺小，终于，他们会合了。从外面扫进来的是冯程，从里面扫出来的是赵天山。两人相视一笑，啥也没说。

冯程用嘴哈着手，对赵天山说："塞罕坝降雪早与它的特殊地势有关，平均海拔 1500 米在内蒙古高原的南缘突兀而起，掠过内蒙古高原的寒流在此停留形成大风，加剧了这里的严寒。最低温度超过零下 43 摄氏度，年均气温零下 1.4 摄氏度。"

赵天山冻得跺着脚，点头说："是啊，真不知道那过去的三年，你冯程是怎么挺过来的。看来，今年冬天会更冷啊！"

隋志超推开了门走出来，大喊："哎哟！下雪了！阴历还不到九月呢，下上雪了！闫祥利啊，闫祥利！你这预报还挺准的，祝愿你明天当个气象部长！"那大奎不满地喊："大麻花！一口一个闫祥利，没完没了，再嘴欠，我捧你信不信？"

隋志超正尴尬之中，武延生也走了出来说："行了，走了的是叛徒，留下的都是好兄弟，咱们内部得团结！还真下雪了，天又不冷，把女同学都叫出来，咱们打雪仗！"隋志超说："嘿，那大奎，你看人家武延生觉

— 144 —

悟就是比你高！女同学们，下雪咯！打雪仗啊——"

四个姑娘都从地窖子走了出来。孟月说："真的下雪了！坝上这雪可真早啊！"沈梦茵用双手接着雪说："这就是雪啊！今天一定要写封信告诉妈妈，我看见雪了！鹅毛大雪！"

隋志超嘴欠似的说："姐姐，这也叫鹅毛大雪？才哪到哪啊！"沈梦茵从地上抓起一把雪来扔在隋志超脸上说："再让你叫我姐姐！"隋志超说："哎，舒服！来，打雪仗！"

面容平静的季秀荣说："雪才这么薄，打雪仗有什么意思？武延生，你的照相机里还有胶卷吗？"

武延生不好回绝受了刺激的季秀荣，说："有，有啊！"季秀荣说："前两天我没好意思显摆，其实我妈还给我做了条红裙子呢，可美了！我把它穿出来，你在雪里给我拍张照片行吗？"一直很兴奋的覃雪梅和孟月全都愣住了。

覃雪梅说："秀荣，裙子，太冷了吧！"季秀荣说："我们承德人不怕冷，上了农专以后，每年冬天初雪我都会穿着裙子去避暑山庄里拍照片。这条红裙子特有意义，是我妈给我的嫁妆，我得留个纪念！"说着，季秀荣就往屋里跑。

所有人都愣住了，连扫地的冯程和赵天山都站了起来。赵天山说："坏了，这小季同志是不是受不了这个刺激了？"覃雪梅说："武延生，你刚才为什么不说没胶卷啊！"武延生说："啊？女同学让我拍张照片，我说没卷，那我也太抠门了吧？"

众人正在面面相觑之际，穿着红裙子的季秀荣已经跑了出来，她里面只穿着薄薄的衬衣，裙子是俄式的布拉吉，很长，那鲜艳的红色瞬间将冰雪的世界燃烧了！所有人都看傻了眼。

隋志超受季秀荣的热情感动，拍上了巴掌哼起了曲子。那大奎指着隋志超，又看了看季秀荣，气得回了屋。季秀荣跳着，满脸的笑容。魏富贵觉得不对，扭身就往屋里跑。

季秀荣忘情地跳着，还不停地叫着说："雪梅、孟月、梦茵，一起来啊——"三名女同学尴尬地应承着，却没有一个人上前。

那大奎蹲在男宿舍地上哭说："闫祥利，你个小白脸子，你等着，这辈子要是能再见你一面，我非摔死你不可！"

武延生抱着照相机过来，慌乱地调整着。季秀荣说："我就不摆姿势了，我跳着，你拍！"武延生举着照相机，调整着角度，魏富贵端着个碗从食堂里跑了出来说："小季，你先喝完姜水再跳吧，太冷了！冻出个好歹来可是一辈子的事！"季秀荣笑着说："老魏，你真好！武延生，要不，你给我和老乡一起拍一张吧！"说着，季秀荣就拉住了魏富贵说，"老魏，看武延生！"魏富贵说："不行不行！你先喝了这碗姜水！"季秀荣无奈，停下脚步，刚端过碗，头一晕，碗掉在了雪地上。魏富贵一把拉住了季秀荣，所有人都冲了上来，女孩子们喊着说："秀荣，秀荣！"隋志超说："快掐人中！"

那大奎含着泪奔过来，说："都让开！"他上前抱起季秀荣，就往女生宿舍里走。

季秀荣躺在宿舍床上，那大奎一直守在她身边，覃雪梅等人悄悄退了出去。过了一会儿，季秀荣捂着肚子，一阵干呕……

那大奎连忙将一个盆拽了过来，季秀荣吐了，他心疼地为她捶背……

②

新营地的雪还没化，赵天山将上衣挂在一把扎在雪地里的铁锹把上，捧起雪在身上搓着，同时爆发出低沉的吼声。隋志超刚一出门吓了一跳说："哎呀妈呀，季秀荣傻了，这是又疯了一个！"

武延生也很惊讶说："哎呀，这身肌肉，难怪那大奎上回比试输了。"冯程拎着几个袋子从老营地方向走来，见到赵天山愣住了，赵天山将浑身搓热，用毛巾擦着，然后拿起衣服开始穿。

冯程说："老赵，你读过《怎么办》？"赵天山说："什么怎么办！"冯程说："尼古拉·车尔尼雪夫斯基的小说，里面的主人公就曾经用你这种方法锻炼意志！"赵天山说："我没喝过洋墨水，当兵的时候，一下雪大家都这样，一冬天都不感冒，要不你也试试！"冯程说："还是算了吧，我怕感冒一冬天！哎，这些吃的是刘师傅给我带的，既然大家都在坝上过集体生活，我就充公了！"赵天山说："什么呀都是？"冯程说："红薯干儿、土豆干儿、豆角丝，还有点牛肉干儿！"赵天山说："这觉悟，该发展你入党！走，食堂喝水去！"

进了新营地食堂，赵天山给冯程倒着水，魏富贵喊着"报告"过来了。赵天山说："有事啊？"魏富贵说："赵大队长，冯技术员，我有个事想跟二位领导商量商量！"赵天山说："说吧！"魏富贵说："季秀荣吐了好多天，最近几天已经根本就不吃东西了，人是铁饭是钢，总这样下去要出事的啊！"赵天山说："我也正着急呢，你有啥好法子？"魏富贵说："上次她跟我提过一样我们河南的小吃，叫妈糊，她说她打小就爱吃。我吧，听说过没吃过，我看今天送的供给里面有新黄豆，想试试给她做做，万一她能吃下去呢！"赵天山说："这是好事啊老魏，行！我同意。老魏，看不出来，你这么知道关心同志！"冯程说："还是女同志，有觉悟！"魏富贵说："冯技术员你笑话我，我可没私心啊，虽说她是我半个小老乡，更重要的她是咱革命同志啊！"

魏富贵有些不好意思地走了。

坐在床上的季秀荣突然起身，又开始呕吐，女生们连忙忙活着照顾她。覃雪梅端过一碗水说："秀荣！"季秀荣接过水来漱着口。孟月说："季秀荣，你得吃东西了，这吐得就剩胆汁了！"

季秀荣说："我吃不下，什么都不想吃！这几天你们可千万别把饭菜拿回宿舍来，我闻着就恶心！"沈梦茵本来就对季秀荣吐有些反感，听见这话更撇起了嘴。

三个男生在宿舍东倒西歪地躺着，那大奎说："不吃饭还老吐，这可咋办呐！季秀荣是跟着我上的坝，这要是有个好歹的，回去之后我咋跟他们家人交代啊！"武延生说："跟你又没关系。为啥吐呢？"隋志超说："着凉了！那天穿红裙子跳舞来着嘛！"武延生说："后来不是喝了姜汤吗？一般着凉，两天还不好？"隋志超说："就是，两天准好……哎呀，女的……要是老吐……这……"那大奎竖起耳朵听着话外有音，武延生说："有两回，咱们集体出去勘探，闫祥利和季秀荣可没去！"

这武延生也是话外有音，隋志超说："老武，你的意思是……闫祥利这小子始乱终弃了？"武延生说："哎哎，这可是你说的！"隋志超说：

"不是，明摆着呀！一大姑娘，老吐，那不是这事还啥事啊？对了，我姐姐怀孕的时候就这样啊！"

那大奎一跃而起说："隋志超，你说季秀荣怀孕？"隋志超说："八成吧！"那大奎冲出门去，直奔女宿舍。他喊着季秀荣的名字冲进门来，喊："你们仨都出去！"

覃雪梅没动地方说："那大奎，你想干什么？"那大奎说："我让你们出去！"覃雪梅说："这是我们女生宿舍，你凭什么命令我们！"

季秀荣强撑着身体坐了起来说："哎，那大奎，你干啥呀，大呼小叫的，还瞪这么大眼睛，吓唬谁呢！"那大奎说："我要问你事，你让她们仨出去！"季秀荣说："有啥话当着大家伙说！"那大奎说："这可是你让我说的啊，别怪我说出来，你没脸见人！"季秀荣说："说！"那大奎说："我问你，你是不是怀孕了？"

季秀荣一愣，覃雪梅说："那大奎！季秀荣病着，你怎么能说出这种话！"季秀荣平静地说："这话谁说的？"那大奎一愣，季秀荣说："那大奎，我知道你没这个心眼儿，说不出这种闲话来！告诉我，这话谁说的？"

季秀荣和风细雨地问着，那大奎慢慢颓丧下来说："隋志超啊！他说他姐姐怀孕的时候就这样，老吐！"季秀荣慢慢要下地，孟月连忙上前搀扶说："秀荣，你要干吗啊？"

季秀荣说："不行，我得找隋志超理论理论去！"覃雪梅说："那还不容易，沈梦茵，你去把隋志超请过来！"覃雪梅用的是请字，可她的目光没那么客气。

正说着，隋志超和武延生进了屋。覃雪梅拿起一个搪瓷缸子"啪"地蹾在桌上，说："隋志超！你在背后说秀荣什么坏话了？"

隋志超说："啊？我一直关心秀荣同志吃不下饭的事，啥坏话也没说呀！"覃雪梅说："那大奎，请你跟隋志超对质！"

隋志超说："大奎，我说了吗？"那大奎说："那不是你说……季秀荣怀孕了吗？"隋志超忙说："我说的是我姐姐，没说季秀荣！再说，要是真的，那也得赶紧想办法，日子久了可就没辙了！"

覃雪梅气坏了，用手指着隋志超说："你！你们都听见了啊，他承认了，就是他背后造谣！写报告，让林业局处分你！"隋志超说："闫祥利不是玩意儿，到底干没干坏事，覃雪梅你知道吗？"

覃雪梅被问傻了，她瞅着孟月，孟月也有点含糊，二人一起瞅着季秀荣。

季秀荣笑了，说："谢谢你们大伙儿关心我，还好，我没那么傻，闫祥利也没那么缺德，请大伙儿放心，确切地说，我没怀孕，不信，走着瞧！"那大奎说："真的？"季秀荣瞪了一眼那大奎，没理他，瞅着覃雪梅说："雪梅、孟月、梦茵，咱们四姐妹一起上的坝，我岁数最大，没照顾好你们仨，还闹出这档子事，给咱们女生集体抹黑了，对不起！但我可以向你们保证，不该做的事，我没做！"

三个女生如释重负，季秀荣眼泪滴落，委屈地抽泣起来。她本来身子就弱，那样子更惹人怜惜。隋志超说："哎呀秀荣，你别哭啊！都怪我这臭嘴，我……我……"

武延生说："我就说季秀荣不是这种人吧，隋志超你看你，太草率地怀疑人家了！"

隋志超没想到，说闫祥利这小子始乱终弃的是武延生，现在武延生又这么说，他对武延生了说三个字："啊？你！行！"

季秀荣说："谁也不怪，隋志超是热心肠，没事，身正不怕影子斜，这事过去了，以后大伙不议论就好了！"隋志超满怀歉意地说："哎！"

武延生和隋志超推搡着怏怏地出了屋。角落里站着的那大奎，望着季秀荣，季秀荣瞟见了他的目光，无所谓地一笑。

新营地食堂，大家吃着饭。魏富贵端着个搪瓷盆从厨房里出来。搪瓷盆上还盖着个盖儿，魏富贵说："覃技术员！"覃雪梅说："魏师傅，有事！"魏富贵说："我这给小季做了碗妈糊，想请你帮我给她送过去，看看她能不能多少吃点。"覃雪梅爽快地答应着说："哎！"说完端着搪瓷盆走了。

覃雪梅端着搪瓷盆去宿舍，季秀荣说："我真的不吃！闻不了饭味！"覃雪梅说："这不是饭。魏师傅说是专门给你做的，叫什么马虎？"季秀荣兴奋地说："是妈糊！他会做吗？"覃雪梅说："要不你看看！"覃雪梅扶着季秀荣坐了起来，靠在炕上。

覃雪梅打开搪瓷盆，搪瓷盆里扣着一个碗，冒着热气。妈糊晶莹剔透！季秀荣说："看着还真像！"覃雪梅说："那就尝尝！"

季秀荣拿起勺子，端起碗，尝了一口说："哎呀，跟我小时候吃的我姥姥做的一模一样！"说着，季秀荣就流下了眼泪说："自打姥姥走了以后，我再也没吃到过妈糊！"她索性都吃了。

覃雪梅兴高采烈地跑进食堂，说："魏师傅，刚才你做的那个，还有吗？"魏富贵激动地说："咋？她吃了？"覃雪梅说："吃了。全吃了！"

那大奎高兴地说："真的？太好了！"孟月和沈梦茵站了起来，孟月说："还有没有啊魏师傅，快去给秀荣盛！"沈梦茵说："就是啊，让她多吃几碗！"

魏富贵有点尴尬地说："不是，我……我怕做不成功，浪费粮食，没敢多做，就做了那一碗！"沈梦茵说："再做一碗要多长时间？"魏富贵说："那得现磨发好的黄豆，做完了咋也得明天早上了！"

第二天一早，魏富贵端了一碗妈糊进来说："小季，妈糊！"季秀荣看着那碗妈糊站了起来，说："同志们，魏师傅给我开小灶，到今天是第十天了，我的胃全好了，从今天起不能再搞特殊了！这是我小时候吃过的最好吃的东西，这一碗，就请大家都尝尝吧，一人一勺，谁也不许不给我面子！女生先来！"

看着这色白如乳，细腻无渣，滑润如脂的美食，覃雪梅说："秀荣，还是你吃吧！"季秀荣说："雪梅，你就带个头吧！"见季秀荣脸上充满了恳求，覃雪梅吃了一勺。孟月和沈梦茵每人吃了一勺。季秀荣端着碗又来到男同志们面前，男同志们争先恐后地每人来了一勺。就剩下最后一点了，季秀荣来到魏富贵面前说："魏师傅，该你了！"

魏富贵说："我就不吃了，小季，还是你吃吧！"季秀荣说："魏师傅，妈糊治好了我的病，我现在全好了，从明天起不用再给我开小灶了，这一碗就剩下最后一勺了，你吃了吧，不吃我就只能给您鞠躬了！"魏富贵说："别别别！我吃！"

魏富贵拿起碗来，没用勺，直接将妈糊全倒进嘴里，还舔了舔碗边。

— 150 —

吧唧着嘴琢磨着说："我的老家河南鹿邑，出了个大学问家叫老子，留下这碗说不尽的妈糊，不知救过多少人的命。现在我手上终于做成了！可惜啊，糖少了，这要是再加上一勺白砂糖就好了！"冯程说："老魏，做了这么多天，你一口都没尝过？"

魏富贵说："我又没病，哪轮到我尝啊！小季，明天真的不用做妈糊了？"季秀荣说："不用了，昨天我都吃下一整个窝头了！"魏富贵说："中，中，太好了！我正发愁呢，黄豆没了，这次供给就给咱坝上配了二斤！"季秀荣看着魏富贵有些感动，她转过身来说："大队长，我好了，不能再泡病号了，从今天起要求参加工作！"

赵天山说："好！我还有个想法，坝上的冬天格外寒冷，同志们应该加强身体锻炼，才能够抵御严寒，我想从明天开始，在保证正常工作的前提下，增加训练科目，大伙啥意见？"隋志超说："大队长，只要是你不让我们往身上搓雪，我都没问题！"那大奎说："我同意！"武延生说："我也同意！"女生们也都纷纷举起手来！一派热闹！

天刚蒙蒙亮，赵天山吹响了哨子，坝上的人全部在营地中列队集合，雪野和天空映衬，人显得格外突出。

赵天山跑在最前面，后面依次是那大奎、武延生、隋志超、覃雪梅、孟月、沈梦茵、季秀荣，再后面是魏富贵、张福林、二勇、小黄。冯程跑在队伍的最后，小六跟在他的身旁。一双双脚踏过雪地，每个人的嘴里都呼出了哈气，但他们的脸上却是热气腾腾的。

赵天山嘴里喊着口号："提高警惕！保卫祖国！"众人跟着喊："提高警惕！保卫祖国！"赵天山说："冯程，该你了！"冯程跑在最后说："锻炼身体！绿化祖国！"众人又跟着喊："锻炼身体！绿化祖国！"

4

新营地食堂，同志们坐在一起开会，季秀荣拿着她的气象记录本向大家汇报："根据近一段时间对各项数据的持续观察和分析，可以基本预测到，未来一个星期内会有一次强烈气候过程，对，就是一场大到暴雪！"

冯程说："已经快十月底了，按常理，这里的大雪也该来了！"季

— 151 —

秀荣说："我看过前几年的气象记录，今年的降雪量可能要比前几年大得多，而且持续降雪的时间会很长！"冯程点了点头，他有很多担心。

赵天山站了起来说："瑞雪兆丰年嘛！雪下得越大，明年我们种树就越能成功！送供给的日子又快到了，估计不是明天就是后天，老魏啊，还剩下多少白面，够不够包顿饺子的？"

魏富贵说："够！我一直省着呢！"赵天山说："今天是礼拜天，要不，改善！包饺子！"

一听这话，整个食堂里沸腾了起来。

银装素裹中的坝上，又飘起了雪花，而且越下越大。在食堂，沈梦茵不会包饺子，手里的饺子包得很难看，她也没心思包，就扒到窗户旁看着外面的大雪说："下了下了！这回总算是鹅毛大雪了吧？"隋志超说："是啊，这雪可真不小！季秀荣，你这气象专业这是成了！"

季秀荣说："我可预测了啊，不光是要下大雪，还要连着下好多天呢！大伙儿可得做好生产生活的准备！"沈梦茵说："我早准备好了，待会儿我就到雪地里打个滚去！"

赵天山高兴，看了一眼身边正在认真包饺子的覃雪梅说："雪梅同志，我提议，待会包完饺子不着急吃，咱们先到外面打雪仗，来一场友谊赛怎么样？"

这些年轻人，他们就在茫茫雪原上苦中作乐，打雪仗，肩并肩手挽手大踏步踮着雪朗诵《沁园春·雪》："北国风光，千里冰封，万里雪飘。望长城内外，惟余莽莽；大河上下，顿失滔滔。山舞银蛇，原驰蜡象，欲与天公试比高。须晴日，看红装素裹，分外妖娆。江山如此多娇，引无数英雄竞折腰。惜秦皇汉武，略输文采；唐宗宋祖，稍逊风骚。一代天骄，成吉思汗，只识弯弓射大雕。俱往矣，数风流人物，还看今朝。"

茫茫雪原上，他们跑着、跳着、喊着，洋溢着革命浪漫主义情怀，女生挥舞着围巾抛向空中……

打完雪仗的众人冲进屋来，都冷得搓着手。脸盆里倒好热水，众人洗手、洗脸不亦乐乎！魏富贵端着大托盘，托盘里是热腾腾的饺子，一声高呼："饺子出锅了！"所有人都冲向桌旁。碗盆、筷子是摆好的，众人动手就要吃。

孟月说："谁都不许吃！"众人愣住了。孟月说："今天是我们上坝的第一百八十三天，也是最美好的一天，洋溢着革命浪漫主义的一天！我提议，每个人背一句自己最喜欢的诗，再动筷子，吃饺子！背不出来的不许吃！"

张福林说："啊！孟技术员，您这不是诚心不让我们吃嘛！"孟月说："老张大哥，老魏师傅，还有二勇、小黄你们俩都不算！赵大队长必须背，你在部队那么多年，不可能没读过诗！"

赵天山说："好！那我先带头！俱往矣，数风流人物，还看今朝！""哈哈，刚刚朗诵过的！"众人欢呼鼓掌。覃雪梅说："孟月，你提议的，该你了！"孟月不假思索地说："只有经历过地狱般的磨砺，才能练就创造天堂的力量；只有流过血的手指，才能弹出世间的绝响！"

覃雪梅说："这可是我第一回听到你念没有爱情的诗！"孟月说："是吗？这是我最喜欢的诗，在坝上这些日子，我经常靠它鼓励自己！该你了，雪梅！"

覃雪梅想了想，认真地说："我踟蹰着，为了多年耻辱的历史仍在这广大的山河中等待，等待着，我们无言的痛苦是太多了，然而一个民族已经起来，然而一个民族已经起来！"孟月说："哇，这是穆旦的《赞美》！"覃雪梅说："这首诗还是孟月推荐我读的呢！季秀荣，该你了！"

季秀荣带着呆呆的目光说："心儿永远向往着未来，现在却常是忧郁。一切都是瞬息，一切都将会过去；而那过去了的，就会成为亲切的怀恋！"那大奎说："还怀恋？季秀荣，我说你能不能醒醒！"孟月说："那大奎你讨厌，季秀荣背的是《假如生活欺骗了你》，这是普希金最有名的一首诗！"

沈梦茵说："所有的日子，所有的日子都来吧，让我编织你们，用青春的金线！"众人又鼓掌。隋志超说："该我了！"他看了一眼沈梦茵，眼珠一转说："眼泪，欢笑，深思，全是第一次！所有的日子都去吧，都去吧，在生活中我快乐地向前！"

隋志超还做出了一个夸张的展臂向前的动作。沈梦茵说："隋志超，你讨厌！"隋志超说："我又怎么了？"沈梦茵说："你跟我背的是同一首诗！"隋志超说："咱俩不是学一个专业的吗！心往一块想，才能更好地完成革命工作啊！错哪了？"武延生说："没错没错！吃饺子吧，待会儿该坨了！"众人开始拿碗。

隋志超的筷子都已经夹到了饺子，孟月说："等一等！还差一个人呢！"隋志超说："谁啊？"孟月说："冯程！"众人都将目光转向冯程。他一直坐在角落里没出声，就说："啊！我就算了吧？"孟月说："你也是大学生，不可能没读过诗吧？"覃雪梅说："对啊，冯程，你跟佩科维奇辩论的时候，可是文采飞扬的！"冯程有些不好意思。赵天山说："冯程，背一首，别扫大家的兴。"

冯程站起身说："好吧！假如我是一只鸟，我也应该用嘶哑的喉咙歌唱！完了！"孟月说："必须朗诵完整。我帮你接两句，这被暴风雨所打击着的土地，这永远汹涌着我们的悲愤的河流！雪梅！到你了。"

覃雪梅说："这无止息地吹刮着的激怒的风，和那来自林间的无比温柔的黎明！冯程，朗诵完！"冯程无奈地继续说："然后我死了，连羽毛也腐烂在土地里面！为什么我的眼里常含泪水？因为我对这土地爱得深沉！"

冯程读得很轻，但很深情，所有人都被这首诗感动了。热气腾腾的饺子，深沉的目光。大家集体鼓掌，食堂里又沸腾了起来。

隋志超掏出那副快板，冲大家喊："等等，我再给大家助助兴。"说着，他看了一眼冯程，"冯技术员，我我，打个快板啊，你得同意。"

冯程乐了："你打快板，好啊，我当然同意啊。"

隋志超听了，这就打起快板来，他唱道：

快板这么一打啊，别的咱不夸，夸一夸，夸一夸什么呢？哎，夸一夸塞罕坝上的英雄，塞罕坝上的英雄是大家。哎，渴饮沟河水，饥食黑莜面；白天忙作业，夜宿草窝边；劲风扬飞沙，严霜镶被边；雨雪来查铺，鸟兽绕我眠；老天虽无情，也怕铁打汉；满山栽上树，看你变不变，哎，看你变不变！

大家听得激情澎湃，是啊，艰苦卓绝环境下的他们，当时就是这样的写照。沈梦茵跷起大拇指，赞叹道："隋志超，你行啊，还真是这么回事儿！"

隋志超说："其实啊，这是冯技术员写的，我是偷偷看到了，读得我是热泪盈眶，就给背下来了！"

大家都向冯程投去钦佩赞许的目光。覃雪梅暗暗点头，欣赏地看向冯程，这一幕被武延生看到，他又吃醋了。

武延生突然起身说："同志们，今天赵大队长自掏腰包请大家喝酒，那我们大学生也得有所表示啊！这样吧，明天等雪停了，我给大家拍一张合照！我出钱洗，给每人洗一张照片如何？"众人又鼓掌。赵天山说："吃饺子，再不吃该坨了。倒酒！"魏富贵、隋志超、孟月和季秀荣都是勤快人，开始帮着倒酒。

赵天山凑近冯程说："冯程，咱们好不容易拍次集体照，得拍出精气神来，你这个头发和胡子该理理了吧？上次栗坤领导都说你邋遢。"没想到冯程却说："你们拍吧，我就算了！"

孟月说："那可不行，冯程的样子太像野人了，要我说，早就该剃头，刮胡子了！"

覃雪梅看着在一旁吃着饺子的冯程，心里想着什么，她用胳膊碰了碰孟月，在她耳边说着什么。孟月偷笑着，用脚踢季秀荣，季秀荣瞅了瞅孟月。孟月在季秀荣耳旁嘀咕着，季秀荣也笑了，她起身来到冯程面前说："冯程，我敬你一杯！"

冯程说："我……我不太能喝酒。"季秀荣却说："但这杯酒你必须喝，上次那棵大树下，我们跟老乡发生了冲突，要不是你拿着枪来救了我们，不知道会出什么乱子。我替大伙儿敬你！"冯程说："哎呀，早过去的事了，你这是……"季秀荣稳健地说："你要不喝，我就站着不走！"

赵天山说："冯程！别给先遣队丢人，人家姑娘敬你酒呢！"张福林和魏富贵也都跟着起哄，冯程无奈，端起酒碗跟季秀荣碰了一下。季秀荣一咬牙，一口把碗里的酒干了。冯程说："哎——你！"季秀荣还是那么稳健地说："救命之恩，当然得喝实在点，你也干了吧！"

一阵起哄，冯程无奈，一咬牙将酒干了，把他呛得够呛。武延生已经觉得这里面有些不对劲，用不太高兴的神情看着覃雪梅。覃雪梅果然端起酒碗，走向冯程说："冯程同志，我来敬你！"冯程一愣说："雪梅同志，你就别凑这个热闹了吧？"覃雪梅说："为什么？你给她们俩面子，不给我面子？"

冯程求助地看着大家，一眼看到了沈梦茵。沈梦茵说："还有我呢，雪梅敬完就该我了。"冯程说："不是，覃雪梅同志，我技术上不过关，你遇到狼的时候我也没能救你，你没有必要敬我酒。"

武延生一惊，回避了冯程的目光。没想到冯程叫道："武延生！"武延生说："哎！"冯程说："我实在是喝不了了，你快敬覃雪梅，帮我解解围啊！"

武延生端起酒碗说："雪梅，我敬你！"武延生因有把柄在冯程手里，故而很听话。

覃雪梅说："你先等会，冯程，我敬你这杯酒是有原因的，国际专家否定在塞罕坝植树造林时，是你挺身而出，据理力争，坚定了组织的信心，更坚定了我们这群人的信念！"隋志超说："好嘛！这成了冯程表彰大会了！"

冯程说："那不是我一个人的功劳，要不是大家坚持，我怎么会有机会对佩科维奇说出那些话。"

覃雪梅说："不是这样的，若不是你种活了三十一棵树苗，即便你说得再好听，也没有可信度。我代表那三十一个绿色生命，敬你！"覃雪梅只喝了一小口说，"我不能喝酒，但我的心是诚的，喝多少，冯程同志随意。"

覃雪梅说得随意，可目光一点都不随意。冯程与覃雪梅对视，端起酒碗一饮而尽。

端着酒碗站在对面的武延生，心里犹生醋意。这碗酒干完，冯程一屁股坐在椅子上说："我真的不行了！隋志超，我……给你作个揖，你把沈梦茵拦住，她要再敬我酒，我就……""咣当"一声，冯程已经趴在了桌上。

赵天山哈哈大笑说："好！撂倒一个！冯程也真是一个实在人，我早看出几个姑娘合着伙灌他了。来来来，咱们接着喝，饺子就酒，越喝越有！"众人其乐融融，冯程喘息着，很快入睡了……

赵天山和张福林将已经醉得不省人事的冯程扶到闫祥利以前睡的炕

上。覃雪梅、孟月和季秀荣进门，季秀荣手里拿着剪子和推子。赵天山看着三人说："你们这是要干吗！"

季秀荣说："给冯程理发，刮胡子！"张福林说："你们刚才一杯一杯地敬冯技术员，原来就是为了把他灌醉了干这事啊！呵，你们几个女将够厉害的呀！"

张福林拉开架势拦在了冯程面前。季秀荣说："张福林，你要干啥？"张福林说："冯技术员说了，他不愿意剪头刮胡子！"季秀荣和孟月相互对视没了词儿，覃雪梅上前一步说："张福林同志，请问你觉得冯技术员这样做对吗？"张福林一愣无语了。

覃雪梅说："这是一个崭新的时代，我们来塞罕坝植树造林，每个人心中都充满对美好未来的期望，冯程说过，他要亲手将这里的高原荒漠恢复成美丽的高岭。但你看他这个样子，他是在跟自己较劲，而不是怀着一个美好的心态在绿化祖国！我们帮他剪掉头发和胡子，是帮他找回自信，让他用最好的心态参加革命工作！"张福林说："啊！这……是吗？"

季秀荣转过头去看冯程，半晌才说："怎么剪啊？我不会，从小我们家仨姐姐，这种活儿都是她们干的，连我自己的头发都是她们剪的，我一次没干过啊。你来吧孟月。"说完，季秀荣就把剪子和推子交给了孟月。

孟月说："我只会剪纸，头发可不会剪。再说，他虽然喝醉了，可他会动啊，万一剪破了头皮咋办啊？雪梅，还是你来吧！"

季秀荣把剪子和推子举向覃雪梅。覃雪梅无奈接过剪子，来到冯程面前想了想，索性坐在炕上，一把将冯程的头抱在怀里。

第 十 四 章

①

次日一早，冯程醒了，他费劲地伸展着身体，揉着脖子，用手摩挲着嘴，突然意识到什么说："哎？我，我胡子呢！"隋志超说："胡子？你，你啥时候长过胡子呀？"说完，隋志超捂住嘴笑，扭头就跑。冯程突然意识到什么，连忙双手去摸自己的头发，啊？冯程猛地起身，两眼睛瞪得溜圆。

雪仍在下着，没了胡子和头发的冯程气哼哼地冲向食堂，整个人倍精神。众人都在吃早饭，冯程冲进来说："谁剪了我的头发胡子？！"所有人都停住手里的动作，用惊讶的目光看着这全新的冯程。只有隋志超已经先睹为快，所以他伸手，像展示作品一样，指向冯程让大家看。

赵天山第一个站起身说："老冯，不！冯程同志，你长得蛮秀气的嘛！"第二个说话的是张福林："冯技术员，你可是美男子啊，这要在我老家，那十个大姑娘，得九个说中！还不得挤破门啊！"冯程吼说："少开玩笑！谁剪了我的头发胡子？"

覃雪梅站起身说："是我，我的手艺不好，但我尽力了。"隋志超说："这手艺还不好？比我这个好多了！雪梅啊，明儿个你给我也剪剪吧。"

季秀荣站了起来，说："冯程同志，你别老瞪眼睛了，头发剪了多好看啊，还英俊了不少，至少年轻了十岁。我怎么忘了，你也是大学生啊。闫祥利走了，要不我追你吧！"

冯程被羞了个大红脸，欲怒又止。赵天山说："哎呀，冯程！女同志们都是好意，咱们是个团结进步的集体，哪能看着你一个人落后呢？是吧！"冯程用手指向赵天山说："赵天山，你！"

赵天山伸出双手表示求饶："大伙儿听我说啊，觉得冯程今天比昨天精神的，鼓掌！"

除了武延生以外，所有人都鼓起掌来，掌声格外热烈。冯程指着赵天山的手逐渐落了下来，不知如何是好了。

武延生低着头，一言不发。隋志超说："哎，武延生，说好的啊，今儿个拍集体照，快准备相机啊！"武延生说："相机坏了，胶卷也用完了。"说完，武延生起身就往外走。

所有人都能看出武延生是在找借口，他路过冯程的时候瞟了一眼，目光中充满了冷峻。冯程也感受到了敌意，但他不知道是为什么。隋志超说："这老武，说话不算数！"本来兴奋的众人，都各自想着心事。

覃雪梅猜测武延生又吃醋了，摇了摇头，独自去了实验室。没想到，武延生跟进了屋。武延生进屋就问："覃雪梅，我很愤怒！你凭什么给那个印第安人剪头？怎么剪的？你告诉我！有没有摸到冯程的脸、脖子？"覃雪梅说："你还真是因为这个生气了？武延生，你心眼怎么这么小啊？"

武延生说："你是我女朋友，怎么可以跟那个见死不救的小人……肌肤相亲！"

覃雪梅说："你越说越不像话了，这是什么思想？我们商量给冯程剪头是为了帮助同志进步，可你……武延生，你若这么狭隘自私，我们就中断男女朋友关系吧！"

武延生说："你居然为了冯程，说出这种话！覃雪梅，要不是为了你，我怎么可能到这种鸟都不拉屎的地方来？要不是为了你，我怎么能冒被狼咬死的危险？你可真伤我的心！"武延生扭头摔门而去，覃雪梅愣住了。

回到宿舍，覃雪梅闷闷不乐。大家知道了原委，就开导她。

孟月说："雪梅，你这样做不对！"覃雪梅说："我怎么不对了？是你跟季秀荣都不会剪头，我才被迫剪的，现在你又说我不对！"季秀荣说："哎呀，覃雪梅，孟月不是这个意思啊，孟月是说你不该这么对武延生。"

孟月说："就是啊，你应该哄哄武延生才对，他吃醋了，发脾气才说明他爱你嘛。男人都是长不大的小孩儿，你给他个甜枣吃，哄哄他就好了，何必吵成这样？"

沈梦茵说："孟月，看不出你还真是挺有经验的，难怪你那'长不大的小孩'对你那么好！"孟月说："睡你的觉，说雪梅呢，咋扯上我的事儿？"

覃雪梅说："我不会哄人，他又不是孩子，凭什么让我哄？"孟月说："将来你们是要结婚的，一起过一辈子，不能有隔阂。雪梅，不是我批评你，你就是太过骄傲，有的时候必须把架子降下来，尤其是在武延生面前。"

覃雪梅有些委屈地说："还得这样吗？"

❷

早上众人都在食堂吃饭，孟月说："那大奎，武延生怎么没来吃饭啊？"那大奎说："谁知道，生闷气呢吧。一句话也不说，跟谁欠他二百吊似的。"孟月明白了，杵了杵身旁的覃雪梅，轻声说："机会来了，给武延生打份饭，送过去。"

覃雪梅的表情有些像受气的小媳妇，她看了一眼季秀荣。季秀荣点点头，意思是同意孟月的意见，覃雪梅起身走了出来。

到了男宿舍，覃雪梅敲了下门，武延生说："谁啊？敲什么敲！屋里没人！"覃雪梅推门进来说："没人是谁在说话啊？"武延生回头看了一眼，发现是覃雪梅，翻过身去。背对覃雪梅说："你来干什么？"

覃雪梅说："看你没吃饭，给你送饭啊。"武延生说："用不着，饿死我得了！"覃雪梅笑了，说："大男人要是小心眼儿起来，可真笑死个人，武延生，你还来真的啊？"武延生不语，覃雪梅说："快起来吃饭吧，我给你道歉还不行吗？"

武延生起身看着覃雪梅说："你道歉？"

覃雪梅说："道歉！你为了我才来的坝上，为了救我，和狼英勇搏斗，真不容易，我还惹你生气，实在不该，请武延生同学……不，武延生同志，原谅！"武延生口气放缓了说："这两个称呼，我都不满意。"

覃雪梅笑了，说："就给我个台阶下吧，我真的不会哄人的。"武延生说："那不行，你叫我什么？"覃雪梅说："延生！"

— 160 —

武延生脸上有了暖意，说："这还差不多。"他一把搂住了覃雪梅，覃雪梅有些尴尬地说："别这样，让同志们看见不好。"武延生说："今年春节我们就结婚吧，我们俩一起向组织写申请。"

覃雪梅说："为什么这么着急？不是说好有人先结婚，咱俩才……"武延生说："不行！闫祥利走了，季秀荣的婚事吹了，要再等别人，谁知道猴年马月？我可是等不及了！"

覃雪梅说："可是延生……"武延生说："没有可是！你要不答应，从今天起我就绝食，再也不吃饭了！"覃雪梅无奈地说："好吧，到春节前再说吧。"

武延生大喜："你答应了？哈哈哈！我武延生和覃雪梅要结婚啦——"武延生大声喊着。

男宿舍门口外，隋志超、那大奎、季秀荣、孟月、沈梦茵都在偷听。听到这里，沈梦茵多少有点醋意。孟月和季秀荣是真心祝福。隋志超说："好啊，有一对儿要结婚了，下对儿谁啊？吗时候轮到我啊……"

那大奎也趁热打铁地说："季秀荣，春节咱俩也结了吧！"

季秀荣一愣，瞅着那大奎说："那大奎，你昨天酒劲还没醒呢吧？"说完她转身走了。那大奎说："啥意思？我又没喝多……"

大雪中，季秀荣来到气象站观察，戴着厚厚手套的她把手退了出来，为的是拿笔记录，她工作起来特别认真。忽然，她好像看到闫祥利就站在那里，她想起过去他教她观测气象的情景，不由得眼泪模糊了双眼。

晚饭后，食堂屋里只有季秀荣、赵天山、魏富贵和冯程。季秀荣分析这场雪一周之内停不了。赵天山问冯程，他这几年遇到过这么连着下的雪吗？冯程说还真没有下这么长时间的，坝上的天气没准儿，还是告诉同志们做好防雪灾的准备吧。

冯程问林业局的供给车应该哪天到，魏富贵说按上次说好的，包饺子那天就该来了。冯程一想，说："已经晚了三天了，准是雪大，车误在半路了。粮食还够几天？"魏富贵说："要是定量标准，就够两天了……"

冯程说："两天？雪要是不停，车没准儿得多耽误几天，我头一年在坝上就碰到过这种情况。这样，从明天起增加副食，节约点粮食。"魏富贵说："好。"赵天山说："可惜枪被没收了，要不然打只狍子，或者打两只野兔子也行啊。"冯程说："唉，这事赖我。"

魏富贵说："不过要是能吃顿肉，大家肯定会高兴，那顿饺子以后就再没动过油腥了。"冯程说："这事，我想想办法。"季秀荣说："冯程，你能给大家找来肉吃？"冯程说："我明天早上试试吧。"

赵天山说："哎，冯程，我跟你过去，把铺盖搬过来住吧。"冯程愣住了，说："大队长，你是担心……"赵天山说："雪这么大，野牲口也不好觅食，你一个人住在老营地，万一有什么危险，我可不好向组织交代呀。"

冯程笑了笑说："你是怕我被狼和豹子吃了？好，既然是一个集体，我也就不搞特殊了，我搬过来！"

季秀荣说："对！要不，怎么会有'从头做起'这话，你看，覃雪梅这个'头'发剪得有效果吧。冯程同志这集体意识立刻就提高了，真神哪！"冯程也笑了："又拿'不是'当理说呀。"

这个时候，在县林业局办公室，曲和正与于正来通电话。于正来在电话中说："曲和啊，我听说坝上下大雪了，供给送上去没有？大学生的生活有什么困难吗？"

曲和电话中说："于局长，您放心吧！下第一场雪我就亲自上去了。半个月前，我跟气象局的领导碰了一下，他们预测今年坝上会出现严寒天气，回来以后我立刻开会，把送供给的时间提前了一星期。而且把过年的猪肉、油、花生、瓜子、糖，这些紧俏货都给备齐了。"

于正来电话中说："老曲啊，这大学生们哪来的都有，人家家庭条件还都不错，在家里可比在坝上过得好多了，你这物资……"曲和电话中说："放心吧，林业局这边能做到的全做到了，弄得局里食堂同志们，都跟我提意见呢。"

听曲和这么一解释，于正来也就放心地放下了电话。

新营地食堂，魏富贵端上来一大锅肉炖土豆，香气喷喷。有肉吃了，大家高兴坏了。突然，沈梦茵"妈呀！"一声站了起来，所有人都瞅着沈梦茵，她的筷子里夹着一条又细又长的尾巴，武延生一看，惊呼："哎，这是耗子尾巴！"他砰地把筷子扔到桌上．

沈梦茵说："啊？老鼠肉！"沈梦茵顺手一甩，将尾巴甩到了地上，小六蹿了过来，叼走了。沈梦茵吓哭了，转身过去一阵干呕．孟月也恶心了起来，覃雪梅捂住嗓子有些难受，武延生说："雪梅，快去吐出去！"

覃雪梅说："我吐不出来！"武延生说："必须要吐出来！冯程一定是拿死老鼠来毒害大家！大家都吐！"

张福林腾地站了起来，说："不是死老鼠！"武延生说："大冬天的，你们怎么可能抓到活老鼠？一定是用老鼠药药死的，我们吃了会中毒！"冯程说："谁告诉你们是老鼠肉？这是羊肉，地羊的肉！"张福林说："没错！是叫地羊！"众人都愣住了。

冯程无奈地说："我在秋天给地羊洞做了标记，一大早就和张福林出去刨了几个小时的冰雪，在小六的帮助下，才找准地方，刨开地羊洞。大家放心吃吧，它的肉健体，骨入药，皮防寒，是坝上一宝。绝不是喂老鼠药毒死的，咱们吃了也准保没事！"说着，冯程自己夹了一块肉，大口大口地吃着。

赵天山给冯程解围，站到凳子上说："同志们，冯程没错。这是地羊肉，事先没跟大家说清楚，是我这个大队长的错，对不起！既然吃出来了，我就跟大家介绍一下情况，林业局送供给的汽车估计半道上被大雪拦住了，没能按时到。咱们的粮食不够了，害怕断了粮，饿肚子，迫不得已才出此下策！请你们原谅……"

眼下就要断粮了，大家除了默不作声，又能怎样啊。

三天过去了，大雪仍然在下着。食堂的大盆里只有稀稀的米汤，主食是一人一个土豆。魏富贵说："对不住了大伙，今天可能得将就了。"

大家都默默地吃着土豆。突然，沈梦茵笑着对冯程说："冯老师。"冯程吓了一跳说："哎，沈梦茵，别叫老师，有啥事？"

沈梦茵说："冯老师，你有法子，要不再抓几只地羊回来吧。上次是我们不好，没领会你的好意，你还别说，我仔细回忆回忆，地羊肉挺好吃

— 163 —

的。关键是从来没吃过呀。"孟月说："这个主意好，冯程，你可以带着大伙一起出去，我们多抓些地羊回来！"季秀荣说："同意！"

覃雪梅说："我也同意，正好冯程同志教教我们，以后我们在坝上长期生活，也得学会自食其力啊。"

冯程皱了皱眉头，说："现在大雪已经将地表覆盖了，没有标记，再找地羊洞，恐怕很难。"覃雪梅说："难不怕，我们人多力量大，大家一起想办法。"冯程说："好吧。"沈梦茵说："那我们吃完饭就出发。"

冯程带路，张福林、魏富贵、二勇、小黄、覃雪梅、沈梦茵、孟月、季秀荣、赵天山、隋志超出发了，他们扛着铁锹、镐头。女孩们都很高兴，满脸有了笑容。小六跟在队伍的最后面，它扑枝条上如枣大的螳螂卵块、冻饿死去的鸟，寻找一切可吃的东西，叼来送到冯程手中。冯程看着懂事的小六，抚摸着小六的头，将一只冻死的鸟喂给它吃。

去找地羊的队伍败兴而回，一个个垂头丧气，且又冷又饿。冯程的脸色有些沉重。小六跟在冯程身边，仿佛也有些沮丧。到家已经天大黑了，看到食堂一灯如豆，总算到了家。隋志超有气无力地说："累了一天，一个地羊洞也没找着啊。"

冯程说："本来就没打算让你们吃地羊肉，所以秋天的时候就没多做标记。"失败而归的众人都一脸的沮丧。魏富贵将粥盆端了上来："开饭了啊！"

武延生起来一捞，几乎已经没有米粒，他将勺子扔了回去。魏富贵又端着一个大盆上来，盆里只有十几个土豆，而且个儿明显比之前小，那大奎说："老魏，这土豆个儿够小的！"

魏富贵说："大个儿的不都吃完了嘛，小个儿的剩的也不多了呀！"魏富贵端着盆说："大家动手吧，这些土豆个儿大小都差不多，谁先拿谁后拿都吃不了大亏，每人一个土豆。"

武延生说："这样不行！我抗议！我吃不饱！上次供给的物资不可能这么快就光了，我要求检查后厨，我怀疑你们趁我们大学生睡着了以后偷吃东西。要不然，你们怎么可能都扛得住？"武延生的怀疑不无道理，因为魏富贵、张福林、二勇和小黄看上去没有那么沮丧。

魏富贵有点生气地说："检查后厨？查吧！粮食口袋，土豆筐都在那呢！"张福林也急了说："我可没比你们多吃一口。你凭什么怀疑我们？"二勇、小黄也说："就是！"赵天山站起身说："我相信魏富贵，也相信先遣队的所有同志！"说着，赵天山走到武延生身边，将自己的土豆送到了他的盆里。

武延生说："哎！你这是干什么？"赵天山说："武延生，你个子大，消耗得多，我是共产党员，这个土豆我让给你了！吃完饭早点休息，明天一早全体开会，我们绝不能这样坐以待毙！"说完，赵天山转身出了食堂。

武延生看着盆里的两个土豆，抬起眼来，所有人的目光都在注视着他。武延生将那个土豆拿起来，放回到大盆里说："我是在替大家争，我自己不能多吃多占。老魏，请把这个土豆切成四瓣，分给四个女孩，每人四分之一。"

四个女孩面面相觑，但事已至此，推辞已无意义，看到赵天山已经出门，叫回来也没可能了。

4

雪又下了一天一夜，早晨女孩子们起床，季秀荣已经穿好了衣服说："今儿个怎么这么冷啊？"季秀荣说着，就去推门。门是向外开的，却怎么也推不开。

季秀荣喊："雪梅，这门好像冻住了！"覃雪梅说："不能吧？"忙上前帮季秀荣推，两个人也没有推开。覃雪梅回过头说："孟月、梦茵，快来帮忙！"

四个人合力来推门，覃雪梅说："听我的口令，一！二！三！"四个人一起使劲儿，只将门推出一个很小的缝隙，雪居然从缝隙中漏了下来。

覃雪梅说："坏了，全是雪，我们的地窖子不会被雪埋了吧？"季秀荣说："准是！前天我去气象站看数据，就觉得不对劲儿，但是怕造成恐慌，我没敢说。昨天夜里肯定是下了大暴雪！"四个女孩面面相觑。沈梦茵哇地哭了出来。

大雪将所有的地窖子门都封住了，只露出地窖子的顶部。新营地已被一米多高的雪全部覆盖，只有建在高处的马架子还能看清建筑的模样。

小六的吠声惊醒隋志超，他慢慢睁开眼睛，发现冯程在门口捣鼓着什么。隋志超问："冯程，你干吗呢？本来就没粮食，省点力气多睡会儿吧！"冯程说："隋志超，快起来帮忙！雪大，地窖子被封死了！再不自救，我们就出不去了！"隋志超蹦了起来说："你说吗？"

随即，隋志超听见了锯声，他发现冯程已经将锯条伸进门框里锯着。冯程让他赶紧穿好衣服，待会儿用铁锹开路。隋志超说："铁锹？地窖子里哪有铁锹啊？"

冯程用手一指说："铁锹、镐头我都拿进来了，待会一定要一鼓作气开出路来，不然就会前功尽弃。"隋志超一看，屋里果然有铁锹和镐头，他连忙穿衣服说："哎，好！"

一条雪道从男宿舍一直开到了先遣队宿舍门口。冯程不停地抡镐，隋志超用铁锹，他们离那扇门不远了。小六在冯程身后叫着。在先遣队宿舍里，听到狗叫，赵天山使劲向外撞着门喊："冯程，是你吗？这门被雪封住了！快来帮忙！"

原来屋里的赵天山、张福林、魏富贵、二勇和小黄早已知道了危机，正在想办法。冯程冷静地喊着："老赵，你省点力气等着，我正在开路，还有两米就能打开你们宿舍的门了！"冯程看着旁边累得气喘吁吁的隋志超，低声说："老隋，一定要挺住，再累也要把这扇门打开。等大队长他们出来，咱俩就能歇会儿了……"

隋志超咬着牙说："明白！"他眉毛、头发、棉帽子上都挂着白霜。二人一起发力，宿舍的门终于被推开了，冯程和隋志超一前一后跌进来，两人已经累得站都站不住了。

魏富贵和张福林连忙扶住二人。赵天山说："冯程！"冯程喘着粗气说："老赵，这雪太大了，咱们还得营救其他同志。"

几条雪中的长甬道从各个地窖子的门口通向食堂，看上去极为美妙，但也可以猜测出，那是付出怎样的艰辛才完成的。食堂里，大家又能坐在一起了。仍然是一锅稀粥和十几个小土豆，但已经没人动手吃了。赵天山说："多亏了冯程同志在屋里……准备了锯条，要不然我们就……全军覆没了！"

冯程说："这没啥，我毕竟早上来几年，经验多些……我建议放弃地窖子，所有同志都搬到食堂来住。"沈梦茵说："啊？男的女的都住一起啊！那怎么住啊？"

覃雪梅说："冯程同志的建议是有道理的，大家在一起相互有个照应。"季秀荣说："没错，虽然挖出了雪道，可是一旦刮风，雪道马上就会被填满，被困在地窖子里就麻烦了。"孟月说："我也同意住到一起，咱们四个女的挤在一起呢，怕什么！"

沈梦茵噘了噘嘴不再说话了。武延生说："大队长，你昨天不是说不能坐以待毙吗？有什么好办法，说出来吧。"

赵天山说："离营地最近的村子有四十五里，现在只能去村子求救了。"冯程说："我反对，雪太大了，无法分辨方向，你可能根本找不到村子，而且一旦迷路，就会出现生命危险。"那大奎哼了一声，众人瞅着那大奎。

那大奎说："有这么可怕吗？我可是承德人，小时候大雪我见得多了！我觉得大队长的态度是积极的，不能坐以待毙。既然林业局的供给车上不来，我们就去附近村子求支援，这是唯一的方法，也是必要的努力。大队长，我请求和你一起行动！"

武延生说："这个主意好！咱们这些人里面，赵天山和那大奎是身体素质最好的，由他们二位组成先锋队，再合适不过了。今天早上开雪道，我没出力，这顿饭的土豆我不吃了，让给先锋队的同志！"

四个女孩相互对视，季秀荣说："我也不吃了！"孟月说："我的也不吃！"沈梦茵说："我也能再饿一顿！"覃雪梅说："我们四个都不吃，这些土豆请大队长和那大奎都吃了，填进肚子有力气，也能抵挡风雪，希望你们旗开得胜，找到救援！"

那大奎自信满满地说："放心吧！我那大奎上坝到今天，还没立过功呢，这回好好表现表现！绝不给热河爷们儿丢人！"说着，那大奎瞟了一眼季秀荣说，"秀荣，瞧好啊！"季秀荣的眼神有些担心，但也充满祝福。冯程见大家众志成城，也就不好再劝阻。

那大奎和赵天山顺着开出的雪道爬上雪堆，走了。因为新营地地势比较低洼，只要爬上高坡，雪便没那么厚了。衣服笨重，雪很厚，两个汉子的哈气很快变成了白雾，镶在了他们的眉毛上和帽子上，他们在雪地里艰难地走着。

⑤

食堂里拉起了帘子，一部分变成了女生住的地方，男生住的地方则没有拉帘。本来宽敞的食堂一下子变得拥挤起来。

大家都在食堂里等待着。冯程坐立不安，他一看表，突然大声喊说："张福林！"张福林站了起来说："冯技术员，您说。"冯程走到张福林面前，低声问："你信我吗？"张福林说："我？您是技术员，有技术，又是好人，我当然信您啊！"

冯程说："雪大风大，坝上没有任何地貌可以参考，我打赌，老赵和那大奎一定会迷路的。一旦迷路会非常危险，你愿不愿意跟我去营救他们？"四个女孩听到冯程的话都有些疑惑，相互对视交流着。

张福林说："他们迷路了，我们能救他们？"冯程说："当然，他们会留下脚印，跟着脚印很容易找到他。"张福林："对呀，他们俩有危险，咱们没危险，咱们有脚印可寻！"二勇、小黄也站了起来，对视一眼，二勇说："我们俩也去！"魏富贵："还有我！"

冯程发现先遣队都支持自己，眼里流露出喜悦。一旁的武延生冷冷地看着。隋志超刚想起身，被武延生一把按住。他冲隋志超使了个眼色，隋志超说："咱不帮忙啊？"

武延生低声说："大队长和那大奎真遇到危险，有他们这么多人也能救得回来，咱俩不能再走了，这还有四个女孩需要保护呢。"很明显武延生是在找借口，可是却很有说服力，隋志超立刻觉得留下也是很光荣的。

去营救人的五个人已经离开了营地，越上了高坡。小六被拴在食堂门口，它冲着走远的冯程等人"汪汪"地叫着。覃雪梅从食堂冲了出来，大声地喊着："冯程！你们小心！"冯程回过身，瞅着覃雪梅，挥了挥手，转身走了。覃雪梅望着领头的冯程的背影，目光中充满了担忧……

五个人艰难前行，冯程等人找到了快要冻僵的那大奎，让老魏与两个民工把他背回去，嘱咐回营后不能烤火得用雪搓，不然就有截肢的危险。

他与张福林继续前行，寻找赵天山。

风雪更大了，冯程和张福林终于发现了茫茫雪野中的赵天山，向他冲去，风声太大，冯程的呼喊声赵天山根本听不见。终于，赵天山走不动了，他趴伏在雪上想休息一下，冯程和张福林得以追至。冯程喊："老赵——"赵天山一激灵说："冯程，你怎么来了！"他忽然感到一阵晕眩，倒在雪地上。冯程连忙扶起他，瞅着张福林说："张福林，背上老赵，咱们回去！"张福林忙过来背上赵天山，一行人艰难地摸索着往回走。

6

新营地食堂里，那大奎的一条腿露在外面，已经冻得完全是铁青色。隋志超从外面不停地一盆盆往屋里端着雪，负责搓雪的正是季秀荣，她极为卖力气，用力持续地搓着。

隋志超有些看不下去了说："季秀荣，要不让我来会儿。"季秀荣说："没事，我不累。"隋志超说："不是，你这连搓一个多小时了，手都不是色了，让我替替你吧！"

季秀荣说："我真的不累！"季秀荣根本不停，一直使劲儿搓着，众人看了都有些感动。那大奎更是幸福地说："媳妇，你对我真好！"季秀荣一愣，半晌说："大奎哥，我这辈子都不可能做你媳妇。"

那大奎笑了说："你这么伺候我，还嘴硬！真有意思！"季秀荣不再接话茬，继续搓着说："别笑了，截肢的时候你就不笑了。"那大奎说："截肢怕啥！我媳妇是好女人，不会嫌弃我没腿的。"季秀荣甩了甩手说："我累了，力气跟不上了。来，隋志超，麻烦你来会儿，一定要用力！"隋志超连忙上前用雪帮那大奎搓腿。他干活不太像样，魏富贵看得着急说："哎呀小隋，你这不行啊！我来我来！"

魏富贵上前用大手捧起雪，放在那大奎的腿上搓着。魏富贵搓得显然比隋志超靠谱，季秀荣放心地笑了。覃雪梅、孟月和沈梦茵担心地趴着窗子往外看，覃雪梅说："大队长怎么还没回来，不会有什么危险吧。"

武延生突然腾地站了起来，穿上大衣，冲到厨房，拽起一条带子系在身上，将一把细长的刀别在带子上，抓起立在食堂门口的锄头，就要出门，覃雪梅说："武延生，你干吗去？"武延生说："趁冯程还没回来，我去把他的狗杀了！"

孟月说："为什么要杀小六？"武延生说："为什么？赵天山和那大奎为什么出去？还不是因为我们断了粮。杀了那条狗起码能解决三五天，也许那个时候供给就到了。你们看，为了找救援那大奎险些断了一条腿啊。你们想想。"

众人不再言语，武延生冲出门去。正在搓腿的魏富贵想着，突然高喊一声："等一等！"他跟着，也冲了出去。

小六很快就被拴在食堂外面的平台上，魏富贵一个箭步拦在武延生面前说："等一等！等一等！这狗是冯技术员的命根子，冯技术员拿他当兄弟，断粮后，是它帮冯程找到地羊洞，这些天你们看到他吃东西了吗？它自己去找黄鼠狼、老鼠等小动物吃，你不能杀它！"武延生晃着刀子，大喊："老魏，你给我让开！"

魏富贵无奈，只得让开。武延生瞅着小六，小六冲武延生嗥叫着。武延生就要下手，魏富贵一转身从背后抱住了武延生说："我求求你了，你稍微等等，说不定冯技术员马上就回来了！"武延生说："你放开！"

二人正在撕扯之际，远处传来了冯程的喊声："大队长晕过去了！快准备雪，给大队长搓手搓脚！"魏富贵和武延生停止了撕扯。就见张福林背着赵天山，冯程在后面搀扶着向食堂踉跄地走来。

覃雪梅、孟月和沈梦茵跑了出来，看到昏昏沉沉的赵天山，覃雪梅和孟月很是焦急。孟月看着武延生和魏富贵说："你们两个大男人愣着干吗！还不下去帮忙！"

魏富贵和武延生这才反应过来，武延生将刀和锄头扔在地上，和魏富贵一起向冯程等人迎了过去。

第 十 五 章

1

一阵风袭过，新营地立刻白茫茫的一片，屋里黑着灯，但月光将没有被雪掩埋的食堂映得很亮，给人一种天放晴了的感觉。不太大的食堂里，住了十几个人，很是拥挤，女生们挤在帘子后面的临时住处里。食堂里的炉火一直燃烧着，吐着火苗。

木板床上，冯程和赵天山紧挨着，赵天山睡不着，说："冯程，要不是你赶去救我，我赵天山早就被冻死了，谢谢！"冯程笑了，说："咱俩还用得着说这个谢字？累了一天了，快睡吧。"赵天山说："睡不着啊。我是大队长，领导把先遣队和大学生交给了我，这要是饿死了人，我……我愧对国家，愧对党啊！"

冯程说："天无绝人之路，不保证休息，身体缓不过来，明天就算我们想到了办法，也没有力气去实施，对吧？睡！"冯程侧过身去睡，赵天山眼里淌出了泪水。

沈梦茵说着梦话："呃！好热啊……"孟月摸了摸沈梦茵说："哎呀，雪梅，沈梦茵出了好多汗！"覃雪梅也去摸，说："她怎么出了这么多汗？"已经躺下去的冯程猛地坐了起来说："谁？"孟月说："沈梦茵。"

冯程说："营养跟不上，沈梦茵一定是低血糖了。"小黄说："我也一直出虚汗，心跳得还特别厉害。"季秀荣说："糖？我有一包糖啊！可惜没拿出来，在我宿舍里。"

冯程二话不说，连忙点着了油灯，穿好大衣，戴上帽子就要出门。张福林也醒了说："哎，冯技术员，我跟你一起去。"冯程说："谁也不用，趁雪道还没被封死，我一个人就行。大家都在这里等我，保存体力。"冯程说罢，用铁锨和镐头冲开雪道冲向女宿舍。一会儿，从女宿舍出来，又艰难地向食堂冲来。

　　油灯下，一包糖摊开了，季秀荣说："快，先给沈梦茵一块吃！还有小黄！"两块糖被剥去糖纸，立刻塞到了两个人的嘴里。沈梦茵说："季秀荣，谢谢你！"

　　季秀荣说："这是喜糖，本来是打算我和闫祥利结婚的时候请大伙吃的，这会儿要是能帮大伙解决低血糖和饿肚子的问题，那可比喜糖有用多了。剩下这些，我看看有多少块，按人头分了。"说着，季秀荣就开始数，她说："正好，每人四块。"

　　季秀荣开始发糖。第一个接过糖的覃雪梅说："秀荣，谢谢你！"季秀荣说："咳，谢啥呀。"季秀荣笑着给沈梦茵，沈梦茵说："别给我四块，刚才都吃了一块了。"季秀荣说："你低血糖毛病厉害，刚才那块是药，跟这四块没关系，咱们是个集体，不用客气。"季秀荣给孟月，孟月接过糖说："秀荣你真好！"季秀荣："你要有糖肯定跟我一样。"

　　最后，季秀荣把喜糖递向那大奎，那大奎一甩手，把糖打到了地上。季秀荣说："哎，那大奎，你干啥！"那大奎说："这糖我不吃！"季秀荣说："为啥？"那大奎说："这是你跟闫祥利的喜糖，我吃得下去吗？"

　　季秀荣愣了一下，控制着情绪："嗯，刚才我说错话了，曾经是想拿它当喜糖来着，现在不是喜糖了，是我们大家的口粮。那大奎，要是平时你跟我耍脾气，我还真就不给你了，可是今天不一样，你参加先锋队去帮大家找救援，我很敬佩你，这糖是你应该分到的，你也别客气，拿着吧，现在可不是逞能耍横的时候。"季秀荣表现出从未有过的冷静，那大奎一下子也没了脾气。季秀荣捡起糖，放在那大奎手里说："腿怎么样？"

　　那大奎说："好多了，多亏了你。那啥，大伙都听着啊，这糖是口粮，不是喜糖！等我和季秀荣结婚的时候，喜糖我们每人送一斤。"众人都难得地笑了起来。

　　季秀荣说："你们别听他的。"她转向那大奎说，"大奎哥，我今天不是告诉你了嘛，我这辈子都不会做你媳妇的。"那大奎说："你那是开玩笑。"季秀荣说："我是认真的，从小你就照顾我，我非常感谢你，但我们没有缘分，更不可能成为夫妻。"

那大奎一听要急。赵天山说："哎！好了好了，这会儿不是讨论娶媳妇的时候。大伙吃了糖就睡，都保存好体力。明天也许供给就到了，等供给到了我们再包饺子！"说着，赵天山下地，示意季秀荣回到女生休息的地方，监督大家上了床，熄了灯。

雪野的清晨，银装素裹的大地迎来了似乎害羞的朝阳。大家的欢呼声还没完，转瞬又起风了，天阴了起来，雪也又下上了。食堂灶台间，冯程拉着魏富贵蹲在炉火旁，火将两人的脸映得通红。冯程说："老魏，拿出来吧，大家都会感激你的。"

魏富贵说："不！凭什么呀？那是我自己的又不是公家的。"冯程说："糖也是季秀荣自己的，可是你看看人家！"

魏富贵说："我能跟小季比吗？她是大学生，什么觉悟？我有什么条件和她比？好不容易我自己攒下那点干粮，要是早点带回河南老家，我老娘就不会饿死了。我们一家一共饿死三口。粮食是命啊，我真不能拿出来。冯技术员，你不懂。"魏富贵的眼泪噼里啪啦地往下掉着。

冯程站起身，也眼含泪水，他思忖着该如何渡过难关。

②

冯程从食堂里走了出来，见赵天山正站在食堂外的台阶上，向远处张望着。赵天山说："都四天了，一点粮食没有了，土豆吃光了，季秀荣分给大家的糖也都吃完了。这接下来的日子咋过，我急啊！"

冯程说："急也没用，再等等吧，这雪也该停了。也许雪一停，供给车就到了。也许林业局早就知道了咱们的困难，正千方百计地想办法，甚至是找空军帮忙，来救咱们呢。"他的话真灵验，就在这时，空中传来了轰隆隆的声音。

屋里，正在洗漱的众人都听见了飞机的声音。众人连忙穿大衣冲出食堂。所有人都站在平台上向空中召唤着。空中确实有两架直升机飞来，直升机飞得很低。

隋志超大声地喊着："我们在这！在这里！快空投物资！粮食——"武延生的要求比较高："蔬菜！罐头！水果！"其他人都跟着向天空挥手。

可那两架直升机只是经过，很快飞走了，所有人的脸上从喜悦变成失落。隋志超叹息着说："闹半天不是来救援咱的啊。"那大奎默默地说："我们是不是被放弃了？"武延生有些癫狂地说："我们都被困了十天了，为什么还不来救援？林业局那些王八蛋都是干什么吃的！混蛋！废物！"

赵天山大喝一声说："武延生！不许辱骂领导。我们生活在社会主义新中国，局里怎么可能忘了我们，放弃我们呢？一定是出了什么情况，请大家耐心等待，耐心等待！"

冯程突然出声问："谁有白床单？"所有人都瞅着冯程，冯程说："刚才那两架直升机不是来救援的，可能是去执行军事任务的，但他们既然由此经过，我们看到了他们，他们也一定看到了我们！"覃雪梅说："通过白床单求救！"冯程说："对！"覃雪梅说："我有一条白床单，我贡献！"

白床单被铺在桌子上，冯程用毛笔蘸着墨水写着大字说："我们断粮了，请求援救！"九个大字写得非常漂亮。床单一角被撕成了条，变成了旗子。俯瞰大地，一面旗子飘扬在营地的上空，旗子上的九个大字格外明显。

果然，轰隆隆声传来，飞机回来了。所有人都像踩了弹簧一样蹦了起来，冲出食堂。

众人跟上次一样欢呼着，用手指着那面白床单做的旗子。在众人的视线中，直升机却慢慢地飞走了……

林业局院落，天空中飘着雪，雪自然没有坝上那么大，一辆汽车驶来，于正来下车。立刻有人发现了是于局长，上前迎接，嘘寒问暖。林业局的院落一下子热闹了起来。

曲和从办公室里出来说："老于，什么风把你给吹来了？"于正来说："我对坝上的大学生呀，还是不放心，天天晚上睡不着觉惦记他们，就上来看看。承德行署的万峰秘书长也打电话，过问坝上情况了。"于正来被迎进了林业局办公室。

一辆马车赶进了林业局，正是老刘头。看门大爷说："老刘头回来

— 174 —

了！"老刘头说："回来了，回来了！"他跳下马车，腿有点不利索。

办公室里跑出一名干部，说："老刘，老刘，于局长回来了，曲局长说中午加个小炒。"老刘头说："是吗？老于回来了！好好好，我这就去准备。"

老刘头顾不得收拾，连忙找钥匙，打开了仓库的门。老刘头走进仓库，愣住了，仓库里的东西堆积如山，这满仓库的粮食，不是早就安排要送到塞罕坝上的吗？！

院子里，小庞骑着自行车冲进来，他大声喊着说："吃喜糖啦！吃喜糖啦！"有人围过来问："小庞，你媳妇生的啥呀，你这么高兴？"

小庞得意地说："儿子呗！大胖小子，七斤八两，可像我了！"另外一人说："你小子，走了多少天了，请足假了没有？"小庞说："请假了啊，再说，我两地分居，媳妇在保定工作，我这来来回回不得需要几天啊。"众人撇着嘴。

林业局办公室的电话铃突然响了，曲和拿起电话说："喂！啊？哦，空军的电话？转过来。"曲和听着电话，突然严肃了起来："什么？塞罕坝？他们看清了没有？是我们林场的职工吗？断粮了求救？"于正来惊讶地看着他。

一听见断粮了几个字，屋里的几位领导都站了起来。于正来瞪圆了眼睛，大吼着说："怎么回事！"

老刘头正从仓库走了出来，冲向小庞说："小庞！"小庞说："哎，刘大爷，您吃喜糖。"老刘头一把抓住小庞的脖领子说："我问你坝上的供给你送上去没有？"小庞一愣说："供给？"

老刘头说："你根本没送！"小庞说："我得到媳妇早产的消息，就请了假，我……我……"小庞连说了七八个我。老刘头全都明白了，一巴掌抽在他的脸上，说："要是饿死了人，你会被枪毙的！"

老刘头不由分说便从仓库里搬出粮食，往自己的马车上放，包括那袋红薯干。装完粮食，老刘头立刻赶着马车飞奔而出。

小庞吓得直哭说："哎呀，我怎么把这事给忘了？送供给的日子前两天，我就回了家。我怎么这么糊涂啊！"正说着，曲和等人从会议室冲了出来。

曲和说："小庞！你坝上的供给，到底送了没有？"小庞说："我……

是我糊涂了，我媳妇早产！"于正来说："耽误了多少天？"曲和说："半个月了！"

一听半个月，于正来吓坏了："这可出大事故了，这可出大事故了！立刻组织救援队，上坝！"一声令下，整个林业局热闹了起来。

3

新营地食堂，众人饿得有气无力，都歪在屋里等待着。隋志超说："唉，这要是有根麻花就好了……我们天津卫三宝你们知道是吗吗？十八街大麻花，狗不理包子，还有耳朵眼儿炸糕！我跟你说，麻花和包子名声在外，这耳朵眼炸糕没那么有名，不过贼好吃！黏米做的……"沈梦茵问："狗不理包子？"

隋志超说："那我给你讲讲狗不理包子！狗不理包子始创于清朝咸丰年间，是天津三绝之首！最著名的是包子的那个褶，每个包子都不少于十五个褶，不信你数去，少一个店家都退钱。刚出笼的包子，鲜而不腻，清香合口。有鲜肉馅儿的，还有三鲜包、海鲜包、酱肉包，还有素包子……"

沈梦茵说："我们上海也有包子，生煎包，带馅儿的还有大馄饨、小馄饨！"那大奎说："行了行了大麻花，你别说了，越说越饿！"覃雪梅说："别，接着说吧，有个成语叫望梅止渴，就是这个意思。我刚才听隋志超说的都流口水了，虽然吃不上，但心里觉得挺美的。孟月，你也说说吧，从小到大吃到最好吃的是什么？"孟月想了半晌说："地羊肉！"众人都"啊"了一声。

武延生说："我们是大学生，父母养我们长大，花了多少心血，国家培养我们用了多少资源，多少资金？真没想到，会在这鸟都不拉屎的塞罕坝等着饿死？我不服，我不服啊！"

覃雪梅说："武延生，你别大呼小叫的了，保存体力，饿得会慢一些。我不信林业局会不管我们，大队长和那大奎出去找救援不是迷路了吗？我想送供给的车一定也是迷路了，或者误在了雪沟里，我还有点担心驾驶员的安全呢。"

冯程突然站了起来说："雪梅同志说的对，我们要有信心，但是也要做好最坏的打算。这样，我发给每人一张稿纸，大家把想说的话写下来，一旦真的发生意外，也算是做个遗言，让我们对人生有个交代。"赵天山说："冯程，你这要干吗呀？"

冯程自顾拿出一沓稿纸，一页页地给大家发，四个女孩接到稿纸，孟月和沈梦茵掉下了眼泪。冯程没有给男生发，绕过两个男生直接来到了魏富贵面前说："老魏，你就不用了吧，反正所有人都饿死了，你也饿不死。"说完，冯程又继续去发稿纸。

众人都将目光瞅着魏富贵，魏富贵垂下了头，半晌抬起头说："冯技术员！"冯程说："干吗？"魏富贵说："你把稿纸收回去，咱们都是林业局职工，唉，林家大院一锅里抢马勺，咋能轻易饿死呢？收回去，收回去！"说完，魏富贵猛地起身，把四个女孩手里的稿纸都抢了过来，还到冯程手里。

魏富贵咬了咬牙，冲出食堂。张福林说："这老魏干吗去了？"冯程说："别管他！"

众人面面相觑，不知道冯程在说什么。季秀荣突然轻声说："真写遗嘱我也只有一句，现在谁管我一顿饱饭，我就嫁给他！我再也不想嫁给大学生了，粮食比大学生实用多了。"听见季秀荣的话，那大奎又急了："季秀荣，你疯了吧你！"

那大奎话音未落，魏富贵抱着一个小袋子从外面走了进来。众人瞅着魏富贵，魏富贵心疼得满眼泪水地说："我还有粮食，谁也不用写遗嘱，谁也饿不死！"众人都愣住了，全都站了起来。魏富贵激动地抱着袋子向后厨走去。

武延生一把抓住魏富贵说："好你个老魏，仗着自己管伙食，居然私藏粮食！"魏富贵愣了，武延生说："你等着，回头我就报告林业局，开除你！"

冯程指着武延生一声怒喝："你住嘴！"冯程冲上前，一把从魏富贵手里抢过袋子，把袋子解开往桌上倒，这是一堆风干的干粮，但没有整个的，都是些菜团子、高粱米饭粒子、窝头等上面掉下的碎渣。当众人意识到这些碎渣是什么时都愣了。

魏富贵有些激动地说："是，这些粮食曾经是公粮，可是你们不好好吃，你们浪费！坝上没有养猪，我实在是不忍心看着粮食被这么糟蹋了，就把它们捡回来，风干了，准备带回老家。老家受了灾，一个村里饿死几十口，我自己家里就有三口啊！要不是冯技术员刚才发稿纸让大家写遗书，我绝不会把粮食拿出来！你们不要了的，就不再是公粮了，是我自己的！"魏富贵指着武延生说，"尤其是你，武延生！这些粮食里，数你浪费的最多！还有沈梦茵和孟月，你们都浪费过。但是两位女同志，我不会跟她们计较，就你，武延生，你不配吃这些粮食！"

这回，武延生傻了，覃雪梅连忙上前说："魏师傅，您别生气。"覃雪梅瞅着武延生说："武延生，立刻向魏师傅道歉，快！"武延生瞅着覃雪梅，覃雪梅的目光非常严厉。

半晌，武延生说："魏师傅，我向你道歉，我冤枉你了，我真不知道实情，我糊涂，太莽撞了。你大人不记小人过……"赵天山上前说："行了，武延生，老魏是个好人，他既然能把这些粮食贡献出来，就不会看着大家都吃饱肚子，唯独饿你一个人。"

孟月和沈梦茵垂下了头，孟月说："魏师傅，以前是我们不好，我们以后再也不浪费粮食了。"武延生说："对对对，我们再也不浪费粮食了，特别是我，要带个好头。"

魏富贵嘿嘿笑了说："有你们这话就够了，其实这粮食也不能算我一个人的，毕竟原来都姓公。不废话了，我赶紧做饭去！"

季秀荣看着冲向后厨的魏富贵，有一种从没有过的亲切感，眼里闪着些许异样的光芒。

很快，一大盆像面糊糊一样的东西摆在桌上，很明显是那些碎干粮渣熬成的，众人围着，面面相觑。富贵将勺子递给赵天山说："大队长，你来分吧！"

赵天山接过勺子，他明白这是最大的信任。他拿勺子往每个人的碗里盛一勺，盛完之后，又给每个人添半勺，依次往下，他知道自己面对的，是期待着的眼睛。

雪仍然下着，根本没人知道这温暖的房子里刚刚发生了什么。面糊已经分完了，分得非常公平。赵天山将勺子放回已经空了的盆里说："同志们，开始吃吧！"

季秀荣吃着吃着掉下了眼泪。同样落泪的还有隋志超，他竟哭出了声来。那大奎杵了隋志超一肘子，隋志超说："你打我干啥？"那大奎说："好不容易有吃的，你吃就吃呗，哭啥？"隋志超硬把眼泪憋了回去，他知道大奎的意思是让他别引得大家更伤心。

饭吃完了，隋志超舔着碗，众人不肯浪费一点粮食，都将碗里的面糊舔得干干净净。

季秀荣突然轻声说："我终于吃饱了。"哪成想这话一出，所有人都瞅着她，她一愣，发现隋志超、沈梦茵、孟月、覃雪梅等人的目光里面都有一丝深意。

季秀荣笑了说："你们都这么看着我干吗？刚才我说的那句话我记得。魏富贵！"魏富贵说："哎！小季，有事？"季秀荣缓了缓，正视着魏富贵说："我要嫁给你！"魏富贵吓了一跳，正要端盆走的他一下把盆掉在了桌上，说："小季，你胡说什么？可别跟我开这种玩笑。"

众人也都有些诧异，没想到季秀荣的表达如此直接。季秀荣说："我们承德人说话算数，吐口吐沫是个钉，刚才我说了，谁管我顿饱饭我就嫁给谁！现在我吃饱了，老魏，我一定要嫁给你！"魏富贵傻了，他张开嘴说："这……这……这……哎呀！"魏富贵无法接受，端着盆逃跑了。

那大奎说："季秀荣，你说什么呢？你真魔怔了？"说着，便上前去摸季秀荣的头。季秀荣用手轻轻推开那大奎的手说："哎呀，大奎哥，我没跟你开玩笑。实话跟你说，自从闫祥利走了，我就慢慢地看上魏富贵了。"

那大奎一惊说："你说啥？"

季秀荣说："要是没有他做的妈糊，我可能都活不到今天。老魏这个人，人好，他家里饿死了人，粮食对他来说多么重要。这个时候他能把粮食拿出来和大家分享，这么好的人不嫁，我还要嫁给谁！"那大奎说："那我呢？我对你不好？你被闫祥利甩了我都没怨你。"

季秀荣说："你嘴上说没怨，但是心里怨得厉害。大奎哥，我说了我绝不可能嫁给你，我不能一辈子让你用闫祥利埋怨我，但我相信魏富贵他一定不会。"

那大奎气坏了，他抡起巴掌来要抽季秀荣，赵天山说："那大奎！"

那大奎瞅着赵天山，手停在半空中。

季秀荣说："我可没开玩笑，更不会像那大奎说的那样魔怔了，我是认真的！我曾经对自己的终身大事做出了错误的选择，想嫁给大学生，那是虚荣！现在我决定了，要嫁给魏富贵，他是个好人！嫁个好人，会一辈子幸福。"

魏富贵虽然已经躲进了厨房，可他的耳朵不禁向外听着，听到季秀荣的话，他满脸通红，不知如何是好。

气氛正尴尬之际，冯程突然出声说："好，季秀荣同志这么一说，我们就这么一听，记住就好了。要是等不到救援，后面还有很多生死考验等着我们，我觉得没必要在这件事情上动干戈，浪费体力，是吧？那大奎，我们要是能活着度过这一劫，有些事，再慢慢合计吧。"

上坝路上，三四十个老乡正在铲雪，为汽车开道，可是行进速度很慢，根本没走多远。

于正来说："这不行啊，三四个小时了，才走一里路，啥时候能到营地啊？"曲和说："就是，这样根本不行。"

大队郝书记在前面带头开路，同样在开路的于正来放下铁锹，凑向郝书记说："老郝，你对坝上的路熟悉，还有别的路能走吗？"

郝书记摇了摇头说没有，于正来说："可这行进速度太慢了，照这样下去，十天八天的也到不了营地啊。"

郝书记说："坝下的人都说我们坝上的人懒，其实真的不是懒，是一下雪，再一刮白毛风，出门容易迷路。不在家待着还能干吗呢？"于正来说："马呢？马车能不能快一些？"郝书记说："不行！这一到冬天，弄不好马车就会翻下崖子。"

于正来说："那就不用汽车了，靠人往上扛！"说完，于正来扭头冲着大伙说："同志们，跟着我把车上的粮食卸下来，扛着走！"

于正来一声令下，众人都行动了起来。

郝书记说："其实这个主意是最好的，这样，我们多派人，一袋粮食三个人轮着扛，然后我再让村里多准备些干柴火，跟着你们的脚印追上去，晚上好取暖。这个方法，三四天能到营地。"

于正来说："三四天？那就这么定了！老郝啊，多谢你们支援哪！"郝书记说："嗨，林业局和老百姓都是一家人，那么客气干吗？"按照既定计划，两位领导开始分配工作，大家开始行动起来。

④

新营地食堂飘着炊烟，坝上的风雪仍然继续着。还是那个装面糊糊的盆放在桌上，但那就像一盆水，稀得可怜。赵天山仍然分着，众人也都期待地看着，只有孟月在一旁写着什么。

赵天山分完了宣布开饭："好歹里面有点粮食，总比不吃强！孟月，吃饭吧。"孟月说："我就不吃了，我那碗让给男同志。这几天我连门都没出过，也没什么消耗，少吃一口没大碍。"

赵天山说："那怎么行。你是女同志，你不吃，这些大男人谁能吃你的？"赵天山看到孟月手里的笔说："你在干什么？不能待会儿再写吗？"孟月说："我在给我男朋友写诀别诗。"众人一听都愣住了。

孟月说："趁我还有力气，让我把这首长诗写完吧。"众人一下都悲伤了起来。跟孟月最好的覃雪梅扭过头去掉着眼泪。武延生说："孟月，你不要太悲观，还有吃的呢。"武延生又去把杀狗刀别在腰间，并把锄头拿了出来说，"等着！"

魏富贵说："武延生，你不许再打小六的主意！"所有人都明白了，武延生是要杀狗。武延生说："不杀了那条狗，大家都得没命。"说着，武延生就要往外冲。

冯程站起身，拦住了武延生，武延生说："你要干啥？冯程，我可告诉你，今儿你拦不住我，我是为了救大家！"冯程说："就你拿的这两样家伙，恐怕想干的事干不成，可能还得被小六撕下两块肉来。"武延生一愣。

冯程转身走进厨房，找出一条绳子来说："武延生说得对，总不能因为我和小六的感情，饿死人吧？小六是我带上坝的，这最后的奉献，我帮它……解决。"

冯程抑制着自己的眼泪，站在一旁的张福林默默关注着，实在看不下去，轻声说："冯技术员……"冯程回过头来说："老张，你刚上坝那会儿小六对你最凶，要不你给我打个下手？"张福林的眼泪瞬间喷涌而出，他冲上前一把抢过冯程手里的绳子说："不行，不能勒死小六！就算饿死我，也不能！"

张福林正要说下去，冯程制止他说："别说了，这件事情不能讨论，无论如何不能出人命……"张福林眼珠一转，立刻改了口吻说："那你也不能自己来啊，这太残忍了……"张福林喊上魏富贵，把绳子做了一个套就出了门。

岂料，张福林假装套狗，却狠狠地在小六屁股上踢了两脚说："小六！快跑！"小六好像是看懂了张福林的意思，立刻跑了。

食堂里的人听着外面动静不对，那大奎、赵天山和武延生立刻向外冲去。人们到了跟前，魏富贵说："老张他把小六放了！"

武延生急了，上前揪住张福林的脖领子说："你凭什么？"他把张福林拽进屋，"张福林这个混蛋，把狗给放了！他是诚心想饿死大家！"张福林很平静地说："是，我把小六放了，怎么着吧！"人们无语。

张福林突然吼着说："我告诉你们，我曾经是最恨小六的人，可是后来，慢慢地我懂得了一个道理，狗是人最好的朋友，尤其是小六！你们好好想想，这些天，它没吃咱一点东西，在灌木枝条上找螳螂卵块，找冻死的虫鸟吃。小六都做过什么？没有它，你们能吃上地羊肉？谁想吃小六都有理由，可你，武延生，你，覃雪梅，没有这个权利！"

覃雪梅站起身，她没想到这里面会有自己的事，她用天真的目光看着张福林说："张福林，我并没有说要吃小六，但你好像话里有话。"

张福林说："你装什么糊涂！你和武延生遇到狼那回，要不是小六带路，冯程能找到你们吗？要不是冯程及时赶到救了你们，你们还能活到今天吗！"

武延生一听张福林要说那件事，连忙瞅着冯程求救。冯程拦阻张福林不让他说。张福林说："不行！我要说！覃雪梅，你这个不认好赖人儿的，有些话我必须告诉你，救你的不是武延生，是冯程，而帮冯程找到你们的就是小六！"

覃雪梅很惊诧，她瞅着武延生，武延生默认地垂下了头。

张福林继续说："逃跑的是武延生，冯程在狼嘴里把他救了下来，可他毫不犹豫地就逃跑了！冯程是你们的救命恩人，小六也是你们的救命恩人！"

张福林又瞅着武延生说："武延生，你这个伪君子，为了讨好覃雪梅，让冯程替你背黑锅，给你说好话，这件事我早就看不过去了。还说冯程见了狼就跑，是你救了覃雪梅，我呸！你真不要脸呐。我告诉你，冯技术员跟我说了，让我也替你保守秘密，给你这个大学生、大少爷面子，可你竟敢打小六的主意，那是你的救命恩人！"

张福林又说："大队长，刚才我说的是事实。覃雪梅，你当时摔晕了，什么都不知道。武延生，你认不认账？"覃雪梅吃惊地瞅着武延生，武延生傻了。

冯程说："好了好了。事情已经过去了，真相没有任何意义。张福林，你不该放走小六，不管怎么样，他只是一条狗。倘若真的饿死了人，那罪过可就大了。"

张福林激动地说："罪过大了又怎么样？冯程，你是知道的，我本来最讨厌小六，可是现在我觉得小六比某些虚伪的人强多了。有本事……你们吃我！"

众人面面相觑，谁也不敢再说什么。

覃雪梅突然大声说："不行！事情虽然已经过去了，但真相必须弄清楚！武延生，请你告诉我，张福林刚才说的是不是事实？"武延生："呃……啊……这个……啊？"他结结巴巴说不出来。

冯程说："覃雪梅同志，武延生没遇到过狼，而且当时他才离开校园，你们又是男女朋友关系，他爱面子，有些事情我是可以理解的。而且我答应过帮武延生保守秘密，请你就别追究了好吗？不然的话……我很为难。"

武延生突然急了："你有什么好为难的？你才是伪君子，表面上答应保守秘密，却又鼓捣张福林这个老农民，当着这么多人把话说出来，你就是为了羞臊我吗？是，是我先走的，那是你让我走的。而且我没一个人走，我带走了摔晕的雪梅。生死关头我还能惦记着雪梅呢！谁让你逞强，说你一个人能对付狼呢！"武延生索性不讲理了。覃雪梅真没想到这是事实，她不再搭理武延生，瞅着冯程。冯程回避了覃雪梅的目光。

覃雪梅说："冯程同志，过去我冤枉了你！"冯程说："哪儿的话，大队长刚才不是说了嘛，这件事过去了，谁也不要再说了。"说完转过身去。

第 十 六 章

①

　　雪仍在下着，一支二十人的队伍背着粮食，在上坝的雪地中行进着。这时，刮起了骇人的"白毛风"。在坝上，这白毛风要是一刮起来，大风把地面的雪和云中下降的雪漫天翻卷，地面和天空一片白茫茫，能见度极差，牲畜惊恐，人易迷路。于正来等人迎着风艰难地跋涉。

　　走在最前面的是村民向导。他好像发现了什么，喊叫起来，说前边有马车。曲和分析，这是老刘头的马车。

　　等走上前，于正来等众人大骇，只见一个人如雕塑一般站在雪地中，雪已经快淹没到前胸了，正是老刘！披了一身雪花的老刘头早已被冻僵，整个人硬邦邦的，他手里依然牵着马缰绳，身体前倾，一只手指向前方，那是新营地的方向……

　　于正来瞬间老泪纵横地喊："老刘——"

　　他的这一声嘶喊，所有在场的同志们都掉下了眼泪。

　　天黑了下来。新营地食堂，一灯如豆，众人呆呆地坐着，一张张脸已经完全没有了血色。

　　隋志超的发音已经很轻了："我说……冯程，你还是把那稿纸发了吧，好歹……我们留下几个字，也没白活一回啊……"冯程说："那天，我发稿纸，是为了激老魏把他攒的那点粮食拿出来……没那个必要，我，绝不相信，绝不相信……组织会让我们，饿死……在这！"隋志超说：
"可现在，这……"

赵天山用眼神示意隋志超不要动摇军心，可隋志超却鼓起掌来说：
"我就是想让大家说说话。要不就说说，万一有谁挺不住了，世上还有啥
事没解决，还有啥事后悔，下辈子有啥念想，都磨叨磨叨，好歹把话留
下，挺过去的人也许还能帮一把……"

沈梦茵说："大家好像一个下午都没说话了，这种安静真可怕……那
我先说，我后悔了，后悔当时来坝上了，真没想到这个地方这么苦……要是
能过了这关，我希望以后的生活能优雅一点，每天最好能喝上一杯咖啡，真
的，我很想喝咖啡……"说着流下了眼泪，她问孟月，"孟月，你呢？"

孟月说："我给男朋友的诀别诗写好了，三百零八行……这是我这辈
子写过最长的诗了，我希望他拿到手里的时候，能一口气全看完。还有就
是，有一件事情我是后悔的，来塞罕坝的时候，他去送了我，在火车站站
台上，我们久久地对视，我却没有当面告诉他，我爱他……"说完，孟月
用胳膊碰了碰旁边的季秀荣。

季秀荣说："哎……我不后悔，上坝是我自己选的，和闫祥利谈恋爱
也是我自己选的，没有接受那大奎也是我自己选的……我相信我一定可以
活下去，然后嫁给魏富贵这样的好人……"她看了眼魏富贵说，"老魏，
请你一定要接受我。"魏富贵听着季秀荣的话直哆嗦，起身就要躲。

隋志超拦住他说："哎呀，你躲吗呀？能不能活下去还不知道呢，该你
了，你也说说，你有啥话想留下。"魏富贵说："我说？"隋志超说："说！"

魏富贵说："既然是牺牲，林业局就能给抚恤金对吧？我希望抚恤
金能送到我弟弟妹妹手里，我弟弟妹妹多，都是长身体的时候，有了抚恤
金，再遇到灾荒他们可能就不至于被饿死，这样，我也就算对得起死去的
老娘了。"魏富贵说完，号啕大哭。张福林搂住魏富贵，拍着他的肩膀。

隋志超看着张福林，说："老张大哥，该你了。"张福林说："我？"
隋志超说："对啊，都留下点话呗……"张福林脸憋得通红，半晌才说：
"还给国家！"隋志超说："啥还给国家？没头没尾的，你说清楚点呀。"

张福林说："就这四个字，还给国家。"说完，张福林四下瞭着，目
光与正抬起头看他的冯程相遇，他回避了冯程的目光。张福林说："我说

完了。隋志超，你别老管别人，该你了！"

隋志超说："该我了……我……我后悔啊，后悔这辈子还没来得及谈恋爱呢，净逗贫嘴了。下辈子，我少说话，多干实事，再咋着，也得交个女朋友。"

众人都笑了，笑得有几分惨淡。武延生站了起来说："既然要说，我就说句心里话，我后悔来了塞罕坝，耽误了我的大好前程！"说完，武延生转身坐下。

赵天山有些生气，他也站了起来说："我也后悔了，当兵嘛，生死家常事，可是，后悔没能战死沙场！这个大队长我没当好，我给大家道歉。"赵天山给大家敬了一个军礼。人群中有人哭了。

那大奎说："行了大队长，你就别道歉了，我知道你心里比谁都着急。再说，咱俩不也出去找过救援吗，这哪能赖你啊……我说说吧……我不后悔，我那大奎二十年以后，又是一条好汉！还谁没说？覃雪梅，该你了吧？"

覃雪梅说："我就不说了……"孟月说："雪梅，你必须得说说。对了，上学的时候你就跟我说过，你这辈子有件最遗憾的事，今天我们被困在这，能不能有未来，希望已经很渺茫了……你就说说吧，说说你最遗憾的事到底是什么？"

覃雪梅叹了口气说："我们在塞罕坝经历了最难熬的这些日子，大家比亲兄弟姐妹还要亲……虽说我们不能同日生，但恐怕要同日死了。假如会有来生，我希望大伙还能在一起……我……"

覃雪梅突然感情崩溃，泪水噼里啪啦地掉着说："有件事一直藏在我的心里，远远不是遗憾两字那么简单，今天到了说出来的时候了……虽然我母亲已经去世多年，可我的……我的父亲还活着。档案里一直写父母离世，那不是事实。小的时候，爸爸对我很好，总说自己老来得女，是最大的福报。他对我百般疼爱，只要一见面，就抱我亲我，用他的胡子轻轻地扎我的脸。我曾以为父亲早已不在人间，可就在今年春天我见到了他，他还活着，但我不知道为什么他抛弃了我和妈妈，狠心不要我这个女儿……"

那大奎说："什么？那你爸也不是啥好人呐。"覃雪梅说："不！我不能怀疑自己的父亲，虽然我还不知道事情的真相，但我隐隐觉得，是他后来娶的那个女人，不让他找我和妈妈。"

孟月说："雪梅，整个春天你都在学校啊，你到底什么时候见到你爸爸的？"覃雪梅稳定了一下情绪说："不光我见到了，你，武延生，咱们学校的人，都见到了。我爸爸，就是覃秋丰。"武延生说："啊！是覃副部长？"众人全都瞪大了眼睛。

覃雪梅含泪点头，又苦笑说："我说了太多了，对不起啊，这是我人生最大的秘密，也请大伙一定帮我保密。"隋志超说："嗨，保密啥啊，雪再大点，马架子都埋了，来年春天大伙儿就都化成泥土了，不管啥秘密，永远也没人能泄露了……"

覃雪梅的眼泪无声地流下来，众人再次安静了下来。

隋志超说："还谁没说？冯程，该你了！"

冯程点头，站起身在屋子里寻找着，他突然瞅着覃雪梅和孟月坐着的长凳。冯程说："覃雪梅同志，孟月同志，你俩让让。"二人愣了一下。冯程将长凳翻过，用脚蹬住凳板，"咔咔"两脚将凳腿踹了下来。沈梦茵说："你干吗？"

冯程将凳腿放到一旁，将凳板翻过，放在桌上。众人定睛看去，都傻了，原来凳板背面画着非常清晰的黑白格子，跟钢琴一模一样。冯程说："这条长凳可有历史了，你们来之前就已经陪我在坝上过了三个冬天了……来吧，我给大家弹首曲子。"说着，冯程搬过一个凳子坐好，姿势非常优雅，是标准的钢琴姿势。

冯程的手弹在"键"上，他边弹边用嘴演奏着《命运交响曲》，那旋律被冯程用嘴哼了出来。隋志超被冯程感染了，一捂鼻子，转身哭去了。大家都哭了。

魏富贵和张福林可能不懂《命运交响曲》的意义，但见别人都掉着眼泪，受到强烈情感的感染，也哭了。冯程的哼哼声在幻化，《命运交响曲》的天籁之音，回响在这新营地的雪夜。暴风，伴随大雪，仿佛也刻上了命运交响曲的节奏……

大家渐渐地都睡着了，冯程的眼睛却瞪得锃亮，他悄悄起身。赵天山跟冯程近在咫尺，但也没有听见动静。

冯程穿好衣服，将鞋带一点点勒紧。他套上大衣，用绳子将大衣系紧，离开了食堂，走出了门去，很快消失在大雪之中。

2

大雪终于停了。天空中的太阳，发出耀眼的光芒。太阳照射在营地上，第一个出门的是张福林，他发现雪停了，高兴坏了，他大声地叫着说："雪停了……雪停了！"所有人都拥了出来，欢呼着相互拥抱着，兴奋不已。

突然，细心的孟月发现了长长的一串脚印留在了厚厚的雪上，那是齐腰的雪，脚印就像两道沟一样深。

赵天山突然明白了，他喃喃自语："冯程啊冯程，说好的我跟张福林成立敢死队去找救援，你留下照看同志们，你怎么……"说着流下了眼泪，"冯程这是给我们蹚路去了。"众人愣在那里。

覃雪梅十分焦急，她冲着赵天山说："大队长，冯程一个人出去找救援很危险，雪这么大，就算他找到了救援，老乡们赶到营地的时候，估计也是好几天以后了。咱也不能在这里等死，我们也去！"众人都站了起来。武延生紧紧盯着覃雪梅，他最怕的就是覃雪梅对冯程有好感。

赵天山说："好！冯程给我们蹚出一条路，沿着他蹚过的路走，现在就出发！"

此刻，冯程在雪野中正艰难地前行。他已筋疲力尽了，他给自己鼓劲说："雪停了……停了……天无绝人之路，我冯程一定要找到救援。要是让同志们在坝上饿死，我冯程就白早来了这三年！"他不知道，五六十人的救援队伍就在他的百米之外，但是雪太厚了，一个小小的山岗挡住了相互的视线。

救援众人在判断着路线。郝书记指着一个方向说："应该是那边吧？"其实他指错了，沿着那方向走，距离山岗另一边的冯程就会越来越远。

这时，走在队伍中间的曲和不经意地回过头来，说："哎？小六！"小六正从山岗的方向窜来。它使劲地叫着，提醒众人走错了路。于正来看到小六，毫不犹豫地向山岗上跑去。

透支着生命的冯程，想趴在雪上休息一会儿，众人冲上山岗，有人发现了冯程的身影。"那有人！"冯程听到有人喊，连忙使劲晃着脑袋，高高地举起双手挥舞。于正来认出了他："是冯程！"几十人快速地冲向冯程……

雪野，赵天山重整队伍，要求男同志和女同志不要各自扎堆，分散开来，把女同志们夹在中间，立刻，队形改变。跟着他下令说："就听我口令，一，二，三，冲锋！"众人相互搀扶着，拉扯着，沿着冯程走过的脚印，大家终于爬上了高坡。

终于，两拨人相遇了。冯程喊："老赵——"赵天山喊："冯程——于局长——"所有人都非常激动。于正来用力地拥抱每个人，曲和一个劲儿地道歉说："同志们，都是我的错，林业局对不起你们呀！"而那些饿着肚子的人们根本说不出来话，他们的眼里只有泪水。

冯程见两名同志抬着一个担架走来，他愣住了，问："那是谁？"他身边的于正来沉默了。激动的众人也都安静了下来。

冯程觉得不对，踉踉跄跄地冲了过去，发现了冻僵的老刘头。"老师傅……我的老师傅……这是怎么回事？我的老师傅！"他一下子就跪倒在地。

所有人都围了过来，大家震惊不已。于正来沉痛地说："同志们，由于我们工作失误导致坝上断粮，老刘同志心急如焚，赶着马车先我们一步出发了，我们找到他的时候，他就已经冻僵了……"曲和整个人都蔫了，他深深地感到其实是自己的失误。

悲恸的冯程头磕在地上说："大爷，刘大爷——"哭得泣不成声。

于正来说："老刘早就过了退休的年龄，可是他却说拿着国家给的工资养老，对不起牺牲的那些战友们。没想到最后……"

众人沉默无声，每个人都强忍着悲恸。冯程痛哭着喊："哎哎，刘大爷啊，您一路好走啊……"

赵天山一声高呼说："敬礼！"所有人都跟着行礼，当过兵的敬军礼，没当过兵的集体鞠躬，女生们也哭得稀里哗啦……

于正来说："同志们，这次坝上断粮是人祸，同时也说明，想在坝上植树造林，一点马虎大意也要不得！不提高警惕，我们的造林大业不可能成功！我还要告诉大家一个振奋人心的消息，承德地委行署已经接到了林业部的批复，国家要在塞罕坝建立机械林场，大林场！我于正来也写了志愿申请书，来塞罕坝和大家一起建设大林场！老刘同志牺牲了，说明坝上的气候确实恶劣，条件确实艰苦，但是再恶劣的气候，再艰苦的条件也打不垮我们这些革命的人！"

"打不垮！"冯程低语着，人群中也传来虽然低声却整齐的声音"打不垮！"大家在老刘头的遗体前肃立，一张张脸都那么凝重。赵天山咬着牙，铁骨铮铮。冯程目光深邃，意志坚定。

还有没想到的是，半月之后，在离营地不远的山坡上，堆起了一个特殊的坟丘，占地不多。一个小木牌上写着：我们的兄弟小六长眠于此。

冯程、赵天山、覃雪梅、那大奎、隋志超、孟月、季秀荣、沈梦茵、张福林、魏富贵都肃立在小坟包前。赵天山说："唉，机械林场马上要成立了，好日子就要来了，小六你咋就没等到呢？"众人都忍不住泣泪。

冯程强忍着自己的情绪，轻声地说："这也是自然规律，它的寿命本来就没有人的长。"覃雪梅手里拿着一枝干枝梅，放在了小木牌前，说："小六，谢谢你救我。"孟月也放上了一支干枝梅："小六，你叼回来的那只兔子特别香。"沈梦茵放下干枝梅说："他们都说你凶，可你从没对我叫过，小六，我很想你。"季秀荣放下干枝梅说："啥也不说了，小六兄弟，你一路走好！"那大奎一抱拳说："兄弟！一路走好……"隋志超说："小六啊，一路走好了，您嘞。"

张福林说："老魏，为了小六我打了你一拳，你还记恨我不？"魏富贵说："老张，幸好你没让我勒死小六，要不然我后半辈子哪有脸活呀！"赵天山说："全体都有！敬礼！"赵天山敬了一个军礼，众人行鞠躬礼。

赵天山说："礼毕！节哀！回去工作！"说完身就走，众人都跟着走，只有冯程一动不动。走了几步，赵天山回过头来，看着冯程。覃雪梅说："大队长，让他一个人待会儿吧……"赵天山点了点头，示意大家不要出声。

众人慢慢地走了。冯程独自一人就呆呆地盘腿坐在了小六的坟前。是啊，他有太多的话要和小六说……

承德避暑山庄里，六个高中毕业的姑娘，坐在水心榭里商量着上坝的事。孙慧芬说："听说坝上很冷的！"张曼玲说："在围场县的最北边，海拔又高，当然冷了。咱们五个一起上去，抱团取暖，要冻也是冻成冰糖葫芦，一串！"大家哈哈地笑了起来。

张曼玲说："唉，想法是好的。听说那可都是大学生，我们刚刚高中毕业，人家能不能要我们，还是个事呢。今天叫你们来，就是先商议一下，愿不愿意。如果愿意了，我自有办法。"

孙慧芬说："我愿意，这事挺好的。那么多学林业的大学生和中专生都上了坝，男的多，对象准好找！"李慧娟说："孙慧芬，我们说的是找工作，谁让你找婆家了？""就是，你怕嫁不出去啊？"胡美丽说："你也不知道害羞！"

张曼玲说："行了，别闹了。咱们五个是最好的姐妹，愿意一起上坝的，举手！"五个女孩齐刷刷地举起手来。

孙慧芬说："全票通过！张曼玲，你该说说你有什么办法了吧？"张曼玲说："实不相瞒，塞罕坝机械林场的场长于正来，是我们家的邻居。"

众人都愣了，孙慧芬说："还得走后门啊？"张曼玲说："那哪行啊？于叔叔是抗日干部，老革命，在他那，后门可走不通。"李慧娟说："那你能保证人家要咱们？"

张曼玲说："昨天我听见于叔叔说，要带着全家上坝，大婶和孩子们不愿意，连哭带号的。于叔叔就拍了桌子，说没人起模范带头作用，怎么会有人上坝？这说明林场正需要人。我这就写一封信给于叔叔，告诉他咱们乐意去。咱们五个一起署名，怎么样？"其他四女异口同声地叫好。

塞罕坝机械林场场部，已经全是干打垒的建筑，有人在场部门口点着了两挂鞭，噼里啪啦地响着，"塞罕坝机械林场"的招牌格外醒目。从家属区跑来十几个半大孩子，几个家属追在后面。

于正来老婆是个大高个儿，脸大眼也大，格外显眼，她喊孩子们：

"离远点！离远点！别崩着！崩瞎了眼睛还得花钱治！"孩子们停在远处看着放炮，高兴地蹦蹦跳跳。

一位中年妇女说："哎呀，大嫂，您也上来了？"于大婶说："我倒是不想来，可怕老于跟我离婚！"四五个家属哈哈笑起来。中年妇女说："大嫂，你净说乐子，好几个孩子了，还离婚？"

于大婶说："真离是不能，他也得敢！但老于这次是动了真格的，我嫁他这么多年，他头一回发脾气。后来我一想，'嫁狗跟着走，嫁鱼随着游'得了，老革命家属，咋也得有点觉悟不是？"

青年妇女说："我本来还觉得上坝冤呢，可一见您都来了，我也就没啥好冤的了。另一家属说："就是，于局长那么高级别，都带着家属上来了，我们算啥？"

高音喇叭发出声音说："同志们请肃静，开会了！"于大婶说："开会？咱们也听听去……"到这里，真是感觉来到了另外一个世界，家属和孩子们像开始新生活一样，走着说着笑着，也都跟着拥进了场部。

塞罕坝机械林场场部大院，大门口贴上了一副对联——

一日三餐有味无味无所谓
爬冰卧雪冷乎冻乎不在乎
横批：植绿山川

会场上，主持会议的曲和说："首先介绍一下场领导。书记场长由原承德地区林业局局长于正来同志担任！"于正来站起身。大院里站了几百名职工，多以年轻人为主，大家使劲鼓着掌。

家属们挤到队伍的一侧，于大婶高兴地鼓着掌。

曲和接着说："原林业部领导，林业专家，李中同志担任技术副场长！"李中起身。职工们鼓掌欢迎。冯程、赵天山、覃雪梅、孟月、季秀荣、沈梦茵、武延生、隋志超、那大奎等都站在队伍中鼓着掌。

曲和说："我是原围场县林业局局长曲和，现担任副场长，配合老于同志工作。下面有请于正来同志讲话！"

于正来走到中间说："塞罕坝，我回来了！"一声呐喊，迎来一片掌声。他接着说，"党中央国务院和国家林业部，要求我们在塞罕坝建机械林场，大林场！这是伟大的事业，值得用一生为之付出的事业！所以，这次回来我就不走了！我不是一个人回来的，是带着老婆孩子，一大家子回来的！从此以后，不管是生产还是生活，不管是战斗还是牺牲，我于正来，都是塞罕坝的人了！"

讲话赢得雷鸣般的掌声。于大婶哭了。中年妇女说："大嫂，哭啥？"于大婶说："我就爱听老于讲话，实在，有劲，一听就想哭……"家属们笑着，孩子们使劲地鼓掌。

于正来说："你们可千万别说我风格高，还有一个比我更高的，那就是李中同志。他和家属都在林业部工作，孩子在北京上最好的学校，小的上的是林业部直属幼儿园，为了支援塞罕坝，他说服了家属，也要把全家的北京户口和粮食关系迁到塞罕坝来。大家跟我一起，给李中同志鼓掌！"

李中站起身说："我插一句，我是跟老于同志学习，在塞罕坝植树造林，是伟大的事业，也是艰难的工程，若不在这里扎根，就完不成党和国家交给我们的任务！我说完了。"李中很儒雅，举手投足间都是学者范儿，说完静静地坐回到椅子上。

于正来提议，让最早上坝的冯程同志上来讲几句。冯程非常意外，他看了看赵天山。赵天山说："上啊！"冯程说："我……没说让我说话啊？"赵天山说："我推荐的，必须上！"

冯程硬着头皮走上台："各位领导，各位同志们，我……我是个失败者。"热闹的气氛一下子安静了下来。曲和伸手想制止，于正来拦住了他。

冯程接着说："我曾经极度绝望，觉得青春被一个虚妄的目标白白地浪费了；我曾经想过逃走，逃离这个毫无希望的地方；我和先遣队的所有同志，曾经在大雪封山时险些被饿死，那个时候，连活下去的勇气甚至都要丧失了……"曲和忍不住了说："冯程，你积极一点好不好？"

冯程看了一眼曲和，又环顾着台下的同志们。赵天山望着冯程有些着急，覃雪梅望着冯程充满期待，就是武延生等着看冯程的笑话。

冯程的眼里饱含着热泪接着说："但——我也是个胜利者，我战胜了孤独，战胜了心底的怯懦，战胜了自私、自负、个人英雄主义等很多缺点，是先遣队这个集体给了我力量，是比我更年轻的大学生们的昂扬的斗

— 193 —

志，让我在精神上重新振作起来！现在，我们有了更大的集体，相信我们一定可以战胜更大的困难！塞罕坝能种活树，能种活参天大树！塞罕坝的西部，有一棵落叶松，就是活标本！大伙有时间都可以去看看。"说完，冯程鞠了个躬，往台下走。曲和嘀咕着说："这发言，连党和组织的培养都不说……"还没等于正来表态，李中站了起来，他热泪盈眶地鼓掌。见李中鼓掌，曲和也只好跟着鼓掌。

先遣队的同志们也鼓掌，赵天山鼓得最有力。覃雪梅目光始终不离地追随着冯程。武延生看着，有些不悦。

李中拿过话筒说："冯程同志的发言让我很激动，我想再说几句，刚才冯程提到的那棵树，就是国家决定在塞罕坝建林场的重要理论与现实的依据。我第一次看见它的时候，是掉了眼泪的。我记得，跟我同行的栗坤同志，那更是热泪盈眶。我知道冯程为了保护那棵树，险些付出了生命代价。栗坤同志跟我说过，像冯程这样拿树当生命的林业人，是值得大家学习的！"李中说得很激动。冯程被表扬很意外，先遣队的多数同志都表示祝贺，唯有武延生不爽……

队伍中新招工加入林场的郑老骥父子相互对视。郑老骥有些惭愧，郑三儿却一副不以为然的样子。

于正来说："今天是塞罕坝机械林场成立的大喜日子，在场的三百六十九人就是林场的第一批职工。有六个姑娘戴着大红花，大家可能早就看见了吧？她们就是承德二中的学生，主动给我写信，想参加林场建设。我想，咱们塞罕坝男职工多，女职工少啊！男女搭配，干活不累，我当然欢迎了！结果被报社知道了，记者一采访，写了稿子，轰动全市啊！承德市民敲锣打鼓送她们上坝。下面有请姑娘代表张曼玲同志讲话！"

戴着大红花的张曼玲大大方方地走上了台。张曼玲说："领导好！同志们好！今天，我们光荣地从学生变成了林场职工，特别激动！可我不会发言，我会唱歌。我用歌声表决心！来坝上的路上，我们五个同学把《咱们工人有力量》改成了《林业工人有力量》，我们来领唱，大家一起唱，好不好？"

台下的同志们一起跟着喊说："好！"张曼玲说："姐妹们，都上来！"其他戴着红花的四位姑娘跑上台，跟张曼玲站成了一排。张曼玲说："那就唱了啊！预备——开始！林业工人有力量……"全场跟着合唱：林业工人有力量，嘿，林业工人有力量！每天每日工作忙，嘿！每天每日工作忙，种活了松树柏树，种出了林海茫茫，改造得世界变呀么变了样……

4

马蹄坑整地现场，工人在整地，他们选择墒情较好的地方用拖拉机拉着大犁整地。不远的山坡之上，工人们用锹镐整地。指挥生产的武延生和那大奎，也融入到大家当中，开始耙地……

覃雪梅、孟月、沈梦茵带着十几个女工给苗圃整地，做苗床。总场苗圃就建在了总场主楼和实验室之间，一片相对平坦、比较肥沃的土地上，幼苗的立地条件要相对好些。冯程带领魏富贵和张福林以及十几个男工人灌溉苗圃。

这天，在离马蹄坑机械植苗现场较远的另一片宜林地，在头一年已经整好的地上，于正来和李中亲自指挥植苗。拖拉机拖着植苗机开始工作，开第一辆拖拉机的正是赵天山。

覃雪梅、孟月、沈梦茵和季秀荣负责技术指导，每人坐上一台植苗机，带着一个女工投苗。覃雪梅和张曼玲负责一台植苗机，孟月和孙慧芬一台机器……六女是投苗技术的重点培养对象。

姑娘们从泥浆里抽出苗放在植苗机正好开合的夹子上，时间节点和苗子位置都要极为准确。拖拉机在行驶中，再加上有风，泥浆四溅。姑娘们浑身都是泥点。

四台植苗机一起生产，李中担任检查员，负责检查机械植苗。远处是人工植苗的林业工人，场面颇为壮观。李中说："停一下！这植苗机有问题，你们看，苗子深浅不一，会大大影响成活率的。"拖拉机都停了下来。

那大奎提议自己修。赵天山说，可以算上张福林、隋志超。李中没想到还有这样好的技工班底，建议由那大奎同志牵头。

晚上，场部的拖拉机库灯火通明。那大奎、隋志超、张福林等人脸上沾着机油，干得热血沸腾。此时，大家已经找到了修整的方法，正在连夜调整最后苗夹子的角度。

于大婶是个热情人，端着一个大锅来到拖拉机库，十一岁的大儿子端着个小锅跟在后面。于大婶喊着说："来来来同志们，我给你们做饭了！"

隋志超说："呀，场长夫人给做饭，我们可不敢。"于大婶说："啥夫人？麸子哪如面金贵？食堂开饭的时候，我看你们都划拉一口饭就走，肯定没吃饱。这都后半夜了，能不饿？"

那大奎说："说实在的还真饿了，给我们做的啥啊？婶！"

于大婶说："你准是承德人，说话实在！"

那大奎说着掀开了锅："呀？饸饹！这么一大锅，这得多少粮食？你们家孩子那么多……"

于大婶说："孩子多好，老大老二帮我压饸饹，老三老四帮我烧火，都管用！大锅里是饸饹，小锅是芹菜和土豆的卤。"大伙儿很感动，上前开始盛饭。

第 十 七 章

①

在宜林地机械植苗现场，武延生、那大奎、隋志超都赶来和李中一起担任检查员。植苗机在前植苗，覃雪梅、孟月、沈梦茵、季秀荣仍带着女工们在后面投苗。

李中等人查看树苗种植的情况，兴奋不已。李中说："好啊！合格率百分之八十以上了！"那大奎说："不好，今天机务队连夜整改，目标是必须提高到百分之百！"

李中说："小伙子，你太着急了，这种事没有百分之百的。"隋志超却说："那我们也得努力提高，节约成本。那大奎，这台机器的调试自动化程度，还有空间，关键还在人上。"

武延生看着投苗的覃雪梅很是心疼，泥浆随着风都甩在了她的身上、脸上。

午休期间，武延生说："这活儿不是咱们这些高级技术员应该做的。"覃雪梅说："这份工作，我自己提的。上大学实习的时候，都在林场学习过机械投苗，而林场新招的女工没有干过，咱们每人带上几个人，手把手地教她们，下一个植树季，她们就可以带新的职工。"她让他把心思放在工作上，一个月后的放叶率，三个月后的成活率，才是最重要的。

武延生还真是想不通，说了半天工作，感情上一字没提，这叫什么谈恋爱？

食堂外角落里，魏富贵正在淘泔水，冯程走来说："老魏……"魏富贵一看："哎哟，冯技术员！"他兴奋地跑向冯程，又不敢靠近，说："我这一身泔水味，还是离您远点吧……"冯程说："苗圃施肥，我还一身大粪味呢，不正好是臭味相投嘛。咋样啊，最近？"魏富贵说："不咋样，现在食堂人手多了，我这手艺靠不了前啊，只能打点零杂。"

冯程说："你在这无用武之地，我那正需要精兵能将，跟我干呗？"魏富贵说："那我敢情高兴啊。哎，福林呢？"冯程一拍手说："唉！脑子活泛就有人抢，让那大奎抢机务队去了。"魏富贵说："好好好，他去机务队合适，他就爱鼓捣个机械玩意儿。跟您去苗圃，我愿意！"

冯程笑了说："不过，你可得有点心理准备啊，咱们那个是总场的二苗圃，正经八百的苗圃是后院那个，覃雪梅同志负责。跟我干，想干出成绩，评个先进啥的，可能有点难……"

魏富贵说："我不图这个。信你！"冯程说："得，那我待会就找领导说去。"正说着，季秀荣向这边走来。

魏富贵一见季秀荣，连忙缩到冯程身后说："冯技术员，我还有事，先走了啊。"冯程纳闷说："哎，你？这……"冯程刚一回身正遇上季秀荣。季秀荣说："冯程，看见老魏了吗？""看见了，刚走……"

季秀荣生气地说："故意的，见到我就跑！"冯程说："哎，你这么一说，我也觉得了，他是在故意躲你？"季秀荣说："可不。自从成立了林场，人多了，他的借口也就多了，老找不着他，想跟他说说话都难。冯程，我问你，你觉得我配不上老魏吗？"

冯程想了想说："如果他躲你的话，我想恐怕是——他觉得配不上你吧？"季秀荣说："我是一个被人甩了的，他那么老实厚道，怎么会配不上我？"冯程说："你真想嫁给老魏？不是因为感激，一时冲动？"

季秀荣说："我就觉得他特别亲切，像家人一样，当所有人都快饿死了，他贡献出了粮食，我一下子就觉得他特伟大！谁管我顿饱饭，我就嫁给谁，这可是我当着大家面说出口的，哪有反悔的道理？不管他怎么躲，也躲不过我！"季秀荣自信地走了。

　　武延生来到场长办公室，已经很晚了，他敲门。正在看文件的曲和说声"请进"，把门打开。

　　曲和说："哎呀，小武同志，快请坐！有事？"

　　武延生进门说："曲场长……还真有个事……是覃雪梅的事。"

　　曲和说："雪梅同志怎么了？"

　　武延生说："她姓覃，您知道吧？"

　　曲和说："当然知道，啥意思？"武延生说："她这个西早覃啊，跟林业部的覃秋丰部长是一个覃。据我所知，那是她父亲。"

　　曲和不解地问："这么重要的关系，覃雪梅同志的档案上为什么没有呢？"

　　武延生说："她就是怕场领导特别照顾，觉悟高嘛！"

　　曲和说："这也太高了！"

　　武延生说："觉悟归觉悟，可是……我是为您想啊，作为场领导，要是没照顾好雪梅，将来覃部长若是……"

　　曲和严肃起来说："大学生本来就是林场的宝贝，这个特殊情况，多亏你告诉我了。"

　　武延生说："那就好了，不过雪梅可不想扩大影响，最好连于场长和李场长也帮着保密……"

　　大食堂，早饭很热闹。曲和来到了正在吃饭的覃雪梅、孟月、沈梦茵身旁。沈梦茵说："曲场长来了。"她让座说，"您坐这……"

　　曲和说："不用不用，我跟雪梅同志谈点事，是这样的，今天机械造林那边你就不用去了，让女大学生坐在植苗机上投苗，大材小用了。"覃雪梅说："没事，我们几个不都一样嘛！"曲和说："你跟她们……还是不一样的。"覃雪梅不解地说："有什么不一样的？"曲和有点为难，他眨了眨眼睛，换了一种说辞："场里是这么考虑的，机械造林当然是最重要的，可是建设苗圃，对林场的未来更重要。冯程那个小苗圃，我们是指望不上的，希望都寄托在你身上了。"覃雪梅说："这您放心，苗圃那一切正常，而且我们留了管理员。"曲和说："你是苗圃的负责人，总会有些具体事情处理吧。"覃雪梅说："忙完这些天吧，实习的时候，我操作过植苗机，有经验，可以多带带新来的同志。"曲和说："不是还有她们几个吗？你就留在苗圃吧，领导已经决定了，服从命令！"覃雪梅听了最后四个字，有些无奈。

冯程和魏富贵扛着生产工具，来到他的小苗圃。满脸堆笑的魏富贵突然愣住了，扭头就要走。

季秀荣正站在苗圃里，很明显，是在等魏富贵。

季秀荣说："老魏，你要往哪跑啊？"魏富贵只好转过头来说："小季，你咋来冯技术员的苗圃了？"季秀荣说："我一大早就去食堂找你，管理员说昨晚接到通知，你跟冯程干了，所以我就在这里等你咯。"

冯程看了看魏富贵，又看了看季秀荣说："老魏，季秀荣找你有事，要不咋能这一大早就来？你跟她好好聊聊。"

季秀荣说："冯程，你不用回避，我就是来找老魏商量婚事的。"魏富贵一下站得笔直，紧张了起来说："我不是都说了嘛，小季，我配不上你！"季秀荣说："冯程，你觉得我和老魏般配吗？"说着，季秀荣就绕到了魏富贵身旁。

冯程尴尬之极："我觉得吧，这两个人般不般配，全看自己的心里怎么想。"季秀荣说："冯程说得对！老魏，除非你心里不喜欢我，要不咱俩就是最般配的！"魏富贵说："这，这，这……我……"

季秀荣看着魏富贵干着急，说不出话的样子，笑着说："行了，不为难你了，这两天机械造林，正忙的时候，我胃疼的毛病又犯了，就想吃妈糊，给我做一碗吧。晚上送到我宿舍去……啊，不，是我宿舍后边的山岗上，那新建了气象站，晚上我要在那观察气象，给我送到那去吧。"说完，季秀荣走了。魏富贵一脸的为难，望着她的背影，不知如何是好……

冯程和魏富贵开始干活。冯程说："老魏，你为啥躲着季秀荣啊？"魏富贵说："不躲，你说还能咋着？这门不当户不对呀。"

冯程说："什么门什么户？你现在是林场的职工了，怎么还说这些？我看季秀荣就挺好！"

魏富贵说："可我真配不上，那不是糟践人家。大雪封山的时候，大家都快饿死了，那个时候说出来的话，能算数吗？我要是真那么干了，那叫趁火打劫，我还是个人吗？"

冯程说："老魏，你还真是个心地善良的人。那你打算怎么办哪？"

魏富贵说："我拖着，拖到她把我忘了。这林场一下来了三百多职工，他们承德农专的毕业生就好几十，哪个不比我强？冯技术员，你也是单身……"

冯程说："老魏！你再这么说话，你我从此以后断交！"魏富贵连忙闭嘴。冯程说，"你呀，先想想今晚上给不给季秀荣做妈糊吧。"

"我……妈糊还是要做的，她胃不好，想吃这口，她是我小老乡啊。"

冯程说："你躲不掉，过了这村没这店，别做让自己后悔的事。"魏富贵诺诺不语。

场部大门外，武延生骑着高头大马飞奔而回。拴好马，他急匆匆地奔向食堂。武延生从食堂里端着饭盒，快步向场部大楼走去。穿过场部，来到苗圃，正遇覃雪梅挑着粪筐从一个方向走来。她穿着连体皮裤，戴着口罩。武延生迎上说："雪梅，你怎么这个打扮？"覃雪梅说："哎，别靠前来！"武延生只好驻足。覃雪梅不好意思地说："我挑肥去了。"武延生说："什么肥？"覃雪梅说："有机肥啊！"武延生说："你……你自己去淘大粪？"覃雪梅说："场领导对苗圃这么重视，植树季都留我在家照顾苗圃，我当然得尽心尽力了。对了武延生，正忙的时候，你怎么回来了？"武延生有些尴尬地说："我……我回来陪你吃饭啊，你看，食堂的第一锅我都打回来了。"覃雪梅说："你自己吃吧，我身上有味，中午也吃不下。"武延生说："我是专程回来陪你的，食堂的饭倒是没啥，又是土豆，吃不完的黑荞面，可我有这个……"说着，武延生从兜里掏出一个罐头说，"供销社进了四罐，都被我买了。"覃雪梅说："你可真够能花钱的。那你等会，我洗个澡去。"武延生说："我在实验室等你啊。"

来到场部实验室，武延生将罐头打开，饭盒摆好，又倒了两杯水，等着覃雪梅。覃雪梅披着头发，还有些微湿，来到了实验室。她看看武延生说："你怎么会中午有空回来呢？"武延生说："我们是技术人员，指导他们种树，难道植每棵苗子都自己干？"

覃雪梅说："今年是第一次大规模植树,工作还是细致些好。"武延生说："很细致了。每个植树工地,我至少都讲过三遍技术要领,你知道一上午我跑了多少个工地?六处!想回来陪你吃个饭,可真不容易。"

覃雪梅说："对了,你怎么知道我今天留在苗圃了?"武延生说："我去工地看你了,没找着,孟月跟我说的。"覃雪梅说："哦……"覃雪梅没再多想,笑了。

武延生说："雪梅,你披散着头发,可真美……"覃雪梅说："明天可别再因为我耽误工作了。"武延生说:"这样才多少像一对情侣嘛!雪梅,我恨不得明天就和你结婚。"

覃雪梅说："先治坡,后治窝,先生产,后生活。这是咱们建场的基本原则,大家都在忘我地工作,我们怎么能把个人的事……再等几年吧。"

武延生说："你难道真打定主意要在这住一辈子窝棚?这是我们应该有的生活吗?"覃雪梅一愣说:"我可是跟冯程打过赌的,三十年之内不下坝。"

武延生不满地说:"三十年之内不下坝?你跟我商量了吗?二人世界里,提冯程干什么?"

覃雪梅说:"对不起,延生……"

武延生冷冷地说:"我希望以后在我面前,不要再提他!吃饭吧。"

机械植苗现场,拖拉机载着植苗机工作着。李中身后跟着技术员,仔细地检查着植苗效果,来到赵天山开着的拖拉机旁。

看到苗子,李中大声地喊着说:"停下停下!怎么回事,这一组昨天是我最放心的,怎么今天种的有深有浅,歪歪扭扭,这质量下降这么多?"

张曼玲说:"覃雪梅被场领导调回苗圃了,我是生手。"李中说我给你做个示范,说完李中上了植苗机,种植水平果然提高了。干着干着,重心一偏,李中从植苗机上掉了下来。一条腿被植苗机压骨折了,急送医院。

于正来得知,这可就来火了,他找来覃雪梅,"啪"地一拍桌子说:"覃雪梅!这批植苗机采购前,我特意征求过你的意见,要不是因为你们在学校实习期间用过，我们林场根本就不会买。每个技术员负责一台机器，我亲自分的工，就干了两天，甩了一身泥，就嫌脏，当逃兵了？李场长多大岁数了，他血压一直高，你让他替你上一线，谁给你的这个权力？"

"我……"覃雪梅含着眼泪说不出话来，看着于正来身后的曲和。曲和说："哎，老于，这里面有误会，误会！"于正来说："什么误会？"曲和连忙来到覃雪梅面前说："雪梅同志，你受委屈了啊。你先到外面等，我跟于场长解释解释。"

覃雪梅的确觉得委屈，站在办公室门口等着。

于正来听了曲和的话大吃一惊，说："覃部长的女儿？你确定吗？"曲和说："这还错得了……领导原本是怕咱们特殊照顾，覃雪梅才在填表时不写的。可现在既然人家提出来了，咱们不照顾，也不行啊。"于正来说："覃雪梅跟你提的？"曲和说："嗯，差不多吧……"

于正来说："我怎么就不信呢？难道真让冯程算准了？说的一套一套的，就是为了走走过场，给档案镀金？拿咱们塞罕坝当跳板？"于正来一生气，嗓门立刻扬了起来。

曲和说："哎呀，老于，你小点声！"话音未落，覃雪梅已经推门而入。曲和说："小覃同志，你先在外面等一等。"覃雪梅说："不，领导对我有看法请直说，我来塞罕坝绝不是为了走过场，给档案镀金，更不可能拿这里当跳板！我想知道，到底发生了什么？你们先是停止我一线工作，然后又指责我当逃兵，这不公平！"

于正来一愣，瞅着曲和说："曲和同志，到底是怎么回事？你得说清楚！"曲和说："这……这个……我……"

覃雪梅受不了，她从场长办公室冲出来，跑下二楼楼梯，又跑下高台阶，冲向食堂。

食堂里很热闹，百十多号人都在用晚饭。覃雪梅冲进食堂寻找着，她看见了武延生刚打完饭，坐在那大奎、隋志超身旁。覃雪梅冲了过去，瞪着武延生。

武延生看到覃雪梅说："哎，雪梅，你来得正好，我刚给你打的饭……"武延生把饭盒举向覃雪梅。覃雪梅抢过武延生的饭盒，"啪"地扣在了地上。

热闹的食堂一下子安静了下来，所有人都瞅着覃雪梅。武延生连忙环顾左右说："雪梅，怎么了？谁惹你了？"覃雪梅说："武延生，从现在开始，请你不要干涉我的工作！"说完冲出食堂。孟月和沈梦茵连忙追了出去。

在场部大门口，挑着生产工具的冯程一拐弯，正和跑出来的覃雪梅相遇，险些撞上。冯程在覃雪梅的眼睛里看见了泪水，有些惊讶。她回避了冯程的目光，向宿舍的方向跑去。冯程身后的魏富贵吃惊地看着。

跑回了女生宿舍，覃雪梅说了事情的缘由。沈梦茵说："武延生怎么能这样？咱们得救以后，雪梅早就有言在先，她的身世不能外传。所有人都下过保证的。"孟月想起自己当时说过的话说："对啊，当时每个人都说了心里话，那些话要是传出去，丢死人了……"

女生宿舍外，从屋里出来的沈梦茵见到武延生"哼"了一声，走了。武延生说："孟月……"孟月说："武延生，你做得很过分。"武延生说："连你也这么说我？我不管做什么都是为了雪梅！"孟月说："你跟我说有什么用？要解释，你去跟雪梅解释吧。"武延生叹了口气，推开了女生宿舍的门。

覃雪梅看见武延生进来，将头扭向一边。武延生说："刚才我碰到曲和了，没想到我的善意对你造成了伤害。雪梅，咱们走吧……这偏远山区的人，既没水平又没见过世面，我跟曲和说了你的事，他根本没有领会我的用意。"覃雪梅站了起来说："你什么用意？""我是想告诉他，你虽然有这么特殊的家庭背景，却能严格要求自己，起模范带头作用，场里应该树你为典型，重点培养！"覃雪梅说："我不是官儿迷，更不允许任何人利用我和覃秋丰的关系乱做文章！"

武延生说："好好，是我考虑不周，可是事情已经发生了，咱们还是离开这里吧。你想啊，于正来居然把李中由于高血压，从植苗机上掉下来这一意外事故，归罪在你的头上，有这样的领导，以后还怎么工作？跟我回北京吧，早晚有一天，林场会因为失去咱们这样的人才后悔的！"

覃雪梅冷淡地说："请你不要一直用咱们这个词，你，不能代表我。以前不能，以后更不能！要走你走吧，本来你就不是自愿上坝的，是我耽误你了。"武延生说："覃雪梅，你怎么可以说这么绝情的话？"武延生生气了，转身走了。

他一出门，孟月正在门口听。尴尬的孟月连忙进门说："雪梅，你真跟武延生吵翻了？错他是有错，可你们俩也这么长时间了，感情上的事有时候得让着点对方。"

覃雪梅说："当初就不应该答应他，从他第一次说谎，我就应该看出他是什么人。"孟月说："武延生对你很痴情，而且我觉得虽然他说了谎，但都可以算做善意的谎言。"

孟月拉住覃雪梅的手说："雪梅，其实我一直挺羡慕你的，武延生不错，起码他一直陪伴在你身边，别太绝情，不然你会后悔的。"覃雪梅看了一眼孟月，气也消了一些。

④

魏富贵端着一碗妈糊爬上山坡，来到气象站。季秀荣并不接碗，只是拿勺盛了一口放进嘴里说："真好吃！"吃完放下勺，又去查看仪器说。"你也吃啊！"魏富贵只带了一个勺，没出声，静静地端着碗等着。季秀荣又盛了一口放进嘴里。她好像突然想到什么说，"让你吃你为什么不吃？"

魏富贵有点尴尬地说："给你做的……"季秀荣说："等着我喂你呢？"魏富贵说："啊，不不不！"季秀荣说："那就喂你一口吧。"魏富贵吓坏了，一缩头蹲在了地上，高高地举着碗。季秀荣说："你这是干什么？拿我当封建王朝的老佛爷啊？起来！"魏富贵只好又站了起来。季秀荣说："不愿意吃拉倒，还不舍得分你呢。"说完，她端起碗来，一口一口地吃着。

魏富贵说："小季……"季秀荣说："你可以叫我秀荣。"魏富贵说："还是叫小季习惯一点……我的衣服呢？"季秀荣说："我给你洗了。""这哪合适啊？我哪能让你给我洗衣服呢。"季秀荣说："还有袜子，都露脚指头了，我给你缝上了。"魏富贵双手一捂脸，蹲在了地上说："哎——呀！"季秀荣说："咋，你不习惯？没事，以后一起过日子就习惯了。"

魏富贵"腾"地站了起来说："不是！季秀荣同志，我必须得跟你说清楚，你不能跟我结婚！你那不是鲜花插在牛粪上吗？不中，不中！"季秀荣说："鲜花插牛粪，长得会比别人俊！我看就中！中！中！"

魏富贵简直无法接话茬，半晌才说："我记得你曾经跟那大奎说过，你拿他当哥哥……你看啊，我是你的半个老乡，比那大奎还大好几岁呢，你就拿我当个大哥哥，中吗？"季秀荣突然不说话了，她看着魏富贵。魏富贵不寒而栗。

一串眼泪从季秀荣眼睛里流了下来："你不要我……"魏富贵说："你你别哭啊！别人看见还以为我欺负你了呢。"

季秀荣说："你就是欺负我了。你以为我真的嫁不出去啊？我现在就去广播站广播，你等着看，看有多少人愿意娶我！"说完，季秀荣把碗推到了魏富贵怀里就要下山。魏富贵连忙去追季秀荣。

突然，广播站传来声音："塞罕坝机械林场的领导、同志们，大家晚上好，我是覃雪梅。"季秀荣和魏富贵都愣住了。魏富贵说："覃雪梅？"季秀荣说："雪梅这是要干啥啊？"

大喇叭里传来覃雪梅的声音说："怀着极度内疚的心情，我向全场做自我检讨。"冯程端着饭碗从食堂里走出，望着广播站的方向，沈梦茵和孟月也从食堂里跟了出来。

覃雪梅的声音继续说："由于我擅离工作岗位，没有参加今天的造林生产，导致植苗机技术员缺岗，技术场长李中同志代替我工作，摔成重伤。"

广播站坐落在场部主楼的一楼把角的位置。覃雪梅正在念着自己的检查："作为第一批上坝的大学生，我理应起到模范带头作用，却因私人原因，影响工作，造成恶劣后果。李中同志的受伤对林场是重大损失，我有不可推卸的责任。此时此刻，正是植树造林的关键时期，我的错误不可原谅，在此，请求场领导给予我最严厉的处分。"

在林场场部，于正来和曲和从场长办公室里出来，听着大喇叭。赵天山、那大奎、隋志超、张福林相互对视，不知道发生了什么。冯程呆呆地认真地听着。孟月、沈梦茵心疼的神情写在脸上。魏富贵、季秀荣在气象站并排站着听。季秀荣说："怎么回事？雪梅受了委屈，为什么还要做检讨？"魏富贵说："是啊，我还看见她哭来着……"

张曼玲等几位姑娘从宿舍方向跑到了院子里，听着广播喇叭。

覃雪梅继续念着："但是，我也希望领导给我机会，让我回到机械造林的工作岗位上，我愿意承担起技术责任，和大家一起保质保量地完成植苗任务。我还想对全场职工说，从现在开始的十天，是植树造林的最佳时期，建议大家都全身心地投入到植树造林的工作中去，按照技术标准严格施工。你的一份认真，可能会换来几十年后的一棵参天大树，你的一丝马虎，也许就毁掉了国家分配来的一棵树苗。最后，再次深刻检讨，并希望李中场长和各位领导能够原谅我。"

一石激起千重浪，场部之夜，人们各用不同神态，面对着此事。于正来和曲和对视，曲和满脸的歉疚。冯程瞅着孟月和沈梦茵，孟月说："雪梅怎么把责任都揽到自己身上去了？"沈梦茵却说："她这是在维护武延生，还不是你劝的……"孟月哑口无言。赵天山说："这就是覃雪梅，换别人说不出这样的话来。"隋志超说："这姐姐心胸坦荡，敞亮啊！"那大奎说："我说，这事到底咋回事啊？这跟覃雪梅有啥关系？"隋志超说："哎呀，雪梅是牺牲自己，鼓励全场职工，这是境界！"众人面面相觑。

突然，武延生从宿舍方向跑了过来，一扒拉，将张曼玲和孙慧芬推开，向广播站方向跑去。覃雪梅正从广播站里出来。武延生说："雪梅，你，你这是何苦啊？他们应该跟你承认错误。你却……"覃雪梅没理武延生，径自走了。

二楼，于正来和曲和注视着覃雪梅。冯程、孟月、沈梦茵注视着覃雪梅。赵天山、那大奎、隋志超、张福林注视着覃雪梅。大门口，覃雪梅来到六女面前。张曼玲说："覃技术员……"覃雪梅说："早点休息，明天我们一起工作，我会跟李中同志一样严格要求的。"六女敬佩地看着覃雪梅。

赵天山快步走到场长办公室门前说："报告！"屋里传来曲和的声音："进来。"赵天山走进办公室一愣，发现张曼玲站在办公室里。张曼玲一见赵天山，连忙低下了头。于正来说："赵天山，有事吗？"赵天山说："拖拉机是我开的，要说有责任，我责任最大。覃雪梅同志不应该受处分！"曲和说："嚯，又来了一个承担责任的……"赵天山说："还有谁？"

曲和说："张曼玲，你刚才怎么和领导说的，再说一遍。"张曼玲说："覃雪梅一直亲自带我学习使用植苗机，好几天了，是我笨，没学会，才导致李场长发生了意外，责任在我，不在覃技术员。"赵天山说："才上班几天的小丫头，跟你有啥关系？去去去，出去！"张曼玲低头要走。

曲和咳嗽了一声说："于场长还没发话呢，这是场办，轮到你让同志出去了？"赵天山连忙立正。于正来站起身说："行了，都别胡闹了。我亲自送老李去的医院，一路上他一直说自己血压高，忘吃药了，给场里添了麻烦，还特别强调，任何人都没责任。都走吧！"

赵天山和张曼玲走出场长办公室。楼道里，赵天山突然驻足一回身，看着张曼玲，张曼玲连忙驻足。他上下打量着张曼玲说："行啊小丫头，没看出来……"张曼玲用手拉着衣襟说："我怎么了？"赵天山说："你叫什么来着？""张曼玲。"赵天山说："名字难听点，跟娇小姐似的，长得也不咋地，就你这样儿，还上过报纸？"

张曼玲憋得满脸通红说："我……"赵天山笑了说："歌唱得也一般，歌词改得嘛，还行……"赵天山又在张曼玲身上上下打量了一番，走了。张曼玲看着赵天山的背影，气得要哭。

在家属区，于大婶急匆匆地向一个方向走着。张曼玲迎了上来说："大婶……"于大婶说："哎，曼玲啊，咋样，上坝习惯吗？工作习惯不？生活习惯不？哪天想解馋，去大婶家，少了被子褥子啥的，也都上我家。不是给你啊，我是教你做针线活，谁让咱两家是邻居呢。"

张曼玲说："大婶，我啥都不缺，我就是……"于大婶说："啥，咋了？受委屈了？谁欺负你了？"

张曼玲想了想说："也没人欺负我，就是赵大队长……他说话可真难听。"于大婶说："哪个大队长？赵天山啊？"张曼玲说："就是他！说我名字娇气，长得丑，唱歌也难听！"于大婶："是吗？今儿有急事，顾不上，明天我给你撑腰，收拾他！"

女生宿舍，三个女孩围着覃雪梅。季秀荣说："于正来也真过分，不分青红皂白就训人！"沈梦茵说："就是，官架子也够大，冤枉人还不道歉！"孟月说："少说两句吧，于正来是场长，让他知道了，更得给咱们小鞋穿。"

话音未落，门被推开了。于大婶进门说："说谁呢？我可都听见了。"大家都站了起来，发现是于大婶，不知如何是好。

于大婶说："这不能怪我啊，门没关严。"

季秀荣连忙满脸堆笑地说："于大婶，您快请坐。"于大婶说："不坐了，我是来找人的，你们四位大学生谁叫覃雪梅啊？"覃雪梅说："我。"于大婶说："走！"

不容分说，于大婶就拉着覃雪梅走了。其他三人根本不知道怎么回事，面面相觑。

于大婶拉着覃雪梅回到家，进门就说："老于在屋里等你呢，来来来！"她把覃雪梅让进里屋。屋里，于正来正坐在炕上给自己倒着酒。于大婶说："客人来了，我炒鸡蛋了啊。"于正来挥了挥手，示意可以。

于正来瞅着覃雪梅，赔着笑说："坐吧。"覃雪梅说："我还是站着吧，场长找我有什么事？"于正来说："请你喝酒哇。"覃雪梅说："我不会喝酒。"于正来说："你敢私自用广播站念检讨，还怕两盅酒？坐！"

覃雪梅想了想，没坐，说："私自用广播站也错了？那我再写份检讨。"于正来说："嘿！我听说你今天晚上没去食堂，怕你饿，你看，大婶做的土豆苦累，盛一碗吧。"覃雪梅说："谁家粮食都不富裕，更何况场长家孩子众多，我就不吃了。"于正来板起脸说："酒也不喝，饭也不吃，看来，你对我的意见很大啊？我得罪了部长的千金，以后日子不好混咯。"

覃雪梅急了说："于正来同志，请你以后不要再提这件事，覃秋丰不知道有我这个女儿，我也不想让他知道。也请领导帮我保密，不要再扩大影响了。"

于正来说："影响已经够大到广播中了，场里规定的生产周期还剩下十七天，可你在广播里动员全场职工十天内种完树苗，直接减少了一周的工作时间，这个主，我都不敢做呀。"

覃雪梅说："对，但那正是我要做的主！运输时间过长，现在就有个别树苗出现了烂根、脱水等情况，十天已经是最长期限了，再晚，种下去也是白种。这个主，我必须做！"

于正来说："你对业务能力很自信，所以自己提出要对技术负责，咋着？想趁老李住院，当官儿呀？"覃雪梅涨红了脸，大声说："我不是这个意思！"于正来说："我又冤枉你了？"覃雪梅说："冤枉！"

于正来说：“那你可以走啊。到林业部直属任何一个林场去，都得欢迎你。哪个林场不比塞罕坝条件好啊？”

覃雪梅说：“你你，这是在侮辱我的人格。”于正来说：“那你走不走？”覃雪梅说：“不走！”于正来说：“为什么？”覃雪梅说：“李场长住院了，林场正在用人之际，我熟悉植苗机，技术过硬，就算你想撵我走，我也不能走！”

于正来点了点头说：“关于我批评你的这件事，里面有误会，你在那个检讨里边，怎么不跟我讨个说法啊？”覃雪梅说：“我觉得没有这个必要。”于正来说：“你不讨说法，就不怕我真的给你处分？”覃雪梅说：“由于我的个人问题影响了工作，我接受任何处分，但我希望是在造林工作结束以后。”

于大婶端着炒鸡蛋进门说：“炒鸡蛋来了！哎，小覃，你咋不上炕啊？”覃雪梅说：“于场长没事了吧？”于正来说：“没了。”覃雪梅转身就走。“哎哎哎……”于大婶没拦住，转过身说，“老于，你让我请小覃同志来，不是说要当面道歉的吗？你咋……”

于正来说：“我想试试她，这一试还真试出个巾帼英雄来！”说着，自己干了一盅酒，“塞罕坝有这样的年轻人，没有干不成的事业！”

⑤

冯程在前，魏富贵在后，向小苗圃走着。魏富贵说：“水也浇足了，肥也施足了，冯技术员，咱们苗圃今天干点啥啊？”冯程驻足，回过身说：“对呀，活都干完了，咱俩去苗圃歇着？”魏富贵一愣说：“嘿嘿，听您的呀。我听喝呀，反正是庙里功夫。”

冯程笑了：“得，咱是俩和尚呀？哎，昨天覃雪梅的检讨你听了没有？”魏富贵说：“听了。”冯程说：“她说得对，苗子必须得赶紧种下去，多一个人就多一份力。这样，别管分工不分工了，咱俩支援去！”说着，掉转了前进方向，魏富贵跟上。

在机械植苗现场，四台拖拉机、四台植苗机已经准备好。三百名职工都被集合在现场附近。冯程和魏富贵赶来，魏富贵说：“哎，开会呢……"冯程说："咱也听听？"

于正来登上拖拉机说："同志们，昨天覃雪梅在广播站念的检讨，大伙都听到了吗？"覃雪梅脸色铁青，她没想到于正来这么快就要打击报复。她说："于场长，我私自使用了广播站，我检讨。"于正来说："私自使用广播站？用得好！"覃雪梅一愣。

于正来说："昨天我和曲场长都听了覃雪梅的检讨，我们俩一致认为，这不光是一份检讨，还是一份战前动员。对林场来说，植树期就是一场大战哪！覃雪梅动员大家在十天之内，把所有的苗子都种下去，完成春季的植树任务，这一期限，把场里的原计划提前了七天，这与李场长的意见不谋而合。既要保证质量，又要提前工期，同志们，有没有信心？"

发现于正来表扬覃雪梅，武延生、那大奎、孟月、季秀荣、沈梦茵等都大声喊着说："有！"于正来看了一眼曲和，曲和脸上露出了笑容。

于正来说："昨天，我听覃雪梅同志做检讨，我很内疚。其实，昨天没到生产一线来不是她的错，我在不了解实际的情况下，批评了覃雪梅，让她受了委屈，覃雪梅同志在检讨里一个字没提，却对造林工作提出了建议，鼓舞了士气，这个心胸，值得大家学习，我也当面向覃雪梅同志道歉。"覃雪梅很意外。众人鼓掌。

于正来接着说："昨天，我送李场长去了医院，初步诊断是骨折，恐怕要休息一段时间了。李场长是技术副场长，他不能工作，这技术上总得有人负责呀。我和曲场长商量，任命覃雪梅同志为技术科长，全面代理李场长的工作，希望大家支持！"

雷鸣般的掌声响了起来，覃雪梅大感意外。武延生很高兴，远处的冯程也很替覃雪梅高兴。孟月、季秀荣和沈梦茵都瞅着覃雪梅，鼓掌挥手。于正来说："散会，抓紧生产！"

这次造林几个月后，百分之五的成活率，是不得不接受的现实。李中建议取消今年秋季植树，会议室里一下安静了下来。李中说："我建议取消今年秋季植树，没有解决技术难题，再干，就是浪费树苗。"大家一下哑了火。覃雪梅说："我同意李场长的意见。"

冯程说："我不同意。可以取消大规模的机械造林，但局部造林不能

— 211 —

停，哪怕失败，也会有新的经验积累。"李中说："冯程同志说的也有道理。"于正来说："武延生同志，你是造林专业的，你也发发言。"

武延生正在走神，说："啊？工作上我听从组织决定，不过我对于场长刚才说的，有些反对意见。百分之五，怎么能说失败呢？请大家不要忘了，之前只有百分之二嘛。这百分之三的进步，是在覃雪梅同志担任技术科长以后，带领全场职工取得的胜利。"众人都没理武延生，气氛有些尴尬。

武延生接着说："大家不应该鼓掌对覃雪梅同志表示祝贺吗？"曲和说："小武同志说的对，我看大家就一起鼓鼓掌，不光给覃雪梅，也给自己打打气！"

曲和带头鼓掌。除冯程和覃雪梅外，大家都鼓起掌来。掌声稀稀拉拉，很快结束。冯程说："我建议秋季局部造林，采用我苗圃的苗子。"武延生说："你苗圃？苗圃是你家的？"冯程一愣，置之不理。

李中说："冯程说的有道理啊，看来在塞罕坝种树，靠坝下运上来的苗子，是不行了。"冯程说："陈工临终前曾嘱托我在坝上育苗，当时，他就已经对运苗上坝失去了信心。"

武延生说："我反对！既然要用自己育的苗子，为什么不用总场苗圃的？覃雪梅同志是技术科长，对苗圃的管理尽心尽力，苗子肯定更好。"

覃雪梅说："武延生同志，你发言之前有没有经过思考？"武延生说："怎么了？"覃雪梅说："总场苗圃才建成几个月？从时间上就达不到出圃的标准。"

沈梦茵说："我同意。"季秀荣说："我也同意。"那大奎说："老冯的苗圃我也去过，不赖。你说呢，隋志超同志？"隋志超说："是不赖，冯程的特点就是不光说，人家是真干活。"

于正来"啪"地一拍桌子说："既然大家都同意，那就按冯程同志的意见办！技术上，雪梅同志负责，生产上，由赵天山挑人，保质保量，完成试种任务！"

众人起身出门，武延生磨磨蹭蹭地留到最后。屋里就剩下曲和、于正来和武延生。于正来说："哎，武延生，你有事啊？"

武延生和两位领导撒了谎请了假，但对覃雪梅的说法是，回校去查资料，除了去学校的图书馆，还想跑一跑北京林研所，那是专家汇集的地方，要去学习学习，也好帮助覃雪梅提高育苗质量。覃雪梅没想到武延生变得进步了。

她笑了，说："知道你要强，不能接受百分之五的成活率……"

武延生说："我就是不能接受在我女朋友覃雪梅担任技术科长的林场里，成活率只有百分之五。"

覃雪梅说："你看你看，又把集体的事说成个人的了。你现在的样子，就像我们刚上坝时候的冯程……"武延生说："你怎么又提他？"覃雪梅说："对不起，可能是这次失败，让我更能理解他当时的心情了吧……"

武延生说："昨天你支持冯程，我就没跟你计较，我希望你永远记住，我们跟冯程不是一个阵营的。"

覃雪梅无奈，没有说话。

武延生上前抱住覃雪梅，说："我走的这段时间里你可照顾好自己。"他指着一边的一个军挎说，"那里面是几瓶罐头，都留给你了。"覃雪梅轻轻推开他，笑着说："嗯，谢谢。"

听说李中副场长找自己，冯程应约匆匆走进家属区。李中正拄着拐晒太阳，冯程说："哎，李场长，晒太阳呢。"李中说："晒什么太阳，我等你呢！给……"说着，从腋下拿出一沓杂志来，"这是林研所去年出的刊物，我从北京带来的，你和覃雪梅串换着看，看看对秋季植树有没有帮助。"

冯程说："太好了，谢谢李场长！"

李中说："刚才我去场部给北京打了电话，把今年的刊物也订上了。以后每两个月能收到一本。"冯程说："李场长，您真棒！多晒晒太阳吧，补钙，腿好得快。还等着您好了打篮球呢。"

李中说："去，你个臭小子！医生说了，我这辈子也上不了篮球场了。"

回来后，冯程在小苗圃翻看着杂志。杂志共六本，魏富贵也翻着。冯程突然指着植苗锹说："哎，这玩意好啊。一个人就能完成山地植苗，这不节省了一半的劳动力啊？"魏富贵说："啥啥啥？让我看看！这啥玩意儿？"

冯程指着图片说："这个叫植苗锹，这上面介绍是林研所的专家在国外访问时看到的。"魏富贵说："哪有卖的啊？"冯程说："估计哪也没有……"

冯程突然想起什么说:"一会儿你接着施肥,我去场部找他们几个合计合计去!"说完,把杂志一卷,飞似的跑了。

他来到场部拖拉机库,隋志超、那大奎、赵天山、张福林正在检修机器。冯程喊:"那大奎!来来来,你们全过来!"四人放下手中的活围了过来。

冯程说:"快看看这个,植苗锹!咱们全林场心灵手巧的都在这,研究研究。张福林,你要是能把它做出来,你就立大功了!"

张福林说:"铁的啊?我学过木匠,没学过铁匠。"

那大奎说:"哎,这玩意先进啊!用它种树,可就不是'中心靠山苗'法了。"隋志超说:"没错,杂志上边说了,这叫缝隙造林法。"那大奎说:"能行吗?"

冯程说:"行不行的,应该试试。一旦试验成功,生产力提高一倍。苗子从苗圃里出来之后,种得越快,成活率就越高。"

赵天山说:"没错,行不行的得试试!这么着,我挨个问去,就不信场里这三百多职工没有个铁匠?"

那大奎说:"好,兵分两路,大麻花,咱俩把这植苗锹的图纸给画出来,咋样?"

隋志超说:"杀鸡焉用牛刀,你忙别的吧,这点小事我一晚上就弄完了。"

老营地地窖子里,冯程点上灯,如饥似渴地看着杂志上的技术论文,不停地在笔记上记着。天已大亮,终于记录完了,他高兴地搓搓手,突然想起李中副场长让他把杂志也给覃雪梅看看。

第十八章

冯程来总场苗圃实验室给覃雪梅那本杂志，覃雪梅看他没精打采的，关心地问候他。冯程告诉她，说怕耽误她看，昨天在地窖子那头点油灯熬了一宿。

覃雪梅说："总场有电灯，你何苦……"冯程说："宿舍人多，不能影响别人休息。"覃雪梅说："那你可以来我实验室啊。"冯程说："不敢。怕武延生看见误会。"

覃雪梅无语了，冯程好像也觉得这话说得不合适，笑了笑说道："紧赶慢赶，还是没赶上食堂早饭。"说着就要走。

覃雪梅说："你昨天晚上也没吃吧？"冯程说："你怎么知道？"覃雪梅说："昨晚想跟你研究秋季造林的事，到食堂找你，没找着。"冯程说："噢，饿点好，饿了人清醒。"

覃雪梅说："净瞎说。等着。"说完，转身回实验室。她拿起书包，递给冯程说，"给，这里是罐头。"

冯程说："这可不行。""拿着吧。""不，我能找到吃的。""我知道，你会挖地羊洞，这个比地羊肉好吃。"冯程笑了说："要不我拿一瓶吧？"覃雪梅说："你就都拿着吧，你的苗圃远，我经常见你赶不上饭点，留着慢慢吃。"冯程笑了说："言重了。哎，好吧，让狼咬了一口，也确实得多吃点罐头补补啊……"

冯程看了一眼覃雪梅，眼神中有无限感激，可他发现覃雪梅的目光中更有深情，便连忙回避，转身走了。

冯程从场部回来，蹲在场部门口的一个人，看见他突然站起来喊了声："冯程！"吓了他一跳，原来是满头乱发，留着络腮胡的李铁牛。

冯程仔细地辨认，问："是……老舅？"李铁牛说："别别别，冯技术员，我这寒碜样，让人看见，给你丢人……"冯程说："寒碜啥？你啥样也是我亲老舅啊……老舅。"冯程一把抱住李铁牛，李铁牛的眼里顿时淌下了泪水。李铁牛是来借钱的，还是要去寻找当年被大风"刮"跑的新娘子吴改花。

冯程火了，说："老舅，她就是个骗子。还想让她骗一辈子？"

李铁牛说："我不管，她是我媳妇，我得把她找回来。"

冯程说："你还是把她忘了吧。"

李铁牛说："我可是你亲娘舅。冯程我跟你说，你爸打游击的时候……"冯程打断李铁牛说："你才十几岁，为了给他送情报，你险些吃了日本人的枪子。"李铁牛说："对啊，你们老冯家欠我的。你妈就我一个亲兄弟，她要是活着……"

冯程腾地站了起来说："她要是活着看你这么没出息，非得抽你个嘴巴。信不？"

李铁牛愣了，嗷的一声哭了起来，蹲在了地上。

冯程也蹲下说："老舅，你走后我一个人在坝上待了三年，好长一段时间也跟你似的，蓬头垢面，一副活不起的样子。可是现在我转变了……"李铁牛说："你是你，我是我，我好不容易说了那么一房媳妇，现在媳妇找不着了。"冯程说："这又能算得了什么！记得我跟你说过我有对象吧？"

李铁牛说："就是，你有对象，哪能知道老舅心里的苦啊。"冯程说："她死了。"

李铁牛一激灵，不再哭号，说："啊？怎么回事？"冯程说："别问了，不管发生什么灾难，我们都得好好活着，这样才像十几岁就给我爸爸送过情报的老革命。"李铁牛说："我？我……我可不算老革命。"

冯程问他手艺有没有丢下，李铁牛说上月还打马掌呢。冯程要他带上炉子，干好活，也许能把他留在林场工作。

转天，拖拉机库里，李铁牛端着两张图纸，蹲在地上仔细地看着。一会儿，他站起身来说："这不就是个铁锹吗？这么费劲画这么多图，有用吗？"那大奎说："这不是一般的铁锹，叫植苗锹，你看不明白，就说看不明白。"

李铁牛说："叫啥，植苗锹是吧？种树使的，咋插土里啊？"隋志超说："就跟铁锹一样，往土里蹬啊。"李铁牛笑了说："那你这图画的，蹬哪啊？"隋志超一愣，抢过图去。

李铁牛说："上面那么薄，跟刀刃似的，蹬着蹬着脚丫子没了。"隋志超说："哎呀妈呀，他看懂了……"那大奎说："行啊，铁匠。"隋志超说："我立刻改图纸。"李铁牛说："不用了，我们铁匠干活不用图，靠的是心眼儿里有。试试吧，能给我多少铁料？"

冯程一直不远不近地看着，他对老舅的表现很满意。

自从建立了机械林场，坝上的人气旺了起来，特别是林场家属区的生活氛围日渐浓厚。瞧，这不，于大婶正在自家院子里浸酸菜，院子里烧着大锅，里面是滚烫的热水。孩子们在劈白菜帮，张曼玲正在帮于大婶干活，手脚麻利。

赵天山、张福林正往宿舍方向走着，一见张曼玲，赵天山驻足，瞪着眼睛往里看。张曼玲发现赵天山，白了一眼扭头就走。正赶上于大婶出来，看见了这一幕。

赵天山刚要走，被于大婶喊住说："赵天山你站住。进来，进来。"赵天山说："大婶，有事啊？"于大婶说："听说你能干，帮我干活来。酸菜积好了，等过年我送你几棵。"赵天山说："好嘞。"

说着，赵天山就走进院子。一上手，他就干得很有门道。于大婶说："知道张曼玲为啥帮我干活不？"赵天山说："这孩子有心眼儿，知道到场长家去表现。"于大婶说："胡说。在承德，我们两家就是邻居。"

赵天山说："喔，敢情她是有后门才来的林场，我说呢。"于大婶说："嘿，你说话怎么棱子味儿啊？我问你，张曼玲这名字怎么难听了？她长得丑吗？歌唱得不好？"赵天山说："哟，这丫头片子还会告状？"

于大婶说："六女上坝，报纸上的典型，承德人民都在学习，你对人家好点。"赵天山笑了。于大婶说，"你说，你为啥欺负张曼玲？"赵天山说："我看上她了。"于大婶："啥？"赵天山突然一立正说："我，赵天山，看上张曼玲了。场里男职工这么多，为了让她对我产生深刻印象，所以，我才客观地评价了她几句过头话。""你……"于大婶突然笑了起来说，"你们年轻人可真逗。真看上了？用不用大婶给你当媒人？我跟你说，我当媒人可有名了。去年一年，在承德街里，我就保成了六对儿。"赵天山说："多谢大婶好意，不用。我是个当兵的，最擅长的就是自己吹完冲锋号，自己冲锋。现在号已经吹响了，等冬天场里生产不忙的时候，我要立刻开始总攻。"于大婶听傻了。

张曼玲抱着白菜从屋里出来，赵天山冲张曼玲咧嘴笑着。于大婶回头看到张曼玲，也忍不住笑了。张曼玲被笑毛了，不知道发生了什么。于大婶瞪了赵天山一眼，赵天山居然脸一红，走了。

张曼玲看了眼他后影说："大婶，您帮我撑腰了吗？我怎么看他嬉皮笑脸的？"于大婶说："撑了，撑了。"张曼玲说："那他以后不会欺负我了？"

于大婶说："那谁知道啊，冬天见吧。"张曼玲说："冬天见？啥意思？"于大婶神神秘秘地说："他让我保密，我还真得保密。"张曼玲听得如坠云里雾中，更糊涂了。

小河边搭建的临时铁匠铺，李铁牛叮叮当当地锤着。地上已经摆好了几把植苗锹，做得很漂亮。

人们围观，李铁牛让他们试试。赵天山拎起两把锹相互撞击，声音清脆。那大奎随便找了个旧锹把子按上，直接将锹插到土里蹬着，左右活动，很快露出了缝隙。

那大奎左手持植苗锹，右手拿着个干苗子试栽着说："呀呵，还真好用。这样一个人就能干两个人的活了，好！"隋志超说这大哥真是把好

— 218 —

手。冯程这才说这位是他亲老舅。

植苗锹很快投入生产。这天，覃雪梅、孟月、季秀荣、沈梦茵，跟着于正来到实验山坡检查使用植苗锹生产的情况。

于正来说："他们用的这是啥先进武器呀？一个人就能植树了？"覃雪梅说："我在林研所的杂志上看到了，这叫植苗锹。"于正来说："哪弄来的？"

正在干活的赵天山说："老舅给打的。"于正来说："老舅？谁家老舅？"那大奎说："大家的老舅。"隋志超等人笑着。还是赵天山把事情原委说了一遍。这种先进的植苗工具，在林场正式生产了。

"能人啊！"于正来等人来到铁匠铺外。李铁牛正在打铁，于正来辨认了半天说："铁牛？"

李铁牛听到有人叫他，一回头说："哎——"李铁牛放下手里的活迎了出来说："您叫我啊？"于正来眼里饱含着热泪说："真是你，李铁牛，你长这么大了？"李铁牛一愣说："您是？"于正来说："我是于正来，你十几岁的时候我就认识你，你给冯大队长送过情报，是李大姐的亲兄弟。"

李铁牛激动地说："你……于大队长？我姐夫抗日牺牲以后，接他班的那个于正来？"

于正来说："就是我。兄弟，欢迎你加入塞罕坝机械林场。"李铁牛说："我还没加入呢。我外甥冯程叫我来先帮忙，说活干得好，他找上面替我说情去。唉，求个人难哪！这植苗锹我都打了六七把了，他还没帮我说去呢。"

季秀荣说："老舅。"李铁牛吓了一跳说："哎，你咋也管我叫老舅？"季秀荣说："你不知道站在你面前的人是谁啊？这就是我们林场的书记场长啊，最大的官儿。"

李铁牛吓了一跳，把手在黑围布上擦了下说："哎哟，领导好。"于正来对大伙儿说："他是我的老相识，又是冯程的亲老舅，你们说我要是把他招进林场来，算不算走后门啊？"

覃雪梅说："当然不算，几把植苗锹就大大地提高了生产力，未来要大规模地造林，像老舅这样的人才，林场需要得很呐。"于正来说："技

— 219 —

术科长这就算是同意了。李铁牛同志，明天就到场里找曲场长报到吧。"
李铁牛感动得热泪盈眶，说了声是。突然一难过，眼泪流了出来，又觉得
丢人，捂住脸回到铁匠铺蹲在地上哭了。

于正来家，孩子们睡了一炕。于大婶烫了一壶酒，端到小桌上，又将
一把榛子放到了于正来的面前。于正来嗑着榛子，于大婶给他倒了一盅酒。
于正来喝着酒说："铁牛也是个可怜人……"于大婶说："那个铁匠
啊？我去看了，又高又壮，浓眉大眼，好小伙子啊。""也不能算小伙子
了，我问了，再过两年四十了，还打着光棍呢。""这事包在我身上。"
于正来突然想到什么说："哎，那个张曼玲……""去去去，少打曼
玲主意。有主了。"
于正来说："啊？才上坝几个月就有主了？这丫头也没好好工作啊。"
于大婶说："好好工作了，就是因为工作好，才让人看上的。"于正来问：
"谁啊？"于大婶说："保密。"

3

冯程从山弯里拐出，向场部的方向走着。有人注视着冯程的背影，
正是六女里的孙慧芬。张曼玲来到孙慧芬身后，向孙慧芬的视线方向观察
着，看见了冯程。冯程的背影消失后，孙慧芬回过身来刚要走，被张曼玲
吓了一跳。
孙慧芬说："你干吗？站在人家身后，也不出个动静……"张曼玲
说："又看冯程呐？"孙慧芬有点害羞地说："看有什么用啊，他也不知
道。张曼玲，咱们五个数你最能说，大家都认识你，要不你帮我说说？"
张曼玲说："说啥呀？"孙慧芬说："就是告诉冯程……我这不
是……"张曼玲说："你让我说媒啊？我像媒婆子吗？"孙慧芬脸红了
说："讨厌。咱俩可是最好的姐妹，你不帮我，谁帮我啊？"张曼玲说：
"好好好，我帮你。"
场部食堂，冯程正在吃饭。张曼玲打完早餐来到冯程身旁坐下说：
"冯技术员，我想跟你聊聊。"

正赶上赵天山进食堂，他一眼就看到冯程和张曼玲坐在一起，有些纳闷，挺不自然地打了个招呼，坐下吃饭。

冯程饭后去了苗圃，魏富贵是唯一的帮手。赵天山走来，他是来找茬的。冯程说："哎，大队长来了。"

赵天山说："冯程同志，我要跟你谈一谈。"冯程一愣说："有事啊？"赵天山说："老魏，你回避一下。"魏富贵说："巧不，我正要挑粪去呢。"说完，挑着粪筐走了。

赵天山对冯程说："我吧，我开始就只防着二勇、小黄他们几个小兔崽子了，就没把你列到有威胁的名单里，可是今天早上在食堂，我发现苗头不对。我必须要提醒你，她是我的，你不能跟我争。虽然你也是光棍，可我比你大好几岁呢。"

冯程听完这话，全傻了，说："啊？张曼玲……哦，今天早上在食堂跟我说话的那个？你的呀？你们俩处对象了？"赵天山说："目前还没有，但我会在冬季发起总攻。"

冯程捧腹大笑说："这么严肃认真的赵天山同志，碰到了爱情，居然这么可笑，哈哈哈。"赵天山半晌才反应过来说："你跟张曼玲没事？那她吃饭咋坐你旁边了？我看你俩交头接耳地说了半天。"冯程忍住笑说："说的是别的事，待会儿她就来……"

赵天山说："啊？还来？"冯程一看说："已经来了。"赵天山手足无措地说："那我……"冯程说："她不是你的吗？你怕什么呀？"赵天山说："不行不行。我还没做好战前准备呢，我……我先隐蔽。"说着，他就近找了一个苗床，卧倒，隐藏了起来。

张曼玲和孙慧芬走来。冯程说："来了。"张曼玲说："呀，这苗圃真漂亮，你们俩说吧，我走了。"冯程说："等会儿。张曼玲同志，你别走。"冯程瞟了一眼不远处隐藏的赵天山，心里犯着坏。

冯程说："待会我跟小孙同志谈完，还要跟你谈两句呢，你先等会。"张曼玲说："那不合适吧？你们俩说话，我在这多余。"冯程说："不多余。小孙同志，今天张曼玲跟我表达了你对我的好感，谢谢。但我有女朋友了。"

孙慧芬说："冯技术员，我听过你的故事，你的女朋友不是已经去世了吗？"冯程说："可她还在我的心里，没有人能替代，所以我不能接受你。"孙慧芬看着冯程，又看看张曼玲，眼泪掉了下来，扭头跑了。

张曼玲拦不住她，生气地对冯程说："哎哎……冯技术员，真没想到你这么直接地拒绝女孩子，她心里该多难受啊。"冯程说："我是不想耽误她……说说你吧，你有男朋友了没有？"张曼玲说："我没有。"冯程说："那为什么有人跟我说，你是他的呢？"张曼玲说："谁？谁这么流氓？"

趴在地沟里的赵天山气得咬牙切齿。冯程说："哎，张曼玲同志，我觉得你用词太过分了，那是个好同志，我认识他很长时间了，他也是我人生中最敬佩的人之一。我看得出来，他特别喜欢你。其实他就在这呢，你想不想见他？"

张曼玲说："他是谁啊？"

冯程假装咳嗽了一声，坐在小凳子上，冲不远处的赵天山说："别隐蔽了，还冬季发起总攻，来得及吗？张曼玲这么优秀，晚了可就轮不到你了。"

张曼玲说："哎？你在跟谁说话呢？"

赵天山腾地站了起来。他隐蔽的地方正是水沟，所以趴了一身的泥，脸上也是泥。张曼玲被吓了一跳。冯程说："得，他出来了。机械植树的时候你们俩一直在一起工作，就不用互相介绍了吧？要不你们聊着，我回避？"

张曼玲看着赵天山，向后退着。赵天山傻笑着说："张曼玲……"张曼玲吓得扭头就跑。赵天山追了两步说："张曼玲……"他大喊着也没能留下她。

赵天山回过头说："冯程，挺好的一锅菜，让你这家伙给搅和了。我已经算计好了时间，冬季进攻，你让我提前暴露目标。看看，失败了吧。"

冯程说："刚才我仔细观察了张曼玲同志看你的眼神，恭喜你，你已经成功了。"

赵天山一愣说："啊？真的？"冯程说："打仗你比我有经验，谈恋爱我比你有经验，锲而不舍地努力吧，等着吃你的喜糖。"赵天山神情兴奋。

总场苗圃，十几个女工在苗圃中。覃雪梅、孟月和于正来站在女工面前。

于正来说："从今天开始，你们女工队到苗圃配合覃科长和孟技术员工作。我还跟她们二位商量了，冬天她们会办个学习班，教你们育苗知识。可要好好学，珍惜这个难得的机会，学好了，个个都可以变成技术工人，那可就了不起了。"

张曼玲等人很高兴，都鼓着掌。覃雪梅说："于场长，你不是还要检查我们实验室吗？走吧。"

场部实验室比以前正规多了。于正来刚进门，覃雪梅就说："于场长，您来得好，我有个问题。"于正来说："问吧。"覃雪梅问："冯程同志的苗圃，现在有多少工人？"于正来说："好像就魏富贵他们俩。"覃雪梅说："冬季即将来临，苗子需要窖藏过冬，那边也需要增派人手。"

于正来说："行啊覃雪梅，你这是在帮冯程挣口袋？"覃雪梅说："要想利用自己培育的苗子，大规模植树，光靠总场这一个苗圃是肯定不够的。冯程的苗圃也很重要，场里应该高度重视。"于正来说："好，年轻人爱学技术的多，我也给他派几个。"

听说场里要给苗圃增人，冯程当然高兴，大清早就来到场办公室，激动不已地问："给几个呀？"于正来说："两个。"冯程说："那能干啥啊？十个行不行？"于正来说："你那么小个苗圃，用得了那么多人吗？"

冯程说："八个……行不？"曲和说："你当是赶集买菜呀？这是人事安排，你没资格在这儿讨价还价。"冯程瞟了一眼曲和，又对于正来说："于场长，我确实需要人手。"

于正来想了想说："那就给你四个吧。"冯程兴奋不已地说："太好了！能让我自己选吗？"曲和说："得寸进尺啊，你还要挑肥拣瘦？"冯程说："啊，不是。我想选爱学习的，也想趁机多为场里培养出几个技术员来。"

曲和说："口气真不小……还培养？你自己的技术过关了吗？"冯程又皱了皱眉头。于正来说："老曲，你的意见呢？"曲和说："就再考验他一次吧，自己选。我看你能不能选出人才来。"冯程一下来了精神说："多谢于场长。多谢曲副场长。"

食堂里，大家都在打饭。冯程和魏富贵小声嘀咕着。魏富贵说："早上六点半？天还没亮呢吧？还跑那么远？那不得四点钟就起床啊？明天可是礼拜天。"冯程说："就是因为礼拜天，才能考验出到底谁是真想学技术的。"魏富贵说："那万一一个都不去呢？"

冯程说："不会吧？把我刚才教你那番话，去跟这些年轻人挨个说，拣激灵的，要是有农专毕业的，一个也别放过。怎么也能凑出四个来。"魏富贵说："行。"

冯程说："开始吧，食堂人多，别耽误战机。"魏富贵说："你现在说话怎么跟大队长似的？"冯程说："是噢，都是受他影响了……快点吧，雷厉风行。"冯程笑着走了。

老营地的清晨，一队年轻人列队，魏富贵数着说："一、二、三、四、五、六、七、八、九、十、十一。大伙先等着啊，我去跟冯技术员汇报一下。"魏富贵高兴地进了冯程的地窖子。十一个年轻人在寒风中等待着。

冯程在地窖子里听了汇报说："十一个？嘿，我就说嘛。可惜，于场长给的名额有限……你去跟他们说，我正在做实验，这时不能离开，八成得到中午，让他们在外面等着。"魏富贵说："啊？这么早，肯定都没吃早饭就来了，你让人家等到中午，那还不都跑了？"冯程说："肯定得有跑的，不会一下都跑了啊。你帮我贼着点，还剩四个的时候你叫我。"魏富贵说："好吧。"

中午了，烈日下，饿得受不了的青工都跑了，只剩下了四个人。魏富贵到地窖子说："四个，就剩四个了。"冯程说："请他们进来。"小周、小吴、小郑、小王钻进了地窖子，都愣住了。冯程正在起罐头，已经有几个罐头打开了。桌上还摆着两瓶酒，六只茶缸。

冯程欣赏地看着四个小伙子说："让你们起早、挨饿了。"小郑高兴地说："罐头，还有酒，冯技术员这是要请客啊？"小王说："幸好我没走。"小吴说："口福啊。"小周说："敢情冯技术员根本就没做实验哪？"

冯程说："谁说的？实验刚做完，成果已经出来了。得到'未来号'四个种子。"众人这才恍然大悟地笑了。

冯程接着说："这里就是实验室。老魏啊，你帮我介绍介绍呗？"魏富贵说："这个是小周……这个是小王……这个是小郑……这个是小吴。"

冯程一愣说："等会儿。"

冯程看着面前的四个小伙子，说："赵钱孙李，周吴……郑……王……哎呀。瞧这四个人选的，缘分哪，你们都愿意跟我学育苗？"四人齐声说："愿意。"冯程说："我可比不上覃雪梅，人家是育苗专业毕业的，又是技术科长，我是个业余的。"小郑说："总场苗圃只要女工，场领导都分配完了。"

冯程说："那你们信我吗？"小周说："冯技术员，您看你这话说的，我们都饿了半天了，不信不早走了吗？"小王说："就是啊，您是第一个上坝的，林场成立那天您代表发的言，不信您信谁啊？"小吴说："没错。这次秋季植树用的就是您培育出来的苗子，我信您。"

冯程很高兴："好，对我有了信字，你们就能存储知识技能。你看这储字，不就是信与者组成的？小伙子们，那还等啥？吃罐头，喝酒。"这一下子，地窖子里热闹了起来。

吃完饭，冯程就在一块黑板上边写边讲，四人做着笔记，非常认真。外面，飘起了雪花。

下雪了，这是今年初冬的第一场雪，雪花飞舞。老营地外已经立起了牌子：塞罕坝机械林场实验苗圃。

周、吴、郑、王从地窖子里跑了出来，兴奋地说："下雪了！下雪了！"冯程出门，望着雪，也很高兴地说："课间休息十分钟啊，十分钟后继续上课。"周、吴、郑、王站成一排说："是。"

实践课，冯程带着四人处理种子，完成高锰酸钾消毒等工序。

地窖子里的瓶瓶缸缸都被种满了幼苗。老营地附近，雪已经厚了起来，冯程带着四人将种子雪藏。他处理的过程非常仔细，每一个步骤都不肯放松。周、吴、郑、王学得也很认真。

场部被银装包裹上了，一辆吉普车开来，径自驶进林场大门。车停下，车门打开，第一个跳下车的是武延生。正赶上隋志超从主楼里出来，看见武延生说："老武，行呀，坐汽车回来的。带吗好吃的了？快给哥几个解解馋。"

武延生示意隋志超别瞎说话，少贫嘴，没见我陪着领导呢。见武延生严肃，隋志超不再玩笑。武延生跑到另外一侧打开了车门。覃秋丰的爱人金佩云从车上下来，四下打量着，她的表情很沉重。

武延生连忙绕到司机的一侧说："师傅，按喇叭，按喇叭。"司机明白了。场部里立刻响起"滴滴"的声音。

隋志超观察着金佩云，她表情清冷，不知何方神圣，有些敬畏。于正来和曲和从二楼办公室里出来，曲和远远地张望着说："武延生？"又看了眼汽车牌号说，"北京来的车？"

于正来快步下楼梯："那位女同志有点眼熟，下去看看。"于正来走近看清楚了来人。武延生迎上前说："于场长，我给您介绍一下……"于正来却突然大声说："哎呀，大嫂，什么风，把您给吹上坝了？"他连忙上前与金佩云握手。

武延生很尴尬地说："于场长，您认识金主任？"于正来说："当然。为了招你们这群大学生上坝，我跟着覃部长跑遍了大半个中国，路过北京时，覃部长专门把我请到家里做客，是大嫂做的饭。"金佩云淡然地笑了笑。

金佩云抬头看了下环境说："在这么艰苦的条件下建林场就够不容易了，你们还像模像样地盖了个场部，不错嘛。"金佩云官不大架子不小，完全像领导来视察。于正来说："这不多亏了上级领导的重视，和地方上的父老乡亲们支持嘛。大姐，楼上请。"众人寒暄着上了楼。

武延生帮着端茶，分别把三杯茶放在了金佩云、于正来和曲和的面前。金佩云说："小武，没你事了，我要跟你们领导谈话。"武延生说："哎，好，那我回避，有事喊我吧。"

武延生殷勤地点下头，转身出了门。

武延生一走，金佩云忽然严肃起来说："我想问一下，覃雪梅跟老覃的关系你们知道不知道？"于正来看了看曲和。曲和连忙汇报说："原本是不知道的，可是今年春天……"

金佩云没理曲和，只看着于正来说："老于啊，这我就得怪你了，上次在家里喝酒，当着老覃的面儿我咋表的态？我说你叫我一声大姐，就算是认亲了，以后到北京，连招待所都不用去，到我家去吃到我家去住，可你呢？老覃的亲生女儿在你手下，你不知道也就罢了，可你春天就知道了，到现在都不告诉我，你让我很被动啊。"

于正来陪着笑说："金大姐，这事您可得多原谅。雪梅觉悟高，她不愿意把跟覃部长的这层关系透露出来……"

金佩云说："不是不愿意透露，是她跟老覃已经失散多年了，还没父女相认呢。我跟老覃结婚的时候下过保证，会把寻找覃雪梅当作我金佩云这辈子最重要的事情去办。可现在孩子长大了，考上了大学，就在林业部门工作，而且是在最艰苦的塞罕坝林场，场长还是你于正来。我居然没有得到消息，你说老覃会怎么想我？你这不是制造我们家庭矛盾吗？"

于正来说："哎哟大姐，这么说，我真是大错特错了。"金佩云说："我也不跟你计较，借你的办公室给我用一下，去把覃雪梅给我叫来。"于正来和曲和像被老师训斥的学生一样向外走。

正在办公室门口偷听的武延生连忙快跑几步，来到楼道中间，挺拔地站好，仿佛根本没有偷听。于正来和曲和从办公室里出来。曲和说："哎，武延生你还在啊？"

武延生说："嗯，我是想看看金主任还有什么需要我帮忙的。"曲和说："正好，你去把覃雪梅叫来。"

武延生说："好。"他快步向楼下跑去，心里很高兴，觉得自己的计谋得逞了。

武延生冲进实验室说："雪梅。"覃雪梅、孟月以及两三个技术员正在实验室里紧张地工作着。一见武延生进门，孟月站起身说："哎，武延生回来了。我的诗集……"

武延生说："买了买了。咱们是老同学，忘了谁的事也不能忘了你的呀。"武延生走向覃雪梅说，"雪梅，我回来了。"覃雪梅说："嗯，一切都顺利吧？"武延生说："顺利得很。"覃雪梅说："我让你找的那些资料找到了吗？"

武延生说："不光资料找到了，连林研所的领导我都带上塞罕坝来了。走吧走吧，领导要见你。"

武延生不由分说，拉着覃雪梅就要走。覃雪梅好奇地问："林研所的领导？哎呀，那我得带上笔记本，好好请教几个问题。"武延生说："不用不用，先见面，认识认识……"武延生说着，满面春风地将覃雪梅拽走了。

进了楼道，武延生说："去吧，雪梅。"覃雪梅发现于正来和曲和站在楼道里，她打招呼："于场长、曲场长……"

于正来点了点头，曲和伸手示意，也没说什么。覃雪梅好奇地说："林研所的领导来了，二位场长怎么……"曲和说："领导想单独和你谈话，请吧请吧……老于，走，我们去会议室。"于正来心里觉得别扭，别有深意地看了一眼覃雪梅，和曲和走向会议室。覃雪梅有些奇怪地推开了办公室的门。

覃雪梅进门，看到了背对着自己的金佩云说："领导好，我是塞罕坝机械林场的技术科长覃雪梅。"

金佩云转过身来说："雪梅……"覃雪梅吓了一跳，她眼前迅速闪回曾经见过的金佩云，可此时的金佩云眼里饱含着热泪。

金佩云说："雪梅，我总算找到你了。"不管覃雪梅是否接受，金佩云已经冲了上来，握住了覃雪梅的双手。覃雪梅说："是你……"金佩云说："什么你你的？该叫我啥，你不知道吗？"覃雪梅一下子尴尬起来。

金佩云说："好，我知道你不好意思，我先不难为你，来来来。"金佩云拽着覃雪梅来到沙发前，将覃雪梅按到沙发上坐下。她的另外一只手始终不离开覃雪梅的手，显得无比亲切。

金佩云说："雪梅啊，上次你去家里咋不说清楚啊。造成这么大的误会，我心里非常内疚。这件事情后来你爸爸知道了，很生气，到现在都不肯原谅我，以为是我故意把你撵走的。我金佩云十几岁就扛了枪，也是老革命了，人品过硬，更何况我嫁给老覃的那天就答应了他，一定要帮他找到你，像亲生女儿一样好好待你。那天你回家的时候，是大早上，你弟弟妹妹调皮，每天早上上学都跟打仗一样，当时我心里正着急，没把话问清楚，把你当成托关系走后门的人了，你也是脸皮太薄，一赌气，啥也没说就走了……这一家人误会真是闹大了。"金佩云自说自话，说着说着还抹上了眼泪。

覃雪梅站起身说："没什么误会，金主任，如果您没有工作上的事，我就先走了。"说完，硬生生地离开了办公室。金佩云傻了说："哎……"

覃雪梅走出办公室，脸色很难看。会议室里的于正来和曲和推门出来。曲和说："哎，覃雪梅，你……"覃雪梅连停都没停，径自向楼下走去。武延生看覃雪梅脸色不对，连忙追了下去。于正来和曲和相互对视，觉得有些不对，走向办公室。

在办公室，于正来问："金大姐，雪梅怎么……"金佩云摆了摆手说："不怪她，怪我，我们之间发生过误会，她年轻，我又怎么会跟她计较？今天是确认身份以后的第一次见面，她这个表现我能接受。武延生早就给我打过预防针了，他是雪梅的男朋友嘛，更了解雪梅，也答应我了，会帮我做思想工作。不急，我等几天。只不过，老于，要叨扰你了。"

覃雪梅跑进宿舍，武延生欲追进去，覃雪梅想关门，武延生使劲地推着。关了几下，没能把门关上，覃雪梅放弃了。

武延生进门说："雪梅，金阿姨可是专程从北京来看你的，你怎么这个态度啊？"覃雪梅猛地瞅着武延生说："武延生，你为什么故意泄露我的身世？你凭什么？"武延生说："没有啊。"覃雪梅说："那金佩云怎么知道我在塞罕坝？啊？"

武延生诡辩道："这不是……这不是，书到用时方恨少嘛，我回学校，在图书馆里学习了一个月，又根据塞罕坝的实际情况请教了几位教授，可教授教的是理论，实践上，整个林业系统的技术尖子都在北京林研所。我就拿着学校开的介绍信到林研所，接待我的就是金阿姨，她问我是从哪来的，我就说塞罕坝。金阿姨知道咱们这条件艰苦，特别热情……"

覃雪梅说："你一口一个金阿姨，真亲切呀。"武延生说："不是，开始我也叫她金主任，可是后来熟了，聊天，她问我怎么选择了上坝，我就提到了你。听到你的名字，她马上就让我带她来坝上。路上我才问清楚是怎么回事，才把咱俩是男女朋友的关系告诉了她，金主任才让我改口管她叫金阿姨的。"

覃雪梅沉思了一下说："也好，那就请你替我带个话，去告诉你的金阿姨，我不想再见到她，也不想她来打扰我的工作生活，让她赶紧走吧。"

武延生说："哎，雪梅，这就是你的不对了，你怎么能对长辈这样呢？再说，金阿姨是代表覃部长来的。"

覃雪梅说："同样，我也不希望覃秋丰打扰我。让她走。"武延生说："可是……这件事你说了不算，金阿姨是上级领导，林场是要负责接待的，你让人家走，合适吗？"覃雪梅说："她不走……好，我走。"

武延生说："哎，你……"覃雪梅拽出一个随手的挎包，将牙刷、毛巾等东西塞了进去，穿上最厚的大衣。她全副武装，被子打好了包，背在身上出了门。

武延生在后面追着："雪梅，你这是去哪啊？"

覃雪梅猛地回身说："武延生，你别跟着我。""我是你男朋友，得知道你要去哪？""你要是不想让我立刻跟你断绝关系，就别跟着我。"

武延生傻了，覃雪梅大踏步地走了。

第十九章

1

初雪的高原荒漠还没那么冷，覃雪梅一个人背着行李包裹走在路上。望见老营地的炊烟，她无奈且凄婉地笑了。

老营地地窨子的一边，冯程正在给周吴郑王上课，另一边是魏富贵在做着饭。门突然被推开了，进来的是全副武装的覃雪梅。

冯程愣了一下说："覃雪梅同志，你……"魏富贵也是一愣说："呀？覃科长？你这是要……"覃雪梅说："我快要冻僵了，有热水吗？给我倒一碗。"

冯程宣布提前下课吃饭。小王连忙上前接过覃雪梅身上的行李和包裹。小吴给覃雪梅倒着水。覃雪梅对冯程和魏富贵简单说了到这的原因。冯程给覃雪梅端上个菜，覃雪梅狼吞虎咽地吃起来。冯程和魏富贵面面相觑。

覃雪梅说："你们两个看着干啥？我不走了。到底行不行，表态。"魏富贵笑着说："我没意见，覃科长愿意来这儿住几天，好事啊……"魏富贵的笑脸僵住，是因为冯程在桌下踹了他一脚。覃雪梅发现了，眼神一瞟说："怎么？冯程，你不欢迎我？"

冯程说："不是不欢迎，雪梅同志，这样不好。你是技术科长，场里的工作怎么能说放下就放下？"

覃雪梅说："吃完饭我就写请假条，你帮我给于场长带去。"冯程说：

"那也得场部批准你请假后，你才能离开呀。"覃雪梅说："情况特殊，相信于场长能够理解。"

冯程看覃雪梅态度很坚决，换了个口气说："其实武延生也是好意，他是关心你。"覃雪梅说："别提武延生。"冯程说："他是你男朋友，遇到问题，你们应该好好谈谈，共同找到解决问题的办法。"

覃雪梅停下了筷子，她低头看着桌子，半晌轻声说："冯程，我现在没地方可去，才来投奔你。这地方归你管，你要不欢迎，我就走。我还不信这么大的塞罕坝，我找不着个住处？"说完，一滴眼泪从脸上滴落，她把碗一推，真的下地要走。

冯程不知如何是好，魏富贵连忙拦着说："哎，覃科长，您别走啊。冯技术员，你赶紧给覃科长道歉。"

冯程哪里会道歉，他根本说不出话来。覃雪梅拿起刚才卸下的包裹就往身上背，她真的要走。

冯程突然喊道："周吴郑王。"四个小伙子连忙放下碗，腾地站了起来说："到。"冯程说："前几天你们谁说我讲课，你们听不懂来着？"小郑说："是我。"冯程说："还有，谁说咱们这都是老干葱，一个女同志没有，没意思了？"小周有些不好意思地说："那个是我说的。"

冯程啪地一拍桌子说："今天覃科长来支援咱们小苗圃，要下来给你们讲几天课，你们欢不欢迎？"周、吴、郑、王齐声喊着"欢迎"，鼓着掌。刚才气得够呛的覃雪梅，虽没有转过头来，却也不走，可是脸色还是不好看。

周、吴、郑、王面面相觑，他们知道是覃雪梅跟冯程的争吵，才导致现在的尴尬局面，不知如何是好。半晌，小王突然出声，有节奏地喊着说："欢迎欢迎，热烈欢迎……"有人带头，四个人一起有节奏地拍着手，喊着说："欢迎欢迎，热烈欢迎……"

覃雪梅无奈地说："行了行了，真难听。"四人连忙停下。覃雪梅说："魏师傅，你的饭做得就是好吃，比场部食堂好多了。"魏富贵说："是吗？那就再添一碗。"

说着魏富贵去盛饭。覃雪梅将包裹放下，又回到桌前。无意间，她的目光瞟到了冯程，冯程不好意思地回避了覃雪梅的目光。

次日，冯程来到场部办公室将请假条交给于正来。于正来说："覃雪梅跑你那去了？"冯程说："是。小苗圃也确实需要技术支援，那四个小伙子挺好学，可我毕竟不是育苗专业的。覃科长去给他们讲几天课，他们收获更大。"

于正来说："胡闹。覃雪梅有没有告诉你，她为什么要请假？"冯程说："说了。"于正来说："那你还敢收留她？你这是破坏覃部长家的家庭团结。"

冯程说："这个罪名太大，我不敢承担。但是覃雪梅同志是在一个极特殊的情况下，才说出和覃部长的关系，这是她心中最脆弱的地方，是应该被保护的。她不愿意接受这个金主任，我想也是有原因的。清官难断家务事，于场长，我觉得咱们还是回避的好。"

于正来想了想说："你说的这层意思我怎么没想到。家事，对呀……金主任毕竟不是雪梅的亲生母亲，这种事情自古就不好解决。我们也不便了解具体情况，都是瞎猜，是不应该掺和。"

冯程说："所以覃科长到我那小苗圃避几天挺好，您就准假吧？"于正来接过假条，在背面写上"知道了"三个字说："去小苗圃那叫支援，技术支援，都是工作，换个地方工作嘛，不用请假。你转告覃雪梅同志，就说我知道了。"

冯程接过字条刚要走，又停住脚步说："于场长，咱们塞罕坝机械林场一定能办好。因为有你这么个开明的好领导。"于正来说："少拍马屁。去去去。"冯程笑着跑了。

场部招待所单间里，金佩云在屋里溜达着，她气愤，还有些狂躁。武延生推开门说："金阿姨，您找我啊？"金佩云说："小武啊，你的思想工作做得怎么样？我已经等了三天了，覃雪梅怎么还不来找我赔礼道歉？"

武延生说："实不相瞒，金阿姨，这两天我根本就没见着覃雪梅。"金佩云说："什么？没见着？她去哪了？""嗨，还能去哪，这塞罕坝林场能住人的地方就那么几个，准是跑到冯程那里去了。""冯程是谁？""一个落后分子，专爱说怪话，覃雪梅不与您相认，准也是冯程背后挑唆的。"

2

雪野里，武延生带着金佩云艰难跋涉着，白毛风呼呼地吹着。金佩云要去找覃雪梅。

老营地的地窨子，人气很旺，覃雪梅正在给周、吴、郑、王上课，冯程在后排闭目沉思。魏富贵做着饭，锅里是山药苦累，他搅拌着锅，也听得入迷了。黑板上写着"遮光育苗法"。

武延生扶着金佩云走来，老营地终于进入了他们的视线。武延生说："到了，就这。我跟雪梅刚上坝的时候，都住这种地窨子。"金佩云叹了口气，这儿也确实是够艰苦的。武延生推开了地窨子门，覃雪梅一愣。

武延生喘息着，回过头说："金阿姨，您请。"金佩云走进地窨子，看着屋里的环境，她轻轻地咳嗽了一声。武延生立刻说："你们听着啊，北京林研所的领导要找覃科长谈话，你们都先回避一下。"周吴郑王连忙收拾笔记。

冯程第一个蹿下炕，就要出门，覃雪梅说："冯程，你别走。"冯程一愣。覃雪梅说："老魏，你也不用回避。"魏富贵更是丈二和尚摸不着头脑。这时，周、吴、郑、王已经出了地窨子。

覃雪梅说："冯程、老魏，我之所以让你们留下，是因为去年大雪封山断粮的时候你们都在，也算是见证人。是，我曾经当着大家的面说出了和覃秋丰的关系，但当时的心情和写遗嘱没有什么区别，这一点你们可以作证。小时候的事我都已经忘了，也不想再回忆，更不想去追究。我的档案上填的是孤儿，是国家培养我上的大学，我现在应该努力工作回报祖国，我不需要家神灶王护佑，更不需要灶王奶奶的关怀和恩惠。武延生，请你把客人送回去吧。"

武延生说："雪梅，你怎么能这样说话呢？"覃雪梅转过头去，根本不看武延生。

冯程说："覃雪梅，你这样不合适，大老远来的，扯哪去了？毕竟人家是客人，老魏，快盛一碗土豆苦累请客人吃。"金佩云突然爆发了说：

"少来这一套。我不是没吃过土豆才来塞罕坝的。我已经吃够了。"冯程上前说:"那您消消气,坐坐坐,有话慢慢说……"

金佩云一把将冯程推开说:"你就是冯程?落后分子?最爱说怪话。我是覃雪梅的继母,你竟挑唆她不和我见面,你是何居心?"冯程蒙了,说:"这件事,跟我没关系。"金佩云说:"没关系?没关系她跑到你这来,让我在场部傻等?"

冯程更蒙了,他瞅着覃雪梅。

覃雪梅说:"确实跟冯程没有关系,他是我的同事,你凭什么说他是落后分子?你怎么知道他爱说怪话?武延生,你到底还挑唆了什么?"

武延生说:"雪梅,你又冤枉我,我带金阿姨来是希望你们一家人团聚。亲情是最可贵的,你明明有父亲,而且是咱们林业部的副部长,为什么不相认呢?"武延生眼里湿润了。

覃雪梅的调门降了些:"我不需要任何人可怜,我从小就没有父亲,以后也不会沾覃秋丰一点光。武延生,你若还珍惜咱们的关系,请你赶紧把客人送走吧。"

武延生转向金佩云说:"金阿姨,你看……"金佩云说:"不沾一点光,你年纪轻轻就当上技术科长了?"覃雪梅一愣。

金佩云长出了一口气,换了个口气说:"好,我是长辈,你是孩子,我不跟你一般计较。算我求你好不好,你跟我回北京吧,老覃很想你,他有好多话要跟你说,咱们一家人,有好多话要说的。你指责我,那一定是我们之间有误会。当着这么多外人面,我不想跟你解释,回到北京,咱娘俩慢慢唠。"说完,金佩云一把拉起覃雪梅的手就要往外走。

覃雪梅甩开金佩云说:"我已经说得很清楚了,我不会跟你走。你来的时候没看见我正在给技术员讲课吗?请你不要再打扰我工作了。"

金佩云说:"我是长辈,你跟我这么说话,也太没教养了吧。"覃雪梅说:"拆散别人的家庭,才是最没教养的。"金佩云说:"你说什么?你再说一遍?"金佩云指着覃雪梅冲上前来,那架势像要动手。

覃雪梅说:"拆散别人的家庭,才是最没教养的,我不愿意和这种人有任何瓜葛。"金佩云说:"你血口喷人。"覃雪梅说:"你心里最明白。"金佩云说:"好,我走,你听着覃雪梅,只要我活着,你别想再进我的家

— 235 —

门。"覃雪梅说："你放心，上次去过，已经后悔了。"

金佩云气得扭头就走。武延生说："哎，金阿姨，金阿姨……"武延生追了出去，冯程瞅着覃雪梅那倔强的目光。

周吴郑王站在雪地里，向金佩云和武延生的方向张望着。

武延生追上高坡说："金阿姨，您别着急，我再做做覃雪梅的工作。"金佩云说："行了，我早听明白了。覃雪梅根本就没有要与我们相认的意思，是你一厢情愿。你说，是不是想巴结老覃，达到你调回北京的目的？"

武延生愣住了，左右不是人的他气得直哆嗦，想了想，又向老营地方向跑去。

见武延生又回来了，刚刚平复下的覃雪梅又站了起来说："武延生，你还有脸回来？一而再、再而三地欺骗我，你是何居心？还不去送你的金阿姨？路上遇到狼，你可担不起责任，也就失去了靠这个官太太调回北京往上爬的机会。"

武延生说："雪梅……""别叫我的名字。真没想到你是这样的势利小人。你走，我不愿意再看到你。"

武延生没理覃雪梅，猛地瞅着冯程说："冯程，这两个月我不在家，你对雪梅干什么了？"冯程一愣说："我听不懂你在说什么。"武延生说："装什么糊涂？覃雪梅是我女朋友，心情不好不找我倾诉，跑到你这来了？一来就是三天，这三天你们怎么住的？你们是不是已经……"覃雪梅说："武延生你住口。"

武延生回头瞅着覃雪梅，显然她在努力控制自己："你，你胡说什么？冯技术员和老魏把这个地窖子腾给了我，他们所有人都挤到了另外一个地窖子里。"武延生说："掩人耳目吧？长夜漫漫，大家都睡着了，发生什么谁知道？"

覃雪梅再也忍不住了说："你混蛋。"一个巴掌抽了过来，却被武延生一把抓住。武延生说："你还要打我？你别以为我瞎。"

武延生用手指着屋里的瓶瓶缸缸说："我一进门就看见了，这些是什么？这些罐头都是我留给你的，你却送给了他吃，还是你们俩一起吃的呀？许你给我戴绿帽子，我连问问的权利都没有了？你们欺人太甚。"

说着，武延生冲上前去开始砸，将那些用罐头瓶、玻璃瓶等改装的实验器皿全都摔到了地上。瓶瓶缸缸里还有些嫩绿的新苗，也都被砸在了地上……

3

林场场部大院，金佩云正要上汽车。于正来和曲和帮着拿着东西。于正来说："大姐，您可千万别生气，雪梅是个很讲道理的孩子，之后我慢慢做她工作……"

曲和说："要是覃部长想把雪梅调回北京去，我们也会尽量配合。"

金佩云叹了口气，说："不用了。这孩子够倔的。上塞罕坝是她自己选的，谁也没有权利把她调回北京去。于正来，你是知道的，老覃这人是最讲原则的，他的女儿用不着你特殊关照。要是让我知道你为覃雪梅开绿灯、搞特殊，我就跟你没完。"

于正来尴尬地笑着说："您放心……"

已经上车的金佩云突然想起什么，又拉开车门跳了下来，凑近于正来，近似耳语："还有，武延生这位同志满嘴谎话，可要提防。"于正来点了点头。

金佩云上车，车开走了。于正来和曲和凑到了一起，相互对视无言。

男生宿舍，隋志超和那大奎都看傻眼了。武延生抱着一瓶子酒咕咚咕咚地喝，喝着喝着喝空了，他将酒瓶子啪地一甩，摔得粉碎。武延生咣当一头栽倒在床上。桌上刚打开的两瓶子罐头还一筷子没动。

那大奎喊："老武？老武……"隋志超说："别叫了，一瓶都进去了，你还叫得醒啊？说好的咱哥仨喝点，他一个人把一瓶酒全喝了，罐头却一口没吃，这是怎么了？"

那大奎说："还不是因为覃雪梅？没出息。大丈夫何患无妻？你看看我。季秀荣让闫祥利甩了以后又呼贴上魏富贵了，我那大奎怎么做的？你说，你佩不佩服我？"

隋志超说："佩服，佩服……"那大奎嘴上这么说，眼里已经含着泪水。他下炕，从自己的行李包里又拽出一瓶酒。隋志超说："哎，那大奎，好啊，你私藏了一瓶酒。"

那大奎说："压根就买了两瓶，我是看武延生那个德行，就知道他要抢酒喝找醉，我就没敢拿出来。"说着，那大奎拧开瓶盖，在隋志超的碗里倒了一点，自己开始把瓶喝。一大口下肚，那大奎辣出了眼泪。

隋志超说："不是，我说那大奎，你咋也把上瓶了？就给我分这么点啊？"

那大奎说："你又没失恋，喝那么多酒干吗啊？有点酒就罐头得了呗。这两瓶罐头都是你的，酒，别跟我抢。"说着，那大奎已经进入了自己的状态，"我就不明白了，我那大奎比不上闫祥利，还比不上魏富贵吗？你说，季秀荣这脑袋是不是被门框挤过？要不就是被驴踢了。"

说完又是一大口。隋志超说："完了，这个也拦不住了。"咣当一声，那大奎也醉倒在炕上了。

隋志超看着炕上倒着的两个满脸通红的男人，无奈地叉着腰说："谈恋爱这事吧，要这么看，不谈也行啊……"他又瞅着罐头说，"这么好的两瓶罐头，便宜我了哎。"隋志超想了想觉得不对劲，将其中一瓶罐头盖好，起身出了门。

沈梦茵走在女生宿舍外的路上，隋志超快走几步追了上去。隋志超说："梦茵，回宿舍啊？吃了吗？"沈梦茵瞟了一眼隋志超说："问的是废话，这都几点了？"隋志超说："我问的是晚上饭吃了吗？"沈梦茵说："食堂几点开晚饭你不知道啊？没话别瞎找话。"说完就要走。

隋志超说："不是，不是没话，是我这有罐头……"说着，将罐头递给沈梦茵说，"我帮你打开了。"沈梦茵接过罐头打开看了看说："哎呀，是鱼的，你怎么知道我最爱吃鱼罐头？"

隋志超说："有心人办有心事嘛。"他嬉皮笑脸的，觉得自己博得了沈梦茵的欢心。

沈梦茵却突然撇着嘴说："这罐头是武延生的吧？"隋志超一愣，沈梦茵说，"武延生从北京回来送了覃雪梅和孟月很多瓶这种罐头，一眼我就认出来了，拿别人的东西送礼，好意思吗？"她又将罐头塞到了隋志超怀里，走了。隋志超很是尴尬。

夜，四个女孩躺在床上，孟月仍在写着信。沈梦茵说："孟月，你男朋友可有俩月没给你回信了，你还这么锲而不舍呀？"孟月说："他最近忙，你以为深造是那么容易的啊？导师要求可严了。"沈梦茵说："跟他一起深造的没有别的女同学吧？"孟月说："你就别瞎操心了。我男朋友和我的感情可深了，有诗为证，不可能出现任何问题。"沈梦茵说："真自信，好让人羡慕……"

季秀荣突然说："雪梅，你和武延生怎么了？"正在看书的覃雪梅说："没怎么啊。"季秀荣说："不对吧，武延生砸了小苗圃的实验室，最近几天天天把自己灌醉，门都不出。你俩分手了？"覃雪梅说："嗯，就算是吧。"

孟月吓了一跳说："雪梅，你说什么呢？分手了？怎么会呢？"覃雪梅说："你别问了，说了你也不懂。"孟月说："不行。你必须说清楚，武延生为了你来到塞罕坝，你们俩的感情在学校都传为佳话了，怎么能说分手就分手呢？"

沈梦茵说："就是啊雪梅，武延生对你也算够好的了。虽说他利用过我，伤害过我，但他那么做都是为了你，女人一辈子能碰到这样一个男人，不容易，你可要珍惜喔。不然，早晚会有人跟你抢的。"

季秀荣说："就是，雪梅，你们俩认识不是一年两年了，什么事别做太绝。明天你去看看他，挺好一个大学生，每天躲在屋里喝酒，连工作都耽误了，可惜。"覃雪梅仿佛被说动了，但没表态。

转天，男生宿舍外，覃雪梅慢慢地走来，有些犹豫，但还是去敲门了。武延生的声音传来："谁啊？敲什么敲？屋里没人。"覃雪梅被气笑了，她推开了门。

屋里一股酒气，熏得覃雪梅直捂鼻子。

武延生背对着覃雪梅说："谁啊？我不是说了嘛，屋里没人，进来干啥？"覃雪梅说："没人是谁在说话啊？"

武延生听到覃雪梅的声音一激灵，连忙翻身下地。覃雪梅说："屋里没人……我记得上次你要饿死自己也是这么说的。"武延生说："雪梅……"覃雪梅说："大白天的不上班，躲在宿舍里喝酒，为什么？"

武延生连忙将空酒瓶子抓在手里，藏在身后。

覃雪梅笑了说："武延生，我仔细分析了你的动机，我确实有冤枉你的成分，不管你是通过什么手段认识金佩云的，也确实都是为我好。我向你道歉。"

覃雪梅要鞠躬，武延生连忙上前说："不不不。是我错了，是我错了。我只想着帮你找回亲情，没想着你心里的感受。我只想着和你一起回北京工作，生活条件会好一些，没想你的事业心、责任心这么强。我自私，我无耻，我配不上你……可是雪梅，我是爱你的，请你不要和我分手。"

覃雪梅说："我说过这两个字吗？"武延生一愣，脸上慢慢地现出了笑容说："没有，你还真没说过这两个字，你不会和我分手，你还是我的女朋友。"

武延生兴奋地要去拥抱覃雪梅，被覃雪梅推开，说："好了好了，一身酒气。你好好睡一觉，把酒彻底醒了，明天振作起来，好好上班，刻苦学习，做一个积极向上的当代大学生。"

武延生说："哎，好。我都听你的。"覃雪梅像看孩子一样看着满脸酒气的武延生。

④

赵天山看上了张曼玲，追求人家，又不知道该怎么办，让大伙给出出主意。

所有人都面面相觑，都是光棍汉，这没经验啊。魏富贵发现大家都看着自己，问："你们都看着我干啥啊？"张福林说："我们都是老干葱，谁会谈恋爱追姑娘啊，不看你看谁？"魏富贵说："那我就会了？"

张福林说："那你不是一般的会啊。都能让季秀荣反过来追你，追得死心塌地的，全林场上下谁不知道啊？你到底用的啥招，把女大学生的魂儿给勾了？还不快跟大队长交流交流经验。"

魏富贵说："去去去。张福林，你别瞎起哄。我哪配得上人家小季啊。躲还躲不过来呢，还让我交流经验？我有什么经验啊？"魏富贵好像被诬陷般气得扭过身去不再说话。

冯程还在笑，他实在忍不住，对赵天山说："我看张曼玲挺喜欢你的，她想做女拖拉机手，你就收她当徒弟，先让她打犁，后教她开车。师徒感情就会转成爱情。"

赵天山一拍大腿说："冯程，你小子这脑袋瓜子就是灵。幸好你小子没看上张曼玲，要不然我指定得输给你。"众人全都笑了。冯程说："老魏，做饭去吧，把我攒的那点好酒全拿出来，给大队长上阵壮壮胆。"

场部门口，六女从家属区向场部方向走来，张福林在场部门口观察，看见张曼玲连忙往回跑。到了拖拉机库，喊道："大队长，来了来了。"赵天山立刻发动拖拉机，开了出去。正赶上张曼玲等人刚进场部。赵天山停下拖拉机吆喝着说："张曼玲。"张曼玲说："赵队长有事呀？"

赵天山说："有事。今天去御道口拉重要物资，需要一个心细的女同志配合，我刚才跟你们女工队长要人，队长派你配合我。上车吧，现在就出发。"胡美丽说："拉重要物资，怎么也得需要两个人配合，我俩一起跟您去。"赵天山说："去去去，别起哄，是去工作不是去玩。张曼玲，上车啊。"

张曼玲想了想，有点举棋不定。赵天山说："犹豫啥啊？重要任务，耽误了时间你负责啊？"孙慧芬碰了张曼玲一下，小声说："没事，看看他到底想干啥？"张曼玲点了点头，不再犹豫，跳上拖拉机。

拖拉机在山野路上行驶着。赵天山想了半天不知道该说什么，表情有些僵硬地说："呃，张曼玲，那天联欢会你说想成为像梁君那样的女拖拉机手，这个理想不错，我看你各方面也还都挺优秀的，愿不愿意拜我为师啊？"

张曼玲惊喜道："真的？赵队长，你要教我开拖拉机？"赵天山说："对呀，我教你开拖拉机。"幸福的喜悦在张曼玲脸上瞬间迸发，但旋即又消失了，张曼玲是个有心眼儿的，她已经明白赵天山是什么意思了。

张曼玲说："不行。"赵天山问："这，怎么不行啊？"张曼玲说："成为一名女拖拉机手是我的理想，但是上坝以后我发现，咱们林场的拖拉机并不多，但是合格的人才却很多，比我优秀，更适合做拖拉机手的很多工人，还都在普通工作岗位，不说男同志，女工队里也有。所以，我没有理由要求学习开拖拉机，我应该努力工作，让自己各方面更加符合条件以后，再向组织提出这个要求。"

赵天山说："嘿，张曼玲，这跟组织没关系，是我愿意收你当徒弟。"张曼玲说："那也不能违反规定啊，是，我们六女上坝的事情上过报纸，刚进场好长一段时间我挺有优越感的。可是上报纸也不是好事，大家都知道我是于场长的邻居，要是搞特殊，别人会说闲话的，我不能给场领导抹黑。"

赵天山说："你这个小同志觉悟还挺高……那咱们不说工作的事，说说生活。我的情况你也了解，当了十一年兵，岁数不小了……我觉得你挺好……我想跟你处对象，以后一起生活。你要是愿意就点点头，要是不愿意就摇摇头。"

张曼玲扑哧一声笑了出来。赵天山说："让你点头摇头，你笑是啥意思啊？"张曼玲说："赵队长，你开玩笑呢吧？"

赵天山把车开缓了，有点着急地说："你看我像开玩笑吗？那天在苗圃，这层意思冯程不都替我表达了吗？"张曼玲说："赵天山同志，我知道你是个英雄，在部队立过很多功；也听说你带领先遣队为成立林场做出了很大的贡献。但是有一点我不佩服你。"赵天山说："啥不佩服了？"

张曼玲说："我听说冯技术员曾经发过誓，不在塞罕坝种活参天大树绝不下坝，这种决心特别让我敬佩。可你呢？共产党员，英雄，却这么着急考虑个人问题，请问，林场虽然成立了，我们到底种活了多少棵树？我们是新中国的新青年，不是应该以事业为重吗？"

赵天山被教训了一顿，不知如何是好，有些尴尬。他咬着嘴唇继续开拖拉机，一言不发。张曼玲观察着赵天山，很明显她已经对赵天山有了好感。

在男生宿舍，冯程、张福林、魏富贵、二勇和小黄关切地看着赵天山。魏富贵："咋样？点头还是摇头？"赵天山说："既不点头也不摇头，笑了。"魏富贵喜形于色道："那就是成了啊。"张福林说："你看，我说老魏有经验吧。"魏富贵连忙收敛，变成了苦瓜脸。

冯程说："老魏说得对，笑就说明她愿意，成了。"赵天山说："成什么了呀，那小丫头嘴可厉害了。反过来把我教训了一顿，还让我拿你当榜样，先考虑事业，后考虑个人问题，气死我了。"冯程说："但是她拒绝你了吗？"赵天山想了想说："好像也没有……"

冯程说："我明白了，张曼玲确实和一般的女同志不一样，她这种反应说明你还得继续努力。明天你再制造机会，接着问。"

赵天山说："问啥呀还，哎呀……我反思了，林场成立以后条件太好，我的思想退步了。张曼玲同志说得对，树还没种活呢，我怎么能考虑个人问题？这件事先放一放。"众人面面相觑，没想到赵天山求爱剧演成了这样。

在于正来家，灶前正在烧火的张曼玲，正给于大婶讲赵天山，她咯咯地笑着。

于大婶凑了过来说："啥？赵天山也不找个媒人，直不棱登就跟你说了？"张曼玲说："是啊，被我给搪塞回去了。"

于大婶说："他啥条件？那可是百里挑一的。要跟你处对象，你还不干？"张曼玲说："可是他随便一说我就答应，也太没价了，让人笑话。"

于大婶哼了一声，笑了，哭笑不得地说："哎，你们呀，搞对象就是心眼儿多……"

一辆马车行进在上坝的路上，赶车的把式甩着鞭子。车上坐着吴改花和她五岁的儿子。吴改花说："车老板儿，离林场还有多远？""快了。""中午饭前能赶到不？""能。着急，我就再加两鞭子。"车把式挥舞着鞭子，马车飞奔起来。

路上，一个背着行囊的年轻人看到马车经过连忙挥手。车把式连忙勒住缰绳。年轻人说："是去塞罕坝机械林场吗？捎我一段吧？"车把式一挥手，年轻人跳上马车。

吴改花说："大兄弟，你也是林场的呀？"年轻人说："是，我中专毕业被分配到林场工作了，这不，赶去报到，您呢？"吴改花说："我是林场家属。"年轻人说："噢，是吗？大嫂好，我叫贾希一，是承德农校兽医专业毕业的。怎么称呼您？"

吴改花说："我叫吴改花，你也可以叫我铁匠大嫂，我男人叫李铁牛，在林场当铁匠。"贾希一连忙点头说："太好了，太好了，这还没报到呢，就认识林场家属了，请大嫂多关照。家里有什么活喊我，我给您帮忙。"

李铁牛正在场部铁匠炉前打铁，他想趁冬天多打出一些生产工具来。贾希一跑来说："哎，这是铁匠铺吧？铁匠大哥，您是叫李铁牛吗？"李铁牛说："是啊，啥事？"

贾希一说："我是新来报到的贾希一，在路上碰到您家大嫂了，大嫂托我捎个话，让您赶紧去场部大门口接她。"李铁牛说："谁？谁家大嫂？"贾希一说："话捎到了啊，我赶紧去人事科报到了。"

李铁牛挠着脑袋走到场部门口。吴改花带着铺盖卷和各种生活用具正四处张望着，突然看到李铁牛，脸上绽放出了笑容，她拽了拽儿子说："那个就是你爹，铁蛋，叫爹。"吴改花儿子怯生生地叫了声："爹……"

李铁牛吓了一跳说："嘿。这是管谁叫爹呢？"吴改花说："你呀。"李铁牛看着吴改花说："你是吴改花？嗯，你还真是吴改花。"吴改花说："有你这样的吗？媳妇都不认识了？"

梦中寻她千百度的人突然出现了，却带来一个儿子？李铁牛吼起来："你是谁媳妇啊？你……岂有此理。"他气得有些语无伦次，转身走了。

林场场部，前来办事的冯程刚跑下楼，二勇向他跑来说："冯技术员，你舅妈来了。也不知道跟老舅闹了什么别扭，老舅没搭理她就走了，你舅妈就要找你，说得给她做主。"

冯程听了也奇怪，他跟二勇去找，到门口很多家属和工人围着吴改花。吴改花大大方方地牵着儿子站在门口等待着。

冯程说："吴改花？"吴改花说："你们看，外甥认识我，他可是你们林场的大技术员，这回你们信了吧？"吴改花拽了拽儿子说："铁蛋，叫表哥。"铁蛋说："表哥好。"冯程看着铁蛋有些不解。

吴改花说："你表哥岁数大，以后会照顾你的，他还会拉手风琴，回头让他给你拉一段。"冯程不明所以，说："不是，吴改花，你这是……"吴改花说："林场食堂开饭了没？你看我们俩紧赶慢赶才赶到，孩子都饿坏了。"冯程看了看表说："应该还有吧？"

吴改花说："那快带我们娘俩，见识见识你们林场的大食堂。"冯程有些尴尬，但没说什么，转身带她母子走了。

食堂里已经没什么人了。角落里，冯程将干粮和菜端了过来。铁蛋一见饭立刻狼吞虎咽起来。

吴改花也吃着，见冯程看着自己发愣便说："哎，冯程，你别光看着我们娘俩，你也吃啊。"冯程说："我吃过了，吴改花……"

吴改花白了他一眼说："叫舅妈。"冯程说："对不起，我还没问清楚，没法叫……我听说我老舅找了你好几年都没找到，这孩子怎么回事？"

吴改花边吃边不经意地说："铁蛋，你爹是谁啊？"

满嘴塞满菜的孩子大声说："李铁牛。"吴改花笑着对冯程说："明白了？"

冯程愣了半晌说："明白什么明白了……"

第 二 十 章

1

　　冯程到了铁匠铺，不满地问李铁牛："老舅啊，这就是你的不对了，跟吴改花，你们……你们孩子都有了，咋不跟我说实话呢。"李铁牛说："谁说孩子都有了？"冯程说："能有谁？吴改花自己说的。那还能错的了？舅妈带着孩子在外面呢。"李铁牛说："她不要脸。"

　　李铁牛气得抄起植苗锹冲出铁匠铺，看见吴改花带着孩子站在离铁匠铺不远的地方。李铁牛说："你个不要脸的女人，我打死你。"说着，抡起植苗锹就要打。吴改花却上前一步说："你打一个试试？"铁蛋吓得嗷一声叫娘。

　　吴改花说："别怕儿子。你爹要是敢打死你娘，就是杀人凶手，公安局会抓他枪毙的，他不敢打。"李铁牛瞪着一双通红的眼睛，抡起植苗锹拍在了地上，半成品植苗锹直接被拍断了。冯程走出来冷冷地看着。

　　吴改花说："行了铁牛，牛脾气都发完了吧？送我和铁蛋去你宿舍吧，我打听了，林场对你挺好，给你分了宿舍。这下好了，儿子，咱娘俩住你爹的宿舍，吃你爹单位的食堂，再也不用像以前那样受苦了。"李铁牛说："你，你还想住我宿舍？你给我滚。"

　　冯程觉得不对劲，一把抓住李铁牛，又把李铁牛拽回铁匠铺里。冯程说："老舅，到底咋回事呀？""什么咋回事，这个女人不知道跟谁生的孩子，成心带回来气我的。要不她就是得了精神病，疯了。""孩子不是你的？""不是呀。我出去找了她好几年，根本就没见到过人呐。"

冯程冷冷地说："你没骗我？"李铁牛说："还让我说啥？你，你是我亲外甥，怎么能胳膊肘往外拐啊。"冯程说："要真是这样的话，就是吴改花的不对了，看着她不像精神有毛病，老舅，你先消消气，我去跟她理论。"

冯程也生气了，走出铁匠铺，对吴改花说："哎，我说吴改花，没有你这样开玩笑的。我老舅一直没找到你，这孩子也跟他没有关系，你这是无理取闹。塞罕坝机械林场可是国家单位，不是你耍赖的地方，赶紧带着孩子回你娘家，我老舅要是急了，报告派出所，警察会按欺诈罪抓你的。"

吴改花说："哟，冯程，你可真会吓唬人，我一个女人带着五岁的孩子，我能欺诈你老舅什么？你是大学生，让我这个嫁出去的姑娘回娘家？你怎么说得出口？你跟你老舅去我们家接的亲，你忘了？"冯程说："我……"吴改花突然喊道："李铁牛你给我出来。"

李铁牛从铁匠铺里冲了出来说："我出来了，怎么着？"吴改花说："我是你媳妇，你承认不？"李铁牛说："不是。"吴改花说："那这是啥？"吴改花掏出结婚证。李铁牛说："这……"

吴改花说："李铁牛，你可看清楚了，咱俩领过结婚证，我是你媳妇，是受法律保护的。你要是不管我和孩子，我就找你们林场领导评理去。"

李铁牛说："你，你……"气得蹲在了地上。

冯程说："吴改花，你不能欺负他，我老舅是个老实人。"这话说出来，冯程也觉苍白无力。吴改花咄咄逼人道："谁欺负他了？一个大男人，有你这么能耐的后台，能由着我欺负吗？"冯程又犯了糊涂，瞅着李铁牛说："老舅……"李铁牛抬起头来，脸像苦瓜一样万般无奈说："她，她，她……"

一顿"她她她"过后，李铁牛又气得低下头去。吴改花却扑哧笑了出来说："行了，李铁牛，我不为难你了。不让我住宿舍，是怕我每天带着孩子去食堂吃饭给你丢人是吧？那就送我回家吧。"李铁牛猛地起身说："你说啥？"

吴改花说："你和冯程都住林场，家里房子空着也是空着，我和儿子住不是正好吗？我可告诉你，我儿子今年五岁，这么小就跟着我连走了好几十天才找到你，你要是不管，我就带着孩子在你们林场家属区要饭。我们娘俩冻死、饿死，看谁丢人。"李铁牛说："我……"冯程也是一脸无奈的样子。

终于，冯程打开了李铁牛家院门。吴改花拽着孩子进来说："快看快看，这就是咱们家。你爹挺勤快的，房子盖得多好。"冯程无奈地拿出钥匙去开屋门。

吴改花一把抢过钥匙说："我来吧。"吴改花就像回自己家一样打开了门。领着孩子进门，来到里间。吴改花说："哟，真没想到这家这么好，就是太冷了……"

说着，放下行李就开始抱柴火。

孩子乖乖地等着。冯程也没进门，说："吴改花，你和我老舅之间，我只能相信我老舅，我也恳请你不要欺负老实人没够。我知道你肯定是遇到了什么麻烦，才带着孩子来投靠我老舅的，虽说你跟我老舅领过结婚证，但是这样对他很不公平。房子借你住几天，家里也有粮食，你爱吃多少吃多少。"说着，又掏出十块钱来，"这十块钱当路费，你们歇够了，就拿着钱走人吧。我老舅找了你五年，够苦的了，你就别再在他伤口上撒盐了。"

吴改花一愣，脸上的表情微微变化，但是什么也没说，划着火柴去点刨花，折断榛枝填灶膛。冯程悄悄地退出，这种情况也只能由他先抵挡一下了。

于大婶从家属区急匆匆地走来，拐弯冲向铁匠铺大喊："李铁牛。"李铁牛吓了一跳说："于大嫂……"

于大婶说："你太不是东西了。娶过媳妇了，孩子都五岁了，还让我给你保媒说大姑娘？你这不是缺德吗？"

李铁牛急赤白脸地说："大嫂，那女人是个疯子，你不能信她的啊。"
于大婶一愣说："咋？这不是真的？"

李铁牛说："当然不是了。我不是跟您说过嘛，当年娶了媳妇，她嫌坝上条件太差，顺着一场风就跑了。"

于大婶说："就是那个女人啊？"李铁牛说："可不是她嘛。一跑就是五年，谁知道她跟哪个男人生了孩子，还回来找我！就是成心糟践我、诓我、讹我来的。"

于大婶说："那咋不报告公安啊？"李铁牛说："我看她孩子小，可怜她嘛……"

于大婶说："没看出来，你心肠还不错。这么说跟御道口老李家二闺女的婚事没变？"

李铁牛说："不能再变了。聘礼不都下了嘛。说好明儿一早您带着我们俩去领结婚证啊。"

于大婶说："那就好，我还怕你诓人家姑娘呢，我可告诉你啊，你要是诓了老李家二姑娘，那就是诓了我这个媒人，我饶不了你。"

李铁牛说："我李铁牛这辈子净被别人诓了，可没诓过别人。"

❷

太阳升起，林场迎来了新的一天。场部门口，于大婶气得叉着腰对李铁牛说："我看你跟人家姑娘怎么交代。气死我了，真是气死我了。"于大婶身后是低着头的李铁牛："我这就去找那个女人，让她跟我办离婚手续，办完离婚，撕了结婚证，政府的同志就能给登记结婚了。"

于大婶甩了甩袖子说："哼，我跟人家说你是头婚，这下好，成我这个媒人骗人了。"李铁牛说："大嫂，您消消气，消消气……"正在这时，曲和从场部走出来说："哎，李铁牛，你站住。"

李铁牛回过头说："曲副场长……"曲和说："派出所打电话来调查，说你企图骗一个姑娘结婚，要犯重婚罪。这可是犯法，你得说清这是怎么回事。"

李铁牛不知道怎么解释说："我，我没有……"曲和说："我刚才去查了你的档案，林场招工的时候你在登记表上写的就是未婚，看来你是蓄谋已久，欺骗组织就是为了重婚？"

李铁牛直捶胸口说："我真没有。"说不清了，他蹲在了地上。曲和这才发现愁眉不展的于大婶，说："哎，大嫂，您跟李铁牛这事有啥关系？"

于大婶说："哎呀，老曲啊，说来丢人，我给他当的媒人。"曲和听了倒吸一口凉气。

于正来怒气冲冲地向家里走来，隔着栅栏，与于大婶对了下眼神。于大婶吓得扭头就往屋里跑。

进了屋，于正来啪地一拍炕桌。于大婶吓得腾地跳下了炕说："我错了。"于正来说："错哪了？"

于大婶说："李铁牛看着老老实实的，哪知道他娶过媳妇，要骗人家大姑娘啊。"于正来说："这件事情调查清楚了，李铁牛不是成心骗人，这个同志还是值得相信的。"于大婶说："啊？那就太好了。"

于大婶高兴地又坐回了炕上。于正来啪地又拍了一下桌子。于大婶腾地又跳了起来说："不是调查清楚了吗？你咋又拍上桌子了？"

于正来说："我问你错哪了？"于大婶说："李铁牛值得相信，那我就没错啊。"于正来一瞪眼睛。

于大婶说："我错了。我不该给人说媒……"

于正来说："李铁牛那么大岁数了，就是该成家，给他介绍对象何错之有哇？"于大婶说："就是啊。那你还拍桌子瞪眼的。"于正来说："你自己清楚。""我……""刚才我可问过李铁牛了。"于大婶说："他招了？"

于正来说："怎么？他不招你还想糊弄我？"于大婶说："哎呀。那要二百块钱彩礼这件事是李铁牛自愿的。他多大岁数了？人家才十九。他结过婚，人家是黄花大闺女。"

于大婶发现于正来的眼珠子又瞪了起来，吓坏了，说："我错了，要彩礼是封建陋习。""你收没收他的礼啊？"于大婶说："他也招了？"

于正来说："我让你招。"于大婶说："我……他送来二斤肉，我不要，可他非说不能让我白跑腿，硬往家里塞。"于正来啪地一拍桌子说："把肉给人家退回去。"于大婶说："退不回去了，那不星期天包饺子吃了嘛。""那就买二斤肉给人送回去。"于大婶说："是。"

于正来站起身指点着于大婶说："下不为例。"说完一甩袖子，转身走了。于大婶被吓得一屁股坐在炕上，喘着粗气。

李铁牛在铁匠铺打着铁，生着闷气，怎么也想不明白，不行，得回去问清楚。到家时已经夜深了，李铁牛进了屋，铁蛋已经躺在炕上睡了。吴改花正在收拾屋子，一见李铁牛进来，说："呀，回来了。儿子刚睡着，要不我把铁蛋叫醒，让他陪爹玩会儿？"

李铁牛说："我呸。谁是他爹？明天下午，你跟我去办离婚手续。"吴改花说："凭啥？结婚要自愿，离婚也要自愿，我不愿意跟你离婚。"李铁牛说："你……你早就在外面嫁了人，孩子都这么大了，你还不跟我离婚？你耽误我结婚了，知不知道？"吴改花说："你跟谁结婚啊？"李铁牛说："你管呢。两百块彩礼女方都收了。今天去办结婚手续，结果因为跟你还没离婚，没办成。"吴改花一口气松了下来。

李铁牛说："害得我还险些受处分，明天必须离婚。明天中午我在场部门口等你，你要是不来，看我怎么收拾你。"吴改花笑了说："我是你媳妇，你爱咋收拾咋收拾……"李铁牛说："你……不要脸。"吴改花说："累一天了吧，锅里还给你留着热乎饭呢，我给你盛去。"

铁牛看着收拾得干干净净的屋子，更加心慌。一大碗菜被放在了桌上，还有一大碗高粱米饭。吴改花说："家里的高粱米陈了，生了不少虫子，我洗了好几遍才能吃。尝尝。"李铁牛说："我不吃你做的饭。明天中午，场部门口，离婚去。"

吴改花叹了口气说："铁牛啊，这么多年，我也真挺对不起你的。来，你上炕坐，咱俩好好唠唠。"没吃晚饭就往家赶，到这时李铁牛确实饿了，他看着饭菜有些犹豫。

吴改花转身出门，拿进一个大茶缸子，里面烫着一壶酒："今儿下午我去供销社打了二斤酒，本想留着过年时候你请客喝，今天就先喝一壶，暖暖身子。"

说着，吴改花用小酒盅给李铁牛倒酒。李铁牛吼道："我不喝你的酒。你想把我灌醉了干……干啥？你真是个不要脸的女人。我不会上你的当。"说完，转身就跑。吴改花有些伤感，看着已经倒好的那杯酒，拿起来一口喝了下去。就这一口酒，勾起了吴改花的无限伤心，眼里泛出了泪花……

吴改花领着铁蛋走到于正来家外，站在门口吆喝道："有人在家吗？"于大婶热情地迎了出来说："谁啊？"吴改花说："请问这是于场长家吧？"

于大婶上下打量吴改花和铁蛋，说："这位同志看着眼生，你找老于？老于上班了，刚走。"吴改花说："我找你。"于大婶说："那屋里请吧。"吴改花说："不用，身上埋汰，不敢进你们干部家。"

于大婶说："这叫啥话？都是革命同志嘛。你是女工队的还是在苗圃工作呀？"吴改花说："我不是林场职工，我是林场家属，我男人叫李铁牛。"听到这儿，于大婶的脸色立刻变了。

吴改花说："我听说，你给我男人介绍对象了？大嫂，您看着可不像个二百五啊？"于大婶说："你骂谁二百五啊？"吴改花说："给娶了媳妇的老爷们儿介绍对象，还不二百五？"于大婶说："你是咋回事，我已经打听清楚了。你自己不跟李铁牛过了，跑了，跟别人生了孩子又回来耍赖，还到我家来阴阳怪气？我可不是李铁牛，由着你欺负。"

吴改花从手里拿出结婚证说："这是我跟李铁牛的结婚证，上面政府的大红戳你看见了吧？我们的婚姻是受法律保护的。"

于大婶说："李铁牛告诉我了，要跟你离婚。"吴改花说："两百块彩礼，你从中间挣了多少？"于大婶说："谁挣彩礼钱了，你少冤枉人！"

吴改花说："没挣？那你告诉我女方是谁？家在哪住？我找她对证去，你要是在中间收了彩礼钱，我就到派出所告你。告你诈骗。反正我手里有结婚证，我是李铁牛媳妇，走到哪我都能代表他。"这张结婚证让吴改花咄咄逼人。于大婶只好甘拜下风。

李铁牛在场部门口溜达着，心急如焚。突见于大婶从一个方向走来，李铁牛喊："大嫂……"于大婶白了李铁牛一眼，不理他。李铁牛说："哎，大嫂，你怎么不理我啊？你看啊，我正在这等那娘们儿来，跟我去办离婚手续呢。我说话算数。"

于大婶说："你媳妇一大早就到我家来了，要去派出所告我呢。"李铁牛说："啥？"于大婶说："我要是早知道你这事这么乱扯，才不给你当媒人呢。真是倒了霉了。"

李铁牛说："不是，那女人在哪？我找她算账去。我揍她去。"于大婶说："你媳妇啊？御道口老李家，八成打上门去了。""啥？"李铁牛傻了，疯狂地向御道口方向跑去。

吴改花领着铁蛋，拎着个纸包、一挂血肠和两瓶酒再次来到于正来家门口。吴改花说："大嫂在家吗？"喊着便进了院，掀开门帘进了屋。外屋，正在做饭的于大婶一见吴改花，立刻回屋从炕上一把抄起扫炕笤帚，再次回到外屋。于大婶说："你还想干吗？想打架？我不怕你。"

吴改花说："大嫂，你看，我可是来送礼的。当官儿的不打送礼的。"于大婶说："少来这一套，我家老于最恨不正之风。"吴改花说："我又不是给于场长送礼，是给你送礼。"于大婶说："我也不稀罕你的礼，拿走。"吴改花说："那行，不算送礼，算我自己带了酒菜。"吴改花打开纸包说，"猪耳朵、血肠，咱姐俩好好喝一顿？"于大婶说："我凭啥跟你喝酒啊？出去。"

吴改花说："全林场的人都知道你心肠最好，可没想到你这么好的人都不同情我这个可怜人。"说着，瞪大了眼睛，泪珠滚了下来。一见吴改花落泪，铁蛋抱住吴改花大腿，也跟着哭："娘……"

于大婶说："你们哭什么呀？要哭也别在我家哭啊。"吴改花眼泪噼里啪啦地往外掉，说："离家五年，爹娘都死了，见我带着孩子，嫂子都不让我进门。你说我这一肚子的苦水，跟谁说去啊？"吴改花放声大哭。好心人于大婶，她一下子慌了。

于正来进了家门。四个孩子都坐在外屋等着吃饭。老大说："爸，你可回来了。有血肠、猪耳朵。您不回来我妈不让吃，我们都馋坏了。"于正来说："咋跑外屋吃饭来了？咋不上炕？"老二说："屋里炕上有客人，我妈正陪她喝酒呢。"于正来一皱眉头。老三说："好吃的就是客人送来的。"于正来说："啥？"老四说："爸，快吃饭吧。"于正来不高兴地说："我先看看哪来的客人。"

于正来推开门，见两个老娘们儿在里屋抱头痛哭。一见是女客人，吓得于正来一跳。吴改花正趴在于大婶肩膀上哭，背对着于正来。安慰吴改花的于大婶挥手示意于正来出去。于正来说："谁啊？"于大婶也满眼泪水地说："铁牛媳妇……"于正来见炕上已经睡着了的铁蛋，指着于大婶说："少喝点。"

吴改花抹着眼泪说："大姐，谁啊？"于大婶说："没事没事，谁也不能打扰咱姐俩喝酒。今儿个一定要喝痛快了，醉了就睡大姐家。"

于正来气得直瞪眼睛，于大婶龇牙咧嘴地跟于正来示意说："我们家老于虽说是大干部，可他人随和，最好客，晚上让他跟孩子们那屋睡去。"

于大婶一语双关，挥手示意于正来走。于正来无奈，只好退了出去。吴改花哭到伤心处，索性不回头，接着哭。

❸

次日，于大婶来到场部李铁牛宿舍，推门而进。两个工人在屋里，年轻工人说："哎哟，于大婶，您怎么来了？"于大婶说："哪个是李铁牛的铺盖？"年长工人指着炕说："这个。"于大婶上前就收李铁牛的铺盖，上了门前马车，两人都看傻了。马车来到了于正来家外。

于大婶抱着铺盖，对等在马车边上的吴改花说："上车上车。"铁蛋早已坐上了马车。吴改花也上了车。于大婶将李铁牛的铺盖扔上车说："走吧，把式。小心点赶车，别把我亲妹子摔着。"吴改花说："姐，从今以后你就是我亲姐，咱姐俩一辈子。"于大婶说："说好了。一辈子。"

吴改花又湿了眼圈。于大婶说："行了，别哭了。风大，别吹坏你漂亮脸蛋。"吴改花破涕为笑。于大婶说："走吧。"马车走了。于大婶挥手向她的"亲妹子"告别。

李铁牛下工回到宿舍一看："哎，我铺盖呢？"年轻工人说："让于大婶抱走了。"李铁牛说："哪个于大婶？"年轻工人说："场长家的啊。"李铁牛皱着眉头叹息，起身去场长家找行李，却被于大婶轰了出来。"去去去。你家就在坝上，还站着林场宿舍？你什么觉悟？"

李铁牛说："不是，我现在家被那个疯女人占着呢……"于大婶说："什么疯女人？吴改花是好女人，我亲妹子。从今儿个开始你回家住去，要不明天我让老于开除你。"于大婶的后半句压低了声音，很明显是借着于正来吓唬人，她没啥底气。可是李铁牛还是被吓唬住了，不知道如何是好。

李铁牛怒气冲冲地冲进自家院落，大吼着说："吴改花。"来到里间愣住了，冯程正坐在炕上。冯程说："老舅回来了。"李铁牛见冯程面前摆着饭菜说："冯程，你可不能吃她做的饭。这个女人太坏了，那饭里面没准儿有毒。"吴改花默默不语。铁蛋有些惊恐，放下了筷子。

冯程说："我跟铁蛋兄弟吃半天了，要有毒早毒死了……来来来，老舅上炕，咱爷俩好好唠唠。"吴改花抱起儿子说："铁蛋，走，让大表哥跟你爹喝酒，娘带你睡偏厦去。"

李铁牛说："不是，冯程……"冯程说："老舅，我你还信不过吗？上炕。"李铁牛一边上炕一边说："这个女人不是东西啊她。我好不容易托于大嫂给我说了一门亲，她上人家把彩礼钱要回来了。我还以为她骗了钱就要跑呢，哪承想……也不知道她用了什么办法，把于场长媳妇都给糊弄了。"

冯程说："行了行了我都知道了，舅妈刚才都跟我说了。两百块彩礼在这呢……"他从兜里掏出两百块钱放在桌上。李铁牛愣了。冯程说："你也是，守着这么好的媳妇，你还花两百块彩礼再娶一个？有钱烧的啊？"李铁牛说："啥？"

冯程说："刚才舅妈跟我说了，老李家二闺女长得不咋样，瘦得跟麻秸秆似的。"李铁牛说："她倒长得漂亮，可她给别人生的孩子啊。"冯程说："这事吧……你认账算了。"

李铁牛说："凭啥？"李铁牛一把抄起酒壶，对着壶嘴，咕咚咕咚往嘴里灌着。一口酒下肚，李铁牛号啕大哭道："我是上辈子欠她的还是咋的呀？没入洞房就当爹，让我怎么立在爷们儿群中啊……"李铁牛照着自己的脑袋就抽了一巴掌。

冯程说："哎哎，对自己下手那么狠干啥？你心里还有哪些委屈，都倒出来。"冯程指了指自己的耳朵低声说，"我听着呢。"说完，打开酒瓶，又往酒壶里倒了一壶酒。李铁牛说："委屈，我这满肚子都是委屈。我倒不出来啊我。"没等冯程把酒倒满，李铁牛又把酒壶抢了过去，往嘴里灌着。

早晨，李铁牛迷迷糊糊地醒来，发现自己睡在炕上，吓坏了。他连忙检查自己的身体，衣服还在身上，这一夜他是和衣而眠。他一翻身要下地，却一阵恶心。吴改花连忙端过盆来。

李铁牛见吴改花，强忍住吐意说："去一边去，我不用你伺候。"吴改花说："嘴硬，昨天晚上我都伺候你半宿了。"李铁牛一愣，又一阵恶心，不得已吐了。吐罢，躺在床上瞪着房梁发呆。

吴改花端过一碗水说："快，漱漱口。"李铁牛接过碗漱口："不对啊，冯程是我外甥，怎么能跟你合起伙来灌醉我了呢？"吴改花说："你自己抢酒喝，谁灌你了？"

李铁牛说："他人呢？"吴改花说："你吐得厉害，满屋子都是味，把人熏跑了呗。"李铁牛恍然大悟，有点心虚。吴改花说："你醒了就好，我得走了。铁蛋昨天住偏厦着凉了，发烧烧得厉害，我得带他去卫生所。"李铁牛说："那偏厦没火炕，大冬天能睡人吗？你的儿子，你咋那么不小心呐？"

吴改花说："怪我，昨晚上净伺候你了，没发现孩子着凉。"说完，吴改花焦急地抱起睡得昏昏沉沉的铁蛋就要往外走。李铁牛说："你找得着卫生所吗？"吴改花说："找不着，打听呗。"李铁牛没好气地说："我带你去。"说完，翻身下炕，穿大衣说，"你把孩子裹严实点。"

卫生所楼道里，一宿没睡的吴改花靠在椅子上睡着了。病房里正在陪着铁蛋输液的李铁牛也趴在病床上睡着。铁蛋那粘着胶布的手去摸李铁牛的脸。李铁牛一下子惊醒说："哎哟孩子，你这手可别瞎动。"铁蛋说："李铁牛，我给你说件事。"李铁牛说："啥事啊？"铁蛋说："我知道你不是我爹，但我娘让我管你叫爹。"孩子说得很平静，李铁牛立刻瞪大了眼睛。

李铁牛背着输完液的铁蛋回到家说："到家咯铁蛋，到家咯。"李铁牛满脸的欢喜，弄得跟在他身后的吴改花有些不适应。李铁牛将铁蛋放到炕上，吴改花摸着铁蛋的头说："烧退了，多亏了有你。"铁蛋睡得很香，吴改花放心地笑了。

坐在一旁的李铁牛眼珠乱转，他突然冲上去，从后面一把抱住了吴改花的腰。吴改花一激灵说："李铁牛，你要干啥？"李铁牛说："干啥？你是我媳妇，我们有结婚证，干啥都是受法律保护的，哎……"灯熄灭了。

清晨，李铁牛睁开眼睛，回忆着，他猛地回过头去，发现炕上的吴改花和铁蛋都已经起床。李铁牛美滋滋地起了床。

院子里飘着雪。铁蛋已经康复，正在和吴改花一起堆雪人。李铁牛从屋里出来，看着母子二人，神情高兴地说："铁蛋。才好你就往外跑，下着雪多冷啊，进屋去。"铁蛋看了一眼妈妈，点头进了屋。

吴改花瞟了一眼李铁牛，继续堆雪人。李铁牛上前抢过铁锹，扔在一旁，面对面地抱住了吴改花的腰。李铁牛说："你还是个大姑娘？儿子跟我说的都是真的？"

吴改花有些害羞地说："讨厌。"李铁牛说："你咋不早带着儿子回来找我？"

吴改花说："做人要守信用，答应人家的事不能反悔。"

4

吴改花，这个谜一样的女子，有着怎样的传奇？还得从前边于大婶家说起……那天在里屋，吴改花与于大婶面对面坐着。说着她的婚事始末。

吴改花喝了一口酒说："没仨月我就后悔了，主要是觉得李铁牛还是个挺不错的爷们儿，那么壮实，那么实在……我就想回来找他，哪承想，搭了辆拉煤的大车，冬天路滑，翻进了山沟。一起搭车的李嫂本来是要去医院生孩子的，结果摔断了脖子，她不让我救她，让我帮她接生孩子，孩子一出生她就死了。死之前，她告诉了我家里的地址，让我把孩子给她送回家里去。"

于大婶说："有这样的事？"吴改花说："更让我没想到的是，到了李嫂家我才知道，她男人半年前就病死了，家里只有老婆婆。她婆婆本来就身体不好，听说儿媳妇又出了意外，就急得吐了血。他们家有几门亲戚，也有说要把孩子带走的，但我看着都不放心，我就说我留几天吧，起码等李嫂的婆婆好起来再说。哪承想那老太太瘫在床上再也没下了地，话也说不出来。你说我又怎么忍心走？铁蛋是我用米汤喂大的，打从会说话就管我叫妈，我又怎么能扔下他不管？直到今年才把老太太伺候走，我就赶紧带着孩子回来找李铁牛了……"

吴改花把身世一说，于大婶感动得热泪滂沱。今天再说给李铁牛，已经平静了好多。

李铁牛说："见面你为啥不把话说清楚？"吴改花说："我经历的事

跟场戏似的，我怕说了你也不信，但是我可提醒你了啊。"李铁牛说："你提醒我啥了？"吴改花说："孩子管我叫娘，不叫妈，我们村的规矩，过继的才叫娘呢。"

李铁牛说："你们村有这规矩？我也不知道啊。"吴改花说："还有，我都告诉你了，铁蛋周五岁，那我才走了五年，要是我自己生的孩子，能周五岁吗？"

李铁牛说："你说这句话了吗？我可是没听着啊。"吴改花说："你一见着我就气得发疯，恨不得打死我掐死我，你啥时候听我认真说话了？"李铁牛笑了说："媳妇，以后，这一辈子，我都认真听你说话，你说啥我都听。"

吴改花说："是我对不起你，耽误了你五年，你不用对我这么好。"李铁牛说："不，耽误了五年，是因为你有菩萨一样的心肠。咱们承德人走到哪都不能见死不救。换我，我也和你一样。巧了，铁蛋他爹也姓李，他的身世不要外传，就当是我亲生的吧，铁匠生铁蛋嘛。"

吴改花说："你真好……铁牛，我知道你这人憨厚，我保证一辈子不欺负你，给你生一堆，铁环铁球铁豆子。"李铁牛紧紧地把吴改花抱在怀里。

雪还在下着，仿佛降下来的不是寒冷，却是诗意……

转眼到了年关，李铁牛家院内，冯程挑着鞭炮，铁蛋点着了，鞭炮噼里啪啦地响着，铁蛋高兴地蹦着跳着。屋里，刚出锅的热气腾腾的饺子上了桌。铁蛋、李铁牛、冯程围坐在桌上。

吴改花又端了一盘饺子上来说："快快快，你们爷仨趁热吃。"李铁牛说："媳妇，你也上炕一起吃。"吴改花说："那哪行，冯程在呢，你们爷仨先吃。"冯程说："舅妈，我是小辈儿，您快来一起吃吧。"李铁牛说："就是……"他干脆下炕，把吴改花拽上炕说："新社会了，男女平等。今年过年你也喝一盅。"说着，给吴改花也倒了一杯酒。冯程端起酒杯说："老舅、舅妈，铁蛋弟弟，过年好。"

所有人一起喊过年好。三个酒盅和铁蛋的饺子汤碗碰在了一起，一家人其乐融融。

　　这时，有人在场部门口，噼里啪啦地放着鞭炮。张福林拿着几个封信，还有些包裹从场部里出来，兴高采烈地走着，正遇上冯程，张福林说："冯技术员，回来啦？这边等着你呢。"冯程说："那边亲舅舅请吃饺子，这边同志们也等我，我老冯成香饽饽了？"张福林说："那是。没有你，我们这些人都熬不过那个冬天，哪敢不等你就开饭呢？"

　　冯程说："行了行了。那件事永远都不要再提了……你拿的啥啊？"张福林说："要说地方上对咱们林场上真支持，大年初一，邮局把信和包裹送到了。这回啊，孟月准能过个好年。"冯程说："她男朋友给她来信了？"张福林说："可不，挺厚的信。还有个包裹。"冯程说："哎，这俩月孟月心情就不好，就是因为没接到男朋友来信，我还怕出事呢，这下放心了。"

　　男生大宿舍里热气腾腾。赵天山、魏富贵、覃雪梅、季秀荣、沈梦茵、孟月、隋志超、武延生、那大奎、二勇和小黄都在屋里包饺子。冯程和张福林走进门，赵天山说："冯程回来了？"

　　冯程脱着大衣说："回来了。这事可不能少了我，我擀皮一绝，一人供仨。"张福林说："孟月，你有喜事。"本来低沉的孟月惊喜道："我男朋友来信了？"张福林说："可不，还给你寄了包裹。"孟月把包到一半的饺子一扔就去洗手，把手擦得干干净净，接过信和包裹，美滋滋地躲到角落里。

　　张福林说："还有武延生的信，那大奎的信，季秀荣的信和隋志超的包裹。"隋志超连忙擦干手来接包裹。正在干活的季秀荣不愿放下活，她满手是面，便对张福林说："福林大哥，帮我装兜里。"张福林有些不好意思。

　　那大奎说："这有啥？"那大奎一把抢过季秀荣的信塞进了她兜里。季秀荣笑着瞅着那大奎，那大奎却白了她一眼。

　　武延生和覃雪梅包的饺子都放在一个盖帘上。武延生轻声说："雪梅，待会儿你拣我包的饺子吃，个个是大馅儿。"覃雪梅浅笑不语。

　　隋志超把沈梦茵拽到一旁说："这包裹寄错了，不是我的，是你的……"沈梦茵说："这明明写的你名。"隋志超说："真是你的。"沈梦茵说："你少套近乎。谁知道寄的什么东西，怎么就成我的了？"隋志超说："你自己打开看看，那有剪子。"沈梦茵看隋志超神秘兮兮的样子，在毛巾上擦了擦手，拿起剪子小心翼翼地剪开了包裹。

隋志超假装不在乎，一边包饺子一边偷看着沈梦茵。沈梦茵发现包裹里是个布口袋，布口袋里面是个纸包。沈梦茵打开纸包说："这什么呀……"

隋志超关注着沈梦茵，激动得心潮澎湃，却极力掩饰着。纸包被打开了，沈梦茵愣了半晌。纸包里，一包咖啡豆赫然在目。她轻声地说："咖啡豆……"沈梦茵哽咽了，她转过头来说，"隋志超，你哪弄的咖啡豆？"

隋志超说："嗨，这又不是啥稀罕玩意儿，我一同学去了新疆建设兵团，他们那提倡种植经济作物，自给自足嘛。就种出了这玩意儿……"沈梦茵眼泪掉了下来，众人都瞅着沈梦茵。沈梦茵说："隋志超，你真有心。"

隋志超说："啊？不算啥。"沈梦茵说："算——这是我长这么大收到的最好的过年礼物。隋志超，你的这份心意我记住了，一辈子不会忘。"那大奎说："一辈子？我咋听着这么肉麻啊？"冯程说："你还等什么呢老隋？"那大奎说："就是，大麻花，你不是喜欢沈梦茵吗？还不上去来个大拥抱。"

隋志超瞅着冯程，又看了看那大奎说："啊？"冯程使劲向隋志超晃着脑袋。那大奎使劲挥手，其他人也都跟着起哄，可是隋志超却没了勇气，挪不动脚步。

沈梦茵忽然快跑两步，扑进了隋志超的怀里。沈梦茵大声地说："让你抱一下。"隋志超受宠若惊，要去抱，却发现手上有白面，他连忙在后面蹭了两下，慢慢地抱住了沈梦茵，这一瞬间，屋里爆发出雷鸣般的掌声。

然而掌声却被一个人的离开打断了。孟月突然站起身向外面跑去，冯程、覃雪梅、武延生都察觉到了不对。令覃雪梅惊讶的是，孟月并没有拿信。四五页信纸被扔在一旁。包裹已被打开，里面是一包糖。覃雪梅连忙上前，拿起信来，快速阅读着。武延生说："怎么了？"众人都停止了手里的活，关注着覃雪梅。覃雪梅说："这个混蛋，他结婚了，才两个月没来信，他就已经结婚了，还给孟月寄来了喜糖。"

隋志超说："坏了，这大过年的，够孟月受的了……"武延生抢过信来看着说："这个王八蛋，让我碰见，我一定要打破他的脑袋。"赵天山说："快去追孟月，她感情脆弱，别出事。"冯程说："对啊。"他第一个冲了出去。众人纷纷穿衣服，往外跑。

在场部门口，冯程拽住路过的小郑说："看到孟月了吗？"小郑说："孟技术员？往那边跑了，一边跑一边哭，发生什么事了？"冯程说："别问了。"

冯程身后，其他人都已赶到。冯程说："往那边走了。"众人都向冯程指的方向跑去。

雪野中，冯程和赵天山跑向高坡。冯程说："啊？脚印断了。"赵天山说："哎呀，这可怎么好？"两人翻身往回走。

大家喊着孟月的名字。

季秀荣说："不对啊，刚才地上还有脚印呢，怎么没了？"张福林说："刚才那脚印我就说不是孟技术员的嘛。"几人一阵乱，掉头往回跑。

正在喊孟月名字的隋志超，突然被沈梦茵拉住。沈梦茵说："隋志超，我问你，我要是跟你谈恋爱，你会不会像孟月男朋友一样，有一天抛弃我？"隋志超一愣说："不会。我可以对天发誓。"

沈梦茵说："不要你发誓，发誓我也不信。"她摇着头，哽咽着说，"太可怕了，孟月的男朋友都会抛弃她，你油嘴滑舌的，更不可靠，我还是不谈恋爱了，隋志超，你放过我吧……"

隋志超有些蒙了："啊？"

沈梦茵哭着说："刚才让你抱了一下，算是我们的革命友谊。你别发傻了，咱们赶紧找孟月吧。"说着，向前走去。隋志超顿时如失去灵魂一般。

雪野中的脚印很清晰，气喘吁吁的那大奎始终关注着脚印。脚印仍在继续延伸，那大奎仿佛看到了希望。突然脚印断了，那大奎一愣，抬头看去。孟月竟躺在雪地里，眼睛望着天。

那大奎冲了过去说："孟月……"他以为孟月已经出了意外，可他看孟月睁着眼睛，神情很镇定。

孟月说："我跑了这么远，还是被你们找到了。"那大奎说："就我一个人找着了，那群笨蛋，哪会看脚印啊，那么大的脚能是你的吗？快起来吧孟月，你没穿大衣，这么躺下去非冻死不可。"孟月说："冻死是最有诗意的死法……那大奎，你没听说吗？冻死的人，全是笑着离开人间的。别打扰我，也别告诉他们。"

那大奎说："你起来。什么笑脸？那是面部肌肉冻僵了。"说着，上前要去拉孟月。

孟月说："别碰我。要不然我就咬舌自尽。"

那大奎吓傻了，二话不说脱掉大衣盖在孟月身上。孟月说："你把大衣给我，你会感冒的。"那大奎也不理孟月，哐当一下也躺在了雪里。孟月急了说："那大奎，你干吗？"那大奎说："寻死嘛，咱俩一起。"孟月说："你为什么……"

那大奎说："你失恋了，我早就失恋了。季秀荣先是要跟闫祥利，现在又每天追着老魏师傅，而且就在我眼巴前晃荡，我还不该寻死啊？"说着，闭上了眼睛。

孟月说："这理由不充分，你跟我不一样，你是男的。"那大奎说："男的就应该坚强啊？凭啥？死多容易啊，咱俩就这么躺着，躺上一个小时，必死无疑。放心吧孟月，我不怪你，我还得谢你呢。是你给我指了条笑着离世的明路。"

孟月急了，挣扎着从雪地里站了起来，可是头发已经被雪冻住说："那大奎，你快帮我。"那大奎说："我帮你啥啊？"孟月说："雪把我头发冻住了。"

那大奎说："哎呀，反正最后都得跟老刘师傅一样冻成冰雕，好好躺着吧。"孟月说："我不死了还不行吗？你快帮我。"那大奎睁开眼睛说："不死啊？你说的啊。"那大奎这才起身，帮孟月将头发拽离了冰雪。

孟月一拳打在那大奎胸口说："你讨厌。那大奎我恨你。为什么不能让我清静清静，让我一个人就这么走了。"那大奎说："不能，去年大雪封山，那么艰苦，我们都熬过来了，寻死，那是给塞罕坝机械林场丢人，知道不？"孟月愣住了。

那大奎接着说："我从小就喜欢季秀荣，我认识她十六七年了，你跟你男朋友才认识几年？"孟月又是一愣。那大奎接着说，"他跟你分手，那是他瞎。就像季秀荣不愿意嫁给我，是季秀荣瞎一样。你凭啥寻死啊？跟个有眼无珠的男人分手了，你应该高兴才对啊。咱干的是绿化祖国这么大的事业，他都不支持你，不等你，这种男人你要他干啥？"

孟月被训得有些蒙了。

那大奎说："孟月同志，就因为你，今天大年初一，经历过大雪封山的所有战友好不容易凑钱包顿饺子，被你搅和了。为此，我严肃地批评你。"孟月说："是我错了，我影响大家过年了。"那大奎说："那怎么办？"

孟月说："你说怎么办？"那大奎说："知错就改，赶紧往回走，一切都还来得及。"孟月说："大衣给你。"

那大奎说："什么给我？你是女的。你穿好咯。"孟月乖乖地将大衣系好。那大奎说："还有劲吗？跟我跑回去。"说着，就往前面跑。他脸上出现了怪异的神情，他已冻坏了。

大宿舍桌上摆满了饺子。孟月端起酒盅说："天都黑了才吃上饭，都是我的错，我自罚一杯。"赵天山说："罚啥罚呀，大过年的不说这个，大伙一起干一杯。过年好。"所有人在一起碰杯。孟月一口酒下去，辛酸的泪又流了下来，可是没等她煽情，那大奎一阵连续的喷嚏。

武延生上前摸那大奎的脑袋说："坏了，那大奎发烧了，烫得厉害。"那大奎说："别大惊小怪的，不算啥不算啥。"他转过身说，"别搅和了大家吃饺子过年，快快快，吃。我先来一个压压就好了。"说着，夹了一个饺子放在嘴里嚼着，他突然发现孟月看他的目光充满了深情，他尴尬地笑了笑。

场部门口，武延生追上了正在走的季秀荣。季秀荣说："哎，武延生，有事？"武延生说："你跟老魏啥时候结婚？"季秀荣一愣说："你问这干啥？"

武延生说："你俩不早就确定关系了嘛，快点啊。"季秀荣说："我跟老魏的事你这么着急干吗？"武延生说："覃雪梅说了，只要有一对结婚，我们俩就能结婚。季秀荣你快结婚吧，就算帮帮我？"季秀荣笑了说："行，我跟老魏商量商量。"

看上去顺理成章的事，却并不那么如意，魏富贵在宿舍听了季秀荣的话说："那可不行，老家有规矩，老人去世了要守孝三年，俺娘才走了一年多，现在结婚那是不孝。"说完，低下头去。季秀荣说："这个规矩好，人生一世孝道最重要。其实我不急，是有人急。行了老魏，我知道了。那我先走了啊。"季秀荣转身走了。

张福林说："魏富贵，季秀荣这么好的姑娘，要跟你结婚，你编啥理由啊你？"魏富贵说："我不能害人家。"张福林说："你怎么就害她了？"

魏富贵情绪有些激动地说："我是个啥啊？人家是大学生。我家里困难，弟弟妹妹好几张嘴等着我养活呢。人家三个姐姐都嫁人了，而且嫁的都是大学生，家里一点负担都没有。我跟季秀荣是一个天上一个地下。再说，她不是真的喜欢我，就是感情上受了刺激，我哪能占人便宜啊？拖上两年，场里这么多优秀人才，大人物有合适的追求她，她把那劲儿过去，也就把我忘了，多好。"

张福林说："那你看着季秀荣跟别人结婚，到嘴的鸭子跑了，你不难受？"魏富贵说："我难受啥？我们俩是半个小老乡，她要是有个好归宿，我会高兴的。"嘴上这么说，魏富贵想到那一瞬间，已经抹上了眼泪。

场部实验室，武延生正在看资料，他猛地回过头来说："覃雪梅，咱俩结婚吧。"正在看显微镜的覃雪梅假装漫不经心地说："不是说好了吗，有别人先结婚，咱俩才能结婚，你急什么？"

武延生说："我问季秀荣了，她和魏富贵两年之内都结不了婚，我度日如年啊，等不及了。"说着，他上前就去抱覃雪梅。

覃雪梅赶紧推开武延生说："哎呀仪器，这样不好，这是在工作岗位上。"武延生说："雪梅，我是跟你来的塞罕坝，这鬼地方条件太艰苦了，你要是再不给我些安慰，我可真待不下去了。"

覃雪梅说："冯程一个人在坝上待了三年，条件更艰苦，都从来没有说过放弃，你不应该跟他好好学习学习吗？"

武延生说："冯程冯程，又是冯程。你说实话，你是不是对他有了感情？"覃雪梅愣了愣说："对，是有感激之情，毕竟他一个人留下与狼搏斗，冒着生命危险救了我们……"

武延生说："你又在挖苦我，覃雪梅……"

覃雪梅说："武延生，你现在好像很容易激动啊？请你相信我，我不想这么早结婚，就是为了事业，没有其他任何原因。"武延生猛地扭身冲出了实验室。

覃雪梅没追，她眨了眨眼睛，想着心事，其实她已经感受到了，自己拒绝武延生，可能与冯程有关……

正走向林场场部办公楼的冯程，与气哼哼的武延生相遇。武延生瞪着冯程，冯程不明所以。

武延生哼了一声，大步流星地走了。冯程很奇怪，摇了摇头，想不明白他到底是为了什么……

这个冬天就这么过去了。

第二十一章

①

转眼南雁北飞，塞罕坝迎来又一个春天。这天，在头一年秋季造林的山坡实验标准地里，冯程和李中亲自检查着成活率。李中仍瘸着腿。冯程点数着一棵棵没有成活的苗子，负责记录的孟月心情有些沉重。

覃雪梅站在孟月身边说："估计成活率在百分之十以下。"一旁的武延生冷冷地笑了："哼，不错了，我还以为超不过百分之三呢。"他又冲着坡下讽刺地说，"冯程啊，这是你自己苗圃育出的苗子，品牌效应重要哇，见那带死不拉活的，你就别数了，也好增加成活率，别砸了咱这冯家招牌呀！"

这话让冯程气得够呛，他奔过来说："武延生！你说什么？"武延生说："怎么？你这'二马冯'，是'二马蜂'啊？碰不得？打架好说，有两年没动过手了，来吧！"赵天山连忙上前拉开二人说："武延生，冯程在工作中从不会打马虎眼，你别……"

冯程说："武延生，疑心会让人心理阴暗。好，那大奎，请你替我来检查成活率。"那大奎想了想说："愿意代劳。"说着走上了山坡。

冯程和武延生仍然互相对视着。隋志超说："都消消气，消消气。全场职工对这片实验山坡都给予厚望，你们俩啊，就都是太着急了！"由于去年冬天的误会，覃雪梅现在已经无法参与冯程和武延生的冲突，只能默默地在不远处看着二人，好在二人并没动手。她内心才平静了下来。

于正来、曲和、李中和所有的大学生，再加上加冯程、赵天山在办公室开会。于正来说："百分之八？很好了！虽然还不到百分之十，但这已经是我们林场建场以来取得的最大成绩了！"

武延生说："我不同意这个说法，这是块全塞罕坝宜林程度最高的山坡，又选择了秋天的最佳种植时间，之后灌溉、施肥，都有专人负责跟上，这有普遍意义吗？哪有那么多好地方？哪有那么多最佳时间？大规模造林的时候，林场的职工够吗？所以，我对百分之八这个数值，持保留意见！"

那大奎说："老武，我知道你不会肯定冯程的苗圃，可你不能把我们负责造林的同志也否定了吧？百分之八这个数值是从标准地里数出来的，不应怀疑！"隋志超说："对啊，植苗锹，真不赖，既省时，又省力，一个人就能种上一片山……"

武延生说："行了，隋志超，这是开会呢！"隋志超说："我没打快板啊！"女生们都忍不住笑了起来，隋志超用上了快板的语言节奏。

沈梦茵说："我觉得不管怎么说，有成绩还是要肯定的，给自己打气嘛！"季秀荣说："梦茵说得对，建议场部给冯程同志，还有负责植树的赵天山、那大奎、隋志超等同志嘉奖！"孟月说："我同意。"

于正来问："覃雪梅，你的意见呢？"覃雪梅说："我不想肯定谁，否定谁，但武延生同志分析得很客观。作为实验种植，这个成活率还是很不理想的。"武延生脸上立刻放出了光芒，微笑地看着覃雪梅。

于正来说："老李，你的意见呢？"李中说："大伙说的都有道理，效果确实不理想，但也可以打打气。"于正来说："曲场长……"曲和说："具体技术上的事，我就不发言了。"

于正来说："这意见不统一，可就不好办了，全场职工都等着信儿呢，这去年秋季的实验造林算成功了？还是失败了？场领导和技术骨干总得给个说法吧？"冯程说："失败。"所有人都瞅着冯程。

冯程说："而且是惨痛的失败。我同意武延生和覃雪梅的意见，大规模植树的时候，灌溉和施肥就更跟不上了。当然，失败的根源在于苗子，我检讨。"

武延生说："建议取消冯程的苗圃，浪费人力，浪费种子，只能拖技术工程的后腿！总场有一个苗圃足够了。"冯程一愣，曲和说："这倒也是个主意，集中精力搞好总场这个苗圃，心往一处想，劲儿往一处使嘛！"冯程咬了咬牙，低下头，他已经做好了接受这一决定的准备。

覃雪梅说："取消苗圃没有必要，总场的苗圃面积有限，大规模育苗还真不够用。"曲和说："那就统一管理。冯程同志就是半路出家，二把刀，让他培育专业水平很高的树苗也不现实。"于正来说："冯程，你有意见吗？"

冯程说："没意见，我本来就是二把刀……只是请求领导别把我调走，让我再跟覃科长好好学习学习，尽快提高自己的专业水平。"覃雪梅看了他一眼，冯程的态度很真诚。

散会了，大家走出场长办公室。冯程说："李场长，我有事跟您商量。"李中说："进来吧。"到了李中办公室，冯程大胆提出了"全光育苗"的建议。李中沉思了片刻说："这个想法够大胆的。从理论上还是可以说得过去……"冯程说："您给我的杂志上有这样的论文。"

李中说："我记得，去年第六期，我也看了。可这，在塞罕坝适合吗？咱这是高原，日照强啊！更何况，落叶松……"

冯程说："属于阳性树种，幼苗期耐不了高温和阳光直射，所以通常都采取遮阴育苗法。但是，在襁褓中被妈妈抱大的孩子，脱光了衣服扔在野地里，能活吗？"

李中说："嗯……接着说。"冯程接着又说："宁愿让大量的幼苗死在苗圃里，起码不会让同志们白劳动！采用全光育苗后，产量可能会大大下降，可哪怕只有以前的三分之一也好。这三分之一出山以后，成活率会大大地提高！因为它们没有那么脆弱，能经得起高原的日晒和狂风暴雪！"李中听得很激动说："你去把覃雪梅叫来……不！咱俩去找她！"

三位技术骨干就在实验室里开会。覃雪梅说："去年冬天，冯程同志就跟我提过全光育苗，当时被我否定了。"

李中说："说说你的理由。"覃雪梅说："当时我对去年秋季造林寄予厚望，我觉得成功率起码在百分之七十以上，所以……我承认，当时我保守了。"

冯程说："不晚不晚，育苗期还不到，请覃科长早下决定！"李中说："实在不行，就让冯程小范围再试试？"覃雪梅说："不行。"冯程一愣，覃雪梅说："这是林场成立的第二个年头了，总抱着试试的态度，什么也干不成。李场长，冯程同志管理的那片苗圃你去过吧？"

李中说："去过。"覃雪梅说："我的想法是，扩大育苗面积，起码扩大三倍，全部采用全光育苗！"孟月说："啊？风险太大了吧？万一失败了呢？"

覃雪梅说："不是还有总场苗圃吗？咱们这边继续采取遮光育苗，保证出苗量，不耽误明年的生产。"冯程有些兴奋，覃雪梅说："冯程，全光育苗最大的困难是什么？"

冯程说："怕幼苗被灼伤。"覃雪梅说："你有没有想好，怎么降低地表温度？"冯程想了想说："浇水。"

覃雪梅说："对，要大量灌溉！光靠人工挑水是不够的。走，我们再去找于场长，让他支持！"冯程说："这是你们领导的事。"冯程告退，下楼回去了。

他们几位又来到曲和的办公室，曲和说："怎么转一圈又开回来了？"覃雪梅说了全光育苗的必要性。

于正来说："全光育苗？那苗子那么嫩，行啊？"覃雪梅说："就是怕不行，才需要灌溉，灌溉就需要劳动力。"于正来说："失败了呢？"覃雪梅说："我负全责。"

于正来说："主意是冯程出的，你愿意替他负责？"覃雪梅说："冯程的建议有科学根据，我和李场长、孟月都论证过了。"

于正来看了看李中说："老李，你的意见呢？"李中说："论责任，我有一份。我这腿是不得劲，等我好了，帮你们挑水浇地去！"覃雪梅感动地看着李中。

于正来说："雪梅同志，去年春秋两次造林失败的情况，我已经向林业部汇报了。部里要求我们先搞好科技攻关，再机械生产，可是今年在全国调集的上百万株苗子也已经到了，不种不行啊！多数职工还是得去完成这个造林任务，场里的劳动力也紧缺呀……我看这样，总场的所有行政人员、技术人员，都支援冯程那边的苗圃，你看怎么样？"

覃雪梅说："太好了，谢谢于场长！"

冯程的小苗圃被扩大了三倍,所有遮光设备全部被取消。整齐的床上长出了小苗。前排成队的女工在提喷壶灌溉。

苗圃两端各有一蓄水池,女工的喷壶不能停,喷到一头立刻从蓄水池打水,再往回喷。女工都穿着雨靴,步伐整齐,张曼玲等几位姑娘也在灌溉队伍中。

覃雪梅、孟月、季秀荣、沈梦茵也来支援,每人都提壶灌溉。灌溉车由汽油桶改装而成,汽油桶被固定在推车上,两个人在后面推着。从高处的蓄水池取水,然后两个男劳力推着车灌溉,速度很快,怕水半路漏光。冯程和张福林一组,赵天山和魏富贵一组,于正来和曲和一组,"周吴郑王"分成两组。

十辆灌溉车穿梭在整个苗圃中,气势蔚为壮观。集体松土,几十人动作统一。工作中的赵天山偷偷向张曼玲抛了个媚眼,张曼玲脸红了……

傍晚,苗床上露出嫩绿的芽,嫩芽娇绿,在晚霞中透明晶莹,美得诱人。

转眼到了 1964 年春,林场场部开大会,横幅上大字写着:塞罕坝马蹄坑造林誓师大会。

于正来在作大会动员,他说:"今年是建场的第三个年头了,头一年我们种树活了百分之五;去年春秋两季平均百分之八。虽说这个数字不高,但这是全场职工用辛勤和汗水换来的!毕竟这里是高原荒漠,缺水又严寒;毕竟这是之前派了多次小分队,都颗粒无收的塞罕坝;毕竟这是被国际上的林业专家判了死刑的地方!老天也怕铁打汉哪!同志们,我建议大家热烈鼓掌,给咱自己鼓劲!"众人鼓起掌来。

于正来接着说:"虽说造林取得的成绩有限,可是我们在育苗上,有重大突破!总场苗圃出苗率达到了全国苗圃平均水平,可喜可贺呀!二苗圃采用全光育苗,不但没有减少出苗率,还提高了百分之十六。那苗比遮光育苗的,长高了百分之十五,地径也增长了百分之十以上。而且这个全光育苗大大降低了人工和经费,还能有效防治未来的病虫害,这可是咱们林场，在科技进步上取得的巨大成果。场领导本来是研究，要对主要技术人员给予表彰嘉奖的，可技术科长覃雪梅不同意呀，她说苗子还没出山，种活了才算成绩。我觉得她说得好，这个功咱先记下。"

覃雪梅低头在做笔记，武延生瞅着覃雪梅。覃雪梅身后隔了好几个人是心情很好的冯程，手上也在做笔记。于正来说："我要高兴地告诉大家，从今年开始，咱们自家苗圃生产的苗子就足够了，不再需要别人支援了，这才叫自力更生，这才叫艰苦创业！"所有人都鼓掌，曲和和李中尤为激动。

于正来接着说："过去的成绩总结完了。今年的最重要的任务，就是我们要在马蹄坑组织大会战，把苗圃里培养出来的好苗子都种出去！我们的所有技术人员，包括气象站专家、病虫害专家经过了认真的研究，已经为这次会战选好了时间。我们要完成五百多亩的造林任务，但生产时间只有三天，这一战关系到在场每一个人的荣誉，关系到塞罕坝林场的未来，关系到绿化祖国的千秋大业！同志们，有没有信心哪？"

"有！"众人群情激昂，誓师大会蔚为壮观。

很快，四台拖拉机带着植苗机开始工作，蘸浆、投苗，苗子被植到了地里，场面极为壮观。开拖拉机的赵天山，负责投苗的六女，负责技术检查的覃雪梅、孟月和李中都在认真工作。

马蹄坑有坡度的地方是机械种植不到的，这些地方由那大奎、冯程带领职工用植苗锹人工植树，季秀荣和沈梦茵负责检查植苗效果，她们认真地丈量地表高度，以及埋没红皮的标准。周、吴、郑、王已成为生产主力，干得很带劲……

马蹄坑造林现场，红旗招展，承德行署也派出了万峰秘书长，带着承德各县选调的林业工人，带着给养，前来支援造林。于大婶和吴改花等林场的家属也都上阵了，送饭送水，一派热火朝天的造林气氛……

二十天之后，还是这个现场，成片的树苗已经种好，几百名职工等待着，看着放叶的幼苗。覃雪梅、孟月、季秀荣、沈梦茵、武延生、那大奎、隋志超等分带着技术员统计数据。

冯程闭上了眼睛，默默地等待着……忽然冯程耳畔传来李中颤抖的声音："百分之九十五以上，准确地说，是百分之九十六点六！"于正来用低沉的声音问："这么高？"

李中激动道："错不了，我以前在林业部负责全国林场生产验收，我绝对不会在自己工作的林场里作假！从今天早上五点钟，技术员们统计到现在，这个数据应该不会有偏差！"冯程睁开眼睛，热泪盈眶。

于正来站到拖拉机上说："同志们！结果出来了，放叶率超过了百分之九十五，我们的汗水没白流！"雷鸣般的掌声响起来，很多人激动得流下了泪水。

3

三个月后，马蹄坑植树现场迎来了省林业厅的评估组。评估结束后，全场职工都赶来聆听评估结果。

花白头发的省评估组组长李兴远副厅长把评估表递给了于正来，于正来接过一看热泪盈眶，激动地伸出双手握着李兴远的手。李兴远："正来啊，你们辛苦了，塞罕坝马蹄坑造林首战告捷，我向厅里为你们请功！"

曲和说："同志们，省林业厅的评估已经结束了，借着这高兴劲，请于场长讲话！"

于正来登上拖拉机说："同志们，我手里拿着的就是我们向祖国交出的答卷！刚才，李厅长表扬了我们，还要为大家请功。经过了三年的努力，我们用自己育出的苗子组织了马蹄坑大会战。我身后这五百一十六亩土地上，种下了将近二十万株落叶松！成活率超过了百分之九十！我们胜利了！"

欢呼声震天，冯程忍不住淌下了泪水，同志们热烈地拥抱着。赵天山流下了英雄泪，魏富贵和张福林抱在了一起，武延生也感动得落了泪，那大奎和隋志超热情地拥抱。于正来一手握着李中，另一只手握着曲和，三个领导热泪盈眶。于正来说："老伙计，胜利了，胜利了！"

场部门口放起了鞭炮，四处披红挂彩，热闹非凡，有人敲起了锣鼓，女工们扭起了秧歌。挥舞的红绸映着湛蓝的天空，锣声、鼓声代替了呐喊声……热情的秧歌让所有人都融入其中。

冯程也被拽了进来，他开始不适应，慢慢地也融入了其中。他突然发现远远的，覃雪梅在看着他。目光相遇，她微笑着，冯程善意地点了点头。

季秀荣扭到了魏富贵身旁，大声喊着："老魏！胜利了！"魏富贵说："对！胜利了！"季秀荣说："三年也过去了！"魏富贵说："你说啥？"

季秀荣说："你答应我的，今年冬天咱俩结婚！"魏富贵傻了。季秀荣不再理魏富贵，继续去扭秧歌，但眼神看着魏富贵。魏富贵眼中，季秀荣是那么美……

隋志超说："梦茵，胜利了！"沈梦茵说："胜利了。"隋志超说："我咋这高兴呢？"沈梦茵说："我也高兴！"隋志超说："那啥，那咖啡还有没有啊？其实我没喝过，要不晚上你给我来一杯？"沈梦茵说："傻子，咖啡是要磨的，不磨不能喝。"隋志超说："啊？那你没喝啊？"沈梦茵说："没喝，我每天闻着咖啡豆提神，挺好的。"隋志超心里仿佛装下了什么事。

那大奎对孟月说："哎呀，真想跟谁摔一跤！"孟月说："那你摔我吧。"那大奎吓了一跳："你说啥呢？我可不敢摔你们女同志。"孟月说："你是怕把我摔崴了脚，背不动我吧？"那大奎笑了说："你好像比以前更胖了，更沉了吧？"

李铁牛和吴改花扭着秧歌，一边扭一边逗。吴改花说："告诉你件事。"李铁牛说："啥？"吴改花说："场长找我谈话了，让我也进场里来当职工！"李铁牛说："真的？咱家双职工了，喜事！"吴改花说："还有一件事。"李铁牛说："啥？"吴改花说："铁蛋有弟弟了！"李铁牛停住了动作说："你说啥？"吴改花说："起码仨月了，我怕不牢榜，没敢告诉你……"李铁牛高兴地说："那仓库有货，你还瞎扭傻乐？快跟我回家！"

李铁牛拉起吴改花就往家走。于大婶凑了过来说："大白天的拽着媳妇回去干啥？"李铁牛说："做儿子！"

于大婶说："没出息，那活儿不得晚上吗？"

李铁牛说："不是，大婶，已经有儿子了，是让她回去养胎！"于大婶恍然大悟。众人笑得更欢了……

张曼玲等几位姑娘正在扭着秧歌。锣鼓声一停，大家都鼓掌。赵天山冲上去一把抱住张曼玲，转了起来。

张曼玲吓了一跳，见同事们都热情地鼓掌，她说：“你，你放开我！”赵天山说：“胜利了！这回我真的要总攻了。”

众人鼓掌鼓得更厉害了。

被赵天山举在空中的张曼玲，回望赵天山那朴实的笑容为之所动，那份从没有过的喜悦冲上脑海……

④

初春的塞罕坝，天空中飘下了雪花。场部门口拉着横幅：热烈欢迎林业部领导视察指导工作。一辆汽车停在了林场门前，几十名林场职工站在门口欢迎。车门打开，下车的是林业部造林司副司长栗坤。

他上前与于正来、李中、曲和握手。经过了一年的调整，李中的腿已经基本康复，但走起来还是有点瘸。在众人的簇拥下，栗坤走向办公楼。

几十名中层领导坐在会议室里，覃雪梅和赵天山也在列。冯程虽不是领导，但管着小苗圃，也在后排角落坐下。

栗坤说：“秋天，检验马蹄坑会战成活率的时候我就想来，没来了，急得我一天一个电话，一天一个电话，嘴上都起了大泡！老伴儿跟我说，你与其在北京上火，还不如直接去塞罕坝呢。可惜事儿太多，我实在是走不开。老李给我写了一封长信，介绍了会战的情况，我翻来覆去看了十几遍，并把塞罕坝取得巨大成功的好消息汇报给部里，上报给国务院。这次离开北京之前，覃部长专门把我叫到办公室，让我转达他们对塞罕坝全体同志的衷心的祝贺和感谢！”会议室里爆发出热烈的掌声。

于正来听了很欣慰。赵天山用力鼓着掌，覃雪梅也很感动。角落里的冯程脸上喜洋洋的。掌声过后，栗坤清了清嗓子说：“我这次来还有一个重要的任务，就是从场里选出两个劳动模范，作为林业部劳模巡讲团的一员，赴全国林业系统，包括各个林业院校作报告，目的就是为了号召更多的人才，到像塞罕坝这样艰苦的地方工作，建功立业！”

掌声再次响起。坐在三排的武延生脸上露出别样的笑容，他仿佛看到了机会。

栗坤要去造林现场参观，于正来、曲和等人陪同。在场部门口正要上汽车时，武延生从后方追了过来。武延生说："领导好，我是武延生！"栗坤回过头来说："武延生？喔，老武的儿子，我听你爸爸提起过你。怎么样，在塞罕坝的工作还习惯吗？"

武延生说："挺习惯的，于场长和曲场长对我这名首都来的大学生格外照顾。"

栗坤点了点头说："那就好……我呀，跟你爸爸在两三次大会战中都一起打过仗，上次我同班的战友带着他到我家去做客了，说你们家就你一根独苗，让我想办法把你调回北京去。我跟你爸爸说，那可不行，既然你儿子去了塞罕坝，要想离开，除非他自己写申请。再说了，既然是自愿报名来到塞罕坝的，一定是个思想先进的好青年！机械林场刚刚成立，把这样的好青年调走，于场长会跟我算账的！"

本来想说什么的武延生一脸的尴尬："我爸爸真是的，怎么能给领导添这种麻烦呢？既然当初做了这样的决定，我就应该扎根在塞罕坝，奉献我的青春，绿化祖国！"

栗坤说："说得好！虽然跟你爸爸是拐弯战友，但我和他聊得挺好。以后你就叫我栗叔叔吧……这样，于场长正要带我去看看过冬的树苗，你熟悉业务，跟我一起，也好帮我介绍介绍场里的情况。"武延生答应着，连忙帮栗坤拉开车门。

栗坤上车，随即武延生也跟着上了车。曲和和于正来相互对视了一下，上了另一辆车。

当晚，在男生宿舍，武延生、那大奎和隋志超聚在一起。武延生咔地又起开一瓶罐头。三瓶罐头放在一起。隋志超哈喇子都要流出来了："哎呀，老武啊，一顿开三瓶罐头，这也太破费了……你今儿个咋这么高兴呢？"武延生说："我不是今天高兴，是一直这么高兴！自打秋天会战成功以后，大伙不都是这样嘛！"那大奎和隋志超连连点着头。

武延生说："来来来！吃着！喝着！"他打开一瓶白酒，在茶缸里倒上，三个人开始吃喝。武延生说："今天林业部的栗坤同志来了，非得让我跟着他一起视察工作，那可是大领导……呃，我管他叫栗叔叔。"

那大奎竖起大拇指说："了不起，了不起！你这首都来的就是关系硬！"隋志超说："哎，今天你们开会都说啥内容了？林业部领导带来啥新指示了？"武延生说："主要是表扬，代表部里领导向马蹄坑会战取得的巨大胜利表示祝贺。再有就是选先进……"

那大奎说："选先进？"武延生说："对啊，要选先进，到全国各地作报告，其他林场有一个名额，只有咱们塞罕坝林场有两个名额。"那大奎说："那，咱这儿大概最后会选谁啊？"

武延生说："这个当然得领导定了……不过我估摸着，雪梅是肯定的。"那大奎说："也对，从思想到行动，雪梅同志确实先进，跑不了的。"

武延生说："我女朋友嘛，当然优秀！"隋志超说："那另外一个呢？"武延生说："另外一个名额……"他顿了顿说："我觉得呀，得在咱们这批大学生里面选，不知道你们哥俩……怎么想的。"

那大奎和隋志超对视。那大奎说："咱们这批大学生？那覃雪梅要是选上了，另外一个怎么也得是个男的吧？就剩咱们仨了……"武延生笑了笑。

那大奎叹了口气说："哎，我是中专生，虽然没少卖力气，可技术上没你们大学生过硬，我是没戏吧。"隋志超说："我这学病虫害的还真没出什么力呢。老武，你这意思就是你了呗？"

武延生有些得意。隋志超说："可为吗只在咱们这批大学生里面选？万一人家领导另有考虑呢？"

武延生说："那不能，咱们这批大学生早上坝一年，而且是历经生死才熬到了今天，这头一回选先进，要是选出建场以后才来的人，能服众吗？"

隋志超说："可还有比咱们上坝早的冯程呢。"那大奎说："对啊，这全光育苗可是冯程提出来的，老武，你如意算盘打早了，我觉得冯程比你有希望。"

武延生说："希望，当然每个人都有，所以我才请你们哥俩喝酒啊，咱仨可是一起上的坝，我武延生是什么人，你们也知道。"武延生瞅着那大奎说，"老那，我曾经跟你说过的话，至今可都没忘。"

那大奎看着武延生，顿时想起武延生曾经对他的许诺。武延生说："还有老隋，你和我虽然一直没走太近乎，但是我们一起的这些经历，就是友谊最坚实的基础！"武延生端起茶缸示意要和隋志超和那大奎碰杯。三个茶缸碰在了一起。

武延生说："我知道，你们俩的群众基础比我强，关键的时候帮帮我。我在家里没有兄弟姐妹，现在，你们就是我的亲兄弟，我将来混好了，绝不会亏待你们！"

隋志超和那大奎面面相觑，他们不知道该给武延生肯定还是否定的答案。

林场开大会，曲和宣布1964年塞罕坝机械林场劳动模范是——技术科长覃雪梅，第二个人选，是实验苗圃的负责人冯程。

武延生万没想到是这个结果。他突然站起身，使劲儿地跟着鼓起掌来。他的反常行为让那大奎和隋志超都愣住了。而冯程却下决心不当这模范。

回到了宿舍，赵天山、魏富贵、张福林、二勇、小黄、周、吴、郑、王都在，他们兴奋地注视着低着头的冯程。赵天山说："哎，冯程，这么大喜事，你当嘟着脸干吗？"

冯程说："我离劳动模范距离还很远，怎么选了我啊，这……我不合格！"赵天山说："你有什么不合格的？"张福林说："你还不合格？你不合格整个林场就没有人合格了！"

冯程说："老张大哥，你可别说这样的话，起初怎么上的坝我心里清楚，我是因为个人私心才来到林场工作，带着赌气的成分上的塞罕坝。你说现在让我当劳模，我哪合格啊？远的不比，就说老赵，我能比得了吗？"

赵天山说："你少来！要说思想境界，兴许你比我差点；要说劳动精神，我可能也胜你一筹。但是你比我早上坝三年，我比不了你，而且你的全光育苗法立了功，这才是让你当劳模的关键！在塞罕坝种树跟别的地方不一样，不光得靠劳动精神，还得靠科学，你就是科学的代表，怎么不能当选劳模？"

冯程说："老赵，看你说的。覃雪梅同志才是代表着整个林场的技术层面，我这不是多余嘛！不行不行，我得去找于场长。"

小王说："哎，冯老师，这事儿还有让的啊？"小吴说："对啊冯老师，你是不知道，武延生四处找人拉票都没选上，你说你还要往外让！"小郑说："就是，不能让！万一你让出去了，给了他，那可就难以服众了，起码我不服！"小周说："没错没错，冯老师可不能让！老师当了劳动模范，我们这些学生们脸上也有光啊！"四个小伙子一阵呜啦乱叫。

冯程气道："行了，行了行了！你们全闭嘴吧！老赵，你跟我出来一下。"

冯程拽着赵天山出了门说："老赵，怎么会选我当劳模呢？我这心里犯糊涂……哎，我问问你，曲和有没有找你谈过话？"赵天山说："找啦。"冯程说："你怎么说的？"

赵天山说："那，我可不能告诉你。"冯程说："你……曲和也找我了，我跟他说得很清楚，要说先遣队贡献最大我认，但是在我心目中，配得上当劳模的只有两个人，男的赵天山，女的覃雪梅。"赵天山笑了说："你跟我和曲场长说的一样啊！"冯程说："啥？"赵天山说："我也是用的你这句话，要说先遣队贡献最大我承认，女的选覃雪梅，男的选冯程！"

冯程有点急躁地说："老赵，我不是跟你说过嘛，我不适合当劳模，更何况还要跟着林业部的领导去作报告，我怕我说错话，闹笑话，给咱们林场抹黑。你是老革命，这种事就该你上啊！"

赵天山说："去！评的是劳模，又不是按资历。要是按资历也轮不上我，还有于场长呢。我告诉你啊冯程，你可不是代表你自己，你代表的是整个先遣队！总场领导和同志们给你这样的荣誉，你应该感到骄傲，一定不能掉链子，要给我勇挑重担！认真地写报告稿，做好充足准备！"这番话说得冯程没词了，气得直嘎巴嘴。

冯程决定去找于正来。在于正来家，冯程说："您还是放过我吧，我不能去，因为唐琦的事。"于正来一愣。冯程说，"一旦我成了劳模，自然会有人刨根问底，问我这个大学老师为什么来塞罕坝，说实话，对林场的形象不好。不说实话，我心里过不去。"

于正来说："老刘头牺牲前，亲口跟我讲过要给你介绍对象，被你拒绝的事，他是带着遗憾走的。这两年种树没成功，我没提过这事，今天作为你爸的老战友，我郑重地命令你忘掉唐琦，开始新的生活。"

于正来吹胡子瞪眼一阵训斥，冯程不得不接受了这一建议。

5

办公室台灯开着，曲和正在写着文件。敲门声传来，曲和看了看表，皱了皱眉头说："谁啊？"门被推开，武延生挤了进来说："曲场长……"曲和说："武延生？"武延生说："是我，您这么晚还加班啊？"曲和说："啊，今天我值班，学习学习文件……你有事吗？"武延生说："是这样，曲场长，我也睡不着，看您这还亮着灯，想找您来聊聊天。"

曲和起身，让武延生坐在沙发上说："小武啊，你是遇到什么麻烦了吗？工作上的还是生活上的？你都说出来，场里尽量帮你解决。你是从首都来的嘛，我们这条件艰苦，有不适应不习惯的我也都能理解。"

武延生连忙摆手说："哎不不不，我没有任何问题，就是觉得挺高兴的，自从会战成功以后，我这兴奋的心情一直就没下去过，这充分说明我报名来塞罕坝是正确的选择，明智的选择！当然，首先是场领导们领导有方，才能这么快取得如此大的成绩！"

曲和说："嗨，行了小武，别给场领导戴高帽子了，让我猜猜你为什么来，想请假回北京？"武延生说："不，我没这个意思。"曲和说："噢？那就是对这次评选出的劳动模范有意见？"

武延生一愣。曲和说："忘了跟没跟你说过，我是侦察兵出身……我听说你很想当这个劳动模范，一直在年轻人堆儿里做工作，希望大家支持你，有这么回事吧？"武延生说："有这么回事，但是没评上，我心服口服。"

曲和皱了皱眉头说："是吗？"武延生说："那是，选别人，我武延生肯定不服，但是选冯程，没啥好说的，其实我今天来就想跟您谈谈冯程同志。我跟领导说实话，我报名上坝，跟覃雪梅同志坚决要到最艰苦的地方来，有直接关系。可我不明白，冯程早我们三年上坝，是什么样的精神支撑着他一个人来这里种树？我是迫切地想跟他学习。曲场长，直接去找冯程同志，我还有点不好意思，先跟您侧面了解一些情况，回头再好好跟他交流。"

曲和笑了起来说："小武同志啊，你们年轻人有时候还真是蛮有意思的，看到你这个样子呀，我仿佛也年轻了……我告诉你吧，没有一个人的成长道路是一帆风顺的，谁年轻的时候没犯过错？我也犯过。冯程刚到林业局报到的时候，惹了不少的祸。他原单位的保卫科长就来过围场两次。"

武延生假装一惊说："保卫科长都追来了？那是什么事啊？"曲和说："不是他的问题，是他女朋友，问题还不小呢！"武延生说："这么说冯程前辈的经历还挺传奇的嘛，曲场长，您给我讲讲呗？"

曲和说："按说啊，这种事不能跟你说，但是冯程现在被选为了先进，从一个落后分子，险些被开除的同志，到现在，成了被教育改造好了的同志，应该说我曲和也是有功劳的，所以说给你听听也无妨，但是你不可以外传啊！"

武延生说："不外传，不外传……"他边说边退出了曲和的办公室。

武延生刚回到宿舍，郑三儿带着工人宋小四推门走了将来。武延生从炕上跳了下来说："哎，小郑，来了啊，坐！"郑三儿一曝牙花子说："我说武技术员，请我来您宿舍，这是啥意思呀？"武延生说："你猜呢？"

郑三儿说："想当年我要砍那棵树，咱们发生过矛盾，也动过手。不过那时候我是普通老百姓，不是林场职工，没有被植树造林、绿化祖国的精神境界武装，犯点错误是可以理解的呀，咋着？您现在还要翻旧账，跟我比画比画，动动手啥的？那也行，我奉陪！不过咱说好了，得离开林场，去后山找一没人的地方，咱哥俩单练，谁受伤了都不许报告保卫科！"

武延生严肃地说道："小郑同志，你说的这叫什么话？咱们现在是一个林场的同事，过去的那些事计较什么？"郑三儿说："啊？不计较啦？还以为您这北京来的大学生记仇呢，我这还叫了个兄弟，您那么大个子，还真怕招呼不过……"

武延生笑了，话锋一转说："今年秋天是我指导的你们俩吧？"郑三儿说："没错没错。"武延生说："我观察了，你们工作很积极，而且对技术掌握得很快，很准确，技术合格率很高！"

郑三儿惊讶地笑道："啊？武技术员，您这是表扬我呢？"武延生说："当然了，今天是休息日，我闲着没事叫你们哥俩来陪我喝点酒。"郑三儿说："啥？您请我们喝酒？这多不好意思啊！"宋小四说："就是，喝酒就算了吧，这宿舍里也没法炒菜，不能干喝酒啊？"

武延生说："不用炒菜，我爸托林业部领导给我带来的罐头，专门给你们哥俩留着呢！"郑三儿和宋小四瞪大了眼睛说："罐头？"

那个年代，罐头对塞罕坝的农民来说可是稀罕玩意儿。两瓶没打开的罐头在郑三儿和宋小四的手里端着。武延生说："来来来，喝酒喝酒！"三个茶缸碰到了一起。

郑三儿看着罐头，隔着铁皮闻着。武延生看着郑三儿的样子笑了。桌上只有几粒花生米。武延生说："二位，罐头是你们俩不吃，想带回去的，喝酒没菜可不能怪我啊！"宋小四说："没事没事，这样喝也挺好，挺好！"

郑三儿说："武技术员，您是不知道，这玩意儿太稀罕了，拿回去我也跟我媳妇显摆显摆，还有我奶奶……"武延生说："哎？你奶奶她老人家还健在呢？那年不都要砍树做棺材了吗？"郑三儿说："没有没有，后来缓过来了，特别结实！现在在家看重孙子呢，还给我做饭。我把这罐头拿回去，让她老人家也尝尝。"

武延生说："呀，小郑，没看出来你还是个孝顺孙子！"

武延生忽然瞅着宋小四说："宋小四！"宋小四说："到！"武延生说："你家没老奶奶吧？"宋小四说："没有。"武延生说："老爷爷也不在了？"

宋小四说："不在了，我们家上边没老人。"武延生点了点头说："那就好。"说着，从背包里又掏出一瓶罐头说，"那你可别挑眼了，这瓶罐头我就给小郑同志了，让他带回去，孝敬奶奶！"

郑三儿接过罐头，一手一瓶，有些受宠若惊地说："武技术员，这……您太够意思了！我们哥俩拿啥报答您呐？"武延生说："这有啥好报答的，等我下次回北京，回来再给你们带！"郑三儿说："哎哎哎！我们哥俩敬您酒！"

三个茶缸又碰到了一起。武延生看着二人，突然有了主意。

这天，二十几个工人围在拖拉机库，郑三儿站在人群中间白话着："那个女的叫唐琦，听说在大海里游到半道就被我们人民解放军发现了，人民解放军那可个个是神枪手啊，砰的一枪，脑袋瓜子被打得粉碎，海水都染红了！"

周围一片唏嘘声。赵天山走进拖拉机库，愣了愣说："哎，你们几个干什么呢？不好好生产，瞎嘀咕啥？讲上评书了？"

郑三儿说："没有没有，这不还没到上班的点儿呢嘛……干活干活，大家好好干活啊……"郑三儿吆喝着走了。

赵天山看着工人们异样的表情有些纳闷儿，他拽住一个年轻人说："哎，刚才郑三儿讲什么呢？"

年轻人说："没讲什么……"赵天山说："我都听见了！什么人民解放军，什么又开枪了的，到底怎么回事？"

年轻人有些结巴地说："郑三儿……讲的是冯程，冯技术员的事儿……"

赵天山皱了皱眉头说："冯程的事？"

第二十二章

①

　　唐琦这事让曲和感到了压力，他找武延生问，武延生不承认是他说的。

　　老营区的宿舍里，赵天山将帽子摔在炕上说："有人造谣，故意往你身上抹黑！你不能这么忍着，得去跟领导说，把那个造谣的人抓出来！"

　　冯程苦笑着说道："这哪是造谣，他们传的都是事实。"赵天山说："事实？"

　　冯程说："对啊，我就是因为女朋友离开，才赌气上的坝。还好，这人呐，丢到自己家了，没丢到全国林业系统去。昨儿一宿我就犯愁，这报告该咋写？你看……"

　　冯程指了指桌上的稿纸，稿纸都是写了又画了的，很明显是经过很多次修改的。

　　冯程说："也省得我费劲了……"赵天山说："你怎么这么消极？领导还没说要换劳动模范呢，没正式换之前这劳模还是你的！不行，我得把郑三儿那小子抓来，查查到底是谁造的谣！"

　　冯程说："哎呀！算了！老赵，那件事情闹得沸沸扬扬，当时围场县林业局的所有老同事全都知道，不是造谣！纸包不住火，早晚会传出去的，我不愿意当这个劳动模范，真的！"

　　赵天山愣住了，冯程坦诚的目光让他无言以对。

女生宿舍的议论则是另一种轰动。季秀荣说："听说那女的长得可漂亮了，也来过塞罕坝，戴着一条红围巾，像画里面的美人儿一样！"

孟月有些不屑地说："光长得美有什么用？连自己的祖国都不热爱，这种女人，我看配不上冯程！"沈梦茵说："哟，少见啊，孟月竟然替冯程说话了，正好你男朋友也背叛你了，要不找个人给你们俩撮合撮合？"

孟月说："沈梦茵，你少阴阳怪气的，我不是在替谁说话，是觉得这件事情，错不在冯程，而在他那个女朋友唐琦的身上，这不应该影响冯程的事业和前程。"

覃雪梅说："孟月说得有道理，我相信场领导不会这么轻易就取消冯程的先进资格，那样，真的难以服众。"

沈梦茵说："不见得吧，我刚才从场部门口路过的时候，好像听说领导们已经在开会讨论这件事了……"

覃雪梅腾地站起身说："季秀荣、孟月、沈梦茵，咱四个现在就去找场领导！咱们都是先遣队的成员，冯程在关键时刻的表现，大家都亲眼所见。我们应该替他正名，为他争取！"

沈梦茵说："算了，要是有那劲头，还是去找你男朋友理论吧。"覃雪梅说："我男朋友？武延生？他怎么了？"沈梦茵说："我听说这件事原本没几个人知道，这次一下子轰动了全场，都是武大少爷干的。"覃雪梅说："什么？这不可能！"

沈梦茵说："可能不可能的，你问问不就知道了。"覃雪梅两只眼睛瞪得巨大，她显然是生气了，气冲冲地出了屋。

武延生应约走进场部实验室，进屋就问："雪梅，你找我啊？"覃雪梅说："武延生，我问你，现在场里传冯程的事情传得沸沸扬扬的，是不是你干的？"

武延生说："我干的？雪梅，你怎么能说出这种话来？那天曲场长公布劳模的时候，我可是使劲儿鼓了掌的！是，我曾经对冯程有些意见，但那是因为你对他的态度有些暧昧，让我心里不舒服……冯程当模范我是赞成的，到什么时候我都赞成！"

覃雪梅说："你说的是真话？"

武延生说："真话啊！刚才曲场长找我了解情况，我还跟他说了，就算冯程同志有些历史问题，可也不应该影响他劳动模范的资格，要从发展的角度看待问题嘛！"覃雪梅说："不是你干的就好，可这件事情过去这么久了，为什么突然又被翻出来了？"

武延生说："覃雪梅同志，你不能一碰到什么坏事，就往我身上赖！冯程是很优秀，但是他那股傲慢劲，咱们也是领教过的。你忘了刚上坝的时候，你拔了他几棵次等苗他那个样子？到底得罪了多少人，恐怕连他自己都不知道……总之，别的事你可以赖我，可这件事情真不是我干的。说实话，你跟冯程代表塞罕坝机械林场在全国林业系统作报告，我还真想听听他怎么讲，不过我更想听的，是你怎么讲。"

为了回避问题的实质，武延生往感情上引，含情脉脉地看着覃雪梅，覃雪梅被看得没了办法。

②

场部办公室里，领导们在召开小会。于正来说："同志们，最近场里传的事大家可能都听到了……"李中插嘴说道："关于冯程的吧？"于正来点了点头。李中说："我来得晚，就想问一句，关于那个叫唐琦的女同志的传言，是不是都是真的？"于正来不说话，瞅着曲和。曲和说："基本属实吧。"

李中嘬了嘬牙花子说："要说从工作表现，科技创新，干活、动脑子这些事情上，冯程当劳模真是没话说，可要有这些问题，造成这样的影响，我们也确实要重新考虑一下啊，毕竟派出去的劳模代表的不是个人，是集体嘛……"

众人都犯了难。于正来说："好吧！当时是我提名的冯程，大家投票的时候我也做了工作，既然有负面的声音，我们也得及时纠正错误，这次冯程当劳模的事就先放一放，我们换一个更有群众基础，各方面都没有争议的同志，代表塞罕坝，如何？"

一名女同志拿起本来说："那按上一次讨论的结果，比冯程票数低的还有两位，一个是武延生，一个是赵天山，要不大家就讨论一下这两位同志哪个更合适？"于正来听了发言，没有表态。想了一下说："这样吧，也别在我们这个小范围里讨论来讨论去了，把这个名单公布出去，各个部门，各个生产队，先投投票，看看这两位同志谁更有威信。"

食堂里的一块大黑板上，武延生和赵天山的名字被写在了上面。武延生的名字下写了三四个"正"字，而赵天山的名字下面已经写了十几个"正"字。场部会议室里，中层干部在投票。黑板上的唱票结果与食堂里的大体相同。

地头上，劳动中间休息的时候，场部工作人员与四五十个工人坐在这里投票，与之前两场相同，多数同志都把票投给了赵天山，武延生只有很少的票数。郑三儿和宋小四坐在角落里直咧嘴。

二十几个苗圃的工作人员在场部实验室一起投票，有男有女。覃雪梅站起身说："我投赵天山同志。"孟月回头，在赵天山的名字下又画了一笔。这里的投票结果仍然是赵天山领先，可由于这里大学生和年轻人较多，武延生没落后太多。

全场职工又一次汇聚在礼堂里。武延生坐在第一排，垂头丧气的样子。冯程仍坐在后排的角落里。

曲和走上主席台说："同志们，关于劳动模范变更人选的投票大家都参与了，结果大家可能也都知道了……赵天山同志高票当选，大家为他鼓掌！"

被迫坐在于正来旁边的赵天山正襟危坐。热烈的掌声响起。于正来咧嘴笑着瞅着赵天山。赵天山严肃地起身，向全场职工敬礼。冯程使劲儿地鼓着掌，他由衷地兴奋。武延生也鼓着掌，但目光中充满了不服气。

六女在宿舍里正叽叽喳喳地闹在一起。孙慧芬说："哎呀，张曼玲啊，你的赵天山当劳动模范咯，要去全国巡回作报告，可比咱们六女上坝的时候上报纸更光荣啦！"

张曼玲急了说："去去去！什么叫我的赵天山？"胡美丽说："谁看不出来他追你啊？男朋友当了劳模，你得请客，请大家吃糖！"孙慧芬说："干脆直接吃喜糖得了……"

张曼玲娇羞地用拳头打着孙慧芬说："讨厌讨厌讨厌！谁都不许再开我玩笑了啊！他不是我男朋友，也没追过我。"胡美丽说："瞎说，我们都看见了。会战成功的时候他还把你抱起来了呢！"张曼玲说："那是革命友谊！"她忽然有些结巴地说，"你们可别瞎说……都这么长时间了，人家也没再提过，别到时候好像我上赶着追他似的，我可不是那样的人……"张曼玲说着还噘起小嘴。

孙惠芳笑了说："哎，她说的是心里话吗？"胡美丽说："我看不像。"赵慧说："她这是在责怪赵队长最近没主动追求她，酸梅加醋呗！"宿舍里一阵欢声笑语。

正在这时，门外传来于大婶的喊声："张曼玲——"张曼玲听到声音说："嘘！你们都闭嘴吧，于大婶来了。"张曼玲从宿舍里钻了出去。于大婶眉飞色舞地说："喜事你知道了吧？我跟你说，赵天山……"张曼玲打断她说："嘘——于大婶，赵天山跟我没关系，您可别瞎说啊！"

于大婶这才发现其他人都跟着追了出来，立刻收敛道："张曼玲，你跟我来，帮我干点活！"说完，转身走了。张曼玲害羞得不敢回头看，快速地跟着于大婶走了。

到了于正来家，于大婶说："你跟赵天山咋样了？"张曼玲说："没咋样。"于大婶说："不能啊，当着那么多人的面儿不都把你抱起来了吗？说要追你啊。"张曼玲说："他没说要追我。"于大婶说："那他说啥了？"张曼玲说："他说发动总攻的时候到了，可是……他也没攻啊。"于大婶说："啊？没攻？为啥？"张曼玲说："我也不知道。"

于大婶说："你个傻丫头，去年我就跟你说机会难得，像赵天山这么好的男人，打着灯笼都找不着，可是你还装腔作势，说什么要考验他。现在坏了吧，人家当上劳动模范了，要全国去演讲，去作报告，那还得了？我听老于说了，全国的林业大学都去听演讲，为的是给咱们塞罕坝招来金凤凰。金凤凰啥意思你知道吗？就是女大学生，女研究员！赵天山这小伙长得那么精神，又是老革命，工资又高，还是劳动模范，将来还轮得到你个傻妮啊？"张曼玲也有些着急地说："啊？那我该咋办啊？"于大婶说："你得主动点啊！"

张曼玲说："我咋主动？"于大婶说："他不说向你发起总攻吗，你让他发起总攻啊！"张曼玲说："我……我没搞过对象，我不会。"

于大婶说："我教你。他不是要去全国各地作报告吗？总得像模像样吧？"张曼玲说："您让我给他做身新衣服？我也不会做呀……再说，他是老革命，一直跟我们说要艰苦朴素，就算我找裁缝给他做，恐怕他也不穿啊。"

于大婶说："做衣服干啥？万一他不跟你搞对象，不是倒贴了！"张曼玲说："那我送他啥？"于大婶说："上次我回承德带回来二斤红毛线，匀给你三两，你给他打条围脖，到时候场里欢送劳模的时候，你就当着大伙的面儿冲上去给他戴上，系他脖子上，系紧点！能喘气就行，我看他出去作报告的时候还敢把你忘咯？"

张曼玲说："这……不好吧？"于大婶说："有啥不好的？"张曼玲说："我织围脖，织完了还是悄悄送给他吧，当着大家的面儿我不好意思……"

于大婶说："到这个时候你还不好意思？我告诉你，你今天不好意思，明天就有哪个大学生去给他送围脖！你听大婶的，错不了，过了这村，你上哪找这个店去？傻丫头，这么好的机会，你要是没捞着，我白给你说情，白让老于招你的工了！"

张曼玲只好点了点头，其实她也非常渴望。

场部附近有条小河，河里结了冰，赵天山蹲在冰面上沉思着。冯程从场部的方向跑来，四下观察着，向赵天山走去。冯程说："老赵，什么事不回宿舍里说，这大冬天的你蹲这干啥？别再冻着！"赵天山猛地起身说："冯程，我对不起你！"

冯程一愣说："啊？这话从何说起？"赵天山说："这劳动模范本来就应该是你，现在换成了我，不就是对不起你嘛。"冯程笑了说："你这说的什么话？是因为我先出了问题才重新选劳动模范的，你当选和换下我没有任何关系。"

赵天山急道："哎，冯程，你怎么这么没心没肺啊？"冯程说："我有心，我从心里感激你！幸好有你赵天山在，咱们塞罕坝艰苦创业的精神才得以最好地弘扬！你是先遣队队长，又是枪林弹雨走过来的老革命，从来没犯过任何错误，不是比我更有典型性，更有说服力？林业部组织这个报告团，让塞罕坝派人去，被肯定的，是我们这个集体，不是一个人、两个人，谁去都一样！我作为塞罕坝人，难道不得感谢你？"赵天山说："哎呀！你说的到底是真话还是违心的话啊？"

冯程说："当然是真话了，三年了，我冯程是什么样的人你赵天山不知道吗？"赵天山说："我以前还真不知道，你小子有这么高的境界！"

冯程笑了说："大队长这是表扬我呢……"赵天山说："行了，别嬉皮笑脸的。实话告诉你，我已经查出来是谁在背后鼓捣这事了，就是武延生！"冯程愣了一下说："还真是他啊？"

赵天山说："就是啊，武延生这小子老针对你，你不得不防啊！"冯程说："嗨，我跟武延生之间没有什么实质矛盾。"赵天山说："没矛盾他专门害你？"冯程说："也不能说是他害我……总之吧，等他跟覃雪梅一结婚，自然就没事了。"赵天山说："喔，原来武延生这小子是觉得你在跟他抢女朋友，所以才……"

冯程说："我也是瞎猜……行了老赵，我的事不值一提，说说你吧。"赵天山说："啊？我，我有什么好说的？"冯程说："你不是要发起总攻吗？怎么入冬以后又没动静了？"

赵天山说："我……我还是算了吧。"冯程说："这什么意思？"赵天山说："我本来是打算发起总攻的，就到人事处查了查张曼玲到底多大。这一查心里边就打了退堂鼓了。"

冯程说："咋回事？"赵天山说："是这样的，你看她长得挺成熟的，可今年才十九岁半，我都三十多了，差距太大，跟她比我都是老头子了，不能耽误人家啊！"

冯程一拳杵在赵天山的胸口说："去，什么老头子啊！你看着比我还年轻呢……我可告诉你啊，因为你说了要发起总攻，但是没有行动，张曼玲同志很有意见！"

赵天山说："啊？曼玲有意见？你咋知道的？"

冯程说："哼，你别忘了，我那四个学生周、吴、郑、王也都是承德人，跟她们六女上坝那几个姑娘来往很密切，大家都能看得出来。自打入冬以后，张曼玲就一天乐面儿都没有！"

赵天山说："那是我害的？"冯程说："你说呢？哪有你这样的，先把舆论造出去了，自己又不行动，要人家姑娘玩呢？"赵天山听着冯程的话，皱着眉头想心事，很明显，他是很喜欢张曼玲的。

❸

六女宿舍，对着油灯，张曼玲快速地打着围巾，她用被子将自己和围巾都罩了起来，并挡住油灯的光亮，不想影响其他人睡觉。孙慧芬从背后一把抱住张曼玲。张曼玲说："对不起慧芬，影响你睡觉了。"孙慧芬说："说啥对不起啊，咱们是亲姐们儿，少来这套虚的……给赵天山织围脖呢？"

张曼玲有些羞涩地说："你咋知道？"孙慧芬说："除了赵天山还有谁啊？"张曼玲说："可别说出去啊，害羞死了……"孙慧芬笑了说："害羞？送劳模去北京的时候，你不还要当着大伙的面儿拨开人群，冲上去，把围脖系在赵天山脖子上的嘛！"张曼玲说："啊？这你怎么也知道了？"

孙慧芬又笑说："那天于大婶把你叫走，我们几个就合计，说你们准是说赵天山的事，然后就追过去，在于大婶家门口偷听来着。听到一个'拴狗绳'的爱情故事，哈哈——"

张曼玲说："你们讨厌……"

孙慧芬说："我们是关心你才这样的！曼玲，于大婶主意出得不错，我们几个合计了，到时候只要你冲上去，把围脖系在他脖子上，我们大伙就起哄管他叫姐夫，省得他不认账！"张曼玲说："那多不好意思啊……不行不行不行，这围脖今天夜里就能打好，我明天就送给他，可不能当着那么多人的面儿，像于大婶说得那样，我脸皮可没那么厚……"

孙慧芬说："要是冯程当选劳模，我就用于大婶教的这招，我才不怕呢！"张曼玲一愣说："呀，孙慧芬，你还惦记冯程呢？"孙慧芬说："惦记着呢，为啥不惦记啊？我听了他以前女朋友的事，就觉得自己更有希望了。他犯过错误，肯定就不好找对象，我的竞争对手也就少多了。我打算学赵天山的宝贵经验，找个合适的时机，发起总攻，一定能成功！"

张曼玲说："看不出来，你上学的时候最腼腆，现在倒比我勇敢了。"孙慧芬得意地笑着。

民工们都睡着了，冯程在灯下写着报告，赵天山在一旁看着说："哎，这句话有劲儿！该怎么念，教教我？"

冯程说："我就是帮你打个草稿，作报告的时候，你得把它变成你自己的话，说出去，才能言真意切。"赵天山说："喔，还得变成自己的话……那行，我好好体会体会，你接着写，接着写……"冯程继续写。赵天山在一边认真地琢磨着……

张曼玲背着手，手里拿着红围脖，向场部走去，她有些羞涩，有些犹豫。进了场部大院，几台拖拉机正在休整，准备点火。

张曼玲远远地发现了赵天山在里面，她下定决心后快走几步上前，喊道："赵天山——"

正在忙活的赵天山看见张曼玲说："哎，张曼玲你来得正好，去叫你们女工队多出几个人，跟着我们去紧急救援！"张曼玲一愣说："救援？"赵天山说："对啊，承德农专派来的二十五个实习生住在老营地，昨晚下了一宿雪，把路给封上了，我们得赶紧去把他们接回场部来。"张曼玲说："好，我马上去叫人。"说完，将红围脖塞在怀里，快步跑去。

雪野中，三台拖拉机向老营地方向行进，雪很厚，拖拉机不停地推着雪。当拖拉机走不动的时候，张曼玲和女工队的同志便配合着在两旁铲雪。认真驾驶拖拉机的赵天山，看着努力铲雪的张曼玲。眼见拖拉机就开进了老营地。来实习的学生们有男有女，正站在老营地的平台上招呼着。

赵天山跳下拖拉机，借助机器盖蹦上平台说："同学们，我代表塞罕坝机械林场来接你们了！"实习生们高呼说："谢谢林场领导！谢谢同志们！"一名女学生说："您是赵天山吧？"赵天山一愣说："你认识我？"女学生说："老革命，拖拉机队队长，刚刚当选劳模的赵天山，还真被我猜对了，就是您啊！同学们，我们可碰到大人物了！"

同学们欢呼着，鼓着掌。还在干活的张曼玲被孙慧芬一把拉住说："曼玲，你看，连女学生都跟着贴乎了！你围脖不是织好了吗？带着没有？"张曼玲说："带着呢……"孙慧芬说："还不送上去？"张曼玲说："啊？"

孙慧芬说："啊什么啊！来！"孙慧芬拽着张曼玲就往赵天山的方向

走，她大声喊道："赵队长——"赵天山回过头来说："哎，小孙，有事啊？"孙慧芬说："我想问问，您和覃科长要代表塞罕坝林场到北京去参加劳模报告团了，哪天出发啊？"

赵天山说："今儿一大早曲场长刚通知，好像是下礼拜一吧？咋了，噢，想让我在北京给你带东西啊？"孙慧芬说："那倒不是，张曼玲听说你要去北京的消息以后，特别激动，好几宿没睡觉，给你织了条围脖。曼玲，送上去！"

几个姑娘一起起哄，将张曼玲推上高台。赵天山看着张曼玲说："曼玲，你给我织围脖了？"张曼玲有些害羞说："啊，织了……"

张曼玲从衣服里拽出鲜红的围脖。赵天山说："嘿！真漂亮！"说着就要上前去接，却突然停住了，啪地一个立正敬礼。

赵天山说："谢谢曼玲同志，请曼玲同志将围脖系在我脖子上！"众人立刻鼓起掌来。张曼玲非常高兴，也有了勇气，将围脖仔细地系在赵天山脖子上。

围着红围脖的赵天山显得很英俊。之后，二人默默对视着，没了话，有些尴尬。孙慧芬突然说道："哎，这就完了？张曼玲，你不是有一肚子话要跟赵天山说吗？"张曼玲摇着头说："我没有！"孙慧芬说："赵队长，张曼玲是女同志，你主动点啊，不是要发起总攻吗？你倒是攻啊！"赵天山说："啊？对啊！"

赵天山清了清嗓子，提高了声音说："同学们，我赵天山其实早就看上张曼玲同志了。"他又转向张曼玲说，"张曼玲同志，今天收到你的礼物我特别高兴，我也没啥礼物送你，但有句心里话跟你说，我想跟你处对象，请你答应我吧！"同学们都兴高采烈地鼓着掌，叫着好。十几个男工和五女也都跟着鼓掌。

赵天山说："你要是愿意就点点头，要是不愿意就摇摇头。点头，这事就算是成了；摇头，我也会锲而不舍地追求下去，每天见到都问你这句话！"张曼玲哪敢摇头，连忙点头。赵天山高兴坏了："哈哈哈哈，太好了！太好了！"

赵天山上前一把抓住张曼玲的手，一直笑，说不出话来。一名大眼睛的男同学说："这就完了？要是电影里面的情节还得有高潮啊！拥抱一个吧！"赵天山说："去去去！你个学生娃，我们林场不兴这个，拥啥抱啊……"同学们一阵哄笑。

大眼睛男同学说："同学们，赵队长和张曼玲同志是来营救我们的，却让我们看到这么浪漫的一幕，我有个建议，我们把他俩扔上天得了！"说着，女同学们就去拉张曼玲，男同学们就去拉赵天山，十几个男工和五女也上去帮忙。

众人喊着说："一，二，噢！一，二，噢！"赵天山和张曼玲被高高地扔起又落下。被扔起的张曼玲无比幸福，她侧头瞅着赵天山。

赵天山咧着嘴，笑呵呵地看着张曼玲。一次、两次、三次，赵天山被扔向空中的那一瞬间，他皱紧了眉头，脸上充满了痛苦，再次落下之时，他直接栽倒在众人怀里。学生们觉得不对劲，连忙停止了动作。

张曼玲慌了说："赵天山，赵天山你怎么了？"赵天山紧锁双眉，昏迷不醒……

4

昏睡中的赵天山慢慢睁开了眼睛，他的视线中一切都是模糊的，半天才看清面前站着的是于正来、曲和、李中、冯程等人，围了半个屋子的中层领导，但都是男人。

赵天山猛地起身说："对不起，我刚才怎么晕了……"曲和说："刚才？赵天山同志，你昏迷不醒已经一天了！"赵天山一脸的尴尬说："啊？"于正来说："赵天山，听先遣队的同志说，这种情况以前就发生过，而且不止一次，你为什么不早点去医院看？"赵天山说："我，我没病。"

曲和说："你突然晕倒，不省人事，而且一晕就是一天，还说没病？立刻！立刻到承德最好的医院去看病！"赵天山说："曲场长，我真的没病！"曲和说："怎么着？舍不得去北京参加劳模报告团的机会？我告诉你，身体上要是有问题，就不能代表场里去参加这么重要的活动！万一你在作报告的时候晕倒了，丢的可是塞罕坝的人！"

赵天山愣住了。于正来说："老曲，你也不要太严厉……赵天山同志，党委已经开过会了，你必须去市里最好的医院就医。我知道你家里没什么亲人，可以允许在场里挑选一位同志陪同，张曼玲主动报名了，你觉得她合适吗？"

赵天山连忙摆手说："哎，那可不行！我是男同志，她是女同志，怎么能让她陪同呢？冯程，我选冯程，冯程是大学生，什么都懂，让他跟我去吧，我一定把病看好咯，尽快回来参加工作！"一屋子的人都松了一口气。赵天山瞟向冯程，冯程一脸担忧的神情。

张曼玲到了于正来家，进门就说："大婶，场里没同意我陪赵天山回承德看病。"

于大婶说："场里这么决定是对的，虽说你们确定了恋爱关系，可毕竟还没结婚嘛，去医院看病还是有男同志照顾方便。"张曼玲点了点头说："哦，这样……大婶，那您跟于场长打听了没有，赵天山到底是什么病，严重不严重啊？"

于大婶说："打听也没用，净新词，什么细胞、系统的？我听不懂的话，学不清舌儿，你自己去问他不就完了嘛！"

张曼玲说："我去了呀，可是他们同宿舍的人说不方便，没让我进去。"

于大婶说："可能因为刚处上对象，他有点不好意思见你……哎对了，场里没同意你陪同回去看病，但是没说你不能请假回承德啊。你也上坝两年了，按规定也够条件请假了，再说，好不容易回趟承德，就让你爸妈见见赵天山呗？"

张曼玲说："我想过，这样好吗？"

于大婶说："有啥不好的？当着那么多人的面儿，你们俩不都确定关系了吗？见老丈人、丈母娘那不是早晚的事？就趁这次他去承德看病，机会难得！"张曼玲说："可是一见就是病姑爷……那行，明天我就请假去。"

场部办公室，两位领导面对新难题，作了难。于正来说："林业部给了两个名额，咱们塞罕坝总不能浪费了吧。"曲和说："是啊，这赵天山又突然病倒了，派谁呢？"

于正来说："按说该轮到武延生了……"这话，反倒让曲和嗑了嗑牙花子。

男生宿舍的武延生笑得很开心地说："这回可该轮到我了，赵队长对我可真好，怎么关键时刻他就病倒了呢？命啊！"

那大奎说："哎，武延生，你这样幸灾乐祸不大好吧？"武延生说："对对对，这样不好，这样不好……但是林业部给了两个名额，只要场里需要，我肯定得挺身而出！无论从工作成绩还是工作表现，我哪个不如啊！"

隋志超说："那倒也是，谁让咱们先遣队战功卓著呢，两个名额都从先遣队里出，矬子里边拔将军，可不就轮到你了呗……"虽然隋志超的话不好听，可武延生还是很得意。

办公室里的曲和一拍桌子说："我不同意武延生！我在下面调查了，冯程以前女朋友唐琦的事情，就是他传出去的！而且更让我气愤的是，他是在我这里套的话！这回赵天山病了，要是让他得逞，成了劳动模范，那我这老侦察兵不是白当了吗？"

于正来说："如果你说的是事实，我们还真不能让武延生当劳模，毕竟这是人品问题。可是还有什么人选呢？要不咱们党委开个会，提几个人，再选一次？"

曲和说："那哪行啊？下礼拜一就出发了，再选也来不及啊！要我说，老于，你就亲自上吧！"于正来说："我？"曲和说："本来嘛，作为领导，你也得带团，干脆你就自己上吧，还省了一个人的火车票钱呢！"

于正来说："老曲，这可不行！评选劳动模范，咋能评领导啊？"曲和说："老于，说实话，咱们整个塞罕坝，要讲贡献评劳模，最合格的就是你！要不是开始你就推辞，我看冯程都轮不上。现在既然冯程和赵天山都因为各种原因不能参加，你就别再让了！再说，你是领导，政治素养过硬，工作又有水平，这个时候，必须当仁不让！"于正来叹了口气："那……好吧。"

于正来和曲和并排走进家属区。于正来走进自家家门，曲和继续向前走。黑暗中，武延生追了过来说："曲场长，曲场长……"曲和停下脚步，发现是武延生，没说话。武延生说："您看，这报告团马上就要出发了，赵天山同志身体又出了问题，如果场里有需要，那我……"曲和说："你？武延生同志，上次全场投票选举，你和赵天山同志的差距，你应该是知道的。"

武延生说:"哦,是是,我跟赵队长比起来是有差距,但我今后会好好努力,也特别希望通过这次报告团的机会,跟其他林场的技术人员多学习,多交流!"

曲和说:"这个任务覃雪梅能够承担,另外一个人选也已经定了,是于正来场长。武延生,你不会想跟于场长争吧?"

武延生脸色骤变,但他控制住了说:"那哪敢啊?于场长当然是最合适的人选了,我怎么没想到呢?我就是怕林业部给的两个名额,咱们林场派不出人去,给浪费了,于场长好,于场长好……那曲场长,没事,您早点休息啊。"

曲和看着武延生,以侦察兵的眼神判断着,什么也没说,走了。武延生看着曲和的背影,脸上出现了一丝恨意,他咬着牙,强忍了下来。

5

魏富贵和张福林扶着赵天山走出宿舍,赵天山说:"你们哥俩别这样行不行,我觉得别扭,我好好的一个人,啥事没有的。"魏富贵说:"大队长,现在场里面高度重视你,你还说啥事没有呢,就让我们俩尽尽心吧。"张福林和魏富贵一手扶着赵天山,另外一手都拿着包裹。不远处,冯程背好背包,手里还拎着东西,走出宿舍,追了过来。

来到了场部门口赵天山上了马车,冯程将东西放好,刚要上车,覃雪梅、孟月、季秀荣和沈梦茵跑了过来。覃雪梅说:"大队长——"赵天山一见姑娘们来了,立刻从马车上下来。季秀荣将一张纸条塞在赵天山手里说:"这是我家地址,大队长,今儿一早我就给家里寄了信,看完病让我妈给你包饺子吃!"

赵天山说:"那多不好意思啊,秀荣,心领了,谢谢了……"季秀荣说:"不行!你非得去不可!我妈可好客了,而且我还有事相求呢。"赵天山说:"有事?那我能办!你说吧。"

季秀荣说:"我跟老魏的事,还没跟我妈和三位姐姐说呢,求大队长和冯程帮我先铺垫铺垫。"赵天山和冯程对视了个眼神。冯程说:"没问题，保证完成任务。"

季秀荣高兴地笑了。沈梦茵说："我不会说话，但大队长，你是我见过最有力气、最坚强的男人，我相信你没病，很快就能回来，带着我们继续生产，继续革命！"赵天山说："嘿，还说你不会说话，这句话说到我心坎儿里了！谢谢梦茵！"

冯程说："那好，大伙都回去吧，我和大队长走了。"覃雪梅说："等一等冯程，我还有话跟你说。"冯程一愣说："说吧。"覃雪梅说："礼拜一报告团也要出发了，但我真的不知道该说些什么……冯程，我觉得最有发言权的是你。"冯程说："取消我的劳模资格是场领导定的，咱们在下面议论，这不好。"

覃雪梅说："可是我想知道，到底是什么样的力量，让你在塞罕坝坚持这么多年，你心里到底是怎么想的？假如你是报告团成员，站在主席台上，你会跟大学生们交流什么？"

冯程愣了愣说："我从来不想不可能发生的事，你是劳模，你怎么想就怎么说，我可没少听你发言啊，你有水平，绝对能代表咱们塞罕坝，祝你大获成功！"说完，冯程跳上马车说，"走啦！"早已坐上马车的赵天山说："大伙快回吧！"

覃雪梅有些失落，大伙向赵天山和冯程挥着手。车把式刚要挥鞭，远处忽然传来喊声："等一等！"众人回过头去，见九个娃簇拥着张曼玲跑来，被围在中间的张曼玲多少有些不好意思。孙慧芬说："等一等！是要送赵队长去火车站吧？捎上张曼玲。"

赵天山青着脸，有些不悦地说："捎她干吗啊？"孙慧芬说："哎，赵队长，你这是什么态度啊？曼玲请了假，要回家探亲，场里批假了，她买的是跟你们一班的火车票。咋？搭您的马车去火车站，不欢迎？"

赵天山没了主意。冯程说："呵，小孙同志，你这嘴可够厉害的，大队长啥时候说不欢迎了？"

冯程瞅着张曼玲说："曼玲，回家探亲啊？我记得你上坝以后，这是第一次回家吧？"张曼玲点了点头。

冯程说："行，正要出发呢，赶紧上车吧！"张曼玲上了车。赵天山说："谢谢大家送我啊，走了走了！"冯程说："都回去吧！"

张曼玲也向大家挥着手。孙慧芬向张曼玲眨着眼。张曼玲点了点头。张曼玲就坐在赵天山身旁，让赵天山有些不自在。就这样，马车驶离了林场。

⑥

赵天山决定让冯程陪他，那是费了一番周折的。他回想起几天前的那场夜话……

冯程和赵天山都睡不着，冯程说："哎，老赵，张曼玲想跟你回承德照顾你，你为啥不同意啊？你俩不是确定恋爱关系了吗？更何况她是承德人，在承德有家，陪你去医院看病更方便。"赵天山说："谁跟她确定关系了，我没有！"

冯程说："哎，这你就不承认了？在老营地，她送了你围脖当定情物，当初，你主动提出要处对象，那么多人听着呢，现在，你想抵赖？"赵天山说："可是我……我这……哎呀！当初是当初，现在是现在！"冯程感觉不对，说："老赵，你到底有啥难言之隐，说出来！"赵天山说："我这一晕，心里边有点含糊……"冯程说："含糊啥？"

赵天山说："上坝的时候，有个事，我一直没跟组织说，打仗的时候留了点记号，当时就说要做手术，我没让他们做，怕这脑袋瓜子给起开了就合不上了……就是我这脑袋里面，好像有块弹片……但那是军医说的，我就没信。可这回一晕，我多少有点信了，万一不定哪天我'光荣'了，咋还能跟张曼玲谈恋爱啊？那不耽误人家孩子嘛！"

冯程听了吓了一跳说："老赵，这么严重的事，你怎么不早跟领导汇报啊？"赵天山说："行了，这有啥好说的……冯程，这事儿可就只有你一个人知道，得帮我保密……还有，从今往后你得帮我打掩护，不能让张曼玲跟我太近乎……还有！你不是还有四个学生吗？周、吴、郑、王，那几个小伙子都不错，你看看哪个跟张曼玲合适，赶紧给撮合撮合……悬崖勒马为时不晚，我赵天山这辈子也不能跟她谈恋爱了，万万不行……那不是害人家嘛！"

冯程瞅着赵天山身旁的张曼玲，脸上确实有些为难。马车行驶在茫茫的雪野中……

一辆马车驶进场部，赶车的是郑三儿。武延生从马车上跳下说："郑三儿，谢了啊！"郑三儿说："谢啥？从大城市回来再给带瓶牛肉罐头，我就得谢您了！武技术员。"武延生说："小意思！"武延生快步跑向场部大楼。

武延生走进办公室门说："二位领导都在呀，电报。"曲和皱了皱眉头说："谁的电报？"武延生说："给咱们林场的电报啊！"曲和说："那怎么到你手里了？"

武延生说："啊……是这样，电报是从我的母校发来的，我是怕送来晚了耽误事，就一直在邮局等。"曲和有些疑惑，伸出手来。武延生递上电报，满怀喜悦地等着。曲和打开看着，皱了皱眉头说："你先回去吧，这件事情我跟于场长商量后再说。"武延生有些失望、无奈，只好退出。

武延生刚出门，曲和啪地一拍桌子说："越来越不像话了！"于正来说："怎么了？"曲和说："老于你看看，东北林学院发来的电报，邀请武延生作为校友代表，回校参加林业部的劳模报告会！"

于正来说："这很正常嘛。"曲和说："这还正常？肯定是他武延生走了后门，学校才给林场发的这封电报！要不然，他怎么会知道有电报来，去邮局等啊？"于正来说："那你什么意见？"曲和说："不批准！"

于正来笑了说："没必要吧，小武是脑筋灵活，但毕竟他是最早自愿报名来塞罕坝的几位大学生之一。他跟覃雪梅是恋爱关系，覃雪梅作为劳动模范参加了报告团，他想陪着一起回母校风光风光，这也可以理解。"

曲和说："啊？老于呀，你怎么变成老好人了？"于正来说："哎哎哎，不是我老好人，是咱们塞罕坝条件艰苦，为了留住这些金凤凰，有时候也得妥协妥协。学校更不能得罪，明年我还想接着跟人家要大学生呢！"

曲和说："我就准他一个星期假，连来带回，差旅费，不报销！"于正来笑了说："也行，毕竟不是咱们林场派的嘛，你这也算讲原则！"

武延生并没走，把头塞到棉门帘子里，竖着耳朵偷听。听到了这结果，武延生一脸的笑容，得意忘形地走了。

覃雪梅在场部实验室工作，桌上摊着冯程翻译的资料，英文中夹杂着他的字迹。覃雪梅看着资料发呆，她的眼前不时闪回冯程的点点滴滴。一旁是一沓稿纸，覃雪梅是在准备劳模报告会上的发言稿，却一个字也没写出来。

孟月说："发什么呆呢？"覃雪梅说："孟月，我有个不好的感觉。"覃雪梅说这话时，她根本没有瞅着孟月，目光痴痴的。实验室里并没别人，孟月凑上去，双手按住覃雪梅的肩膀说："什么不好的感觉？"

覃雪梅说："孟月，你是我最好的朋友，我们一向无话不谈的，可这件事，我张不开嘴。"孟月看了覃雪梅半晌说："那你就别说了，我已经猜到了。"覃雪梅说："你猜到了？我自己都不确定我的想法是否真实，你怎么猜到的？"

孟月说："你看冯程的眼神早就把你出卖了。"

覃雪梅被孟月的话吓着了，轻声说："还有谁知道？"孟月说："武延生。"覃雪梅说："什么？不可能，他怎么可能知道？"

孟月说："你以为武延生傻吗？他为什么拼命阻止冯程和你一起去参加劳模报告团，你想过没有？"

覃雪梅说："不会是因为我吧？"孟月说："就是因为你，你对冯程的好感让武延生很不舒服。"覃雪梅说："可武延生说，他没对冯程做什么呀？"

孟月说："你就信啦？雪梅，有时候你比我还单纯……不过我理解武延生，甚至有些嫉妒你，武延生所做的一切，都是因为爱你。"覃雪梅说："看来真是武延生干的，他又对我说了谎，我找他算账去！"

门哐地被推开了，进门的正是武延生，他满脸兴奋地说："雪梅，告诉你一个好消息！"覃雪梅想质问武延生，被孟月一把拉住，孟月使劲向覃雪梅眨着眼睛。覃雪梅忍住了说："什么消息，说吧。"

武延生说："我已经打听好了，这次你们全国的林业劳模在北京集合以后，第一站就去我们的母校作报告！而本人，接到了母校的邀请，作为校友代表，回学校参加这次报告会，而且林场领导已经批准了。到时候我会在台下为你鼓掌，助威！"

覃雪梅高兴不起来，也无话可说。孟月说："我就说嫉妒你啦，有这么好的一个男朋友，你应该知足了。"说着，孟月将冯程翻译的文件掀起来，扣了过去。冯程的字迹被文件背面的白纸替代。覃雪梅知道了孟月的意思，她没说什么。武延生说："你们俩怎么了？雪梅，我陪你回母校，你不高兴吗？"

　　没等覃雪梅说话，孟月说："她没不高兴，只是担心大队长的身体。"

　　武延生说："我也挺担心的，雪梅，这个时候你应该摒除一切杂念，写好发言稿，用最昂扬的斗志，去代表塞罕坝发声！"覃雪梅没有表情地说："好吧。"

第二十三章

①

雪花飞舞，在东北林学院礼堂，挂了大红的条幅："热烈欢迎全国林业劳模报告团"。报告还没有开始，武延生得意洋洋地站在前排，被师弟师妹们围得水泄不通。

一个看上去像是师弟的男同学，羡慕地说："听您这么说，真让我们尤生敬意！这次劳模报告团怎么没有您哪？真是可惜！"武延生说："嗨，本来是有的，可是后来我让了。"一位师妹说："让了？您风格可真高！"

武延生说："我们塞罕坝人风格都这么高，更何况劳模代表名额有限嘛，现在的两个，一个是我们的总场场长……明白吧？老同志嘛，又是领导。"他摊了摊手，暗示着领导有特权。

师弟师妹们顿时明白了："理解理解……明白明白……"武延生又说："另外一个也是咱们校友，和我一起上坝的覃雪梅，女同志在那么艰苦的条件下，付出的一定比我们男同志多嘛，更何况她是我女朋友，我不让谁让？"那位师妹说："噢，更明白了，武师哥让出劳模是因为爱情！太伟大了！"武延生说："那也不是，主要是雪梅确实很优秀，而且她会讲，讲得感人，不信待会你们好好听！"师弟、师妹们连连点头。

于正来和覃雪梅等十几个劳模代表都坐在后台等候区。于正来说："雪梅啊，待会我简单地介绍一下情况，主要靠你讲，一定要讲得生动，讲得感人！让同学们听了之后，想去塞罕坝跟咱们一起战斗！"覃雪梅正在走神，她突然轻声地说道："冯程……"于正来一愣说："冯程？他怎么啦？"

覃雪梅猛地惊醒，她掩饰着说："噢，于场长，我觉得最有资格代表塞罕坝的人是冯程。"于正来说："嗯——"覃雪梅说："冯程跟大队长去承德看病了，也不知道大队长的病情怎么样……"于正来说："家里边会关心他的，你现在的任务只有一个，就是做好报告！知道吗？"

覃雪梅说："我很担心赵天山同志，报告团要去好几个地方，几个月没他们的消息，我真是不放心。于场长，现在离报告会开始还有一点时间，我去给他们打个电话吧，这是我的母校，我能借到电话用！之后可就再也没有机会了！"

说完，覃雪梅起身就走。于正来说："哎……"于正来想拦，又想了想，还是放弃了。她的魂不守舍，已经让于正来猜出了一些眉目。

承德医院楼道，一名护士急匆匆地走来，走进一间病房。赵天山靠在病床上。陪床的冯程坐在椅子上跟赵天山聊天。护士进门说："哪位是围场塞罕坝来的冯程啊？"冯程站了起来说："我是。"护士："你来一下。"

冯程看了一眼赵天山。赵天山说："等会儿！是不是关于我病情的事啊？让医生直接跟我说就行了，我有心理准备，再说，我得弄个明白啊，用不着回避我！"

护士说："不是医生叫，是从东北林学院来的长途电话，找冯程同志！"赵天山瞅着冯程。冯程也有些发愣。

学校某办公室，拿着电话筒的覃雪梅焦急地等待着，电话里终于传来了声音："喂，我是冯程，哪位？"覃雪梅说："我是覃雪梅！"听到冯程的声音，覃雪梅激动了起来。

冯程说："啊，是覃科长啊，你一定是担心大队长的身体吧，他在我身边呢，我让他接电话！"说完，冯程就将电话塞到赵天山的耳旁。

赵天山明知不对劲儿，可还是接过了电话说："雪梅同志啊，报告做得怎么样？成功吗？"覃雪梅有些慌神，但马上镇定了过来说："报告会还没开始呢，大队长，您的身体怎么样？医生怎么说？"赵天山说："医生说没事，病床紧张，正撵我出院呢！你别担心了！"冯程没想到赵天山会这么说。覃雪梅说："真的？太好了！这我就放心了！"覃雪梅也是真高兴。

赵天山说："对，你把心放在肚子里，好好作报告！别忘了，你代表的是咱们塞罕坝林场，代表的是咱们先遣队！"覃雪梅说："放心吧大队长，我不会给林场丢人，不会给先遣队丢人……请您把电话给冯程。"

最后一句覃雪梅降低声音，赵天山顿时感受到覃雪梅语气的变化，猛地将电话递给冯程耳朵边说："雪梅找你。"

冯程想挂，赵天山将电话按在冯程耳朵上，瞪着冯程。冯程只好说："喂——"覃雪梅说："冯程，那天你并没有回答我的问题，我只是想知道，假如是你代表塞罕坝参加劳模报告团，当你站在主席台上的时候，你会说什么？""不同经历的两个人，不会有相同的思维，我说什么，还重要吗？"

覃雪梅说："不行，你必须告诉我！"冯程有些为难，半晌说："还记得我曾经朗诵过的那句诗吧？也许那就是我的心声，就是我最想说的……"

覃雪梅想起冯程朗诵那首艾青的诗，说："明白了。"

东北林学院礼堂主席台上，正在作报告的是于正来，他说："我们一定不会辜负党中央、毛主席的期盼，完成国务院交给我们在塞罕坝建机械林场的重任，未来的塞罕坝，将为社会主义建设提供大量木材，将为首都北京拦住沙尘暴！为京津大地，保护水源，涵养水源！"掌声雷动。

坐在台下鼓掌的有覃秋丰、栗坤。人群中的武延生也鼓着掌。于正来收起发言稿，敬了一个军礼，走向后台。主持人说："下一位劳模代表是塞罕坝机械林场技术科科长覃雪梅。"覃雪梅走上台，鞠躬。武延生使劲儿地鼓掌。

主持人说："我在这里还要特别介绍一下，覃雪梅同志就是我们东北林学院毕业的，她也是第一批上塞罕坝的大学生！在塞罕坝机械林场建场的过程中立下了汗马功劳！请同学们再次以热烈的掌声欢迎雪梅同志回母校作报告！"同学们再次鼓掌。

覃雪梅只好再次鞠躬。掌声过后，覃雪梅来到主席台前，她突然有些慌乱，因为她发现自己没带发言稿。想起来了，和于正来候场的时候，发言稿就握在覃雪梅的手里。在学校某办公室电话通了，覃雪梅将发言稿放在办公桌上，抓过电话筒……然后就是通话，把发言稿忘在桌上了……

栗坤说："怎么还不发言？小覃同志是不是没带发言稿啊？"栗坤有些担忧地看了一眼覃秋丰。覃秋丰更焦急担心。刚刚下台的于正来急坏了，他眼睁睁地看着覃雪梅在摸着口袋。覃雪梅笑了说："对不起同学们，我把发言稿弄丢了。"台下一片哄笑声。武延生很着急。

覃雪梅说："不过正好，发言稿虽然是认真准备的，但难免程式化，不够生动。即兴的发言也许会更有意义。"武延生连忙鼓掌，台下的同学们都跟着鼓掌。覃雪梅只用了一句话，就挽回了尴尬的局面，这让覃秋丰放心了不少。覃雪梅说："刚才老师介绍说，我是第一批上塞罕坝的大学生，这不完全准确，因为在我们之前，还有一个人。他也是林业大学毕业，比我们早三年上坝，一个人在塞罕坝度过了三个春夏秋冬……那个时候的塞罕坝不但没有建设大型林场的基础条件，甚至连人类生存的基本条件都没有……"

同学们都听进去了，武延生有些诧异。覃雪梅说："要说立下汗马功劳我就更不敢当了。我是学育苗专业的，但塞罕坝的第一个苗圃，是这个人建设的。我曾经拔光了他的次等苗，可是后来我发现，在高寒高海拔的地区，有些次等苗的生存能力更强。虽然我是技术科科长，可是第一个大胆提出全光育苗的人也是他。本来他最有资格代表塞罕坝参加这次劳模报告团，但由于种种原因，他没能来，可是站在这里的我，此时脑海里能想起的都是他，一个真正把心和根都扎在塞罕坝的人，他叫冯程。"

一个女生突然大声地喊道："他是你男朋友吧？"覃雪梅一愣。武延生愤怒地回头瞅着出声的女生。女生的发问导致了一片笑声。覃雪梅说："现在还不是，但如果有机会，我愿意永远和他工作、战斗在一起。"有人鼓掌，那掌声中表达的是祝福。所有人都听明白了覃雪梅的意思。

武延生也听明白了，他瞪大了眼睛。栗坤早已知道覃雪梅的身世，他瞅着覃秋丰，覃秋丰愣住了。

覃雪梅说："回想我在塞罕坝工作的三年，内心深处，我也是想过做逃兵的。我们一起上坝的几名大学生都说我最坚决，但其实，最初我只是在跟冯程较劲。初见冯程时，他邋邋遢遢，根本不像一个上过大学、懂技术的人。哦，对了，他是学木材加工专业的，我们曾经笑话他只会伐木，不会种树。但是在绝境面前，每一次带给我们希望的都是他。他睿智，冷静，坚强，坚韧……他从野兽的獠牙下救过我的性命，却不肯说出真相；他在大雪封山时，一个人冒着生命危险去蹚路，却不让大家知道；他主张的全光育苗，让林场自主育苗成为现实，却没有人把功劳记在他的头上，他也从来不争。他曾经对我说，能留在塞罕坝植树造林就是他最大的幸福！说这句话时，他的目光中流露出的是真挚，让人感动的真挚。"

覃秋丰、栗坤和同学们都很感动。

武延生死死地盯着覃雪梅，他的眼眶湿润了……覃雪梅顿了顿说："我一直想知道，到底是什么样的精神支撑着他，也多次问过，可他从来没有正面回答我，幸好，我还记得他朗诵过的一句诗……"覃雪梅背诵了那句诗，"为什么我的眼里常含泪水，因为我对这土地爱得深沉……"台下爆发热烈的掌声。

覃雪梅受到了鼓励，接着说："塞罕坝有很多像冯程这样的人，他们爱祖国爱得深沉，爱塞罕坝那片土地爱得深沉！那里现在还是大片的高原荒漠，但是我相信，只要有这群人，她的名字'美丽的高岭'一定会重现人间！未来的塞罕坝一定是一片美丽的绿色！我的报告完了，谢谢我的母校，谢谢老师同学们……"

于正来长出了一口气，使劲地鼓着掌。有同学起立鼓掌。覃秋丰饱含着泪水起立鼓掌。栗坤起立鼓掌，因为领导起立，全场起立鼓掌。礼堂里沸腾了，覃雪梅鞠躬致敬。唯一坐着的是武延生，他的眼泪掉了下来，那是怨恨的泪水……

同学们仍在有节奏地鼓掌，主席台上包括覃雪梅、于正来在内的来自全国的十几名劳动模范站成了一排，每个人身上都被系上了大红花。主持人说："下面有请覃秋丰副部长上台为全国的劳模颁发奖状！"

覃雪梅愣住了，她没想到覃秋丰在场。

掌声中，覃秋丰走上台。负责礼仪的同学端着一个托盘。覃秋丰逐一地颁发奖状。覃雪梅站在队伍中间，她看着覃秋丰逐一核对奖状姓名，发给获奖者。

覃秋丰离覃雪梅越来越近，音乐声、掌声仿佛都停止了，覃雪梅只能听到自己的心跳声。

终于，覃秋丰来到了覃雪梅面前，父女二人对视。覃雪梅身旁，还没有领到奖状的于正来很紧张。

覃秋丰冲覃雪梅点了点头，回身从礼仪同学手里接过奖状，打开念道："塞罕坝机械林场覃雪梅同志。"覃雪梅挺了挺胸膛，表示是自己，但是她没有说出话。

覃秋丰看着她说："没错，这就是你的奖状，刚才你的即兴发言不错，我很感动，希望你再接再厉，在塞罕坝扎根，建功立业！"说完，覃秋丰郑重地把奖状递给覃雪梅。在覃秋丰的脸上只有慈祥，那是领导对下属的慈祥，没有一丝父亲的成分，雪梅接过奖状。

覃秋丰来到于正来面前。于正来敬了一个军礼。覃秋丰点了点头，将奖状递给于正来说："老于啊，塞罕坝交给你了，雪梅也交给你了，你要严格要求她。"

覃雪梅听了一愣，很明显，覃秋丰早已知道了他们的关系，刚才只是没有表达。覃秋丰回过头来，对覃雪梅一笑，继而走向下一个劳模。

覃雪梅，她没想到与父亲的再次相逢是这般情境。覃秋丰的那一笑，仿佛已化解她心中的所有怨恨。覃雪梅心头一酸，她紧紧地咬住了牙，才控制住即将流出的泪水。

2

病房里，赵天山闭着眼睛沉思着说："老冯啊，雪梅同志对你……"也闭着眼睛坐在凳子上的冯程说："你嘀咕什么呢？"

赵天山睁开眼睛说："老实交代吧，你跟覃雪梅是不是有了感情？"冯程说："胡说！我心里早就有人了，无法再接受任何感情。"赵天山说："你心里那个人，不是不在人世了吗？你得面对现实！"

冯程说："我什么时候不面对现实了？覃雪梅有男朋友！"赵天山

说："张福林、魏富贵我们几个早就议论过，武延生这人不实在，配不上覃雪梅。"冯程说："那人家也是男女朋友，早就确定关系了，我插一杠子干什么？"

赵天山说："哎！这个我们可看得清楚，不是你要插一杠子，是覃雪梅同志发现了你的优点，在主动追求你！"

冯程说："没有的事！"

赵天山说："没有的事？她为什么大老远地给你打电话？"冯程说："她是在关心你的病情！"赵天山斜着眼睛看冯程，笑了说："我不信……"冯程刚想急，赵天山阻止他说："哎哎，是，我承认雪梅热心肠，对我这个大队长也是很关心的，但她今天来电话绝不是为了我，是为了你。"最后两句，赵天山说得很认真。

冯程说："你再开这类玩笑，我跟你急啊！"赵天山说："你不认真对待这件事，我跟你急！覃雪梅可是难得的好姑娘，错过了，你一辈子后悔！"冯程说："你先管好你自己吧，张曼玲是为了你才请假回的承德，你怎么对人家？"

赵天山说："我……"说谁谁准到，门被推开了，露出的还真是张曼玲的脸。

冯程正面对着门口，先看到了张曼玲说："来了……"赵天山猛地一回身，吓了一跳。精心打扮的张曼玲提着网兜进门。网兜下方是两个饭盒，上面是一些苹果和酸梨。张曼玲说："条件这么好啊？赵队长，您一个人一个病房？"赵天山说："啊，不是，正好赶上这两个病友才出院……"赵天山指着两张空病床。

张曼玲说："那就太好了！刚才我还嘀咕呢，怕包子带少了，不够送给病友吃的。"赵天山说："包子？"张曼玲说："对啊！"张曼玲将水果拿出，打开两个用厚毛巾包着的饭盒。饭盒里是热气腾腾的包子。

冯程说："嘿！跟着赵大队长，我沾光了啊！"冯程咬了一口说："哟，这馅儿真好吃，羊肉胡萝卜的！"赵天山也抓起一个咬了一口，有些感动，他瞅着张曼玲。张曼玲会心地笑着。冯程说："不对啊，这包子里面有故事吧？"赵天山应付着说："啊……"冯程说："啊什么啊？曼玲，你说！赵天山不好意思。"

张曼玲说：“是这样，马蹄坑会战的时候，为了抢在最好的时间内把树苗都种下去，赵队长动员取消了午饭，大家都饿啊，他就出了个主意，每人都说吃过的最好吃的东西……”

赵天山说：“我吃过的最好吃的东西就是羊肉胡萝卜馅儿的包子，俺亲娘包的。后来娘死了，就再也没吃过……部队里虽然也吃包子，但炊事班不会做这个馅儿。”

张曼玲说：“我也不会做，我爸会做！”赵天山一愣说：“啊？这是你爸调和的馅儿？”张曼玲说：“是啊，他骑自行车来回两个小时去赶集，才买到的羊肉，回家自己剁肉，亲手和的馅儿，我妈还说他不会过日子呢！”赵天山说：“你妈不愿意？”张曼玲说：“不是，我爸老怕馅儿不香，香油放了三回！”赵天山说：“香油和的，我说这么香呢……”

赵天山又吃了一大口。张曼玲说：“面是我妈发的，一边发面还一边教我，她说你爱吃包子，我得学会了……”说着，张曼玲突然不好意思了起来，将头扭向一边去。

冯程和赵天山趁机交换了一下眼色。没想到羞涩在张曼玲脸上只停留了一瞬，她转过头来说：“我爸我妈要来看你，今天下午，方便不？”赵天山说：“啊？”张曼玲说：“不方便？”赵天山连忙瞅着冯程求救，冯程说：“不是不方便，赵队长的意思是他是晚辈，应该他登门拜访叔叔阿姨才对。”

张曼玲说：“那倒不用，我爸妈没那么多事，他们知道赵队长是英雄，现在身体不好，在医院里治病嘛，就更不会挑眼了！说好了啊，下午四点半，我爸妈来！我走了，你们快趁热吃包子吧，还有国光苹果、冻酸梨，你们慢慢吃！”说完，张曼玲转身走了。

冯程大口咬着肉包子说：“真香，我这光沾大了啊！”赵天山一把抢下冯程的包子说：“沾什么光！不许吃！怎么她爸妈来你都答应了？不是说好你替我打掩护的吗？”冯程说：“人家这么热情，咋拒绝？”

这时护士推开门说：“赵天山同志，检查结果都出来了，你不是想了解自己的病情吗？那就到医生办公室来吧，郭主任说他亲自给你讲解。”赵天山有些紧张地应了声：“哎！”护士一走，他又瞅着冯程……

冯程和赵天山走向医生办公室。身经百战的赵天山却有点不敢进屋，在冯程的鼓励下，二人走进办公室。

四十分钟后，他们才从里走出来，赵天山的脸色铁青，步履沉重。

冯程情绪也很低沉，他想了半天才说："我不同意你的意见，我觉得你应该听取医生意见，接受手术。"赵天山说："我不能手术！那脑袋瓜子打开，还有好啊？"冯程说："你不是枪林弹雨都不怕吗？会怕个手术刀？胆小鬼！"

赵天山说："那不一样！我这是老伤，十几年了，一共犯过几回？没做手术，我不也好好地为国家做贡献吗？郭主任刚才说了，手术的成功率只有百分之五十，意思就是说有一半的可能，我直接就死在手术台上了，那怎么行？林场建设才刚刚开始，需要我们植树造林的面积大了去了！作为最早上坝的先遣队队长，我不能当逃兵！"

冯程说："配合医生的治疗怎么是当逃兵？"赵天山说："就算死，我也不能死在手术台上。死在植树造林的第一线，我光荣！"冯程说："我是代表机械林场来的，得对你的身体负责任！我不同意你的意见，这就给场领导打电话去！"

赵天山说："你敢！"赵天山指着自己的脑袋说："我的这个……是军事机密，你要是敢把这个情报泄露出去，我就跟你绝交，一辈子，谁也别再搭理谁！"冯程说："老赵！"赵天山说："冯程！我求你了！"冯程一脸的为难。

片刻沉静后，赵天山说："还有，张曼玲的事儿，既然病情已经确定了，就按之前说好的，你得给我打掩护。"冯程说："这个我做不到，曼玲那么真诚，我不能骗人家！"赵天山说："那你就走，你不是要去新华书店、图书馆，买书查资料吗？走走走，我自己来对付张曼玲和她爸她妈！"

冯程说："我说，你何苦要这样？"赵天山说："我不能耽误人家姑娘，我说过了！走！"听了赵天山命令，冯程眼里已含着泪水，他收拾一下屋子，还是悄悄走了……

冬天的下午四点半，阳光已变成橙黄色，透过玻璃洒进楼道。张曼玲爸妈一看就是本分的工人，他们穿着朴素，但正规，在张曼玲的陪同下，向病房走去。

病房中的赵天山背对着门口，运着气。张曼玲推开了门说："赵队长，我爸妈来看你了！"赵天山皱了皱眉头，猛地起身，大大咧咧地笑着说："是老张同志吧？"张曼玲的爸爸有些意外。张曼玲的妈妈更是诧异。

　　赵天山上前，伸出大手与张曼玲的爸爸握手，还放肆地拍着对方的肩膀。赵天山说："你好啊！老张大嫂，你好！"张曼玲的妈妈一听称呼吓了一跳，见丈母娘叫大嫂？这什么姑爷！张曼玲说："赵天山，你管我妈叫什么？"

　　赵天山说："哎，我老赵是当兵的出身，不会说话，二位见谅啊！张曼玲这丫头在林场表现不错，不过你们来看我，是看错人了，虽说我是个队长，但我不管她们女工队，给我溜须没用……还有你们家包子，做得也太咸了，真不合我胃口。"

　　没等爸妈说话，张曼玲急了："赵天山，你是不是疯了？"赵天山说："嗯？怎么跟领导说话呢？我是有病，但不是疯病！我要真是精神有问题，那医院能让人随便探视吗？"

　　这让张曼玲急坏了："妈爸，要不你们先走吧，赵天山不知道出了什么毛病，我单独跟他谈谈……"赵天山说："走啊？那不送了啊！虽说包子咸，可吃人家的嘴短，我回去会跟女工队队长说，让她关照张曼玲！"说完，赵天山又去拍张父的肩膀。

　　张父厌恶地猛地甩开赵天山，恶狠狠地"哼"了一声，转身而去。张母说："不像话！什么人哪这是！"张母也转身走了。

　　张曼玲说："赵天山，你怎么回事？"赵天山说："什么怎么回事？你还真的以为我要跟你搞对象啊？回家没照照镜子？想得美！"张曼玲说："你！"张曼玲用手指着赵天山。

　　赵天山说："怎么？还想跟我动手？你个小丫头片子，没王法啦？"张曼玲气得满眼泪水，扭身冲出了病房。

　　屋里安静了下来。赵天山猛地用双拳砸向了自己的脑袋，顺势蹲在了地上。他自己也哭了。是啊，爱和无奈，想爱却不能爱，这是多么痛的事情。赵天山这一顿装疯卖傻，只为担心自己的病拖累了张曼玲，他自己的心里更难受，但是他想也许这也是一种更深沉的爱吧。

3

天上飘着雪花。在场部门口，接赵天山和冯程回林场的马车停在大门口。得到消息的张福林、魏富贵、二勇、小黄和周吴郑王等人前来迎接。

魏富贵说："大队长，看您挺精神，身体没事？"赵天山说："没事！我就说不用去医院吧？场领导大惊小怪的，净瞎花钱……"张福林说："还真没事？嘿！太好了！前两天我做了一个噩梦，梦见您脑袋都让医生做手术给开了，吓死我了！"

赵天山踢了张福林一脚说："去去去！你念我点好行不行！"张福林无意中瞟向冯程，他发现冯程脸色不好，而且一直回避众人的目光。冯程目光与张福林相遇，回避。

远处传来一声大喝说："赵天山！"男同志们听到女生的叫喊都有些奇怪，连忙回身望去，只见孙慧芬跑来。孙慧芬拨开人群冲向赵天山说："赵天山，你怎么欺负张曼玲了？"赵天山说："我什么时候欺负她了？"

孙慧芬说："从承德回来张曼玲就没说过几句话，晚上不睡觉，我们经常听见她偷偷地哭，准是你欺负她了！"赵天山说："我没欺负她！她不高兴不睡觉跟我有什么关系？"赵天山转向众人说："这大冷的天，大伙都别在这围着了，该干吗干吗去！"说完，赵天山大大咧咧地走去。

冯程将书包从马车上卸下背在身上，里面鼓鼓囊囊的都是书，书太满，书包已经系不紧扣，冯程当宝贝一样地保护着。由于走在后面，冯程被孙慧芬一把抓住。孙慧芬说："冯程，你说！到底怎么回事？"冯程支支吾吾说："呃，张曼玲和老赵的事，我也不清楚。"

孙慧芬说："场领导派你陪同去医院治病，你怎么可能不清楚？！"冯程说："说了你个小孩儿也不懂，别问了。"

孙慧芬说："谁是小孩儿？你们先遣队的真不像话，仗着上坝早，欺负我们！"孙慧芬这一喊弄得所有先遣队的人都停住了脚步，众人面面相觑。赵天山说："胡闹！我的个人行为怎么能扯上先遣队的名声！就是我看不上她张曼玲了又怎么样？"赵天山瞪大了眼睛，女孩们吓得都不敢说话了。

冯程说："赵天山，你有什么权利跟女同志大喊大叫的？"赵天山见冯程向着对方，立刻矮了半截，点头哈腰，其实他是怕冯程说出真相。冯程说："孙慧芬，你们回去好好安慰张曼玲，这个老赵，瞧瞧他这脾气，他就不配有好姑娘喜欢他……你跟张曼玲说，我的学生周吴郑王都不错，都没对象呢，回头我给她介绍一个好的！"周吴郑王面面相觑，不知该不该接冯程的话茬，尴尬不已。

六女宿舍，张曼玲坐在炕上哭泣着，大家围坐在她周围。张曼玲猛地抬起头来说："谁让你们几个帮我出气去了？真多余！"孙慧芬愣了一下说："曼玲，你怎么狗咬吕洞宾不识好人心啊。"孙慧芬刚要急，身旁的胡美丽将她拉住。

孙慧芬看了看姐妹们，她明白大家体谅张曼玲心情不好，不想再让她俩吵架。

张曼玲也知道大家是好意，有些不好意思地低下头嘟囔着说："这又不是什么好事，你们这么一嚷嚷，全林场都知道了，只会更丢人。"

孙慧芬说："有什么丢人的？当初追你的是他赵天山，现在又不认账了？就因为他是老革命，就随便欺负女同志啊？要是就这么拉倒了，别人才会笑话咱们一起上坝的六女呢！"

张曼玲被说得哑口无言。孙慧芬想起了什么说："对，找于大婶替你出气！"张曼玲听到这个意见轻轻点头，好像认可了，她起身出屋，去找于大婶。

一听这事儿，正在烧火做饭的于大婶"腾"地站了起来。"啥？有这事？"张曼玲在一旁哭着，她已经没有力气再说什么了。

于大婶气得直咬牙说："张曼玲啊张曼玲，让爹妈跟着你受了这样的委屈，你还忍着？你从小可是个厉害丫头啊！等着，我这就找赵天山算账去！"说着，于大婶从灶台里抄起烧火棍就往门外冲。

她刚要出门，于正来挑帘进门，手里还提溜着包裹，很明显是从外地刚回来。于大婶一愣说："哎，老于，你回来了！"

于正来打量着于大婶说："拎着个烧火棍，找人打架去啊？"于大婶说："可不是嘛，我就要找人打架去！我告诉你老于，可别拦着我！你看看，张曼玲让人给欺负了，我不给孩子做主，不是白让她叫我大婶了！"于大婶继续往外走。

于正来瞟了一眼张曼玲说："因为赵天山的事吧？我都知道了……"于大婶停住脚步说："啥？你知道了？"于正来说："你把烧火棍扔下，进屋来！"于正来看都不看于大婶一眼就往里屋走去。

于大婶乖乖地扔掉烧火棍，老老实实地跟着进屋，到门口瞅着张曼玲说："闺女，你先帮我烧火，我让老于给你做主！""张曼玲，我跟你大婶说话，你先回你宿舍去！"

于正来的声音从屋里传来。于大婶不好意思地说："那……你回去吧。"张曼玲掀帘想走，可是她停住了脚步。

于大婶进屋满脸堆笑说："老于啊，这一走一个多月，孩子们都想你了……"于正来说："你拿着烧火棍，是要找赵天山打架去？"于大婶说："他欺负张曼玲！"

于正来"啪"地一拍桌子说："你个当家属的，别掺和场里的事行不行？"于大婶吓得一哆嗦。于正来说："赵天山是老革命，战斗中负过重伤，你难道不知道？"

于大婶说："那他也不能戏耍张曼玲啊，人家一个小姑娘，哪受得了这个？"于正来说："什么叫戏耍？赵天山是那种人吗？他有难言之隐！"于大婶咧着嘴，一脸的不解说："啥，啥难言之隐？"

于正来叹了口气说："出去的这些日子，我就惦记着两件事，第一是林场的防火工作，第二就是赵天山的身体！刚到林场，我听说赵天山和冯程前脚也回来了。我把冯程叫到办公室，想问问赵天山的病情，哪想到会是这样……"

于正来说，在办公室他把冯程叫来，问询中，他发觉冯程说话不自然，不是他正常的样子。他目光尖锐地看了下冯程，冯程不得不跟他讲实话，这也是对赵天山负责。

"冯程说：'本来呢，赵天山同志想让我替他保密，但我觉得这事是不能跟组织隐瞒。'我一愣，问：'怎么？赵天山的身体情况不好？'冯程说：'对，很不好，随时有生命危险……'"

于正来把这事的前后一说，于大婶一屁股坐在炕上说："哎呀妈呀，是这么回事。这赵天山可真是个硬爷们，他这是怕连累曼玲，故意的啊。"

门"砰"地被推开了。于正来和于大婶向门口看去，张曼玲进来了。于正来没想到张曼玲偷听，忙问："张曼玲，你怎么没走啊？"张曼玲说："我在外面都听见了。"于正来说："你听到了……哎，也好！"

于正来起身走向张曼玲说："曼玲啊，赵天山在医院对你爸妈没礼貌，是有苦衷的，希望你能理解。你于大叔我也当过兵，也打过仗，也受过伤，赵天山的心意我明白，他是不想连累你，是为你好。怎么说呢……你就全当这件事没发生过，好吗？"

张曼玲说："不好！"于大婶有些着急地说："这孩子，那你还要咋样啊？"

张曼玲说："赵天山同志是为了祖国负的伤，是值得尊敬的英雄，应该有人嫁给他，照顾他……我愿意做这个人！"于大婶说："啊？不是，你刚才在外屋听清楚没有啊？医生说赵天山脑袋里有个弹片，随时会威胁到他的生命！威胁生命，你知道啥意思不？"

张曼玲说："我知道，刚才于场长和于大婶说的话，我全听得很清楚，可我不在乎！而且我也想好了，从明天开始，我会主动去接近、照顾赵天山，就不信他铁石心肠。我一定能感化他，让他接受我对他的爱！"说完，张曼玲转身就走。

于大婶说："哎，曼玲……"于正来和于大婶都傻了，相互对视，一脸的茫然。

张曼玲跑出门，擦拭着满脸的泪水，她下定了决心。

孟月穿过场部大楼，向坐落在场部后院的实验室跑去。实验室里，覃雪梅趴在书桌上写着什么。孟月进门说："雪梅，都走了两个月了，这才回来，姐妹们等着你热闹热闹呢，你怎么又跑到实验室来了？快走快走，季秀荣和沈梦茵专门给你做了好多好吃的，都在宿舍等着呢！"

覃雪梅说："抱歉孟月，要不你们先吃，我得把检查写完。"孟月说："写检查？什么检查？"覃雪梅说："哦，是这样，这次劳模报告会的第一站是咱们母校,那天我特别紧张,把事先准备好的演讲稿给弄丢了,结果……总之,这个错误可不算小,我必须向组织检讨。"

孟月说:"还真有这么回事啊?我以为武延生瞎说呢。"

覃雪梅一愣说:"武延生?他说什么了?"

孟月说:"他比你早回来半个月,一回来就找我说这件事。刚一说就号啕大哭,我还从来没见过一个男人哭成那个样子。"覃雪梅说:"他哭了?"孟月说:"可不,他说从你的即兴演讲中,发现你已经不爱他了。"覃雪梅说:"他还说了什么?"

孟月说:"他还说跟冯程的梁子算是结下了,情敌,一辈子水火不容。"覃雪梅倒吸一口凉气。

孟月说:"乍听武延生一说的时候,我还以为他喝多了呢,还真有这么回事……雪梅,你是真的爱上冯程了,居然在大庭广众之下承认?"

覃雪梅说:"我并没有承认爱上冯程啊,只是说愿意和他工作在一起。"孟月说:"还有一辈子三个字吧?"覃雪梅说:"我……好像是这样说的。"

孟月叹了口气说:"看来武延生理解得一点错都没有,雪梅,如果你的心已经为你选择了冯程,就必须跟武延生做一个彻底的了结,不然对谁都不好!"

覃雪梅愣住了,孟月真诚的关怀让她陷入了沉思。

武延生喝多了,手里拿着一个酒瓶子,晃晃悠悠地向供销社方向走去。冯程正从场部里出来向宿舍走着。刚要进供销社门的武延生停住了脚步,他望着冯程。冯程见武延生充满敌意的目光,放慢了脚步,可最终还是选择回避。

武延生突然喊说道:"冯程!"冯程抬头向武延生望去,哪承想武延生径自将手中的酒瓶扔向冯程。此时,武延生和冯程的距离约十米远。冯程一闪身,酒瓶擦身飞过,正砸在冯程身后的雪地上。这一幕恰好被路过的李铁牛看见,他大喝一声说:"武延生,你干什么!"

武延生醉醺醺地说:"干什么,我打死他!"武延生冲向冯程要打。李铁牛连忙快跑两步推开了武延生。武延生说:"怎么着?你们爷俩要一起上是不是？我不怕你们。"说着，武延生抡拳又去打，被李铁牛一把抓住双手。武延生想挣脱，却没李铁牛力气大，两个人较着劲。

李铁牛身后的冯程轻声说道："老舅，你放开他。"李铁牛说："不行，他要动手打你，你怎么不还手啊！动手，咱爷俩收拾了这小子！"冯程大声说道："哎呀，老舅你放手！"李铁牛这才将武延生推开。

武延生喝醉了，脚下一滑摔倒在地。武延生说："好啊，你抢我女朋友，还让你老舅打我？我，我跟你拼了！"武延生爬起来，四处寻找着石头，又要与冯程拼命。

李铁牛听到武延生的话傻了，愣愣地瞅着冯程。冯程也愣了，有些莫名其妙。正在此时，孟月和覃雪梅从场部门口出来，见武延生从地上爬起冲向冯程。覃雪梅喊道："武延生你住手！"覃雪梅和孟月双双冲向武延生，拉住了他。

覃雪梅说："武延生，你干什么？"武延生说："我与冯程有不共戴天之仇，今天我非打死他，你们放开我！"武延生一用力将两个女孩甩开，又冲上去要打。李铁牛从后面一把抱住了武延生的腰，他大声地喊着："冯程，你傻啊你，要是不还手就赶紧走！他明摆着喝多了，不走你等着吃亏啊！"武延生挣扎着说："你放开我！我要打死你，冯程，你这个小人！"

孟月说："冯程，老舅说得对，你别理他，他喝醉了，你快走！"冯程看了一眼孟月，又瞟了一眼旁边惊魂未定的覃雪梅，低下头向宿舍方向走去。

喝醉的武延生指着冯程的背影大骂："冯程你给我站住！我与你之间不共戴天，我饶不了你！"冯程快步地走着，有职工看到了这一幕，指指点点。

覃雪梅觉得很丢人，她低下头去，不知如何是好。

冯程站在办公室里，拉着脸。于正来说："这冰天雪地的，你要回你那小苗圃去住……为啥？"冯程支支吾吾，他编着理由说："工作呀……"

于正来说："有啥工作？今天的种子不是已经雪藏了吗？你那边实验室设备简陋，地方又小，你还有啥工作？"冯程说："技术学习！这次从承德回来带了很多书，我想抽出一段时间来强化自己的业务能力！"

曲和说："这叫什么话？场里现在安排的不就是所有技术员都在一起学习嘛，你既然带回来很多书籍，那就应该与大家共同学习，共同进步！"

冯程说："我……我想一个人先学会了，然后再教给我那些学生们。"

李中说："哎，你算了吧，周吴郑王那四个小伙子去年跟你学了一年有很大进步，基础知识也算是打牢了，我这腿也不得劲儿，生产前线去不了，像他们这种年轻技术员，以后的技术培训就交给我了，你可别跟我抢饭碗啊！"

冯程有些无奈地说："反正我想去老营地住，请领导批准，我必须得离开场部！"三个领导面面相觑。

于正来说："行了行了，老曲啊，你先去老李屋里坐会儿，我单独跟冯程聊聊。"

于正来向曲和使着眼色，曲和站起身说："正好，老李，咱俩去你那，对一对明年春季植树成立三个突击大队的名单。"李中也起身说："好好好……"李中和曲和走出办公室。

于正来说："这回说实话吧，为啥要离开场部？林业部大力支持，地方上大力支援，才给我们建了这样一个场部，宿舍里暖和，食堂里有现成饭吃，李场长刚刚也汇报业务学习开展得如火如荼，大家都取得了很大的进步，这个时候，你为啥一个人回老营地去住？搞什么特殊？"

冯程说："我上坝早，一个人在那住的时间长，习惯了，这边人多，不习惯。"

于正来说："不就是因为武延生嘛！"冯程突然一愣说："于场长，您……"于正来说："他在场部门口挑衅跟你打架，我当场长的要是不知道，那不成聋子瞎子了？！"

冯程说："既然有人跟您汇报了，那就请您批准吧……说实话，我不知道武延生为什么要针对我，但我不想因为个人原因，影响林场职工之间的团结问题。"

于正来说："为什么针对你？为了覃雪梅呗！"冯程更是一惊说："覃雪梅？我这次陪赵天山去承德看病，一去就一个多月，覃科长跟您去参加劳模报告团也是一个多月，我们连面都没见过，怎么会是她呢？"

于正来说：“你莫名其妙是吧？那我就给你讲讲，坐！”于正来指着面前的椅子，让冯程坐下。

于正来说：“那天报告，武延生就坐在台下听着，当然，我也在场，雪梅同志说了些什么，我听得一清二楚。冯程啊，这件事之后我跟覃雪梅谈过，她跟我说了实话，那是在招待所……”

他对冯程回忆起那天的情景。

那天，覃雪梅呆呆地坐在床上，于正来在屋里溜达着。覃雪梅说：“于场长对不起，我给林场丢人了，但我说的每一句话都是心声，不知道从什么时候起，冯程在我心里有了特殊的位置，我对他的信任与依赖已经超越了同志之间的情感，这种情感和武延生从来没过……”

办公室中的冯程听傻了……

于正来说：“参加革命几十年，这种事我没碰见过。你们年轻人之间的感情我也不太理解，但谁和谁般配，我还是看得出来的，如果不代表组织，我认为你跟覃雪梅更合适。”

冯程说：“于场长……”于正来说：“我说了我现在不代表组织，我还是你于叔叔！冯程，事情已经发生了，你不能逃避，一旦你逃了，雪梅就会更被动！”

冯程说：“怎么会？他和武延生本来就是男女朋友关系，只要我消失，问题不就解决了？”于正来说：“你错了，覃雪梅已经当着我的面儿拒绝了武延生。”冯程说：“什么？”

于正来说：“之前就一直是武延生单方面追求覃雪梅，野外遇狼的那件事情上，武延生又欺骗了她，他们俩的关系早就有了隐患。就在雪梅做报告的当天晚上，武延生喝醉了，带着好几个同学找覃雪梅闹事，很不像个样子！要不是我在场及时制止，不定出什么乱子呢！”

于正来叹了口气说：“从这点上看，武延生的人品也确实有问题。冯程啊，雪梅是个好姑娘，值得你珍惜呀！”听了于正来推心置腹的话，冯程他也沉默了……

冯程从场部大楼里走了出来，突然停住了脚步，迎面走来的覃雪梅已经近在咫尺，两人已无法回避。

冯程仿佛有话要说，可是想了想还是作罢，他低下头离开，试图绕过覃雪梅，覃雪梅却叫住了他说："冯程……"

冯程驻足，有些尴尬地说："有事啊？"覃雪梅手里拿着一本厚厚的书说："这是我在母校图书馆借来的，已经看完了，因为是英文的，很多地方都不懂，我做出了标记，请你帮我翻译一下，好吗？"冯程说："好。"冯程接过书就走。

覃雪梅又叫道："冯程！"冯程无奈又站住说："还有事啊？"

覃雪梅说："因我的原因……给你带来了麻烦，对不起。"冯程轻轻地"哦"了一声，快步走了。

覃雪梅望着冯程的背影，目光中充满了愧疚与深情。

5

宿舍里，英文资料摆在床头小桌上。书被冯程翻开，覃雪梅娟秀的字在一旁写着说："这段内容，意思不清楚，请冯程同志代为翻译。"厚厚的一本书里夹了很多纸条，都是覃雪梅做的标记。冯程无心翻译，拉起了手风琴，琴声悠扬。

赵天山进门，见了冯程就说："哎呀，冯程你快给我出出主意吧，这可怎么办好啊？"冯程停下手风琴问说道："怎么了？"

赵天山说："还不是张曼玲那个丫头！"冯程说："你已经伤透了人家的心，还想怎么办？"赵天山说："可是她没死心哪！这都连着好几天了，每天早上她在食堂等着我，我一去就掏出个煮好的鸡蛋放到我面前，然后扭身就走。"

冯程说："那你吃了吗？"

赵天山说："我吃了呀！你说，咱食堂早饭哪有鸡蛋啊？让别人看见也太特殊了，我没办法，就赶紧剥开塞嘴里了呗！"

冯程笑了，赵天山说："你笑什么笑？"冯程说："你既然每天都吃人家一个鸡蛋，就认账吧，继续跟人家好好交往。"赵天山说："那怎么行啊！我不能害人家姑娘！"

冯程说："医生说弹片可能会对你的生命造成威胁，但同时也说了，不做手术也有可能一辈子没事！万一你小子侥幸真就没事了，打一辈子光棍？你不觉得冤？"

赵天山说："我，我只能打光棍，必须打光棍！苦我自己没事，不能连累张曼玲！"冯程说："对！这就叫爱。"赵天山一愣说："啥？"

冯程说："爱不是索取，是奉献！你张嘴闭嘴为了张曼玲，就是说明你爱她！你的问题比我的简单多了，别给我添乱了！"

赵天山说："你啥问题？覃雪梅的事？"冯程说："你怎么知道？"赵天山说："整个林场都传开了，说覃雪梅爱上你，武延生要跟你拼命。"

冯程说："这……谁传的这种谣言！"他急得不知如何是好。

赵天山说："哎，你也别着急，要我说，你这事也不难解决，你就想好了，自己对雪梅有没有那个意思，要是有，就光明正大地接受！就凭武延生说谎骗人，雪梅不选他，他也没辙！"冯程说："可是我心里早就有人了，我也不能害了覃雪梅！"

赵天山说："你女朋友不都死了好几年了吗，你还过不去啊？"冯程说："过不去。"

说着，冯程又抱起了手风琴……

第二十四章

①

五女在宿舍围一起，在为张曼玲的事说长道短。孙慧芬说："每天送一个鸡蛋，张曼玲，你可真舍得下本钱哪。"张曼玲说："为这么好的一个男人，值得。"孙慧芬说："哎？这才几天啊，你又说他好了？"张曼玲说："嗯，我现在无比确定，赵天山是个非常好、非常好的人。"

五女面面相觑，都不知道发生了什么事，张曼玲说："姐妹们，祝福我吧，我和赵天山一定会有一个好结果的！"大家不明白，张曼玲坚定的眼神是从哪来的。

实验室的门被推开了，武延生进门。覃雪梅看着武延生的状态觉得不对劲儿，问："这大白天的你怎么又喝酒啊？"武延生没有理会覃雪梅，随手关上了门，他走近覃雪梅，不顾实验室里的孟月等人，单膝跪地说："嫁给我吧雪梅，我们这就去场部开介绍信，登记结婚，我一天也等不了！"

覃雪梅却没什么反应，淡淡说道："武延生，你起来。"武延生说："不，你要是不答应，我就跪死在这！"覃雪梅说："我们都是成年人了，不要耍这种小孩子的脾气好不好？你起来，我跟你好好谈一谈。"说着，覃雪梅上前去拉武延生。孟月等人愣愣地看着两人。

武延生顺势起身将覃雪梅抱住，那动作很放肆。覃雪梅被触怒了，她使劲地推开武延生说："武延生，请你放尊重点！"武延生怔在原地。

覃雪梅调整了一下情绪说："我曾经确实对你有好感，那个时候，你是个热情奔放、努力上进的好青年。可看看你现在的样子，就像个酒鬼一样，我怎么可能嫁给一个酒鬼？"武延生吼道："不！你对我的态度突然转变了，不是因为我喝酒，是因为冯程！"

　　覃雪梅说："我承认，我是对冯程产生了好感，但这份好感是我一厢情愿的，从来没跟冯程说过，我请你不要再找冯程麻烦了，那样只能让我离你越来越远。"

　　武延生突然兴奋起来说："让你离我越来越远……这么说，你承认现在我们仍然在一起，你的心离我更近？"

　　武延生自说自话，覃雪梅无奈地说："你这么理解也可以，工作时间，请你回到你的工作岗位上去。"武延生说："好，雪梅，从现在开始我就振作起来，我们有感情基础，我武延生绝不比任何人差，尤其不比冯程差！等着看吧。"说完，武延生带着酒劲离开了实验室。

　　这一瞬间发生的事儿，孟月以及另外两名女技术员在实验室的角落里看呆了。覃雪梅瞅着三人说："对不起，影响大家工作了。"覃雪梅转过身去，脸上很是无奈。孟月担心地看着覃雪梅。

　　这天，一个年轻人骑着一匹快马来到场部门口，马上挂着邮包。年轻人跳下马。武延生正好路过说："邮局的是吧？快让我看看有没有我的信！"年轻的邮递员说："你是从围场县林业局转到林场来工作的吗？"武延生说："不是。"年轻邮差说："那你认不认识冯程？"武延生一愣说："认识啊。"

　　年轻邮递员说："有一封从海外寄给他的信，收信地址还写着围场县林业局，我去送信，那边说他早就调到塞罕坝林场工作了，就这么一封信，害得我多跑了两天！"武延生就把信要了过来，暗暗笑了。

　　回到男生宿舍，武延生嘀咕着："海外来信……没想到这冯程还有海外关系呢？也不知道组织上知不知道这个情况……"武延生自言自语地说着，随手拿出一把小刀，将信按在桌子上，一点一点地用小刀划着粘胶水的地方，他不希望破坏信封。武延生打开了信封，拽出信来，他惊讶地发现这封信只有两行字，但落款让他很激动。

正是"唐琦"两个字——唐琦？武延生瞪大了眼睛。突然他想起来了，曲和曾说过，冯程那个女朋友叫唐琦，不会错！他快看信，只两行字："冯程，想了很久，还是觉得应该向你报个平安，我已到香港，一切都好。"武延生计上心来，将信放回信封，塞到衣内兜里说："天助我也……冯程，这回你死定了！"

实验室的门再一次被推开，武延生进门。覃雪梅说："武延生，你怎么又来了？"武延生径自走向覃雪梅说："雪梅，现在不是生产旺季，我想借你的英文词典好好强化一下我的英文，可以吗？"

武延生说得很真诚，弄得覃雪梅无法拒绝，就把词典递到武延生手里。

武延生拿着词典，轻声说道："将来你再有什么英文资料，你们弄不懂的，我帮你翻译，用不着冯程了。"武延生说完转身就走。覃雪梅看着武延生的背影，感觉有些意外。

男生宿舍里，武延生点着油灯，翻着词典，在唐琦的信中写着什么。那大奎和隋志超睡得很沉，武延生一边翻着英文词典，一边编写着对冯程不利的语言。他累了，抬起头来，慢慢地闭上眼睛，脸上出现笑容，那笑容中分明带着邪恶。

2

场部会议室，曲和进门看了看，说："大家都到了啊……老于去行署开会了，今天这个会我主持，我们商量商量明年春季植树的生产规划……"

武延生突然起身大声说道："等一等！有个非常重要的事必须先解决，不然我们在塞罕坝种多少树都会被敌特破坏！"

曲和一惊说："敌特？怎么回事？"赵天山也是一惊。

武延生说："请大家看这是什么！"武延生拿出那封信。曲和伸手要接，武延生拿开说："还是放在我手里比较好。"武延生把信转向众人说："这是一封国际信件，收件人写的是冯程，而信封上并没有寄信人的名字。"冯程一愣说："我的信？我没有海外关系，你弄错了吧？"武延生说："错不了！"武延生打开信封，拽出信说："信里面可是有落款的，上面写得很清楚，寄信人叫唐琦！"

　　冯程猛地站了起来说："唐琦还活着？她到海外了？信是哪寄来的？是不是从香港？快把信还给我！"冯程很激动，上前去抢信。覃雪梅听过唐琦的名字，这一变故很突然，让她很紧张。赵天山瞅着冯程，有些疑惑。

　　武延生突然大喝一声说："那大奎，隋志超，按住他！"武延生神情严肃地命令着，那大奎和隋志超不自觉地就拽住了冯程。信近在咫尺，冯程清晰地看见了信上的字说："唐琦？她还活着！武延生，你凭什么拿我的信？你把信还给我！"武延生说："这是你冯程叛国投敌的重要证据，我怎么可能还给你？大家看清楚了……"武延生向众人展示着信说："这个叫唐琦的女特务真是别有用心啊，只写了两行中文，剩下的都是英文。"

　　冯程拼命上前去抢信。武延生连忙躲闪，并再次大声喊道："按住他！"那大奎和隋志超再次拉住了冯程。武延生故意将信在覃雪梅面前多停顿了一会儿。覃雪梅睁大眼睛看着信的内容。冯程挣脱去抢说："武延生，你把信给我！"

　　武延生躲闪，躲到了同志们身后，将信合了起来，装回信封说："哼，想抢走证据，可没那么容易！曲场长，立刻给公安局打电话，让他们派人来，调查这起特务里通外国，企图破坏新中国建设的重大案件！"曲和说："你先把信给我，让我看看。"武延生很坚决地说："不行！这封信我会直接交给公安，在公安局的同志没来之前，由我亲自保管会好一些。"说完，武延生大摇大摆地走出了会议室。

　　冯程大声地喊着："武延生你站住！你把信还给我！"冯程用尽全身的力气将那大奎和隋志超甩开，冲向门口。曲和连忙大喊："抓住他！"三四个中层领导上前拉住冯程。冯程又一次左右甩开。曲和在身后一把抱住了冯程，冯程也是没了力气，没能挣开曲和。

　　曲和说："冯程！你冷静！看你这个样子，你是早就知道唐琦没死？"冯程愣住了。曲和说："你们学校保卫科的同志调查工作太不细致了！慎重起见，我还真得通知公安局。"说着，曲和松开冯程，走出会议室。

　　听到曲和的话，赵天山很为冯程担心。冯程没再追武延生，他沉默着，忽然想起什么，猛地抬眼向覃雪梅望去，此时关切注视冯程的覃雪梅，连忙回避他的目光。

在男生宿舍，覃雪梅说："武延生，那封信你是从哪得来的？"武延生说："邮局的同志送来的啊。"覃雪梅说："信是寄给冯程的，你为什么私拆他人信件？"

武延生说："我警惕性高！事实是，信封不是我打开的，是跟我警惕性一样高的革命同志打开的，但他们不认识英文，来找我翻译，才到了我的手上。而我认识到了问题的严重性。"

覃雪梅说："毕竟是私人信件，你应该还给冯程。"

武延生"哼"了一声说："我告诉你吧，场里很多职工早就看出冯程要投敌叛国了！他一直在画秘密地图，就是要配合境外的敌对势力，破坏我们千辛万苦才建成的塞罕坝机械林场！这件事只有你还蒙在鼓里！覃雪梅，你是中了冯程的糖衣炮弹！"覃雪梅愣住了。

场部拖拉机库，郑三儿和宋小四给大伙讲着，连比画带说。听着的都是林场的工人，看神情，大家都比较相信。场部食堂，郑三儿吃饭的圆桌附近围得里三层外三层，他绘声绘色地讲着。在一旁听着的孙慧芬，也吃惊了……

深夜，宿舍内赵天山担忧地看着冯程。魏富贵、张福林、二勇和小黄也都关注着冯程。冯程默默说道："她根本没死……她活着……好好的，到了香港……"

冯程的脸上突然露出喜悦。赵天山说："冯程，这么说那封信是真的？"冯程说："对，那封信是真的，虽然武延生只拿着信在我眼前晃了一下，但我看清楚了，那是唐琦的字，她的笔体，我一辈子都忘不了！"

冯程突然笑了起来说："太好了！太好了！唐琦还活着，她还活着。"冯程笑着笑着哽咽了说："你们知道吗，每年的春节和清明，我都会偷偷地给她烧纸。没想到她还活着，我真是多余了。她香港有亲戚，又会说英文，到了那边应该可以找到工作，开始新的生活！"说这些话时，冯程的脸上充满了幸福。

赵天山倒吸一口凉气说："冯程，你可真够没心没肺的，人家怀疑你投敌叛国呢，你怎么还能高兴得起来？"冯程说："身正不怕影子斜，唐琦就是跟我报个平安，通什么敌，叛什么国？"赵天山说："那封信上还有很多英文呢，你看清楚了没有？"

冯程一愣说："我……"很明显，冯程没顾得上看。赵天山说："就算你不会通敌叛国，可万一你那个女朋友到了海外，被敌对势力策反了，成了特务！怎么办？那封信到了公安局的同志那里，问题就严重了！"

张福林有些担心地问："大队长，公安局真的会来人啊？"赵天山说："当然会来人啊，这是大事！我估计咱们这些先遣队的，跟冯程长期在一起生活，应该个个都会被单独调查。"说者无心听者有意，张福林被吓了一跳说："调查我们干吗？"

赵天山说："逐个排除嘛。你小子怕公安啊？干过啥坏事？"张福林说："没有。"嘴上虽然这么说，可他已经开始紧张了。

赵天山一屁股坐在冯程身旁说："老冯，你得做好最坏的打算，公安局的同志可能会带你走。"冯程说："那又怎么样？"赵天山说："哎，我问你一句，当年你们学校保卫科的同志来坝上追唐琦，你有没有窝藏她？有没有帮助她逃跑？"

冯程怔了怔说："有。"

赵天山一拍大腿说："坏了坏了，事儿大了！唐琦没死，真的逃到了国外，她的行为就是通敌叛国，而你的行为就是协助她叛国！冯程啊，你说你这么好的同志，怎么能犯这种错误呢？你是要坐牢的！"

冯程说："我不在乎，坐牢就坐牢，唐琦是我深爱过的人，为她坐牢，我也认。"说完，冯程的眼眶湿润了，但他很快又笑了，沉浸在唐琦没死的喜悦中。

覃雪梅、孟月、季秀荣、沈梦茵都在宿舍里，气氛有些压抑。覃雪梅突然说道："那封信有假！"

沈梦茵说："有假？你怎么知道？"孟月说："可从冯程的反应上看不像是假的……"覃雪梅说："假在信上的英文。就在三天前，武延生跟我借走了英文词典。"

孟月说："对，那天我也在。"覃雪梅说："我怀疑英文是武延生造的假，故意陷害冯程。"三个女孩面面相觑。季秀荣说："雪梅，你能确定吗？"

覃雪梅说："我……当时我看了一眼，英文的第一句，语法上就有问题。"季秀荣说："你的英文不是不行吗？"

覃雪梅说："就是因为不行，这几年我一直利用业余时间补习，冯程还借给我一本关于语法的教材，对我英文的进步很有帮助。冯程说过他以前的女朋友唐琦是学英文专业的，怎么可能在简单的语法上出现错误呢？所以我怀疑那封信是武延生伪造的。"

沈梦茵说："我也不相信武延生，他就是个彻头彻尾的骗子，这种事他干得出来！"

孟月说："会吗？武延生是争强好胜，但人品……我们是大学好几年的同学，我对他也有些了解，这种事，不至于吧？"

季秀荣说："武延生的人品怎么样并不重要，这件事太大了，我们不能单从人品上来判断该相信谁、不该相信谁。武延生提高警惕是对的，这种事哪怕有万分之一的可能，都会断送林场的命运！所以雪梅，这个时候你不能意气用事，你瞟一眼，就怀疑信件是伪造的，没有说服力。再说，冯程以前的女朋友要真是个女特务，故意把英文写错来迷惑我们，不是没有可能吧？"

季秀荣越想越觉得自己说得有道理。沈梦茵和孟月也点头表示赞同。覃雪梅有点傻眼了，有些沮丧地不再说话。

这时，在男生宿舍里，那大奎皱着眉头说："老武，你把信拿出来给我看看。"武延生说："那可不行，这是重要证据，在亲手交给公安机关之前，谁都不许看！"说完，武延生回身将自己的箱子打开，把信塞了进去，又将箱子盖上，用密码锁锁好。那大奎显出不屑的神情，与隋志超对视。

隋志超质疑道："我说武延生，你这觉悟也太高了吧？看信封就能判断出冯程投敌叛国了？"武延生怔了怔说："那倒不能确定……"

隋志超说："不能确定你就敢拆人家信？"武延生说："不是我拆的。"隋志超说："那是谁啊？"

武延生搪塞道："公安局的同志来了，我自然会如实汇报，现在跟你们……保密！"隋志超说："咱哥仨一宿舍住着，你还保密？"那大奎说："就是，今天要是没我们俩帮你，信就让冯程抢回去了。"

那大奎想到事情的严重性，他用手点指着说："我说武延生，这证据你可闹准了？你别冤枉冯程！"隋志超说："对，冯程是和咱们共过生死的同志，而且这个同志平时可不错！"

武延生急了，指着隋志超说："你什么觉悟？什么觉悟！"隋志超被趾高气昂的武延生压制住了。武延生批评道："平时，那都是装出来的！要是敌特两个字都写在额头上，全国人民还用得着提高警惕吗？"那大奎和隋志超面面相觑。

武延生见震慑住了二人，有些得意，便赶紧换话题说："公安局抓走冯程，林场一定会给我记头功，不过这份功劳你们哥俩也有份！走，食堂打饭去，回来把我剩下的所有罐头都打开，加上这次从北京带回来的好酒，今晚上全造了！"隋志超说："我不想喝酒。"

那大奎说："根本不能喝！就算冯程真的有问题，我们也不应该幸灾乐祸！"隋志超说："可不嘛，一起工作好几年了，他要真有个好歹，啧啧啧……"武延生瞪向隋志超，又急了说："什么觉悟？你到底什么觉悟？"

隋志超说："得了吧，就你觉悟高啊？就算是冯程真有问题，那也要等公安局定案以后再划清界限啊！"那大奎说："说得没错，刚才要不是你嗓门大，我们俩才不帮你按着冯程呢。"说着，那大奎和隋志超拿着饭盒要出门，正赶上覃雪梅推门而进。

她瞅着那大奎和隋志超手里的饭盒说："啊，你们去吃饭？"很明显，覃雪梅是来找武延生的，隋志超和那大奎寒暄着，懂事地离开。武延生看着覃雪梅说："你来干吗？想求我放过冯程？哼，不可能！"

覃雪梅摇了摇头说："我来拿回我的英文词典。"武延生不屑一顾地把词典拿起来扔向覃雪梅说："给！"覃雪梅接过词典说："能告诉我，你借英文词典的用处吗？就是为了编写那些诬陷冯程的英文？"

武延生说："你胡说！"覃雪梅冷静地盯着武延生的眼睛。武延生被看得有点毛，开始编："是……是警惕性高的同志发现了这封信，不认识英文，才找我的！我跟你借词典就是为了仔细地翻译，弄清楚信上的意思，目的就是不冤枉一个好人，但也绝不放过一个坏人！"

覃雪梅假装信了说："哦？翻译的结果是什么呀？"武延生说："唐琦早已背叛了祖国，她和冯程早就是一个特务组织的，正策划着在塞罕坝制造火灾，毁掉我们多年绿化祖国的成果！还有，行动结束以后，冯程也会逃往香港，路线图都设计好了！唐琦亲自接应！"覃雪梅说："你翻译得准确吗？"

武延生说："当然，我是学过英文的！"覃雪梅说："把信给我看看吧，我虽然没学过英文，但这几年为了学习材料，一直在用词典自学。"武延生说："不必了吧，那封信是重要证据，我已经锁好了，公安局的同志来之前谁都不能看！"武延生态度很坚决，随手指了指自己的密码箱。

覃雪梅瞟了瞟箱子说："原来是这样……"覃雪梅转过身去，坐在椅子上，她的眼神转动，有了主意，突然幽幽地长叹说："这么说，我冤枉你了？"武延生不屑地说道："那是！"

覃雪梅说："领导信任我，让我当劳模，又准备发展我入党，我却在这么关键的时候相信了冯程，我……我真是对不起组织的培养！"一听这话，武延生的脸上出现了得意之情。

覃雪梅忽然胸口一阵疼痛，她捂住胸口。武延生吓坏了，担心地说道："雪梅，你怎么了？"覃雪梅说："这个冯程隐藏得太深了，我之前居然还对他产生了好感，特务真狡猾，我上当了！"说着，覃雪梅向后仰着头，仿佛是心绞痛的症状。

武延生连忙上前，把着覃雪梅的脉搏，一副似懂非懂的样子。覃雪梅说："我胸口堵得慌……心跳得快不快？"武延生本就是装懂，说："快！快！非常快！"

覃雪梅说："也不知道陆医生还在值班没有……"武延生说："应该在吧，不在我去他家里叫！雪梅，你坚持住，我这就去！"说完，武延生迅速地跑出宿舍。

待武延生出门，覃雪梅冷静了下来，很明显，刚才的一切都是她装的。覃雪梅瞅着武延生的密码箱，她突然想起了什么——

那是当年，在大学宿舍里，带密码锁的箱子被武延生显摆着，说："看我的箱子怎么样？我爸爸托同事从苏联带回来的！"

覃雪梅说："真不错！那是密码锁吗？""对啊，想不想知道我用什么做密码？我告诉你呀！"覃雪梅说："别！万一丢了东西，该赖我了。"武延生说："我偏要告诉你，是你的生日。"覃雪梅听了一愣。

现在，覃雪梅仿佛下了决心似的走向密码箱……

3

一阵呼啸的警笛声，公安局的汽车驶进场部，警笛声惊得正在拖拉机库里干活的赵天山和张福林跑了出来。张福林的手里拎着一个发动拖拉机的大摇把子，紧张地看着警车，随时做着逃跑的准备。场部里，三五个看热闹的人们注视着几名公安同志下车。

曲和从楼上快步跑下说："公安局的同志来了！这下雪天，上坝的路不好走，辛苦了啊！"带头的是李公安，李公安打量他一眼，问："您是林场的负责人？"曲和说："呃，场长书记是于正来同志，他去行署开会了，我是副场长曲和，暂时负责。"李公安说："曲副场长好，局里对林场的报案很重视，这样，先叫冯程来，我们了解一下情况。"曲和说："好好好！"

赵天山上前说："公安局的同志是吧？我叫赵天山，我对冯程同志特别了解，我想先跟你们谈谈。"曲和说："赵天山，你先去把冯程叫来！有什么事要跟公安反映的，你回头再谈！"

赵天山说："不行，我当了十几年的兵，口头语是雷厉风行，我有话不能憋在肚子里！"曲和有些意外，生气地说道："哎，你……"李公安说："当了十几年兵？那是老革命了啊？好，我们先谈，慢慢叫冯程，不急！"赵天山瞟了一眼曲和，对李公安说："同志们请！"曲和无奈，向四处张望着。

张福林的目光与曲和相对，连忙扭身回避。曲和大声叫道："张福林！"张福林有些慌张，回头说："哎！"曲和说："去，把冯程叫来，就说公安局的同志找他！"张福林说："哎……是！"小黄说："张福林，你哆嗦什么？"张福林发现自己在哆嗦，反问道："谁，谁哆嗦了？"小黄说："让你叫冯技术员呢，要不我去？"张福林说："不用，我去！"

冯程这会儿正躺在炕上闭目养神，张福林进门说："冯程，公安局的同志来了，叫你去呢。"冯程睁开眼睛说："这觉睡得真香……公安局的同志怎么才来？"冯程坐起身，抖擞精神，穿上大衣出门。

张福林想了想，跳上炕去将自己的铺盖卷打开，里面有一个早已包好的包裹，包裹很长，他抱起包裹追出门。冯程坦荡地走进场部，张福林不远不近地跟着。他见四下没人，快走几步一把拉住冯程的胳膊说："冯程，这边！"

冯程说："哎，干什么去？"没等冯程反应过来，张福林将冯程死拉硬拽地拉向建筑物后的马厩。

张福林将一匹马的缰绳解开，塞在冯程手里。冯程说："骑马干吗？"张福林将包裹背在身上，牵出另一匹马说："别问了，快跟我走！"冯程说："不行，公安局的同志等着我呢。""你真想坐大牢啊？"冯程说："什么意思？"

张福林说："我可不想坐大牢！我上坝三年，最看重的人就是你！如今你我成了难兄难弟了，咱们一起走吧！"冯程说："什么一起走？去哪啊？"

张福林说："先去老营地，到了那咱俩细说！"冯程说："什么意思？"张福林说："别问了，上马！我张福林可是把心窝子掏出来了，你就跟我走吧！"

冯程一愣说："老张，你不会有什么事向组织隐瞒吧？"

张福林说："组织？命在自己手上，得自己替自己掌管，组织不管！上马吧，老哥哥我不会害你！"

冯程仿佛已经明白了张福林有事，他望着张福林充满泪水的双眼，转了转眼珠说："老张你别激动，不就是骑马出去玩一趟吗？我陪你便是，走！"

张福林兴奋至极地说："跟着我！"张福林上马。马厩有个小门可以不用走林场大门，两匹马飞奔而去。

覃雪梅跑来，见状愣住了。看来冯程是真的有事，她满脸疑惑，又担忧地看着他离去。

得知公安来到消息的武延生，激动地跑向办公楼，推开了门说："公安局的同志，我来晚了！"他见赵天山正在跟公安同志说着话一愣，曲和说："啊，这位就是武延生，那封信就是他发现的。"

李公安说："武延生同志，赵天山同志是老革命，他觉得冯程不是敌特分子，并愿意用自己的政治生命，为冯程担保。你对冯程的印象如何？"

武延生蔑视地看了一眼赵天山说："哼,赵天山同志跟冯程私下关系很好,谁都知道,其实我们都是先遣队的,我跟冯程的私交也很好,但是,在大是大非面前,我不得不擦亮眼睛。"

张公安说："武延生同志警惕性高,值得学习!那封信呢?交给我们吧。"武延生说："信是重要证据,我可不敢随身携带,在我宿舍里,请公安的同志跟我一起去拿。"李公安说："也好。"

武延生瞟了一眼赵天山。赵天山看着武延生,表情严肃。曲和说:"武延生他们就住在生活区,离场部不远,公安局的同志请吧。"

来到了男生宿舍,武延生调着密码锁,并将其打开。武延生用手摸向夹层,愣住了。慌乱的神情在武延生脸上乍现,他双手撑开夹层,没有找到信。又在箱子里一阵乱翻,甚至把所有东西都倒了出来,也没有找到信。

曲和说:"怎么回事?"武延生突然咆哮道:"有人偷了我的信!"李公安说:"不会吧?你这密码锁看着很高级,有别人知道你的密码?"武延生想了想,说:"有,覃雪梅知道!一定是覃雪梅为了救冯程,偷走了证据!公安局的同志,快去抓她!"

李公安问:"覃雪梅是谁?""是冯程女朋友!"曲和和武延生几乎同时发出了这个声音,三名公安和跟来的赵天山、曲和、那大奎、隋志超全都愣住了。

公安来到了女生宿舍外,沈梦茵说:"雪梅不在,上班时间,她怎么会在宿舍里呢?"两个公安对视,曲和瞅着武延生。武延生拨开沈梦茵就冲进了宿舍。沈梦茵说:"哎,你干什么!没礼貌!"很快,武延生败兴而回。

李公安说:"哎,曲副场长,刚才你不是让人去找冯程了吗?他人呢?"武延生说:"对!快抓住冯程,别让他跑了!"

大雪已经覆盖了老营地,只露出一个地窨子的顶部。背着包裹的张福林下马。冯程说:"张福林,你带我来老营地干吗?"张福林说:"下来下来,咱俩在这歇会儿。"

冯程说:"这个地窨子好几年没人住了,你看旁边那个又压塌了,咋歇啊,都不知道里面有没有柴火!"张福林说:"不用柴火,歇上二十分钟就行，来吧来吧！"冯程看着张福林的脸，他已经明白张福林在老营地藏了东西，冯程翻身下马。

冯程和张福林进了老营地地窖子，冯程说："还真有柴火，暖和暖和！"冯程刚要点火，却发现张福林抡起一个小镐头，在角落里刨着。冯程停下手里的活说："哎，老张，你干吗？"张福林说："等会你就知道了！"

冯程愣住了，只见张福林将镐头扔在一旁，开始用手挖。一会儿，装马蹄金的油布包被张福林挖了出来。张福林神情兴奋，冯程说："老张，这什么呀？"张福林说："冯程，你见过世面，给看看……"张福林打开油布包。冯程一愣，想上前去拿，即将接触到马蹄金的时候却又缩了回来，说："这是金的？"

张福林说："对！"冯程说："形状像两个马蹄子……"张福林说："对！这就叫马蹄金！""马蹄金？听说过，没见过，这好像都是过去皇上用的？""对！皇上用的！是在皇上的墓里面出土的！"

冯程说："那怎么到了你的手里？"张福林说："这……"冯程说："让我想想……你刚到塞罕坝的时候，我的小六兄弟一直对着你叫，就是因为这两块马蹄金吧？"

张福林说："是啊，那个时候我还动过念头，要打死小六，幸亏我没下手，要不然肯定会后悔的！"冯程说："你还没告诉我这马蹄金是怎么来的呢。"

张福林眼珠一转说："冯技术员，冯程，要不你别打听了。"冯程慢条斯理地坐在炕上说："张福林，公安局的人已经到了林场，奔我来的，我却跟着你来了这儿，公安一定会说我畏罪潜逃，罪加一等啊……咋，我都为你罪加一等了，你还不能跟我掏心窝子？"张福林说："这叫啥话！我刚才不是都说了嘛，我已经把心掏给你了，要不，能把这玩意儿拿出来？"冯程说："那就说说吧，到底咋来的？"张福林长叹一声："唉，说给你——"

张福林不由得回忆起来，他告诉冯程：那是博物馆通道里，凶手的剪影映在墙上，他抡起了凶器。鲜血溅在了像防空洞一样墙壁上。一名保安倒地惨死，他的面前掉出来两块马蹄金……

冯程说："你偷博物馆的马蹄金，还杀了人？"

张福林说："杀人的可不是我！那是韩老七！凶手是韩老七，我本来以为最多就是偷东西，说好的让人发现就跑，哪承想韩老七会对看仓库的下死手啊……"张福林至今回忆起来仍心有余悸，他又说："马蹄金一共四个，他分了我两个，他往南我往北，我们分头跑。我选择往北，就是想过边境，到蒙古国去。我听说蒙古人可认这个了，一个马蹄金就能换个王爷当！可边境太远，走了两三回都失败了，我就在围场住下，正赶上林业局招工，幸好户口和粮食关系都带齐了……"

冯程"啪"地一拍土炕，吓了张福林一跳。冯程说："公安局的同志就在林场，赶紧回去自首！"林说："你说什么？"说："我让你回去自首！"张福林说："让我回去自首？你自己呢？你罪过比我大，通敌叛国，没准是死罪！我看好你了，能带我逃到那头去。到了那头，你也指定能找到买主，把这卖个好价钱！到时候咱俩吃香的喝辣的，娶媳妇盖房子置地，逍遥快活一辈子！咱俩一辈子都当兄弟！咋样？"

冯程摇了摇头说："我深爱我的祖国，唐琦用爱情诱惑我，我没跟她走；用黄金诱惑我，你觉得会管用吗？我命令你，立刻回去找公安自首，不然，别怪我对你不客气！"冯程逼近张福林。张福林连忙将包裹抱在手里，他撕掉包裹皮，露出一把枪来。冯程说："你想干什么？"

张福林说："底儿我都露给你了，你不跟我走，就只能杀你灭口了！"冯程说："好啊，你是个盗窃犯，我是为了抓你牺牲的，也算是为国捐躯，此生无憾。开枪吧！"

说完，冯程闭上了眼睛……

④

雪野上，一匹马飞奔而来，马上的是覃雪梅。覃雪梅勒住马，见两匹马系在老营地外，远远地，覃雪梅便下了马。由于天冷，覃雪梅戴着厚厚的棉帽子，并用大围巾将整个脸都裹了起来。覃雪梅翻身下马，走向地窖子，到了地窖子门口将缠在脸上的围巾慢慢揭开。覃雪梅的眉毛、睫毛上全都是霜，她听着屋里的动静，听不清，干脆撞门而入。

门推开的同时，覃雪梅叫出了冯程的名字，可是震惊停在了覃雪梅的脸上。张福林也吓了一跳，他没想到有人，径自将枪指向了覃雪梅。见枪口逼来，覃雪梅下意识地发出一声惊呼。

冯程喊："张福林！你放下枪！"张福林连忙又将枪口回转至冯程，他紧张得说不出话来。

冯程吓了一跳，他缓解着惊慌，根本不理枪口，瞅着覃雪梅说："雪梅，你怎么来了？"覃雪梅说："我看见你们俩骑马离开了林场，我就追来了，怕你一时糊涂，公安局的同志就是来调查情况的，那封信不一定真实，你没有必要逃跑！"

冯程说："我当然不会逃跑，是老张非得让我跟他一起来这，我早就觉得他有点不对头，没想到还真让我猜中了。"覃雪梅说："张福林，平时看你老实巴交的，怎么能干这种事？赶紧把东西还给国家，自首去！"张福林咆哮道："闭嘴！"张福林用枪指向覃雪梅。

冯程连忙把覃雪梅拉到自己身后。张福林说："冯程，我现在已经没有退路了，你跟不跟我走？"冯程说："我说过，不管发生什么事，我绝不会背叛自己的祖国！"

张福林大笑一声说："可是，我把什么都告诉你了，我怎么办？只能……杀人灭口了！"冯程说："你不会，你是个心地善良的人，小六对你那么不友善，可是有人要勒死它的时候，你还是把它放走了。"

张福林说："闭嘴！"冯程说："放下你的枪，跟我们回去自首。"张福林说："你还说，我看你再说一句！"说着，张福林用枪逼近冯程，冯程只好住嘴。

张福林说："冯程，你可想好了，通敌叛国，就算不是死罪，你也得坐半辈子牢，你值得吗？"冯程说："就算坐一辈子牢，只要在祖国的土地上，我也认。"张福林说："我没你这么高觉悟！冯程，覃雪梅，看在平时的分儿上，我饶你们俩不死，我走了，可别追！"张福林说着，将马蹄金揣在怀里就往外走。

冯程说："你给我站住！"快到门口的张福林猛地往回举枪，覃雪梅瞪大了眼睛，毫不犹豫地冲到冯程面前，用胸膛挡住了冯程。张福林一不小心触动了扳机，可是枪并没有响。

三个人都从惊慌中晃过神来。张福林说："我承认，我根本没上火药……"张福林迅速抄起小镐头说："就算是不用枪，你们俩也不是老子的对手！冯程，我算瞎了眼了，没认准你这个朋友，我要走，你要是再敢阻拦，我就杀了你们俩！"说着，张福林的眼里淌下了泪水。

冯程用双手抱住覃雪梅的肩膀，将她慢慢移开。冯程说："老张，福林大哥，我相信，枪口刚才要是压上了火药，你绝不会扣动扳机，因为你是个善良的人。可若是枪里真有火药，她就会死在你的枪下！张福林，你扪心自问，雪梅同志对你怎么样？我对你怎么样？你要杀我们，这辈子能安心吗？你是从旧社会过来的吧，新中国对你怎么样？为了这两块金子，你就背叛你的祖国？祖国再穷，它像母亲一样爱着我们，你要抛弃她吗？用枪口对着同志，先遣队怎么会有你这号人？"

张福林满脸泪水地说："我我……"

覃雪梅制止了冯程说："冯程，不要激怒福林大哥，他是一时糊涂，给他一点时间，他能想明白的。"

张福林突然大声说道："我不想坐牢！"冯程说："你犯的错坐不了几年牢，如果你自首，政府还会宽大处理，等你出来了还可以回林场跟我们一起工作。你想偷逃出境，没那么容易。"覃雪梅说："福林大哥，自首吧，我和冯程都相信你能重新做人！"

张福林满脸泪水，他绝望地扔掉了镐头，蹲在地上哭着。覃雪梅和冯程都长长地出了口气，深情地对望着……

第二十五章

在场部会议室，武延生正滔滔不绝地讲着："虽然证据被人偷走了，但是在场的这些人，都是人证！昨天大伙都在，那封信大家都亲眼看到了！"武延生指着屋里的曲和、李中和中层干部赵天山等前一天开会的所有人。其实人们看到什么了？武延生心里清楚，昨天的现场，没有人看到那封信的内容。

武延生冲着李公安喊："公安同志，请你们马上发通缉令，抓冯程，还有偷走重要证据的覃雪梅！他们俩秘谋已久，一同逃窜！合伙叛国！"

李公安说："武延生，你冷静点，你说的这些罪名都太大了，不能随便扣在哪位同志身上！"孟月说："对！"她站了起来说："武延生，刚才你说逃窜、叛国，这些如此恶毒攻击的词汇，你居然加在了覃雪梅身上？你真是太让老同学失望了！"

武延生说："事实已经发生了！她和冯程一起跑了，这比什么都说明问题嘛！"张公安说："你冷静点！在座的各位昨天一起开会，那大家都看到了武延生的那封信吗？"众人纷纷点头。

张公安说："大家有没有看清信的内容？"众人纷纷摇头。武延生说："内容就是冯程的女朋友要联合冯程一起破坏塞罕坝林场！他们以此为功，然后投敌叛国！"张公安说："武延生！我没让你回答问题，坐下！"

武延生过分激动，他喘息着。看到一双双质疑的眼睛，他只能默默坐下。突然，沈梦茵慢慢举起手来。

李公安说："这位女同志要发言？"沈梦茵站起身说："对，信上的汉字没几个，虽然瞟了一眼，也知道，没什么重要内容，至于那些英文嘛，跟汉字根本就不是一个人写的……"

李公安说："有这种事？"沈梦茵说："笔迹都不一样。"说完，沈梦茵坐下。武延生说："沈梦茵，我就让你瞟了一眼，你胡说什么？"

沈梦茵白了一眼武延生，没理他。季秀荣又站了起来说："我也只瞟了一眼，但信是伪造的，我很确定。"武延生说："季秀荣……我没得罪过你啊！"

季秀荣说："是，你没得罪过我，可是冯程得罪了你，你想报复，就伪造了一封信，想借公安的手，来报复冯程，这未免有些过分吧？"

武延生瞪大了眼睛，指着季秀荣说："你……"那大奎说："武延生，你瞪那么大眼睛干啥？公安同志在这呢，你还想打人啊？我做个证啊，前两天武延生跟覃雪梅借了英文词典，每天晚上趁我们睡着了，就点灯熬油的……我估计应该就是伪造那封信吧？"武延生说："那大奎！把估计当推理，你……"

隋志超说："那天我起夜，好像看见那封信了，昨儿让武延生一诈唬，我就含糊了，还帮着他按人家冯程来着……刚才我这么一想，真是后悔，我说武延生，都是革命同志，你不能因为一点私人恩怨，就往死里打击报复啊！"

一直关注着的赵天山，发现事情有了转机，由惊变喜，瞅着武延生。武延生心这下才慌了说："我平时对你们……啊？"他不敢说良心二字，因为他已经从众人目光中，看到了蔑视。

武延生可没想到，事情一下子反转了，他想不明白。原来，就在昨晚的女生宿舍，四个女孩围坐在灯前，看着心事重重的覃雪梅，大家终于搞清楚了真相。沈梦茵问："雪梅，这大晚上的你把我们叫起来干啥？"沈梦茵说着，把被子裹得更严了。

季秀荣说："对啊，啥事？"覃雪梅很冷静地拿出了那封信。孟月说："这不是那封信吗？怎么到你手里了？武延生给的？"

覃雪梅说："不，是我偷来的。"孟月说："什么？偷？"覃雪梅说："对，这不是个好的行为，但仔细地看了这封信以后，我一点也不后悔自己做出了这样的事。秀荣，请你把里面的信拿出来。"

季秀荣不解其意，上前打开信封，展开信。覃雪梅说："请大家仔细看笔体。"季秀荣说："这看不出什么来啊……"覃雪梅说："秀荣没有学过英文，但一定学过俄文吧？字母的写法跟汉字的方块字截然不同，但是男人的笔体和女人的笔体，应该还是看得出来的。"

覃雪梅拿出了一张纸说："这是我自学英文时的练习本，请大家对照一下。"众人仔细对照。

沈梦茵判断着说："这不比不知道，一比，信上的英文确实不像女的写的。"覃雪梅又拿出了一本书说："这是冯程借给我的提高英文语法的书，我们大家用一点时间仔细地看一下，这封信上的英文语法上是否正确。"众人面面相觑。

季秀荣第一个发言说："虽然我不是大学生，又没学过，但从这本书上教的看，这些英文语法确实有问题。"沈梦茵说："问题太大了！"孟月说："冯程以前的女朋友是英语专业的，不可能在语法上犯这么多错误！"

沈梦茵"啪"地一拍桌子说："居然敢伪造证据，栽赃陷害！雪梅，明天公安局的同志来了，把信交给公安，把武延生抓起来！"

覃雪梅说："这，我不想这么做……"说完，覃雪梅用袖子擦掉眼泪说："我早知道武延生争强好胜，却没想到他会发展到今天这一步，但这一切是由我而起，我非常内疚！"

季秀荣说："我也不同意把信交给公安，这么做对冯程和武延生都不好。"沈梦茵说："对冯程有什么不好的？"季秀荣说："请别忘了，就是因为有这个叫唐琦的，冯程的劳动模范被取消了。这封信要是到了组织手里，便证明唐琦并不像以前说的那样死了，而是真的去了国外，那当年冯程包庇唐琦也就成了犯罪。"

孟月说："季秀荣，你好厉害，我可想不到这么多！"覃雪梅说："秀荣说得对，这也正是我不想把信交给公安同志的另一个原因。"季秀荣说："对啊，这封信反正也被武延生伪造过了，干脆我们把它烧了吧！"

覃雪梅说："光毁了证据不行，毕竟今天有很多人都看到了那封信。"

季秀荣说："那你说怎么办？"覃雪梅说："我们最好能多动员几个人……"

于是，她们姐妹几个就悄悄行动了。一听这事儿，那大奎、隋志超等人也觉得武延生太过分了。

大家的话都是向着冯程的，现在武延生就无话可说了，他叹了口气，说："你们……唉！你们一定是被人利用了。"

赵天山站了起来说："我已经说过了，愿意用我的政治生命，为冯程同志担保！"武延生气得冲向曲和说："曲副场长，他们一定跟覃雪梅、冯程串通一气了，你得替我做证啊！"

曲和瞪了一眼武延生，转过头去不说话。武延生又瞅着李中说："李副场长！"

李中说："那封信我是没看清楚，但是冯程是个好同志，你怀疑偷走证据的覃雪梅更是个好同志，绝不会干你说的那种事！"武延生又看了看众人。三四个中层领导都回避了武延生的目光。

武延生再次冲着曲和说："曲场长！"曲和说："昨天我就说让你把那封信交给我，你为什么不给？因为我是侦察兵出身，你怕我看出那封信有假，对不对？"

武延生说："不是不是！我没伪造信件，曲副场长，你相信我！"曲和说："你都不相信我，不相信组织，我怎么相信你？"

曲和瞅着李、张两位公安说："公安局的同志们，对不起，看来我们林场出了笑话，大笑话！起因呢，是因为武延生恋爱失败，就把气撒在了冯程同志身上，制造出了这么一场恶作剧，大冬天的把你们折腾到坝上来，真是对不起。"

武延生说："先别下结论！冯程和覃雪梅逃跑了，不是已经派出很多人去找了吗？在没找到这两个逃逸分子之前，一切都不能下结论！"

小郑和小王撞进门来。小郑说："老师回来了！冯程老师回来了。"众人都站了起来。

曲和说："在哪找到的？"小王说："不是我们找到的，是冯程老师自己回来的，还有覃科长，他们根本不是逃走！"武延生说："不是逃走？为什么公安局的同志一来他们就消失了？"

小郑说："跑了的人，不是冯程老师！"小王说："对！是张福林一看见公安局来人就跑了，冯老师和覃科长冒着生命危险追上了他，并劝他回来自首了！"公安局的三名同志面面相觑。

林场场部大院，很多人围在院子里。张福林伸出了双手，公安将手铐铐在了他的手上。李公安说："呵，还有枪？"

冯程上前忙说："枪可不是张福林的，是我怕他不听劝，便借了条猎枪给自己壮胆，结果没用上。"李公安点了点头。冯程说："大队长，枪还给你。"赵天山接过枪，疑惑地看着冯程。冯程瞟了一眼张福林。张福林投来感激的目光。

冯程说："公安同志，我听说你们要找我了解情况？对不起啊，我去追张福林，耽误了时间，现在开始吧，我一定如实回答你们的问题。"

李公安说："嗯，经过对林场众多相关人的调查，你的问题已经清楚了，这是个典型伪案，你是被冤枉的。同时我代表公安局，感谢你规劝这名在逃人员投案自首！可以立功。"说完，李公安与冯程热情握手。冯程说："应该做的，立功就不必了！"

一旁的覃雪梅早已泪流满面，被三姐妹围住。张公安说："张福林，上车吧！要没有你啊，我们就白上一趟坝了！"

武延生冲了过来说："你们不能走！你们不能走！那封信是真的！覃雪梅，你把信交出来！你知道我箱子的密码，昨天你假装心脏病犯了，就是为了偷走冯程叛国的证据！"

覃雪梅说："我怎么会知道你的密码，你操纵的伪案已经收场了，不要无理取闹！"武延生试图接近雪梅，三名女生上前保护着她。

武延生绝望地指着冯程喊："冯程……"他上前要打冯程。拳头在空中被赵天山一把抓住。

武延生和赵天山较着劲。人群中的张曼玲担心赵天山的身体。

曲和大喝一声说："保卫科同志，把武延生带走，别让他在这给林场丢人了！"几名退伍兵同志上前按住武延生。

武延生说："好！冯程，我武延生跟你结梁子了！你等着，我饶不了你！"

人群中的郑三儿和宋小四见武延生失势，龇牙咧嘴，相互对视。冯程、覃雪梅瞅着武延生，他被保卫科带走了。

2

于正来听曲和在办公室汇报了事情全过程。于正来说："我两个礼拜不在家，就出了这么大乱子？"曲和说："可不，就等你回来商量呢，这个害群之马，我的意思是开除武延生的公职！"

于正来说："开除？"于正来皱了皱眉头说："你看看这是啥？"于正来把一封信交给曲和。

曲和打开信说："调令？武延生真是神通广大，这么快调令就来了？不行！就算调走，我也得让他背着记大过处分走！"

于正来说："算了吧，看在他上坝早的分儿上，不处分了。但愿他能改过自新，以后好好做人。"看得出，曲和对于正来的这个"拍板"并不服气。

武延生一个人坐在屋里喝着酒，醉眼醺醺地说："此处不留爷，自有留爷处！"门开了，那大奎和隋志超端着饭盒进来。武延生说："对不起，打扰二位了，我得喝会儿……"

两人不理他，那大奎将一瓶包装精致的酒放在桌上。隋志超从兜里掏出两瓶罐头。武延生愣了。还是那大奎开口了："不管怎么样，咱们一起上的坝，你要走了，我买瓶酒送送你。"

隋志超说："我吃了你不少罐头，今儿个我也买两瓶送送你。"武延生说："大奎，志超，你们哥俩……"武延生流下了鳄鱼的眼泪，"多谢二位！我武延生就说一句话，苟富贵勿相忘！等我飞黄腾达的那一天，我忘不了你们哥俩！真的！那大奎，我跟你说过，首都的工作，北京大姐……"

那大奎说："算了算了，就别说这些没用的了，什么首都啊、大姐啊我都不想，就希望你以后别老想着害人。"听了这话，武延生一愣。隋志超说："大奎是实在人，这话说得好！我也是这意思。"

武延生突然急了，说："滚！我拿你们俩当哥们，你们俩却在背后捅刀子，现在还教训上我了？你以为你们是谁啊？都给我滚！"那大奎和隋志超面面相觑，愣住了。武延生歇斯底里地难以控制自己的情绪。

那大奎说："如果到了现在，我们俩的话你都听不进去，你就白来了一回塞罕坝！"隋志超说："这话说得更好，武延生，既然你不听劝，好自为之吧。"说完，隋志超将两瓶罐头揣回兜里说："走，大奎。"那大奎也将那瓶酒拿走。屋里只剩下武延生，他更加孤独，更加狂躁。

冯程和赵天山站在办公室里。于正来和曲和坐在办公桌前。于正来说："那封信到底怎么回事？"没等冯程说话，赵天山说："肯定是假的！武延生伪造的！"

于正来说："冯程，请你回答。"冯程顿了顿。于正来说："曲副场长说，从你看到信时的表情判断，那应该是唐琦的亲笔信。"

冯程看了一眼曲和说："是的，那上面是唐琦的字，但英文部分我不能确定，因为我并没有机会仔细地看。"

于正来说："武延生认为是覃雪梅同志偷走了那封信，你又怎么看？"

冯程说："我没有发言权。"赵天山说："我有！即便这是真的，也只能说明覃雪梅同志是一位值得信任的同志！一位好同志！"于正来说："说说你的道理。"

赵天山说："冯程深爱着这片土地，他绝不可能叛国，更不可能是敌特分子！这一点，我们大家都深信不疑！如果真的是覃雪梅拿走了那封信，也只能说她明白在我们塞罕坝，植树造林最重要，团结一致最重要！我们这里需要科学、技术、劳动力、奋斗精神，而不需要整人！栽赃！陷害！汇报完毕！"

于正来笑了，看了看曲和说："你们知道吗？赵天山刚才的这番话，跟曲副场长跟我说的差不多，走吧，我们一起去看看覃雪梅。"冯程说："我就不去了吧……"

于正来说："你必须去！"说完，于正来向门外走去。

实验室里亮着灯，很明显有人在加班工作。覃雪梅认真地做着实验，种子在容器里被清洗……

门被慢慢地推开了，武延生进门，覃雪梅并没有察觉，他慢慢地走向覃雪梅，冲动让他的呼吸在加速。覃雪梅全神贯注地做着实验，突然感到危险，武延生在后面拦腰将覃雪梅抱住说："雪梅！"

覃雪梅说："武延生，你干什么？放开我！"武延生说："调令已经到了，明早我就要走了，我是为了你才来塞罕坝的，我把我的青春都扔在了这个鬼地方，不能就这么溜走！"覃雪梅说："你要干什么？"

武延生说："你早就是我女朋友了，还我青春债！你说，我能干什么？"说完，武延生就肆意地亲吻覃雪梅，覃雪梅挣扎着，武延生两手放肆地侵犯着覃雪梅……

覃雪梅挣扎着的一只手被武延生拧住，另一只手被甩开。覃雪梅被甩开的那只手碰到了烧瓶。覃雪梅抓起就向武延生的头上砸去。玻璃器皿碎了，武延生退后，头上流下鲜血。

覃雪梅手里攥着碎瓶子对着武延生。武延生说："好你个臭婊子，敢打我？"武延生顺手抄起实验室里的一件利器，试图向覃雪梅行凶。

门被撞开了。第一个进来的是于正来，他说："武延生，你要干什么？"武延生慌了。第二个跟进来的赵天山已经冲了过去。赵天山一把抓过武延生手里的凶器，一拳捶在武延生的腮帮子上。武延生被打倒。赵天山抡起夺下的凶器就要袭击武延生。于正来喝说道："住手！"

于正来上前拉开赵天山说："武延生，你……"武延生说："于场长，曲场长，我喝醉酒了，可我什么都没干！你们是我的父辈……放过我吧！"

于正来说："老曲，你说得对，这种败类必须严肃处理！"曲和说："覃雪梅，你没事吧？"覃雪梅摇着头。曲和说："放心，保卫科会把他移送公安的！"

跟进来的冯程望着武延生，多少有些惋惜，他又瞅着覃雪梅，二人目光交织，随即分开了……

一辆马车停在场部门口，武延生坐上马车。郑三儿和宋小四前来相送。郑三儿说："武技术员，没想到你就这么走了。"宋小四说："就是，走之前还劳教了五天……"

武延生铁着脸，从包里掏出两瓶罐头扔给郑三儿和宋小四。武延生说："真没想到你们哥俩还能来送我，记住我的话，苟富贵勿相忘，将来有我出头之日，忘不了你们哥俩！"

武延生说这话时可不像对隋志超和那大奎说时那么真诚，他怎么会将这两个人放在眼里。

他抬眼看了看场部的牌子，轻哼一声说："走！"车把式甩鞭，马车离开。

武延生惨淡地离开了林场，郑三儿和宋小四眼巴巴地送着。

接到场部办公室通知，冯程进门，曲和说："今天叫你来是有个事，想提前通知你一下。哎呀……"曲和咳嗽一声，看着冯程，却把话说给于正来听，他说："老于，我张不开嘴，还是你说吧。"

曲和表现出极度伤心的样子说："我去看看，他们会场布置得怎么样。"说着，曲和离开了办公室。

冯程疑惑地看着曲和的背影说："于场长，发生什么事了？"于正来说："冯程啊，你已经写了很多次入党申请书，本来这次发展新党员你是全票通过的，但由于唐琦的这个事又被翻了出来，弄得上上下下有很多不同的声音，所以……"

冯程已经明白了，他有些神情恍惚，慢慢地坐在了椅子上。于正来说："冯程，别灰心！只要你对党忠诚，积极要求进步，入党是早晚的事。"冯程点着头。

场部食堂，悬挂着毛主席像、党旗。国际歌音乐声中，于正来分别向新党员覃雪梅、孟月、季秀荣颁发了党徽，并看着三名女同志为自己戴上了党徽。

于正来说："雪梅，孟月，季秀荣，祝贺你们！"三名女生说："谢谢于场长！"赵天山为隋志超、那大奎亲手别上了党徽，说："大奎，志超，祝贺你们！"

那大奎和隋志超齐声说道："谢谢大队长！"食堂里坐满了人，同志们都鼓起掌来。

天空中飘着雪花，冯程奔跑而来，但他停在了离食堂门口十来米的院落里。他向会场望去，眼里含着泪水。

场部食堂，曲和说："请新同志面对党旗！"与会的全体党员面向党旗，几名新党员站在第一排，无比光荣。

于正来来到党旗前，举起右拳，领头宣誓说："请跟我向党旗宣誓！"覃雪梅、孟月、季秀荣、那大奎、隋志超齐刷刷地举起拳头。

站在院里雪地中的冯程也举起了拳头。

于正来带头念道："我志愿加入中国共产党。拥护党的纲领，遵守党的章程，履行党员义务，执行党的决定，严守党的纪律，保守党的秘密，对党忠诚，积极工作，为共产主义奋斗终身，随时准备为党和人民牺牲一切，永不叛党！"

于正来逐句领读，众人逐句跟随。宣誓中的覃雪梅、孟月、季秀荣、那大奎、隋志超全都是激动的神情……

场部大院，宣誓中的冯程，一字不落，跟着林场大喇叭播放出的礼堂里的声音郑重宣誓。

于正来说："宣誓人，于正来。"

场部大院，雪在空中飞舞，落在冯程头上。冯程说："宣誓人，冯程。"宣誓仪式后，冯程对自己说："从今以后，我已经在思想上入党了，我会用一个党员的标准来要求自己，直到有一天，郑重加入中国共产党，成为一名光荣的党员！"

他抬头看天，天，似乎派出雪花天使，洒落在他的脸上，与往日不同，雪花似乎也是热的……

在林场李铁牛新家，他焦急地在院子里跺着脚。于大婶从屋子里跑出来说："铁牛，怎么样？找着陆大夫了吗？"李铁牛说："我让冯程去找了，还没找着呢。"于大婶说："你自己咋不去？"李铁牛说："不是，吴改花马上就要生了，我是孩子他爹，我不能离开啊！我得看我儿子第一眼啊！"

于大婶说："想得美！医生找不来，没准三天都生不下来！"李铁牛说："啊？那我赶紧找去！"

李铁牛与骑马而回的冯程相遇。李铁牛说："找到陆大夫了吗？"冯程说："陆大夫不在，昨天下午御道口一户人家有个老爷子中风，接陆大夫去给扎针灸了，结果我追到御道口才得着信儿，今儿一大早陆大夫又被多伦的一户牧民接走了！"

李铁牛说："多伦？"冯程说："是啊，那户牧民家也是女人生孩子，据说难产生不下来，已经两天了，谁让咱陆大夫远近闻名呢，方圆百里谁家有个疾病不都找他吗？"李铁牛说："那你赶紧把马给我，我去多伦把他追回来！"

冯程说："哎呀你就别跑了！那牧民的蒙古包支在哪谁知道啊？再说雪这么大，一个来回怎么也得两天！"李铁牛说："两天？"李铁牛有点慌。

李铁牛回到林场新家。炕上躺着的吴改花说："两天？我可等不了两天了！大姐，你不是说你接过生吗？我就要生了。"

吴改花话一出口，李铁牛和赶来帮忙的另外两个人都将目光瞅着于大婶。于大婶有点含糊，说："我是给人接过生，不过……"

吴改花说："不过啥啊大姐？我是你亲妹子，你咋下手都行！再说，我这么大个子，生个孩子应该不难。甭找医生了，就大姐帮我接生得了！我就要生了。哎哟……"

李铁牛说："是啊是啊，拜托拜托！"他一个劲儿地作揖。

于大婶也急了，脸上有点尴尬地说："我担心我……要不还是让老于派个车，把你送到县城医院去吧……"吴改花说："可不行！我坐不了汽车，闻到汽油味我就想吐，再说，万一在车上生了孩子，把车弄脏了，那还得了？"于大婶说："要不套个马车？"

吴改花说："那不也得颠一天？万一雪大，车再陷在半道，你让我在雪窝子里生孩子啊？"李铁牛说："就是就是，大婶，全拜托您了，全拜托您了！"

于大婶说："那好吧，我试试吧。"另外一名大婶说："还有我们俩呢，我们给您当帮手！"于大婶说："行，咱姐仨商量着给我妹子接生！"吴改花笑了，李铁牛也笑了，焦急的气氛突然变得其乐融融。

李铁牛拽了条长凳，坐在窗户根儿等着。冯程坐在长凳的另一头。李铁牛看着天说："快了快了，估计快了……"吴改花声声的惨叫传来。李铁牛说："我听不了了，要不咱爷俩离远点？"

冯程说："行，远点。"李铁牛搬着长凳来到栅栏门外，距窗台七八米处再次放好凳子。

贾希一拎着一份礼物走来说："老李大哥，冯技术员，怎么坐在这凉快儿啊？"说着，贾希一就像回自己家一样要进李铁牛的家门。

李铁牛说："哎，你干吗？"贾希一说："我找改花嫂子。"说着，贾希一便要进门。李铁牛说："站住！你给我出来！"

贾希一吓了一跳，像做贼一样退了出来说："咋了，大哥？"李铁牛说："我媳妇生孩子呢，这儿是你想进就能进的吗？"

贾希一说："哎呀，已经生啦？那我来得正好啊！前两天我去围场给马进药，改花嫂子托我给她带的东西我带来了，她说生孩子着急用，那先给您！"说着，贾希一递上了一份包裹。

李铁牛说："这是啥啊？"贾希一说："改花嫂子让我给孩子买的花布，说要做棉袄棉裤，还有小虎头鞋。"

李铁牛打量着贾希一，总觉得贾希一不像好人，不情愿地接过说："怎么会让你帮着带东西？你谁呀？"贾希一说："嗨，老李大哥你忘了？我不是上坝第一天，刚好碰到改花嫂子嫂吗？我跟她有缘分！这个也给您……"

说着，贾希一又将另一只手里的礼物递给李铁牛。李铁牛说："这是啥？"贾希一说："两斤鸡蛋，三两红糖，是我给改花嫂子随的礼！"李铁牛说："你给随礼？"

贾希一说："我是头一份吧？这就对了！我跟改花嫂子这么好的缘分，我不第一个来随礼就不对了！"贾希一笑得满脸沟壑纵横，如同柿饼子。李铁牛心想，什么缘分啊更不高兴了，也没有接礼物。

冯程起身接过礼物说："谢了啊小贾！回头孩子满月的时候，记着来喝酒！"贾希一说："那我得来！改花嫂子已经请过我了。"李铁牛说："你咋叫我媳妇名呢？"

贾希一说："她让我这么叫的，我原本是想叫改花姐来着，她说不合适，毕竟她嫁人了嘛，说让我叫她改花嫂子，我觉得这样好，又亲近又好听！"

李铁牛说："你跟我媳妇你们俩……平时接触挺多呀！"贾希一说："多！改花嫂子还说要给我介绍个媳妇呢！"李铁牛一瞪眼说："她没说

自己给你当媳妇吧？"

贾希一一下愣住了，先是吓了一跳，然后哈哈笑了起来说："老李大哥，没想到你这么爱讲笑话？我说改花嫂子性格那么好呢，原来您就幽默！"

李铁牛哪里是幽默，他已经气得嘴都歪了，咬牙瞪眼地盯着贾希一。里屋，又传来一声声嘶力竭的号叫，所有人都回过头去。

于大婶从屋里跑了出来说："哎呀不行啊！我接不出来啊！"李铁牛说："咋回事？您不是接过生吗？"于大婶说："我是接过，可是那时有接生婆在，我是帮忙的！再说她难产！难产得厉害！比我见着的那几个可难多了！"

贾希一说："你们这是胡闹！为什么不找陆大夫？"李铁牛说："你废话！闭嘴！"贾希一又吓了一跳。

李铁牛转过头去说："于大婶，陆大夫去了多伦，两天之内回不来，现在都成这样了，再找汽车去县城医院也来不及了，求求您了，就再使把子力气帮我把儿子接出来吧！"

于大婶说："这不是使力气的事！情况有点不好，血流得太多了，吴改花也没力气了，我怕孩子憋死在里面！"李铁牛说："啊？"李铁牛冲进屋去，于大婶跟了进去。贾希一一拍脑门，想到了什么，扭头就跑。冯程看着贾希一的背影。

屋里，李铁牛抓着吴改花的手，吴改花说："哎呀，铁蛋他爹，都怪我太大意了，不过你放心，儿子没事，你快去拿菜刀把我肚子豁开，先把儿子拿出来，别把他憋着！"

李铁牛掉了眼泪说："你说什么呢你！还不如不搬来林场住呢，要在村里，找个接生婆也容易啊！"于大婶自责地说："都怪我逞能！都怪我逞能！这要是弄出人命来，老于非得跟我离婚啊！"于大婶也哭上了。

吴改花说得很轻松："哎，爷们，你别掉眼泪，快动手！儿子要有个三长两短的我才对不起你呢！你快动手！"李铁牛一副为难的神情。

院门开了，贾希一举着一本书飞奔而来，说："找着了！找着了！"冯程说："贾希一，你找着什么了？"

贾希一说："哎呀，你别管了！我给改花嫂子接生！"外间屋，贾希一推门而进，站在灶台前就喊说："改花嫂子，我来啦！"炕前的李铁牛一听声音，气不打一处来，说："贾希一！"

李铁牛起身冲到外间，一把抓住贾希一的脖领子说："贾希一，我媳妇生孩子，你也敢进来？"贾希一说："你干什么？！我来帮改花嫂子接生！"

李铁牛愣神之际，于大婶仿佛找到了救命的稻草，她冲出来说："贾希一，你会接生？"贾希一说："那是！虽说我是学兽医专业，但那也是医学！来了林场以后，我发现自己的工作并不忙，就常去找陆大夫学习人医。我手里这本书就是指导接生的，陆大夫送给我的！"

李铁牛还抓着贾希一的脖子没撒手，却被于大婶一把拿开说："好不容易来个医生，你还要打人家咋地？快出去！"

李铁牛反被推出门去。他到院子，冯程冲了过来说："老舅，怎么样？"李铁牛说："贾希一说要给我媳妇接生，他是男的，他还是一个兽医！他接生，这可不行！"说着，李铁牛就要冲进去。冯程一把拉住李铁牛说："哎呀老舅！你也太封建了！伟大的诺尔曼·白求恩医生也是男的，他难道没给女病人看过病？"李铁牛说："那，那不一样啊！"

冯程说："有什么不一样的？你想让舅妈和孩子出事啊？"李铁牛愣住了。椅子又被摆到了窗户根儿，冯程坐在椅子上。李铁牛四处打转。很多来看热闹的人都在焦急地等待着。突然，一条红围巾被套在冯程的脖子上。

冯程吓了一跳，一抬头，正是孙慧芬。冯程说："小孙同志，我戴着围脖呢，不冷……"

孙慧芬说："我看见你的围脖了，太旧了，颜色也不好看。这条是我昨天连夜给你织的，快过年了，你戴着好看！"说着，众目睽睽之下，她就将围脖系在了冯程脖子上。孙慧芬说："女人生孩子我见多了，也许时间会很长，你在这干等着没用，再冻坏了……回宿舍吧，等我信儿，生了我去叫你！"

冯程说："不行，这是我舅妈，主要我老舅着急……小孙，谢谢你的好意，你先回去吧。"孙慧芬说："行，那我回去给你们煮锅姜糖水送来！"说完，孙慧芬走了，冯程把围脖摘了下来，揣在了大衣兜里。

突然，一声孩子的啼哭传来。李铁牛说："哭声！孩子的哭声！"于大婶从屋里跑了出来说："生了生了！生出来了！大胖小子！我约莫着得有八九斤，我说怎么这么难生呢！"

小吴小郑小王纷纷叫喊着说："快让我们看看孩子！"于大婶说："去去去！你们这些小孩蛋子，刚生完孩子哪能给你们看！孩子他爹快进来看儿子！还有冯程，实在亲戚，进来！"

李铁牛和冯程进了门。外间，背对着里间、靠着墙根儿、蹲在地上的贾希一满头大汗地喘着粗气。

李铁牛根本没顾得上看贾希一便冲进屋去。孩子已被包好，交到李铁牛手上。李铁牛说："儿子，爹终于跟你见面了！媳妇，你辛苦了！"没了气力的吴改花说："铁牛啊，快，抱着儿子让贾希一也看看，他才辛苦……"

李铁牛急了说："给他看干啥？他接生的，他都看够了！"此言一出，包括于大婶在内的三个女人都笑了起来。

于大婶说："李铁牛你可真小心眼！人家贾希一根本没进门！"李铁牛说："没进门孩子怎么出来的？"于大婶说："当然是我接出来的啊！"

李铁牛说："我在外面一直听着他喊，你们别糊弄我！"于大婶说："对啊，他喊来着！他拿着陆大夫的书，就蹲在外面，大声喊，指导我们接生！要说这医生啊，就是比我们二百五强！按照他指导的方法，孩子才顺利地生出来！"

李铁牛说："啊？那我冤枉他了？"于大婶说："你可不冤枉人家了呗！赶紧出去好好谢谢贾希一！"李铁牛从里间出来，见仍蹲在地上的贾希一还在喘着气。李铁牛直接鞠了一躬。

贾希一说："哎，李大哥，你这是干吗？"贾希一想起身，可是腿蹲麻了，没起来，冯程连忙上前把他扶起来。

李铁牛说："你就一直在这蹲着来着？"贾希一说："是啊，我是男同志，不方便进去，又是头一回指导别人接生，我也紧张，蹲着是为了缓解紧张，不至于把接生方法指导错了……"

李铁牛说："兄弟啊，我可咋谢你啊？"冯程说："老舅，我替你谢！"冯程说着就从兜里掏出刚刚揣进去的红围脖说："快过年了，这是一条新织的围脖，送给你小贾！"贾希一说："这可不行！我无功不受禄啊！"

冯程说："你为塞罕坝机械林场接生了第一个婴儿，你有功！"贾希一说："真的？那我谢谢冯技术员！"贾希一接过红围脖，笑得无比灿烂。

里间，吴改花说："冯程，舅妈听见你的声了，你有学问，快帮老舅、舅妈给孩子起个名！"一直在里间的铁蛋也钻了出来说："对，大哥，快给我弟弟起个名！"李铁牛连忙把孩子递向冯程说："冯程，给你大胖兄弟起个名！"

冯程说："嗨，咱们都是林场职工，种树的就希望树多了能成林嘛，这个孩子就叫李成林得了！"李铁牛说："好！李成林！"

铁蛋进屋喊着说："娘，我弟弟叫李成林！"屋里的女人们都很喜悦，吴改花微闭双目，在享受产后的安谧……

夜，宿舍内，赵天山看着张曼玲给的围脖。冯程一转身说："又想张曼玲呢？每天都吃人家一个鸡蛋，天天晚上看着围脖不睡觉，你就赶紧跟她结婚得了！"

赵天山说："不行！我这正想着把围脖送回去呢，这是最后看一回，为了我彻底忘了她！"

冯程说："口是心非。"他向另外一个方向转去，可转到一半就被赵天山拽了回来。

赵天山说："冯程，这围脖给你，明天你帮我还给张曼玲！"冯程说："不管。"赵天山说："冯程，我是怎么对你的，就这么点小事求你，你都不管？"赵天山嗓门很大，旁边的魏富贵吓得一激灵说："啊！怎么回事？"

魏富贵起身的同时就用手抄起了一件家伙，他以为来了特务分子。冯程说："你看你！大半夜的这么大声干吗？把老魏吵醒了吧。行，我帮你还！"冯程一把抓过赵天山手里的围脖，"多大的事啊！快熄灯睡觉！睡不着挠墙根去，别影响大伙！"他看着赵天山，赵天山大气都不敢出。

睡不着觉的可不光这两位。六女宿舍，张曼玲和孙慧芬也在谋划爱情。对于谈恋爱，孙慧芬喜欢学习却不善独创，她悄悄地说："曼玲，我也买了两斤鸡蛋。从明天开始，你每天早上也帮我煮一个呗？"

张曼玲说："干啥？"孙慧芬说："冯程最近工作忙，又老受委屈，我看他都瘦了……"

张曼玲说："你还惦记着冯程？"孙慧芬说："那是！追求到了纯真爱情，就不能轻易放弃！"张曼玲说："你难道不知道，武延生就是因为冯程和覃雪梅才离开林场的？"

孙慧芬说："当然听说了，可据我观察，武延生走的这半个月，冯程和覃雪梅没什么进展，在食堂吃饭，见面了都跟没看见似的。"张曼玲说："你怎么观察的？"

孙慧芬说："我跟着冯程就观察到了。"

张曼玲说："跟踪啊？"孙慧芬说："当然，都是业余时间。昨天我就察觉到冯程为了等他舅妈生孩子，在外面冻了半天，于是我就把早已准备好的围脖送给了他，他欣然接受！"张曼玲说："真的？"

孙慧芬说："那可不，快祝福我吧！"张曼玲傻了，心想孙慧芬这爱情来得也太快了吧。

场部食堂，正在吃早饭的赵天山和冯程面前突然多了两个鸡蛋。赵天山瞅着张曼玲，冯程瞅着孙慧芬。张曼玲和孙慧芬转头就走，孙慧芬回头，眼中含爱地看了眼冯程。赵天山连忙把鸡蛋抓了起来，恐怕别人看见。冯程一把抢过赵天山的鸡蛋。

赵天山说："哎哎，你干吗？"冯程说："我舅妈昨天晚上生了，正缺鸡蛋补养。"赵天山说："哎，好！正用上！"冯程笑了。

李铁牛家，他端着一个碗，碗里有两个剥好的鸡蛋，对改花说："冯程拿来的，煮好的鸡蛋我又热了，给你剥好了，快吃！"

抱着孩子的吴改花接过鸡蛋咬了一口说："谢谢冯程！"冯程说："自己家人，谢啥？哎对了，舅妈，贾希一这人咋样？""看着不像好人，实际上可好了，热心肠！你老舅打铁，赶着做植苗锹，家里活没人干，他老来帮忙！""哦……看着岁数不小了。"吴改花说："是，还没对象，求我给他介绍呢！"

冯程说："舅妈就是热心肠，到林场当职工以后介绍成几对儿了吧？"吴改花说："三对！给贾希一介绍哪个姑娘我还没想好，得好好琢磨琢磨。"

冯程说："我这有个现成的，你把这个做好事的机会，让给我得了。"

吴改花说："你也愿意给人介绍对象？"冯程说："对呀！媒人桥，媒人桥，说成一对是福苗！"

"你呀。三句话不离本行！"

冯程笑了。

食堂里很安静，贾希一和冯程坐在食堂里。冯程说："这个时间最好，不是开饭点，食堂的师傅们都下班了，安安静静没人打扰。"

贾希一说："冯技术员，你要给我介绍的是哪位女同志啊？"冯程说："是女工队的孙慧芬同志。"贾希一说："六女上坝的孙慧芬？大眼睛，长得漂亮！"

冯程说："你认识她？"贾希一说："场里没对象的女同志我都认识……可她们不认识我，我都偷偷地自己认过一遍了。"冯程说："你小子真够色的。"

贾希一说："我可没坏心眼，是正儿八经地想找个好姑娘成家，共同学习，共同进步，共同为林场奉献青春！"

冯程说："哎，好了好了，先别表决心，昨天我给你那个围脖啊，实际上就是小孙同志让我转送给你的，你咋没戴啊？"贾希一说："我带着呢！是看着挺新的，怕弄脏了，就揣怀里了……"冯程说："戴上戴上！"贾希一连忙将围脖戴上。

孙慧芬已经快步跑进食堂说："冯程，你找我啊？"冯程咳嗽一声，站了起来说："孙慧芬同志，介绍一下，这位是贾希一同志。这位是孙慧芬同志，你们俩好好聊，我先走了啊……"

贾希一连忙伸出手说："小孙同志好！"孙慧芬发现他戴的围脖，愣住了，说："哎？冯程。"冯程挥了挥手要走。孙慧芬说："冯程你给我站住！围脖怎么回事？"冯程说："我已经转送了，你的心意我也告诉贾希一了。"

孙慧芬说："我什么心意？我对兽医没兴趣！冯程——你欺负人！"孙慧芬气得扭头跑了。

贾希一说："冯技术员，我是不是哪做错了？"冯程说："没有，孙慧芬这姑娘怎么样？"贾希一说："挺好啊，可她好像没看上我！"

冯程说："没看上能给你织围脖吗？你年纪不小了，孙慧芬可算是年轻漂亮，而且六女上坝的光荣事迹上过报纸，人家是名人。作为男同志，你要积极主动，做好打持久战的打算，做到有决心，有恒心，下狠心，用灵巧心，保证能追到孙慧芬！"

贾希一说："真的？"冯程说："下来我再帮你做做工作！今天你跟小孙就算是认识了，以后靠自己了。"

夜晚，冯程一个人走在场部院子里，有些迟疑地走进实验室。孙慧芬的身影出现在主楼通向实验室的通道里，她注视着冯程敲门。沈梦茵打开门说："冯程？"

同在实验室里的覃雪梅和孟月都有些惊讶地起身。冯程进门说："怎么，都还没休息啊？"沈梦茵说："我和孟月在陪覃雪梅。"孟月说："冯程来了就不用我们陪了，沈梦茵，你不是早就困了吗？走吧。"沈梦茵和孟月知趣地走了。

覃雪梅说："你是来找我的？"冯程说："对。"覃雪梅说："有事吗？"冯程说："我只是想告诉你，武延生手里那封信是真的，唐琦还活着。"

覃雪梅说："哦。"冯程说："因为我，让你和武延生闹出这么多误会，真是不好意思。"覃雪梅说："没有误会，从来就没有。"冯程说："其实他并不是那么坏……"

覃雪梅说："你到底想说什么？你是来跟我谈武延生的吗？我们俩之间，没有谈他的必要吧？"冯程愣住了。覃雪梅说："噢，对了，你的东西，还给你。"说着，覃雪梅拿出钥匙，打开小抽屉，从抽屉里拿出那封信，交给冯程。

冯程吓了一跳说："覃雪梅，这封信真的在你手里？"覃雪梅说："你来找我，我就猜到了，你就是想要回这封信，看清唐琦到底跟你说了些什么……拿回去吧，慢慢看，之后请销毁，不然会对你不好。"冯程说："你真的为了我……"

覃雪梅说："我不是为了你，是为了林场，为了塞罕坝这片干净的土地……武延生想做的事，会把这里弄脏，离开，对他，对塞罕坝都好。"

冯程接过信说："不管怎么样，谢谢你！"冯程深深鞠了一躬，将信揣在怀里，转身走了。

冯程出门，他的眼里含着泪水，大踏步地向场部方向走去。角落里晃出了孙慧芬的身影。孙慧芬犹豫了很久，向实验室走去。

孙慧芬的到来，让覃雪梅很惊讶，她说："小孙？这么晚了你怎么来实验室？快快，坐！"进门的孙慧芬说："覃科长……我是跟着冯技术员来的。"

覃雪梅立刻明白了，说："哦……有事吗？"孙慧芬说："有，别人都在传，说你是为了冯技术员才跟武延生分手的，可是我观察，武延生走了以后，你并没有跟冯程在一起，所以我才对冯程……直到今天，这么晚了，冯程来实验室看你，我以为我没希望了，可没想到他也只待了一小会儿……我心里又糊涂了。冯程从来不肯跟我多说话，我就只能来问你，希望你能给我一个准确的答复，你跟冯程到底……"

覃雪梅笑了说："我听明白了，小孙你坐，我给你倒杯水喝。"一大缸子白开水递到了孙慧芬面前。

覃雪梅慢慢地坐下，说："武延生走了以后，我最害怕的就是领导和同志们问我到底跟冯程是怎么回事，可我万万没想到，第一个来问我的竟是你，小孙。"覃雪梅脸上一直带着微笑，她突然咬了咬牙，一滴泪水淌了下来。

女人最见不得女人流泪，孙慧芬立刻说："覃科长……"覃雪梅连连拭泪说："没事，既然你想听，我就给你讲一讲我和冯程共同的经历。"

天上残月如钩，覃雪梅推心置腹的话，让这小屋有了温度，孙慧芬流着眼泪，听得如醉如痴……

覃雪梅说："那次荒唐的报告，我犯了严重的错误，我把私人感情在那么庄严的场合公开了，可对方却没有听到，这是不是很尴尬？更尴尬的是，武延生在场，又导致这么一场闹剧。我现在遗憾的是，这场闹剧之后，他一直在故意回避我，我再也没有勇气向冯程坦白自己的爱……"

覃雪梅又一次擦拭眼泪，笑了说："没关系，一个优秀的男同志就应该有好姑娘追求，小孙，如果你也喜欢冯程，就向他表白吧，但我得告诉你，我也不会放弃，只要他没和别的女同志明确恋爱关系，我会一直等待。"流着泪水的孙慧芬连连点头，又猛烈地摇头，很明显是被覃雪梅的真情深深地感动了……

回到了宿舍，孙慧芬幽默地说："今天我失败了……"张曼玲说："明天我一定要成功！"胡美丽问："明天怎么了？"

张曼玲说："北京科学电影制片厂来咱们林场拍电影了，不是故事片，是纪录片。明天要拍赵天山，我会抓住这个机会。"胡美丽说："抓住拍电影的机会？张曼玲，你可别胡闹，听说那胶片好贵呢！"张曼玲说："放心吧，我呀，有高人指点。"

孙慧芬说，"咱们林场要说高人，还有比冯程更能耐的吗？他会指挥爱情？"张曼玲说："算你说对了！就是他，听我说……"

这时，张曼玲听到门响，是冯程进来了，他一进门就说："这条围脖呢，赵天山让我还给你。"张曼玲说："我不要，他亲口答应的事，反悔，没门儿！"

冯程说："赵天山之所以反悔了是因为他的身体原因……"张曼玲说："冯技术员，不用你说，于场长告诉我了。"冯程有些感觉意外，说："小张同志，如果你已经知道了原委，应该理解赵天山，他真是为了你好！"

张曼玲深深地叹息着说："是的，也正因为此，更让我觉得赵天山是个英雄，是个可敬而且可爱的英雄。"冯程说："这是你的心里话？"

张曼玲说："当然，我从来不做违心的事，不说违心的话！"

冯程点了点头说："好……我记得去年赵天山一直说他要对你发起总攻，明天，你发起反攻的机会来了，希望你大获全胜，一举拿下赵天山这个'顽固分子'！"

第二十六章

1

雪地的艳阳天，分外清亮。红色的拖拉机停在了洁白的雪地上，强烈的色彩反差，显得天高地宽，红白蓝相间，特别美。

雪地上，一台老式摄影机已经架好。电影导演拉着赵天山说："赵天山同志，你就别谦虚了！这是你们地委宣传部学军部长邀请我们来的，我们已经了解过了，这次林业部的劳模报告团没有你，是因为身体原因。你是生产一线的先进工作者，你最能代表塞罕坝的所有林业工人！"

赵天山说："你刚才对我的这些表扬我接受，但我还是不想拍电影！"导演说："那为啥？"赵天山说："要拍也应该赶春天来，植树造林大会战的时候，那时我坐在拖拉机上，后面拉着四台植苗机，那多带劲啊！可你现在拍什么呀？"

导演乐了，问："天山同志，明年的春夏秋三个季度我们都是要拍的，今天先拍冬天的部分，难道林场冬天，就没有工作可干了吗？""有啊，维修拖拉机、植苗机，防火，防虫……"导演说："还有呢？""还有……培养后备力量啊！可惜，身体不争气，住院了。我原本是想在这个冬天收两个徒弟的。"

张曼玲的声音从围观的职工中传来："赵天山同志，你早就答应过要收我当徒弟，就请兑现诺言吧！"赵天山说："张曼玲，我这有正事，你别捣乱！"

导演看出这是机会，下指令开机！赵天山想阻止拍摄，可是又不知道该怎么阻止。

张曼玲很会抓机会，她面对镜头说："同志们，我从小的梦想就是做一名女拖拉机手，像梁君同志那样，架着东方红拖拉机奔驰在祖国的大地上！赵天山同志，请问做您的徒弟，我合不合格？"

赵天山说："合，合格……""那就请您收下我吧。以后我们就能每天工作在一起了！"导演听入戏了，热情地鼓掌。周围的同志都跟着鼓起掌来。

赵天山好像听出这顺理成章的台词中有圈套，严肃地说："那不行！"他使劲地挥着手，示意摄影师停止拍摄，这让导演更加诧异。

张曼玲说："赵天山同志，我知道你拒绝我的原因，那是因为之前你已经和我确定了男女朋友关系，而现在你反悔了，你害怕跟我在一起，所以不收我做徒弟。"

导演瞪大了眼睛要喊停。冯程挤到导演身边，示意他不要停，轻声说后边有戏。

张曼玲继续说："同志们，你们知道赵天山拒绝我的真正原因吗？是因为他发现自己的身体状况出了问题，医生在他的脑袋里发现了战争年代留下的一片弹皮，位置很危险，随时会压迫神经，导致瘫痪。拒绝我是怕连累我！这种情感与理智的逆向行为，让我越觉得这个战斗英雄更可爱！赵天山同志，请你收下我这个徒弟吧！我跟你学习开拖拉机的技术，还会在生活上照顾你，成为你的革命伴侣！"

赵天山听得满眼都是泪水，可还是摆着手让她别说了。导演带头激动地喊好！所有人再一次鼓起掌来。

张曼玲再次取出那条红围脖，来到赵天山面前帮他系上说："这条围脖是我亲手织的，你已经戴上了，就要戴一辈子。哪怕你明天就瘫痪，我伺候你一辈子也不后悔！我一定好好学习技术！还有，师傅……不，天山，这是我自己做出的选择……"

张曼玲祈求的目光，赵天山不敢正视，他低下头平静地说："你，你还是叫我师傅吧……""多谢赵天山同志收下我这个徒弟，师傅——"所有人都更热烈地鼓起掌来。

导演说："太感人了！"导演热烈地鼓掌，所有人都鼓着掌。

导演突然想到什么，要给他们俩拍几张照片，众人连忙让开，镜头里只留下赵天山和张曼玲。

那导演就用东方红拖拉机做背景，导演要他们亲热点，张曼玲一把挎住赵天山的胳膊，将头歪向赵天山的肩膀，拍了一张像结婚照一样的照片。

赵天山跟着导演跑了一天，累死累活地支应下来，回到宿舍，看到冯程正悠然地嗑着瓜子，坏笑地看他，气不打一处来。他"啪"地一拍桌子说："冯程，你小子害我！"

冯程嗑着瓜子说："张曼玲她妈炒的瓜子真香。"赵天山急了说："冯程，你……你真是我的好兄弟！"赵天山上前打掉冯程手里的瓜子，一把将他紧紧地抱在怀里。

冯程说："张曼玲是个好姑娘。好好对她。"赵天山说："我知道！刚才我俩商量了，过年结婚。对了，还有你们几个，想吃啥都跟大嫂说！"魏富贵、小黄和二勇齐声说道："好！"赵天山满眼泪水地说："我赵天山要成家了！"

冯程说："还一个多月呢，瞧把你急得。"魏富贵说："幸好还有一个多月呢，要不我就赶不上了……"赵天山说："啥意思？"

魏富贵说："大队长，自从上了坝，就没请过假，所以领导一下批了我一个月假。火车票都帮我买好了，回家给老娘上坟烧冬衣去。"

冯程说："是啊，如果没记错的话，魏富贵的老娘三周年了……"魏富贵说："都过了三周年了，秋季大会战的时候过的，那个时候我没敢请假。"

魏富贵已经流下了泪水。赵天山说："好了别哭了，回去也替我们给老娘磕头！"魏富贵激动地点头说："哎——哎！"

在于正来家，张曼玲显摆导演拍的照片，于大婶说："你有福气，让大导演给你拍了张结婚照！"张曼玲满脸的笑容，有些不好意思。于大婶把张曼玲带来的照片递给于正来看。

于正来正坐在炕上喝酒，说："人家大导演给洗出三张来，她一张，赵天山一张，还有一张场里面传着看，大家看后交办公室存档了。"他问曼玲，"婚礼定在什么时候？"

张曼玲说："不耽误上班，就定在过年了。"于正来说："好！春节好！又娶媳妇又过年，赵天山这回可美了！老伴！哪天搭个方便车，去县城百货公司买两个暖壶回来，贺新婚。"张曼玲说："这礼太重了。"

于正来笑了说："你以为暖壶都是送给你们家的？那我可送不起！还有一对儿要结婚的，一起买了吧。"于大婶一下来了兴趣说："还有一对儿？谁跟谁啊？我咋不知道啊？"于正来对张曼玲说："你看，你看，你大婶一听这种事就来精神！别打听了，到时候你们就知道了。"

②

火车车厢内，背着大包小裹的魏富贵在车厢中挤着，根据车票寻找着自己的位置。靠窗的是位女同志，望着窗外沉思。魏富贵将自己的包裹都塞在行李架上，正了正衣襟坐下。

绿皮火车慢慢地启动了，靠窗的女同志转过头来说："怎么这这么晚才到？真怕你误点……"魏富贵吓了一跳，啊？旁边坐的竟然是季秀荣。

魏富贵说："你怎么会在车上？"季秀荣说："许你请假回家探亲，就不许我请假回家探亲啊？我也上坝好几年，头一回请假。"

季秀荣说："我是探亲，加上结婚，也是两假加在一起一个月。"魏富贵的脸立刻沉了下来，半晌才将身体坐正。

季秀荣偷笑说："你怎么没话了？"魏富贵说："我是不是坐错地方了，咱俩的票怎么挨着啊？"季秀荣说："错不了，都是办公室的小刘一起买的，当然挨着了。"

魏富贵说："我是坐到河南老家。"季秀荣说："我也到河南老家。"魏富贵说："哦，我明白了，是你姥姥家在河南给你找的对象？"

季秀荣说："对呀，河南对象！"魏富贵说："人咋样？"季秀荣说："好！大高个！可英俊了！"

魏富贵说："哦，那……那我就放心了。"看他那五味杂陈、变化不断的脸色，季秀荣又偷笑了。

魏富贵强忍着，眼泪都快流下来了。季秀荣单刀直入了："说，为什么好几个月不理我？"魏富贵说："没不理，我就琢磨着有这么几个月你就冷静了，就该找对象了。我还以为林场那么多大学生、中专生的，没想到河南姥姥家有人给你介绍，准也是大学生吧？"

季秀荣说："好像没念过几年书。"魏富贵说："啊？那啥工作啊？"季秀荣说："以前是食堂大师傅，后来有人说他做饭不好吃，就到苗圃打零杂去了？"

魏富贵一愣说："啊，这，这不是……我呀？"季秀荣不语。魏富贵说："不是，你什么意思？小季我跟你说，咱俩之间，玩笑以后就别开了，我这个人不太爱开玩笑！"

季秀荣说："谁跟你开玩笑了？我都跟你处对象好几年了，你觉得我是在开玩笑吗？"魏富贵说："什么好几年了？"季秀荣说："三年前，你说娘没了你要守孝，现在三年早过了，你回河南老家都不告诉我一声？你啥意思？"

魏富贵说："我回河南为啥要告诉你啊？那是我的老家。"季秀荣说："也是我的！"魏富贵说："那我回老家，是要给我娘上坟烧冬衣的。"

季秀荣说："那也是我娘，我也要给她老人家上坟烧冬衣！""不是，当年说处对象，那个时候是因为你心情不好！""噢？你是怕我寻死可怜我，现在不怕了？我看看这窗户能不能打开……"

魏富贵一把拉住季秀荣说："小季，你可千万不能跳车啊！"季秀荣笑了说："谁说要跳车了？老魏，你还真挺关心我。"魏富贵这才发现自己已将季秀荣搂住了，并用双手摸着季秀荣的双手，他连忙像触电一样松开。

季秀荣说："我就那么配不上你？"魏富贵说："不是，是我配不上你！季秀荣同志，咱们说认真的，你在承德下车，别赖着我，跟着回俺家！"季秀荣说："你以为我嫁不出去是吗？"

魏富贵刚要说话，对面坐的老头老太太搭了话茬。老太太说："小伙子，这么好的闺女，你为啥不要啊？家里有媳妇啊？"魏富贵说："没有。"老头说："那是这闺女之前嫁过人？"

魏富贵说："那就更没有，老人家你可别胡说八道！"老太太说："闺女刚才说的话我可都听见了，没得挑啊！你不要人家，能说出个一二三来吗？"

魏富贵说："我能！她是知识分子，我就念了一年半书，她有仨姐姐都嫁给了大学生，要是嫁给我，她不就一辈子在家里抬不起头了吗？她家啥条件，爸妈都挣工资，一点儿负担没有！我家啥条件？我爹早死了，我娘三年前也饿死了，我还有好几个弟弟妹妹等着我养活，我……"魏富贵眼泪都快掉下来了。老头问他家里的情况你知道吗？季秀荣说早知道了。

老太太说："那你要嫁给他，你爹妈能同意吗？"季秀荣说："三年前就同意了，我爸妈说只要人好，他们就不反对。魏富贵你是不是个好人？你看着我的眼睛说。"

魏富贵还真被问住了，那位老太太善意地说："他好几个弟弟妹妹都小，要吃饭，要上学，都得花钱，闺女，这事儿你可想好了！"

季秀荣说："想好了，老魏，我参加工作快四年了，攒下来的工资这次我全带上了，都留在家里。小叔子小姑子要是好好学习，将来能考上大学我都供，我说到做到，绝不反悔。"

老太太说："嘿！这年月还有这么好的姑娘，小伙子，你要是不娶她就是个傻子！"老头说："没错！我要是能找着这么好的儿媳妇，那得烧高香！"邻座的中年妇女指点着魏富贵说："你就答应了吧！别不知好歹！"

邻座穿皮袄的汉子站起来说："这桩婚事要是不答应，都对不起你死了的爹娘！"季秀荣站了起来，拉住魏富贵的手说："老魏，还不跟我一起谢谢大伙！人家都祝福咱们呢！"

魏富贵说："啊？"魏富贵像傻子一样看着季秀荣。季秀荣说："傻愣着干啥？快给大伙鞠躬！"

魏富贵和季秀荣给说话的诸位鞠躬，大伙鼓起掌来。

车厢里很多人之前就挤过来看热闹，掌声让整个车厢沸腾了，像结婚典礼似的，季秀荣幸福地笑着。

一个月过去了，一辆马车来到场部门口，喜气洋洋的季秀荣和魏富贵双双跳下马车。季秀荣大方地挎着魏富贵，拎着包裹向宿舍方向走去。正赶上于大婶和吴改花等几个女人在太阳下面聊天，众人都看傻了。

于大婶说："小季，你们的事……"季秀荣说："啊，于大婶，各位大嫂，我和老魏在老家订婚了，回来就领结婚证，办婚礼，请大家吃喜糖！"说着，季秀荣就从兜里掏出糖来发散。于大婶说："是你们俩啊，我说老于让我买两个暖壶呢！"她笑得像个戏台上的媒婆。

一把喜糖被放在那大奎面前。那大奎说："魏富贵，你抢了我女朋友，就给一把喜糖完事？不行，不带这么欺负人的！"魏富贵吓了一跳说："不是我，抢？抢了你女朋友？"

那大奎说："那我不管！反正现在季秀荣嫁给你了，你怎么也得陪我喝顿酒！"魏富贵说："喝酒啊？一定请！我跟秀荣商量商量……"那大奎哈哈大笑说："老魏，看你这个窝囊样，我逗你呢！"隋志超说："瞧你把人家老魏大哥吓的……"

魏富贵笑了笑说："逗我哪？我还以为那技术员要跟我动真格的呢，我可经不住你摔……"魏富贵发现隋志超正在捣鼓着什么，说："隋技术员，你这干什么呢？"

隋志超正在打磨一件石器，他比画着说："这是个磨。"魏富贵说："这么小？能磨啥啊？磨豆腐？磨荞面？太小了吧？"隋志超笑了说："小才好用呢，就得小！"

隋志超很神秘地说："半个多月了，眼见就要大功告成了，老魏大哥，我不陪你聊了啊！"隋志超继续磨着他的石器。

女生宿舍，沈梦茵懒洋洋地玩着糖纸，嘴里含着喜糖说："季秀荣啊，这喜糖咋没那年的喜糖好吃了呢……"季秀荣气坏了说："讨厌！沈梦茵，不许揭我短！"孟月说："糖还是一个味，那年你是饿的，吃啥都救命。"

孟月也含着糖说："哎呀，真是羡慕，咱们四个一起上坝，季秀荣第一个结婚了！"季秀荣看着一直没说话的覃雪梅说："雪梅，你咋样？"覃雪梅说："我什么咋样？"

季秀荣说："我都走了一个月了，你没去找冯程谈判？"覃雪梅说："感情的事，谈判有用吗？再说，我和冯程现在有什么进展，也会让人说闲话，过几年再说吧。"季秀荣说："过几年？不怕别人先下手为强？"

覃雪梅说："工作第一，生活上的事情先放放，要是他和别人……那就得看缘分了。"季秀荣说："喊，缘分那东西得自己争取，就像我跟老魏，要不是我争取，早就没了！"沈梦茵说："老魏师傅还会没了？"

季秀荣说："这个滑头，早就给他二姑写了信了，让二姑给他说媒呢！我要是不跟着他回老家，大姑娘就上门了，哎哟，好悬！"

沈梦茵说："真的？那隋志超小一个月没理我了，是不是跟女工队的谁好上了？"季秀荣说："悬！大麻花能说会道的，还愁没人追啊？"沈梦茵蹦下炕说："不行，我得找他去！"

男生宿舍，隋志超听见动静，连忙用被子把石磨盖住。沈梦茵四下张望着，发现屋里没人，开始"审讯"隋志超，为什么这么多天不理我？忙着跟谁处对象？隋志超有口说不清，忙又盖了盖被角，恐怕沈梦茵看到那磨。

沈梦茵问他藏什么，隋志超说谁还没点小秘密呀。沈梦茵说，你跟我藏心眼儿，准是看上别的姑娘了。

隋志超说："别价啊，梦茵！我没看上别的姑娘！"背过身的沈梦茵说："撒谎！二十一天没见到人了，我才不信呢！"隋志超连忙掐着指头算说："正好二十一天，梦茵，你算的真准哪！比狗不理包子的褶还……"沈梦茵说："都到这个时候了，还跟我耍贫嘴，隋志超我恨你！"隋志超说："别走！梦茵，我不跟你藏心眼儿，我让你看！"说着，隋志超把被子掀开。

沈梦茵慢慢地回过头来说："啊？这是什么？"隋志超说："那不是咖啡豆……说实话，从小到大我没喝过咖啡，后来听孟月说，那咖啡豆不磨做不成咖啡，我就现打听怎么磨……李中场长去过苏联，他喝过咖啡，告诉我得专门给咖啡豆做个小磨，我这不就做嘛。二十一天的业余时间全干这件事了，就没过去看你……"

沈梦茵突然扑向隋志超，一把抱住他说："大麻花，你真好！"隋志超说："咬一口，嘎嘣脆……"沈梦茵说："超……"隋志超说："茵！"沈梦茵说："你听说了吗，大队长，还有季秀荣和老魏师傅都要结婚了，人家多快！"

隋志超说："知道，咱也不慢，超、茵、速。"沈梦茵说："飞机呀？说正经的，我是从上海来的，在塞罕坝无亲无故，一听说一起上坝的别人要结婚，我就觉得特别孤独……"

隋志超说："别哭！要不咱俩也结个婚吧，就不孤独了。"沈梦茵一拳砸在隋志超的胸前说："讨厌，你干吗不早点向我求婚啊？"隋志超说："我本来是想把这小磨做好了，当礼物向你求婚的……"

沈梦茵上前捧起小磨说："不好做，才能用长远！"隋志超说："夫妻原本就好像这小磨，往后日子长喽，太阳月亮，填磨眼里面，慢慢磨吧……"

3

这天工闲。场部大门口，正有几个工人在下棋，那大奎在一旁支着，下棋者被支得手忙脚乱。那大奎身后突然传来孟月的声音："观棋不语真君子。"他一回身说："孟月？"

孟月说："没事啊？"那大奎说："今儿个不礼拜天嘛。"孟月说："去实验室坐会儿吧。"说完，孟月转身就走。那大奎四下张望，有些犹豫，但还是跟了上去。

来到了场部实验室，孟月给那大奎倒了一碗水说："商量点事。"那大奎一愣，他俩工作上没啥交集，商量啥啊？孟月说："商量咱俩的事。"那大奎说："咱俩？"

孟月说："对呀，别人都要结婚了，要不咱俩……将就将就？"那大奎说，"这可不行！你是正经八百的大学生，我凑凑合合是个专科！是同是专科生都看不上的专科生。"孟月笑了说："绕口令呀？我以前的男朋友还是研究生呢，背信弃义把我甩了，所以说这事儿，学历不重要。"

那大奎说："可是我大男子主义，从小不会关心人！"孟月说："谁说的？在我看来，你有很多优点，从来就没大男子主义，而且对我非常关心。"那大奎说："我有吗？"孟月说："有啊——你忘了？就那回！"她讲起那次，那大奎背着她……

高原荒漠，那大奎背着孟月艰难地走着。孟月说："快把我放下来，歇会儿吧。"那大奎说："你这是看不起人！"那大奎逞强，之后笑了说："地上太凉，往哪坐啊？"

孟月心头一颤，没想到这男人粗中有细。为了给孟月鼓劲，那大奎唱起了蒙古歌。孟月说："真难听！"那大奎说："其实我本来就不会唱，我就摔跤还行……我告诉你啊，我们摔跤的其实就不直着腰走道，我们都这样……"

说着，那大奎背着孟月走起了摔跤的步伐。孟月被逗笑了，被颠得美滋滋的感觉，到今天仍在她心头。

孟月又说起在大松树前打群架时，以孟月和那大奎为核心那一瞬间。孟月眼中，那大奎就是个英雄。

听了孟月生动的回忆，那大奎急得直出汗："你这净回忆，你说这两件事的时候，还有男朋友呢，我要那时候就对你关心，是不怀好意！"

孟月说："你就是嫌弃我有过男朋友。"孟月扭过头去，开始伤心，要落泪。那大奎吓坏了，说："我不是也有过女朋友嘛！"孟月说："那你就是觉得我不如季秀荣，看不上我！"那大奎说："也不是，那傻丫头哪能跟你比啊？你是才女！"

孟月说："那咱俩将就将就，行不？"那大奎说："不行，我这种人就不适合娶媳妇！"孟月说："你还是嫌弃我。是，我平时无论是工作还是生活都不愿意和别人争，但是婚姻大事我不想被别人落下！现在季秀荣要结婚了，沈梦茵也要结婚了，你要是不愿意跟我处对象，我在林场也找不着别人了，那……那我只好申请下坝！"

那大奎说："可别！你是技术骨干！就算是为了林场，我也得把你留下！"

孟月笑了说："那你愿意了？"那大奎说："愿意，愿意，就是……"孟月说："我保证，我心里永远不会再想以前的男朋友，曾经写的那些诗也全都忘了！"

那大奎说："你咋知道我心里想的是这事啊？"孟月说："你心眼儿小，季秀荣早就告诉我了。"那大奎傻笑着，他小心翼翼地抱住孟月，凑近看着孟月说："说真的，你可真比季秀荣好看多了……"

孟月猛地推开那大奎说："你以后要是和我结婚，不许再看季秀荣！"那大奎说："行！这一点我也向你保证！"孟月笑了说："在不影响工作的前提下啊。"

那大奎又紧紧地把孟月抱在怀里说："真没想到，丢了个季秀荣娶了个孟月，我那大奎怎么这么好的命啊！"孟月说："你还是想着她！"那大奎急忙认错："以后不光眼不看，嘴也不提了！我只有对象……孟月。"

孟月娇羞一笑："嗯，这还差不多。"

　　于正来推开家属院门，跟老伴说："明天有车去县城办货，你跟着蹭方便车，再去买两个暖壶回来。"于大婶说："再买两个？咱家不过年了？"

　　于正来说："那咋办？孟月和那大奎，沈梦茵和隋志超，都开了介绍信，要领结婚证了！我这个当场长的，不能偏心眼啊，你去找老李媳妇借点，他们家双职工，比咱们富裕。"

　　于大婶应承了。于正来笑了，都成了家，就能在塞罕坝扎根了！咱们林场的事业就不愁了！于正来手舞足蹈，兴奋得像个孩子。他突然想到了什么，说："等会儿！多借十块，得再买三个暖壶。还有一对儿，他俩要是能在塞罕坝安家，才是林场最大的喜事！"

　　于大婶说："哪俩啊？"于正来说："你说呢？"于大婶突然想到了什么，张大了嘴说："对啊！买三个暖壶，这个暖壶要能送出去，那就最值了！"这回改于大婶高兴了。

　　转天，于正来找来了张曼玲和赵天山。于正来说："知道叫你俩来干啥吗？"赵天山说："知道！快结婚了，您要叮嘱我们几句。"于正来说："都是明白人，没啥好叮嘱的。"

　　赵天山一愣说："那……"于正来说："叫你们俩来是让你们关心关心同志，你们都要结婚了，冯程呢？覃雪梅呢？他们俩不是……"

　　于正来用手比画着，把两个大拇指凑到了一起。赵天山说："般配！"于正来说："对啊！赵天山，你跟冯程关系最好，得做做他的思想工作！"

　　赵天山说："报告于场长，这个……我不行。"张曼玲说："于场长，别难为赵天山，这个交给我。"于正来说："你有办法？"张曼玲说："有，您等我的好消息吧！"

　　冯程正要走出门，却被孙慧芬迎面拦住。吓得他连忙躲闪。孙慧芬说你也别躲了，找你是公事。冯程问她什么公事，孙慧芬说："我们女工队的同志们想利用业余时间请你给我们讲讲育苗技术。"冯程说："育苗技术？不能让覃科长讲吗？"

孙慧芬说："我们喜欢听你讲。"冯程说："可是我……"孙慧芬说："如果你拒绝，从明天开始我就一直跟着你！你在哪张桌上吃饭，我就在哪张桌上吃饭！上班下班都跟着你！"

冯程忙说："别，别，我没说拒绝……那得好好准备准备呀。"

孙慧芬回到宿舍里，张曼玲听了经过，问："那他答应了？"孙慧芬说："答应了，晚上九点，食堂，行了吧？"

张曼玲说："他觉得对不起你，所以你请他，准灵！"孙慧芬说："警告啊！你这是利用我！不地道！"张曼玲说："好姐妹嘛，这可是于场长交代的任务，你不会还对冯程不死心吧？"

孙慧芬说："这倒没有，自从上次跟覃科长谈过以后，我真心希望他们能在一起。再说，贾希一每天戴着我亲手织的围脖四处吹牛显摆，弄得我可有压力了。"

张曼玲说："你不会决定就坡下驴了吧？""才没有呢，我得好好考验考验他！这不，我已经把约覃雪梅的任务交给他了。"孙慧芬一副颐指气使的样子。

④

场部实验室突然来了多位好学习的人，让覃雪梅有点百思不解，她说："你们想学习育苗知识？"

贾希一说："对啊，俗话说艺多不压身，不光是我一个人，我们十几个年轻人，都想听覃科长的技术讲座！"覃雪梅说："难得你们这么好学，其实技术科应该主动组织，这是我的本职工作。"贾希一说："那就更好了！今天晚上九点食堂，您先当试讲，看看我们这些学生合不合格？"

覃雪梅说："好！"贾希一说："您答应了？那可得准时哦！"覃雪梅说："晚上九点食堂，记住了。"贾希一满脸的高兴。

覃雪梅如约从实验室方向走来，见食堂亮着灯，径自走去。她走进食堂，愣住了。食堂里只有一个人，面对着讲台。

覃雪梅说："是贾希一吗？你不说有十几个人吗？怎么就来了你一个啊？"那人站起身，覃雪梅愣住了，啊？竟然是冯程。她脱口而出："冯程？"

冯程说："雪梅？"两个人很尴尬，覃雪梅说："你怎么在这？"冯程说："你怎么来了？"两个人几乎同时开口说话，又尴尬了起来。冯程说："你先问。"覃雪梅说："我问过了。"

冯程说："哦，那我先回答，是女工队的同志想让我给她们上育苗课，可是我来了，一个人都没有……你呢？"覃雪梅说："贾希一说他们有十几个同志，想让我开技术讲座……"

冯程说："哦！看来我们上当了。"覃雪梅说："是，可是为什么呢？"冯程说："既然来了就坐会吧。"覃雪梅说："好吧。"两个人默默地坐下，又无语地相互看对方。

这会儿，贾希一从食堂后门悄悄溜了出来，说："坐下了！"等着消息的是包括赵天山、张曼玲、孟月在内的一大帮人。

食堂里，为冲淡尴尬，覃雪梅先开了口，问："老魏大哥和季秀荣的喜糖，你吃到了吗？""嗯，他们给我送了一把，我还没舍得吃，想着过年给铁蛋呢。"

双方沉默，这回应当冯程出牌了，他说："老赵和张曼玲走到一起不容易，他们结婚得热热闹闹的，你有什么主意？"

覃雪梅说："还用得着我出主意？你还没听说吗？老魏和秀荣、孟月和那大奎、隋志超和梦茵，他们在商量着一起结婚，肯定特别热闹，先遣队的同志们都有了归宿，就剩下……"

冯程示意她打住，突然站了起来，说："我要谢谢你。"冯程深鞠一躬，覃雪梅也站起说："你干吗？谢我什么？"

冯程从怀里拿出唐琦的信说："这封信我仔细看过了，英文部分肯定是伪造的，但是若这封信到了公安机关或组织的手里，我一定会因为过去的事，而被停止工作，甚至……不堪设想。雪梅，你为此冒了很大的风险，其实，我懂的，只要有一个人……你就得承担试图销毁重要证据的罪名。"

覃雪梅说："我相信姐妹们，我也不在乎，为了你，我愿意承担一切。"冯程愣住了，他万万没想到覃雪梅会这么直白。

覃雪梅接着说："真遗憾，没能和你一起参加劳模报告团，那样的话，我就不会出丑了。"

冯程又装起糊涂说："我听说你的报告很成功，怎么会是出丑呢？"
覃雪梅说："可是整个过程我只讲了一个人，我说我愿意一辈子和他工作，战斗在一起，其实我还想说生活的……那个人叫冯程，可是……"

冯程被覃雪梅真诚的目光打动，他在兜里翻着，找出打火机，要去烧信。覃雪梅阻止说："你干什么？"冯程说："我想告诉你，过去的已经永远过去……"说完把信点着了。

覃雪梅说："其实，没有这个必要，我理解你和唐琦的感情，你不需要忘掉过去，我只想和你携手未来。"

覃雪梅伸出手去，冯程犹豫着，拉住了覃雪梅的手。覃雪梅说："来塞罕坝是我的选择，有幸在这里认识了你，证明我的选择是对的，我愿意把我的青春，甚至是一生，都留在这里，你呢？"

冯程说："围场是我的故乡，塞罕坝是我父亲战斗过的地方，是这里的土地养育了我，我的一生早已注定会留在这里。"冯程淌下了泪水。

覃雪梅笑了说："我真的不知道该怎么把这份喜悦告诉他们。"冯程说："我们可能根本不需要讲……"覃雪梅说："你说什么？"冯程说："我们俩被同时约到了这里，难道不是他们的阴谋？"冯程说得很轻，覃雪梅恍然大悟。

一阵掌声和用筷子敲饭盆的声音从后厨传来。覃雪梅连忙要把手抽出，却被冯程一把抓住。覃雪梅一愣，冯程向她眨了眨眼，覃雪梅坦然接受。

赵天山、张曼玲、孟月、那大奎、隋志超、沈梦茵、魏富贵、季秀荣、贾希一、孙慧芬都走了出来。

隋志超坏坏地说："手可拉在一起了，我们在远处瞅着差不多了，但是你俩说的话我们是一句都没听见啊，冯程，你这声也太小了！"

覃雪梅不好意思地说："还真被冯程说对了，原来是你们导演的，大队长，你可是老革命，这样不好吧？"

赵天山说："只要达到目的，没什么不好的！另外，要恭喜你覃雪梅，你要代表咱塞罕坝林场出国参加国际学术会议，下周一到北京集合。于场长让我通知你，要你到场部拿会议文件。"

孟月："覃雪梅，这好事撞门啊！"大家听了鼓起掌来，覃雪梅说："我的外语水平不行，这事冯程去最合适。"

冯程："不，这是代表咱塞罕坝的，你去才对。这不还有几天嘛，我帮你准备一下文件资料。"

　　隋志超说："材料好写。学术会也离不开植树造林呗。一对木头是个林，加上大伙念个森！我们只有羡慕心，就是不生忌妒恨！"一句话把大伙逗乐了。

⑤

　　这次国际环境保护学会论坛是在东南亚一个小国举办的，半个月后，覃雪梅回来了，少不了给大家分发点纪念品，说些国外见闻，然后她约冯程到了实验室。她边打开南方水果汁，边聊了起来——

　　"林业部这次组织出国学术团，参加国际论坛会，这一次参观学习，真让我大开了眼界。你说，我们造林到底是为什么？我们到东南亚一个小国，参观人家的人与自然关系，才知道我们是在回归，是在改错。"

　　冯程说："好像是这个理儿，塞罕坝曾经有过美好……"他自然想到自己的油画。情不自禁地说出"油画"两字。

　　覃雪梅："我们真是能想到一起！我遇到一个人，好像与你有关。""与我？""对，就是你，你才称得上塞罕坝的第一人。"覃雪梅不紧不慢地说起故事。

　　覃雪梅说，他们团在山脚下一个寺庙休息，了缘大师是寺庙住持，听说我们几个来自中国，又是林业人，分外热情，摆下素斋接待。

　　了缘大师说她来自香港，曾在中国北方读过林学院。那清晰标准的北京话，曾经的林家同业，让我倍感亲切。

　　当她知道我来自塞罕坝，她好像很惊异，但很快平静下来，念了声佛号，说了句"佛说，你是必须要来我这的"。

　　我惊得说不出话来，只问了句"为什么"，她说："施主，听了你们植树造林、雪灾饥荒的故事，我才能真正了却凡缘。"不由分说，她把我领到斋室，取出了个大信袋子说："贫尼拜托施主，把这袋东西交给它的主人，阿弥陀佛，拜托了！"

　　我说，这主人是谁？她笑而不答，用笔在袋子上写下"交塞罕坝第一

— 373 —

人"这么几个字，还写了句诗："绿纱阻沙凡心煞，红纱当归红尘家"，她又轻诵佛号，好像在为这袋文件祷告……

覃雪梅说到这不说了，把袋子交给冯程。

冯程把信袋打开，那油画，那红纱巾，带着沧桑感扑面而来，那是段说不清理还乱的情怀故事……

冯程半天说了句："了缘大师，可以了缘了。"他流下了泪水，覃雪梅紧紧地将身子靠过来，抱住他……

欢度春节的标语，鞭炮齐鸣。场部里挂满了喜字，人们纷纷向食堂拥去。食堂里，于正来说："新郎赵天山，新娘张曼玲，新婚幸福！"热烈的掌声传来，着军装的赵天山和张曼玲携手来到舞台中间，赵天山给大家敬着礼，然后和张曼玲一起给大家鞠躬，掌声雷动。

曲和说："新郎魏富贵，新娘季秀荣，共同进步！"季秀荣和魏富贵来到舞台中间，相互对视之后鞠躬，接受着众人的掌声祝福。

李中说："新郎隋志超，新娘沈梦茵，百年好合！"隋志超和沈梦茵来到舞台中间，隋志超笑得合不拢嘴，沈梦茵显得娇小美丽。贾希一、吴郑王、李铁牛、二勇、小黄等人用力鼓掌。

曲和说："新郎那大奎，新娘孟月，白头到老！"那大奎和孟月来到舞台中间，祝福的人们欢声笑语。那大奎和孟月鞠躬让到一旁。司仪曲和来到于正来面前说："老于，又该你了！"

于正来说："好！"于正来起身，还没等上台就被于大婶拦住了说："哎呀，你们这些领导当司仪可真是差劲，最后一个让我来，你们也学着点！"家属们一阵哈哈大笑。于正来、曲和等人也笑了，毕竟这不是工作。

于大婶冲上台说："新郎冯程，新娘覃雪梅，请上台来！"

冯程和覃雪梅来到舞台中间。于大婶说："给林场的领导、同志们，还有家属同志们，三鞠躬，感谢大家来参加你们的婚礼！"

冯程和覃雪梅三鞠躬。于大婶说："新郎新娘面对面，三鞠躬。"冯程和覃雪梅照做。于大婶说："祝二位新人相敬如宾，携手进步，白头偕老！"

此时，五对新人全在台上。于大婶下令："请五对新人站成一排。"五对新人照做。

于大婶学着老头样儿作报告了："我呀，在承德街道里的时候就爱给人保媒，参加过不少婚礼，但还从来没有一次是五对儿新人一起结婚的！咱大伙集体起立，祝五位新人不吵架、不拌嘴，一辈子生活幸福！最重要的是，早点让我们看到第二代塞罕坝人！"众人哈哈大笑。

于大婶接着演讲："你们笑什么，难道塞罕坝这么多荒山野岭，我们一辈儿人种树就能种完了？人生一世。百草留根，下辈子的塞罕坝人，不得靠你们做嘛！"又一阵哈哈大笑。于大婶说："觉得我说得对的，鼓掌！"掌声雷动。

掌声中，胡美丽说："贾希一，你和孙慧芬干吗不一起啊？"孙慧芬说："谁说要嫁给他了，他还没经过考验呢！到现在为止，我还没发现他的优点！"贾希一说："我最大的优点就是，你生孩子的时候，我能给你接生，大夫、接生婆全省了，多省钱！"孙慧芬让他气笑了："讨厌不？"众人哄堂大笑。

鼓掌祝福已经结束，于正来上台说："我还有一个好消息要告诉大伙，那就是今天的新郎之一冯程同志，他的入党申请，通过了！"众人再次起立鼓掌。周吴郑王、小黄、二勇等都高兴地瞅着冯程。赵天山说："祝贺你啊冯程！"台上的所有人都纷纷向冯程表达祝贺。

覃雪梅看着冯程，轻声说："祝贺你。"冯程如党员宣誓一般举起了拳头，又深鞠一躬。李铁牛和吴改花掌声最为热烈。冯程满脸喜泪纵横……

第二十七章

①

一晃十年，落叶松的幼树，已经长成了十年的松林，树身不是很高，但已经长满了山坡，成了葱郁的幼林。在马车前等候着的于大婶，手搭凉棚看了看太阳，对吴改花说："铁牛媳妇，差不多了，吹哨吧！"

吴改花掏出个哨来，使劲地吹着。一群孩子从山间跑了出来，每人拎着一个筐。

茫茫林海中，一座望火楼孤零零地立着。在望火楼观火台上，魏富贵举着望远镜说："嘿，三林这小子也追不上啊！大林也不拉着点弟弟……哎哎哎！"

他看不到更远处的孩子们，他们已经跑进了树林，看不见了。魏富贵收起望远镜，遗憾地松了口气，看着天际说："二十多里地……大林、二林、三林，想爹了没有？八成是不想……"魏富贵摇了摇头，走进望火楼，守在望远镜前。

望火楼内非常简陋，魏富贵用大茶缸子接着炉子上壶里烧开的水。喝了一口，棒子面干粮贴在炉盖子上，魏富贵拿起嚼着。

场门口供销社的门外挂满了一串串的蘑菇。吴改花蹬着凳子晾晒蘑菇；孩子们帮忙，给她递着。吴改花说："行了，行了，都进屋找于大婶算工钱去！"孩子们高兴地冲进屋里。

冯程在家正看书，冯程的儿子冯天林跑进来，把三毛钱举到冯程面前，说："爸，这是我今天挣的工钱！"

冯程问："哪挣的？"冯天林说："于大婶和老舅奶奶带我们采蘑菇去了，说了下礼拜天还去！"

冯程哈哈大笑，说："哎呀，我儿子能挣钱了！"冯程蹲下身，一把将儿子抱在怀里说："累不？"

冯天林说："不累！"冯程说："好样的！爸爸今天也有收获，从一分场回来，路上用弹弓打了只沙半鸡儿，晚上给你炖！"冯天林高兴坏了，说："太好了！"院外有人冯程，一个年轻人带着张福林在冯家院门口等着。

年轻人见冯程出来说："这个人说要找您，我就带他来了，我手头正干着活呢。"冯程点头。小伙子走了，他才细看来人，愣了半晌说："张福林？老张？是你？"张福林背着大包小裹，一见到冯程，已满眼泪水，上前两步"扑通"跪倒。

冯程吓了一跳，连忙冲上前去说："哎，张福林，你这是干啥？"张福林说："别拦着！恩人，你让我给你磕一个！"

张福林一个头磕在地上，冯程连忙将张福林抱了起来，"老哥哥，出来了？""出来了。""身体挺好？""好！在里面天天劳动，净锻炼身体了！"

冯程热泪盈眶地点头说："天林，快过来，叫张大爷！"懂事的冯天林出里屋门，怯生生地叫着说："张大爷……"

张福林说："这是你儿子？"冯程说："对，冯天林，八虚岁了。"张福林从包里掏出两包饼干说："孩子，给！"冯天林不要。

张福林说："拿着！这是张大爷在承德街里买的最好的饼干，拿着！"冯天林瞅着冯程。冯程说："又是饼干，你呀！拿着吧。"冯天林接过饼干说："谢谢张大爷。"

张福林说："嘿，这孩子真懂事！"冯程说："去，打酒去，然后再把赵大爷、那叔叔、隋叔叔都喊来！"说完给他瓶子，冯天林答应着跑了。

冯程看着张福林，感慨地笑了。

到了晚上，冯程家里欢聚一堂，冯程正倒着酒。赵天山、那大奎、隋志超围着张福林有说有笑。灶台间，覃雪梅和季秀荣炒着菜，孟月和沈梦茵帮着端。

冯程说："来来来，咱们一起喝一口，庆祝老张出狱！"张福林说："等会儿，老魏呢？魏富贵大兄弟不在林场了？回河南老家了？"季秀荣说："谁说的！我们家老魏看望火楼去了！"

张福林说："啥？啥叫望火楼？"季秀荣说："你来的路上没看到咱们造林成功了？有了林子就要防火啊！总场就盖了好几个望火楼，每个楼上得安排个望火员，老魏是林场的头号望火员！"

张福林说："真好！羡慕！那我回来能不能也当个望火员？"众人面面相觑。张福林说："咋？我不合格啊？那没事，我还回机务队也行！大队长，机务队还归您管吧？"

孟月说："大队长现在是一分场场长。"张福林说："那是，那大奎兄弟负责？"孟月说："我们家老那是二分场场长。"

张福林说："你们俩现在是一家子了？好啊！我那时候就看着你们般配！那我甭去机务队了，一分场二分场的两个场长都在这呢，全封侯拜将了，我跟你们俩谁干都行！"

隋志超说："我是一分场副场长，人事安排归我管。"张福林说："那太好了大麻花，我先敬你一个！"说着，张福林就要喝。隋志超说："等会，老张大哥！我管的是塞罕坝林场内部人事调动，你这个……不算哪！"

张福林说："那我……我算啥？"沈梦茵说："老张大哥，这几年跟建场初期不一样了，好像四五年没招过工了……"张福林说："招工？我还用招工？我可是先遣队的，还没建场之前我就上了坝啊！"

那大奎说："这些全知道。要不，咱先喝酒？"张福林说："不行，咱们可一起抢过镐，一起挨过冻，一起差点被饿死，狼口逃生的……你们现在都是林场的大领导了，没人管我啊？"

赵天山说："那咋能啊！不过现在场里情况是正规化了，尤其是现在，你这身份特殊……"

张福林说："冯程，当年你劝我自首，你咋说的？"冯程轻声说道：

"我说过的话，没忘。"

冯程又看着大伙说："你们……福林大哥回来了，喜事！说那么多乱七八糟的干吗？先喝酒。"张福林说："哎，不是……"

冯程打断张福林说："我知道你要说啥，你还愿意回林场工作？"张福林说："那是啊！我被判了十五年，要不是想着能重回塞罕坝林场，在监狱里我不能那么拼命干活啊！三次减刑，年年被评为先进犯人，我没给林场丢人哪！"

冯程说："好，这件事包在我身上。"一直没出声的覃雪梅说："还有我。"

季秀荣笑了说："老张，这回你放心了，大领导都说话了。覃雪梅现在是总场的技术副场长，接了李场长的班。"张福林说："是吗？覃副场长，您多帮忙！"

覃雪梅说："老张大哥，咱们都是什么关系？你就叫我雪梅，来，咱们先遣队的也好久没聚了，更难得在我们家吃顿饭，一块喝一个！"冯程说："对，喝一个！"

赵天山说："喝！"众人举杯，一饮而尽。隋志超辣得够呛，说："哎，我说，这一杯酒下肚，我咋就想起那年差点饿死呢？"

所有人都动了感情。沈梦茵说："隋志超，你是精是傻啊？这么好的酒，堵不住你的嘴？把碗拿过来！"隋志超连忙递碗，沈梦茵把酒都倒进隋志超的碗里。

隋志超说："哎对了，我媳妇不能喝，怀着呢，我替她。梦茵，你要是累了就早点回去歇着。"张福林说："恭喜啊小沈！第几个了？"

季秀荣说："他们俩呀，头一个，结婚十年了总算来了！"那大奎说："孟月，你的酒也倒我碗里……"孟月照做。

那大奎显摆着说："我媳妇也怀上了，老三，这回肯定是儿子！"季秀荣说："要我说，这第二杯酒就敬这两个孕妇，孟月！沈梦茵！你们俩可都好好的，最好都生闺女！我那三个儿子将来怕找不着媳妇！"

那大奎说："我都有两个闺女了！老三必须是儿子！"季秀荣说："孟月，别听他的，你还是生闺女，我三个儿子，你三个闺女，这亲家结得，正好！"那大奎说："去你的！凭啥啊？"人们哈哈地笑着，屋里气氛更加热烈起来。

2

这天，于正来和曲和商量张福林招工的事，进展并不顺畅。于正来认为，问题不大。曲和摇了摇头说，场里好几年没招工了，多少走后门的我们都顶住了，却招这么一个犯人，怕难以服众。

于正来为难地看着为此事而来的覃雪梅、冯程、赵天山，想了想说："大家都是场里的领导和技术骨干，一起来为这么一个人说情，按说……可刚才曲场长的话，有一定道理，你们也听到了……"于正来也有点唠牙花子，为难了。

覃雪梅说："张福林可是塞罕坝最早的功臣，比我们上来得还要早。"

曲和说："这我知道，可他毕竟触犯过法律，而且盗窃的是国家文物，谁能保证今后他就不犯了？"

冯程说："我保证。我苗圃缺人，张福林有经验。"曲和说："冯程同志，我知道你们俩关系好，可有些原则，还是要坚持的。"

隋志超说："原则，原则。这要是张福林都不能回场工作，那我们塞罕坝林场，也太没人情味了吧……这是不是也是个原则呀？"曲和说："隋志超，你自从当了一分场的副场长以后，有点目中无人哪！"隋志超想反驳，还是忍住了。

季秀荣说："场里也缺人，就像老魏吧，一个人看一个望火楼，太孤独了。张福林他们是一起上坝的老哥们，要不……"

曲和说："咋着？给你们家老魏找伴儿啊？季秀荣同志，公私可要分明！"季秀荣没办法。孟月生气地说："曲场长这是不同意呀，商量什么？咱们白来了。"

那大奎说："曲场长最坚持原则了……哎？你儿子怎么分到林场技术科了？"曲和急了说："那大奎！我儿子是正经八百林业大学毕业，本科！有机会留在大城市工作的！是我动员他来塞罕坝的！"

那大奎说："急什么呀你？我们当年要没这点觉悟，还不认识你呢！"

于正来说："那大奎同志，曲场长刚才说的都是事实，你不会不清楚！说事儿就说事儿，你不能人身攻击啊！"那大奎说："对，反正我觉得老张大哥这事儿，得解决！"

赵天山说："那大奎说得是，我们体谅总场领导的难处，可这张福林同志，吃苦耐劳，是个好人。而且他已经反复表示过了，绝不会再犯错误，我赵天山也愿意替他担保！"

覃雪梅说："我也愿意担保。"

局面一下僵住了，冯程说："昨天老张大哥说，他在监狱里三次减刑，年年评先进。之所以表现这么好，就是因为心里一直想着塞罕坝。从监狱里出来，国家也不是不安排，可他还是愿意上坝。他对林场、对咱们这伙人有感情啊，我们总应该给他一些温暖吧？"

于正来说："冯程说得好，先留下吧，但现在没法一步到位，慢慢再想办法，先给他找些零活干。老曲，就这么安排吧！"曲和气呼呼地说："那，我保留意见。"于正来说："你可以在大事记上，记录、留存。"

张福林眼巴巴地站在场部院中等着。冯程、赵天山、覃雪梅、孟月、季秀荣、那大奎、隋志超，一排人向张福林走来。张福林急切地说："咋样？"

冯程说："不太理想，可能暂时办不了工作关系。"张福林突然感觉心里凉了半截。赵天山说："不过领导答应先让你留下干活，我们觉得这也是一个顾及各方意见的步骤……"没等赵天山解释完，张福林说："谢了！啥工作关系啊？只要让我留下干活就行！"众人一下子都松了口气。

周吴郑王跑了过来说，植苗锹不够用，现有的植苗锹也有大量损坏的情况，地整得都挺好，工具顺手，才能提高生产效率，这让冯程想到老舅，他的工作是满满的，星期天也不休息。冯程不禁自语："这铁匠，一时半会还不大好找……"

那大奎说："哎，我记着十年前老张大哥就说要学铁匠来着。"张福林说："这手活儿，我已经学会了，在监狱里学的，在那儿，我还试着打过植苗锹，为这事还获得记小功一次！"

覃雪梅说："太好了老张！这回你可有用武之地了！"冯程要把他送到老舅那去，张福林高兴地应了下来。

张福林先在铁匠房打铁，一丝不苟。李铁牛看着张福林的活儿，惊讶不已，伸出了大拇指。张福林憨憨地笑着，两人比试着打起了对锤，"叮当""叮当"，马上入戏，李铁牛乐了："就盼有个帮手呢，这下好了！"

天色渐晚，张福林在打铁，冯程走来说："老张，下班了！"张福林说："不行啊！活要得急，不加班加点赶不出来！""那你也得歇歇，好好吃点饭啊！走，我去食堂请你吃小炒！"

张福林说："不用，老舅帮我打饭去了，我吃一口就行。"冯程无奈，并向张福林伸出了大拇指，一个人去了食堂。

赵天山和张曼玲走来。远远地，赵天山就说："看见了没？这是我以前带过的，塞罕坝先遣队的老兵！"

张曼玲说："行了，别吹了！一晚上一晚上'叮当'打铁，吵得别人都睡不了觉了！"

赵天山说："那咋没一个人提意见啊？"张曼玲说："都知道他在赶植苗锹，谁能提意见？都是林场职工嘛！"赵天山也伸出了大拇指，他是对张曼玲口中的"林场职工"四个字叫好。

铁匠房外，一排排整齐的植苗锹，足有上百个。周吴郑王带着二十几个林场工人前来领锹，兴奋不已。

小周说："哎呀，这回可够用了！"小吴说："咱们给二位师傅呱唧呱唧！"大家鼓起掌来。李铁牛抱拳，他身旁的张福林只是憨憨地笑着点头。

于正来、曲和路过，曲和上前检查着锹说："活计不错啊！李铁牛，你又立功了！"李铁牛说："哎，曲场长，这我可不敢贪功，他……"

李铁牛指向张福林。张福林看见曲和，笑着点头。曲和说："张福林不是铁匠啊，他最多是给你打下手，冯程的老舅，你不会是跟他们商量好了，故意帮他邀功吧？"

李铁牛说："他会铁匠活，监狱里学的，手艺不赖，比我一点不差。而且这几天他加班加点，觉都不睡。"曲和看了一眼于正来。于正来点了点头说："先遣队的作风，好啊！"

曲和说："于场长先别急着夸，我再调查调查……张福林，这些植苗锹有多少是你打的啊？"张福林说："啊？"

张福林只看见曲和张嘴，他什么也没听见。曲和说："你别装傻充

— 382 —

愣，我在问你的工作成绩！"张福林说："啥？"李铁牛瞅着张福林说："老张，你咋了？"

张福林指着植苗锹说："够不？不够立刻开炉再打！"于正来说："他不会是聋了吧？"李铁牛说："不能，昨天还好好的……"

张福林说："还要五十把呀？好！老舅，我先干活！"张福林回身才走两步，头一晕，"咣当"栽倒。

李铁牛一把扶住张福林。张福林使劲地用双手捂着耳朵，摇晃着脑袋。曲和说："快！快送医务室！"

张福林坐在场部医务室椅子上睡着了，打着呼噜。医生示意众人不要出声，让曲和、于正来、赵天山、冯程退出了医务室。

于正来说："咋回事？"医生说："他应该没啥大病，就是工作太久了。再有，锤子砸铁的声音强烈地刺激耳膜，造成了短期失聪，睡几个好觉，就能缓过来。"

于正来说："他没睡觉吗？"冯程说："刚才我问李铁牛了，怎么劝他，他都不回去睡觉。五天五夜了……"于正来说："这张福林，为了个工作关系，也不能把身体熬坏了啊！"

赵天山说："老张说他可以不要关系，只要能给林场干活就行。"于正来说："乱弹琴！累死怎么办？！"

曲和"啪"地一拍大腿说："给他转工作关系！"赵天山和冯程都激动地瞅着曲和。

曲和说："我很感动，没有什么原则比一个人热爱劳动、热爱林场更重要！于场长，我觉得像张福林这样的同志可以重新……正式加入塞罕坝林场！谁要是有意见，让他找我提！将来有什么责任，我承担！"

曲和说得热泪盈眶，于正来也感慨地点了点头，握住了曲和的手，没说话。赵天山笑了，瞅着冯程。冯程连说："多谢曲场长。"

③

望火楼下，小吴和小王走来，站在望火楼下齐声喊着："魏师傅——"不一会儿魏富贵出现在望火楼上，眯着眼睛看着喊："谁啊？"小吴说：

"我！小吴！"小王说："我是小王！"

魏富贵说："是你们两个小子！快上来，上来！"小吴和小王攀上望火楼。来到观火台上，魏富贵与小吴和小王拥抱。

小吴说："魏师傅，想死您了！"小王说："别听他的！他是想您给他炖肉！"魏富贵说："想啥都行，你们俩能来看我呀，我高兴！炖肉，师傅有！前两天你们冯程老师给我送来两只活鸡，我这就杀一只，给你们俩炖啰！"

小王说："哎，魏师傅，您别急啊！"

魏富贵说："我能不急吗？一个月都没看见个人影了，还以为你们俩能陪我唠上半宿呢，敢情是来晃个影儿的！我真是白疼你们了！走走走！以后也别来！"

小吴说："我们不走，是您得回去！"魏富贵说："我回哪啊？"小吴说："是场部领导派我们俩来的，让我们俩替您守望火楼。"魏富贵："不让我干了？我工作不合格？"小王说："不是，让我们替您一天，您回去开会。"魏富贵说："啥会啊？好事坏事？"

小吴说："好事！您被批准入党了。"魏富贵激动地跳了起来，他不相信似的问："真的？我老魏？"小王说："太够资格了！您是塞罕坝林场第一个望火员，在这一住就是三年，场领导还号召全场职工向您学习呢！"

魏富贵说："是吗？是吗？是吗？"他激动得掉了眼泪。

场部食堂布置成小会议，国际歌音乐声中，曲和说："下面有请老党员代表赵天山、覃雪梅、冯程同志，给新党员沈梦茵、魏富贵、小周佩戴党徽，宣誓！"

与会的全体党员面向党旗，六位新党员站在第一排，个个感觉无比光荣。于正来来到党旗前，举起右拳，领头宣誓说："我志愿加入中国共产党。拥护党的纲领，遵守党的章程，履行党员义务，执行党的决定，严守党的纪律，保守党的秘密，对党忠诚，积极工作，为共产主义奋斗终身，随时准备为党和人民牺牲一切，永不叛党！"

于正来逐句领读，众人逐句跟随。老党员孟月、季秀荣等也都列席了仪式。宣誓人皆淌下了骄傲而幸福的泪水。

覃雪梅、孟月、季秀荣与沈梦茵互相拉着手，显得格外亲切。季秀荣说："梦茵，隋志超怎么没回来？她不知道这批入党有你吗？"孟月说："对啊，这么激动人心的时刻，他怎么能缺席呢？"

沈梦茵说："不赖志超，是我没让他回来。一分场任务重，他既是副场长又管着全场的病虫害，跑一趟太耽误工作了！"季秀荣说："嗯！这话说得，像个老党员！"

覃雪梅说："梦茵的觉悟提高得很快，这次入党，党委可是全票通过的！真替你高兴！"沈梦茵说："我也特别高兴。哎，你们忙不忙？"

季秀荣说："哪有不忙的时候？"孟月说："秀荣，你也不听听孟月想干啥？"覃雪梅说："就是，梦茵，有事你说。"

沈梦茵说："我想耽误你们仨半个小时，到我们家坐会儿。主要是秀荣，老魏回来一趟不容易……"季秀荣说："嗨，没事！老夫老妻还差半个小时？我刚才跟他说了，让他回家先做饭去，咱们姐四个都好久没亲热了！"

来到隋志超家，沈梦茵磨开了咖啡。覃雪梅说："梦茵，你叫我们来，就是要请我们喝咖啡？"沈梦茵说："对，这是我最喜欢的东西，在最幸福的时刻，想跟最好的朋友分享。"

孟月说："哎呀，我都感动哭了！好几年没写诗了，却在生活中听到了美丽的诗句！"沈梦茵说："我这哪算诗啊？大白话。"

沈梦茵脸上始终挂着笑容，她将磨好的咖啡用一个纱布包起来，放在炉子上专门为煮咖啡准备的小水壶里，说："马上就好了！"覃雪梅说："这小磨盘、小壶都是专门为了做咖啡准备的？"

沈梦茵说："是，都是志超专门给我做的。没跟隋志超恋爱之前，我一直想着有朝一日离开这个艰苦的地方，回到上海去。当然，要说对我帮助最大的，是你们仨。咱们一起上坝，在一个锅里吃饭、一个炕上睡觉，一起经历过那么多，你们都那么优秀，无论是思想还是工作，你们的先进表现一直影响着我。那年，你们三个一起入了党，我就在心里发誓，一定要努力进步，向你们看齐！"

覃雪梅说："梦茵说得好！"季秀荣说："你再说说，留在塞罕坝，你最大的收获是什么？必须得说心里话！"沈梦茵说："我……"孟月说："心里话！"沈梦茵说："我要是走了，到哪也找不到像隋志超这么好的爱人……"

覃雪梅说："哎呀，我酸得牙都倒了！梦茵，我真是佩服你，我一辈子也说不出你这样的话来。"四个姐妹又笑了起来。沈梦茵说："快喝吧，待会该凉了！"

覃雪梅说："对，干杯！祝贺咱们的梦茵入党！"四个杯子碰到了一起。季秀荣说："干了！"季秀荣一口就喝了下去说："啊！怎么是苦的呀！"

沈梦茵惊讶不已，说："秀荣，你还真干啊？这是咖啡，不是酒，要一口一口品的！"

季秀荣说："啊？我第一回喝咖啡，成了刘姥姥进大观园啦！"四个姐妹哈哈大笑起来。屋里暖暖的，水壶冒着热气，空气中洋溢着和谐与幸福。

4

季秀荣家，三个孩子睡着了。她透过干打垒的小窗房檐，看向天空中，那是一轮圆月。魏富贵摸着大儿子的脸又摸二儿子，摸了二儿子又摸三儿子，喜欢得不得了，去亲最小的老三。

季秀荣说："刮胡子没，别把孩子扎醒了！"魏富贵说："刮了刮了，不信你试试？""去！"季秀荣收拾着东西，棉袄、棉裤、围脖、小被儿被季秀荣叠得整整齐齐。

魏富贵说："干啥呢？"季秀荣说："给你收拾东西啊，今年雪下得早，我怕大雪封了山，就没法去看你了！趁这次回来，把过冬的东西都带齐了！"魏富贵叹了一口气，有些伤心。

季秀荣说："咋了？我知道当望火员苦，要不明天咱俩一起找场领导谈谈？你也去好几年了，该换换岗位了。"

魏富贵说："那可不行！我刚入了党，咋能干这种落后的事呢！再说，我也没啥技术，上山植树身体又不好，力气活也干不动，望火员这个工作对我挺合适的。"

季秀荣说："那你叹啥气？"魏富贵说："我就是有点想孩子们，想你……"季秀荣鼻子一酸说："我也想你啊。"说完，扑在了魏富贵的怀里，夫妻俩紧紧地拥抱着。

　　天空中飘着小雪，一匹马跑来。隋志超翻身下马。有年轻人迎上说：
"隋副场长，才来啊？"隋志超说，快把这匹马牵去喂一喂，我去开会，
要迟到了。

　　会议室里人全了，隋志超、沈梦茵、冯程、孟月、覃雪梅、季秀荣、
李中以及六七名中层干部正在开会。于正来说："今天这个会召集的都是
技术骨干，主要是商量一下今年防治病虫害的事。沈梦茵同志，你来讲。"

　　沈梦茵大大方方地发着言："哎。我汇总了一下，咱们以往病虫害
造成的损失，让我们一共失去了几百亩成林，相当于造林总面积的十分之
一。"隋志超表情很严肃。

　　众人走出会议室。沈梦茵和孟月都已经显出身孕，冬天穿得多，但步
伐还是慢了下来。覃雪梅出门，沈梦茵说："雪梅，秀荣，领导让我做防
治病虫害的总负责人，我有点心虚。"

　　覃雪梅和季秀荣相视笑了。孟月说："这你心虚啥？我们三个就是你
的后盾！走，实验室商量去。"四个女人快步下楼，向实验室走去。

　　沈梦茵说出了自己设计的防治病虫害的方案，让大伙帮她。覃雪梅
说："梦茵这个主意好，咱一定要利用好初冬。"季秀荣说："今年冬天
气温高，为上山人工操作提供了便利条件。"

　　孟月说："只要能防止病虫的幼虫上树越冬，来年的病虫害一定会被
抑制住！"沈梦茵说："你们都觉得我这个方案还行？"

　　覃雪梅说："好得很啊！"沈梦茵说："领导支持，在各个部门抽
调职工，一百多人协助我，今年的工作要是干不好，我这个党员可就不合
格了！"覃雪梅说："梦茵这两年越来越要强了！哎，肚子里的孩子怎么
样？闹不闹？"

　　沈梦茵说："不闹，尤其是上山干活的时候，从来不捣乱！"孟月摸
了摸肚子说："五个多月了，这个时候孩子最稳定，应该不太影响工作。"

　　季秀荣说："那也不行！毕竟是个孕妇，这么重的任务，太难为人
了！我们去找于场长商量商量，暂时把隋志超从一分场调回来替沈梦茵。"

　　覃雪梅说："这个主意好，隋志超也是病虫害专业，又是男同志，更

合适。"孟月说："就是啊，丈夫替老婆，没得说！"沈梦茵说："不行不行！绝对不行！"

孟月说："怎么了？大家可是为你好。"沈梦茵说："李副场长提过这个建议，我没同意。"孟月说："为什么？"沈梦茵说："我之前的缺点不就是小姐作风嘛，现在是党员了，可不能给组织抹黑！"

季秀荣说："哎呀，你大着肚子，不算小姐作风！"沈梦茵说："孟月也大着肚子，不是还在工作第一线吗？"季秀荣说："梦茵……"

沈梦茵说："秀荣，我求你了，别劝我了，我怕我思想意志不坚定……"季秀荣的话被堵了回去。

沈梦茵说："机械林场很快要迎来十岁生日了，我这个第一批塞罕坝人，学病虫害的，在育苗造林的阶段，我一定要贡献自己的力量！"

孟月和季秀荣瞅着覃雪梅，覃雪梅鼓起掌，孟月和季秀荣无奈，也跟着鼓掌。

第二十八章

1

现在，林场苗圃病虫害防治工作很紧张，大家都忙得不可开交。这天，四五辆马车和拖拉机来到场部门口，众人拖着疲倦的身躯下车，很多人在卸着防治病虫害的设备。

孙慧芬和胡美丽从拖拉机上扶下沈梦茵。

孙慧芬说："梦茵姐了不起！每天早上四点钟起，一干就是一天，都坚持半个月了，我们都心疼了！要不明天你歇一天吧？"

沈梦茵说："那可不行，这个季节这个温度，防治幼虫上树最合适，这个时候耽误就是贻误战机！"

孙慧芬和胡美丽向她投去敬佩的目光。

清晨的场部门口，防止病虫害的同志们都已经准备好了。隋志超走来。孙慧芬说："隋场长，你……"隋志超说："跟大伙商量商量，我替替沈科长行吗？我也是科班，学病虫害的。"

胡美丽说："太好了！沈科长挺着大肚子，这些天累坏了！"陈静说："我们都劝她歇歇，可她就是不听！还是隋场长厉害，您一劝，沈科长就听了！"

隋志超说："我呀，没劝，我就是把她闹钟关了，睡得可香了！"胡美丽说："隋场长这个点子好。"

隋志超说："实不相瞒，一分场那边赵场长早就给我假了，就是让我回来替梦茵的，可是昨晚上我咋做工作，她都不同意，只好出此下策。"

孙慧芬说："咱们隋场长，是心里只有沈科长！这个主意，高！"隋志超说："行了行了，别逗了，出发吧。"

家中，沈梦茵翻了一个身，睡梦中的她意识到了什么，猛地睁开眼睛。沈梦茵惊讶地发现，晨曦已经投过窗帘照射进来，她抓起闹钟看，我的天哪！沈梦茵叫着隋志超，没有人回答，却发现磨好的咖啡，旁边是一暖壶开水，她气笑了，这个大麻花，跟我使阴谋诡计，她赶紧起床穿衣……

沈梦茵决定抄近道去追防治病虫害的同志们。这是一片沼泽地，远山近冰，白茫茫一片。沈梦茵焦急地走着，肚子有些疼，她摸了摸肚子，弯下腰休息了几秒钟，又接着走。天地间，人显得那么渺小，尽管这个看似渺小的女人内心已经强大起来。

沈梦茵走起来偶尔有些滑，但她顾不上这些。走着走着，沈梦茵突然停住了脚步。她脚下是薄薄的雪，她轻轻抬起一只脚，"咔嚓"的声音传来。

沈梦茵连忙往回退，可"咔嚓"声音更强烈。她的一只脚陷了进去，费劲地拔出这只脚，却不敢往回走，只得继续向前。快走了几步，悲剧发生了，更大的一声"咔嚓"。

她脚下的冰没有冻实，亲眼看着水从脚下泛了出来。她试图先拔出一只脚，可是拔到一半已经没了力气。再试图拔另一只脚，人已经越陷越深。

沈梦茵知道了，这是沼泽，没冻住！绝望出现在沈梦茵的脸上，她大声地喊着："救命啊！"

白茫茫的天地间，那声音传得很远，却被风化解为虚无。沈梦茵喊着："救命啊！大麻花……隋志超……志超……超……"

在绝望与对爱人的依赖中，沈梦茵一点点地下沉，泪水从她的眼里流下。绝望的沈梦茵眼前不停闪回隋志超与她贫嘴和相爱的日子……随着寒冷和痛苦的蔓延，沈梦茵的脸色已经逐渐发青，她也不再挣扎，只是在慢慢地等待死亡……

场部食堂，临时布置成了沈梦茵的灵堂。

沈梦茵带着微笑的黑白照片被悬挂在高处。一个精致的骨灰盒摆放在中间。隋志超站在骨灰盒前，给每一个上前鞠躬的人还礼。鞠躬的有于正来、曲和、李中、赵天山、张曼玲、冯程、覃雪梅、魏富贵、季秀荣、那大奎……

亲如姐妹的覃雪梅、孟月、季秀荣三个人拥抱在一起，她们抬头看着照片中的沈梦茵，泪水成河。

2

林场场部，冯程从主楼跑了出来说："老赵，你找我？"赵天山说："我的隋副场长十天没上班了……"冯程说："他心里难过，让他多休息休息吧。"

赵天山说："我不是等着他干活，他的心情我理解！我派了两个小年轻一直留在总场照顾他，可是他根本不让人家进门！十天，一个人，关在家里边，就抱着梦茵的骨灰盒，我担心他出事啊！"冯程说："是啊，咱俩看看他去。"

焦急的冯程和赵天山向家属区跑去。

隋志超家，空无一人，屋里边干干净净，仅剩的二十几个咖啡豆和小石磨、咖啡壶摆放在沈梦茵巨大的照片下。

于正来和大伙也赶来了，说："骨灰盒也不在家，隋志超一定是抱着骨灰盒走的！要是一时半会找不到人，大伙就跟附近的老乡打听，抱着骨灰盒比较好认，都听明白了吗？"

众人听明白了，包括那大奎、季秀荣、覃雪梅、孟月、赵天山、张曼玲、冯程在内的很多人都答应着。

当全体人员准备出发时，于正来身边的曲和说："哎，隋志超，回来了！"众人连忙回头望去。

两手空空的隋志超刚走进场部大门。众人冲上去，将隋志超围在中间。隋志超说："开会呀？咋没通知我？"

赵天山说："开什么会！大伙以为你想不开了，要去找你！你跑哪去了？吓死我了！"

隋志超说："我……我咋能想不开呢，我们天津人，心里再苦也得逗着大家乐呀，放心，我走不到那一步……我陪了梦茵十天，昨夜里睡着了，梦茵跟我说，为了她我耽误工作，批评了我一顿，说我给她丢人了。我呀，就把表上到了三点五十，起来喝了口咖啡，替梦茵喝的啊，我就抱着她的骨灰盒上了山。"

于正来说："骨灰盒呢，你没带回来？"

隋志超说："放家里干啥呀，梦茵在里面怪憋得慌的，我就把梦茵的骨灰全洒在林子里了……梦茵托梦跟我说，她的骨灰好使，最防病虫害，甭管是小树苗还是老高的大树，只要沾点她的骨灰，一辈子都不带招虫子的。"他说得那么轻松、亲切。

季秀荣、孟月和覃雪梅都捂住脸哭了。

隋志超说："盒子我也埋了，埋在一棵虫害最重的树下面。明年我去看，那棵树病准好了，你们信不？"冯程说："信，老隋，这事就算过去了……"

隋志超说："过去了！"赵天山说："老隋，你……"赵天山伸起了大拇指。

隋志超说："大队长，赵场长，我这耽误工作了，你是我直属领导，我道个歉啊……"说着，隋志超向赵天山鞠了一躬。赵天山忍住泪水。隋志超说："于场长，李副场长，曲副场长，总场的各位领导，同志们，放心！我是第一批上塞罕坝没饿死的先遣队！我们的意志，打不倒！我要是垮了，那就真是给梦茵丢人了！"

隋志超泪水纵横，但牙关紧咬。冯程、于正来、赵天山、那大奎上前拥抱隋志超。李中和曲和带头，鼓起掌来。

于正来在家烫好一壶酒。于大婶给于正来倒上了一盅酒。于正来拿起酒盅一饮而尽，让老伴儿把孩子们都叫来。于正来的孩子大的二十好几岁，小的十岁上下，都站在屋里。

于正来说："孩子们，爸爸今天要立个遗嘱。"于大婶说："老于，你瞎说什么呢！"

于正来瞪了她一眼说："我立遗嘱不是因为我得了什么病，寿不长了，而是有些话我想说在前面，怕到时候我忘了！你们的梦茵阿姨走了，隋志超叔叔把她的骨灰撒在了林子里，这个法子好。沈梦茵同志可以永远陪伴着她亲手种下的那些树木！我于正来参加革命多年，但今天回想起来，这辈子为祖国做出的最大贡献，就是在塞罕坝建成了机械林场。所以，我想有一天，我走了的时候，我的骨灰，只能撒在马蹄坑！马蹄坑会战的成功坚定了我们在塞罕坝植树造林的决心！那片林子长得最好，最高，最成材！以后你们想看我，也不用上坟烧纸了，就去那林子里走一走，摸一摸大树，采几个蘑菇，多好……老大！你是大哥，这件事由你主持落实！喝了这杯酒，这事就算定下来了！"

最小的孩子突然哭了起来，说："爸……"于大婶连忙抱住孩子说："老于，瞧你把孩子们吓得……"

大儿子端起酒盅说："爸，这事交给我，您放心吧！我今年工作表现不错，得了先进，未来我也会在林场成家，让您孙子成为第三代塞罕坝人！"说完，大儿子一口将酒干了。

于正来说："好样的！这才像我儿子！"于正来笑了，笑得老泪纵横。

3

贾希一揣着一本书，飞快地跑着。到了那大奎家门外，贾希一说："那场长，我来了！"外屋，那大奎拦住贾希一说："你来干什么？"贾希一说："孟技术员临产了，我来帮忙啊！"

那大奎说："用不着！承德市医院的郭主任，听说过吗？"贾希一说："妇产科的郭观音？"那大奎说："那是外号。"

贾希一说："不是外号，这是尊称！郭主任号称送子观音，接生技术一流！您把她给请来了？"

那大奎说："郭主任是我大姐的同学，正好来围场县医院指导工作，我就给接上来了。两个闺女了，这回好不容易来了儿子，我不得小心谨慎，还用得着你业余的帮忙接生？去去去！该干吗干吗去！"

贾希一说："别撵我走啊！郭主任那可是难得一见的专家，你让我跟她学学呗？我不进里屋，就在外屋听着。对，就算旁听生吧。"

那大奎说："这个倒可以，自从陆大夫下坝以后，职工有个大病小灾都找你，附近老乡生孩子也请你。要不，让你学习学习？"

贾希一说："多谢那场长！"那大奎洋洋得意地冲屋里喊着说："郭主任，我这外面给你收个旁听生啊，叫贾希一，是我们机械林场的大能人！专业兽医，票友人医……"

贾希一听这介绍词，在外边嬉皮笑脸地连称对对对。

这一晃，孩子就是满月了，那大奎在屋外，亲手点着了一挂鞭炮，噼里啪啦地响着。先遣队的人都来了。孟月抱着孩子，欣喜地看着。覃雪梅和季秀荣都围着孩子看，逗着。

那大奎进屋说："开喝吧！"

赵天山说："瞧把你美得，得了儿子高兴得要上天啊？才满月就在窗户根儿底下放炮，不怕把他吓着？"那大奎说："我儿子还能怕放炮？得让他当咱塞罕坝的全光照松苗！长大我要教他摔跤，全国冠军杯，有咱那家公子一个！"

隋志超说："吹吧……"众人都用喜庆的目光瞅着隋志超。隋志超有些尴尬地说："谢谢你们请我，其实家有喜事我不该来，老话说那叫晦气……"

那大奎说："你说啥呢？大麻花，不都说过去了嘛！"隋志超说："是……"那大奎说："我儿子也是你儿子啊，那冠军杯得有你一半！"

隋志超说："那行，你儿子娶媳妇的钱我出，将来可得给我养老。"那大奎说："说定了！"

冯程笑了说："咱们都跟一家人一样，真好。哎，明天我们家吃饭啊，我亲自下厨，给你们炖羊肉吃！"大家想起曾经的快乐，又一阵欢声笑语。那大奎说："老冯，你等些天再请吧，明天我跟孟月下坝。"

冯程说："下坝？"那大奎说："对了，你跟雪梅老辈儿都不在了，坝下没房子，你们不知道。"冯程露出疑惑。

赵天山说："这不是场里提出'山上治坡、山下治窝，坝上生产、坝下生活'，为了方便照顾老人和小孩上学啥的，咱林场在县城的家属院盖好了，去年秋天就能住了。"

冯程说："噢……那你们把孩子送下去，有人照顾？"那大奎说："一听说要生孙子，我爸我妈秋天就到围场了，给我们暖房等着呢！还有我丈母娘，孟月她妈，也来了林场，都来照顾我们家林林啦！"

魏富贵说："你给儿子起名叫林林？"那大奎说："对，那林林！你们都叫大林、二林、三林、四林啥的，我就这一个，就叫林林。"

魏富贵说："嘿，这名好，我怎么早没想到呢？秀荣，要不咱再生一个？"覃雪梅和孟月起哄。

季秀荣说："去你的，越老越不正经！"又一阵欢声笑语。

一辆马车在雪野上行驶着。马车上坐着那大奎、孟月和两个闺女。那林林被孟月抱在怀里。

那大奎说："够冷的啊，孩子裹得够不够厚啊？"孟月说："够吧？"那大奎说："什么叫够吧？再给裹一层被子！"孟月连忙又将一层被子裹在襁褓之外，紧紧地抱着。

那大奎看着两个闺女说："林花林草，马上就要见着爷爷奶奶和姥姥了，高兴不？"两个闺女齐声说："高兴！""可得好好听爷爷奶奶的话……你们俩还有个任务，就是照顾好弟弟，不能让他摔着，不能让他碰着，不能让他凉着，不能让他饿着……"

那林花说："行，爸。"那林草说："那我们要是凉着、饿着谁管啊？"那大奎说："你个丫头片子，现在就争口袋！"孟月说："别吓唬闺女，从小你一瞪眼她俩就哭，忘了？"那大奎撇了撇嘴，不再理那林草。

突然一阵白毛风袭来，那大奎说："哎，白毛风！孩子手指头没露外面吧？这白毛风一过，手指头得冻掉喽！"

孟月说："哪能啊！"那大奎说："脸！脸也给捂上！这白毛风一过，脸上得裂个口子！"孟月连忙又抱紧了孩子。白毛风袭来，两个闺女互相搂着。眼前的世界一片白茫茫。

到围场的家了，一家人进屋，一老头两老太太忙着接东西。那大奎说："这一路上真冷，这天赶得……"

两个孩子进门说："爷爷奶奶！姥姥！"那大奎说："快快快！让爸妈看看林林！"一家人其乐融融。

那大奎上前从孟月手里接过包裹，放在炕上。他打开包裹说："儿子？林林？"那大奎愣住了。

孟月凑过来看说："林林？林林？"爷爷、奶奶、姥姥都凑上来看。爷爷上前去摸着说："这孩子……怕是被捂没气了啊！"

一听这话那大奎急了："孟月，你……"那大奎"啪"的一巴掌抽在孟月脸上。

孟月先是一傻，之后扑向孩子："儿子！我的儿子！你醒醒！"

场部的领导，赵天山、冯程、隋志超三个人都背着手，从主楼里走出，个个愁眉苦脸。

魏富贵跑了过来说："我听着信儿就赶回来了，怎么会这样？"赵天山说："谁知道怎么会这样？"隋志超说："已经这样了……"

冯程停住脚步："孟月回来没有？"赵天山说："接回来的，医院主任说差点犯了精神病，要咱选最贴心的人照顾她，那大奎成天骂人，不能送她回家啊。就直接送到你们家去了，孟月跟雪梅最好。"冯程说："这么做对，走，看看那大奎去。"

面色惨白的孟月，躺在炕上覃雪梅的怀里。

孟月说："林林……林林……我就是怕你冷……怕白毛风吹着你……我……妈妈对不起你啊！"

抱着孟月的覃雪梅也掉着眼泪。季秀荣捧着一碗粥过来说："孟月，别老想这事了，喝点粥吧。"孟月说："秀荣，雪梅，我这辈子还怎么见那大奎啊！"三人无言以对。

赵天山推门进入那大奎家。那大奎的喊声传来："别进来！谁啊？不是说了嘛，不让人进来！"他一回身，惊讶地发现是赵天山、冯程、隋志超和魏富贵。

那大奎说："我的命怎么这么苦啊！"那大奎哭倒在炕上，满脸胡须的他，一看就是多日没有洗漱。隋志超说："谁不苦啊，大奎，咱哥俩真是难兄难弟啊！"

两个男人抱头痛哭。心软的魏富贵捂着脸转过头去；赵天山和冯程对视着。两人从屋里走了出来。赵天山说，得让大家振作起来啊！冯程说，时间是最好的良药，也许春天来了，一切都会好起来……

春天来了，草绿了，树青了，魏富贵在望远镜里欣赏着，透过树梢能望到远方的山、湖之美。他也留起了胡子，头发长长的，如当年的冯程，脸上是无尽的孤独。

他叹了口气说："春天来了……"一转眼，野草芬芳，塞罕坝夏天的美景又被他收入望远镜之中，魏富贵的胡子更长了。他叹气道："夏天又来了……"魏富贵鼻子一酸，眼泪流了下来。

秋草黄了，枫叶红了，世界变得五彩斑斓。魏富贵的视线中是被镜头框中的美景。魏富贵说："又入秋了……"

魏富贵咬着牙，想着什么。鸡叫，魏富贵去看鸡窝，摸出了一个新鲜的鸡蛋。魏富贵说："这鸡蛋新鲜，也不知道她在家里能不能吃得上。"

小周和小郑的声音从望火楼下传来："魏师傅——"魏富贵犹如过电一般，一激灵说："人？来人了？"小周和小郑冲上望火楼。魏富贵激动地说："是你们俩啊，小周，小郑，来看我来了？"小周说："我和小郑是来替您的。"

魏富贵说："替我？不能吧，你们俩技术先进，现在可是苗圃的骨干，替我当望火员，那不大材小用了？"

小郑说："您没看月份牌啊，再过两天就是中秋节了，场里安排我们俩替您，让您回家过节！"

魏富贵说："那也不对啊，还有两天呢，也不能给我放三天假吧？你们俩骗我！"小周说："我们俩是专门早来两天，就是为了让您多回去两天跟季场长团聚嘛！"

魏富贵说："季——副场长！"说着，魏富贵一脸的不高兴，进屋。

小周和小郑对视，一脸的含糊，追进屋去。

魏富贵说："谢谢你们俩的好心，回去吧，我不用人替班，中秋过不过能咋地？孩子们都在围场上学呢，又上不了坝。"

小周说："咋了？魏师傅，您跟季副场长闹意见了？"魏富贵说："闹意见？我敢吗？一年了都见不到影儿，我跟谁闹意见去！"小郑说："季场长一年都没来看您？"

魏富贵说："副场长！没来！"小周和小郑对视。小周说："肯定是工作太忙了……你又不忙，干吗不给季场长打电话啊？"小周指着手摇电话。魏富贵说："这电话能随便打吗？这是报火警的电话！这电话一响，全场都得动员打火！我能用这电话跟老娘们唠嗑啊？"

小郑直撇嘴说："哎呀魏师傅，全场上下都说您脾气最好，敢情也是装的呀……"魏富贵一撇嘴，不理二人。小周说："不管闹多大意见，天上下雨地上流，老两口打架不记仇！"

魏富贵乐了："那是说小两口！你可真会编派。""你们两口子更应见面解决呀。"魏富贵一下软了下来说："见面，见面，还能见吗？"

小郑说："当然得见了！你不回去，我们俩不是白来了？"魏富贵说："你们俩也都上有老下有小的，来替我，多不好意思……要不你们俩还是回吧。"

小周说："魏富贵同志！我们俩是跟你一天加入的共产党，就你觉悟高啊？别客气了！快回吧！"魏富贵说："那我回？"

林海茫茫，魏富贵提着一个编织精致的小铁笼子，里面装满了鸡蛋，乐呵呵地走在路上。一高兴，还哼起了河南豫剧。

总场苗圃，孟月在指导苗圃工作，对苗木进行换床。可她还是一副没精打采的样子。最心疼她的季秀荣和覃雪梅对视了一下，走向了实验室。

一进屋，覃雪梅说："秀荣，这一年我在外面学习，多亏了你照顾孟月，大家伙都说要是没有你，孟月肯定缓不过来。"

季秀荣喝了一口水，将大茶缸子摔在桌上说："那大奎就是个混蛋！"覃雪梅说："他怎么了？"季秀荣说："当时孩子没了，他着急，发顿驴脾气骂人，也能理解。可是之后……他搬到场里住去了，压根就没回来过！"

覃雪梅说："啥？一分场到总场场部骑匹马二十分钟的事，他一次没回来过？"季秀荣说："没回来过，哪怕是开会看见孟月了，都不带说句话的！"

覃雪梅说："岂有此理，我去找于场长，让场领导处分他！"

季秀荣说："哎哎哎，等会儿……人家工作上又没毛病，咋处分啊？"

覃雪梅说："那我找那大奎评理去！"覃雪梅想了想又停住了脚步说："还别说，谁我都不怕，就怕那大奎。关键是，我不知道说什么他能听得进去。"

季秀荣说："你算了吧，收拾那大奎还得靠我，告诉你吧，我早就对他搂不住火了，就等着这个节骨眼儿呢，中午我就找他去，中秋节他要是再不回家跟孟月道歉，我就跟他拼命！"

覃雪梅说："秀荣，冯程跟我说，梦茵走了以后，隋志超的情绪不好，影响了工作，二分场全靠你。你还得照顾孟月，真不容易……"

季秀荣说："嗨，说这干啥？孩子们都送到围场去了，我一个人吃饱了全家不饿！"

覃雪梅说："老魏呢？"季秀荣说："哎呀妈呀，你不提，我心里还不难受，你一提我就……"说着，季秀荣鼻子一酸，扭过身去。覃雪梅说："老魏咋了？"季秀荣说："他能咋着啊……"覃雪梅说："那你哭啥？"

季秀荣说："我都一年没见着他了，也不给我打个电话……这老头子，真不是玩意儿！等着，中秋节回来看我怎么收拾他！"覃雪梅笑了说："你舍得收拾啊？"

季秀荣说："真不舍得，一个人在望火楼，日子太苦了。"覃雪梅说："今年是第四个年头了，不行，下次党委会我提，必须得把老魏换回来了！"

魏富贵提着鸡蛋笼子进了院子，却发现屋门上了锁。魏富贵一脸的诧异。他疑惑地刚往外溜达，见一个十六七岁的小伙子经过，说："站住！李铁蛋！"

李铁蛋说："你谁啊？咋跑我魏叔叔家来了？"魏富贵说："我就是你魏叔叔啊！"李铁蛋说："哎呀，魏叔，我都认不出你来了！"魏富贵说："你魏婶呢？见着了没？"

李铁蛋说："魏婶？她一直没在家住啊！我还以为她每天下班去望火楼陪您睡觉呢……""胡说！那么远能去得了吗？"魏富贵自己琢磨着，可能是住二分场了？

来到了二分场场部，魏富贵翻身下马，正赶上有工人们修整植苗机、植苗锹。穿过拖拉机，魏富贵问一个工人说："季副场长住哪屋？"工人说："季副场长？跟场长一屋。"魏富贵一愣，正见眼前一个屋上挂着场长办公室，便去敲门。

屋里，隋志超正在写着什么东西说："进来！"魏富贵进门，先没出声，四下打量着。隋志超说："你谁啊？"

魏富贵说："我，魏富贵！"隋志超说："哎呀，老魏大哥！"隋志超上前一把抓住魏富贵的手，弄得魏富贵很紧张。

隋志超热泪盈眶地说："老魏大哥，我对不起你啊……"魏富贵一激灵，试探着问说："咋对不起了？"

隋志超说："季秀荣，这一年要是没有季秀荣，我可就活不过来了。"魏富贵说："哦……"魏富贵有些没明白，又试探着说："别说得这么邪乎……"

隋志超说："真的……开始我睡不着觉，她就一宿一宿地陪我……开导我……一年了，我们俩搭伙真不错，当然，都是她让着我，照顾我……"

魏富贵越听越糊涂，他突然发现办公室的炕上有两副被褥，凑了过去，觉得一条被子面眼熟，便说："这是我们家的被子呀……"

隋志超说："对，秀荣带来的。"魏富贵急了，说："你们俩都睡在一起了！"

魏富贵一声咆哮，吓了隋志超一跳："啊？老魏大哥，这说的啥话呀？"魏富贵说："大麻花，你不是人！我……我打死你！"说着，魏富贵随手抄起炕笤帚，就向隋志超脸上扔去。

隋志超躲闪着说："哎！老魏！"隋志超连忙往外跑。魏富贵追着隋志超而出，抢过一把植苗锹就要拍，工人们发现连忙上前抱住魏富贵。

隋志超说："老魏大哥，你怎么回事？"魏富贵见很多工人说：

"我……我怎么回事，你心里清楚！"隋志超摸着脑袋说："你是不是误会了？"魏富贵说："我误会不了！"

二勇和小黄在二分场工作。小黄说："我说老魏大哥，你们俩这是为啥啊？咱们回屋说去行不？"二勇说："就是，咱们都是先遣队的，有啥事内部解决，别让工人们看笑话！"

魏富贵有点软了，二勇和小黄趁机抢下他的植苗锹将他拉进屋去。隋志超一回头，发现几十名工人围在身后，说："看什么热闹？我们是第一批上坝的生死兄弟！比亲哥们还亲呢！打架动植苗锹也是闹着玩！去去去，全滚！"隋志超也进了屋。

炕上两床被子，两个枕头叠得整整齐齐。魏富贵说："我就问你这咋回事？"隋志超说："这咋了？"二勇和小黄对视。二勇说："对啊，啥咋回事啊？"小黄说："老魏大哥，你有话就直说吧，别打哑谜！"

魏富贵说："丢人！季秀荣还是我媳妇呢！没离婚呢！她就跟大麻花睡在一起了？这叫明铺夜盖！"

三个人全撇起了嘴。魏富贵说："我知道她就喜欢大学生！之前别的大学生都配了套了，她才嫁给我的！这沈梦茵死了，正好空出一个大麻花来啊！"

隋志超听明白了说："哎呀，哎呀，哎呀……二勇，你上去把那被子摊开！"二勇穿着鞋上炕把被子摊开。隋志超说："老魏，你闻闻你闻闻，上面全是他俩的臭脚丫子味！"

二勇说："就是啊，这被子是你们家的，季场长抱来的，是给我们俩用的……"小黄说："可不，我们俩一人睡半个月。"

魏富贵说："不可能！你们蒙我！"隋志超说："都怪我，梦茵刚走的时候我老寻思着死，季秀荣怕我出事，就让他俩轮班陪着我。"

隋志超指着小黄和二勇说："你们两个可好，自己连套铺盖都没有？让季秀荣从家里拿来，你看这让老魏大哥误会、工人们笑话，明儿个我咋工作呀？"

小黄说："对不起，老魏大哥，是我们的错！"二勇说："您真是误会了，季场长从来没在二分场住过！多晚都走！"

魏富贵说："不能！我回家了，别人告诉我季秀荣一直就没在家住！

也没住二分场，那她住哪啊？"

隋志超说："你们俩还愣着干吗？把季场长找来，让他们两口子自己说，这事别人可说不清楚啊！"小黄说："季场长来电话，说今儿有事，不过来了，让我跟您请个假。"魏富贵说："那她去哪了？"小黄说："说去一分场，找那场长了。"

那大奎？魏富贵如堕五里雾中了……

在一分场场部，季秀荣下马，小王接过缰绳说："季姐来了！"季秀荣说："小王，你调一分场了？"小王说："没有，冯老师让我和小吴临时支援。"

季秀荣没好气地说道："那大奎呢？"那大奎的声音传来说："谁喊我呢？这么横？哟，是季场长来了？上来吧。"

季秀荣挑衅地看着那大奎说："瞧你那居高临下的样子，看着我就生气！你给我下来！"

那大奎一愣说："哟嗬，你们谁惹季场长了，这带着火药桶来的。"工人们和小王、小吴都不敢出声。那大奎给自己找了个台阶，从马架子上下来说："找我有事啊？"

季秀荣说："废话！没事找你干啥？到饭点了，你们一分场管饭不？"那大奎说："管管管！你来了还能不管吗？"季秀荣说："我想吃炒鸡蛋了，多炒几个！有酒没？"

那大奎对小吴说："听见没，你季姐要酒和炒鸡蛋呢，去去去，让他们准备去。"小吴答应着，连忙跑向马架子。

张曼玲开着拖拉机从外面回来。她把拖拉机开到拖拉机库门前，跳下来，英姿飒爽，正看见远处覃雪梅和孟月走来。

张曼玲快跑几步迎了上去，张曼玲说："雪梅姐回来了！"覃雪梅说："哎，昨天回来的。"

张曼玲说："家里吃饭去，给你接风！"覃雪梅说："别麻烦了。"

张曼玲说："不麻烦，知道你回来了，你们赵大队长一大早就把肉炖上了！"覃雪梅和孟月对视笑了，只好接受。

覃雪梅、冯程、张福林、赵天山、孟月坐在赵天山家炕上。张曼玲端了一盆肉上桌说："师傅，你在家咋不做顿饭呢？听说雪梅姐回来了，这肉炖得可真香！"

张曼玲放下盆，发现气氛不对，说："咋？这都咋了？咋都不动筷子啊？"赵天山一伸手，示意张曼玲出去。

张曼玲静静地退了出去。赵天山皱眉说："非得离婚？"孟月说："离吧，他先提出来的，之后就再没回过家，不离还能咋样？"覃雪梅说："我觉得你们俩还是有感情的。"

孟月说："已经没了。"

覃雪梅说："孟月，你也别太灰心，季秀荣说去做那大奎的思想工作……"孟月说："没用，季秀荣不是早就给那大奎下过结论了吗？他心里呀，没别人，只有他自己，典型的大男子主义。"

张福林说："没了一个，那不还有两个丫头呢吗？那大奎就能这么狠心？"孟月说："他重男轻女，不拿丫头当人，我们娘儿仨自己过，挺好……"说着，孟月哭了起来，覃雪梅搂住了孟月。

赵天山"啪"地一拍桌子，张曼玲从外面冲了进来说："师傅，你可别激动！待会儿毛病犯了更添乱！"赵天山说："我得好好跟他摔一跤，虽然这几年我毛病犯得勤，可他也不是我的对手，看我摔不死他！"

冯程说："老赵，曼玲说得对，你别跟着激动。孟月，你也别激动。"赵天山说："你老让我们别激动，你当时怎么说的？你说时间是良药！春天来了，一切会好起来！现在呢，都秋天了，不但没好起来，还要离婚！你说怎么办？"

冯程说："孟月，孩子的事你有责任吗？"孟月说："有，孩子是在我怀里……我能没责任吗？"冯程说："那时候，你跟那大奎正式道过歉吗？"

孟月说："他根本没给过我机会，一见着我就骂！"冯程说："要是有这样的机会，你愿意先道歉吗？"

孟月说："我不！"冯程说："你再好好想想。"孟月有些没了主意。覃雪梅说："冯程，有你这样的吗？孟月受了欺负，你还让孟月给那大奎道歉？你到底向着谁啊？"

孟月说："雪梅，冯程是为我好，这我看得出来。"

赵天山说："我也不同意道歉！那大奎就是被惯的！离！回头我再给你找个更好的！我有个老战友，才转业回了围场，上回还跟我说让我帮他介绍对象呢！"

张曼玲气得上前杵了赵天山一拳说："你胡说什么？"孟月有些着急地说："我就算是离婚，也不会再结婚的！大队长，你的好意我领了，别再说了！"

冯程突然一拍巴掌说："大队长说得好！"孟月和覃雪梅傻了。

冯程说："我忽然发现大队长特别会做思想工作！你把你刚才说的那番话，再跟那大奎说一遍，他要同意，就证明那大奎已经不可救药，那就离！"

赵天山说："那啥时候说啊？"冯程说："宜早不宜迟。大嫂，下午有任务没？"

张曼玲说："没有啊……"冯程说："麻烦您开着拖拉机，带着我们，咱们现在就去一分场！"张曼玲说："吃完饭再去吧？"

赵天山说："冯程说得对，孟月的事解决不了，谁也吃不下饭去，把肉端上！那大奎要是不识相，我就扣他脑袋上！"

到了一分场场部，隋志超和魏富贵双双下马。隋志超说："自从孟月他们家孩子出了事，那大奎就说要离婚，搬到一分场来了，听说再没回过家住。"

魏富贵说："对啊，季秀荣也一直没回家住……"隋志超一愣，瞪大眼珠子瞅着魏富贵。魏富贵说："合适，本来就是一对儿嘛，青梅竹马，要不我回去吧？"说着，魏富贵就又要上马。

隋志超说："哎！老魏！我咋觉着不能呢，你又误会了吧？"魏富贵说："这回误会不了。大麻花，我冤枉你了，准是那大奎，错不了……"说完，魏富贵抹上了眼泪。

隋志超说："老魏大哥，你别这样，既然来了，咱就找他俩去，当面问清楚！"

　　那大奎宿舍是由原来较大的地窖子改造的，这里也兼当办公室。季秀荣和那大奎僵住了，对坐着，四目相对。小吴和小王面面相觑，很明显，季秀荣和那大奎谈崩了。

　　小吴不识趣地说："季场长，那场长，你俩吃点吧，这肉都凉了……"小王说："就是，这可是一分场为了欢迎季场长，专门炖的肉！"

　　那大奎说："听见没有，吃！吃完赶紧走！一句废话别再说了！我跟她离婚离定了，谁也劝不了！"

　　季秀荣气得直哆嗦，左手突然端起肉碗放在右手之上，猛地将碗扣向那大奎的脑袋，连肉带油流了那大奎一脑袋。

　　那大奎"嗷"的一声蹦了起来，说："季秀荣！你……"那大奎抄起水壶就要砸。季秀荣却轻轻地说："你动我一下试试！"那大奎愣住了。

　　小吴和小王跑了出来，正赶上隋志超和魏富贵走近场长办公室，险些撞上。隋志超说："你们干吗呢？"

　　小吴吓得哆里哆嗦说："那……那……那场长和季场长他们俩……"小王说："实在看不下去了，我们……""啥？大白天的，不避人了都？"魏富贵疯了，一脚就踹开了门。

　　那大奎正气得张牙舞爪，要打季秀荣，又不敢，见魏富贵和隋志超冲了进来，说："呵！你们两口子一起来的？还有大麻花？你们欺负我那大奎！我儿子没了，你们还成心看我的笑话！"

　　那大奎气得"砰"的一声把暖壶摔在墙角，蹲在地上号啕大哭起来。

　　季秀荣说："老魏，你咋来了？"魏富贵说："啊？我……我……"隋志超说："他捉奸来了，才去二分场捉过，差点没拿植苗锹拍死我。"

　　季秀荣说："捉奸？隋志超，你也是当场长的人了，怎么还这么不正经？我们家老魏是谁啊？天底下最好的男人！他能怀疑我吗？是吧老魏？"

　　魏富贵说："啊……是……大麻花！我说我不来，你非让我来！你……"魏富贵背过身去，背对着季秀荣，对着隋志超一阵挤眉弄眼。

　　隋志超明白了，说："啊……好嘞，黑锅我背，就是我胡说八道，没个正经的，谁让我是天津卫呢，贫嘴嘛！不过你们也得原谅我，梦茵走了以后，我这还头一回贫呢。"

魏富贵抹了一把虚汗，不敢回头。季秀荣说："不对啊，隋场长话里有话，老魏，咋回事？你真怀疑我了？"魏富贵说："不不不，没有没有！这……你跟那大奎咋回事啊？"

季秀荣说："他不识好歹，我把肉扣他脑袋上了。他还摔水壶，那是林场的资产！那大奎，下个月扣你工资赔上！"

那大奎急了说："你以为你是总场场长啊？你管我？"

季秀荣说："嘿，我管不了别人，就管你！""你管你男人去！胡子拉碴的，野人似的……""我男人没工夫剪头发刮胡子，正说明他没歪心眼！不像你，大半年不回家，你说，是不是看上哪个女工了？"

那大奎说："你造谣！"季秀荣说："我是仨孩子的妈，十月怀胎生孩子容易吗？孟月心里不比你苦？这么个坎儿你心里都过不去，你也算是热河爷们儿？愿意离就离！我们谁也不管他，让他跟孟月离婚！离去！"

说着季秀荣就往外走，一手拽住魏富贵，一手拽住要劝那大奎的隋志超。屋里就剩下那大奎一个人，他忽然觉得脑袋上有点疼，一摸，油里面还流出了血。

三个人出门，正遇上张曼玲开着拖拉机而来。拖拉机上跳下了赵天山、冯程、覃雪梅、孟月、张福林。覃雪梅说："隋志超？老魏？这么巧？你们是陪秀荣一起来的？"

赵天山和冯程都发现季秀荣气色不对。季秀荣说："都来了，正好，先遣队的有一个是一个，都听着！以后谁再搭理那大奎，跟他说一句话，让我季秀荣看见，我就跟他翻脸！"孟月说："咋了？那大奎打你了？"

话音未落，那大奎已经从屋里冲出来了，说："又谁来看我笑话来了？"一见所有人都在，他目光与孟月对视。

孟月清晰地看见那大奎额头上的血。那大奎不好意思，回避孟月的目光，一句话不说就要往回走。

孟月说："大奎！你受伤了，到底咋回事啊？头上、脸上都是什么啊？"她紧走两步拉住了那大奎。

那大奎一下甩开了孟月，说："你别碰我！"

季秀荣说："那大奎，你要是个爷们，就当着我们的面儿再打你媳妇一顿，把你们俩这些年的情分，都打没了！把林花、林草对你这个爹还剩下的感情，也都打没了！我帮你拦着他们，没人拉架！"

张福林手里还端着肉碗，说："看来大队长亲手炖的这肉省下一份，我听季场长的，从此以后先遣队没有那大奎这人。"

那大奎猛地回身，用手指着张福林说："张福林！"

张福林说："你吓唬我干啥啊？肉挺香的，你愿意撤伙，以后我们每人多吃一口呗。"

冯程说："孟月，不是说好的今天去办离婚手续吗？走吧，你上拖拉机，那大奎是场长，又有拖拉机又有马的，咱不用管他。"

覃雪梅瞅了一眼冯程，冯程向覃雪梅使着眼色，孟月有点蒙。覃雪梅说："我真不知道这一年来他这么对你，走，孟月，你可不许心软！"

张曼玲说："师傅，人家都说宁拆一座庙，不毁一桩婚，他们这是……"

赵天山说："你闭嘴！你不是先遣队的，没有发言权！那大奎，十二年前，上坝的时候，咱俩就欠一架。等你跟孟月离婚了，三道河子大沙地，咱俩好好来来！你摔不死我，我就摔死你！"

那大奎急了说："我怕你啊！"他一转身，正对上孟月淌泪的眼，脸上的愤怒顿时化解。

孟月说："大奎，都是我对不住你，离婚吧……我知道你准是看上谁了，比我年轻吧，让她给你生儿子，祝福你们，这些年谢谢了……"说完，孟月转身就走。

那大奎一愣，大喊说道："孟月……"孟月驻足。

那大奎说："是我对不住你！你十月怀胎，比我难过，我还……我真不是东西，又骂人，又摔东西，还打我闺女……我，我不是人哪！我给你赔罪了！"说完，那大奎"扑通"跪在了地上。

孟月转身说："大奎，你别这样！"那大奎说："我们不离婚！我们一辈子都不离！今儿个我就搬回家住去，再也不让大伙看笑话了！"

孟月点头说："你要是没看上谁，我就再给你生，我们再生一个儿子！"

那大奎说："不了不了，不要了！我那大奎就是当老丈人的命，以后好好对我两个闺女，我们不再要了！免得你想起林林来伤心……"

孟月的情感决堤了，两个人抱在了一起，痛哭。季秀荣鼻子一酸，哭了，扎在魏富贵怀里，魏富贵连忙抱住季秀荣安慰。

覃雪梅也掉了眼泪，冯程搂住覃雪梅……

8

魏富贵坐在椅子上，幸福地等着。季秀荣拿着推子走来。魏富贵说："推齐着点啊，我还真有点怀疑你的手艺。"

季秀荣突然厉声说道："你真是去捉奸的？"

魏富贵说："没有的事！大麻花不就爱耍贫嘴嘛！"季秀荣说："梦茵走了以后，隋场长很少开玩笑，更何况是那种玩笑！你站起来！"魏富贵吓得"腾"地站了起来。

季秀荣说："说！到底怎么回事？"魏富贵说："这不一年了嘛，你也不搭理我，我以为……我错了……雪梅都跟我说了，说你一直在照顾孟月，我咋就想歪了呢？我不是人，不是人！"说完，魏富贵左右开弓，抽了自己两巴掌。

季秀荣一把拉住魏富贵说："别打！要打我自己打，用得着你？怪心疼的。"说完，季秀荣用手摸着魏富贵的脸说："还别说，你留着胡子还挺俊的。"

魏富贵说："啊？是吗？要不我留着？"季秀荣笑了说："大老头子了，你还吃醋！你……我白给你生三个儿子了！你个老东西！"说完，季秀荣一拳打在魏富贵的胸口上，然后扑在魏富贵身上，紧紧地抱住说："我男人最好，谁也比不了，你得陪我白头到老，还一辈子不许再瞎吃醋，听见了没有？"

魏富贵点着头说："行，行，秀荣，我都听你的！"

冯程拉着手风琴，覃雪梅从身后环抱着他。琴声停住，冯程说："这一年路过北京几回？"覃雪梅说："三回。"

冯程说："有没有去看看覃部长？"覃雪梅说："没有。"冯程说："雪梅，其实这件事，我一直想跟你好好谈谈。"

覃雪梅说："我不想谈。"

冯程说："于场长找过我，他说覃部长跟他表达过希望和你相认的意思，老人家好像有苦衷，我们做儿女的，是不是应该给老人这个机会。"

覃雪梅淡然地说："不说这件事了好吗？"冯程说："雪梅……"覃雪梅伸手堵住了冯程的嘴说："听我说，天林读书用功吗？"

冯程说："用功啊，考试成绩一直全班第一，还给你写了好多信呢，我怕影响工作，没寄给你。在那儿，回头你慢慢看，抓紧给孩子回信啊！要不然中秋节孩子回来该伤心了。"

覃雪梅说："想不想再给天林生个弟弟或妹妹？"冯程说："太影响你工作了吧？"覃雪梅说："我生天林的时候，耽误工作了吗？"

冯程说："那倒是没有。"覃雪梅说："一回来啊，就碰上舅妈了，舅妈也鼓励我生呢！说她帮咱们带！"

冯程笑了说："她自己那么多孩子，还不嫌多，真是的！"覃雪梅说："但是冯程，你得答应我，我们得一辈子对孩子负责任，关怀他们，爱他们，不要学某些人，那样，孩子会很伤心的……"

冯程说："你还是不能原谅覃部长。"覃雪梅说："我说了，不要提他！再给我拉段儿琴吧。出去这一年，经常想你的琴声。"冯程无奈，又开始拉琴。

透过白桦木的栅栏墙，一轮圆月挂在天际。它与冯程的琴声融合在一起，给这对夫妻蒙上一层诗韵……

第二十九章

1

雪花纷飞，塞罕坝迎来了又一个冬天。这个冬天不一样的是，机械林场大门口的墙上、光荣栏里贴了许多大字报。都是针对冯程和曲和的，借题发挥，上纲上线，进行恶毒的人身攻击，对两人进行妖魔化。

在场部办公室，于正来说话降了八度，有了很多无奈。他看了一下沙发上坐着的赵天山、张曼玲、冯程和覃雪梅，说："今天把你们两家叫来，不是公事。"

赵天山让他有啥话就直说。于正来说："一夜之间，场里多了很多大字报，主要针对曲场长的，也有针对冯程的。但矛头其实很明确，是指向我呀！"

赵天山说："他们敢！"于正来说："前几年，有人要把李中同志当反动技术权威揪出来批斗，被你赵天山把人抢了回来，还把造反派打伤了好几个。"

赵天山说："那是，别的地方啥样，我管不了，在塞罕坝，除了生产，别想搞什么乱七八糟的！从我这就不答应！"

曲和说："注意态度。"赵天山用不屑的神情瞟了一眼曲和。曲和说："最近场长压力比较大，我的大字报最多，我主动申请下放了。"

张曼玲说："啥？曲场长，你自己申请下放？"曲和说："那有啥不好的，离场部最远的一个望火楼，老周两口子也看了三四年了，我去替替他们，享享清福！"

赵天山站起来说："不行！曲场长，你这是向他们投降！"于正来说："住口！曲场长是侦察兵出身，战争年代被打得遍体鳞伤都没投降！你敢这么说他？"赵天山顿时不好意思起来。

于正来说："曲场长这是为了给场里减轻压力……老赵，你咋办？"赵天山说："我？这里面有我什么事？"

于正来看了看曲和说："给他吧。"曲和拿出一沓信还有一些文件，递给赵天山。

赵天山接过，和张曼玲分别打开信看着，赵天山有点傻眼。覃雪梅说："有人告赵天山同志的状？"曲和说："覃副场长，不是有人，是有很多人，上级机关也要求总场处理他了。"

覃雪梅说："这……"赵天山把信拍在桌上说："那就让他们来啊！老子跟他们拼命！"赵天山一激动，头又有些疼。

曲和说："你看看你看看，让你注意态度，你又着急，毛病又犯了吧？"张曼玲担忧地说："师傅，快坐下。"

张曼玲扶着赵天山坐下。于正来说："张曼玲啊，老赵上个月晕了几次？"赵天山说："一次都没有！"

于正来说："谁问你了，曼玲同志，你说！你是女工队长，可不许欺骗领导！"张曼玲说："四次……"

于正来说："一个月晕四次你还逞强，是想把命搭上吗？"赵天山低下头去。于正来说："上级领导知道你是老革命，也知道你有伤，经常犯病，要求我们停止你的工作，送你就医。"

赵天山说："那可不行！我走了，他们要是天天贴大字报怎么办？他们要是批斗冯程和曲和怎么办？有我赵天山在，好歹能够挡一阵！"

曲和说："怕的就是你老挡在那，那些坏蛋恨你，在背后下死手！我已经侦查到了一些线索，你现在很危险。"

赵天山说："我不怕！"冯程说："老赵，于场长曲场长都是为了你好，再说，这两年你犯病的频率越来越高了，再这么下去，随时可能会瘫痪，甚至……你也该下坝疗养了。"

于正来说："我的意见，趁这个机会干脆送你们去北京，找最好的医院、最好的医生，把手术做了。"于正来上前双手扶住赵天山的肩膀说："天山同志，你是先遣队的大队长，是塞罕坝的功臣，林场不能亏待你，国家也不能亏待你！还有就是，塞罕坝只要有我于正来在，绝不会让那些小鬼兴风作浪！"

冯程说："老赵，你就听于场长的吧，你脑袋里面那块弹片，也该解决了。"

于正来说："曼玲啊，你工作表现很好，但是照顾赵天山，没有别人比你更称职、更合适！女工队长我们打算让孙慧芬接替，你陪老赵去北京看病，没意见吧？"

张曼玲说："师傅在哪我在哪，我当然没意见，正好孩子们都在姥姥家，我陪师傅去北京，把病治彻底了，挺好。"冯程看了一眼覃雪梅，两人眼里充满了担忧……

场部门口，大包小裹装上了车，张曼玲和赵天山站在车前。冯程、覃雪梅、那大奎、孟月、季秀荣、隋志超、张福林都来相送。赵天山依次与众人握手，与冯程紧紧地拥抱后上了车。

五女来送张曼玲，也是依依不舍。汽车远去，飞舞的雪花挡住了人们的视线。

2

此时林场的某宿舍，一片烟气，十几个造反派围着郑三儿。宋小四说："赵天山走了，大干一场的机会来了！"郑三儿说："就是，我跟你们说啊，武延生又来信了，他现在可不得了！信上可说了，咱们这要是取得突破性进展，他就带着大队伍来支援咱们！到那个时候，林场就是咱们说了算了！"

众人纷纷鼓掌。最使劲的宋小四说："三哥，下命令吧，武延生最恨的就是冯程，拿下他就是在武指挥面前立功了！"

郑三儿说："你说得对，不过机械林场的革命氛围不好，得想法把冯程抓到咱们村里去，只有用土办法，才能让他好好交代！"众人一片哑然。

这天早上，冯程背着手向林场走去。宋小四突然带着两个人斜插而出，拽着冯程就走。冯程说："你们干什么？"冯程挣扎着，可还是被两个人按上了一辆马车。车把式正是郑三儿，他"啪"的一鞭子，马车飞奔而出。

吴改花由此经过，正看到这一幕说："你们干什么？赶紧把冯程放下来！李铁牛，抄家伙！"李铁牛从一个方向跑来，判断着，他已经明白发生了什么，但没动脚步。吴改花追去。

在林场办公室，曲和已经收拾好了东西，说："老于，我走了，享清福去了，担子就落在你一个人身上了，你可要注意身体啊！"于正来握着曲和的手，不知说什么好。

小王突然冲了进来说："于场长，冯老师被造反派抓到村里批斗去了！"于正来说："什么？"

曲和说："看来，我还不能走，老于，你别出面，我带人去把冯程抢回来，万一出了什么事，我一个人承担责任！"于正来说："这怎么行？"曲和一伸手说："就这么定了，你必须把自己保护好，才能保护好大伙！小王，召集人，抄家伙！"曲和两眼放光，冲了出去。

场部食堂，明显挨了打的冯程和头发蓬乱的吴改花坐在椅子上。于正来、曲和、那大奎、隋志超、季秀荣、张福林等人围在一旁，还有四五十个林场职工。

覃雪梅和孟月冲进食堂就喊："老冯！冯程！"覃雪梅扑向冯程。冯程说："没事，多亏了舅妈一直护着我……"

覃雪梅说："还说没事？都把你打成这样了，你还说没事？"覃雪梅顿时流下了眼泪，一把将冯程抱在怀里。

覃雪梅说："于场长，他们造反派这是在造谁的反？下手这么狠毒！"冯程说："现在有点乱，于场长也难。就别给林场添麻烦了。"

曲和笑了说："冯程说得对，于场长也难……咱们这么多人去村里抢人，影响人家搞运动，我老曲负责，反正我已经犯了错误，要去看望火楼了，还能再怎么处分？让我坐牢啊？也好，还省了咱林家大院的饭呢！"

冯程说："多谢曲场长。"曲和说："谢啥，你刚上坝的时候，我有好几回'对不起'存着呢，今天，算是个补偿吧。"

于正来说："关键是咱们要长期坚持，不能让外面的歪风邪气刮到林场来。"季秀荣说："那就把那些捣乱分子全都开除！"那大奎说："我同意！"于正来说："那可不行，人家还正想造反夺权呢，在这样大气候下，只能从长计议……"

李铁牛哭喊着跑了进来，说："外甥！"他冲到冯程身边，"外甥，他们打你哪了？打你哪了？你怎么这么不小心啊！"吴改花说："行了，别在这哭哭咧咧的了！丢人！你要真心疼你外甥，给他报仇去！"李铁牛顿时低下头去，很明显现在是吴改花当家做主。

冯程回到了家，一进门就说，"雪梅，让你担心了。"覃雪梅说要他避避风头，冯程说："往哪避呢？当年条件那么艰苦，我都没离开塞罕坝，难道现在……"

覃雪梅说："我不明白，他们为什么这么针对你呢？"

孟月走进屋说："这有什么想不明白的，郑三儿和宋小四这伙人原本不就是武延生的帮凶吗？武延生现在得势了，成了一个造反司令，听说他隔三岔五地给林场来信，指导那伙人革命！"

覃雪梅说："武延生？是吗……""哎，孟月，你说远了。"冯程示意她别往下说，孟月说："就是这么回事！你为什么不让我告诉雪梅？"

冯程说："你告诉她又有什么用？"覃雪梅说："原来是武延生挑动那伙人替他打击报复，冯程，是我对不起你。"冯程说："老夫老妻的，你怎么也越说越远了？"覃雪梅拭泪。

蹲在一旁的张福林说："冯程，不就是郑三儿和宋小四吗，放心，从明天以后，林场再没这两个人了！"说着，张福林就往外走。冯程急拦他说："福林大哥，你，什么都不许做！"

张福林停住脚步，沉静地说："我不能眼睁睁地看着好人被他们迫害！我已经坐过几年牢了，再吃一颗黑子我都不在乎！"

冯程说："不行！福林大哥，要是被狗咬一口，难道你能去咬狗吗？你的好意我心领了，但你重新回到林场工作不容易呀，他们拿你的事儿批曲场长，正找罪证呢！你这不是送上门吗！大嫂马上给你生第二个孩子了，你得想想他们！"

真是语重心长，张福林听得满眼泪水。

③

李铁牛回到家，烫了一壶酒，端上桌说："听说你今天也挨了好几下打，喝口活活血吧……"吴改花说："就这么一壶酒能管啥？家里还有多少？全端上来！"

李铁牛说："哎！"李铁牛回身去厨房，将大半瓶子酒拿了进来说："还有大半瓶。"吴改花说："今天咱两口子把这些全造了。"李铁牛说："不留着过年了？"

吴改花突然大声说道："还过他妈的年？你是不是爷们？"李铁牛挺起胸膛说："是啊。"吴改花说："窝窝囊囊，一点爷们样儿都没有！"说着，吴改花就将烫好的酒往嘴里倒，猛地喝了一大口，李铁牛吓坏了。

吴改花把酒壶墩在桌上说："你知不知道，是谁打的冯程？"李铁牛支支吾吾地说："我知道，不就是郑三儿宋小四那伙人吗……"吴改花说："那伙人咋样？"

李铁牛说："不咋样，平时就是流氓无赖！现在赶上运动了，扬眉吐气，打着革命的名义，就是不干好事！"吴改花说："既然如此，铁牛，收拾他们，给冯程报仇！"

李铁牛说："啊？他们是造反派，还有革委会支持，就我……"吴改花说："你，就是屄包！不是男人！我问你，你的命，是不是姐姐给的？"

李铁牛说："是，我不都给你讲过了吗……"吴改花说："那些年咱俩闹误会，你四处去找我，花的是谁的钱？"李铁牛说："冯程啊！"吴改花说："你还人家了吗？"

李铁牛说："还没，外甥跟舅舅不会算得那么清楚……"他的声音越来越小。吴改花说："你失魂落魄地回到塞罕坝，谁给你找的工作？"李铁牛说："冯程。"

"冯程是你的恩人，可你呢？大老爷们连我个女人都不如！我问你，今天早上冯程被抓走的时候，你为什么不追？"李铁牛说："我……这不是运动吗……""你就是窝囊废！我怎么会嫁给你这样的男人？我跟你离婚！"

— 415 —

吴改花抓起酒瓶来，整瓶整瓶地倒着。李铁牛说："你少喝点，醉了……"吴改花说："别管我！我一直以为你是个爷们，实际上你啥也不是。场里谁不知道，是那个叫武延生的在北京遥控指挥，郑三儿和宋小四就是他的狗！个个是尿货，只要有人给他们点厉害尝尝，他就怕了！赵天山在的时候，他们敢吗？现在赵天山走了，你是冯程的亲老舅，你不给外甥出头，你对得起姐吗？"

　　李铁牛说："可万一公安管呢？得去坐牢！"吴改花说："我宁愿嫁个爷们去坐牢，也不愿意面前摊着一堆牛粪！出去！你不配上我的炕！"李铁牛委屈地瞪大了眼睛，他退出了屋。

　　冻得哆哆嗦嗦的李铁牛，走进供销社门说："给我来二两酒。"服务员说："没了，都被老张买了。"李铁牛一看，张福林面前摆着一瓶子酒。李铁牛说："福林……"

　　张福林说："想喝啊？拿碗来，我请你！"李铁牛拿过碗来，张福林给他倒了半碗。李铁牛说："福林，这么晚了，你咋没回家睡？"

　　张福林说："睡不着，我的恩人让人欺负了，我要不给他报仇就不是男人！"李铁牛说："谁是你恩人？"

　　张福林说："这你不知道？冯程。"李铁牛说："你，是要给他报仇？"张福林说："那是。"

　　李铁牛嘟囔说："你要报仇，我呢？我是他亲老舅，我……"李铁牛突然血往上涌说："等会儿！老张！福林兄弟！你可不许抢在我前头，不然我这辈子也上不了我媳妇的炕了。"

　　张福林一愣说："啥意思？"李铁牛一口将整碗酒喝完，把碗摔在柜台上走了。张福林不明所以。

　　食堂早餐已经散了，郑三儿一伙人正在商量着什么。

　　郑三儿说："据武指挥分析，当年重要的证据，那封从香港寄来的信，就是被覃雪梅偷走的。而现在应该还窝藏在覃雪梅和冯程的家里，只要能找到这份重要的证据，冯程通敌叛国、覃雪梅偷盗罪证的罪名就都成立了！"

　　宋小四说："三哥，你的意思是抄家？"郑三儿说："对，攻其不备，立刻行动！"一伙人撸胳膊挽袖子冲出食堂。

郑三儿带着人，气势汹汹地冲了出来。张福林在角落，手里握紧了斧子，伺机而动，他刚要冲锋，只听得一声大叫，李铁牛抡着植苗锹向郑三儿拍去。

郑三儿躲闪不及，正被植苗锹拍在脑袋上，当场倒地。李铁牛一横锹，将即将逃跑的宋小四拍了个狗啃泥。张福林愣了，周围的人都愣了。郑三儿一伙人想上前围攻，有人抱住了李铁牛的腰。

张福林冲了出来，举起斧子说："放开李师傅！不然我劈死他！"要对李铁牛动手的几个人连忙后退。丢下了在地上惨叫的宋小四和满脸是血、昏迷不醒的郑三儿。

警灯旋转着，呼啸着进了林场，院落里，包裹着头部的郑三儿指着李铁牛说："就是他，就是他！他故意伤人，可要严判哪！"

赵公安不耐烦地说："知道了！"李铁牛用手指着郑三儿说："谁再敢欺负我外甥，我要他的命！"

周围的年轻造反派吓得直往后退。公安说："行了，伸手。"李铁牛伸出双手，被公安铐上了手铐。吴改花快步跑来说："铁牛！"李铁牛说："媳妇，对不住啊……"

李铁牛举了举戴着手铐的双手。吴改花说："你还真是个爷们，好样的！当年你等了我五年，现在我吴改花等你一辈子！"

赵公安说："大嫂，别说得这么血刺呼啦的，不是啥大事，判不了五年……再说，打的也不是什么好人。"

吴改花面露喜色地说："真的？"赵公安使了个眼色说："走吧李铁牛，上车！"赵公安拉开车门，李铁牛走上汽车，上车之前回眸。吴改花伸出了大拇指，李铁牛含笑点头，上了警车。

④

车开出了林场，冯程和覃雪梅从家属区方向跑来，冲警车挥着手。李铁牛探出头来说："外甥，覃场长，你们好好的啊，过年还去家里，让舅妈给你们包羊肉胡萝卜馅儿饺子吃！"覃雪梅和冯程听着望着，落泪了。

院落里，张福林凑近郑三儿说："算你小子命大，我要是先下了手，不会让你有活下来的机会！"郑三儿说："你！"张福林一瞪眼说："怎么着？"郑三儿知道张福林坐过牢不惜命，顿时软了。

郑老骥带着二十几个村民，手里拿着家伙什冲来。冯程和覃雪梅突然紧张起来，覃雪梅连忙拽冯程躲闪，冯程没有躲，示意覃雪梅别紧张。

郑老骥快速向冯程和覃雪梅鞠了个躬，冲进院去。一直在二楼观察的于正来、那大奎和隋志超意识到事情不好。那大奎说："那个是郑老骥，郑三儿他爹，这下坏了！"于正来说："下去看看！"三个人下了楼梯。

郑三儿看到郑老骥说："爹，你可来了！你看看他们把我打得……"说着，郑三儿就扑向郑老骥，靠近之际，郑老骥抢起巴掌抽在了郑三儿脸上，所有人都愣住了。

郑三儿说："爹，你打我干啥？"郑老骥说："没有林场，你哪来的铁饭碗？没有林场，你连媳妇都娶不上！不好好工作，净跟着那个武延生学坏，还学会整人了？老子今天打死你，让你给我丢人！"说完，郑老骥从身边人的手里抢过镐把就向郑三儿抡去。郑三儿转身就跑，郑老骥穷追不舍，终于打中了郑三儿后背。郑三儿栽倒在地，疼得满地打滚，起不来了。

于正来说："快拦住郑老骥，要出人命！"众人上前拉住郑老骥。郑老骥说："把他抬回家去，回去我再打折他两条腿，叫他一辈子出不了屋！"原来郑老骥带来的老乡早有准备，用一张床板将疼得嗷嗷乱叫的郑三儿抬走。

郑老骥说："宋小四呢！"宋小四吓坏了，说："我在这呢……"郑老骥说："你爹瘫了四五年了，你也不回去孝敬，我出来的时候你爹带话，让我替他教训你！"

宋小四说："别啊，郑大爷！我回去还不行吗！"郑老骥说："滚出林场去，再也不许回来！"于正来走过来说："郑老骥，你这是干啥？"

郑老骥说："于场长，我是塞罕坝人，以前这地刮风，大年初一一直刮到大年三十，种啥不长啥，满嘴是黄沙，小伙子娶不上媳妇，大姑娘全远嫁，死都不愿意留在坝上！现在风小了，水里有鱼了，山上有蘑菇了，日子好过多了。村里那么多人当了工人，吃着公家的饭，那还不都是沾了林场的光啊？结果我退休这几年，没承想我儿子学成这样了，给林场添了这么多麻烦，真丢人哪！于场长，今儿个就把郑三儿开除，还有宋小四，我和老宋绝没有半句废话！告辞！"说完，双手抱拳打拱，郑老骥带着村民们扭头就走。

于正来半晌没说出话来。郑老骥来到场门口，看到冯程和覃雪梅，又鞠了一躬，走了。

人们对这突然的反转，还没反应过来，于正来说："我们承德，围场，真是民风朴实啊……塞罕坝有今天的成就，跟老百姓的支持离不开，每年春秋两季，全承德地区各单位的同志赶着马车，带着粮食来支援我们种树，我们也得感恩啊！"那大奎和隋志超点着头，望着远去的村民们……

于正来在办公室，叫来了冯程说："虽说郑三儿和宋小四走了，可是……"冯程说："于场长，您跟我说话，就没必要绕弯子了，我也不想给领导添麻烦，请场里免去我所有职务，我已经给自己找到了好去处。"

于正来说："哪啊？"

冯程说："魏富贵负责的那个望火楼。老魏大哥一个人看了好几年，真的太苦了，让我去替替他，也让季秀荣跟老魏大哥团聚团聚。"于正来说："那你就不怕苦？"

冯程却说："现在树都种活了，总比我当年一个人来塞罕坝的时候好多了！看着那些树，我每天心情愉快，有啥苦的？"于正来点点头说："那我送你一样东西，你等着。"

于正来从兜里掏出一串钥匙，打开办公桌最神秘的一个抽屉，拿出一个烟斗和一个装烟叶的布袋。

冯程笑了说："于场长，你开什么玩笑，你知道我不会抽烟。"于正来说："好好看看，这上面绣着字呢。"

冯程接过，他发现装烟叶的袋上绣着"冯立仁"三个字，问道："冯立仁？……这是我父亲留下的？"

于正来说："对。"冯程说："您居然留存着我父亲的遗物，为什么不早给我？"于正来嘀咕道："没舍得。"冯程说："什么？"于正来大声说道："没舍得！"

冯程愣住了。于正来说："大队长就给我留下这么一件东西，我拿它当个念想，虽然你是大队长的儿子，但我也得知道，你配不配让我把大队长的这件遗物交给你。经过多年的考验，我发现你身上有和大队长一样的意志，你的身上有和大队长一样温度的热血。从今天起，它归你了，永远记住，你是烈士的后代，你是这片土地孕育的英雄儿女。"冯程满眼泪水。

⑤

　　冯程家，冯天林睡着了。冯程反复地摸着儿子的脸。覃雪梅说："行了，别摸了，再把孩子弄醒。"冯程说："明天我就走了，又是孩子又是工作的，你受累了。"

　　覃雪梅笑了说："冯程，时到今日我想问你，当年没和唐琦一起去国外，你后悔了吗？"冯程说："不后悔。"覃雪梅说："那，留在塞罕坝种树，千辛万苦却得到这个结果，不后悔吗？"

　　冯程说："后悔育苗技术掌握得晚，种植技术成熟得晚，种的树太少了。"覃雪梅说："那和我结婚呢，后悔了吗？"

　　冯程将覃雪梅揽在怀里说："能与志同道合的人生活在一起，此生无憾，哪来的后悔？"覃雪梅将头扎在冯程怀里，流下了一行泪水。

　　一边熟睡的冯天林，好像有一个好梦，幸福地笑了。转天，冯程就上了望火楼。

　　茫茫大雪，林海银装素裹。望火楼独立天雪之间。只见冯程矗立其上，眺望着远方。雪花在冯程面前飞舞。冯程手里捏着那个烟斗，手指裸露在外，摸着"冯立仁"三个字……

　　乍暖还寒时，一辆吉普车驶进场部来，缓缓地开进场部。年近六十的覃秋丰扛着行李下车，他的腿脚已经有些不麻溜了。于正来迎了出来，敬军礼说："覃部长，一早才接到电话，您来得够快的啊！"

　　覃秋丰有些尴尬说："老于同志，你这个称呼，不合适啦。"于正来一愣，明白了过来。覃秋丰说："于场长，覃秋丰报到，请组织上接收。"

　　于正来咳嗽了一声，瞅见他身后还有跟来的干部。李干部说："于正来同志，走资本主义路线的当权派覃秋丰，被勒令下放塞罕坝机械林场，由你们对他实施监督改造。人交给你们了，我们走了。"他身后另一个干部取出个文件，指着地方让于正来签字。于正来边签边说："哦，二位辛苦了。"他与李干部、杜干部握手，送二人上了车。

汽车走了，于正来说："覃部长，这么多年就盼着，终于把您给盼来了！"覃秋丰说："哎，别叫部长了，我早'靠边站'了，我是被下放来的！"于正来说："嗨！他们不是走了吗？"

覃秋丰说："那也不行，给你添麻烦。"于正来说："好好好，先安排您住下！"他喊着身后的小周、小王先把行李接过来！

小周、小王已被调到场部工作，连忙上前接过覃秋丰的行李。于正来拉着覃秋丰往场部里走，正遇上覃雪梅匆匆赶来。覃雪梅说："于场长，我找您说个事。"

覃雪梅一抬头看见覃秋丰，一下愣住了。覃秋丰挤出了笑容，张了张嘴没说话。于正来说："小覃，这是……你见过的！"

于正来急切地想让覃雪梅认父，覃雪梅半晌没说出话来。覃秋丰知趣地说："哦，你们是要谈工作啊，我先回避，回避。"

说完，覃秋丰跟上小周和小王，走了。

于正来说："雪梅，怎么不打招呼？你难道不知道他是谁吗？"覃雪梅却岔开话题说："有个急事，生产上的，我们先说工作吧。"

于正来无可奈何。

晚上，场部实验室里，覃雪梅、孟月、季秀荣坐在了一起。覃雪梅说："他来了，我不知道他是来干什么的？"孟月说："还能干什么？肯定是来找你的！"

季秀荣说："对啊，我是三个孩子的妈，我体会最深，要是有一天孩子们不认我，我可受不了！"

孟月说："雪梅，覃部长都从北京找到塞罕坝来了，你要是不认他，太残忍了吧？"

覃雪梅说："我没有勇气原谅他，不能对不起我的母亲。"覃雪梅泪下。

也是这个晚上，于正来在办公室给老领导端过水说："覃部长，快喝水！""真别叫部长了，我现在是走资派，虽说我不认账，但还得听从组织安排，往后我可得在塞罕坝扎根了，由你领导，听你指挥。你看我这把老骨头还能干点啥？"于正来说："部长……"

覃秋丰制止于正来说："哎？"于正来说："老覃同志！"覃秋丰说："这就对了，以后就叫老覃，要不然对你影响不好。"于正来点头。

覃秋丰说："安排工作吧！上山造林？我听说你们现在都用植苗锹了？不用抢镐头我还是能胜任的，挑水、挑粪都行！我这肩膀还有点力气！"

于正来说："这怎么行？林场年轻人有的是，那些活轮不到你。"覃秋丰说："哎呀，我是下放劳动的，又不是当大爷的！对了，伙房的活我也能干，摘菜、烧火、擦桌子、扫地，再不行，扫厕所，淘大粪？""就算要干活，你总得休息几天吧？这一路颠簸的。"

覃秋丰说："还真不颠簸，老于啊，林场建起来了，路也修好了，你们这些年可真是成绩斐然啊！"

于正来笑了笑说："刚才您见到了雪梅。"覃秋丰说："啊……"于正来说："她现在是总场的技术副场长。"覃秋丰说："啊，很好……"于正来说："雪梅对您，好像还是有点误会，我会慢慢找机会做她工作的。"

覃秋丰说："哎，不用！既不要做工作，也不要扩大影响，我就是个'靠边站'的老头，跟覃副场长没有关系，更不能因为我影响她。"

于正来鼻子一酸说："老覃……"覃秋丰制止于正来说："老于，拜托了！"于正来无奈，只好点头。

清晨时分，覃雪梅上班。一个身影让覃雪梅停住了脚步。覃秋丰正在院子里扫地，划拉着扫帚。一个年轻人走过说："哎，老头，这么早就扫地啊？"覃秋丰说："人老了，觉少！"覃秋丰扫得很高兴，覃雪梅远远地看着，内心有一丝不安……

总场苗圃，覃雪梅正带着六位姐妹给苗木换床。孟月轻声提醒说："雪梅。"覃雪梅抬头，见三四个职工挑粪而来，走在最后的是覃秋丰。

孟月连忙跑上去说："给我吧！"覃秋丰说："哎，不用！我挑得动！"覃秋丰随同前面的职工把粪挑到了苗圃旁。

覃雪梅看着覃秋丰，心中百味杂陈……

场部食堂，覃秋丰在干收泔水、擦桌子等杂活，正擦到覃雪梅、孟月和季秀荣的桌上，有些尴尬。覃秋丰笑着点头，走了。

覃秋丰抱着一摞报纸和信件上楼，正赶上领导开会散会。覃秋丰与覃雪梅在楼梯上撞个正着。正有人路过，覃秋丰说："覃副场长好。"覃雪梅淡淡地说："你好。"

覃雪梅绕过覃秋丰走了。覃秋丰带着笑容上楼，步履有些蹒跚，于正来看到这一幕，心里很不是滋味。

于正来上了望火楼，他对冯程说："雪梅同志哪都好，就是这一点，我真想严肃地批评她！冯程你说，我从哪个角度批评她更合适？"

冯程说："于场长大老远来看我，合着就是为了跟我商量，怎么批评我媳妇？"于正来说："你难道还要护着她？"

冯程说："雪梅各方面都很优秀，真有错，她也会自我批评的。"于正来说："你……别人都说我护犊子，你是护老婆！"冯程说："这个罪名我认，我也想给您提提意见。"

于正来说："你还要给我提意见？"

冯程说："覃秋丰同志的工作，您没安排好。"于正来说："我根本就没安排！扫地、扫厕所、挑大粪、去厨房帮着择菜……都是他自己找的活！"

冯程说："这些都不合适，首先，他是走资派，你让他在总场享福，得当心回头有人找你麻烦。"于正来说："这我担着！"

冯程说："其次，他和雪梅低头不见抬头见，两个人都很尴尬，好吗？"于正来说："那怎么办？"

冯程说："下放啊！你给他找点苦差事！"于正来急了，说："啥？"冯程说："比如到望火楼来当望火员？这是林场公认的最苦的差事！但是他岁数大了，一个人看望火楼肯定是不合适的嘛，他可以和我一起看这个望火楼啊……"

于正来一拍脑门说："嘿，冯程冯程，逢事必成。你小子……"

于正来别有深意地笑着。冯程也笑了，突然又想起什么，说："这个安排，也不必让雪梅知道。"于正来说："哼，你憋着坏水呢你！"于正来哈哈大笑起来。

⑦

这天一大早，林场场部准备好一辆汽车，于正来严厉地说道："上车吧。"覃秋丰点头哈腰地说："哎。"覃秋丰上了车。

这一幕正被走在路上的覃雪梅看见。车开走了，覃雪梅情不自禁地追了过来。

于正来瞅着覃雪梅说："怎么？雪梅有事啊？"覃雪梅说："啊，没事……刚才那是……"

于正来说："下放来的老干部嘛，安排在场部里享福也不行啊，总有人提意见，送他到该去的地方了！"

覃雪梅说："去哪了？"于正来看了一眼覃雪梅说："你还挺关心？"覃雪梅忙说："噢，也没有……"

覃雪梅表示无所谓。于正来说："那就少打听吧，好好工作！"

汽车驶向望火楼，停下。覃秋丰下车，看着望火楼。冯程从台阶上跑了下来。司机二勇下车。二勇说："冯工，人交给你了啊！"冯程说："好，帮人把行李送上去。"

二勇说："好嘞！"

覃秋丰说："哎，可不敢！我自己来，我自己能劳动！"冯程说："不用，二勇不是外人。自我介绍一下，我叫冯程。"

覃秋丰一愣说："冯程？你就是冯程？"冯程说："对，冯程。"覃秋丰说："我听栗坤说过你，还有李中，他们都对你赞赏有加！你是最早上坝的，是塞罕坝育苗的功臣！"

冯程说："最重要的，我还是覃雪梅的丈夫……爸。"

这一声爸，叫得覃秋丰顿时热泪盈眶，他想了半天，张开了双臂。冯程迎上，两人拥抱。

冯程和覃秋丰爬上望火楼。观火台上，覃秋丰说："壮观！真是壮观啊！小冯，你知道吗？1957年，我来过这里。那时，这里可是黄沙遮天日，飞鸟无栖树啊！"

冯程说："不光景色美，菜还香呢，闻着没？"覃秋丰闻着说："是啊，这么香？这望火楼还能做饭？"

冯程掀开锅，锅里炖着野鸡和蘑菇。冯程说："昨天我在林子里下了个套，今儿个早上去一看，套了两只沙半鸡儿，蘑菇对林场来说是最平常的东西，这个夏天，我每天采两筐，晒了好几麻袋！快尝尝！"

覃秋丰说："老于说给我找个艰苦的地方，这……这不合适吧？"冯程说："这是咱们爷俩头回见面，就这么一个菜，太简单了，真不合适。"

覃秋丰说："要是有点酒就不简单了……"冯程说："有！小烧！我那几个学生，隔三岔五就来给我送，您要是不来啊，我还真没个喝酒的伴儿！"

两个杯子撞到了一起。覃秋丰说："啊——好酒！好酒哇！"冯程笑了说："您喜欢就好，我天天陪您喝！"覃秋丰说："那可不行！不能影响工作！"

周日在家，于正来坐在椅子上，除了大儿子外，三个岁数小点的孩子站成一排，唱着歌。三个孩子齐唱说："他不怕风吹雨打，他不怕天寒地冻……"

于正来说："停停停，哎呀，我说你们咋唱的？教了多少遍了！咋就记不住呢？这个调调不对！爸再给你们唱一遍，听好喽！"

于正来咳嗽了一声，唱道："他不怕风吹雨打，他不怕天寒地冻——唱！"三个儿子唱："他不怕风吹雨打，他不怕天寒地冻……"于正来说："好！哈哈哈，好多了！"

于大婶端着一盘煮好的饺子，另一只手拿着一只碗和一块笼屉布，边走边说："行了行了，老于，别唱了，饺子煮熟了，可老大加班还没回来，你赶紧亲自给覃部长端过去。"

于正来说："不用了，覃部长上了望火楼了。"

于大婶说："啥！覃部长的岁数比你都大，身体又不好，你让他上望火楼，咋吃饭？咋住？不是让老人家去送命吗？"

于正来说："你说什么呢？我是那种人吗？是这么回事，覃部长在林场老抢着干活，连厕所都扫，还老挑大粪什么的。可是我们劝他，他也不听，冯程就给出了个主意，他不是一个人在看望火楼嘛，说让覃部长去给他做伴。一来，解决了覃部长参加劳动的这个问题，看林子嘛！二来呢，女婿照顾老丈人，两全其美。"

于大婶说："呀，安排得好！老于，我错怪你了……"于正来笑了说："你可别出去广播，这事儿弄得谁都知道可不行。"于大婶说："明白！好歹我也是于正来的老婆，这点儿警惕性还没有？"于正来用手指点着于大婶，两个人都笑了。

餐桌上摆满了多盘煮好的饺子，于大婶说："孩子们，快吃吧。"孩子们高兴地吃饺子。于正来说："老伴儿，再拿个杯子，陪我喝点。"于大婶说："我还真有点馋酒了，饺子就酒，越喝越有，喝！"孩子们看着爸妈都笑了。两个酒杯碰到一起。

于正来说："孩子们，冯程叔叔刚上坝的时候，这里四处都是荒漠，一棵树也没有。现在，大片大片林子都快成海了！一棵树值多少钱？能支援多少国家建设？只要这么干下去，那日子还不一天比一天好？只要我们不懈地努力，一年接着一年干！一代接一代干！塞罕坝一定能改天换地！好日子一定会来！"女儿说："好日子就是天天吃饺子，天天过年！对不对？"于正来说："对！"

于大婶哭泣了，于正来说："哎，老伴儿，你哭啥呢？"妻子说："我……我就爱听你讲话，实在，有劲，一听就想哭。"

于正来说："哈哈哈，老伴儿，这辈子要是没有你，我啥都干不成，来！我再敬你一杯，谢谢你给我生了这一群好孩子。"夫妻二人含泪举杯一干而尽。

于正来说："咱爷几个给你妈唱个歌吧！"于大婶说："凭啥就你们爷几个唱啊？我也唱！"于正来说："好！那咱就全家唱！我起个调调，革命人永远是年轻，预备——唱！"全家人齐唱："革命人永远是年轻 / 他好比大松树冬夏常青 / 他不怕风吹雨打 / 他不怕天寒地冻 / 他不摇也不动 / 永远挺立在山岭……"

望火楼的电话铃响了，冯程接听电话说："喂，我是冯程……什么？哦，你稍等……"冯程捂住话筒，对外面喊着说："覃副部长！"

正在望远镜前张望的覃秋丰说："哎！"覃秋丰说："哎呀，你叫我老覃就好了！"

冯程指了指电话说："不是我叫的，电话，总场转来的，请覃副部长接电话。"覃秋丰一愣说："找我的？"覃秋丰接电话说："喂，我是覃秋丰啊……"

冯程站到一边听着。

覃秋丰说："哦……哦……哦……那么远距离地调树苗？不好吧？塞罕坝的成功经验告诉我们，育苗才是林场发展的长久之计！我建议，让兴安林场支援你们种子，一定要你们自己建设苗圃……好好好……对对对……不能怕困难！塞罕坝建场初期不是比你们艰苦多了吗？可人家成功了！成功的经验，你们要好好学习！好好好……尽快派人来学习，我帮你们联系于正来！"

覃秋丰挂断电话说："不对啊，我这大包大揽的，给人出什么主意？'靠边站'了呀我！"冯程说："这说明，基层林场相信您，证明您有威信，在全国林业人的心中，好领导站在哪儿，也是推不倒的大树！"

覃秋丰很幸福地微笑说："小冯啊，我知道塞罕坝有一棵树，能带我去看看吗？"冯程说："能，这事我安排吧。"

那棵大松树在塞罕坝孑然傲立，冯程和覃秋丰来到树下。覃秋丰说："我听于正来说，你父亲就埋在这里。"

冯程说："是的。"覃秋丰深深地鞠了一躬说："亲家，我们这就算见面了！"

冯程听了很感动，覃秋丰上前抚摸着那棵树说："这棵树见证了我们国家百年的历史沧桑，亲历了炮火纷飞的战争年代，清王朝的肆意砍伐它躲过了，日本侵略者疯狂掠夺它也躲过了，它的存在，给了我们在塞罕坝建林场的信心，功不可没啊！"

冯程说："是啊，塞罕坝生态变化的历史耐人寻味，从清同治二年开围放垦，美丽的高岭逐渐消失，旧中国在这里留下了千疮百孔的伤痕。新中国，在共产党、毛主席的领导下，我们变荒漠为绿洲，美丽的高岭重现人间。"

覃秋丰说："说得好！你是共产党员吗？"冯程说："是，我为此而感到光荣！"覃秋丰说："好，我们共产党人，就是要担起历史的重担！造福人民，造福子孙后代！"

冯程笑了。覃秋丰再一次拍着那棵树说："小冯，你们平时怎么称呼它？"冯程说："当地老百姓叫它镇风神树。"

覃秋丰说："我看，应该叫它功勋树。"冯程瞅着覃秋丰。

覃秋丰说："它站在这里，顶天立地，就像一座纪念碑，记载了历史，也记录了你们这些塞罕坝林场的创业者，在这里留下的不朽功勋！"

冯程说："功勋树……好！"热泪盈眶的冯程与用敬仰的目光仰望树冠的覃秋丰一起，抱紧了这棵史诗般的传奇功勋树……

林场场部热闹非凡，"欢度中秋"几个大字贴在了总场门楼上。供销社门口，职工们正在领月饼，于大婶和吴改花忙得不亦乐乎。吴改花麻利地帮人包着月饼，于大婶收票，递月饼给职工。每个人脸上都洋溢着笑容，孩子们围着供销社跑着，笑着，追逐着，打闹着。

金秋的山是五颜六色的，去望火楼的路上，覃雪梅拉着冯天林走在山岗上。冯天林说："妈，我饿了，给我块月饼吃吧！"覃雪梅说："不行！月饼是要一家团聚的时候一起吃的！"

冯天林说："那我外公能吃到月饼吗？"

覃雪梅说："你外公？你哪有外公……"

冯天林说："我外公以前是北京的大官儿，现在就在咱们塞罕坝，还扫地，掏大粪，可妈妈不肯认他。"

覃雪梅急了说："这些都是谁跟你说的？"冯天林吓得要哭说："我们同学都知道……妈，你别打我……"

覃雪梅一副诧异的神情，慢慢地蹲下身说："天林，如果那个人真的是你外公，你觉得我应该和他相认吗？"冯天林说："应该！我不怕他连累我！"

覃雪梅笑了说："这都是谁教你的？妈妈也不怕他连累，只是……"覃雪梅的眼里含着泪水，"有些事，你还小，妈妈说了你也不明白。"

冯天林说："我明白，那林花和那林草的爸爸也犯过错误，可是她们都原谅她们的爸爸了。妈妈，你也原谅外公吧！"覃雪梅沉默不语。半天才嗯了一声。

覃雪梅带着冯天林走上望火楼。正赶上覃秋丰帮冯程做饭打下手，从鸡窝里掏鸡蛋，说："鸡蛋来了，两个够不够？"

覃秋丰拿着鸡蛋正要进屋，正好见覃雪梅和冯天林上来。覃秋丰发现覃雪梅，愣住了，覃雪梅也愣住了。

冯天林说："你是谁？是那个扫地的老头吗？"覃秋丰说："啊，我是老覃……"

冯天林说："那你就是我外公吧？"覃秋丰不知道该怎么回答说："呃……"冯程从屋里出来说："来了……天林，进屋。"

冯程从覃秋丰手里拿过鸡蛋。冯程与覃秋丰对视，覃秋丰很尴尬，投过来求助的目光。

冯程没理覃秋丰说："雪梅，你和老覃同志好好聊聊吧。"说完，冯程接过覃雪梅的包进屋。观火台上只剩下覃秋丰和覃雪梅。

晚霞映红了半边天，半晌，覃雪梅上前一步说："外面风大，进屋吧。"说着，覃雪梅就要去开门往外走。覃秋丰说："等等！雪梅……有件事，请允许我跟你解释……"

望火楼另一间屋里。冯程打开包说："嚯，这么多月饼！天林，吃一块！"冯天林说："妈妈说了，月饼要一家团聚的时候一起吃……"冯程说："好儿子！懂事！"

观火台上，覃秋丰对女儿覃雪梅说："……当时我没能赶到和你妈妈约定好的地点去接你们，是因为我被叛徒出卖了，我怕连累你们，就离开了家乡。1949 年后，我六次回老家，把可能的地方都找遍了，可就是没有找到你！后来，在当地政府的帮助下，我找到了你妈妈的墓碑，可还是没有你的下落！雪梅，我从来没有抛弃过你！对了，金佩云一直很后悔，她说，有一句话让你产生了误会！"

覃雪梅听着，她知道那句话，就是在北京，覃雪梅到家中时，金佩云说的"我在覃部长身边十几年了，我还不了解他吗？那句话"……

覃秋丰说："那个时候，她是在我身边十几年了，但那是同志关系！她参加革命早，我一直叫她小鬼的！确认你妈妈去世后，首长才介绍我们结婚。金佩云来过塞罕坝，本来是想带你回去我们一家团聚的，可是你没能原谅她，她一直耿耿于怀，也反复向我道歉……"

覃雪梅说："这么说，是我误解金阿姨了？她还好吗？"覃秋丰说："我把她带来了……"

覃雪梅一愣。覃秋丰床头的两张照片，一张是覃雪梅妈妈和年轻时的覃秋丰的合影，另一张是金佩云的遗像。

覃雪梅一惊说："金阿姨那么年轻，怎么会？"覃秋丰说："唉，她秉性耿直，一辈子不服输……运动刚一开始，她就被揪出来了，怎么也想不通，就……自杀了。"

覃雪梅瞅着覃秋丰，覃秋丰的泪水淌了下来。

冯程说："饭菜都好了，今天过节，伤心的事都不说了……来，坐吧。"冯天林说："吃月饼喽！"冯程将一块月饼切成了四块，摆在了中间。

冯天林说："爸爸，你真抠门！妈妈带了那么多月饼来，你就给大家吃一块！"冯程说："天林，月饼就是这么吃的，家里有几个人，就切成几瓣。一家人共同吃一块月饼，这就叫团圆。"冯天林说："哦，明白了！外公，你先拿。"

覃秋丰点着头说："好！我岁数大，我先拿！"四个人都各自拿起了一块月饼。覃雪梅说："爸，吃吧……"覃秋丰瞅着覃雪梅，无比感动，说："好！这声爸叫得真是时候啊！"

覃秋丰咬了一口月饼说："我们一家四口三代人，团聚了！"冯天林说："不是一家四口！"覃秋丰说："那是几口啊？"冯天林说："我妈妈肚子里有小弟弟了！"

冯程和覃秋丰对视，非常惊讶。冯程说："真的？"覃雪梅害羞地点了点头说："爸，真没想到今天能和您一起过中秋，就请您给孩子起个名吧……"

覃秋丰说:"哎!这可不行,给孩子起名就是爸爸的事!比如你一生下来,我就给你起名叫木娘,天林的名字也是他爸爸起的吧?"冯天林说:"对!"

覃秋丰说:"这个孩子,名字也得冯程起!我不能越权!"覃雪梅说:"冯程。"冯程说:"那就叫,叫望海。"覃雪梅说:"什么?"

冯程说:"希望的望,大海的海。"覃雪梅说:"名字很好听,可是当年大家约好的,孩子们的名字里都得带林字。"冯程说:"雪梅,你来!"

覃雪梅和冯程来到观火台,覃秋丰和冯天林也跟了出来。冯程说:"你看到的是什么?"覃雪梅说:"树啊。"

冯程说:"何止是树?"覃雪梅说:"森林?"冯程说:"何止是森林?"覃雪梅说:"林海。"

冯程说:"对,我们已经在塞罕坝种下了茫茫林海。站在这看过去,就像望着波涛汹涌的大海,这个海字包含了林,比林更广阔!我正要给望火楼改名叫望海楼呢,你想啊,我们种树的最怕什么?最怕的就是火!这个望字,也有希望的意思,听着就别扭!从今以后,所有的望火楼,都改叫望海楼了!"

覃秋丰说:"改得好!深刻而有诗意!"

覃雪梅说:"是,真好。以后,谁家再有了孩子,也不用犯愁都在那一个林字上起名字了!"

正说着,于正来也来到了这里,在一旁看着他们亲人团聚,露出欣慰的笑容。覃部长发现了他,喊:"于场长……"于正来忙走上前,握住覃秋丰的手,说:"覃部长……祝贺你们啊。"

覃秋丰哈哈笑了:"叫我老覃,哎,于场长你看——"

他指向望海楼下的大森林,感慨地说:"好,好啊,塞罕坝一棵松变百棵树,百棵树成千万林。千重万重树正壮,万亩林海荡春风。这一棵棵树啊,就是一个又一个传奇,一个个来自全国十八个省市林业大学生和承德人民造林英雄的壮举,在这高原荒漠上,他们战酷暑、斗严寒,有的长眠在这林场,有的冻掉了耳朵,有的冻坏被截肢,克服了常人难以想象的困难啊，那一位位无私奉献的造林英雄，就是拱卫京津冀蓝天的一棵棵功勋树。我真的没想到，这里的林业生产没有受到不利影响，而是很好地实现了抓革命、促生产、促工作、促战备啊，创造了国有林场建设的壮举，感觉到这里就是一方净土，那莽莽绿色充满了无限的生机和希望。你们要坚定共产主义信念，建好管护好林场，守护好这片绿色天堂、人间净土。"

于正来的眼睛湿润了，他点着头，也是感慨万分。

覃秋丰说："这片林海，作用可真不小啊！昨天冯程带我去看滦河源头了，自从塞罕坝有了树，滦河的水量也越来越大了！告诉你们吧，国家已经计划在下游建水库！滦河的水，未来可以补充北京、天津！尤其是天津，天津人民都渴望着甜水呢！"

覃雪梅听得激动，冯程说："爸还提出了风力发电，在他的设想中，未来的塞罕坝，无限美好。"

覃雪梅瞅着覃秋丰。覃秋丰说："天林，你长大了有什么理想啊？"冯天林说："种树！我要和爸爸妈妈一样，绿化祖国！"覃秋丰说："好！献了青春献子孙，塞罕坝人，值得尊敬！"

两代人向茫茫的林海望去，望向那深深的绿色……

第三十章

①

转眼到了 2017 年的夏天，繁华的北京，华灯初上。

高干病房里，电视上正在播出《新闻联播》。老年冯程躺在病床上，突然听到了《新闻联播》里关于塞罕坝精神的宣讲阐述。

他激动不已，坐起身来努力地睁着眼睛，希望能够看到屏幕，但却是徒劳的，很明显，他的眼睛出了问题，视力模糊，难以看清。冯程浑身颤抖，摸着床，继而是病房的墙，终于摸到了病房的门。

他推开门，冲着楼道大声地喊着说："雪梅！老覃——"

医生办公室的门推开了，老年覃雪梅走出来，问："老冯，你喊什么？这是医院！"

冯程说："快来！快来！《新闻联播》在说塞罕坝，在说我们！"覃雪梅也很意外地说："是吗？"

覃雪梅连忙上前，扶着冯程回了病房，两个人一起看向电视，《新闻联播》正在报道塞罕坝……

在承德赵天山家的客厅，《新闻联播》继续播着。坐在轮椅上的赵天山已经热泪盈眶，他的手有些颤抖，想去抓杯子，没抓住。

一只同样苍老的手利落地扶住了杯子，这是张曼玲。她说："你慢点！一起买了四个杯子，这个再打了，一个不剩了……"说着，张曼玲把水杯递到赵天山手里。

赵天山一口把水喝完说："别说话！好好听！《新闻联播》中正讲到'六女上坝'，说你呢，曼玲啊，说你呢！"赵天山急切地跟老伴说着……

在承德摔跤馆，远处四五个半大小子正在垫子上摔跤。一人被摔倒，向远处喊着说："姥爷，他犯规，您来当裁判！"

那大奎穿着大背心、灯笼裤，一副老把式的样子，腰间还别着毛巾，手里拎着大茶缸子，正站在悬挂在摔跤馆墙壁上的电视前。叫喊声再一次传来："姥爷……"

那大奎满脸笑容，头都不回地说："自己练，小兔崽子！电视里说咱们塞罕坝呢，表扬你姥爷我呢！"

那大奎突然想到什么，掏出手机来拨着号。

石家庄孟月家，手机响了，孟月一看，是那大奎的电话，不接，她抽出桌上的纸巾擦着眼泪。外孙女懂事地帮孟月捋着花白的头发说："姥姥，刚才说到承德农校了，里面有我姥爷吧？"

孟月说："那大奎是承德农校的，以后别叫他姥爷，我要跟他离婚！"外孙女见孟月生气，偷着笑不敢顶嘴。孟月看到伤心处，鼻子一酸又抹起了眼泪。

承德魏富贵家，老年魏富贵端了一小碗面来到客厅，说："哎，边吃边看吧，要不这面该坨了！"老年季秀荣抹着眼泪说："这哪吃得下啊……老魏，来一起看！"

魏富贵说："我就别看了，孙子快下晚自习了，我得准备饭去！"季秀荣说："不行！陪我一起看！"

魏富贵说："这是表扬你们大学生的，我一个普通工人看不看的吧……"季秀荣不听他的，双手紧紧地拽着魏富贵的手，并将头倚在魏富贵肩头。

医院病房里，冯程和覃雪梅的手紧紧地握在一起。覃雪梅认真地看着。冯程看不见，只能竖着耳朵听。

覃雪梅轻声说道："电视上的画面真美呀，好像是飞机在天上拍的。"冯程点头说："航拍？这个专业现在很火呀！什么？森林覆盖率百分之八十了？不可能啊！这些年轻人！难道为了功绩，欺骗上级领导？"

覃雪梅说："你别胡说，怎么可能？"冯程说："我在那儿工作了几十年，我不知道谁知道？有些地方根本是种不上树的！怎么可能达到百分之八十？我不信！"

承德赵天山家，张曼玲在打电话："好了好了，先说到这吧……"她一边挂电话一边看客厅里的赵天山。

赵天山气愤地说："你把那电话先拽掉！"张曼玲说："好，听师傅的！"张曼玲拽掉了电话线。赵天山说："讨厌！不好好看电视，打什么电话？你们这些女工，就知道互相显摆！"

张曼玲也有些生气了，说："哎！师傅，不许重男轻女，当年可是你说的！"

石家庄孟月家，外孙女说："上个月电视台来电话，说要采访您，就是这个事儿吧？早知道能上《新闻联播》，您就应该去啊！"

孟月笑了笑说："塞罕坝的今天，是大家的功劳，我是普普通通的一个技术员，轮不到我上电视。"

孟月仍是一副与世无争的样子，只要不提那大奎，她一直是那么温柔平和。

天津引滦入津广场，广场的大雕塑下，隋志超高高地举着他的国产手机。一群老头老太太围在隋志超的身旁，大家利用 4G 信号收看着《新闻联播》。

塞罕坝的内容结束了。隋志超说："完了？"他胳膊举酸了，仍不舍得放下："说明儿还继续呢，欢迎大家准时收看啊！"

一老太太说："老隋，这跟你有吗关系？"

隋志超说："关系大了！我就是第一拨上塞罕坝的大学生！你们知道吗？没有森林涵养水源，那滦河的水能那么足吗？没有引滦入津，咱天津人民能喝上甜水吗？哎对了，今儿个正应景哎！咱这不就在引滦入津的广场上吗？"

另一老太太说："哎呀老隋，没想到你是大人物啊！我提议，咱给老隋呱唧呱唧！"一老汉说："对！给塞罕坝的造林英雄鼓掌！"老头老太太们鼓起掌来。

仍举着手机的隋志超觉得无比光荣，说："谢了谢了！明儿个继续，准时收看！我换个大手机……"说着，隋志超突然没控制住，鼻子一酸，老泪横流，是欢喜之泪，也是激动的热泪。

2

医院病房，冯程说："给我转院，我的心脏没事！不治了！先到眼科医院去，刘主任不是说过我还有机会吗？再让他给我做一次手术，哪怕能恢复点光亮，我也要回坝上看看他们有没有欺骗党和国家！"

覃雪梅说："又提那事，老冯，你先别激动，我刚才正和医生谈着呢，你心脏的问题不小，得抓紧手术！约在了下个星期一，医院帮咱们请到了最好的专家，很难约的！"

冯程说："多好的专家也不要！佩科维奇还号称最好的林业专家呢！当年他宣布塞罕坝种不活树，又怎么样？"

覃雪梅说："这不是一回事！"冯程说："我要先治眼睛！不亲眼看看，到底怎么回事，我死不瞑目！"覃雪梅说："老冯！我实话跟你说吧，上次刘主任没给你做手术，就是因为你心脏的问题！这个问题解决不了，人家没法给你做眼睛的手术！"

冯程愣了半晌说："那心脏的毛病，专家来了能保证治好？"覃雪梅说："把握很大……"冯程说："很大是多大？我要百分之百！"

覃雪梅说："你这不是难为医生吗？你是高级工程师、林业专家，难道不懂？不管医疗、种树成功率都没有百分之百！"

冯程说："不能保证，就不做手术！立刻办出院手续，上坝！看不见我可以摸，塞罕坝的每一寸土地我都熟悉，摸我也能摸出来森林覆盖率到底是多少！"

冯程态度很坚决。覃雪梅神情疲惫，万般无奈。

3

　　塞罕坝林场总场场部大院，一辆越野车停在院子里。司机和副驾驶立刻下车为冯程和覃雪梅打开车门。七十多岁的冯程和小他四五岁的覃雪梅被搀扶着又来到了塞罕坝林场。

　　站在大门口的两名现任领导和负责接待的张森主任和技术科长郭科长，迎了上来。负责护送的工作人员说："张主任，郭科长，二老就交给你们了！"

　　司机立刻打开后备厢卸着行李。张森说："放心吧！"覃雪梅观察着林场总部说："老冯，咱们场部现在可气派了！"

　　冯程说："哼，早听说了，场部气派有什么用？百分之八十……"

　　覃雪梅瞪了他一眼说："哎呀，你……"

　　张森说："冯老！覃老！我代表塞罕坝林场欢迎二位老前辈回家！书记和场长听说二老要来，特别高兴，专门留下我们俩负责接待。"

　　郭科长说："是啊！二老一路上辛苦了！先到宾馆住下吧？"

　　冯程没好气地说："用不着，宾馆我让孙女在网上订了，不占公家的便宜！"张森说："看您老说得，你们是塞罕坝的功臣，十几年没回来了，当然得我们接待啊！"

　　冯程说："接待没用，带路的倒是需要！你们的牛吹得挺大啊，森林覆盖率百分之八十？我有点不信……我要亲自去看看！"

　　张森和郭科长相互对视，笑了。张森说："冯老，这森林覆盖率可不是我们自己吹的！那是上级林业专家亲自……"

　　冯程打断说："少来这套！我这辈子就是不信专家！林场有多大我知道，什么地方能种树，什么地方不能种，我心里有数，我怎么算都算不出百分之八十来！除非你带我去看！"

　　张森和郭科长这才发现冯程的眼睛不好，又看覃雪梅。覃雪梅说："我也没办法，都劝过老冯了，不过……话又说回来，我也想看看，这，你们不为难吧？"

　　张森说："覃老，您和冯老都当过总场的领导，你们想检查我们的工作怎么会为难呢？看哪儿，由您二老定！"冯程说："先去三道河子！"
郭科长说："好！"

一片林海，汽车行驶在林荫路上。车开得不快，车窗开着。开车的是
张森，他说："入秋了，关上窗户吧，别着了凉！"

冯程说："不用，我喜欢闻这松香味。"

郭科长回过头来说："您要是早两个月来更好！四处是野花，花香味
和松香味混在一起，闻起来舒服极了！"

冯程说："你不是负责技术的吗？就别给我当导游了！"覃雪梅说：
"老冯，怎么说话呢？小郭，你别介意啊！"

郭科长说："没事！冯老的故事，还有你们二老的爱情，我们这些年
轻人都听了很多年，能让冯老训两句，也是难得的，会成为宝贵回忆！"
冯程仍一脸的不高兴。

汽车在林海中穿行，一切是那么的美。三道河子林场，四处都是森
林，汽车停了下来。郭科长和张森扶冯程和覃雪梅下车。郭科长说："冯
老，到了！"冯程淡淡地说："带我去沙丘。"

张森说："沙丘？哪还有沙丘啊？"冯程说："少废话！三道河子沙
丘连片，是林海中的孤岛，我在望海楼上看了它好几年，有那么大的沙丘
覆盖面积，你森林覆盖就不可能到百分之八十！"

郭科长说："对不起冯老，覃老，我们错了……"冯程说："你看！
认错了吧？《新闻联播》都播了，丢人哪！你们欺骗的是全国人民！"

覃雪梅脸上也有些不屑地说："老冯批评得对！不管做出了什么样的
成绩都要实事求是！好大喜功要不得！"

郭科长说："不是！二老误会了！我说我们错了的原因是这些年跟二
老联系得太少了，汇报得太少了！"冯程一愣说："什么意思？"

张森说："您说的沙丘我小时候见过，现在已经没了……"冯程说：
"哪去了？"张森说："被种上树了呀！这里现在是三道河子林场，过去
的所有沙地，现在已经全部被麻地覆盖。"

冯程说："怎么可能？雪梅，你有没有带定位仪？"覃雪梅说："带

着呢。"冯程说："给我拿出来定位，看看这是不是三道河子，别被年轻人糊弄了！"

覃雪梅说："好吧……"覃雪梅拿出定位仪，这是 20 世纪七八十年代的老设备。张森诧异地说："哟，覃老，您还存着这老古董呢？"

覃雪梅不好意思说："东西是老了点，可是一直陪着老冯，这可是当年林业部表彰劳动模范的奖品！"

覃雪梅操作着定位仪。郭科长拿出手机说："其实手机定位快，您看……"说着，郭科长已经将手机屏幕举到冯程眼前。

冯程眼前的手机屏幕是模糊，他说："我不看你这个！"覃雪梅说："这就好，这就好……东经……北纬……我查查……"

覃雪梅拿出小笔记本来翻着，说："三道河子……还真是这儿……"冯程说："你没弄错？"覃雪梅说："错不了。"冯程说："你们俩带着我，往这林子里面走走！"

冯程的脚下是绿地，他拄着拐杖在覃雪梅和郭科长的搀扶下走进森林。树不高，有时要低头才能过。

冯程说："我脚下踩着的就是以前的沙丘？你们是怎么做到的？"郭科长说："也难！可是跟当年老前辈们在坝上种活第一批树比起来，也就不算个啥了。"

冯程说："少拍马屁！技术上怎么过的关？"郭科长说："开始，从落叶松到沙棘，再到柠条、黄柳，能种的都试了一遍，种什么死什么。"冯程说："那是因为塞罕坝通常采用裸根苗造林，到了沙地上，裸根苗吸收不到水分。"

郭科长说："对啊！您一张嘴就是专家！后来我们尝试了盐水浸根……"覃雪梅说："效果怎么样？"郭科长说："不好，还是以失败告终了。"

冯程说："那这么多树是怎么种活的？"郭科长说："总场成立了技术攻坚小组，经过反复试验，把陆地上培育两年的幼苗移植到容器桶内再培育两年，取掉容器桶进行栽植，然后大量补水，就活了。"

张森说："开始成活率也不高，可架不住我们屡败屡战，久久为功啊！这些树啊，也很争气，每年平均生长超过五十厘米。"

冯程蹲在地上，将手伸进泥土，扒着，下面确实露出了沙子。冯程用手捻着判断着，笑说："你们真的把那么大片的沙丘，全都变成了森林……真是一代更比一代强啊！"

张森说："您可千万别说这句话！总场领导班子一直号召我们学习老一辈子的光荣传统。"郭科长说："这回二老放心了吧？"

冯程掸了掸手说："不放心，就算你们把沙地攻克了，也到不了百分之八十！"

覃雪梅说："老冯啊，你怎么就咬住这个百分之八十了？人家年轻人不容易！"冯程说："覃雪梅同志，你可是进过总场领导班子的，这种话在你嘴里说出来，合适吗？谁容易？再不容易也不能骗人！"

张森说："冯老，关于森林覆盖率的事，我们真的没骗人！"冯程说："我不信！就算你们绿化了沙地，可是那些石质荒山呢？"

覃雪梅说："哎？那年总场不是派人到家里去找咱们俩征求意见了吗？"冯程说："就是啊！征求意见没找到解决办法，那不还荒着！哪来的森林覆盖率？"

郭科长说："我们又错了……"冯程哼了一声，这次没着急表态。郭科长说："这次二老来，书记、场长没亲自接待，就是趁植树季，带着人攻坚去了。"

冯程说："攻坚？他们在石质荒山上种活了树？"张森说："已经攻克了7.5万亩，全部实现一次造林一次成活一次成林！"冯程说："真的？"张森说："我带您去看！"

冯程说："去千层板林场！"

④

千层板林场是被绿化的石质荒山，山坡陡峭，冯程脚下一滑险些摔倒，被郭科长和张森拉住。张森回头说："覃老，您慢点！"冯程说："这是马蹄坑营林区的驹子沟吧？"张森说："没错！"

覃雪梅激动不已地说："老冯啊！有树！这些石质荒山上也成了林，他们没骗咱们！我眼前是一片的绿色啊！"冯程摸着身边或高或矮的树苗，掐下树枝闻着说："樟子松……长得好结实。"张森说："这是前两年种的，再早种的，老高了！"

张森用手比画着。冯程说："可这也太难了吧？那些年我们连想都没想过！"张森说："说个笑话您老可别不爱听，我们林业工人把好种树的地方比作是吃肉，把在艰苦的地方种树，比作啃骨头。他们说，好肉都让你们老前辈吃完了，给他们剩下的都是硬骨头！"

冯程哈哈大笑说："这硬骨头这么啃下来的？"覃雪梅说："对啊，这些地方的土层厚度不到几厘米，最大坡度得四十几度吧？岩石裸露，跟在青石板上种树一样啊！你们怎么攻克的技术难关？"

郭科长说："挖坑！技术要求长宽各七十，深四十，一亩地挖五十五个！挖不动就凿，完全靠人工！铁锹，尖镐。那干起活来叮叮当当的，一天下来耳朵都震聋了！"

张森说："有一年啊，北京市一所高中的学生来体验生活，几十名学生半天也没凿出一个坑来。"覃雪梅说："我们的林业工人了不起啊！"

郭科长说："树苗也是先用容器养殖，然后移栽到挖好的坑里。那一株浇足水的樟子松苗，足有七八斤重，坡陡地滑，连骡子都不拉，就得靠人往上背！"

冯程听得如醉如痴，竖起大拇指说："苍天不负苦心人！塞罕坝森林覆盖率百分之八十，这回，我信了！"张森笑了说："其实百分之八十远远不止，准确的统计将近百分之八十五……"冯程说："真的？"郭科长说："还剩下最后1.4万亩'硬骨头'，明年将全部完成绿化。那时，塞罕坝也就完成了全部的荒山造林，森林覆盖率能达到百分之八十六的饱和值！"

冯程说："百分之八十六……这是绿色的奇迹啊！作为过来人，我得谢谢你们！是你们让绿色遍布了塞罕坝的每一个角落，你们才称得上是塞罕坝的植树人！"

说着，冯程要鞠躬，被张森一把扶住。

张森说："哎，冯叔冯叔，这可使不得！"

冯程说："你管我叫什么？"张森说："叫冯叔啊！"覃雪梅说："张主任，你是谁家孩子？"张森说："我爸爸是张福林，他跟我讲过，跟冯叔是过命的交情。"

冯程说："张福林的儿子？小时候我见过你啊！"张森说："对啊，我爸爸去世前，还老磨叨，说有朝一日您回塞罕坝，让我好好谢谢您！他说没有您就没有他的后半辈子！那也自然就没有我了……"

冯程激动地点头说："你小子怎么不早说呀？"张森说："您一来就发脾气，我也没敢说啊！"

冯程笑了说："你叫张森对吧？你的名还是我起的呢！别人有了儿子都叫'林子'，你爹就急啊，因为他自己的名字里有个林，所以就来求我。我说，不就是添棵树嘛，就给你起了这个森林的森字！"

张森说："我知道，谢谢冯叔！对了，我给我儿子起名叫张森林，他是林家大院的三代人，今年也参加工作了，跟着攻坚队'啃硬骨头'去了！"

冯程热泪盈眶地说："好，好！冯叔错了，冯叔不该不相信你们！"覃雪梅说："老冯，你别太激动，心脏……"

冯程说："我不是激动，我是骄傲！咱们塞罕坝人，一代又一代地努力，终于偿还了历史欠账……也不知道那个佩科维奇还活着没有，应该请他来看看，我们这些人创造了绿色奇迹！担负起了保护地球生态的责任！"

冯程拭泪，因为在坡上，相对看得远，他长长地叹了一口气。在冯程模糊的视线中，是绿色的海洋。张森和郭科长受到长辈的鼓励，肃穆地站着。

汽车再一次行驶在林荫路上。冯程眉宇间的郁结打开了，欣慰的脸上洋溢着喜乐，他说道："小郭也陪我们一天了，你是哪个学校毕业的？"没等郭科长说话，张森说："他学历可高了！留过洋的！"覃雪梅说："曜，是林业专业？"

郭科长说："当然，学的不是林业，我也来不了塞罕坝啊！现在可不是从前了，这是好地方，大家都抢着来的。"覃雪梅说："真好，我代表老塞罕坝人欢迎你，也感谢你！"

郭科长说："别！这可不敢当！我也是林二代！"冯程说："姓郭？你是谁儿子？"郭科长说："我是你们的老同学那大奎和孟月的女婿！"

冯程和覃雪梅相互对视，很惊讶。冯程说："是吗？他俩好不好啊？"郭科长说："身体都挺好的，就是……不怕你们笑话，我岳父岳母正在闹离婚……"

冯程说："什么？"覃雪梅说："都多大岁数了！到底为了啥？"郭科长说："嗨，跟小孩儿过家家似的……具体为了啥，他们说不明，我们小辈儿也更说不清楚啊！"

冯程说："我记着过年的时候通电话，你岳父告诉我，他就住在坝上，晚上叫他过来陪我喝酒，我问问到底咋回事！"

覃雪梅说："等会！不叫他来！孟月是我同班同学，那脾气是最好的了，他们俩有矛盾，不用问，准是那大奎欺负孟月！我说这两回通电话，孟月情绪怎么不高呢，原来是受了委屈了！我这就给孟月打电话，叫她也回坝上来！我给她做主，看看那大奎还敢跟我摔跤咋着？"

张森说："哎，要是这样，干脆把你们一起上坝的老前辈们都请回来，做个五十五年大聚会，总场承办，咋样？"

冯程说："不行不行，我们老哥儿几个见见面，不能让场里花钱！你刚才不都介绍了吗？林场正在啃硬骨头，为我们耽误工夫，那不成了拖后腿的吗？这样，雪梅，咱俩分别给那几个老的打电话，让他们来！吃住行，费用都由我出！用我的稿费！"覃雪梅说："好！"

5

坐落在山间的塞罕坝宾馆，幽静之所。宾馆套房中孟月、季秀荣、覃雪梅，三个人的手紧紧地拉在一起。

季秀荣一拍桌子说："孟月，那大奎怎么欺负你了，说出来！我们找他算账去！"覃雪梅说："就是，咋回事？打你了？"

孟月说："打？他敢！"季秀荣说："你可别打掉门牙往肚子里咽，那大奎是什么人，我清楚……"

季秀荣险些说出谈过恋爱的事，又改了口说："你嫁给她这么多年，他没打过你？"孟月说："真没有，一个手指头都没碰过。"覃雪梅说："那为啥离婚呢？"孟月长长出了一口气："说来，话长啦！"她泪水还是没控制住……

在宾馆标间，那大奎、魏富贵坐在床上，冯程拄着拐棍站在房中间敲着说："老那，你怎么欺负老伴儿呢？说，是不是动手打人了？"

那大奎说："谁告诉你我打孟月了？"冯程说："那孟月为啥要跟你离婚哪！"那大奎说："谁告诉你，她要跟我离婚啊？是我要跟她离婚！""啊？"冯程惊讶地瞅着，大出意外。

宾馆套房，孟月说："他越老越混蛋，越老越让人无法忍受！"覃雪梅和季秀荣对视，也有些意外。

宾馆标间，那大奎说："她脾气好？那是装的！年轻的时候让人甩了，为了嫁给我，装得脾气好！"

魏富贵一直示意比画，怕那大奎的声音太大被隔壁听到。没想到那大奎声音更大了说："她就是个老妖婆！比季秀荣差远了！"

一直赔着笑脸相劝的魏富贵一下变了脸说："哎！季秀荣是我老伴儿！五十五年都过去了，你还惦记着呢？"失口的那大奎有些尴尬。

宾馆套房，孟月说："他居然说我是被人甩的，没人要了，他可怜我才娶我！什么东西？他不是被人甩的啊？季秀荣宁愿嫁给老魏也不嫁给他。"

季秀荣急了说："哎，孟月，什么叫宁愿？老魏咋了？老魏比那大奎差是吧？我们俩可没说要离婚！"孟月自知失言，有些不好意思。覃雪梅笑了说："行了！不许说以前的事了，拣重点说！"

宾馆标间，那大奎说："她拿着一把剑，满院子追我呀！那是林业厅的宿舍，住的都是领导专家，你说我这张老脸往哪搁？"

宾馆套间，覃雪梅说："你哪来的剑？"孟月说："二女婿给做的，木头的，让我去晨练，学太极剑的。"季秀荣说："那你也不能拿着剑砍老头啊！"

宾馆标间，冯程说："拿剑砍你？木头的也不可能！我看哪，这种事孟月做不出来！"那大奎说："哎，她就做了呀！还在众目睽睽之下！"魏富贵皱着眉头想了想说："那你干吗了？招惹孟技术员拿剑砍你？"那大奎说："我干的都是……正事！"

宾馆套房，孟月说："他还说他干的是正事！你说有这么当姥爷的吗？"覃雪梅说："等会儿，孟月……我还是没听明白，他到底干啥了？"

孟月说："我知道他不愿意住在石家庄，为了能回坝上住，把我做的

— 444 —

新被褥铺到家属院的地上，拿我两个外孙女当沙袋练摔跤，摔得孩子嗷嗷哭！全家属院都看笑话！丢人哪！我真想一剑砍死他！"

宾馆标间，那大奎说："我是在教她们摔跤，将来送她们进专业队，让她们拿奥运会冠军！老太太不明事理！拉倒！我回坝上！我还有个外孙呢！我已经成立了塞罕坝摔跤队，我外孙是种子选手，练得特别刻苦！总场也很支持，还给我装修了摔跤馆呢！"

冯程哈哈大笑说："老那啊，你笑死我了！那孟月心疼孩子谁不知道啊？你把外孙女摔坏了，她能不跟你拼命？"

宾馆套房，覃雪梅捂着嘴笑。季秀荣前仰后合，笑岔了气。孟月说："你们笑什么？"

季秀荣说："那大奎被人追着打，老太太用的还是龙泉宝剑，哈哈……这出好戏，我咋没看上呢？"季秀荣拍打着孟月的手和胳膊，孟月有些不好意思。

覃雪梅说："就为这事，要离婚？"

孟月说："离婚！我要把外孙女培养成大家闺秀，他要把外孙练成摔跤冠军，道不同不相为谋，这回，是非离婚不可了！"

宾馆标间，魏富贵说："那场长，你回坝上后，日子过得咋样？"那大奎说："好！教孩子们摔跤出一身汗，总场食堂里打饭吃，不用看人脸色！每天还能到林子里转转，采两筐蘑菇回来……"

冯程说："一天采两筐，你吃得了？"那大奎说："不吃，卖！有人收！这些年，附近老百姓都沾了林场的光了！采蘑菇一个月收入几千块；开农家院的，一年收入十几万！我也跟着挣点外快，有啥不好？"

冯程说："挣外快干啥？"那大奎说："我……那老太太说最想去欧洲旅游。我最近攒得差不多了，够给她报个豪华旅行团的……"冯程说："不是要离婚吗？"

那大奎说："离婚协议呀，先放冰箱吧。一日夫妻百日恩，就算离了，也得让她念我的好！"

宾馆套房，覃雪梅说："上次打电话，你不是说要去欧洲旅游吗？出去散散心吧，回来就忘了！"孟月说："还哪有心情去啊？团都退了！"季秀荣说："为啥？"孟月说："报名的时候报的是我们俩的名，还咋去？"

季秀荣和覃雪梅又笑了。季秀荣说："孟月啊，你可真乐死人了！"
孟月说："别笑话我！后来想想我也是不对，那大奎一辈子最好面子，我当着那么多人，追着他打，他确实下不来台……"

覃雪梅说："知道错了？那我给你找个台阶，道个歉去？"孟月有些为难。

宾馆标间，冯程用拐杖一拄地说："那大奎，我不能白回来一趟！帮你搭个台阶如何？"

那大奎笑了说："那敢情好……后来我又好好想了想，外孙女好像没答应跟我学摔跤，是被我硬拖着下的楼。那天血压有点高，糊涂了。老夫老妻了，认错就认错呗！冯程，你给搭个台阶，我给她作揖，还不行吗？"

楼道里，冯程和覃雪梅捂着嘴笑了起来。覃雪梅说："孟月知道错了，行李搬回来一车，愿意陪那大奎在坝上住，还说支持他当摔跤教练……"

冯程说："还说呢，老那说，只要孟月原谅他，一辈子不提摔跤的事都行。"覃雪梅说："这么着，让他俩自己谈，咱们不管了！"冯程说："好主意！"

宾馆套房，覃雪梅进门说："秀荣啊，走，咱们出去溜达溜达……"季秀荣看了一眼等待结果的孟月，会意，起身走了。

宾馆标间里，冯程说："老魏，我眼神不好腿不给力，想下楼转转，你得扶着我！"

魏富贵顿时明白，说："中！"剩下那大奎有些慌，说："哎，老冯……"冯程已走，那大奎不知所措。

宾馆套房，孟月有些心慌，嘟囔着说："这老头子还真没完没了了？"孟月怎么想，都觉不对劲儿，她走出门。

那大奎咬紧牙关出门。空空的楼道，孟月和那大奎相遇，两个人都立刻回避对方的目光。为难了的孟月，为难了的那大奎，两个人几乎同时回过头来，四目相对。

那大奎突然一皱眉头说："哎，你怎么又瘦了？我最近跟食堂大师傅学了几道菜，回去我给你补补？"

孟月说："你不是愿意在坝上住吗？"那大奎说："迁就你这个老太

太也……不是不行……"孟月说："少废话！搬行李去。"

那大奎说："啥行李？"孟月说："我的行李，能带的全带回来了。"那大奎说："你要回坝上陪我住？"

孟月说："死样！退休快二十年了，吃林场的食堂你也好意思？你那不是占公家便宜？"

那大奎哈哈笑了，冲上前去一把将孟月搂在怀里。

塞罕坝宾馆，覃雪梅、冯程、季秀荣、魏富贵正在晒太阳。那大奎和孟月拉着手从宾馆里出来，众人与之相对一笑。

魏富贵说："这拉着手干啥去啊？去民政局办离婚手续？"那大奎说："魏富贵！你可是老实人，现在怎么学坏了？季秀荣，你教的吧！"

季秀荣说："我惯的，怎么着？我可告诉你，老伴儿是用来疼的，以后你再欺负孟月，我饶不了你！"众人哈哈大笑。冯程说："哎，老隋还没到吗？"

众人全都愣住了。那大奎说："不对啊，老麻花跟我通过电话，他早该到了！"季秀荣说："走丢了吧？他可就一个人……"

孟月说："还真是，自从退休回了天津老家，他就再没回来过。这十几年的塞罕坝变化太大了，准是迷路了！"

冯程说："这可咋办？打电话！"那大奎立刻拿出电话来拨着，一会儿后他说："关机了……"众人更加着急。

突然，一阵轰鸣声，十几辆摩托车驶来，停在众人面前，一水的哈雷摩托。骑手们下车。一位年轻人过来，他叫贾占林，说："叔叔阿姨好！我姓贾，我爸爸是贾希一！"

冯程等人"哦"了一声。李木子说："爷爷奶奶们好！冯程叔叔、雪梅婶婶好！"

那大奎说："你小子谁家的？叫错辈儿了吧？"李木子说："没错！我是李铁牛和吴改花的孙子！"

冯程说："没错没错，李铁牛是我亲舅舅，这孩子辈儿论得没错！"有一位年轻人过来，说："爷爷奶奶们好！"

魏富贵说："这是我大孙子！"季秀荣说："老大，你们来干啥了？"

贾占林说："接到林场张主任通知，说叔叔阿姨们回坝上聚会，又怕给场部添麻烦，我们就来搞服务了！"

李木子说："我们车队都是林二代、林三代，给林家大院的老前辈服务是我们今年最大的光荣！"魏富贵说："来得正好！老大，你隋志超爷爷上了坝，可是没见人，我们正着急呢！"

贾占林说："找人？好说！隋爷爷长什么样？这坝上来旅游的老头太多，我们怕找错了。"

魏富贵说："对啊，他们年轻人不认识，这咋办？"覃雪梅说："我们认识啊！这样，分头行动。"

摩托车行驶在林场林荫大道上。两辆摩托车行驶，两名年轻骑手分别带着季秀荣和魏富贵。

秋季的白桦林，阳光从红色的树叶中映下，五彩斑斓，格外美丽。孙子搀着魏富贵在白桦林中寻找着。另一名年轻骑手扶着季秀荣在另一条路上寻找着。白桦林之美，无与伦比。

七星湖景色优美，有旅游团经过。覃雪梅在骑手的带领下在景区内寻找……

在界河景区，贾占林和另一名骑手带着那大奎和孟月，寻找着隋志超。那大奎紧紧地拉着孟月，仿佛怕老伴儿再跑了。

摩托车队再次驶进宾馆会合，老人们分别下车。冯程正焦急地等待着，说："怎么样？找到老隋了没有？"

覃雪梅说："没有！"那大奎说："看到两个像的，都不是！嗨，这个老麻花，跑哪去了？"

季秀荣说："听说他有点老年痴呆？"那大奎说："不可能！每天去跳广场舞追老太太，他才不痴呆呢！"孟月说："那他人能去哪呢？手机也不开……"冯程反倒不着急了说："就知道你们得白跑，我好像猜到他去哪了……"

魏富贵说："哪啊？"冯程说："蛇滩……沈梦茵牺牲的那片沼泽还在吗？"众人恍然大悟。

森林大路，一排摩托车带着老人们在林荫路上飞奔。

蛇滩如今已被开发成了神龙湖景区。隋志超孤零零地站着木栈桥上，脚下是一片沼泽地。隋志超的眼前仿佛出现了沈梦茵牺牲的场景：年轻的沈梦茵向泥潭中陷落，彻底被沼泽吞噬……

隋志超老泪纵横……

那大奎发现了隋志超说："老麻花在那呢！还真在那呢！"众老人在年轻人的搀扶下向隋志超跑去。

隋志超抬眼发现那大奎等人，拭泪。隋志超与走在最前面的那大奎打招呼说："那爷别来无恙啊！"

那大奎说："你个老麻花子，手机咋不开机呢？"隋志超说："哎，没电了，一想到能见到你们，高兴得忘了充电……覃雪梅，孟月，季秀荣，老魏……你们都来啦？大家好啊！"众人说："好！好！"

隋志超发现被人搀扶着的冯程，快步迎上说："老冯，你也来了？你这眼神还不好？"

冯程说："好不了了，老天爷的时间不肯倒退一秒，我也只能越老越差。"隋志超说："雪梅，你咋照顾老冯的，现在医疗这么发达，不能吧？"

覃雪梅叹了口气说："哎，他上坝比我们还早三年，年轻的时候眼睛受日照和风沙的刺激太大，所以，医生说希望不大了。"

冯程说："哎！不是还没全瞎嘛！别说我了，你，老隋，你真把我们几个吓着了！你说你十几年没上坝了，还不开手机，丢了咋办？"

隋志超说："我？我丢不了！"贾占林说："他就是隋叔叔？"李木子说："就是啊！您是隋志超老前辈？怎么早前没说过呀？"

贾占林说："爷爷，隋爷爷我们认识，你每年都来两三趟！还坐过我的摩托车呢！"

那大奎说："老麻花，你每年都来？咋不告诉我啊？"隋志超说："我谁都没告诉，麻烦人干啥？"

季秀荣说："那一年两三趟你来干啥？"隋志超有些不好意思地说：

"也没啥事，就是清明、中秋，还有梦茵的忌日，我来陪陪她……"

覃雪梅、孟月鼻子一酸，都低下头去。季秀荣没忍住，哭出声来说："梦茵哪，你听见了没有？你们家老隋可真是天下最重情义的男人！"

那大奎不语，伸出了大拇指。冯程拭泪说："老隋啊，这么多年你真不容易……"魏富贵说："可不！一直一个人，也没个儿女……"

隋志超说："谁说没儿没女的？你问问他们……"隋志超用手指着车队的众人说："我每回上坝，他们都像对待父亲、爷爷一样接待我！"

那大奎说："你不是没跟他们说你是隋志超吗？"

隋志超说："是没说，我就告诉孩子们我是第一代塞罕坝人，也没问过他们叫什么，反正孩子们的名字里都有个林字，我就叫他们大林子、小林子……他们就出车拉着我四处转悠，还请我吃饭喝酒住宾馆哪！所以我才爱回塞罕坝！一回来，就觉得我隋志超儿孙满堂啊！"

每一个老人，都很感动。贾占林说："隋爷爷！这回我们知道了，以后更得拿您当亲爷爷！"隋志超说："老冯，老那，你们听见了吧？听见了吧！"冯程和那大奎握住了隋志超的两只手。老人们的感动在心田。

张森和郭科长带领老人们参观塞罕坝陈列馆，当年的物件，一张张当年的照片……冯程说："小张小郭，我问问，林场这么大，职工这么多，在石质荒山上种树成本那么高，林场每年要砍多少树，才能够维持收支平衡？"

张森说："2012 年起，已经从每年 15 万立方米，减至 9.4 万立方米，不到森林增长量的四分之一。"

冯程说："那……这笔账我又算不明白了。"

郭科长说："冯老，以前林场都是以砍养家，砍树是为了卖钱。现在啊，是以砍养树，去小留大，去劣留优，去密留匀。"冯程说："这是为了完善森林生态链，让树木长得更好，我懂！可是林场难道不会入不敷出吗？"

张森说："我们现在很少卖木材，卖得最多的是整株的苗木。"郭科长说："对了，我们听说冯老和覃老是最早在坝上育苗的！"

隋志超说："那错不了！"郭科长说："我们今天可沾了你们二老的光了，前人栽树后人乘凉。现在，塞罕坝的苗木，在全国都很抢手！这几年，卖出去将近两千万株！"

冯程和覃雪梅对视，冯程说："那些年全国苗圃支援塞罕坝也没种活树，如今塞罕坝的苗卖到全国去了。好！好啊！"

张森说："还有旅游收入！一个旅游旺季就是几千万，而且我们是严格控制接待人数的！"

覃雪梅说："控制好，控制了，才能长期发展！"那大奎说："还有风力发电，也不少赚钱！"

隋志超说："我来的次数多，我给你们介绍介绍吧。现任的林场领导，遵循的是'保护生态环境就是保护生产力，改善生态环境就是发展生产力'。他们讲的是'不因小失大，不寅吃卯粮，不急功近利'。不仅林场富裕，还富裕了周边的群众！"

冯程点着头说："了不起……这次来塞罕坝，我最想说的就是这三个字：了不起！"

郭科长说："冯老，您这三个字是对我们莫大的认可，我们会牢记在心！"

孟月戴着老花镜查着手机说："我这查到一条，北京环境交易所，塞罕坝林场18.3万吨造林碳汇正在挂牌出售。全部475万吨碳汇实现交易，可获益一亿元以上！"

众人围着手机看。魏富贵笑了说："发了！发大发了！这卖个空气都卖一个亿，那咱们林场值多少钱啊！想当年，我魏富贵是为了吃口饱饭逃荒到的林场，现在想一想，我的命怎么这么好啊！"老人们一个个泪流满面。

电话铃声响起，覃雪梅说："老冯，你的。"冯程说："噢，我的啊……"

冯程在风衣兜里摸出电话，递给覃雪梅说："帮我按一下。"覃雪梅按了接听。冯程说："喂，谁啊？老赵？"

众人全都瞅着冯程。电话里传来赵天山的声音说："冯程，听说你上坝了？怎么不叫我？"

冯程说："看您说得，哪敢惊动您哪？大伙正商量着，下坝的时候，一起去承德看您呢！"

赵天山说："用不着，我来了！"冯程说："您上坝了？"冯程越听越激动。

季秀荣说："是赵大队长？"孟月说："大队长也上来了？"覃雪梅更是激动得溢着泪水。

半晌，冯程挂断电话说："赵天山同志上来了，约咱们一起去看看老场长。"

7

森林大道，塞罕坝如画一般壮美，长长的摩托车队行驶在林间大道上。坐在摩托车上的冯程、覃雪梅、那大奎、孟月、隋志超、魏富贵、季秀荣，他们的眼中是郁郁葱葱的绿色。

路旁的森林中树立着大标语牌："绿水青山就是金山银山。"摩托车上的老人们继续前进，那是一张张饱经沧桑而幸福的脸。

正来纪念林，绿地上停着一辆红色的"猛禽"。张曼玲推着轮椅上的赵天山站在林海前的草地上。摩托车驶来，在绿地上停成整齐的队形。

老人们下车，冲上前去与赵天山握手，与张曼玲拥抱。摩托车手们和"猛禽"司机，站在后面关切地望着。老人们互相问候时的一张张笑脸、紧紧握在一起的手，老人们的银发，辉映着久别重逢后的泪水……

赵天山说："眼前的这一片林子，是 1964 年马蹄坑大会战留下的！是咱们塞罕坝林场的宝！老场长于正来走了以后，让他的儿孙把骨灰撒在了这里。我提议，咱们大伙一起，给老场长敬个礼……咋样？"

冯程说："听老赵的。"覃雪梅说："听大队长的！"

那大奎又伸出大拇指。隋志超说："好！大队长的提议好！"季秀荣、孟月纷纷点头。老人们一字排开。年轻人自觉地站在老人们的身后，神情庄严肃穆。

赵天山的双手按在轮椅上，他试图站起来。冯程发现，转过头去说："老赵，你要干啥？"覃雪梅说："大队长，您就坐着吧！可别……"

赵天山笑了说："你们有所不知，这些年曼玲照顾得好，我老赵能站起来了！"说着，赵天山真的撑了起来。

一旁的张曼玲扶了赵天山一下，说："师傅，慢点。"张曼玲笑着向覃雪梅解释说，他高兴了，就逞能。赵天山站直了身体，向前走了两步，众人都惊讶地看着赵天山。

赵天山说："全体都有！向前两步走！"众人向前两步与赵天山并

排，冯程扔掉了拐棍。

赵天山说："稍息，立正！"众人稍息立正。

赵天山说："于场长，塞罕坝机械林场先遣大队集结完毕，向您致敬！敬礼！"赵天山做出一个标准的军礼。冯程等其他没当过兵的同志鞠躬。赵天山说："礼毕！"

冯程说："老赵，你再给喊一声，我们再给所有那些故去的老领导、老同志们，敬个礼！"

赵天山说："好！都有！立正！塞罕坝老兵，给老领导、老同志、老战友们，敬礼！"赵天山又一次敬军礼，众人再次鞠躬。

覃雪梅说："大队长，你再给喊一声，我们给眼前的这片坚强的绿色生命敬个礼！"众人瞅着覃雪梅。

覃雪梅说："《新闻联播》的报道我都认真学了，首都的沙尘暴从一年五十几天，下降到了不到五天；承德，成了华北地区唯一不缺水的城市，滦河之水惠济京津，造福千家万户，这一切，眼前的这片绿色功不可没！"

孟月说："这个提议好！因为我们是这片大地的绣绿人！"

季秀荣说："好！有诗意、有水平！我们敬仰这片绿色，因为托起她的底色，是我们的血汗！"

"全体都有，立正！塞罕坝的造林人，给我们种下的这片林子，敬礼！"这一回，所有人都敬了军礼，他们昂着头，望着面前这一片郁郁葱葱的绿色。每个人的脸上此时都洋溢着幸福。

冯程突然大声说道："我看见了！看见了！"覃雪梅笑了说："老冯，你看见啥了？你别太激动，当心心脏！"冯程说："我看见风，从浩瀚的林海中穿过。"

覃雪梅说："你那是听。"冯程说："不，是看……这轰鸣的松涛声，让我看到了塞罕坝的绿色奇迹！我们把最美的青春和最烫的热泪都留在了这里，值得！五十多年前我常挂在嘴边的诗，现在想给大家再朗诵一遍！"众人纷纷称好。

冯程说："为什么我的眼里常含泪水，因为我对这土地爱得深沉……"

轰鸣的松涛在歌唱，歌唱那最美的青春，他们身后是那直指蓝天的大松树，那一望无际的林海……

在塞罕坝机械林场，我们告别了"冯程"老人和他的"战友"，结束了对三代造林人近两个月的采访，心情久久不能平静……

是啊，塞罕坝创业史，这是中国乃至世界生态文明史上的一个伟大奇迹。半个多世纪来，一代代塞罕坝人克服了常人难以想象的困难，在平均海拔 1500 米，最低气温超过零下 43 摄氏度的高寒区内，成功造林 112 万多亩，创造了沙漠变绿洲、荒原变林海的绿色奇迹，打造出了"世界上最大的人工森林"。

如果把这些人工林按 1 米的株距排开，可绕地球赤道整整十二圈，塞罕坝巨大的森林生态系统，每年为京津地区净化输送清洁淡水 1.37 亿立方米，释放氧气 54.5 万吨，吸收二氧化碳 74.7 万吨，森林资源总价值超过 153 亿元。如今的塞罕坝，成为"中国国有林场建设的典范"……更为应对全球气候变暖提供了有力例证。

2017 年 8 月，中共中央总书记、国家主席、中央军委主席习近平对河北塞罕坝林场建设者感人事迹作出重要指示指出，55 年来，河北塞罕坝林场的建设者们听从党的召唤，在"黄沙遮天日，飞鸟无栖树"的荒漠沙地上艰苦奋斗、甘于奉献，创造了荒原变林海的人间奇迹，用实际行动诠释了绿水青山就是金山银山的理念，铸就了"牢记使命、艰苦创业、绿色发展"的塞罕坝精神。他们的事迹感人至深，是推进生态文明建设的一个生动范例。习近平强调，全党全社会要坚持绿色发展理念，弘扬塞罕坝精神，持之以恒推进生态文明建设，一代接着一代干，驰而不息，久久为功，努力形成人与自然和谐发展新格局，把我们伟大的祖国建设得更加美丽，为子孙后代留下天更蓝、山更绿、水更清的优美环境。

中国乃至世界各大媒体，竞相报道这一伟大创举。

同年 12 月，在肯尼亚内罗毕召开的第三届联合国环境大会上，世界最大人工林——塞罕坝林场建设者荣获"地球卫士奖"，塞罕坝举世闻名！

在塞罕坝精神的感召下，塞外承德从新中国成立至今，实现了森林覆盖率由5.8%到57.67%的跨越，京津冀近40%的森林在这里矗立，华北最大的万顷疏林草原在坝上延伸，成为名副其实的"华北绿肺、天然氧吧"。在这里，由国家注册批准的"一号风景大道"，起于塞罕坝，终于大草原，横贯180公里，让人尽享"林的世界、花的海洋、水的源头、云的故乡"的无限魅力。这条昔日清代的皇家文化古御道，打造成为新时代习近平生态文明思想的弘扬传播大道，绿水青山带来金山银山、助力脱贫攻坚的幸福大道，四海宾朋、八方来客共享生态绿色、康养休闲的魅力大道！

合上采访笔记本，我们的眼前又浮现出冯程、覃雪梅、于正来、曲和、那大奎、隋志超、魏富贵、张福林、沈梦茵、孟月、季秀荣、老刘头、李铁牛、覃秋丰、金佩云、于大婶……他们的身影，对了，还有小六，那只可爱的狗……对，就是他们。现在，他们一起健步向我们走来。我们仿佛看到，他们走过的荒漠、荒山，瞬间变得春暖花开，绿满人间……